미드라이프 마인드

나이듦의 문학과 예술

THE
MIDLIFE
MIND

미드라이프
마인드

벤 허친슨 지음
김희상 옮김

청미

"

시(詩)는 항상 중심에서 시작하는 것으로 이해되어왔다.

"

조지 엘리엇, 1876.

"

회피가 아니라 온몸으로 살아낼 때 우리는 해방의 자유를 누린다.

"

체사레 파베세, 1945.

목 차

늘어나는 뱃살

어느 날 아침 뒤숭숭한 꿈자리에서 깨어난 나는 기괴한 모습의 중년 남자로 변한 나 자신을 발견했다. 늙어가는 뻣뻣한 허리를 바닥에 대고 누운 채 고개를 약간 들자 둥그렇게 부풀어 오른 배가 보이고, 배를 덮은 담요는 조금만 몸을 움직여도 완전히 미끄러져 내릴 것만 같았다. 뻐근한 다리는 몸의 다른 부위와 비교해 가련할 정도로 가늘고, 내 눈앞에서 무기력하게 떨었다.

카프카의 변신은 우리 모두에게 일어난다. 문제는 이 변신에 어떻게 저항할까가 아니라, 어찌 반응해야 좋은가 하는 것이다. 시간은 인간의 조건을 이루는 보편 요소 가운데 하나이다. 모든 생명체가 시간의 지배를 받기는 하지만, 시간을 온전히 의식하는 생명체는 인간이 유일하다고 우리는 믿는다. 우리는 벌레로 변신하지는 않을지라도, 젊은 날의 잔혹한 변형은 피할 수 없다. 노이로제가 인간이 앓는 기본 질환인 것은 놀라운 일이 아니다.

그러나 변신의 주인공 그레고르 잠자^{Gregor Samsa}의 극적인 변신과 다르게 노화는 하룻밤 사이에 일어나지 않는다. 멈칫거리다가 어느덧 40대에 접어들고 젊은 날의 열정이 갈수록 조금씩 식는 것처럼 노화는 천천히, 거의 알아볼 수 없게 이루어진다. 애당초 변화는 사실상 극적이지 않다. 다만 점차적으로 뱃살이 늘어나며 퍼질 따름이다. 그러나 바로 이 점차적이며 완만하다는 점이 한편으로는 위로를 주면서도 다른 한편 끔찍하기만 하다. 허리둘레의 인치가 늘어만 가는 새로운 자신의 모습에 익숙해질 시간을 가지면서도 우리는 정말이지 노화는 피할 수 없구나 하는 새삼스러운 깨달음에 몸서리친다. 이런 감정은 열차가 달려오는 걸 보기는 하는 데 아무것도 할 수 없는 황망함이랄까.

이 책은 그런 늘어나는 뱃살을 다룬다. 문학사의 몇몇 위대한 인물의 도움을 받아가며 이 책은 과거에 중년을 어떻게 이해했는지, 현재에는 어떻게 이해하고 있는지, 미래에 중년이 생산적이 되도록 하려면 어떻게 해야 하는지를 살피고자 한다. '인생의 절정'에서 천천히 완만한 내리막길을 내려가기 시작한다는 것은 무엇을 의미할까? 인생 후반부의 시작을 의식하는 것은 어떤 느낌일까? 그리고 분명한 출발점도 명확한 끝도 없는 시기를 우리는 도대체 어떻게 정의해야 좋을까? 몇 세기에 걸쳐 기대 수명이 늘어났듯, 중년의 이해, 중년이 언제 시작하며 무슨 일이 일어나고 무엇을 의미하는지 하는 이해 역시 넓어지고 깊어졌다. 7년 차에 접어든 결혼 생활의 근질거림은 우리가 익히 아는 것이다. 그러나 중년의 늘어나는 배살우 어떤가?

한창 활력이 넘치는 인생을 살 때에는 '의미'를 헤아리는 일이 드물다. 그런 때 우리는 바쁘게 살아가기 때문이다. 남자로 산다는 것은 무엇을 뜻할까? 여자로 산다는 것은 어떤 의미일까? 젊음과 노망 사이에서, 순진함과 산전수전 겪어본 노회함 사이에서 우리는 우리의 중년을 만들어간다. 그런데 도통 뭘 만들려 하지 않는 통에 우리는 너무 많은 문제를 빚어낸다. 중년에 이른 것을 완강히 거부하는 바람에 오늘날의 문화에서 중년의 부재는 도드라져 보인다. 우리는 나이 먹는 것을 지극히 자연스러운 과정으로 여기지만, 사실 나이 먹는 일처럼 문화의 강력한 영향을 받는 현상도 따로 없다. 우리가 어떻게 '늙어가는지', 곧 나이 먹어가는 자신을 우리가 어떻게 보는지 그 관점과 반응은 항상 우리를 둘러싼 표준과 모델이 결정한다. 우리는 다른 사람들이 우리를 보고 느끼는 바로 그만큼 늙는다.

이 책을 쓰는 작업을 마쳤을 때 나는 결혼했으며 두 아이를 가진 43세의 남자였다. 더는 젊지 않지만, 늙었다고 하기에는 아직 이른 나이이다. 내가 인생의 중간 지점에 섰다는 것, 이제 인생의 전환점을 맞이한다는 사실은 생물학으로 반박되지 않는다. 그렇지만 인류학은 무어라 말할까? 문화는? 문제는 내가 중년을 어떻게 느끼느냐 하는 것이 아니다. 오히려 중년으로 살아감을 두고 내가 '어떤 느낌을 가져야만' 하는가, 이것이 문제이다. 이 물음의 답은 내가 나 자신을 그리는 자화상과 내 주변 사회가 보는 나, 곧 나 자신과 내 자화상과 주변이 보는 내 이미지 사이에서 끊임없이 변화하며 이뤄지는 삼각 측량으로 주어진다. 21세기에 우리는 40대와 50대를 살며 '젊은 감각'을 잃지 않아야 한다는 말을 듣는다. 더 옛날로 거슬러 올라갈 필요도 없이 19세기에 이런 말은 상상조차 할 수 없었다. 우리가 인생에 기대할 것이 더 많아졌다는 의미에서, 기대 수명은 변해왔다. 더 오래 살 수 있게 되었을 뿐만 아니라 더 많은 기회와 경험을 누릴 수 있게 되었기 때문이다. 우리의 기대는 그만큼 만족시키기 어려워진다. 자본주의는 우리가 끊임없이 불만을 느끼도록, 광고라는 묘약에 부단히 빠지도록 조장한다. 자본주의는 생물 나이보다 젊게 보이게 만들 상품을 팔아야 하니까. 중년은 인구학의 문제일 뿐만 아니라, 자본주의 발달의 문제이기도 하다.

왜 우리는 중년이 이런 식으로 유린되도록 방관할까? 중년의 마음 풍경이 단지 부정적인 것만은 결코 아니지 않은가? 결국 중년이라는 시기에 우리는 가장 큰 권력과 최고의 특권을 향유한다. 그럼에도 중년이 흔히 부정적으로 묘사되는 것은 놀랍기만 하다. 남자는 중년의 위기를 겪는다. 여자는 폐경기를 맞이한다. 대중이 생각하기에, 중년은 좋은 일이라고는 일어나지 않는 시기 같다. 시쳇말로 중년이라는 단어는 어떤 경우든 모욕을 주려는 용도로 쓰이곤 한다. 심지어 잉글랜드은행의 부총재는 경제가 '폐경기'를 맞았을 수 있다는 악명 높은 발언을 했다.[1] 하지만 중년의 시작은 전례 없는 수준의 창의력을 발휘하게 만드는 박차일 수도 있다. 예술과 문학의 몇몇 위대한 작품은 불현듯 인생의 행로 한복판에서 자아를 찾고자 하는 열망으로 탄생하곤 했다. 인생의 행로 한복판에서 자아를 찾는다는 표현은 늙어감이라는 막을 수 없는 힘에 압도당할 위험에 빠지는 것이 얼마나 심각한 문제인지 잘 보여준다. 아름다운 덕성은, 대개 그렇듯, 실존적 절박함으로 빚어진다.

이런 덕성에 어떤 게 있는지 확인하고자 하는 것이 이 책의 목적이다. 이 책은 인생의 중년이 인생의 끝이나 시작 못지않게 주목받을 만하다고 전제한다. '중간'에는 어떤 의미가 있을까? 그저 단순히 인간의 수명 가운데 중간 지점을 이해하기 위한 기본 설정이 '중년'일까? 인간의 모든 이미지 가운데 가장 상징적인 것 하나는 레오나르도 다 빈치가 30대 후반, 곧 인생의 중반쯤에 그린 그림, 이른바 '비트루비우스적 인간'*이다. 어떤 이들은 이 그림이 다 빈치가 중년 남자가 된 자신을 그린 초상화라고 주장한다. 로마의 건축가 비트루비우스가 쓴 글에서 영감을 받아 그린 그림은 완벽한 대칭을 자랑하면서 우주의 정확히 중심에 인간을 배치했다. 인간의 배꼽은 곧 르네상스 휴머니즘이 이해한 '움빌리쿠스 문디(umbilicus mundi)', 곧 '세계의 배꼽'이다. 바꿔 말해서 다 빈치의 그림은 중년을 맞이한 인간이야말로 만물의 척도임을 암시한다.

그렇다면 왜 중년은 그처럼 나쁜 평판에 시달릴까? 왜 우리는 자신을 '중년'이라고 생각할 때 움츠러들까? 중년이라는 개념이 오늘날의 문화 탓

---

* '비트루비우스적 인간(Vitruvian Man)'은 고대 로마의 건축가인 비트루비우스 (Vitruvius)가 쓴 글을 토대로 레오나르도 다 빈치가 1490년경에 그린 그림이다. '인체 비례도'라고도 한다. 사지를 뻗은 남자의 모습을 중첩시킨 그림은 인체를 실측한 작품으로 유명하다. (이하 [저자 주]라고 표시한 것 이외에는 모두 옮긴이 주이다.)

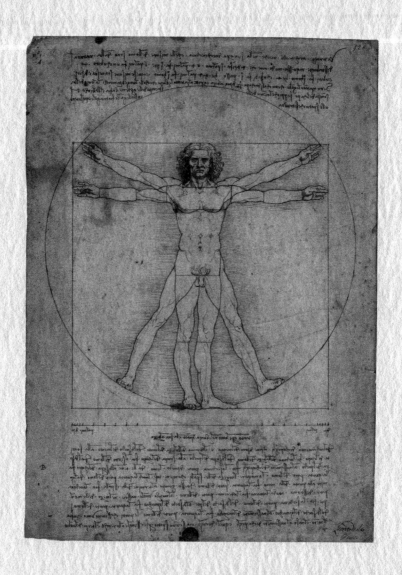

중년의 원: 레오나르도 다 빈치, 「비트루비우스적 인간」, 1490년경, 종이에 철필.

에 부정적인 울림을 가지게 되었다면, 지금이야말로 어떻게 해야 이 개념을 긍정적으로 재조명할 수 있을지, 또는 적어도 오늘날 이 개념에 달라붙은 상투적 진부함을 어떻게 지워버릴 수 있을지 생각해보아야 할 때다. 중년이 일종의 비유라면, 무엇을 비교하려는 단어일까? 미셸 푸코 Michel Foucault의 연구 이후 우리는 '현재의 역사'라는 개념과 갈수록 친숙해졌다. 현재의 역사란 과거를 재구성하는 것이 아니라, 현재 시대의 바탕에 깔려 있는 가치와 기본 전제를 재구성하는 역사이다. 내가 이 책에서 제안하는 바는 현재의 역사와 유사하게, 서구 문화를 수놓았던 주요 인물의 안목으로 바라본 현재의 '회고록'이다. 나는 과거를 파헤치기보다 되도록 있는 그대로 나의 현재, 곧 이제 시작되는 중년의 전망이 어떤지 살피고자 한다. 과거를 고려하지 않겠다는 말이 아니다. 나 자신의 과거는 물론이고 좀 더 보편적인 문화사에 담긴 과거 역시 고려의 대상이기는 하다. 그러나 나는 과거가 현재에 어떤 영향을 미쳤는지 하는 관점에서 과거를 다루고자 한다. 사람들은 보통 회고록을 인생 전반을 되돌아보는 것으로, 또는 최소한 그와 유사한 관점으로 쓴다. 하지만 나는 '절반의 인생'을 살았다는 것이 무엇을 뜻하는지 생각해보고자 한다. 다시 말해서 나의 회고록은 내가 예전에 가지곤 했던 감정이 아니라, 바로 지금 가지고 있는 감정을 담아내고자 한다. 수전 손태그 Susan Sontag는 45세에 이런 말을 했다. "내가 원하는 바는 내 인생의 현재에 충실한 것, 내가 지금 있는 곳에 실제로 온전히 존재하면서, 내 인생에서 현재 나 자신과 혼연일체가 되어, 세계에 모든 주의력을 집중하는 것이다."[2] 요컨대, 내가 제안하는 것은 중년의 회고록이다.

그런 회고록은 개인적이면서 개인의 차원을 넘어설 수밖에 없다. 나이를 먹는다는 것은 가장 보편적이며, 또한 지극히 개인적인 경험이기 때문이다. 우리가 어떻게 늙는가 하는 물음뿐만 아니라, 늙어가는 자신을 어떻게 받아들이는가 하는 문제도 개인에 따라, 문화에 따라, 특히 성별에 따라 달라진다. 우리는 조지프 콘래드*가 '그림자 선'이라고 부른 것, 곧 성숙함의 경계선을 모두 같은 나이에 넘어서지 않으며, 또 언제 넘었는지 확실하게 알 수 있게 건너가는 것도 아니다. 오히려 어느 날 우리는 어른의 넥타이를 풀어 던지고 청소년의 티셔츠를 다시 입기도 한다.[3] 어떤 인생의 시계는 재깍거리며 가는 반면, 다른 인생의 시계는 째깍째깍 가기도 한다. 심지어 직업에도 저마다 고유한 생체 시계가 있다. 이를테면 축구 선수와 수학자의 중년은 판사와 정치가의 중년보다 젊을 수 있다. 작가와 비평가는, 내가 보기에, "중간"에 있는 특권'을 누린다. 창작과 비평은 에너지와 경험의 맞춤한 배합을 요구할 뿐만 아니라, 완성된 텍스트와 미완성의 콘텍스트, 곧 지적 노력의 결과물과 아직 열려 있는 감정의 맥락 사이를 중개해주어야 하기 때문이다.[4] 모든 예술 형식 가운데 가장 내면에 충실한 자기비판인 문학은 삶의 한복판에 섰다는 게 무엇을 의미하는지 성찰할 특별한 자리를 마련해준다. 문학은 중년이 무엇인지 말해줄 뿐만 아

---

* 조지프 콘래드(Joseph Conrad: 1857~1924)는 폴란드 태생으로 영국에서 작품 활동을 한 소설가이다. 젊은 시절 선원으로 일했던 경험을 담은 작품을 주로 썼다. 『그림자 선The Shadow-Line』은 그가 1916년에 발표한 단편소설이다.

니라, 중년에 우리가 어떤 느낌을 가지는지도 정리해주기 때문이다. 바로 그래서 문학은 자신의 감정을 다스릴 수 있도록 우리에게 도움을 준다. 생각으로 정리된 단어는 분위기와 느낌의 주인이 될 수 있게 해준다. 방법은 생각과 단어를 천천히 음미하면서 둔중하고 거대한 석상처럼 굳어진 '위대한 작품'을 생생한 경험, 그 저자뿐만 아니라 독자의 생생한 경험으로 다시 녹여내는 것이다. 요컨대, 독서 치료는 우리가 나이 먹음을 감당할 수 있게 돕는다.

이런 관점에서 나이 먹음과 가장 밀접하게 맞물리는 문학 장르는 에세이이다. 에세이는 몽테뉴 이후 뛰어난 인물의 글을 인용하고 관련 일화를 살피며 성찰하는 장르로 자리 잡았다. 에세이는 바로 시대의 성찰이며, 이 시대를 포착하고 그 진면목을 전달하려는 시도이다. '시도'라는 뜻을 가지기도 하는 프랑스어 '에세(essai)'의 어원인 라틴어 '엑사기움(exagium)'의 본래 의미는 문제의 '무게를 가늠하다' 또는 '평가하다'이다. 이런 어원이 보여주듯 에세이라는 장르는 몇몇 원전을 신중하게 저울질하는 성숙함을 반드시 갖추어야 함을 환기한다. "그런 저울질이 무엇을 요구할까?" 20세기 스위스의 위대한 에세이스트 장 스타로뱅스키*는 이렇게 묻고 스스로 대답한다. "그것은 우리가 느끼는 인생이다. 우리는 한편으로 으쓱할 일도 없지는 않지만, 다른 한편으로 생각만 해도 움츠러드

---

* 　장 스타로뱅스키(Jean Starobinski: 1920~2019)는 스위스의 의사이자 의학 역사 연구가이며 에세이스트로 활동한 인물이다. 정신분석과 현상학을 접목한 문체로 '우울증'을 분석해 명성을 얻었다.

는 인생을 저울질해야 한다."[5] 마찬가지로 중년은 으쓱하면서도 움츠러들게 만드는 시기이다. 인생의 후반부가 어떻게 전개될지 가늠해보는 예언, 스스로 만족할 수 없는 예언을 해야 하는 시기가 중년이다. 40대로 접어들며 우리가 성찰하며 쓰는 '에세이'는, 비록 부족하기는 할지라도, 그동안의 인생을 가늠해보는 저울질이다. 우리가 에세이로 성찰하는 것은, 비록 부족할지라도, 자신이 얼마나 성숙했는지 관찰하려는 시도이다.

이 책에서는 회고록, 역사, 비평, 에세이 등 이 모든 장르를 살펴가며 지성과 감정, 생각과 느낌을 뒤섞어 하나의 구조물을 빚어내고자 한다. 전체적으로 볼 때 이 책에서 인용한 위대한 작가들은 중년이, 그 모든 부정적 진부함과 선입견에도, 실제로 인생의 가장 생산적인 시기일 수 있음을 보여준다. 바꿔 말해서 지레 주눅이 드는 공황 상태에 빠질 필요는 전혀 없다. 배를 집어넣고 턱 끝을 곧추세우자. 40 너머에도 인생은 있다. 주요 작가들은 어디서, 어떻게 인생을 찾아낼 수 있는지 우리에게 보여준다. 늙는구나 하는 느낌에 대처하는 최선의 자세는 늙는다는 의식으로부터 달아나는 게 아니라, 정면으로 맞서 어찌해야 잘 늙어갈 수 있는지 성찰하는 것이다. 성찰이 없는 중년은 살 가치가 없다.

제1장

위기와 슬픔

만들어진 중년

위기: 할 것인가, 죽을 것인가

섹스와 마찬가지로 중년 위기는 1960년대가 만들어낸 것이다. 필립 라킨*은 사람들이 공공연히 성교를 입에 올리기 시작한 것이 1963년이며, 중년 위기는 그 얼마 뒤인 1965년부터 등장했다고 썼다. 《정신분석 국제 저널International Journal of Psychoanalysis》에 처음 발표된 학술 논문인 엘리엇 자크**의 에세이 「죽음과 중년 위기」에서는 '중년 위기'라

---

* 필립 라킨(Philip Larkin: 1922~1985)은 영국의 시인이자 재즈 비평가이다. 20세기 영국이 낳은 가장 중요한 시인으로 평가받는 인물이다.
** 엘리엇 자크(Elliott Jaques: 1917~2003)는 캐나다의 정신분석학자로 조직 개발 분야의 전문가이다.

는 개념을 선보였다. 이 개념은 빠른 속도로 대중의 관심을 끌었다.[1] '중년'이라는 개념이 1895년에 처음 사전에 등장하기는 했지만(사전에서는 이 개념을 '젊음과 노년 사이의 인생 부분'이라고 정의했다), 자동적으로 위기와 맞물린 것은 오로지 1960년대에 이뤄진 일이다. 중년과 위기라는 두 개념이 서로 뗄 수 없이 맞물렸다는 것은 그만큼 두 개념이 공명을 이루며 맞아떨어짐을 증명한다. 자기 합리화(중년은 으레 그런 거야)와 자기충족적 예언(이러다 무너지는 게 아닐까 두려워하면 실제 쓰러지게 되는 것)이 맞물린 중년 위기는 영화와 소설이 즐겨 다루는 소재가 되었다. 주인공이 중간에 의심에 빠져 고뇌하는 부분이 없는 성취의 스토리, 성공의 인생 드라마는 완성도가 떨어질 수밖에 없다. 마찬가지로 중년에 겪는 자신감의 위기를 당당하게 극복하지 못하는 인생은 성공할 수 없다고, 성공 강박에 시달리는 우리 문화는 윽박지른다. 나이를 먹어가는, 길고 오래 걸리는 것만 같은 노화 과정에 적응하면서 위기와 극복의 순간이 없지는 않지만, 중년을 위기와 성공이라는 도식에 맞추는 이런 관점은 안정과 번영을 추구하는 현대 서구의 스토리 이면에 숨은 공허함의 느낌, 마치 갉아 먹히는 것만 같은 느낌을 숨길 수 없이 드러낸다. '중년 위기'라는 개념은 언젠가 죽으리라는 우리의 어렴풋한 느낌을 선명하게 만들 뿐만 아니라, 우리가 중년에 인생의 의미를 문제 삼는 방식을 구체적으로 투명하게 걸러주기도 한다. 이게 인생의 전부일까?

자크는 우리가 자신의 창의성을 인정하느냐 여부에 따라 이 물음의 답이 달라진다고 말한다. 자크가 확인하는 중년 위기의 생물적 사실은 상당히 젊을 때 나타난다. 위기는 대략 35세에 발생해 몇 년 동안 지속되며, 개인의 환경과 기질에 따라 그 강도가 다르다. 위기는 또한 분명 남성적이라고 자크는 말한다. '죽음과 중년 위기'는 앞서 살펴본 성공의 드라마에서든, 위기의 본질을 의미를 찾는 '창의성'으로 본 이해에서든, '죽음과 처녀'*는 분명 아니다. 산업화 이후의 시대에서 중년이 인생을 바라보는 마음가짐은 갈수록 죽음에 매력을 느끼는 여성적인 성격을 띠었던 반면, 전후 세계, 곧 두 번에 걸친 세계대전을 치른 뒤의 세상에서 중년은 '위기'라는 개념 규정과 함께 확연히 남성적 성격을 얻었다. 남성의 갱년기(Man-opause: 여성 '폐경기Menopause'에 빗댄 표현)는 의심할 바 없이 생리적이라기보다 비유적이기 때문에 우리를 정신분석으로 초대하는 것처럼 보인다. 그러나 정신분석이 필요한 좀 더 결정적인 이유는, 남성의 갱년기가 (아마도) 단지 일시적인, 그저 지나가는 소강상태, 생산력을 새롭게 끌어올리기 위해 거쳐야 할 휴지기쯤으로 여겨지기 때문이다. 여성이 폐경기를 맞이할 때, 남성은 그저 잠깐 쉬어 갈 따름이다.

처음 발표된 지 반세기도 더 지난 자크의 에세이를 읽으며 우선 드는

---

* '죽음과 처녀(Death and the Maiden)'는 16세기부터 서양 예술의 여러 장르에서 즐겨 다룬 모티브이다. 삶보다 죽음에 더 매력을 느끼는 처녀의 심리에 빗대, 의인화한 죽음이 처녀의 애인 또는 유혹자로 등장한다. 이 모티브의 유래는 '죽음의 무도(Danse Macabre)'를 그 뿌리로 가진다. 의인화한 죽음이 무덤 주위에서 덩실덩실 춤을 추며 생명이 얼마나 허무한지, 현세의 영광이 이슬처럼 허망한지 사람들에게 일깨워주는 것이 '죽음의 무도'이다. 영화감독 로만 폴란스키(Roman Polanski)가 1994년에 발표한 작품 제목도 〈죽음과 처녀〉이다(국내에서는 〈진실〉이라는 제목으로 개봉되었다).

생각은 문제를 다루는 그의 논점이 정말 낡았구나 하는 것이다. 자크는 남성에게만 초점을 맞추며, 30대 중반이면 이미 가정생활이 안정을 이뤄야 한다는 것을 당연한 사실로 전제한다. 또 그가 중년 위기를 보편화하려는 시도는, 어떤 시도든, 참으로 많은 문제점을 안고 있다는 점도 나는 지적하지 않을 수 없다. 중년 위기가 그저 대중적인 전설 그 이상의 것이냐 하는 물음(이는 전문가 사이에 격론을 일으키는 문제다)은 차치하고서라도, 중년 위기는 사람마다 다른 형태를 취한다. 심지어 남성성의 위기는 여성성의 성숙이라는 말조차 있다. 그러나 자크는 이 숱한 스토리 실마리들을 단 하나의 스토리로 압축한다. 중년 위기는 '위대한 남자들'의 작품 안에 고스란히 드러난다고 그는 강조한다. 그가 자신이 받은 인상에 의존해 위기에 접근하는 방식은 과학적 관점에서 문제가 많아 보인다. 자크는 35세에서 39세 사이의 창의적 예술가들 사망률이 급격히 늘어나는 것에 '인상을 받았다'고 썼다. 예술가의 전기를 읽고 타고난 '천재' 운운하는 그의 언급은 낭만주의의 재탕보다 더 나을 게 없다("천재에 가까울수록 (……) 중년에 이르러 사망할 확률이 비약적으로 급증하는 것은 그만큼 더 두드러지고 명확하다"). 그럼에도 중년 위기라는 진단이 대중적 성공을 거두었다는 점은 자크의 말에 어느 정도 일리가 있다는 방증이다. 우리가 중년의 나이에 도달할 때 창의력은 변화한다. 창의력은 잠시 쉬며 새롭게 중심을 잡아 변신을 이뤄낸다.

창의력은 어떤 새로운 형식을 취할까? 자크는 위기 이후의 시기를 '다듬어진 창의성'의 시기라 부른다. 이런 표현으로 그는 '겉으로 드러난 물질'뿐만 아니라 내면의 비물질적인 생각을 새롭게 주목하는 태도, 실천뿐만 아니라 영감을 얻는 것에 관심을 보이는 태도를 강조한다. 그의 이런 논의에는 일종의 순환 논리가 숨어 있다. 자크는 남성 예술가의 표준(베토벤, 셰익스피어, 괴테 등)을 살피며 낭만적이고 직관적인 젊음과 고전적이며 반성적인 중년을 대비하는 모델을 이끌어내고, 이 모델을 다시 이 예술가들에게 적용한다. 그가 이런 모델로 의도하는 바는 명확하다. 욕망과 조급함은 평온함과 받아들일 줄 아는 수용의 자세에 자리를 내준다.

그러나 이런 깨우침의 상태에 이르기 위해 우리는 자크가 중년 위기라 부른 '연옥'을 통과해야만 한다. 연옥의 불로 깨끗이 정련되어야만 하는 것은 자신은 죽지 않는다는 환상, 어떤 형태로든 끈질기게 남는 환상이다. 지크문트 프로이트 Sigmund Freud는 우리 인간은 모두 이런 환상을 내밀하게 품는다고 말했다. 성장하기를 멈추고 늙기 시작하면서 우리는 자신도 결국 죽을 수밖에 없다는 잔혹한 현실과 직면한다. 우리는 오로지 다른 사람만 죽을 뿐이라는 미망에 더는 사로잡혀 있을 수 없다. 부푼 기대로 긴장하며 바라보았던 미래는 미래 과거, 곧 익히 아는 미래가 된다.

자크가 중년 위기라는 개념을 처음으로 대중화했을 수는 있지만, 최초로 이 개념을 만들어냈다고 보기는 힘들다. 대중문화에서는 오래전부터 특히 남자가 40세 즈음에 프랑스 사람들이 '르 데몽 드 미디(le démon de midi)', 곧 '중년의 마(魔)'라 부른 것을 경험한다고 여겨왔다. 심리학자들이 거듭 이 마귀를 퇴치하려 애써왔다는 사실은 놀라운 일이 아니다. '신경쇠약(neurasthenia)'이라는 개념을 만들어낸 신경학자 조지 밀러 비어드[*]는 그의 신경쇠약 연구의 후속편으로 1881년 『미국의 신경과 민American Nervousness』을 출간했다. 그는 이 책의 '두뇌 노동자의 장수와, 일과 연령 사이의 관계'라는 제목의 장에서 역사상 가장 유명한 인물 750명과 일련의 덜 유명한 사람들을 다루었다. 수학 확률에 준하는 값을 보여준다며 그는 "생산력이 최고조에 이르는 연령은 '39세'"라는 결론을 내렸다. 비어드가 보기에 창의력은 젊은이의 무기이다. "시(詩)의 본질은 창의적 생각이며, 노년에는 생각하는 능력이 떨어진다."[2] 이런 결론을 바탕으로 비어드는 심지어 인생을 10년 단위로 나누어 메달을 수여했다(27쪽 도표 참조). 30대는 금메달, 40대는 은메달 하는 식으로 계속 메달 색을 낮추다가 70대와 80대에게 그가 안긴 것은 나무 숟가락이다. 신경쇠약이라는 관점에서 노화를 바라본 비어드의 평가는 전통적으로 결혼기념일에 부여되던 가치 체계를 뒤집었다. 곧 은혼식(25주년)에서 금혼식(50주년) 하는 식으로 세월이 갈수록 높게 평가하던 것이 뒤집혔다. 우리는 늙어갈수록, 곧 중심이라는 황금기에서 멀어질수록, 가치를 잃는 존재이다. 서른아홉 계단을 올라 정상에 오른 우리는 이후 다시 내리막길을 걷는다.

이후 심리학자들이 비어드의 이런 능력 감퇴 법칙을 뒤엎을 방법을 찾

---

*   조지 밀러 비어드(George Miller Beard: 1839~1883)는 미국의 신경학자로 1869년에 '신경쇠약'이라는 개념을 처음 사용한 인물이다.

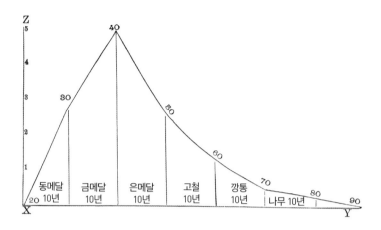

'연령과 창의적 일 사이의 관계', 조지 밀러 비어드의 책 『미국의 신경과민』(1881)에 나오는 도표.

기에 골몰한 것은 놀라운 일이 아니다. 월터 피트킨[*]이 자기 계발 베스트셀러 『인생은 40에 시작한다Life Begins at Forty』(1932)를 출간하기 전에 그의 동료 그랜빌 스탠리 홀[**]은 문제의 핵심을 더욱 진지하게 다루었다.[3] 1922년 출간한 『노년기: 인생의 마지막 절반Senescence: The Last Half of Life』(이 책은 그가 1904년에 발표한 『청소년기Adolescence』의 후속작이다)에서 홀은 '중년 위기'라는 개념을 30대와 40대의 사람들을 괴롭

*   월터 피트킨(Walter Pitkin: 1878~1953)은 미국 심리학자로 컬럼비아 대학교 교수를 지낸 인물이다. 심리학과 관련된 많은 자기 계발서를 썼다.

**   그랜빌 스탠리 홀(Granville Stanley Hall: 1844~1924)은 미국의 심리학자로 실험심리학을 개척한 선구자이다. 미국 심리학회를 창설하고 초대 회장을 지냈다.

히는 '자오선석인 정신 열병(meridional mental fever)'이라고 정의한다.[4] '자오선'이란 인생이라는 시간의 전반부와 후반부를 나누는 기준점을 뜻하는 표현이다. 그러나 홀은 이 위기를 진정한 성숙의 시작이라고 본다. "현대인은 40 이전에 자신의 최고 작품을 빚어낼 수 없다." 그리고 홀은 니체의 분위기가 짙게 묻어나는 투로 이렇게 덧붙인다. "머지않아 출현할 초인은 40대를 맞아 그의 실제 활동을 끝내는 게 아니라 시작하려는 의지를 보이리라."[5] 홀이 이처럼 중년을 긍정적으로 볼 수 있었던 것은 중년이야말로, 그 책 첫 장 제목을 그대로 인용하자면, '노년의 젊음'이기 때문이다. 70대 후반이라는 탁 트인 전망으로 글을 쓰면서(1846년생인 그는 2년 뒤인 1924년에 죽었다), 홀은 중년의 생기를 아쉬운 듯 굽어본다. 그는 청소년기(adolescence)와 노년기(senescence) 사이에 '에센스(essence)'가 형성된다고 넌지시 흘린다. 모든 것은 관점의 문제이다.

다른, 훨씬 더 유명한 정신분석학자는 중년이야말로 '자아실현'이 이뤄지기 시작하는 시기라고 본다. 1912년 견해 차이로 프로이트와 틀어지고 난 뒤 카를 융Carl Jung은 그 자신이 중년 위기를 겪으면서 무의식의 전횡에 맞섰으며 우리 인간은 청소년기를 넘어서 성인이 되어서도 계속 발달한다고 주장했다. 융은 발달이 네 단계, 아동기와 청년과 중년과 노년의 단계를 거친다고 본다. 중년기, 융이 '인생의 후반부'라고 일컬어 잘 알려진 중년기는 대략 35세에 시작하며, 이 시기에 건강한 자아는 '종교적 관점'을 탐색하는 특징을 보인다. 융이 말하는 종교적 관점이란 자아로 우리가 아집을 버리고, 인간 조건의 의미를 성찰하는 법을 배우는 자세를 뜻한다. 한마디로 우리는 죽음을 향해 나아가는 법을 배운다. 죽음을 받아들이지 못하고 흔들리는 사람은 병에 걸린다. 병이란 중년 위기를 겪는다는 뜻이다. 융의 육성을 들어보자. "우리는 인생 아침의 프로그램대로 인생 오후를 살 수 없다."[6]

그러나 자아실현의 시기인 중년은 곧 스스로 자신을 돕는 시기이기도 하다. '카를 융의 인생 네 단계'라고 인터넷에서 검색하면 헤아릴 수 없이 많은 마음 수련, 의식, 자기 계발 웹사이트가 저마다 찾아달라며 모니터 화면을 가득 메운다. 융은 자신이 구분한 네 단계에 '운동선수', '전사', '결정권자' 그리고 '정신'이라는 대안 명칭을 붙여주고 네 단계 사이의 발달 관계를 암시한다. 우리는 각 단계마다 다음 단계로 발전해야(발전하려고 노력해야) 한다. '결정권자' 단계, 곧 부모 노릇을 하고, 자신의 부모를 여의며 성숙해가는 단계는 중년이며, '오후의 심리'에 해당한다. 이 단계가 함축하는 의미, 곧 그동안 살아온 인생을 점검하고 반추하는 자세는 융이 말하는 종교적 태도, 나이를 먹어가면서 키우는 종교적 태도를 고스란히 반영한다.[7] 비록 종교적 태도가 자기 자신보다는 다른 사람의 문제에 더욱 관심을 가지도록 유도하기는 하지만, 이로써 키워지는 헌신적 자세는 오히려 자아를 더욱 성숙시켜 만물의 척도로 부각해준다. 너 자신을 알라 하는 델포이 신전의 격언은 특히 중년에 맞춤한 경구이다.

그러나 자크가 주목했듯, 중년 위기라는 개념 설정뿐만 아니라 자신의 집착을 벗어버리는 헌신적 자세로 자아를 실현하는 타이밍에도 역설이 존재한다. 좀 더 긍정적인 관점에서 볼 때 중년은 우리 인생의 정점, 풍부한 경험이 힘으로 성숙함에 이르는 시기이다. 왜 우리는 인생의 정점에서 불행해야만 할까? 물론 그 답은 이 정점이 이제 끝을 향한 이정표이기 때문이다. 더 정확히 말하자면 우리가 이제 이 정점이 끝을 향한 이정표임을 '깨닫기' 때문이다. 자크는 그를 찾아왔던 30대 중반 환자의 공간 비유를 인용한다. "지금까지 오르기만 했죠……. 인생은 끝없는 오르막길처럼 보였어요, 오로지 멀리 펼쳐진 지평선만 보이는. 이제 갑자기 저는 언덕 꼭대기에 올라왔으며, 앞에는 내리막길이, 그 길의 끝이 보이는 내리막길이 제 시야를 사로잡습니다." 바꿔 말해서 정상은 하강의 시작이다.

자크의 환자는 중년에 이른 우리 모두가 직면하는 문제를 선명하게 보여준다. 심지어 천재가 아닌 우리에게도 '고원에 올라 더 올라가지도 내려가지도 못하는 정체'에 빠지지 않을까 하는 물음은 새삼 의미를 얻는다. 성공과 바쁜 인생이 인생의 이런 회의를 막아주지는 못한다. 성공적으로 바쁜 인생을 살수록 그만큼 더 우리는 불가피한 것, 심리적으로 꼭 필요한 생각을 단지 미루기만 하는 위험에 빠진다. 이탈리아의 시인 체사레 파베세^{Cesare Pavese}의 말대로, 우리는 피하지 말고 정면으로 돌파할 때 비로소 우리를 짓누르던 것으로부터 자유로워진다.[8] 자크는 "할 것인가, 죽을 것인가(do or die)" 하는 말을 좋아했던 자신의 환자가 상담을 받은 끝에 언제나 "하자(do)!"로 마음을 바꿔 먹기로 결심했다는 이야기를 들려준다. 인생의 정점——자크의 말에 따르면 '행동의 시간(time for doing)'——에 환자는 죽음을 부정하는 동기 부여의 좌우명으로 인생의 자신감을 회복했다.

이렇게 볼 때 중년 위기는 이른바 '부유한 선진국' 문제, 서구의 부르주아 생활 양식의 확산으로 빚어진 현대의 사치처럼 보인다. 중세 암흑기의 소작농과 자급자족 농부는 늙어가는 것보다 훨씬 더 힘들고 절박한 고민이 많았으리라는 점은 충분히 상상이 가고도 남는 이야기이다. 그들이 '중년'을 즐길 정도로 충분히 오래 살기는 했을까? 평균 수명이 높아진 것은 현대 의학의 등장 덕분이며, 모든 인구를 대상으로, 젊어서 죽은 사람까지 포함한 모든 인구를 대상으로 조사해보면 실제 그런 경향이 나타난다. 그러나 지식인 계층, 높기만 했던 유아 사망률을 감안하고 볼 때, 교육의 혜택을 누린 사람들의 수명은 몇 세기에 걸쳐 비교적 꾸준한 모습을 보여준다. 예를 들어 다음 통계 자료를 살펴보자.

역사 전반에 걸친 남성의 기대 수명[9]

	시 기	평균 수명
유다 왕국	기원전 6000~1000	52
그리스 철학자, 시인, 정치가들	기원전 450~150	68
	기원전 100 이후	71.5
로마 철학자, 시인, 정치가들	기원전 30~서기 120	56.2
기독교 교부들	서기 150~400	63.4
이탈리아 화가들	1300~1570	62.7
이탈리아 철학자들	1300~1600	68.9
왕립의사협회 회원들의 수도원 기록	1500~1640	67
	1720~1800	62.8
	1800~1840	71.2

	시기	평균 수명
15세를 기준으로 본 수명	1931	66.2
	1951	68.9
	1981	72

기대 수명이라는 것은 표준 집단을 어떻게 잡느냐와 어떤 자료를 근거로 하느냐에 따라 달라지기 때문에 매우 불안정하기는 하지만, 역사적으로 볼 때 별문제 없이 성년에 도달한 사람은 우리가 생각하는 것 이상으로 장수할 좋은 기회를 누렸음은 의심할 바 없는 사실이다. 20세기 말쯤에 우리는 예전 천 년에 비해 족히 10년은 더 산다. 21세기 초 우리는 다시 10년을 추가해 선진국 국민의 기대 수명은 대략 80세에 이른다는 것을 대부분 조사는 확인해준다. 그렇지만 고대에도 이미 어린 시절을 별탈 없이 이겨내고 교육을 받은 사람은 성경이 기록한 70세의 수명을 누릴 좋은 기회를 잡았다(피에 굶주린 로마제국이라는 악명 높은 예외가 있기는 하다). 빅토리아 시대*만 하더라도 남성의 기대 수명은 일단 무탈하게 다섯 살에 이르렀을 때 족히 70세를 넘겼다.[10] 이런 자료들은 20세기 이전 인생을 만인 대 만인의 투쟁으로 본 홉스의 관점, 세간에 널리 퍼졌던 관점을 불편하고 잔혹한 단견으로 간주하게 만든다.

이런 자료는 더 나아가 중년이 역사 전반에 걸쳐 비교적 변함없는 모

---

* 빅토리아 시대는 1837년부터 1901년까지 영국의 빅토리아 여왕이 다스리던 시대를 말한다. 영국 역사상 가장 번영을 구가하던 시대로, 강력한 경제력과 군사력으로 세계를 지배했다.

습을 보여주었다는 것, 30대 중반쯤을 지나가는 것이 예나 지금이나 중년이었음을 보여준다. 물론 중년이 항상 변함없는 모습을 유지해온 것은 아니다. 서양이든 동양이든 중년을 다르게 보는 관점은 늘 있었다. 셰익스피어와 몽테뉴만 하더라도 오늘날 우리가 보는 것과는 다른 관점으로 30대를 이해했다. 일본의 경우는 '노인'과 '중년 남자' 사이의 중간쯤에 해당하는 남자를 부르는 호칭 '옷상'(おっさん, 아저씨)이 최근 들어 상업적 경쟁력을 인정받아 '아저씨 대여업'이 인기를 끄는 현상을 보여준다.[11] 그러나 중년 남자의 생물적 실상은 놀라울 정도로 비교적 꾸준한 모습을 유지해왔다.

이런 이야기는 최소한 고등 교육을 받은 '남자'에게 해당하는 것이다. 여성은 놀랄 만큼 다른 그림을 보여준다.

역사 전반에 걸친 여성의 기대 수명[12]
(15세를 기준으로 본 것)

시 기	평균 수명
1480~1679	48.2
1680~1779	56.6
1780~1879	64.6
1891	61.6
1901	62.6
1911	66.4
1921	68.1
1951	73.4

1961	76.7
1971	76.8
1981	78.0
1989	79.2

기대 수명이 늘어난 것을 보여주는 이 자료로부터 두 가지 명백한 결론을 내릴 수 있다. 역사의 대부분 시기에 여성은 그리 오래 살지 못했다. 여성이 늘어난 수명을 자랑하게 된 것은 20세기부터이다. 이런 변화를 이끌어낸 가장 중요한 요인은 의심할 바 없이 출산의 위험을 덜어준 의료 서비스의 개선이다. 덕분에 현대 여성은 가임기를 넘어 늘어난 중년을 누린다. 패트리샤 코헨[*]은 문화사를 다룬 자신의 책『우리의 절정기In Our Prime』(2012)에서 '중년' 자체가 인구 통계의 범주로 등장한 것은 19세기 후반의 미국 여성 잡지가 처음이었다고 언급한다. 이 언급은 문제의 핵심을 잘 짚은 것으로 보인다. 노동 현장이 분업을 도입한 '테일러리즘'[**]으로 관리되고 대량 생산이 가능해진 뒤에야 비로소 새롭게 해방된 중산층 여성은 자유롭게 자신의 개인적 관심사를 추구할 수 있게 되었다. 다시 말

[*]   패트리샤 코헨(Patricia Cohen: 출생 연도 미상)은 미국의 저널리스트로 《뉴욕 타임스》 소속이다. 1997년부터 그녀는 신문의 예술 비평 분야의 책임 편집자로 일하면서 많은 칼럼을 썼다.

[**]   '테일러리즘(Taylorism)'은 노동자의 움직임, 동선, 작업 범위 따위를 표준화하여 생산 효율성을 높이는 체계를 말한다. 미국의 발명가이자 기술자인 '테일러'가 창시한 과학적 관리 기법이다.

해서 산업혁명 이후의 시대에만 중년은 좋은 인생이 될 수 있었다. 중년은 기계 시대가 빚어낸 창작품이다.[13]

그러나 근대의 이런 흐름은 연령 개념의 변화뿐만 아니라 상업화를 유발했다. 19세기의 대중 매체는 노화를 바라보는 두려움을 지어내기 무섭게 이를 이용해 경제적 이득을 얻기에 혈안이 되었다. 1960년대는 중년 위기를 만들어내자마자, 이를 오로지 대중 소비의 코드로 활용하기에 급급했다. 하지만 잡지와 같은 대중 매체가 화장품을 팔기 바쁘고, 정신분석학자가 고객에게 당신이 느끼는 건 무슨 감정인지 조곤조곤 일러주기 훨씬 전부터, 작가와 사상가는 그 정교한 안테나로 항상 늙어감의 위기와 두려움을 포착해왔다. 문학의 경우, 예를 들어 12세기 초에 작품 활동을 한 안달루시아 시인 유다 할레비*는 재치가 넘치는 간명한 시구로 거의 형이상학에 가까운 차원을 보여준다.

한 가닥 은발이 머리에 보이기에
손으로 뽑았더니, 머리카락이 이렇게 말하더군.
"일대일로는 네가 나를 이겼군 —
그러나 군대로 떼를 지어 몰려오면 어쩔 건데?"[14]

----

* 유다 할레비(Judah Halevi 또는 Yehuda Halevi: 1075~1141)는 스페인에 살았던 유대인으로 의사이자 시인이며 철학자이다. 당대가 낳은 가장 걸출한 히브리 시인으로 꼽히는 인물이다.

우리 가운데 이렇게 느끼지 않을 사람이 있을까? 고대든 현대든 남성이든 여성이든, 우리는 모두 시간을 상대로 경쟁을 벌이며, 우리 모두는 패배한다. 부정은 매우 강력한 도구로 한동안은 아주 요긴하게 쓸 수 있다. 프리드리히 니체는 망각이야말로 좋은 정신 건강에 이르는 문이라 하지 않았던가. 하지만 늦든 빠르든 우리는 더는 젊지 않다는 사실, 앞에 놓인 시간이 뒤에 놓인 시간보다 적다는 사실과 직면해야만 한다. 조만간 군대와 상대할 각오를 해야만 한다. 이런 말을 하는 것이 쉽지는 않지만, 그냥 직설적으로 말하자. 우리는 '할 것을 하다가 죽는다(do and die).' 슬픔을 새기는 일을 일찌감치 시작하는 것이 늦게 시작하는 것보다 낫다.

슬픔: 중년의 다섯 단계

1960년대는 섹스와 중년 위기를 지어내면서 슬픔도 빚어냈다. 1969년 눈길을 사로잡는 제목의 책 『죽음과 죽어감』에서 스위스 정신과 전문의 엘리자베스 퀴블러로스*는 슬픔의 다섯 단계로 알려진 것을 정리해냈다.[15] 퀴블러로스는 죽어가는 환자가 거칠 수밖에 없는 표준 다섯 단계를 부정(Denial 그리고 고립Isolation), 분노(Anger), 협상(Bargaining), 우울

----

*   엘리자베스 퀴블러로스(Elisabeth Kübler-Ross: 1926~2004)는 스위스 태생으로 미국에서 활동한 정신과 전문의이며 임종 연구를 개척한 인물이다. 『죽음과 죽어감On Death and Dying』은 국내에도 번역된 책(청미출판사)이다.

(Depression) 그리고 수용(Acceptance)으로 정리하고 각 머리글자를 따라서 '답다(DABDA)'라고 불렀다. 각 단계가 서로 명확히 구분되지 않으며 엄밀히 볼 때 연속되지도 않기는 하지만(환자는 언제라도 이 단계들을 앞뒤로 오갈 수 있다), 그럼에도 이 모델은 모든 감정 가운데 가장 강력한 다섯 가지를 확인해주어 대중의 담론에서 빠른 속도로 주목을 얻었다(비록 전문가 사이에서는 항상 그런 것은 아니었지만). 이 모델이 대중적인 성공을 거둔 가장 중요한 이유는 아마도 암묵적으로 죽음을 일종의 과정으로 바라보았다는 점, 그래서 죽음과 타협할 시간을 주었다는 점, 인생은 그 고유한 흐름을 따라 계속된다는 사실을 일깨워주었다는 점 때문이리라. 시간은 모든 것을 치유해주지는 않지만, 바로 이게 결정적인데, 마음의 평안만큼은 베풀어준다.

중년을 두고도 같은 모델이 성립할까? 퀴블러로스의 모델에서 슬픔이 죽을 수밖에 없는 몸을 애도한다면, 중년은 늙어 죽을 수밖에 없는 자아를 애도한다. 중년은 죽음이 시작되는 초기 형태, 인생의 잔인한 유한함인 사멸의 운명을 오해의 여지가 없이 암시해준다. 다른 사람들에게서 오랫동안 관찰해온 이 유한함은 이제 자신의 문제로 부각되며 천천히 그 진면목을 드러낸다. '중년 위기'와 '슬픔의 다섯 단계'가 학계보다는 대중에게 더 큰 주목을 받았다는 점은 이런 모델을 대중이 필요로 한다는 사실을 보여준다. 두 가지 모두 대중의 인기를 누리는 성공을 거두기는 했지만, '중년 위기'와 '슬픔의 다섯 단계'의 결정적 차이는 중년의 경우 시간은 정확히 마음의 평안을 제공하지 않는다는 점이다. 몸만 가지고 본다면 더 나빠지기만 할뿐, 좋아질 수는 없다. 그러나 심리적으로 보지면 우리는 나이를 먹어갈수록 늙음을 더 잘 받아들인다. 젊은 날의 기억이 갈수록 흐릿해지며 멀리 달아나기 때문이다. 슬픔과 마찬가지로 수용, 머리글자 약어 'DABDA'의 마지막을 이루는 '수용(Acceptance)'은 중년의 마지막 단계이다.

부 정

어린 시절에 관한 나의 가장 생생한 기억은 내 아버지의 마흔 번째 생일 파티이다. 나는 그때 열 살이었으며(나는 그 이전 유년기를 놀라울 정도로 거의 기억하지 못하기에, 이 기억이 특히 생생하다), 마흔이라는 이정표에 도달하는 사람을, 나는 그 이전에는 또렷하게 관찰한 적이 전혀 없었다. 내 어머니는 아버지보다 세 살 젊었다. 아버지는 사자처럼 긴 머리카락을 귀 뒤로 쓸어 넘기면서 그 자리에 모인 축하객들을 향해 그 주근깨 가득한 얼굴을 환히 빛내며 무척 행복해했던 걸로 나는 기억한다. 그런데 참 묘했던 것은, 아마도 분명 이것 때문에 내 기억이 그처럼 또렷할 텐데, 사람들이 모두 아버지에게 "인생은 40에 시작하는 거야" 하고 말했다는 점이다. 이 말을 듣고 느꼈던 당혹감은 지금도 생생하기만 하다. 어떻게 해서 절반이나 지난 시점에 인생이 '시작'한다는 거지? 왜 좀 더 일찍 시작하지는 못하는 거야? 아버지는 지난 40년 동안 대체 뭘 한 거야?

나 자신이 그 연령대에 도달한 지금 그때 내가 참 고지식한 아이였구나 하는 생각에 나는 그저 미소만 짓는다. 반어적 표현을 알지 못하는 아이가, 피할 수 없는 인간 조건에 우리 인간이 서로 위로를 주고받으려는 부드러운 마음씨를 어찌 이해할까. 진부하기는 하지만 위로를 건네는 인사는 더는 부정하지 말자는 위로이다. 우리가 서로 인생은 이제부터 시작이라고 말하는 것은 진짜 시작이라서 그런 게 아니라, 인생이 이제 부정할 수 없이 중간 단계에 이르렀기 때문에 각오를 새롭게 다져보자는 위로이다. 이 글을 쓰면서 41년 하고도 반년을 더 산 나는 평균 영국 남성의 기대 수명을 절반 정도 넘겼다. 그러나 40에도 인생이 단지 지금까지처럼 계속된다고 말하는 것은 생일 축하 카드에 써넣을 고무적인 문구로 알맞지 않다.

이렇게 본다면 부정이야말로 중년이 피할 수 없이 맞이하는 첫 단계이다. 첫 번째 새치가 나고 머리가 빠지면, 얼굴을 가로지른 첫 번째 주름이 거울의 금이 간 선처럼 보이면, 우리는 아무것도 못 본 척 딴청만 피운다. 평범해서 진부하기만 하던 허영(vanity)은 삶의 덧없음을 상징적으로 표현한 바로크풍의 '예술 작품(vanitas)'이 된다. 황제가 행진할 때 뒤를 따르는 노예들처럼 떼를 지어 나타나는 새치는 우리에게 "메멘토 모리(memento mori)" 곧 "죽음을 기억하라"고 속삭인다. 우리는 누구나 거울을 보며 머리숱이 적어져 속이 훤히 들여다보이는 정수리에 가슴이 철렁하는 경험을 하지만, 저마다 앞다투어 '늙어서 그런 게 아닐 거야' 하고 부정하는 경험을 한다. 아마도 이런 경험, 더 정확히 말해 사회적이고 문화적인 코드의 경험은 남성과 여성이 서로 다르게 겪는다. 40 이전의 남성은 자기 몸이 보여주는 생물적 현실을 모른 척 외면할 수 있는 반면, 여성은 일찍부터 거의 끊임없는 압력, 화장품 산업, 문화 신업, '생체 시계'라는 관념이 '젊고' 앳되게 남아야 한다고 윽박지르는 압력에 시달린다. 이렇게 볼 때 여성은 실제 중년이라는 연령대에 도달하기도 전에 패배의 감정으로 얼룩진다. 여성이 이런 압박감을 줄이려 갖은 노력을 기울이고 그에 따른 위험을 무릅쓰는 것은 놀라운 일이 아니다.

그러나 성별에 관계없이 부정은 우리 모두의 본성이다. 죽음을 의식하는 것이 인간의 조건이라면, 이런 의식을 억누르려는 시도, 할레비의 시가 보여주는 것과 같은 시도 역시 인간의 조건이다. 메리 셸리^{Mary Shelley}는 낭만주의 후기의 디스토피아 소설 『최후의 인간The Last Man』(1826)에서 인간의 이런 심리를 인상적으로 포착해놓았다.

너희는 모두 죽으리라고 나는 생각한다. 이미 너희의 무덤은 너희 주변에 터를 닦았다. 민첩함과 강인함을 타고났기에 너희는 한동안 살아남을 거라고 믿겠지. 그러나 생명을 담은 '육신의 껍데기'는 섬약하기만 하구나. 너희를 생명에 묶어준 은색의 끈*은 속절없이 끊기리라.[16]

살고 싶다는 욕망은 죽는다는 사실의 부정이다. 이런 부정이 없이 인

---

* '은색의 끈'에 해당하는 원어는 'Silver cord'이다. 이는 본래 탯줄을 뜻하는 표현이다. 하지만 본문의 맥락에서 이 표현은 은발(새치)로도 읽어야 좋다는 생각에 '은색의 끈'이라는 역어를 골랐음을 밝혀둔다.

생을 즐길 수 있는 사람은 없다. 이런 의미에서 중년은 유한한 인간 조건의 본질이다. 중년을 충분히 맛보고자 한다면 우리는 죽음을 부정해야만 한다.

분 노

나는 40이 되었을 때 아쉽게도 인생이 이제 시작한다고 격려해주는 카드를 받지 못했다. 아마도 중년을 두고 하는 이런 종류의 부드러운 반어법은, 이 주제에 접근하는 다른 많은 방식과 마찬가지로 철 지난 유행이 된 모양이다. 하지만 프랑스 가족과 결혼하면서 나는 '라 크리즈 드 라 카랑텐(중년 위기)'*이라며 내 마음이 어떤지 익히 안다는 투의 말을 숱하게 들었다. 40은 인생이 시작하는 연령일 뿐만 아니라, 또한 중년 위기의 나이이다.

왜 40을 두고 이런 말이 나올까? 성경에 기록된 수명 70의 중간 지점이 35임을 감안하면, 그 5년 뒤를 인생의 진정한 전환점으로 꼽는 경향은 그 나름대로 근거가 있는 관점이다. 40이 인생의 전환점이라는 생각은 거의 보편적인 것으로 보인다. 근대뿐만 아니라, 서구의 유대교와 기독교 문화뿐만 아니라, 이런 발상은 세계 곳곳에서 찾아볼 수 있다. 예를

---

* '라 크리즈 드 라 카랑텐(la crise de la quarantaine)'에서 'quarantaine'은 마흔에서 쉰 사이의 연령대를 이르는 표현이다. 다른 한편 이 단어는 격리를 뜻하기도 한다. 늙은이와는 거리를 두는 것이 위생상 좋다는 통념을 꼬집는 표현이 '카랑텐'이다. 프랑스 작가 장루이 퀴르티(Jean-Louis Curtis: 1917~1995)는 1966년 『La quarantaine』이라는 제목의 소설로 늙어감의 의미를 반추했다.

들어 14세기 안달루시아에서 활동한 이슬람 학사 이븐 할둔*은 이슬람 세계의 역사를 다룬 그의 고전 『무캇디마Muqaddimah』(1377)에서 이렇게 썼다. "이성과 전통으로 미루어 보건대 40세가 개인의 성장이 더는 이뤄지지 않는, 개인의 힘이 더는 늘어나지 않는 끝임이 분명하다. 남자가 40이라는 나이에 도달하면 자연은 성장을 일단 멈추게 한 다음, 쇠퇴가 시작되게 만든다."[17] 이븐 할둔의 글 밑바탕에 깔린 것은 의심할 바 없이 이슬람 관습이다. 이슬람 관습은 마호메트가 대천사 가브리엘에게 계시를 받았을 때의 나이가 40세라고 강조한다. 그런데 그의 글에서 두드러지는 점은 논리와 역사를 끌어다 대는 방식(그리고 마흔이라는 나이가 모든 것이 정지 상태에 이르는 일종의 고원 지대, 곧 성장이 한계에 다다른 지점이라는 암시)뿐만이 아니다. 더욱 흥미로운 점은 곧이어 그가 펼치는 인류학적 논의이다. 마흔은 사막의 유목민 생활은 물론이고, 그 이후의 '정착 문화'에도 한계를 의미한다고 그는 주장한다. 마흔 이후 사람은 '욕망에 충실하던 삶'을 버리고 점잖고 검소한 삶을 살아야만 한다. 마흔 이후 "인간 영혼은 종교 생활이든 세속의 안락함이든 제약을 받게 하는 숱한 낙인이 찍히는 것을 감수해야 한다." 거의 모두 정착 생활을 하는 오늘날 우리가 쓰는 말로 옮겨놓으면, 40대로 올라선다는 것은 당연히 위기를 부르는 요소이다. 그리고 일견 40에 맞이하는 중년 위기는 거의 보편적 현상으

---

* 이븐 할둔(Ibn Khaldūn: 1332~1406)은 중세 이슬람을 대표하는 역사가이자 사상가이다. 사회주의적 사상을 개척한 선구적 인물이다.

로 보인다.

'마흔'은 몸이든 마음이든 일종의 전환점이기는 하지만 어디까지나 문화의 조건에 따라 다른 모습으로 나타날 수 있다는 점에서 중년은 우연적 요소가 많은 현상이다. 어느 날 아침 국민건강보험공단에서 보낸 저 건조한 말투의 작은 편지(이제 당신은 50대가 되었으니 1년에 한 번 심장 상태가 어떤지 진단을 받아야 한다는 통지서)가 발견된다면, 이제 중년은 요청하지 않았음에도 현관문을 열고 들어선 게 된다. 롤랑 바르트^{Roland Barthes}의 표현을 빌리자면 건강 검진 통지서 같은 사건은 중년의 시작을 알리는 '카이수라(caesura)', 곧 '중간 휴지(中間休止)'이다. 중간 휴지를 이루는 요소가 없다면 우리는 몸이 중년에 접어드는 것을 알면서도 마음으로는 이런 변화를 의식하지 않으려 할 거라면서 바르트는 훨씬 더 극적인 사례를 든다. 전설에 따르면 '트라피스트 수도회'의 창설자인 수도원장 랑세는 정식으로 입교하기 전인 37세에 자신의 정부(情婦)가 목이 잘린 채 죽은 것을 보고 그 충격으로 구도의 길을 걷기로 했다고 한다.* 바르트는 이처럼 중년이 몸의 상태이자 마음의 문제라고 강조한다.[18]

....

* 아르망 장 르 부틸리에 드 랑세(Armand Jean Le Bouthillier de Rancé: 1626~1700)는 프랑스의 신부로 시토 수도회 소속이었으나, 좀 더 엄격한 고행을 강조하며 종교 개혁 운동을 벌여 트라피스트 수도회를 창설한 인물이다. 본문에서 롤랑 바르트가 랑세의 일화를 인용한 것은 귀족 출신으로 방탕한 생활, 특히 문란한 성생활을 즐기던 랑세가 37세에 궁정의 암투로 목이 잘려 죽은 정부의 시신을 보고 회개해 수도사로 엄격한 금욕을 실천하는 삶을 살기로 결심하며 자신이 더는 젊지 않음을 의식하게 되었다는 이야기를 하기 위해서이다.

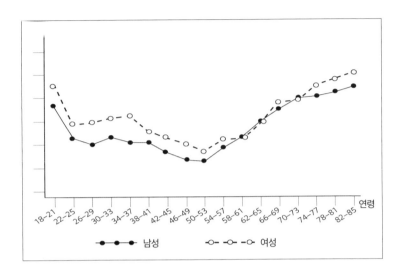

행복은 'U' 자에 가깝다: 글로벌 웰빙 사다리(네 살 단위로 묶어 설계한 연령 그룹), 2010년 미국 연구 자료.

이런 상태가 부정과 분노로 이끈다는 것은 놀라운 일이 아니다. 중년으로 살아가는 일은 젊음의 활달함도 늙음의 고상함도 누리지 못하는 어정쩡한 상태, 'U' 자 형태를 이룬다는 인생 행복 그래프의 바닥 지점에 해당한다. 서구 사회의 '행복 지수'가 각 구간별로 어떻게 변화하는지를 나타내는 'U' 자 곡선에서 40세와 55세 사이, 곧 중년이 시작하는 시기의 행복감은 바닥을 보여주기 때문이다. 이런 불행하다는 느낌은, 흔히 그러하듯, 외적인 측면보다 내면에서 더 심하게 드러나게 마련이다. 중년을 삶에 지친 모습으로 그리는 상투적 그림은, 안타깝지만 너무나도 현실적이다. 중년의 분위기를 묘사하는 음악이 대개 회한과 독선에 젖는 것을 보라. 젊었던 자기 자신의 빛나는 모습에 위협을 받으며 불안함 또는 늙었다는 쓸쓸함을 이겨낼 사람은 아무도 없다. 흥미롭게도 대중 심리학에는 중년이라는 교착 상태를 부르는 개념이 없다. 우리는 누구나 프로이트가 오이디푸스 콤플렉스라 부른 게 무얼 뜻하는지 감은 잡는다. 그러나 누가 자신을 어머니나 아버지로 여길까? 우리는 누구나 본능적으로 자신을 아들 오이디푸스(또는 그 여성 대응 역인 엘렉트라)라고 간주하게 마련이다. 아마도 우리는 오이디푸스 콤플렉스를 오디세우스 콤플렉스, 곧 젊음의 노이로제에 상응해 중년의 노이로제를 뜻하는 오디세우스 콤플렉스로 보완해야 하지 않을까.[19]

중년에 느끼는 모든 심리와 마찬가지로, 다음 세대에게 자리를 빼앗기는 탓에 느끼는 분노는 인생을 살며 내가 나 자신과 나누는 대화의 조건이 바뀐다는 점을 보여준다. 젊어서 나는 윗세대를 보고 짜증내지 않았던가. 하긴 발아래 깔개가 잡아당겨진다는 느낌(실제로는 늙은 머리라고 밀려나는 느낌)에 화가 나지 않을 사람이 있을까? 중년에 접어들었다고 화를 내는 것은 인간 조건을 두고 화를 내는 것과 같다. 그리고 이따금 이런 분노를 느끼지 않는 사람도 있을까? 자신이 언젠가는 죽을 수밖에 없는 유한한 존재라는 사실에 직면해 느끼는 분노는 우리가 살아 있다는 것을 의미한다.

이렇게 볼 때 분노는 중년의 생산적이고 긍정적인 측면이다. 분노에 자극을 받아 우리는 새로운 프로젝트에 도전한다. 자부심을 회복하고자 우리는 새로운 에너지, 새로운 길을 찾아 젊게 남을 방법을 모색한다. 번쩍이는 새 자동차, 새 애인이라는 화려하다 못해 천박해 보이는 중년 위기의 상투적 소품은 이런 방법의 속물적 대안이다. 늙어가는 리비도의 과잉 보상이라고나 할까. 그러나 창의적으로 걸러진 이런 에너지는 우리가 누리는 최고의 걸작 예술을 낳은 원동력이다. 요컨대, 중년 위기의 분노는 성숙한 중년으로 이끄는 견인차일 수 있다.

협 상

우리가 이런 창의적 행보를 취할 수 있느냐 여부는 나이 먹음을 바라보는 사고방식에 달렸다. 그리고 물론 사고방식 자체도 항상 늙어간다. 젊었을 때에는 나이를 먹는다는 말이 그저 남의 이야기처럼 막연하게만 들리지만, 실제 늙기 시작할 때에는 전혀 다르게 들릴 수밖에 없다. 노화 과정을 받아들인다는 것은 그 자체로 일종의 과정, 곧 우리가 자신을 어떻게 보는지 하는 관점의 끊임없는 재측정, 부단한 재평가를 수반해야 하는 과정이다. 젊음과 늙음 사이에 끼어 중년이 그 늘어나는 뱃살로 정의된다면, 협상과 타협은 중년 심리의 피할 수 없는 부분이다.

수학으로 말하자면 인생의 '중간'은 오로지 가설로 남을 수밖에 없다. 정확히 몇 살에 죽을지 우리는 전혀 알 수 없기 때문이다. 롤랑 바르트의 말을 들어보자. "우리 인생의 중간은 분명 수치로 찍을 수 있는 점이 아니다. 이 글을 쓰는 지금 나는 어떻게 내 인생 전체를 정확히 같은 값을 가지는 두 개의 부분으로 나눌 수 있는가?"[20] 이 중간 지점은 가변적이라는 속성을 가지기 때문에 최소한 한동안 재협상은 가능하다. 나는 아직 인생의 전반부일까, 아니면 이미 후반부를 시작했을까? 나는 여전히 '젊음'을 자랑하는가, 아니면 이미 '늙은 사람'인가? 우리 인간이 자신에게 들려주는 스토리로 정의되는 존재라고 한다면, 연령의 스펙트럼에서 어디에 위치하는지 스스로 정하는 자기 식별이야말로 이 스토리를 떠받드는 가장 중요한 기초 가운데 하나이다.

우리는 모두 젊었을 때 더 나이 들어 보이기를 바란다. 그러나 언제부터 우리는 자신이 더 젊어 보였으면 하고 원하기 시작할까? 중년 탓에 끊임없이 자기 자신과 벌이는 협상, 주름살이 생겼지만 그래도 아이들이 아직 어리잖아. 괜찮아, 아이들이 있기는 하지만 그래도 지금 사회적 신분은 높아졌으니 괜찮아 하는 식의 끊임없는 협상은 노화 역시 상대성 이론에 해당함을 보여준다. 상대성 이론은 우리의 관점(늘 변하는 관점)에 따라 시간이 빠르게 흐르기도 하고 느리게 흐르기도 한다고 말해준다. 세대 사이에서 자신이 어떤 위상을 차지하느냐는 물음의 답도 이런 상대적 관점에 따라 달라질 수밖에 없다. 부모 가운데 어느 한쪽을 여의면 우리는 죽음의 대기 줄에서 자신의 순서가 앞당겨졌다고 느끼지만, 하루가 다르게 자라며 변하는 자녀를 보면서 죽음의 대기 줄을 떠올리는 사람은 거의 없다. 요컨대, 노화는 절대적인 것이 전혀 아니다.

창의성이라는 관점에서 보면 시간의 흐름을 갈수록 더 의식하는 태도는 예전에 미뤄두었던 프로젝트에 다시 착수하거나, 심지어 새 프로젝트를 시작해야 한다는 위기감을 불러일으킨다. 언젠가 나는 30대 후반의 친구에게 정신분석학 강좌에 새로 등록한 이유를 물었다. 그녀는 소설을 쓰고 가르치며 연구할 뿐만 아니라 육아를 병행할 정도로 바쁜 삶을 살면서도 강좌까지 도전했다. 돌아온 답은 간명했다. "우리 시간이 다 되어가잖아." "시간이 다 되어간다"는 말은 보통 어떤 일의 중간이 아니라 끝과 결부되는 표현이지만, 여기에서는 중년의 위기감 또는 절박함을 표현하기 위해 사용되었다. 이런 절박함은 운이 따라준다면 우리가 갈망해온 기폭제 역할을 한다.

'명시적으로' 중년이라는 주제를 다루었든 혹은 '은연중에' 중년으로부터 영감을 받았든 이처럼 새롭게 발견한 절박함의 사례는 서양 문학의 역사에서 심심찮게 볼 수 있다. 누군가는 심지어 '뮤즈로서의 중년'이라는 표현을 쓰기도 한다. 인간이 죽을 수밖에 없는 운명과 맞서 싸우는 중요한 무기 가운데 하나가 창작이기 때문이다. 우리는 유한한 존재이지만, 최소한 우리는 소설을 쓰거나 아이를 키우거나 집을 지을 수 있다. 우리는 죽는 존재이기는 하지만, 최소한 무엇인가 남겨놓을 수 있다. 그러나 시간이 흐른다는 의식은 우리를 꼼짝도 못 하게 마비시키거나, 아직 하지 못하고 버려둔 것 또는 잘못한 것이 무엇인지 탐조등을 비추며 샅샅이 찾게 만들기도 한다. 또한 중년은 아무것도 하지 못하는 정체의 시간일 수도 있다.

우 울

그런 정체는 손을 보지 않고 그대로 놓아두면 한정 없이 늘어지는 우울한 시기를 초래한다. 이는 중년에 거듭 되풀이되는 경험이다. 전설처럼 회자되는 '위기'는 이 정체로부터 빠져나오려는 노력을 요구하지만, 우리 가운데 많은 사람들은 그럴 용기를 내지 못한다(또는 만용 탓에 위기가 더 심해진다). 젊은 날의 에너지는 소진되는데, 관계, 경력, 자녀 등 많은 시간과 노력이 들어가는 일이 되풀이되면서 매사 관심을 잃는 지루함, 실존적 권태에 사로잡힐 위험은 커지기만 한다. 이런 모든 위험은 너무나도 현실적이다. 근대 철학의 위대한 염세주의자 아르투어 쇼펜하우어^{Arthur Schopenhauer}는 인생이 지루함이거나 아픔일 뿐이라는 유명한 주장을 했다. 힘든 시절에는 두 감정이 모두 더 나빠진다. 젊은 날의 '주이상스[*]가 사라지면서 중년은 지루함에 사로잡히는 경향을 보여준다. 우리가 인생의 'U' 자 곡선 밑바닥에 사로잡힌 것처럼 느끼는 이유는 달리 있는 게 아니다.

'타에디움 비타에(taedium vitae)', 곧 '삶의 권태'라는 답답한 상황과 더불어 중년의 우울이 보여주는 가장 중요한 증상은 환멸, 곧 그동안 품어온 환상이 산산이 깨어지는 아픔이다. 상투적이기는 하지만 '희망과 꿈'을 품는 것은 젊음의 특권이다. 그리고 실제로 미래를 향해 나아가려는 젊음의 추동력은 희망과 꿈이 없이는 생각조차 할 수 없다. 이런 맥락에서

---

[*] '주이상스(Jouissance)'는 프랑스 정신분석학자 자크 라캉(Jacques Lacan: 1901~1981)이 도입한 개념으로 프로이트의 '리비도'에 상응한다. 흔히 '향유', '기쁨' 또는 '즐김'으로 옮겨지나 이는 '주이상스'의 상황에 따른 역동적 변화를 담아내지 못하는 표현들이다. 라캉에게 '주이상스'는 삶의 근원적 충동이며 그 정도가 지나칠 때 자기 파괴를 부르는 죽음의 충동이기도 하다.

오스트리아 작가 장 아메리*, 아우슈비츠 생존자로 중년의 환멸이 얼마나 쓰라린지 좀 아는 장 아메리는 꿈과 희망이 젊어서 빌려 나이 들어 갚아야 하는 '빚'이라는 표현을 썼다.[21] 그러나 세월의 흐름과 함께 최선의 경우에도 이 열망은 극히 일부만이 채워진다는 어렴풋한 깨달음, 심지어 채워진다 하더라도 새로운 열망이 옛 꿈의 자리를 차지한다는 깨달음은 피할 수 없이 찾아온다. 오스카 와일드Oscar Wilde 식으로 표현한다면 사람들은 바로 그래서 중년에 경험이라는 이름을 붙인다.

환상은 물론 정신 건강에 꼭 필요한 도움을 주는지라, 중년이 타협을 불편하게 여기는 것은 당연하다. 매일처럼 자신이 죽을 수밖에 없는 유한한 존재라는 진실을 새기는 일은 감정적으로 감당하기 힘든 탓에 우리는 이를 잊으려고 이런저런 일에 매달리곤 한다. '앞만 보고 나아간다'는 말은 이런 배경에서 단순한 관용적 표현 그 이상의 것이다. 실존적으로 우리는 앞만 보고 나아가야만 죽음을 잊는다. 예를 들어 그레이엄 그린Graham Greene은 앞만 보고 나아가지 못하는 통에 탈진한 주인공을 그린 소설을 주로 썼다. 우리가 많은 책을 쓰거나 세계 곳곳을 여행할 정도로 뜨거운 열정을 자랑할지라도, 죽음을 생각하면 맥이 빠져 탈진하게 마련이다. 하지만 앞만 바라본다면, 우리가 아직 해보지 못한 일은 많기만 하

---

* 장 아메리(Jean Améry: 1912~1978)의 본명은 한스 카임 마이어(Hans Chaim Mayer)이나, 나치스 정권을 혐오해 프랑스 이름으로 개명했다. 단, 평생 독일어로 작품 활동을 했다. 강제 수용소에서 당한 모진 고문으로 망가진 몸을 스스로 갈무리한다며 자유 죽음을 택한 인물이다.

다. 나이를 먹어가며 미래가 좁아들수록, 그저 아무 생각 없이 숨어 지낼 구석은 줄어들 수밖에 없다. 지금 하지 않는다면, 거의 확실하게 결코 할 수 없는 일이 많은 게 우리네 인생이다.

젊음을 안타깝게 그리워하는 '슬픔'은 위험하기 짝이 없는 종류의 우울이다. 시간은 되돌릴 수 없다는 명백한 진실 앞에서, 특히 우리가 끊임없이 자신에게 다짐해온 모든 것, 이를테면 사랑, 성공, 자부심을 인생이 베풀어주지 않을 때 우리는 더할 수 없는 좌절감에 빠진다. 심지어 이런 성취가 불만을 막아주는 보증 노릇을 하는 것도 아니다. 원하는 바를 충족했다는 느낌은 오히려 모든 것을 허공에 던져버리고 다시 시작할 욕구를 불태우게 만든다. 이런 관점에서 포만감은 굶주림 못지않게 위험하다. 욕망이 인간 조건이라면, 그 충족이야말로 가장 음험한 처벌이다. 우리를 처벌하려는 신은 우리 기도를 들어준다.

온전한 정신으로 살아갈 수 있으려면 우리는 계속 희망을 품어야 한다. 인류학에서 오래전부터 확인하듯, 언어적·심리적·문화적으로 우리 인간은 미래를 바라볼 때 긴장감 넘치는 인생을 사는 존재이다. 우리는 미래를 추상적인 의미라 할지라도 개념으로 파악하고 열어가는 유일한 생물종이기 때문이다. 과거는 우리가 오로지 방문할 권리만 가지는 외국 땅이다. 그리고 현재는 언제나 덧없이 흘러간다. 어떤 종류의 것이든 미래 지향 프로젝트는 필수적이다. 그러나 미래 지향 프로젝트를 위해 우리는 퀴블러로스가 말한 다섯 단계의 마지막인 수용을 거쳐야 한다. 과거로부터 빠져나오는 망명을 인정할 때에만, 미래에 거는 기대를 줄일 때에만 우리는 자신의 생물적 나이와 일치함을 느낄 수 있기 때문이다. 슬픔을, 중년을 주어진 그대로 받아들이는 수용을 통해서만 간절히 바라온 합일, 자신과의 합일은 이루어진다.

수 용

중년의 수용은 어떤 모습을 보여주어야 할까? 이 물음은 이 책에서 다룬 작품과 작가가 제기하는 핵심 질문이다. 물론 그 대답은 저마다 다르다. 나 자신의 답은 회고록이라는 형태를 취한 이 책의 궤적에 담겨 있다. 우리를 괴롭히는 불안함의 정체를 가늠해보고 이를 해결할 좋은 방법은 위대한 정신이 고뇌의 궤적을 담아낸 문학과 문화에 자문을 구하면서 우리의 생각과 느낌을 좀 더 투명하게 걸러내는 것이다. 독서 치료를 통해 우리는 나이 먹는 것을 수용하는 법을 배울 수 있다. 물론 그렇다고 '딱 들어맞는 정확한 방법'이 있다는 말은 아니다. 이 책에 담은 매우 폭넓은 목소리는 중년에 반응하는 방법이 그만큼 다양하다는 방증이다. 이 책에 수록된 작가들은 불안함을 예술로 승화할 방법을 찾기 위해 진력했으며, 저마다 다른 길을 걸었다. 종교에서 미학, 정치에서 개인사에 이르기까지 인생 행로의 한복판에서 자아를 찾으려는 노력으로 쓴 글은 세기와 문화와 함께 흐르며 그때그때 다른 면모를 보여준다. 그러나 이들 모두가 공유하는 한 가지는 시간 탓에 피할 수 없이 맞닥뜨리는 필연성, 곧 인생의 각 시기를 살며 그때그때 해야만 하는 일을 피하지 않고 창조적 미덕을 키워내고자 한 열망이다. 이런 열망은 중년을, 주름 등 노화를 나타내는 모든 것을 있는 그대로 받아들이는 수용의 자세를 요구한다.

어떤 의미에서 중년을 긍정적인 단어로 묘사하는 것은 실제로 놀라울 정도로 쉽다. 중년을 '성숙함'으로 대체하면 'U' 자는 돌연 뒤집어져 종 모양의 곡선을 그린다. 이 곡선에서 중년은 인생행로의 바닥이 아니라 정점을 나타낸다. 인생을 연극에 빗댄 셰익스피어의 저 유명한 비유가 품은 함의는 바로 이것이리라. 제이퀴즈가 정리한 '남자의 일곱 연령'*에서 네 번째와 다섯 번째에 해당하는 용감한 군인과 지혜로운 법관은 우리가 인생을 살며 자신을 키우는 발달의 명확한 정점, 곧 사회적 존재와 윤리적 존재의 최고 경지를 대표한다.[22] 이런 설정에 담긴 함의는 성숙함이 곧 드높은 도덕 경지를 뜻한다는 점이다.

하지만 물론 군인과 법관의 뒤에 '슬리퍼나 질질 끄는 약골'과 '두 번째 유치함', 곧 다시 어린애로 돌아가는 유치함이 도사리고 있다는 문제가 남는다.** 그 모든 장점과 함께 성숙함을 받아들인다는 것, 네 번째와 다섯 번째 단계를 대표하는 힘과 판단력이라는 장점을 자랑하는 성숙함을 갖춘다는 것은 또한 갖가지 단점을 가진 중년을 수용해야 함을 뜻한

---

* 셰익스피어의 희극 『뜻대로 하세요As You Like It』(1623년 출간)에 등장하는 제이퀴즈 (Jaques)는 세상일에 환멸을 느끼는 중년의 우울한 여행객이다. 인생의 관찰자로 의미 심장한 대사를 구사하는 캐릭터이다. 이 작품은 남자의 일곱 연령을 무력한 유아, 징징대는 학생, 감정적 연인, 헌신적 군인, 지혜로운 법관, 전문 분야를 통제할 줄 아는 노인 그리고 노망난 노인으로 제시한다.

** '슬리퍼나 질질 끄는 약골(slipper'd pantaloon)'과 '두 번째 유치함(second childishness)'은 셰익스피어가 남자의 일곱 번째 연령를 묘사하는 표현이다. 이 표현이 의미하는 바는 늙어 쇠약해진 노인은 노망기가 있고 어린애 같다는 것이다.

디. 무엇보다도 우리는 모든 것은 자기 마음대로 할 수 있다는 환상을 버려야 한다. 가장 먼저 우리는 자신이 죽을 수밖에 없는 존재임을 받아들이는 자세부터 갖춰야 한다. 이렇게 하는 것이 거의 불가능에 가까울 정도로 어려운 일이라는 이야기는 굳이 할 필요가 없으리라. 어렵다고 한탄하는 대신, 우리는 자신이 해낼 수 있는 일부터 이루려 노력해야 한다. 우리 가운데 가장 뛰어난 창의력을 자랑하는 인간의 사례가 설득력 있게 보여주듯, 우리는 자기 인생의 프로젝트를 수행해야 한다.

이런 뜻에서 이 책에서 소개하는 문학의 위대한 걸작들은 흐르는 시간의 수용이자 그에 거스르려는 반항으로 이해될 수 있다. 삶의 한복판, 곧 중년에 자신이 누구인지 자아를 인식하려는 노력을 작품 집필 프로젝트의 전제로 삼으면서 역설적이게도 이 위대한 걸작들은 이 전제를 초월해 인생 전반을 성찰한다. 중년의 다섯 단계는 이렇게 해서 인생 전반을 두루 성찰하고 중년이 제자리를 찾을 수 있게 해준다. 문학의 조명에 비추어 중년을 반추하면서 나는 적절한 단어를 찾으려는 나의 집착이 항상 시간을 딱 맞게 포착하려는 집착이었음을 깨달았다. 지금 나는 인생행로의 한복판에, 시간을 탐구할 가장 좋은 위치에 있다. 과거와 미래, 철부지 청소년과 원숙한 어른, 모든 관점은 젊음이라는 소실점에서 만나 인생이라는 한 폭의 그림을 이룬다. 지금부터 나는 이 그림을 본격적으로 그리고자 한다. 과거와 현재와 미래라는 시간은 인간 조건, 곧 인생전반을 가늠할 수 있게 해주는 진정한 척도이다. 바로 그래서 우리는 단테, 몽테뉴, 괴테 같은 작가들, 또는 T. S. 엘리엇, 베케트, 보부아르와 같은 그들의 후예들로부터 중년은 우리 인간이 가진 조건을 가장 잘 탐색하게 해주는 모티브인 동시에 최고의 동기 부여라는 점을 배울 수 있다. 이것만큼은 확실하다. 중년보다 인간을 더 독특하게 드러내는 조건은 따로 없다.

제2장

인생 한복판의 돼지

중년의 철학

태초에 말씀이 있었다. 종말에는 계시가 있으리라. 그러나 중간에는 침묵만 있을 따름이다.

인생의 시작과 중간과 끝이라는 주요 세 단계 가운데 시작과 끝을 강조하는 이런 관점은 성경에만 등장하는 게 아니다. 오늘날을 살아가는 우리 역시 본질적으로 같은 관점을 가진다. 탄생과 태초는 그 스토리를, '창조의 화법'을 가진다. 창세기가 영광을 노래하듯, '시초'에는 신의 은총 어린 섬광이 번쩍인다. 끝도 마찬가지로 비장함, 불현듯 모습을 드러낸 죽음 앞에 선 절박함을 연출한다. 후기 스타일, 말년, 뒤늦게 불타는 창작열은 노년층에 새롭게 관심을 가지도록 우리의 주의를 환기하곤 한다. 그러나 중년이라는, 인생의 중심축을 이루는 시기는 어떤가? 인생의 중간을 차지하는 비교적 긴 시간의 축은 직업적 성취와 개인적 만족과 사피폐 특권이 시기로 규정되곤 하지만 그 실상은 무엇인가? 도대체 중년은 무엇인가?

젊음이 모든 것의 척도인 사회에서 중년이라는 주제는 대개 금기로만 남았다. 니체의 발언, 정신병을 앓는 가운데 또렷한 의식으로 내뱉은 선언대로 신이 죽었다면, 신의 자리를 대신 차지한 것은 젊음이다. 사람들은 앞다투어 젊음을 숭배하며 지칠 줄 모르고 젊음에 아첨을 떨며 호의를 베풀어주기를 간청하지만, 언제나 젊음은 잠깐 피었다 스러질 뿐이다. 스펙트럼의 반대편에 서 있는 노년은 젊음의 전횡에 맞서 저항할 근엄한 대항마로 갈수록 주목받기는 한다. 새천년으로 진입한 이후 베이비 붐 세대의 노화와 더불어 '늙음의 기쁨과 위험'을 다룬 회고록과 연구는 빠르게 늘어났다.[1] 그러나 인생이라는 스펙트럼의 심장에 난 구멍은 인생의 젊음과 늙음이라는 양극을 묶어주는 트라우마를 가리킨다. 오늘날 서구 사회를 위협하는 진짜 테러는 '노화'가 아니다. 오히려 시간이 되돌릴 수 없이 흘러가버린다는 체념, 그래서 야망과 에너지를 그저 무관심으로 바꿔버린 채 아무것도 하지 않는 무기력함이 우리를 참담하게 만든다. 정말 경악스러운 두려움은 중년이다.

중년이라는 주제가 워낙 악명 높은 평판에 시달린다는 점은 중년을 금기시하는 태도가 잘 보여준다. '중년'이라는 단어로 연상 게임을 하면 대다수 사람들은 후줄근한 몸매, 갱년기, 중년의 '늘어진 뱃살' 등 신체적 쇠퇴와 연관된 단어를 떠올린다. 이에 더해 중년을 따라다니는 심리적 불안감, 이를테면 이루지 못한 꿈을 떠올릴 때마다 느끼는 좌절감, 동년배보다 뒤처지는 게 아닐까 하는 두려움, 젊은 세대와 노년 세대를 두루 돌봐야 하는 중압감 등으로 미루어 볼 때 중년이라는 단어는 전혀 긍정적이지 않다. 젊음에 집착하는 서구 사회에서는 눈가의 잔주름이 자글자글해져 피할 수 없게 될 때까지 누구도 자신이 늙는다는 사실을 인정하려 들지 않는다. 승산이 없는 줄 알면서도 필사적으로 문화의 온갖 도구를 총동원해 시간의 흐름에 맞서 싸우려고 하는 바람에 사실상 인생의 모든 단계를 짓누르는 결과가 빚어지고 만다. 물론 앞으로 이 책에서 확인하겠지만, 언제 어디서나 항상 늙음을 부정하려고 드는 것만은 아니다. 노화를 바라보는 문화적 태도의 변화는 중년에 가장 두드러지게 나타난다. 그러나 현대 서구 사회에서 우리는 과도기를 거의 혹은 전혀 거치지 않고 '젊음'에서 '늙음'으로 곧바로 넘어간다.

나는 기꺼이 현재 내 나이를 그대로 받아들이고 싶다. 왜 나이 먹는 것이 부끄러운가? 늙은 자신을 찍은 사진을 보는 것이 어째서 곤혹스러운가? 아마도 결과보다는 과정이 우리를 더 부끄럽게 만들리라. '늙는다는 것'은 인생의 끝이 그만큼 더 가까워졌음을 의미한다. 중년이 된다는 것은 단순히 여느 사람들과 마찬가지로 삶의 무게와 분투해야 함을 뜻한다. 비평가들은 흔히 말년의 작품을 위대한 작품이라고 평한다. 렘브란트, 베토벤, 셰익스피어와 같은 위인들은 모두 말년에 그 경력의 숭고한 정점을 찍는 축복을 누렸다는 말을 듣는다. 그러나 중년은 그런 숭고함을 제공하지 않는다. 중년은 그냥 단순하게 '어정쩡한 중간'이다. 중년이 무엇인지 밝혀보려는 인식 이론은 거의 찾아볼 수 없다. 이유는 간단하다. 중년은 언제나 중년이 아닌 것, 곧 젊음이나 늙음에 대비해 정의되기 때문이다. 초심의 설렘도 완성의 비장함도 자랑하지 못하는 중년은 그저 간단하게 이도 저도 아닌 중간에서 우리네 인생 대부분을 이루는 커다란 회색 덩어리를 형성할 따름이다. 이 까다로운 문제를 다루기 위해 우리는 근대 철학의 토대를 이루는 기본 모델 가운데 '중간'을 모색하는 게 어떤 것이 있는지 살피는 일부터 시작해야 한다.

서로 대립하는 쌍의 중간 지점, '중용'이라는 개념에 함축된 기초는 변증법 구조이다. 양극단이 대립해 빚어내는 긴장은 그 사이에 뭔가 다른 것이 들어설 공간을 창조한다. 독일 철학자 게오르크 빌헬름 프리드리히 헤겔은 『정신 현상학Phänomenologie des Geistes』(1807)에서 테제와 안티테제 그리고 진테제로 이어지며 끊임없이 되풀이되는 운동이 이른바 '세계정신'의 발전을 이끈다고 주장했다. '테제', 곧 첫 발상은 이에 대립하는 발상, 곧 '안티테제'를 촉발한다. 두 입장을 아우르는 종합인 '진테제'는 이런 상호 작용으로 생겨난다. 이렇게 얻어진 진테제가 다시금 새로운 테제의 바탕을 형성함으로써 전체 운동 사이클은 다시 시작한다. 이런 과정은 아르키메데스의 나선식 펌프가 계속 물을 끌어올리는 것과 흡사하다. 이 삼각 모델에서 목적 지향적인 힘을 발휘하는 것은 중간 요소, 곧 초기의 야망에 장애물을 놓음으로써 이 야망을 나중의 성취로 바꾸어내는 안티테제이다. 헤겔의 삼박자 운동이라는 구도 안에서 과거의 조야한 창조물을 단련해가며 미래의 고결한 완성으로 빚어내는 이 중간의 기능을 영국 시인 새뮤얼 테일러 콜리지Samuel Taylor Coleridge는 '유익한 반목

(salutary antagonism)'이라 불렀다.

헤겔은 이 삼각 모델을 역사 단계를 설명하는 장치로 활용했는데, 이 모델을 인생 단계에 적용해보면 '안티테제'는 바로 중간에 해당한다. 걱정과 불안에 휩싸여 분투하는 중년은 노년의 충족을 이루기 위해 꼭 필요한 전 단계 역할을 한다. 이런 관점에서 변증법이라는 삼각 모델은 노화 과정을 낙관적으로 바라볼 수 있게 해준다. 물론 헤겔의 변증법은 20세기 사상가 테오도어 아도르노^{Theodor Adorno}가 말한 '부정의 변증법'으로 작용할 수도 있다. 부정만 일삼는 사고방식으로 중간에만 사로잡혀 진테제를 일구지 못한다면 평안한 노년은 충족되지 않는다. 그래도 어떤 경우가 되었든 변증법 모델은 중간 단계를 없어서는 안 될 핵심으로 부각한다. 〈제국의 역습The Empire Strikes Back〉이 스타워즈(Star Wars) 삼부작 가운데 최고의 작품으로 널리 인정받는 결정적인 이유는 아마도 첫 작품의 만족감에 안주하지 않고 마지막 편에 이뤄질 결말을 위해 포석을 깔아두었기 때문이 아닐까. 중간은 양쪽 끝을 필요로 한다. 그러나 양쪽 끝 또한 중간을 필요로 한다.

하지만 이 삼각 모델의 문제는 양쪽 끝이 중간을 명백히 싫어한다는 점이다. '중간'이라는 단어가 경멸적인 의미로 사용되는 다양한 사례만 생각해보아도 문화가 중간을 혐오한다는 것을 우리는 충분히 알 수 있다. 이도 저도 아닌 '중도파'의 끔찍한 판단, '중간 관리자'의 압박 등등. 평범하기 이를 데 없다는 '중간치'는 최악의 운명이다. 차라리 화려한 실패가 훨씬 더 낫다. 분명 그런 판단은 문화마다 달라지는 특수성을 보여준다. 예를 들어 영국 사람은 이른바 평균치인 중간과는 거리가 먼 괴짜를 가장 좋아한다. 하지만 어떤 문화에서든 어떤 언어에서든 중간에 선다는 것은 평범하며, 독창적이지 않고, 창의적이지 못하다는 은근한 경멸의 대상이다. 중앙의 미드필더, 뒤룩뒤룩 살이 찐 돼지 미드필더에게 공은 오지 않는다.

하지만 스포츠를 끌어대는 비유는 오히려 사안을 긍정적으로 볼 관점을 열어준다. 크리켓 선수와 야구 선수들은 공을 배트 중심에 맞춰 힘들이지 않고도 총알처럼 날아가는 타구를 만드는 것을 '미들링(Middling)'이라고 한다. 이 표현은 중심을 찾아내는 적절한 '타이밍'이 중요함을 웅변해준다. 이런 관점에서 보자면 중간은 모든 힘과 영광의 원천인 '중심'으로 보아야 하지 않을까. 그저 중간치인 평범한 타격은 중심을 맞춘 타격의 정반대이다.

좋은 인생이 무엇인지 다룬 모든 이론가들 가운데 최고의 영향력을 자랑하는 인물 역시 중간에서 중심을 읽어내는 이런 관점에 흔쾌히 동의한다. 아리스토텔레스(기원전 382~322)는 『니코마코스 윤리학』 제2권에서 이런 관점을 두고 '중용의 원리'라고 했다. 수학 공식으로 설명하자면 아리스토텔레스는 '넘치지도 부족하지도 않은 것'을 중용이라고 이해한다 (물론 그는 이런 중용 개념이 우리의 능력과 인생 단계에 따라 달라지는 상대적인 것이라고 인정하기는 한다).[2] 때때로 '황금률'이라고 인용되는 이 원리를 두고 아리스토텔레스는 우리 인간의 성격과 행동을 모든 측면에서 규제하는 것, 또는 규제해야만 하는 것이라고 규정한다. 도덕적으로 높은 평가를 받는 덕성의 '습관(헥시스^{hexis})'은 어떤 경우든 중도를 지키는 자세라고 아리스토텔레스는 『에우데모스 윤리학』*에서 썼다.[3] 우리는 기뻐 날뛰어서도 슬프다고 비탄에 빠져서도 안 되며, 지나치게 낙관적이어서도 그렇다고 너무 풀이 죽어서도 안 된다. 장인과 예술가가 작업을 하며 균형을 추구하듯, 도덕적 존재인 우리는 중용의 자세를 키워야 한다. 아리스토텔레스가 보는 덕성은 중심을 잡는 것, 곧 모든 일에 절제하는 것이다.

『수사학』을 쓰면서 아리스토텔레스는 이런 논리를 인생의 단계에 적용한다. 청년은 대담하며, 노인은 소심하다. "인생의 정점에 선 남자는 이 둘 사이를 중재하는, 곧 대담함과 소심함이 어느 쪽도 지나치지 않도록 주의하는 성격을 자명하게 가진다."[4] 이 주장이 논란의 여지가 있다('자명하다'는 표현이 너무 지나치다)는 점은 논외로 할 때, 성숙함의 본성을 헤아리는 아리스토텔레스의 생각은 당대 문화가 은근히 남자에게 품는 기대가 무엇인지 잘 말해준다. 남자(오로지 남자만)는 "용감하되 절제하며, 차분하되 용감해야" 한다. 아리스토텔레스의 이 모델은 수학의 명확함을 자랑한다. 인생의 정점(아크메akmē)은 "적절한 중용이다. 몸은 서른에서 서른다섯 사이에 활력이 충만하며, 정신은 마흔아홉에 만개한다." 요컨대, 완벽한 남자는 30대 초반의 몸과 40대 후반의 정신을 갖춘 키메라가 되

---

* 『에우데모스 윤리학 Eudemian Ethics』은 아리스토텔레스의 『니코마코스 윤리학』과 『대윤리학』과 더불어 3대 윤리학 저술 가운데 하나이다. 에우데모스(Eudemus of Rhodes)는 아리스토텔레스의 제자였던 인물로 본래 이 책을 썼다고 여겨졌으나 20세기에 들어와 아리스토텔레스가 직접 썼다는 주장이 더 힘을 얻었다.

이아 미망히다.

헤겔의 안티테제와 아리스토텔레스의 중용 사이에서, 중간은 긴장을 뜻하기도 하고 균형을 의미하기도 한다. 중간은 균형을 이루지 못한 실패일 수도 있고, 긴장을 이겨낸 성공일 수도 있다. 중간 지점을 다루어온 문화 역사는 실패와 성공의 사례를 두루 확인해준다. 중간이라는 지대는 돌이킬 수 없는 과거와 알 수 없는 미래 사이에 끼어 어디로 나아갈지 불투명한 까닭에 성공과 실패의 갈림길이기도 하다. 인간은, 인류학의 표현을 빌려 말하자면, 미래에 경쟁할 능력을 갖추려 노력하면서 현재를 만들어가는 존재이다. 아리스토텔레스는 자신의 『물리학』 네 번째 권에서 이 현재는 '중간을 기준으로 서로 다른 양극단을 생각할 때에만' 파악될 수 있다고 썼다. 다시 말해서 '이전'과 '이후'를 지각함으로써만 우리는 '지금'을 확인할 수 있다.[5] 이처럼 중간은 도덕이나 수학의 범주에 그치지 않고 형이상학의 차원에 올라선다. 내가 이 글을 쓰고 지우고 다시 다듬으며 편집하는 것은 현재의 긴장 속에서 살고 있다는 명백한 사실뿐만 아니라, 현재의 긴장을 풀 일련의 가능성을 어느 정도 표현할 수 있게 다듬을 줄 아는 나의 능력 덕에 이루어진다. 이처럼 우리 인간은 자기의식을 가진 존재, 곧 중간을 고리로 과거와 미래를 함께 묶으려 노력하는 존재이다.

이런 자기의식이야말로 성숙함을 나타내는 상징이다. 이마누엘 칸트는 널리 알려졌듯 계몽이란 인간이 자초한 미성숙함으로부터 벗어나 성장하는 과정을 뜻한다고 설명한다. 그러나 이런 성장을 이룰 수 있으려

면 인간은 무엇보다도 자신이 미성숙함을 의식해야만 한다. 이런 자기의
식이 없이 인간은 성숙할 수 없다. 마찬가지로 인생의 중년을 살아가는
사람은 더 발전하려는 노력을 멈춘 것은 아닌지, '지금 상태'를 담보하는
것은 아닌지 유념해야만 한다. 한 걸음 물러서서 어떻게 해야 지금이라
는 현재가 단순히 과거를 되풀이하지 않을지 우리는 그 방법을 고민해야
한다. 헤겔 변증법이 중간을 목적에 이르는 수단, 특정 목적을 이루기 위
해 지름길을 택하는 수단으로 도구화했다면, 칸트는 이런 도구화를 거부
한다. 칸트는 자신의 『윤리형이상학 정초Grundlegung zur Metaphysik
der Sitten』(1785)에서 사람은 타인을 단순히 목적에 이르는 '수단'이 아니
라, 항상 목적 그 자체로 보아야 한다고 강조한다.[6] 칸트의 이해에 충실하
자면 중간은 다른 단계로 나아가기 위한 디딤대가 아니라 그 자체로 효력
을 가지는 중요한 시기이다.

이런 의미에서 중년은 늙어가는 세월의 일상적 경험과 맞물리는 생물
학적 사실로 우리가 인지하는 것이다. 우리는 자신이 느끼는 바로 그만
큼 늙는다는 말을 자주 듣는다. 그렇지만 또한 분명한 사실, 아마도 우리
가 특별히 주목해야 하는 사실은 우리는 자신이 느끼는 그만큼 중년이라
는 점이다. 생물학과 심리학의 이런 유동적인 관계는 르네 데카르트의 이
원론, 곧 몸과 정신의 이원론을 고스란히 반영한다. 몸과 정신을 각기 독
립된 실체로 바라본 이원론은 근대 철학의 출발점으로 잘 알려져 있다.
데카르트는 자신의 책 『성찰』(1641)*에서 "정신과 몸은 실제로 구분된다"
고 주장했다. 그가 이 구분의 근거로 제시한 것은 저 유명한 명제 "코기

도 에그고 숨(cogito ergo sum)", 곧 "나는 생각한다, 그러므로 나는 존재한다"이다. 이 기본 전제로부터 출발해 데카르트는 내가 나를 생각하는 자기의식은 '사유 실체(res cogitans)'와 '연장 실체(res extensa)', 정신과 몸의 구분을 이미 그 자체로 함축한다, 아니 실제로 요구한다는 논증을 펼친다. 정신은 두뇌를 몸과 별개의 것으로 파악하기 때문이다. 데카르트의 이런 논증대로라면 정신과 몸은 각기 독립된 실체이다. 나는 생각한다는 자기의식, 인지 능력을 자랑하는 자기의식은 물질로 설명될 수 있는 것이 아니다. 물질과는 무관한 정신의 힘을 인정할 때 비로소 인간은 자유를 누린다고 데카르트는 보았다. 자신의 『성찰』로 데카르트는 정신과 몸의 이원론을, 곧 자기의식을 부각하기 위한 이론적 바탕인 이원론을 세웠다. 이 이원론이 바로 근대 철학, 인간의 자유를 쟁취하려는 계몽철학의 출발점이다.[7]

중년을 두고 우리가 나누는 이야기는 이 이원론이라는 천칭 저울의 추를 어느 쪽으로 더 기울이느냐에 따라 달라진다. 중년이 되었음을 보여주는 중요한 특징 가운데 하나는 우리가 몸을 새삼스럽게 의식하기 시작한다는 점이다. 사춘기 이후 처음으로 우리는 몸의 변화를 감지한다. 새치가 나기 시작하며 머리카락은 속절없이 빠진다. 시력이 나빠지고 배가 불룩하게 나오기 시작한다. 운동이나 행운의 유전자로 이런 달갑지 않은

---

* 르네 데카르트(René Descartes)가 쓴 책의 원제는 『제1철학에 관한 성찰 Meditationes de prima philosophia』이나 국내에는 『성찰』로만 번역·소개되어 있다.

현상을 막는다 할지라도 중년의 우리는 그나마 일궈낸 특권을 지키기 위해 갈수록 더 치열하게 일해야만 하며 갈수록 줄어드는 보상에 한숨지어야만 한다. 요컨대, 몸은 다시금 두뇌를 지배할 태세를 보인다. 다른 한편으로 정신은 그 정점에 이르러 젊은 시절의 열정을 다스리며 절제된 원숙함을 내비치기 시작한다. 이로써 정신과 몸이 서로 참견하고 잠식하는 가위 효과가 발생한다.

데카르트의 이원론이 근대 철학의 기초를 제공할 수 있었던 이유는 이 이원론이 근대가 한사코 매달렸던 문제, 곧 자아를 어떻게 정의할 것인가 하는 문제의 핵심을 건드렸기 때문이다. 근대는 곧 나르시시즘의 시대라 불러 손색이 없다. 개인의 심리와 집단의 문화 이 두 차원에서 우리는 이른바 '정체성'으로 우리 자신을 정의한다. 21세기를 살며 우리는 자신을 다수파인가 소수파인가, 이성애자인가 동성애자인가 하는 잣대로 바라본다. 나는 정체성을 가졌다, 그러므로 나는 존재한다. 그러나 이 정체성은 나이를 먹음에도 안정적으로 남을까? 상황에 따라 변하는 정체성의 가변성을 다룬 가장 유명한 논증 가운데 하나는 존 로크^{John Locke}가 쓴 『인간 오성론An Essay Concerning Human Understanding』(1690)에 등장하는 이른바 '왕자와 구두 수선공'이라는 구절이다. 로크는 '왕자로 살았던 과거를 의식하는 영혼이 구두 수선공의 몸으로 들어간 경우'를 함께 생각해보자고 제안한다. 이 경우에 우리는 구두 수선공이 왕자와 같은 '인격체'라고 할 수는 있지만, 왕자와 동일한 '남자'라고 말할 수는 없다. 다른 남자의 몸 안으로 들어간 왕자는 그 내면('인격체')에서 자신을 보기 때문에 정체성을 충분히 의식한다. 반면 바깥에서 보는 모든 사람은 오로지 구두 수선공('남자')만 볼 따름이다. "같은 남자를 만드는 데에는 이처럼 몸도 거든다." 로크의 간결한 촌평이다.[8]

로크의 이런 논리는 우리가 어떻게 늙어가는지 하는 문제에 충분히 적용할 만하다. 한편으로 우리는 자신이 느끼는 바로 그만큼 나이를 먹는다(내면의 나는 여전히 20대로 느낀다). 그러나 다른 한편으로 바깥에서 보면 우리는 몸이 나이를 먹는 바로 그만큼 늙는다. 주관적으로 볼 때 왕자가 가진 젊음의 의식은 계속해서 자아 정체성, 곧 느낌의 정체성을 규정한다. 객관적 관점에서는 구두 수선공의 늙어가는 몸이 자아 정체성을 규정한다. 중년의 가위 효과는 자아를 보는 주관적 감각과 객관적 감각의 틈새를 계속 벌려놓음으로써 급기야 인생이 그 어떤 내용이나 목적에서든 하나의 통일체, 주관적 감각과 객관적 감각의 통일체라고 보는 관점은 일종의 환상이라는 결론까지 이끌어낸다. 이런 주장을 한 가장 유명한 도덕철학자는 현대판 로크라 할 수 있는 데릭 파핏*이다. 그는 『이성과 인격Reasons and Persons』(1984)이라는 제목의 책에서 이런 주장을 선보였다.[9] 이런 논리는 심지어 의식이 자아의 일관된 정체성을 보장해줄 수 없다고 본다. 우리는 태어나서 죽을 때까지 계속 변하는 통에 실제로 여러 사람, 최소한 두 사람 이상의 모습을 보여주기 때문이다. 왕자

---

*   데릭 파핏(Derek Parfit: 1942~2017)은 개인 정체성과 합리성을 전문으로 연구한 영국 철학자이다. 그는 20세기와 21세기 초에 걸쳐 가장 강력한 영향력을 발휘한 도덕철학자이다.

는 구두 수선공의 몸을 빌렸는지 여부와 상관없이 동일한 왕자가 아니다. 내면의 왕자는 어린 시절의 내면에서 멀어졌으며, 내면의 어린아이가 아니다.

우리는 중년에 이르러 정신과 몸의 결혼 생활이 불편하기만 하다는 것을 의식한다. 중년은 이 결혼의 조건이 바뀌었다며 결혼 서약을 갱신하라고 요구한다. 이런 관점에서 중년은 데카르트의 송과선*과 같다. 데카르트는 송과선이 신경 체계를 통해 '동물 정신'의 흐름을 통제하기 때문에, 정신과 몸이 만나는 곳이라고 설명했다(데카르트는 이 신경 체계가 인간만의 독특한 것으로 간주하는 실수를 저지르기는 했다). 생물학적 사실로서의 중년은 분명 인간만의 독특한 특성이 아니다. 살아 있는 모든 생물은 언젠가 그 생명의 중간 지점을 겪는다. 반면, 문화와 심리가 빚어낸 '중년'은 틀림없이 인간만의 독특한 특성이다.

데카르트의 이원론은 그 출발부터 공격을 받았으며, 이후에도 줄기찬 공격에 시달려왔다. 그 가운데 특히 주목할 만한 인물은 앙리 베르그송 Henri Bergson이다. 그의 사상은 20세기 초 예술과 문학의 터를 닦아주는 큰 기여를 했다. 자신의 책 『물질과 기억Matiere et memoire』(1896년 프랑스에서 처음 출간되었다)에서 베르그송은 정신과 물질을 따로 떼어본 데카르트의 구분은 공간이 아니라 시간 안에서 이해해야 하는 것이라고 주

---

* '송과선(pineal gland)'은 좌우 대뇌 반구 사이 셋째 뇌실의 뒤쪽에 있는 작은 공 모양의 내분비 기관이다. 데카르트는 정신과 몸이 이 기관을 통해 서로 상호 작용한다고 주장했다.

징했다. 정신은 과거의 영역, 곧 기억인 반면, 몸은 항상 현재 안에서 행동한다. 베르그송의 유명한 개념인 '지속(la duree: 정신이 지각하는 시간의 내적인 이어짐)'은 "과거를 현재로 연장시키는 기억이라는 형태의 연속적인 생명, 과거의 부단히 커지는 이미지를 담아낸 현재, 또는 더 심오하게는 나이를 먹을수록 더 묵직해지는 과거의 기억을 반추하는 현재의 연속이다."[10] 베르그송의 손으로 중년은 형이상학이 된다.

그러나 중년에는 형이상학으로만 다룰 수 없는 물리적인 측면이 분명히 있다. 독일 태생의 철학자 한스 요나스*는 '생물학적 사실의 실존적 해석'을 위해 쓴 자신의 연구 논문 『생명의 현상The Phenomenon of Life』 (1966)에서 데카르트의 이원론적 대립은 "정신이나 몸 어느 한쪽에 집중함으로써 생명의 특성을 밝혀내는 것이 아니라, 양쪽 모두를 생동하는 중간으로부터 떼어냄으로써 오히려 암울한 죽음으로 몰아넣고 말았다"고 주장한다.[11] 이원론의 대안으로 생동하는 중간을 전면에 내세우면서 요나스는 유기적 생명의 핵심 특징은 신진대사라고 강조한다. 우리의 신진대사는, 익히 알려졌듯, 나이를 먹어가며 변한다. 스물다섯에 정점을 이룬 신진대사 비율은 10년마다 최소한 2%씩 감소한다. 중년에 접어들면 우리는 섭취한 음식으로 얻은 열량을 갈수록 덜 소비한다. 그래서 빚어지는 악명 높은 현상이 바로 '중년 비만'이다. 중년에 유념해야 하는 것이 있

---

* 한스 요나스(Hans Jonas: 1903~1993)는 독일 태생의 유대인 철학자로 주로 미국에서 활동하면서 '생명윤리학'의 터전을 닦은 인물이다.

> "죽음은 세상의 따뜻한 은혜가 분명하다.
> 영혼을 청소함으로써 현세의 악행이 소멸되었다.
> 연기처럼 피어올라 아이로 돌아가 세상에서 겪은 고통의 운명을 위로받나니."

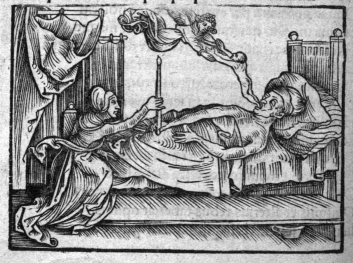

Dumq̃ patet toti cælestis gratia mundo
Mundando sceleri studeas: mala factaq̃ defle
Non placat summū quicquā post fata tonantem

내면의 어린아이?: 정체성의 환상, 콘라트 라이터의 책 『모르틸로구스』(1508)에서 발췌함.[*]

[*] 콘라트 라이터(Conrad Reitter)는 1500년을 전후해 독일 아우크스부르크에서 활동한 화가인 모양이나 정확한 인물 정보는 알 길이 없다. 책 제목 『모르틸로구스 Mortilogus』는 '장의사'라는 뜻의 라틴어이다.

나는, 그것은 바로 신진대사이다

요나스에게, 좀 더 일반적으로는 유기생물학자들에게, 신진대사는 생명의 기본 엔진이다. 그러나 요나스는 더 나아가 신진대사를 형이상학의 차원으로 끌어올린다. 신진대사의 형이상학적 의미는 간명하다. 우리 인간은 끊임없이 자신을 재생함으로써만 우리 자신으로 남는다. 변화하는 신진대사 비율, 이로써 일어나는 우리 몸의 체형 변화를 이야기하는 논의는 '철학자의 도끼'*라는 저 오랜 역설을 닮았다. 우선 도낏자루를 바꾸고, 그다음 도끼날도 바꾸었다면, 이 도끼는 여전히 같은 도끼일까? 데카르트의 송과선이든 요나스의 쇠퇴하는 신진대사든, 인생의 한복판에서 중년을 사는 사람은 이 역설이 가지는 상징적 힘을 안다. 우리는 나이를 먹어가며 몸이든 마음이든 젊은 시절의 모습을 거의 알아보기 힘든 사람으로 바뀌어가기 때문이다.

다른 한편 오늘날 과학은 노화의 이런 변화가 외모에서와 마찬가지로 내부에서도 실제로 일어나고 있음을 보여주기 시작했다. '미국의 중년(Midlife in the United States)'이라는 선구적 프로젝트의 후원을 받아 위스콘신 대학교 매디슨 캠퍼스의 노화연구소는 몸뿐만 아니라 두뇌가 늙

---

* '철학자의 도끼(the philosopher's axe)'는 어떤 물건이 그것을 구성하는 모든 부분이 바뀌어도 여전히 같은 물건인지 묻는 철학 물음을 이르는 표현이다. 본래는 '테세우스의 배(ship of Theseus)'가 이 역설의 정확한 이름이다. 고대 그리스에서 테세우스가 타던 배의 갑판을 다 바꾸었음에도 그 배는 여전히 같은 배인가 하고 헤라클레이토스가 물은 것이 이 역설의 기원이다. 이 물음은 정체성의 형이상학을 이루는 기본 물음이다.

어가는 방식을 다룬, 장기간에 걸친 일련의 연구를 진행했다.[12] 과학이 노화의 비밀을 풀 핵심 열쇠로 주목하는 것은 '신경 가소성'*이라는 개념 이다. 사진에 찍힌 우리의 외모가 해를 거듭하면서 점차 변화하는 것처 럼 '자기 공명 영상(MRI)'에 찍힌 두뇌 역시 우리가 나이를 먹을수록 변한 다. 대략 마흔에 접어들면서부터 두뇌는 10년마다 2%씩 그 부피가 줄어 든다. 이는 곧 신진대사 비율이 줄어드는 속도와 같다. 전두엽 전부 피질, 정확히 앞이마의 바로 뒤에 있으며 판단 능력과 자기의식 그리고 자제력 을 책임지는 두뇌 부위(프로이트가 '초자아'라 부른 것)가 이런 타고난 노화 에 특히 취약한 것으로 보인다. 그러나 의미심장한 사실은 바로 이 전두 엽 전부 피질이 우리가 30대가 되어서야, 곧 완전히 발달한 성인이 되어 서야 비로소 충분히 성숙한다는 점이다. 신경과학의 관점에서 본다면 중 년은 우리에게 쓰라림과 달콤함을 듬뿍 안겨주는 것만 같다. 우리의 거 칠 것 없던 두뇌의 힘이 줄어들기 시작하는 바로 그 지점부터 떨어지는 정보 처리의 속도를 보상해주는 것은 자신감과 성숙함이다. 요컨대, 경험 이 지능을 보완하며 부족한 부분을 채운다.[13]

경험이 두뇌 능력의 쇠퇴를 보상해준다는 결론이 직관적으로 그럴싸 하게 들리는 이유는 우리 모두 나이를 먹어가며 시행착오의 경험으로부 터 뭔가 배운다고 느끼고 싶기 때문이다. 그러나 두뇌의 변화를 보는 우

---

* '신경 가소성(neuroplasticity)'라는 개념은 인간의 뇌가 주어진 조건에 순응하면서 마 치 성형을 하는 것처럼 유연하게 주변 환경에 반응하는 것을 뜻한다.

리이 반응은 사람마다 다르다. 환경, 성격, 유전자 구성 그리고 (특히) 성별 차이와 같은 요인은 중년의 정신 자세를 이끄는 데 중요한 역할을 한다. 여성이 경험하는 중년은 남성의 그것과 피할 수 없이 다르다. 여성이 나이를 먹는 경험은 폐경기의 시작이라는 매우 본능적인 차원과 맞물리기 때문이다. 문화의 측면에서 여성은 흔히 외적 변화로 겪는 어려움을 호소하기도 한다. 남자가 예전처럼 자신을 눈여겨보지 않는다는 (그렇게 느끼는) 점이 여성이 이런 호소를 하는 원인이다. 여성은 시쳇말 그대로 갈수록 자신이 '투명 인간'이 된다는 느낌에 시달린다. 이런 느낌을 반기는 사람도 없지는 않으리라. 결국 투명성은 초능력이니까. 하지만 페미니즘의 발달에도 의심할 바 없는 사실은 남성의 시각이 서구 사회를 지배한다는 점이다. 이는 곧 남성에게 주목받지 못한다는 사실이, 공정한지 아닌지 하는 문제의 차원과는 별도로, 여성의 자존감에 상처를 준다는 것을 뜻한다. 이 상처와 가장 근접한 것으로 남자가 겪는 괴로움, 특히 남성에게 일어나는 현상이라 남자가 힘겨워하는 경험은 탈모이다. 모발은 삼손에서 도널드 트럼프에 이르기까지 언제나 정력의 과시로 여겨져왔기 때문이다. 굳이 생리적 요소를 고려하지 않더라도 남성과 여성은 어떤 경우든 서로 비교되기 어렵다. 남자는 나이를 먹어가며 여자보다 더 많은 권력을 누리는 지위에 오른다. 남자는 이런 권력으로 늙어가며 느끼는 굴욕감을 상쇄하려 든다. 권력은 드물기는 할지라도 극악한 남용으로 갖은 추문을 빚기도 한다(하비 와인스타인의 스캔들과 '미투' 운동*이 보여주는 것처럼 여성이 느끼는 굴욕감은 실로 클 수 있다). 이런 맥락에서 중년의 돼지는 수컷이다.

독자 여러분의 생각은 어떤지 모르나 나는 이런 탐욕적인, 의심할 바 없이 매우 남성적인 노화 모델에 맞서 싸우고픈 마음이 간절하다. 이런 모델은 인생을 마치 올림픽 경기 바라보듯 끊임없이 '시티우스, 알티우스, 포르티우스(citius, altius, fortius)', 곧 '더 빨리, 더 높게, 더 강하게' 하는 경쟁적인 구호 아래 내몬다. 내가 보기에 사상과 문학의 역사는 훨씬 더 높은 가치를 자랑하는 대안 모델을 보여준다. 노화를 굴욕으로 받아들이고 어떻게든 보상을 얻어내려는 게 아니라, 인생의 후반부를 품격 있게 가꾸려는 노력이 이런 대안이다. 중년의 문화 역사가 베푸는 위대한 교훈 가운데 하나는 창피한 굴욕감을 풀어줄 최고의 해독제는 겸손이라는 가르침이다. 고대 스토아학파로부터 현대의 실존주의자들, 세네카와 단테로부터 T. S. 엘리엇과 보부아르에 이르기까지 저마다 중년을 두고 치열하게 성찰한 사상가와 작가는 나이 먹음을 권력욕의 추구로 여기기보다 오히려 이런 권력욕을 떨쳐버려야 한다는 요구로 이해했다. 이들의 눈에 권력을 탐하는 자세는 젊음의 특징일 따름이다. 중년에 자신이 이룩한 지적 성취의 정직한 평가는 우리가 젊었을 때보다 좀 더 많이 알기는 하지만 그럴수록 우리는 "정말 아는 게 없구나" 하는 사실을 명확히 헤

---

* 　　하비 와인스타인(Harvey Weinstein: 1952년생)은 미국 영화인으로 거의 30년 동안 여배우와 업계 종사자들을 상대로 성추행과 성범죄를 저질렀다. '미투(MeToo)' 운동은 그의 이런 범죄 행각을 폭로하면서 촉발된 여성의 인권 운동이다.

아니는 깨달음을 포함해야 한다. 도널드 럼즈펠드*의 악명 높은, 그러나 깊은 통찰력을 담은 표현 '알려진 미지의 것들(known unknowns)', 다시 말하면 우리는 우리가 알지 못하는 것이 있다는 것을 안다는 말은 젊을 때보다 중년에 더욱 의미심장하다. 나는 20년 전보다 지금 확실히 더 많이 읽기는 하지만, 그럴수록 아직 읽지 않은 것이 많다는 사실을 깨닫는다. 그리고 내가 읽지 못한 것은 의심할 바 없이 앞으로도 더 많이 남으리라. 꾸준히 지식을 넓혀가기는 하겠지만, 중년에 이른 나의 지식은 이제 그 중요한 뼈대는 갖추었다고 보아야 한다. 그리고 좋든 나쁘든 기존의 이런 지식을 나침반 삼아 나의 정신은 남은 인생의 지도를 그려야만 한다. 턱없이 부족한 지식으로 살아간다는 것이 반드시 나쁘다고만 말할 수는 없다. 루트비히 비트겐슈타인^{Ludwig Wittgenstein}은 『철학 탐구^{Philosophische Untersuchungen}』(1953)에 이렇게 썼다. "문제는 새로운 경험을 더한다고 해서 풀리는 게 아니라, 우리가 이미 알고 있는 것을 다시 정리함으로써 해결된다."[14] 물론 자신의 무지함을 자각하며 살아가겠다는 겸손함은 젊음의 특권인 신선함은 포기해야만 한다. 이런 관점에서 중년은 아는 것이 없다는 겸손과 항상 이미 알고 있는 것 사이를 오가는 인생의 단계이다.

중년을 생물학의 문제일 뿐만 아니라 인식론의 문제로 이해할 때, 중

---

* 도널드 럼즈펠드(Donald Rumsfeld: 1932년생)는 미국 정치인으로 조지 부시 행정부에서 국방장관을 지낸 인물이다. 그는 은퇴하고서 『아는 것과 모르는 것^{Known and Unknown}』이라는 제목의 자서전을 펴냈다.

년을 다룬 가장 가슴 저미는 글을 쓴 사람은 극작가 사뮈엘 베케트^{Samuel} ^{Beckett}이다. 특히 자신의 인생과 창작 활동 사이의 관계를 다룬 그의 글은 우리에게 깊은 울림을 준다. 프랑스 남부에서 은신한 채 전쟁 시기를 보내고 더블린으로 돌아온 베케트는 어머니가 파킨슨병에 걸린 것을 보고 충격을 받았다. 그가 보인 반응은 우리가 '중년'이라 부르는 것(베케트의 경우에는 어머니가 돌아가실 수 있다는 생각으로 촉발된 감정)이 반평생에 걸쳐 정성스레 쌓아온 모든 것을 던져버리고 싶은 '티핑 포인트*'를 어떻게 불러오는지 많은 것을 이야기해준다.

어머니의 얼굴은 마스크를 쓴 것처럼 전혀 알아볼 수 없다. 어머니를 보며 나는 불현듯 내가 예전에 해온 모든 작업이 잘못된 길을 걸어왔음을 깨달았다. 내가 보기에 사람들은 이런 것을 계시라고 부르리라. 엄청난 말이다, 나도 안다, 하지만 바로 그렇다. 나는 그냥 단순하게 지식의 창고를 확장하고 거기에 지식을 더 보태는 것이 아무 의미가 없는 일임을 깨달았다. 알고자 하는 모든 시도는 헛된 일처럼 보인다. 모든 것이 뒤죽박죽이다. 나는 그저 알 수 없는 것, 지각할 수 없는 것, 오로지 불완전할 뿐인 세상을 알려고 매달렸을 따름이다.^{15}

---

* '티핑 포인트(tipping point)'는 꾸준히 일어나던 작은 변화들이 쌓여 폭발적으로 반향을 불러일으키는 변곡점을 이르는 표현이다.

이후 베케트가 이 '계시'에 부여한 바와 '비아 네가티바'*, 곧 '비언어 문학 (literature of the unword)'의 추구가 그의 작품 세계를 규정하기에 이르렀다. '비언어 문학'이 무엇인지는 제9장에서 살펴보기로 하자. 어쨌거나 지금 맥락에서 중요한 것은 글자 그대로 계시이다. 어머니가 쓴 마스크를 보며 베케트는 자신의 마스크를 하나씩 벗어던진다. 어머니의 몸의 변화는 곧장 아들의 형이상학적 변화를 촉발했다. 서른아홉이라는 나이로 베케트는 문득 지식, 통찰, 경험 등 모든 것을 쌓아놓으려는 자신의 노력이 헛된 것임을 깨달았다. 인생 후반부에 베케트는 이 축적과는 정확히 반대의 주제를 추구하고자 의지를 불태웠다. 자신을 꾸미지 않으려는 노력이 그를 꾸려나갔다.

이 계시가 창의적인 인생과 관련해 주는 더 포괄적인 교훈은 우리 몸의 생물적인 변화 과정이 진정한 아름다움을 가려볼 줄 아는 형이상학의 안목을 키워준다는 것이다. 베케트가 바라본 중년은 더 많은 것이 아니라, 덜어냄의 지혜를 추구하는 인생이다. 늙어감은 마음을 비워내라고 가르친다. 폴란드의 위대한 작가, 일기체 소설을 주로 쓴 비톨트 곰브로비치(1904~1969)**는 이렇게 썼다. "두 가지 서로 다른 언어가 있다. 하나는

---

* '비아 네가티바(via negativa)'는 '부정을 통해'라는 뜻의 라틴어로, '부정(否定)의 신학'을 가리킬 때 쓰는 말이다. 무한하고 완전한 신을 인간의 불완전하고 제한된 언어로 파악할 수 없다는 관점에서 이 신학은 모든 개념의 부정을 통해 신의 본질을 이해하고자 노력한다.

** 비톨트 곰브로비치(Witold Gombrowicz)는 폴란드 태생의 유대인 작가이다. 34세부터 망명 생활을 하며 미성숙과 성숙, 젊음과 완성의 긴장 속에서 인간 실존의 본질을

인생을 살며 갈수록 더 많은 것을 가지려는 사람들을 위한 언어이고, 다른 하나는 되도록 적은 것을 가지려고 하는 사람들을 위한 것이다."[16] 인생의 중반에 이르렀을 때 많은 일을 벌이기보다 마음을 비워내는 자세가 훨씬 더 중요하다. 중년에 도달한다는 것은 성숙함에 이를 뿐만 아니라, 자신이 죽을 수밖에 없는 유한한 존재임을 받아들이는 자세를 요구하기 때문이다. 더 많은 책, 또는 더 많은 돈이나 자동차 혹은 우표를 모으기보다 가진 것을 덜어내기 시작할 때 비로소 인생의 '티핑 포인트'는 찾아온다. 모든 신간을 다 읽는다는 것은 결코 가능하지 않다. 다 읽지 못한들 어떠랴. 인생은 유한하니까, 우리는 겉보기에 매달리는 자아의 진부한 집착을 털어버리는 법을 배워야만 한다. 자아의 범속한 진부함과는 이제 작별하자. 아마도 실제로 이런 배움의 자세가 중년의 본질적인 측면이리라. 늘 자아 중심으로만 보는 아집을 버리고 우리는 젊음과의 작별을 받아들여야 한다. 몽테뉴의 유명한 말마따나 철학함*이 어떻게 죽어야 하는지 배우는 것이라고 한다면, 이는 곧 어떻게 늙어가야 하는지 배워야 함을 뜻한다.

파악하고자 하는 작품을 주로 썼다.

* 　독일어의 'Philosophieren'을 '철학함'으로 번역했다. 이 말은 어떤 학설이나 주장을 고집하거나 답습하지 않고 생각의 결을 생생하게 살려내는 역동성을 담아낸다.

제3장

산에 오르는 중간 지점

중년을 어떻게 시작해야 할까

I

중년을 살아가는 것은 어떤 느낌일까? 세계 문학의 가장 위대한 작품 가운데 한 편은 바로 이 물음을 천착한다. 단테 알리기에리의 『신곡』 도입부는 중년 위기를 다음처럼 묘사한다. 아마도 이 글은 역사상 가장 유명한 중년 위기 묘사이리라.

Nel mezzo del cammin di nostra vita

(넬 메조 델 캄민 디 노스트라 비타)

Mi ritrovai per una selva oscura,

(미 리트로바이 페르 우나 셀바 오스쿠라)

ché la diritta via era smarrita.[1]

(케 라 디리타 비아 에라 스마리타)

우리 인생의 한복판에 우두커니 선 채

나는 그늘진 어두운 숲에서 넋을 잃었네,

벗어나는 일이 없을 것 같았던 길을 잃었네.[2]

1308년에 쓰이기 시작한 단테의 위대한 시는 이미 잊혔던 논란*을 은근슬쩍 암시해가며 엄격한 스콜라 신학에 물든 중세 세계관의 핵심을 그려낸다. 그러나 이 서사시는 또한 지극히 개인적인 면모를 압축적으로 보여주기도 한다. 지옥과 연옥과 천국이라는 세 영역을 섭렵하는 단테의 우화적인 여행은 현실 세계에서 그에게 쓰라림을 안긴 적들을 겨냥한 심판으로 가득하다. 단테는 이 적들에게 상상으로 꾸며본 다양한 처벌로 저주를 내린다. 이런 통쾌한 복수를 꿈꾸지 않는 사람도 있을까? 단테는 '콘트라파소(contrapasso)', 곧 '상응하는 고통'이라는 기법으로 죄를 지은 사람이 그 죄에 상응하는 운명의 고통을 맛보게 한다. 가짜 예언자는 고개를 뒤로 돌리고 과거를 향해 뒷걸음질해야만 한다. 분을 이기지 못하는 사람은 사지가 찢어지는 고통에 시달린다. 이처럼 육신과 정신이, 동

----

* 이 문장에서 '논란'이라는 표현은 교황과 신성로마제국 사이의 다툼을 염두에 둔 것이다.

물적 본능과 미래를 그려보고 설계할 줄 아는 정신적 능력이 서로 대비되도록 구도를 그림으로써 『신곡』은 중년의 삶을 살아가는 것이 어떤 느낌인지 상징적으로 보여준다. 그렇다, 중년의 삶은 한 걸음 뒤로 물러서서 지금까지 걸어온 길과 앞으로 걸어가야 할 길을 성찰하는 자세를 가져야 한다.

한 걸음 물러서서 돌아본다는 것은 단테에게 매우 특별한 배경을 가진다. 이탈리아 북부에서 교황을 지지하는 세력과 신성로마제국의 황제 편에 선 세력, 겔프와 기벨린 사이의 오랜 기간에 걸친 반목에서 '백 겔프'라 불리었던 단테는 1302년 자신의 고향 피렌체를 떠나 망명길에 올라야만 했다.* 위대한 서사시를 여는 첫 편의 시는 단테가 1300년부터 작품을 구상하기 시작했음을 보여준다. 그가 1265년생임을 고려할 때 단테는 성경의 시편이 말한 인생("인생은 70이다")의 정확히 중간, 곧 13세기에서 14세기로의 전환기에 시상을 가다듬은 게 된다. 작품에 담긴 상징성과 숫자로 깔끔하게 정렬하는 단테의 습관을 중시할 때, 세 권에서

---

* '겔프와 기벨린(Guelphs and Ghibellines)'은 중세 유럽, 특히 이탈리아 북부를 무대로 벌어진 친(親)교황파와 신성로마제국 황제 세력 사이의 갈등과 투쟁을 이르는 표현이다. 겔프는 독일의 벨프(Welf) 가문의, 기벨리니는 호엔슈타우펜 왕조의 성(城)인 바이블링겐(Waiblingen)의 이탈리아어 표기이다. 곧 독일의 유서 깊은 두 왕조 사이의 반목이 그대로 이탈리아로 넘어온 것이 이 반목의 정체이다. 겔프 사이에서도 여전히 교황을 지지하는 파와 교황의 영향을 거부하는 파로 나뉘는 갈등이 일어났다. 교황 지지파를 '흑 겔프(Black Guelphs)', 그 반대파를 '백 겔프(White Guelph)'라 한다. 단테는 '백 겔프'로 탄압을 받아 망명길에 올라야만 했다.('겔프와 기벨린'은 영어식 표기이다. 이탈리아어식 표기는 '겔피와 기벨리니Guelfi e Ghibellini'이다.)

첫 권은 34절이 시들을, 나머지 두 권은 각각 33절의 시들을 담아 정확히 100편이 되는 책을 구성한 것은 우연이 아니다. 세기의 전환점에 맞춰 100편의 시들을 구상했다는 것은 단테가 망명을 떠나기 전의 시절을 되돌아보았음을 암시해준다. 요컨대 이 서사시는 중년 남자가 자신의 인생에서 모든 것이 어긋나기 시작한 지점을 되돌아보는 성찰이다.

그러나 성찰은 모든 것이 올바른 방향으로 나아가기 시작하는 출발점이기도 하다. 분명 『신곡』은 복수 판타지로 읽히는 측면이 있다. 특히 시인의 적들이 불길 속에서 신음하는, 적나라할 정도의 세세한 묘사를 담은 '지옥(Inferno)' 편이 그렇다. 그러나 『신곡』은 시간의 심판으로 읽히기도 한다. 망명 생활을 하는 늙어가는 시인, 40대가 되어서야 시를 쓰기 시작한 단테는 1321년 56세의 나이로 죽었다. 다시 말해서 단테는 성숙함에 이르는 과정에 자신의 형이상학 전체 체계를 세웠다. 단테는 수많은 난관을 헤치고 나아가는 동안 여러 인물과 조우한다. 우선 기원전에 활동한 시인 베르길리우스의 안내를 받아 지옥과 연옥을 두루 섭렵한 다음, 영생의 축복을 받은 베아트리체의 손에 이끌려 천국이라는 천상의 영역에 이른다. 이 여행은 원을 그리면서 맴돌며 많은 우여곡절을 겪지만 궁극적으로는 똑바로 위를 향해 올라간다. 그리고 단테는 '넬 메조(nel mezzo)', 곧 '한복판에서' 시작했기에 뒤로는 '그리스도 이전' 시대의 야만성을 되돌아보고, 앞으로는 '그리스도 이후' 시대의 축복을 두루 살필 수 있었다. 결국 끝의 시작은 중간이다.

단테의 시는 그의 출발점이 가진 본질적 양면성을 유감없이 드러낸다.

중용의 모든 형이상학과 마찬가지로 이 서사시가 과거를 되돌아보는 것은 미래를 정면으로 응시하기 위함이다. 단테의 경우 그의 서사시가 윤곽을 그려 보이는 성숙함에 이르는 경로는 개인적 특성을 담았을 뿐만 아니라, 종교적이며 민족적이고 심지어 언어적인 특성까지 보여준다. 유럽 문화의 역사에 단테가 결정적으로 미친 영향은 실제로 이런 다양한 측면에서 공감을 이끌어냈기 때문에 가능했다. 종교의 측면에서 『신곡』은 목적론을 함축한다는 점에서 중세 신학의 '압축판'이다. 중세라는 시기 개념 그 자체가 암시하듯, 앞으로 우리가 확인하겠지만, 중간은 그 지향점인 끝, 곧 목적을 내포한다. 기독교 이전의 고대는, 그 문화적 성취가 인상적이라 할지라도, 그리스도 이전이라는 운명을 피할 수 없다. 기독교 시대는 '아노 도미니(Anno Domini)', 곧 '주님 탄생의 해'의 축복을 누린다. 서구 기독교의 관점에서 볼 때 역사의 진정한 전환점은 예수의 탄생이다.

단테의 작품은 순례자의 길뿐만 아니라, 말하자면 문화 전체의 경로를 묘사한다. 이탈리아는 비록 1861년의 '리소르지멘토'* 이전에 공식적으로 통일되지는 않았다 할지라도 이미 대략 그보다 550년 전에 공통의 국어를 만들어냄으로써 통일 과정을 걷기 시작했다. 단테는 자신의 논문 『모국어로 하는 웅변에 관하여De vulgari eloquentia』, 역설적이게도 라

----

* '리소르지멘토(Risorgimento)'는 이탈리아 반도에 난립한 여러 나라들을 하나의 통일 국가로 세우자는 정치적이고 사회적인 운동을 이르는 표현이다. 대략 1815년부터 1871년까지 이어진 이 운동은 1861년 토리노에서 첫 번째 이탈리아 의회가 소집된 것으로 그 정점을 찍었다.

틴어로 쓴 이 논문에서 이탈리아의 토속어로 문학을 쓰자고 호소했다. 그는 자신의 이런 제안에 충실하게 『신곡』을 고향 사투리인 토스카나 말로 썼다. 이 토스카나 방언이 곧 이탈리아 국어의 기초가 되었다. 아이네이아스*가 로마에 도착했다는 전설로부터 시작해 19세기에 들어 마침내 근대의 기독교 국가로 자리 잡기까지 이탈리아는 단테의 토스카나 방언에서 그 중간의 집을 찾아낸 셈이다.

『신곡』은 언어뿐만 아니라 운율에서도 새로운 터전을 닦았다. 단테가 유럽 문학에 도입한 새로운 운율은 이후 '테르차 리마(terza rima)', 곧 '3운 구법'이라는 이름을 얻었다. 삼행시로 이뤄지는 이 '3운 구법'의 기본 형태는 'A-B-A, B-C-B, C-D-C' 하는 식으로 운이 서로 맞물린다. '테르차 리마'는 영어에 운을 맞출 수 있는 단어가 턱없이 부족해 올바로 옮겨 구현하기는 힘들지만, 이탈리아어가 속한 로망어군에는 각운을 맞출 단어가 많아 비교적 쉽게 만들 수 있다(예를 들어 『신곡』의 첫 번째 삼행시의 여성형 어미를 볼 것, '비타vita/스마리타smarrita'——인생/잃어버린). 이처럼 서로 맞물리는 운율은 지옥과 연옥과 천당을 주유하는 단테의 순례에 적합한 꾸준한 운동 감각을 만들어준다. 또한 '테르차 리마'는 운을 맞추는 단어를 강조함으로써 우연하게 일치하는 음으로 적절한 개념 쌍을 선명하게 대비할 수 있는 강점도 자랑한다. 첫 삼행시의 예로 돌아가보자면

---

* 아이네이아스(Aeneias)는 고대 그리스 트로이 전쟁에 등장하는 영웅으로 로마제국의 건국 시조로 묘사되는 전설의 인물이다.

단테의 '비타(인생)'는 『신곡』에서 '스마리타'(잃어버린, 번민하는)인 반면, 그가 산문과 운문을 섞어 쓴 작품 『비타 누오바Vita Nuova』(1295), 곧 '새로운 인생'에서는 '누오바(새로운)'이다. '스마리타'와 '누오바'라는 대비에서 이제 중도가 열린다.

서사시가 두 번째와 세 번째 삼행시로 접어들며 이런 대비는 갈수록 선명해진다.

Nel mezzo del cammin di nostra vita

(넬 메조 델 캄민 디 노스트라 비타)

mi ritrovai per una selva oscura,

(미 리트로바이 페르 우나 셀바 오스쿠라)

ché la diritta via era smarrita.

(케 라 디리타 비아 에라 스마리타)

Ah quanto a dir qual era è cosa dura

(아 콴토 아 디르 콸 에라 에 코사 두라)

questa selva selvaggia ed aspra e forte

(퀘스타 셀바 셀바자 에드 아스프라 에 포르테)

che nel pensier rinnuova la paura!

(셰 넬 팬시에르 린누오바 라 파우라)

Tanto è amara, che poco è piu morte:

(탄토 에 아마라, 세 포코 에 피우 모르테:)

ma per trattar del ben ch'i' vi trovai,

(마 페르 트라타르 델 벤 키 비 트로바이)

dirò dell'altre cose ch'io v'ho scorte.

(디로 델랄트레 코세 키오 브오 스코르테)

우리 인생의 한복판에 우두커니 선 채

나는 그늘진 어두운 숲에서 넋을 잃었네,

벗어나는 일이 없을 것 같았던 길을 잃었네.

아, 이게 무엇인지 말하기 어렵구나,

거칠고 어두운 숲이여,

뒤돌아보기만 해도 내 두려움이 새삼스럽구나.

쓰라리구나, 죽음인들 이보다 더 어려울까!

하지만 이 숲에서 발견한 좋음을 새삼 말하려면

이곳에서 본 다른 것도 이야기해야겠지.

시가 인생의 한복판에서 시작한다는 것은 물론 기이하기 그지없는 일

이다. 단테가 '인 메디아스 레스(in medias res)', 곧 '사건의 한복판에서'

이야기를 시작하는 것은 독자를 곧장 이야기의 한복판에 데리고 가 스토리의 효과를 살리려는 선택이 아니다. 오히려 그는 자신의 인생 이야기를 들려주기 위해 독자를 곧장 인생의 한복판, 곧 중년으로 데려갈 뿐이다. 이 도입부 시의 핵심 이미지인 숲(첫 번째 삼행시에서는 '그늘진 어두운 숲'이며, 두 번째 삼행시에서는 '거칠고 어두운 숲')은 인생의 중년을 비유하는 표현이다. 인생 자체를 비유할 뿐만 아니라, 천상의 에덴동산에 오르기 위해 안간힘을 써야만 하는 연옥 버전이기도 한 이 숲을 뚫고 단테는 잃어버린 '길'을 찾아내야만 한다. 빛과 어두움, 선과 악이라는 확연한 이미지 대비에 화답하듯, 직선으로 곧장 나아가는 길('비아via')과 원처럼 맴을 돌며 헤매는 숲('셀바selva') 사이의 미묘한 구분이 암시된다. 첫 삼행시 첫 번째 행의 '우리 인생'이 두 번째 줄에서 '어두운 숲속의 나'로 바뀌는 아주 두드러지는 변화는 바로 보편과 특수 사이의 협상, 곧 우리라는 보편 인간과 나라는 특수 인간 사이에 빚어지는 갈등을 고스란히 보여준다. 단테가 나라는 자아를 찾는다는 것은 그가 인생의 고난 속에서 자아를 잃었다는 반증, 인간 보편의 믿음을 잃었다는 반증이다. 찾음은 잃어야만 가능하다. '좋음을 이야기'할 수 있으려면, 단테는 나쁜 것이 무엇인지 말해야만 한다.

나쁜 생각을 몰아내고, 정죄(淨罪)하며, 연옥의 불로 단련받는 것, 이처럼 대비를 통해 새로운 길을 찾는 변증법 운동을 단테는 자신의 작품에 처음부터 녹여 넣었다. 지옥에 빠진 불쌍한 영혼은 살아 지상에서 누린 것의 '정반대에 해당하는 고통'을 받는다. 하지만 단테 역시 그의 고향 피벤세에서 밀리 떨어진 곳에서 망명 생활을 하며 자신이 본래 바랐던 인생과는 거리가 먼 생활을 해야만 했다. 서사시에서 단테의 끊임없이 변화하는 현재 이야기는 정적이고 변함이 없는 지옥과 선명하게 대비된다. 시인 단테는 트라우마로 괴로워하는 순례자처럼 이 파국에서 저 파국으로 끊임없이 움직이는 반면, 심판받은 영혼은 그 상징적으로 찌그러지고 뒤틀린 형태로 영원히 얼어붙었다. 독자들이 『신곡』에 열광하는 이유 가운데 하나는 분명 이렇다. 우리 인간은 영원함에 홀려 있으면서 동시에 영원함 탓에 소름 끼치는 공포를 겪는다. 언젠가 우디 앨런^{Woody Allen}이 촌평했듯, 영원함은 긴 시간, 특히 끝을 가진 존재에게는 정말 긴 시간이다. 그리고 이 끝이 열린 형이상학은 인간 의식의 모든 본능을 거스른다. 인생이 시간으로 정의되는 것이라면, 사후의 인생, 곧 사후 세계는, 괴기하게도, 시간의 없음으로 정의된다. 단테는 계속 걷는다(끝을 알 수 없는 열린 길을 따라). 심판받은 자들만이 멈추어 선다. 간단히 말해서 인생은 끝을 가지기에 중간도 가질 따름이다.

단테는 아리스토텔레스의 중용 개념을 고스란히 받아들였다. 우리가 앞서 보았듯, 아리스토텔레스는 시간을 과거와 미래 사이의 중간점으로 정의했다. 『향연Convivio』(이 책은 단테가 1304년에서 1307년 사이에 쓴 것으로, 중세 관습을 종합적으로 풀어준 개설서이다) 제4권에서 단테는 중용이 가지는 형이상학적 의미를 받아들였을 뿐만 아니라, 중년과 관련한 도덕적 의미에서도 아리스토텔레스의 입장을 충실히 따랐다. 단테는 '성숙기(조벤투테gioventute)'를 수학적 정확성으로 정의하여, 35세를 중심점으로 그 전후 10년, 곧 25세에 시작해 45세에 끝나는 시기를 인생의 중간 시기라고 보았다. 45세라는 나이는, 오늘날의 관점에서 보면 무슨 말도 안 되는 소리야 하고 기분 상할 수 있지만, '노년'의 출발점이다. 우리의 실제 기대 수명이 환경에 따라 변화 폭이 크기는 하지만 네 단계로 나눈 인생 시기('청소년기'와 '고령기'가 양극단을 이루는 인생 단계)의 비율은 예나 지금이나 마찬가지이다.[3]*

그러나 수학적 정확함보다도 우리의 주목을 더 강하게 끄는 것은 단테가 말하는 도덕성이다. 단테는 성숙한 남자를 규정하는 다섯 가지의 필연적 특성을 제시한다. 성숙한 남자는 절제할 줄 알며, 강인하고, 사랑을 베풀며, 정중함과 충직함을 자랑한다. 단테가 성숙함의 위대한 사례로 꼽은 인물은 아이네이아스이다. 그리고 이런 관점은 중세 전반에 걸쳐 대단히 큰 영향력을 발휘했다. 베르길리우스는 트로이의 불타는 폐허에서 자신의 아버지 안키세스^{Anchises}를 구출하는 아이네이아스의 용감한 행동을 항상 드높은 '경외심'으로 찬미하곤 했다. 아이네이아스는 또한 절제할 줄 아는 남자다(그는 여왕 디도^{Dido}의 구애를 뿌리쳤다). 또 강인하다(그는 과감하게 지하 세계로 내려가는 용기를 보여주었다). 정중함(그는 죽은 이들을 기렸다)과 함께 충직함(자신을 지원해준 사람들에게 후한 보상을 해주었다) 역시 부족함이 없었다. 요컨대, 아이네이아스는 이상적인 '중년' 남자일 뿐만

---

* [저자 주] 단테가 본 인생의 네 단계는 청소년기(adolescenza), 성숙기(gioventute), 노년기(senettute) 그리고 고령기(senio)이다. 단테는 각 단계의 대표적 인물로 고대의 시인 스타티우스, 베르길리우스, 오비디우스 그리고 루카누스를 내세운다.

카를 반루[*], 「안키세스를 구출하는 아이네이아스」, 1729, 캔버스에 유채.

아니라, 이상적인 '남자'이다.[4]

자신의 인생 중년에 이르러 단테는 은근히 아이네이아스처럼 살아가기를 열망했다. 베르길리우스를 자신의 안내자로 고른 선택은 이런 열망의 반영이다. 하지만 그는 자신이 그럴 능력을 갖추었는지 우리 대다수와 마찬가지로 의심하며 두려워했다. 단테의 이런 면모는 더없이 인간적이다. 『신곡』을 떠받드는 기초는 '성숙함'을 이루었다는 전제이다. 중년의 성숙함을 구체적으로 드러내는 인물은 남자답게 아버지를 섬기며 자녀를 돌보기 위해 투쟁하는 고전적 영웅이다. 아이네이아스처럼 단테는 지하 세계로 내려가려는 의지를 불태운다. 아이네이아스와 마찬가지로 단테는 지하 세계의 반대편으로 떠오르고자 열망한다. 그러나 중간을 통과하는 길은 똑바로 난 탄탄대로가 결코 아니다. 정점에 오르는 승리는 위기를 겪으며 혼란을 이겨낼 것을 요구한다. 길은 양갈래로 갈라진다. 성숙함은 아마도 '고결한 인품'의 가장 완벽한 상태이리라. 그러나 이 경지에 오르는 길은 더없이 잔혹하며, 또한 가슴이 깨어질 정도로 아프고 덧없이 지나간다. 프란츠 카프카의 그레고르 잠자와 마찬가지로 단테는 중년에 순례를 시작한다. 이 중년은 과거가 되어버린 젊음과 미래에 맞이할 노년 사이의 실존적 평형을 이루지만, 그야말로 순식간에 흘러가버리는 덧없는 순간이다. 그러나 작품을 쓰기 시작했을 때 단테는 실제로 이미 이 중간 지점을 넘어섰다. 이제 그는 젊었던 시절의 자신을 비통한 성찰의 시선으로 되돌아본다. 빠르든 느리든, 즉각적이든 단계를 밟는 것처럼 점진적이든, 중년은 변신을 경험한다. 중년의 의미는 우리가 두 눈으로 자신

의 변신을 묘도희는 것이다. 준년을 가장 촉망받기는 하지만, 또한 가장
문제가 많은 출발점이다.

II

나는 인도양의 어느 열대 섬에서 처음으로 단테를 읽었다. 스무 살 때,
이 책을 쓰기 시작한 내 나이의 정확히 절반 때 나는 마다가스카르와 모
리셔스 사이의 광활한 바다에서 위치를 찾기도 힘들 정도로 작은 섬인
레위니옹 섬에서 6개월을 지내기로 결심했다. 내가 섬에 도착한 때는 9월
로, 남반구의 봄은 매주 갈수록 무더워졌다. 나는 되도록 프랑스어를 많
이 쓰고 싶어서 그곳에 갔다(그곳은 프랑스의 해외 영토이므로 프랑스어를
많이 쓸 수 있을 거라고 생각했다. 그러나 지역 주민이 '크리올어'를 선호하는 탓
에 쉽지 않은 일이었다). 또한 내가 그곳에 간 이유는, 나중에 곰곰이 생각
해보니, 인생의 전환점을 찾고 싶었기 때문이었다.

내가 이 섬에 입문하는 과정은 우리가 탄 비행기가 착륙하기도 전에
시작되었다. 연료 재급유를 위해 비행기가 마다가스카르의 수도 안타나
나리보 공항 활주로에 착륙했을 때, 나는 내 옆 좌석의 대학생과 이야기
를 나누기 시작했다. 내 또래의 대학생은 영국의 셰필드에서 1년을 보내
고 고향으로 돌아가는 길이었다. 프레데리크^{Frédéric}는, 알고 보니, 지역의
유명한 기자의 아들이었다. 그의 아버지는 텔레비전에 자주 나와 레위니

응 섬의 복잡한 정치 문제를 논평하곤 했다. 그의 어머니는, 나중에 알게 된 사실인데, 집에서 어린이집을 운영했다. 그래서 그의 집에는 장난감처럼 앙증맞은 가구와 어린아이를 위한 읽을거리가 넘쳐났다. 우리는 저녁이면 집에 마련된 수영장 주변에 놓인 우스꽝스러울 정도로 조그만 의자에 마치 거무스름한 피부의 소인국 세상에 온 창백한 걸리버처럼 앉아 시간을 보내곤 했다. 영국 북부에서 쌓은 신선한 경험 덕에 프레드는 분명 계속 영어로 이야기하고 싶어 했다. 수천 마일을 날아 아프리카의 반대편까지 오느라 신경이 곤두섰던 나는 차라리 영어로 대화하는 편이 편해 그렇게 했다. 나는 지금도 그가 비행기에서 내리며 연락처를 주고받으며 한 말을 선명하게 기억한다. "이방인이 되지 마." 나는 이 천국과도 같은 섬을 속속들이 알려줄 안내자를 얻었다.

레위니옹 섬의 여름은 뜨거웠고, 땀이 줄줄 흘러도 신났다. 북반구에서 자란 사람에게 남반구의 태양 아래에서 겨울이라는 계절을 보내는 것은 죄책감이 들 정도로, 거역하기 힘든 기쁨이다. 이국적 정취, 물론 멀리 떨어진 아름다운 풍경을 이국적이라며 즐기는 우리의 태도가 서구 중심의 '오리엔탈리즘'이라는 에드워드 사이드*의 아픈 지적은 새겨야겠지만, 어쨌거나 이국적 풍경은 섬의 곳곳에서 생생하기만 했다. 바람에 부드럽

---

*   에드워드 사이드(Edward Said: 1935~2003)는 팔레스타인 태생의 미국 영문학자이자 평론가이다. 1963년부터 컬럼비아 대학교 영문학 교수를 지내며 1978년 제국주의에 물든 서양 중심적 사고를 비판한 『오리엔탈리즘orientalism』이라는 저서로 세계적인 명성을 얻었다.

게 ㅣ ㅣ 부끼는 야자수, 반짝이는 해변 백사장, 반투명한 바다,……. 섬 안쪽의 산들과 정글은 보기 드문 위용을 자랑했으며, 독특한 새들과 무성한 꽃들로 이뤄진 '실낙원' 같은 세계는 코넌 도일^{Conan Doyle}이나 라이더 해거드^{Rider Haggard}의 모험소설에서 튀어나온 것처럼 보였다. 그리고 섬의 반대편 끝에는 세계에서 가장 활발한 활화산 가운데 하나가 마치 언짢은 듯 김을 뿜어내는 분화구를 자랑하며, 붉은 빛깔의 흙이 화성처럼 보이는 풍경 안에서 위용을 뽐냈다. 이 산을 멈칫거리며 오르는 사람은 이게 바로 지옥의 입구라는 아베르누스[*]로구나 하고 느낄 수 있으리라.

작열하는 태양 아래서 나는 프레드의 충고가 얼마나 소중한지 새기기 시작했다. 카뮈의 『이방인Un etranger』이 학교 교과서에 실려 익히 알았던 나는 주인공 뫼르소^{Meursault}가 알제리 해변에서 느낀 혼란한 소외감이 무엇을 말하는지 충분히 공감하기 시작했다. 이 열대의 섬에서 나는 정확히 '이방인'이었다. 그리고 나는 정확히 이방인이 되어가고 있었다. 열기, 고립, 길고 공허한 나날들, 도취하게 만들 정도로 강력한 이곳 토산 마리화나, 이 모든 것은 무감각하면서도 동시에 생생하고 현기증을 일으키는 상태, 마치 자신의 인생을 일정 거리를 두고 떨어져 보는 것만 같은 느낌을 불러일으켰다. 어지러움에 사로잡힌 우리의 두뇌는 해변의 도축

---

* '아베르누스(Avernus)'는 이탈리아 나폴리 인근에 있는 작은 호수의 이름이다. 예로부터 지옥의 입구로 일컬어졌다.

장에 매력을 느낀 상어가 찾아왔다든가, 섬 안쪽의 카르[*]를 찾아갔던 외국인이 정신을 차리지 못하고 그곳을 헤매다가 다시는 돌아오지 못했다든가 하는 기묘한 이야기들을 믿었다. 열대 기후가 감각에 주는 부담은 한마디로 지나칠 정도였다. 시장을 한 바퀴 돌아보는 간단한 일조차 색채와 냄새와 촉감이 어우러진 스뫼르고스보르드^{**}를 보는 것처럼 감각을 압도했다. 결국 나는 아무것도 사지 않고 돌아서기 일쑤였다. 각종 향신료와 콩과 생선과 사탕무가 뿜어내는 압도적인 기운에 혼미해진 나머지 나는 무엇 하나 고를 수가 없었다. 매일 자동차를 히치하이크하는 것도 착 가라앉은 느낌과 소외감과 함께 까짓 아무러면 어떠랴 하는 무심함을 키웠다. 사람들의 인생으로 빠져들었다가 다시 빠져나오며 우리는 우리 자신의 삶으로부터 빠져나왔다. 오디세우스의 로터스 열매를 먹은 부하들처럼 우리는 자아의 변두리를 서성거렸다.^{***} 이 나른한 공기 속으로 성숙의 여명이 밝아왔다. 규율, 자기 통제, 장기적 안목, 정확히 당시 나는 이 가운데 어떤 것도 가지고 있지 않았지만, 이 모든 것을 갈망하기

---

[*]   '카르(Kar)'는 빙하의 침식 작용으로 생겨난 오목한 모양의 골짜기를 이르는 명칭이다. 레위니옹 섬의 카르는 특히 유명해 2010년 유네스코 세계자연유산에 등재되었다. 영어로는 '서크(cirque)'라고 표기한다.

^{**}   '스뫼르고스보르드(smörgåsbord)'는 스웨덴어로 뷔페가 차려진 식탁을 이르는 단어이다.

^{***}   '로토파고스 족(Lōtophagoi)'은 그리스 신화에 나오는 전설의 민족이다. 오디세우스는 고향으로 귀환하면서 이들이 사는 섬을 찾았다. 섬에서 로터스(연)를 먹은 부하들은 환각에 빠져 귀향을 거부했다고 한다. 영어에서 'lotus-eater', 곧 로터스를 먹은 사람은 무사안일을 일삼는 몽상가를 의미한다.

시작했다. 앞서 살았고 그리고 뒤이어 살아갈 수많은 사람들과 마찬가지로 나는 성숙함이라는 것이 그저 나이 들면 누리는 생물적 사실이 아니라, 의식적으로 꾸준히 가꾸고 키워야 얻어지는 생각의 결실임을 깨달았다. 나는 성인으로 인생을 살기로 '결심'했다. 청소년기 이후 아무 목적이 없이 머뭇거리며 표류하는 생활로부터 탈피하기로 나는 '결심'해야만 했다. 나의 경우 이런 결심은 매우 선명한 의식으로 정신적 삶을 추구하는 것이다. 더없이 방종한 생활의 정점에서 나는 필립 라킨의 '교회 다니는 사람'*과 마찬가지로 내 내면에서 더욱 진지했으면 하는 바람, 진지함의 굶주림을 발견하고 깜짝 놀랐다. 이 섬은 나쁜 생각을 몰아내고, 정죄하며, 연옥의 불로 단련받는 곳이다. 가지지 못한 것을 가질 수 있으려면 비워내는 길을 가야만 한다고 T. S. 엘리엇은 『네 개의 사중주』(1936) 첫 편에서 썼다. 성숙함을 얻기 위해 나는 미숙함을 비워내는 길을 가야만 한다.

엘리엇은 『네 개의 사중주』를 쓸 당시 중년이었다. 그럼에도 이 시들은 훨씬 더 많이 나이를 먹은 사람, '늙은 독수리'가 베토벤의 후기 사중주에서 영감을 얻어 쓴 작품처럼 읽힌다.** 성숙함은 상대적인 개념이다. '성숙

---

* 「교회 다니는 사람Church Going」은 필립 라킨이 1954년에 발표한 시의 제목이다. 라킨은 자전거를 타고 다니며 교회 앞에 멈춰 서는 자신에게 그 이유를 자문한다. 교회는 '진지한 땅에 세워진 진지한 집'이라고 그는 결론짓는다.

** 토머스 스턴스 엘리엇(Thomas Stearns Eliot)의 시 『재의 수요일Ash Wednesday』에는 "왜 늙은 독수리가 날개를 펼쳐야 하지?(Why should the aged eagle stretch its wings?)" 하는 표현이 등장한다. 『네 개의 사중주Four Quartets』는 엘리엇이 6년에 걸쳐 쓴 시들을 모아 펴낸 시집이다.

함에 접어드는 것'은 온전한 성숙함을 누리는 것과 같지 않다. 지금 시점에서 당시의 내가 어땠는지 되돌아보며 나는, 지리적으로든 생각하는 지성(知性)의 측면에서든, 처음으로 자기 자신과 거리를 둘 수 있게 된 앳된 어른을 본다. 섬은 나를 도와 그때까지의 내 인생을 더 끌어올릴 수 있게 해주었다. 마침 발견하기 시작한 문학은 나를 도와 내 인생이 더 나아갈 수 있게 해주었다. 문학은 그때까지 편안하게 안주하기에만 급급했던 학창 시절 탓에 결여되었던 목적의 의미를 일깨워주었다.

사실 청소년기가 끝나갈 즈음과 중년 사이에는, 거의 주목받지는 못하지만, 은밀한 연관이 있다. 온전한 성숙함에 이르기 위해 우리는 성숙함이 갓 시작되었을 시점을 다시 살펴보아야만 한다. '중년'의 우리는 그동안 쌓아온 비판적 안목으로 거리를 두고 '성년이 되었을 당시'를 되돌아볼 필요가 있다. 성년과 중년이라는 인생의 두 이정표가 가지는 공통점, 이 두 시기를 실제로 이정표로 만드는 공통점은 성년과 중년이 공유하는 자기의식이다(이 자기의식이 인생의 단계를 나누는 원인인지, 아니면 각 단계에 올라서며 얻어지는 결과인지 하는 물음은 열린 대로 놓아두자). 성인으로 사는 대부분의 시간 동안 우리는 일에서 일로 쫓기며 바삐 사는 통에 정작 무엇이 중요한지, 인생의 의미가 무엇인지 하는 성찰은 엄두도 내지 못한다. 그러나 우리는 중년으로 살아가며, 아마도 특히 중년에 갓 접어들 무렵에 자신이 '중년'이 되었음을 (아프게) 의식한다. 이런 의식은 청소년기가 끝나고 성년이 되었을 때의 생생한 의식과 비슷한 양상을 보인다. 콘래드가 말하는 성숙함의 '그림자 선'은 정확히 이 자기의식을 의미한다.

"젊음은 좋은 것, 강렬한 힘이지, 우리가 젊음을 의식하지 않는 한에서 나는 이제 내가 자기의식을 가지는 걸 느껴."[5]

나 자신은 청소년기를 탈피하면서 이 세상에서 나의 자리는 어디인가 하는 의문에 거의 아무것도 하지 못할 정도로 심한 자기의식에 시달렸다. 분명 이런 경험은 누구나 하는 것, 특히 인생을 지성의 측면에서 바라보는 사람은 피할 수 없이 겪는 것이리라. 그러나 스무 살 즈음의 나는 몇 년 동안 어른의 일상적인 삶이 보여주는 무가치함과 천박함에, 그 따분한 진부함과 의무에 충실하겠다는 허울을 쓴 어정쩡한 타협에 지독한 혐오를 느꼈다. 이런 태도는 분명 젊음의 오만이기는 하다. 하지만 나는 스포츠와 술로 소일하는 동년배의 흔한 관심과 엮이고 싶지 않았다. 일상이라는 저 진부한 표면 아래 뭔가 더 강한 호소력을 가지는 게 있지 않을까 하는 어렴풋한 기대가 나에게는 더 절박했을 뿐이다. 19세기 이탈리아 시인 자코모 레오파르디*는 (서른 살에) 상상력이 풍부한 남자를 다음과 같이 묘사한다.

> 그에게 세상과 그 물건은, 어떤 면에서는, 이중이다. 그는 눈으로 탑을, 풍경을 본다. 그는 귀로 종소리를 듣는다. 그리고 동시에 그의 상상은 다른 탑을, 다른 종을 보며, 다른 소리를 듣는다. 사물이 가지는

---

* 자코모 레오파르디(Giacomo Leopardi: 1798~1837)는 이탈리아의 천재 시인으로 39세에 요절한 인물이다.

오롯한 아름다움과 기쁨은 이 두 번째 종류의 대상 안에 있다.[6]

청소년기에 이런 이중의 감성에 눈 떠 성숙해질 수 있다면, 그리고 약간의 운이 따라준다면, 매일이 그게 그것 같은 막다른 골목에서 빠져나와, 든든한 자율성을 자랑하는 감각을 키울 길은 찾아진다. 하지만 중년에 접어들며 허영심(vanity)이 재발한다면, 우리는 바로크 양식의 '바니타스' 그림을 그릴 뿐이다.* 그럼 인생을 주도하는 관심사는 자신의 '정체성'을 키우는 일보다 피할 수 없는 죽음을 근심하는 것일 뿐이다. 우리는 (아직) 가지지 못한 것을 발견하려 더는 노력하지 않으며, 지금 가진 것을 지키려 안간힘을 쓴다. 자기의식이 다시 고개를 들지만, 이번에는 얻을 것보다 잃을 것에 매달려 전전긍긍하는 의식일 따름이다.

레위니옹 섬으로 떠날 채비를 하면서 나는 내 짐 가방 안에, 기억이 정확하다면 마지막 순간에, 세 권의 두꺼운 책과 한 권의 얇은 책이 들어갈 공간을 간신히 만들었다. C. H. 시슨**이 번역한『신곡』과 '펭귄(Penguin)' 판 제임스 조이스의『율리시스』, 프랑스 서정시 선집 그리고 '파버(Faber)' 판 T. S. 엘리엇『시 모음집』을 나는 가방 안에 욱여넣었다. 섬에서 돌아

---

*   '바니타스(vanitas)'는 16~17세기에 유행한 화풍으로 죽음의 필연성을 상기시키는 두개골, 썩은 과일 따위를 그리는 정물화이다. 라틴어 '바니타스 바니타툼(vanitas vanitatum)'은 '허영 중의 허영'이라는 뜻으로 허영의 헛됨, 우리 식으로 말하자면 '색즉시공'을 경고하는 표현이다.

**   찰스 휴버트 시슨(Charles Hubert Sisson: 1914~2003)은 영국의 작가이자 시인이며 번역가이다.

왔을 때, 정확히 말해서 남반구의 열대 여름으로부터 북반구 빈^{Wien}의 겨

울로 돌아왔을 때, 나는 6개월에 걸쳐 괴테의 『파우스트』, 몽테뉴의 『에

세』, 미겔 데 세르반테스의 『돈키호테』, 그리고 약간 더 뒤에 셰익스피어

의 『희곡 선집』, 마르셀 프루스트의 『잃어버린 시간을 찾아서』를 읽었다.

이 중요한 고전들, 이탈리아, 영국, 독일, 스페인, 프랑스의 전통을 각각

대표하는 작품들을 읽으면서 나는, 지금 생각해보니, 지적인 성숙함에 이

르는 경로를 찾아냈던 것에 틀림없다. 이 작품들이 오늘날까지 내 정신의

바탕이 되어준 이유는 내 인생의 주요한 시기가 이 작품들로 시작되었기

때문이다. 이런 의미에서 과거를 복기한다는 것은 현재를 쓰는 것이기도

하다.

   청소년기 후반과 청년 초반에 조우한 이 작품들을 지금 돌이켜보며 나

는 참으로 '위대한 책들'을 골라 독서했구나 하는 생각에 뿌듯해진다. 인

생의 중심 뼈대를 이루는 시기에 나는 문학을 동반자이자 안내자로 삼았

다. 나는 섬세하며 유능하고 깊은 교양을 갖춘 어른이 되고 싶었으며, 그

런 사람이 되고자 노력했다. 물론 나는 이런 이상에 턱없이 부족하다. 우

리는 누구나 자신이 품었던 이상에 미치지 못하게 마련이다. 이상과 현실

의 괴리, 우리가 꿈꿨던 정확히 그 이상에 이르지 못 하는 불가피한 부족

함이 바로 성숙함을 만드는 바탕이다. 또는 아마도 우리가 충분히 정확하

게 이상을 설정하지 못한 것이 부족함의 원인일 수 있다. 중년은 청년 시

절의 꿈이 부족했는지 넘쳤는지 가려보며 부끄러워하지만, 이처럼 수정

을 해가는 자세로 꿈을 실현 가능하게 만든다. 이상과 현실 사이의 괴리

를 명확하게 저울질하는 태도는 더없이 소중한 교훈을 베푼다. 명료함은 자신의 내면에서 시작한다.

위대한 책은 우리의 감정이 담길 틀을 마련해주며, 표현 양식을 제공한다. 또 위대한 책은 우리와 함께 세월을 겪으며 변화하기도 한다. 내가 지금 단테나 엘리엇 또는 조이스를 읽는 독법은 내가 20대에 읽었던 독법과 다르다. 내 감각이 가장 적은 변화를 보이는 분야는 프랑스 서정시이다. 특히 19세기를 대표하는 샤를 보들레르*(내가 이 섬을 찾았을 때의 나이인 스무 살에 보들레르 역시 이 섬을 방문했다)와 르콩트 드 릴**(이름이 말해주듯 그는 이 섬 출신이다)은 나로 하여금 강렬한 열대 취향을 고스란히 간직하게 해준다. 이처럼 여전히 나는 레위니옹 섬에서 보냈던 시간으로 이들 시인들을 강하게 연상한다. 보들레르의 시 「항해」의 저 유명한 종결 구절, "공허함의 깊이로 뛰어드세, 천국이면 어떻고 지옥이면 어떤가?/미지의 심연에서 새로움을 찾아내세"[7]는 언제나 내 마음에, 보들레르가 1841년에 항해한 인도양을 일깨워준다. 이로 미루어 볼 때 실제로 어떤 작가와의 첫 만남이 너무 생생하면 그 작가의 작품을 나중에 좀 더 성숙한 관점으로 재평가하는 것이 힘들 수밖에 없다.

* 샤를 보들레르(Charles Baudelaire: 1821~1867)는 프랑스를 대표하는 상징주의 시인이다.

** 르콩트 드 릴(Leconte de Lisle: 1818~1894)은 레위니옹 섬에서 출생한 프랑스 시인으로 고대 그리스 문명을 흠모하는 작품을 주로 쓴 인물이다. 본명은 샤를 마리 르콩트(Charles Marie Leconte)이며, 예명 르콩트 드 릴은 'le comte de l'île(섬의 백작)'에 운을 맞춰 지은 것이다.

그러나 좀 더 넓은 의미에서 중년은 앳된 청년에게는 달리 지적 관점을 열어준다. 이처럼 지적 관점의 수준이 높아지는 원인은 분명 그동안 쌓은 풍부한 경험이 한몫하리라. 우리가 텍스트를 읽으며 더 많은 것을 읽어내는 것은 그만큼 시야가 더 넓어졌기 때문이다. 또한 문학의 고전은, 혹자는 모든 고전이 그렇다고 이야기하고픈 유혹을 느낄 터인데, 시간의 흐름을 그 주요 축으로 삼는다. 내가 당시에 읽은 괴테의 『파우스트』와 프루스트의 『잃어버린 시간을 찾아서』와 같은 고전만 하더라도 시간의 형이상학, 젊음과 그 시절 품었던 목적을 회복하려는 시도를 분명히 보여준다. 조이스가 『율리시스』원고의 마감 기한을 그의 마흔 번째 생일로 잡았다는 사실은 이 작품이 호메로스의 신화를 숱하게 인용한다는 점만큼이나 눈여겨볼 대목이다. 마흔 살이 되기 전에 작품을 끝내겠다는 결심은 조이스가 그만큼 자신의 성숙함을 의식했다는 방증이기 때문이다('미성숙함'은 조이스 소설 미학이 늘 중시했던 것이다). 그리고 엘리엇은 거의 노이로제에 가까울 정도로 자신의 글에 주석을 달아가며 젊음의 치기를 경계했다는 점에서 항상 이미 중년이었던 것처럼 보인다.

그러나 나의 이런 변화한 관점을 가장 생생하게 보여주는 작가는 단테이다. 역설적이게도 단테는 모든 주요 작가 가운데 시간 문제에 가장 적은 관심을 보였다. 『신곡』은 시간을 벗어난 세계에서 벌어지는 일을 다루며, 젊음과 노화와는 별 상관이 없는 이야기를 들려주기 때문이다. 하지만 시간으로부터 벗어난 이런 초연함이야말로 시간 문제를 진지하게 보는 논평이자, 단테가 바깥에서 인간 인생의 연옥을 들여다볼 수 있게 해주는 형이상학 전망대이다. '연옥'은 실제로 『신곡』 가운데 초월의 운동이 가능한 유일한 부분이다. 연옥에서 회개하는 죄인은 자신의 속죄가 충분하기만 하다면 천국으로 올라갈 수 있을 것이라는 희망을 품을 수 있기 때문이다. 중간에서 길을 잃고 헤매며 지옥의 공포도 천국의 축복도 없는 탓에 사람들은 연옥을 다룬 부분을 거의 주목하지 않는다. 지옥일지 천당일지 신의 결정이 아직 내려지지 않았다고 사람들은 믿기 때문이다. 하지만 결정이 유보되어 있다는 점에서 연옥은 지옥과 연옥과 천국이라는 3부의 세계 가운데 가장 인간적이다. 나쁜 생각을 몰아내고, 정죄하며, 뜨거운 불로 단련받는 연옥은 다음 단계로 넘어가기 위한 속죄의 자리, 지옥으로 굴러 떨어질지 아니면 천국으로 올라갈지 아직 정해지지 않은, 영혼의 임시 거처이다. 연옥에서 어떻게 행동하느냐에 따라 도덕의 저주를 받을 수도 있고 형이상학의 구원을 받을 수도 있다는 점에서 사후 세계의 중간 지대인 연옥은 자기 계발의 최대 잠재력, 변화의 최고 가능성을 내포한다. 그런 점에서 연옥은 중년 인생의 본보기이다. 인생의 중간 지점을 넘어선 이때 어떻게 해야 자아를 계속 키울 수 있을까?

III

단테의 서사시는 숱한 반향을 이끌어냈으며, 자주 인용되면서 하나의 거대한 배경을 이루었다. 단테의 서사시는 유럽 전통을 고스란히 담아낸 문학으로 가장 널리 회자되는 작품이다. 그 안에 다른 이야기들을 남고 있다는 점에서, 그리고 다른 이야기들이 이 서사시를 앞다투어 언급한다는 점에서 말이다. 중세 사상의 정점을 대표한다는 점에서 이 작품은 서구 문화 역사의 중간 지점을 이룬다고 말할 수 있다. 고전 문화를 흠뻑 머금은 단테의 서사시는 다시금 근대 문화를 흠씬 물들인다. 2000년이라는 새천년의 시작을 벌써 멀찌감치 지나버린 우리의 관점에서도 『신곡』은 인생행로뿐만 아니라 역사의 중간 지점이다.

이게 무엇을 의미하는지 잠깐 숨을 고르며 되새겨보도록 하자. 왜 우리는 서구 역사의 '중간 시기'를 지금처럼 이해하게 되었을까? 정확히 '중세'라는 개념, 넓은 의미에서 고전적 고대가 끝난 5세기와 초기 근대가 출발한 15세기 사이의 1,000년을 나타내는 개념인 '중세'는 거꾸로 근대성이라는 관점이 지어낸 것이다. 근대라는 역사의 이 세 번째 시기가 없다면 근대가 말하는 중세는 존재하지 않는다. 그래서 중세가 오랫동안 악평에 시달리며, 첫째나 막내와 달리 부모의 관심을 충분히 받지 못한 둘째처럼 자신의 정체성을 키우고자 분투해왔다는 사실은 전혀 놀랍지 않다. 근대 초기, 곧 르네상스 휴머니즘으로부터 계몽주의 철학에 이르기까지의 시기는 서둘러 고대의 영광으로 돌아가 찬미하기에 바빠 중세를 거만하게 굽어보며 암흑기로 폄하했을 따름이다. 마녀의 마술과 봉건주의는 중세를 바라보는 반감을 대표하는 두 단어였으며, 중세의 엄격한 종교적 교리는, 갈수록 세속화의 길을 걸은 근대의 비웃음거리일 따름이었다. '중세적'이라는 말은 고대와 근대라는 우월한 시대 사이의 중간 어딘가에서 길을 잃고 헤맨다는 의미를 가진다. 역사를 읽는 이런 선택적 독법이 얼마나 기괴한 것인지는 하나의 예만 보아도 분명하다. 스페인에서는 세 가지 문화가 공존하며 다양한 영광을 일궈냈건만, 이른바 '레콩키스타'(711~1492) 기간에 이루어진 선택적 독법은 이를 완전히 무시한다.* 근대의 문화적 자부심이 중세를 하찮게 여긴 것이 이런 편견의 바탕이다.

이런 편파적 관점은 낭만주의의 출현과 더불어 바뀌기 시작했다. 프랑스 혁명으로 힘을 얻은 합리주의가 비대해지자 그 반작용으로 18세기 후반 독일에서 출현한 낭만주의는 상상력과 열정이 합리적 논증과 이성보다 우위에 선다고 강조했다. 역사적으로 볼 때 낭만주의가 걸은 가장 중요한 길 가운데 하나는 중세 고딕 전설의 재발견이다. 이를테면 루트비히 티크와 같은 작가는 동화를 근대 단편소설의 모델로 삼았다. 시인 노발리스는 중세의 기독교 신앙을 근대가 추구해야 할 이상으로 추켜세웠다. 심지어 중세 후기의 '고딕'은 근대보다 우월하다는 평가를 때때로 받곤 한다. 프랑스의 외교관이자 회고록 저자 샤토브리앙은 도나우 강을 건너며 이런 곱씹어봄 직한 불평을 했다. "세관원과 여권이 '신식(modernite)'이라고는 하는데 천박하게만 보이는 게 폭풍에도 끄떡없을 저 웅장한 고딕식 성문, 호른의 소리와 도도히 흐르는 강물 소리와 견줄 수가 없구나."[8] 목

---

* '레콩키스타(Reconquista)'는 8세기에서 15세기에 걸쳐 이베리아 반도에서 가톨릭이 이슬람을 축출하고 영토를 차지하기 위해 벌인 싸움을 말하는 개념이다. 흔히 '국토 회복 전쟁'이라고 옮겨진다. 스페인의 세 문화란 기독교와 무슬림 그리고 유대교의 문화를 말한다. 그 대표적인 도시는 톨레도이다.

가극으로 비리진 중세는 관료주의에 물든 근대를 대체할 대안으로 떠올랐다.*

이런 새로운 시대정신에 역사학자와 비평가는 속속 보조를 맞추었다. 낭만주의 이론가 프리드리히 폰 슐레겔**은 자신의 책『고대와 최신 문학의 역사』(1815)에서 19세기의 중세 재평가가 가지는 의미를 어느 한쪽에 치우침이 없이 잘 정리해냈다. 본래 강의 원고로 쓰인 이 책에서 슐레겔은 당시의 표준적인 관점을 평가하는 것으로 강독을 시작한다.

우리는 흔히 중세를 인간 정신사의 공백으로, 고대를 더욱 세밀하게 가다듬으며 새로운 시대***를 조명하는 가운데 생긴 빈 공간으로 생

---

* 이 단락은 여러 가지 의미를 가진 단어로 이루어져 신중하게 읽어야만 한다. 우선 '고딕(Gothic)'은 중세 후기의 예술 양식이면서, 문학에서는 18~19세기에 유행한 낭만적 모험담을 지칭하는 장르 명칭이다. 이른바 '고딕 픽션(Gothic fiction)'은 죽음이라는 주제를 다루는 낭만주의 문학이다. 메리 셸리의『프랑켄슈타인』, 에드거 앨런 포의 단편들이 이에 속한다. '고딕'이라는 표현이 들어간 이유는 이런 문학의 공간적 배경이 주로 고딕 양식의 건물이기 때문이다. '고딕 전설'이라는 표현은 낭만주의가 중세의 전래동화와 전설을 되살려내려 노력한 것을 염두에 둔 것이다. 루트비히 티크(Ludwig Tieck: 1773~1853)는 노발리스(Novalis: 1772~1801)와 더불어 독일 낭만주의를 대표하는 작가이다. 샤토브리앙(Chateaubriand: 1768~1848)은 프랑스 낭만주의 작가이다. 인용문의 'modernite'는 근대라는 의미를 가지지만 동시에 신식, 최신이라는 뜻도 있다. 샤토브리앙은 근대의 신식 문물이라고 하는 여권과 세관원, 곧 관료가 중세의 목가적이고 웅장한 문화를 대신할 수 없다고 주장했다는 것이 인용문의 내용이다.

** 프리드리히 폰 슐레겔(Friedrich von Schlegel: 1772~1829)은 독일의 낭만주의를 대표하는 문화철학자이자 시인이다. 본문에서 인용한 책의 원제는『Geschichte der alten und neueren Literatur』이다.

*** '새로운 시대'에 해당하는 원문은 'modern times'이다. 이는 사전적으로는 '근대 시대'로 옮겨야 하나, 낭만주의자들에게 'modern'은 '새롭다'는 뜻으로 옮기는 게 더 자연스

각하고 이해한다. 우리는 예술과 학문이 완전히 소멸했었으며, 1,000
년의 잠에서 깨어나 부활한 뒤에 더욱 놀랍고 뛰어난 뭔가를 보여준
다고 한사코 믿으려 든다.[9]

이 글에서 슐레겔은 근대 초기의 기초를 닦았다고 이해되는 르네상스
가 자신의 정체를 밝히려는 시도를 막으려고 방어막을 치는 것이 명백한
사실이라고 강조한다. 어쨌거나 '부활'이라는 르네상스의 자화자찬은 그
에 앞서는 '죽음'을 전제로 한다. 나비가 번데기 고치를 뚫고 나오듯, 근대
는 승리를 위해 다시 비집고 나올 잠자는 중간 시기를 필요로 한다.

하지만 슐레겔은 비유에 쓴 단어를 바꿈으로써 이런 견해를 거부한
다. 죽은 상태, 재탄생을 기다리는 출생 이전의 상태라는 비유를 버림으
로써 슐레겔이 보는 '중세'는 이제 '새로운 유럽의 젊음(youth of modern
Europe)'이 된다. 이런 재평가의 입장을 더없이 선명하게 보여주는 사건
은 슐레겔이 가톨릭으로 개종한 것이다(시인 하인리히 하이네는 나중에 슐
레겔의 이런 입장을 '종탑에서 내려다보는 견해'라고 꼬집었다). 슐레겔은 가톨
릭으로 개종하면서 기사와 십자군의 '기사도' 전통과 더불어 중세 문학의
'우화' 전통을 마음껏 끌어다 썼기 때문이다. 그런 사례 가운데 최고의 것
은, 놀랍지 않은 이야기이지만, 『신곡』이다. '당대의 모든 학문과 지식'을,
'중년 이후의 인생 전체'를 포괄한다는 점에서 단테의 서사시는, 슐레겔의

러워 '새로운 시대'라 번역했음을 밝혀둔다.

인간 중심적 노중에 따른다면, 중세를 고전 고대와 이어주는 다리일 뿐만 아니라, 근대로 자라날 수 있게 키워주는 보육원이다. '중세'는 이로써 역사적으로든 개념적으로든 재해석되었다.

단테의 위대한 서사시를 어떻게 이해하는 것이 좋은가 하는 물음의 답은 중세를 보는 다양한 관점에 따라 달라진다. 『신곡』이 중세의 사상과 신학을 압축한 것이라면, 그 핵심은 인간이 인생을 살며 가지는 두려움이다. 무엇보다도 가장 중요한 문제는 세속(곧 먹고 사느라 겪는 온갖 어려움과 갈등)을 정신(곧 신을 우러르며 올바르고 깨끗한 삶을 살고자 하는 갈망)과 어떻게 조화시킬 수 있을까 하는 것이다. 단테『신곡』의 상징적인 '권두시'가 중세의 스콜라 철학에 뿌리를 두고 있다는 말은 우주 질서 안에서 인간의 위치, 숭고한 의식을 가지는 천사와 의식을 가지지 않는 동물 사이의 중간 지점에 사로잡힌 인간의 위치를 강조하는 것과 다르지 않다. 중세의 관점에서 볼 때 인생행로의 중간을 지나고 있다는 것은 몸의 변화와 같은 신체적 조건뿐만 아니라, 정신 자세를 묻는 형이상학과도 씨름해야 함을 뜻한다. 속세의 인생을 절반 정도 살았다는 말은 하늘에 오를 길을 절반 남겨놓았다는 뜻이기도 하다. 기사도 문학이든 우화의 전통이든 중세 문학을 떠받치는 주된 관심사는 늘 거듭 되풀이되는 이 이중의 관점이다. 신은 우리 인간을 도대체 어떻게 다스리는 것일까 하는 물음뿐만 아니라, 단테의 후계자 존 밀턴*의 유명한 표현을 빌려 말하자면, 인간

———

* 존 밀턴(John Milton: 1608~1674)은 잉글랜드가 낳은 위대한 시인이자 작가로 칭송받

은 어떻게 해야 신에게 이를 수 있는가 하는 물음도 함께 고민하는 것이 이 이중의 관점이다. 21세기를 살아가는 우리가 이해하는 중년 위기는 정확히 같은 물음, 적절히 세속화한 형태이기는 하지만 같은 물음을 제기한다. 이 위기가 인생의 의미 때문에 생겨나는 게 아니라면 도대체 무엇 때문에 생겨나는 것인가?

단테가 죽은 이후 시인과 소설가가 중간을 나타낼 단어가 필요할 때마다 단테의 작품을 읽은 것은 놀라운 일이 아니다. 물론 중세 문학과 근대 문학에서 중간을 바라보는 차이는 분명 존재한다. 중세 작가는 신을 우러르는 신앙의 위기에 고통을 받은 반면, 근대 작가는 자신을 믿을 수 없는 위기, 곧 자신의 인생을 의미와 목적으로 채울 능력이 부족한 것은 아닐까 하는 의심으로 힘겨워했다. 신앙의 위기에서 자신에 대한 믿음의 위기로의 변화는 이미 근대 초에, 심지어 자칭 기독교 사상가 데카르트 같은 인물에게서 감지된다. 데카르트는 마흔이 되고 얼마 지나지 않은 1637년에 발표한 책『방법 서설』*에서 지적으로든 도덕적으로든 지켜야 하는 일련의 규칙을 세웠다. 데카르트의 이른바 '잠정적 도덕률'은 세 가지 공리로 이뤄진 것인데, 그 가운데 두 번째 공리는 "될 수 있는 한 확고하고 단

는 인물이다. 대표작은『실낙원Paradise Lost』(1667)이다. 이 작품은 단테의 전통을 충실히 이어받은 것이라 본문에서 후계자라는 표현을 사용하였다.

* 이 책의 원제는『이성을 올바로 이끌어 학문에서 진리를 구하기 위한 방법 서설Discours de la Méthode Pour bien conduire sa raison, et chercher la vérité dans les sciences』이며, 근대 철학의 출발을 알리는 신호탄을 쏘아 올렸다는 평가를 듣는다.

효차게 행동하라"이다 데카르트가 그려 보이는 단호함은 바로 단테의 단호함이다.

> [그렇다면 나는] 숲속에서 길을 잃은 여행자의 상황을 상정해보겠다. 어떤 경우에도 나는 되돌아간다거나 같은 장소에 머무르는 실수를 범하지 말고, 되도록 직선으로 한 방향으로만 걸으며, 사소한 이유로 방향을 바꾸지 말아야 한다. 처음에 우연하게 그 방향을 골랐다고 할지라도 고른 방향으로만 계속 걷자. 이렇게 해야만, 길 잃은 여행자는 정확히 원한 곳에 이르지는 못할지라도 언젠가 어디든 도착할 수 있다. 이렇게 하는 것이 아마도 숲 한복판에서 우두커니 서 있는 것보다 더 낫다.[10]

도덕적 중년으로 이끄는 안내자로서 데카르트의 여행자는 '어두운 숲(selva oscura)'에서 길을 묻는 단테의 순례자를 고스란히 닮았다. 데카르트는 우리가 한 방향으로만 계속 걷는 한, 숲에서 빠져나갈 길을 찾아내리라고 논증한다. 방법은 간단히 계속 전진하는 것이다. 그러나 이는 실제로 숲에서 빠져나갈 길이 있다는 것을, 그리고 우리가 충분히 단호한 의지를 가지고 길을 찾아내고자 노력하기만 한다면 궁극적으로 숲의 반대편에 의미가 존재한다는 것을 전제하는 논증이다. 데카르트가 그려 보이는 이 그림은 한편으로는 우리가 가는 길을 낙심하지 않고 계속 따라가면 인생을 한층 더 고양할 수 있다는 믿음, 곧 데카르트가 '잠정적 도덕(morale par provision)'이라고 부른 믿음과, 다른 한편으로는 이 잠정적 도덕의 궁극적 바탕을 이루는 목적론이 서로 하나로 맞물리게끔 중재해준다. 요컨대, 중간이 있다는 것은 또한 끝, 우리의 경우에는 목적이 존재함을 의미한다. 기독교라는 틀 안에서 그려본 이런 그림을 개인의 도덕성 문제로 확장한 데카르트의 논의 방식은 근대의 출발점이 개인의 행동 능력에 품는 신뢰임을 단적으로 보여준다. 어쨌거나 길이 실제로 우리를 어디로든 이끈다는 믿음에서 데카르트는 명백히 단테의 면모를 과시한다.

초기의 근대가 본격적인 근대로 접어들면서 그런 믿음은 약해지기 시작했다. 기독교를 의미의 본질적 원천, 의문의 여지가 없는 원천으로 받아들이던 세상(중세)으로부터 벗어나 계몽의 이신론(理神論), 곧 신을 합리적인 관점에서 보는 입장이 고개를 들면서(18세기) 기독교를 갈수록 근대 이전의 시대착오적 세계관으로 강조하기에 이르렀고(19세기), 관점의 이런 변화는 우리가 중세를 이해하는 방식에 심대한 영향을 미쳤다. 숱한 좌절과 실패에도 흔들림 없이 하늘을 우러르며 신의 도움을 갈구하는 인생은 중간 지점에 이르렀다고 해서 두려워하는 일이 거의 없었다. 숲을 헤치며 길을 열어나가는 단테와 데카르트 그림의 은근한 암시 덕분에 사람들은 천국을 향해 올라간다는 믿음을 숨김없이 드러내곤 했다. 그러나 이 목표가 사라지자마자 하늘로 오르는 중간 지점은 깨끗이 잊히고 말았다.

이런 방식으로 중년이라는 주제를 역사에 비추어 살펴보면 인생의 중반을 산다는 것이 중간을 어떻게 이해하느냐의 문제뿐만이 아니라, 인생 자체를 어떻게 바라보느냐의 문제로 귀결됨을 우리는 알 수 있다. 중간이

리는 단계에 국한되기 않고 인생 전체에 의미를 새겨야 한다는 이런 명백
한 사실은 너무 쉽사리 간과되곤 한다. '인생 자체가 무엇인지' 알지 못하
는데, 중년의 인생이 좋을 수는 없다. 낭만주의 이후 분명하게 불거지기
시작한 이런 문제의식은 늘 거듭해서 인생 자체가 무엇인지 알지 못하는
두려움을 내비쳤다. 실제로 낭만주의 이후의 고뇌는 이 두려움과의 씨름
이다. 아마도 이를 가장 대표적으로 보여주는 사례는 프리드리히 횔덜린
이 1804년에 쓴 짧지만, 찬란할 정도로 투명한 시 「인생의 절반」이리라.

> 노랗게 익은 배들을 주렁주렁 달고
> 야생의 장미들이 만개한
> 땅은 호수 속으로,
> 너희 사랑스러운 백조들은,
> 키스에 취해
> 머리를 담그는구나
> 취함이 없는 거룩한 물속으로.

> 아프구나, 어디서 찾아야 할까
> 겨울이 오면, 꽃들을, 그리고 어디서
> 햇살을,
> 그리고 땅의 그림자를?
> 담벼락은 서서

아무 말 없이 추위에 떨며, 바람 속에서

깃발만 나부끼네.[11]*

휠덜린 시의 제목은 의식적으로 단테의 '인생의 한복판에서(nel mezzo del cammin)'라는 전통의 한가운데 서 있음을 분명히 보여준다. 그러나 시의 시작 부분에 담긴 내용은 제목이 암시하는 주제와 거의 아무런 관련을 가지지 않는 것처럼 보이며, 오히려 현세에서 누리는 향락이라는 낭만적 풍경을 오해의 여지없이 드러낸다. 시가 진행되면서야 비로소 제목이 품은 함의가 드러난다. 눈을 의심하게 만들 정도로 간단한 세 개의 문장을 통해 상념을 키우면서 시는 단순히 중년의 삶뿐만 아니라, 이 중년의 삶이 신이라는 이름의 초자연적 틀보다는 자연이라는 틀 안에서 무엇을 의미하는지 고민하는 대단히 인상 깊은 성찰을 선보인다. 독자는

*   프리드리히 휠덜린(Friedrich Hölderlin: 1770~1843)의 시 「인생의 절반Halfte des Lebens」은 독일어 원문에서 전후좌우의 대칭을 가장 잘 살려낸 작품으로 평가받는다. 전반부와 후반부가 각각 일곱 개의 구절로 이뤄져 있으며 물(Wasser)과 아프다(Weh)와 바람(Wind)에서 보듯 모두 같은 'W'로 정확히 운을 맞춘다. 전반부와 후반부는 중년을 중심으로 바라보는 젊음과 노년을 상징한다. 마지막 행의 '깃발(Fahne)'은 바람의 방향을 가리키는 풍향계로 '입에서 풍기는 술 냄새'라는 함의도 가지는 단어이다. 키스에 취해 맑은 물에 머리를 담그며 노년의 회한으로 안타까워하는 초라한 모습을 잘 묘사한 시이다. 시의 우리말 번역은 이어지는 저자의 해설에 맞춰 내가 했다. 시의 원문은 다음과 같다. "Mit gelben Birnen hänget/Und voll mit wilden Rosen/Das Land in den See,/Ihr holden Schwäne,/Und trunken von Küssen/Tunkt ihr das Haupt/Ins heilignuchterne Wasser. //Weh mir, wo nehm' ich, wenn/Es Winter ist, die Blumen, und wo/Den Sonnenschein,/Und Schatten der Erde?/Die Mauern stehn/Sprachlos und kalt, im Winde/Klirren die Fahnen."

품 더 높은 의미를 맛내히며 분투하는 시인이 고뇌를 고스라히 느낄 수 있다.

이 시에서는 일련의 대비를 시도하며 의미를 선명하게 부각하는데, 그 가운데서도 가장 두드러지는 대비는 첫 번째 연의 여름과 두 번째 연의 겨울이다. 호수는 배와 장미로 상징되는 땅을 비춰주는 거울이며, 시인이 시간의 흐름을 성찰하는 자세를 담아내는 비유 노릇을 한다. 첫 번째 연 전반부의 열매와 꽃은 두 번째 연 전반부에서 그 빈자리와 대비를 이룬다. 이에 상응해 사랑스러운 백조는 말 없는 담벼락이 된다. 이 서정시가 품은 온전한 힘은 나직한 탄식 '아프구나(weh mir)'로 크리스털처럼 걸러져 시의 한가운데에서 중심축을 이룬다. 백조와 장미는 황홀경에 빠지듯 호수와 일체가 되나 오래가지는 않는다. 뜨거운 여름날은 즐기기에 너무 짧은 기회로구나.

이 시에서 그려낸 가장 강력한 이미지는 백조이다. 시인 횔덜린은 자신의 중년 인생을 바라보는 불안을 백조로 아주 선명하게 그려냈다. 이 불안은 더 나아가 모든 창조적 예술가가 품는 것이기도 하다. 우아함의 전통적 상징인 '사랑스러운 백조들'에게 취했다는 표현이 붙었다. '키스에 취해' 백조들은 머리를 '취함이 없는 거룩한 물에 담근다. 이 불가사의한 시구를 두고 학자들은 어찌 풀어야 좋을지 몰라 골머리를 앓았다. 특히 취한 상태의 동물과 취하지 않은 호수 사이의 긴장에 학자들은 강력한 호기심을 느꼈다. 백조가 물에 머리를 담그는 행위는 예술적 이미지일까, 아니면 종교적 이미지일까? 아니면 성적 이미지일까? '취함이 없는 거룩한'

이라는 두 단어를 하나로 조합한 복합 형용사, 독일어로는 하나의, 거의 신비적 울림을 주는 복합어 '하일리히뉘히터른(heilignüchtern, '거룩하고 heilig + 취하지 않은 명징한nüchtern')'은 백조가 세례를 받았다는 의미일 수도 있지만, 예술가 백조가 발휘하던 창의적 마법이 깨어졌음을 함축할 수도 있다. 술이든 사랑이든 무엇인가에 취한 몽환적 상태야말로 창조의 여름, 덧없이 사라지는 창의적 순간이 아니던가. 이제 할 말을 잃은 담벼락은 차가운 술 냄새만 풍기네. 더할 수 없이 뛰어난 낭만적 이미지로 시작한 것은 엄숙하고도 슬픈 종말을 맞이한다.

그렇다면 횔덜린에게 인생행로의 중간 지점은 형이상학적 숙취, 머리가 깨질 것 같은 두통으로 정체를 드러낸다. 늦여름과 초가을의 감각적 황홀경 뒤에 찾아올 겨울의 전망은 오로지 수사적 의문, 애초부터 답이 없는 물음으로만 꾸며질 따름이다. 그 황홀했던 순간이 취기로 빚어진 것일 뿐이었음을 알았다면, 그런 황홀함을 누가 용서할 수 있으랴? 살아 있는 생명체인 백조와 장미에서 무생물인 담벼락과 깃발로의 전환은 그 나름의 스토리를 들려준다. 언어, 시를 빚을 바로 그 재료인 언어는 횔덜린이 인생의 중간 지점에서 앞으로 다가올, 할 말 잃은 무기력한 노년을 바라보는 순간, 그를 버리고 떠나버렸다. 여름의 덧없는 그림자처럼 의미 자체가 날아가버렸다.

횔덜린이 이 시를 쓰고 난 뒤에 미치고 말았다는 사실은 비통함만 키울 따름이다. 실제로 그의 인생은 확연한 대비를 보여준다. 1770년에 태어난 횔덜린은 30대 중반에 '인생의 절반'에 이르렀으며, 「인생의 절반」을 졌다. 이후 그는 정신병에 걸렸다는 진단을 받고 튀빙겐의 탑에 구금된 채로 정확히 같은 햇수의 여생을 살았다(그는 1843년에 사망했다). 바꿔 말해서 이 시를 자신의 운명을 예감한 시인의 탄식으로 읽지 않는 것은 불가능하다. '아프구나' 하는 시의 심장부에 자리 잡은 탄식은 더할 수 없는 비극적 힘을 발휘한다. 시인은 헛되이 흐르는 시간뿐만 아니라, 속절없이 사라지는 자신의 힘, 창의력에 한탄한다.

횔덜린이 사망하기 1년 전에 다른, 성향도 완전히 다른 시인이 인생행로의 중간 지점에 도달했다. 헨리 워즈워스 롱펠로^{Henry Wadsworth Longfellow}는 그저 간단히 「메조 캄민Mezzo Cammin」 곧 '인생 한복판'이라는 제목의 소네트로 자신의 중년을 기렸다.

내 인생의 절반이 흘렀으나, 안타깝게도
세월은 속절없이 사라지고 채워지지 않았으니
내 젊은 날의 포부여
드높은 노래의 탑을 쌓겠다던 꿈이여.
무기력함도, 향락도, 조바심도 아니었네
그칠 줄 모르는 열정은 달랠 수가 없었네,
그러나 슬픔은, 거의 죽을 것만 같은 걱정은
이룰 수 있는 것으로부터 나를 떼어놓았고,
언덕에 오르는 길을 반쯤 올라 과거를 돌아보니
발아래 펼쳐지는 과거의 시끌벅적한 장면들 ─

황혼에 물든 어둑한 도시는 광막해 보이고

연기가 피어오르는 지붕, 부드러운 종소리, 어슴푸레한 빛, ─

그리고 내 위에서는 가을의 강한 바람 소리가 들리며

저 높은 곳에서는 죽음의 폭포가 굉음을 울리는구나.**12** *

1842년에 쓰인 롱펠로의 이 시(작품 공개는 1886년에야 이루어졌다)는 횔덜린의 시보다 어느 모로 보나 훨씬 더 자전적 요소를 담고 있는 반면, T. S. 엘리엇이 말한 '객관적 상관물'을 살려내려 노력한 흔적은 별로 찾아볼 수 없다. 이 시는 단순히 시인이 중년에 품은 두려움을 표현하고자 쓴 것이다. 그리고 롱펠로의 인생은 갖은 어려움과 고뇌로 점철되었다. 그의 첫 번째 아내는 1835년 유산의 후유증으로 사망했다(이것이 아마도 '슬픔'과 '거의 죽을 것만 같은 걱정'이리라). 두 번째 아내는 1861년에 왁스를 먹인 드레스에 불이 붙는 끔찍한 사고로 죽었다. 롱펠로의 이런저런 시들을 물들인, 할 말을 잃은 듯한 단조의 분위기는 절절히 이해가 가고도 남는다.

----

* 이 시의 경우도 우리말로 옮겨놓은 것이 저마다 다르다. 위의 번역문은 저자의 해설 의도에 맞게끔 내가 옮겼다. 원문은 다음과 같다. "Half my life is gone, and I have let/The years slip from me and have not fulfilled/The aspiration of my youth, to build/Some tower of song with lofty parapet./Not indolence, nor pleasure, nor the fret/Of restless passions that would not be stilled,/But sorrow, and a care that almost killed,/Kept me from what I may accomplish yet;/Though, half-way up the hill, I see the Past/Lying beneath me with its sounds and sights, ─/A city in the twilight dim and vast,/With

하시반 롱펠로의 「메조 캄민」은 중년을 바라보는 문학적 감각에서든 그 인생의 자전적 기록이라는 의미에서든 분명히 단테의 족적을 닮았다. 미국인으로 『신곡』을 최초로 번역한 롱펠로는 이 이탈리아 시인의 작품을 아주 잘 알았다. "우리 인생 여정의 한복판에서, / 나는 어두운 숲에서 길을 잃은 나를 발견했네(Midway upon the journey of our life, / I found myself within a forest dark)" 하고 롱펠로는 '지옥' 편의 첫 줄을 옮겼다.[13] 롱펠로의 소네트 제목과 그 첫 행은 그가 단테로부터 위기의 상징적 요소를 단순히 빌려 오는 데 그치지 않고, 그 위대한 선배의 업적에 비추어 자신의 현주소를 가늠하려는, 곧 자신의 자아를 찾기 원하는 그의 속내를 고스란히 드러낸다. 롱펠로가 「메조 캄민」에서 그리고 있는 나이 먹음의 구조는 바로 『신곡』을 떠받치는 주춧돌이기 때문이다. 롱펠로의 인생은 단테의 사후 세계와 마찬가지로 시간이라는 이름의 산을 타고 갈수록 더 높이 올라간다. 산마루에 올라 눈앞에 펼쳐지는 내리막길의 전망으로 불현듯 중년 위기를 깨달았다던 엘리엇 자크의 환자 이야기를 롱펠로의 시는 연상하게 만든다. 그러나 둘 사이의 차이 역시 의미심장하다. 롱펠로의 여정은 아래가 아니라, 위를 향하기 때문이다. 7단계의 연옥을 차례로 올라가는 단테의 순례자처럼 말이다. 시를 쓸 시점에 '언덕에 오르는 길을 반쯤 올라' 섰던 시인 롱펠로는 자신이 중년이라는 연

smoking roofs, soft bells, and gleaming lights, ——/And hear above me on the autumnal blast/The cataract of Death far thundering from the heights."

옥의 한복판에 있음을 발견한다.

냉철한 관점에서 바라볼 때 롱펠로가 말하는 '죽음의 폭포'는 횔덜린이 묘사한 나부끼는 깃발과 같다. 두 시인 모두 여름의 저 멀리 떨어진 반대편에서 모습을 드러낸 음울하고 냉혹한 미래를 두려워한다. 그러나 또한 주목해야 할 점은 두 시인 모두 이 두려움을 서정시의 자기성찰적인 언어라는 틀 안에 담아냈다는 사실이다. 횔덜린이 자신의 미래를 보며 아무 말 없이 서 있는 담벼락을 예감한 지점에서 롱펠로는 자신이 과거에 '노래의 탑'을 쌓지 못한 것을 아쉬워한다. 두 시인이 두려워한 것은 늙음이 아니라, 창의력의 둔화이다. 세계 문학의 위대한 시인들이 쓴 시를 참고삼아 중년을 이해하려는 시도는 글쓰기가 늙어감과 대결하는 훌륭한 방법 가운데 하나라는 점을 일깨워준다. 무엇보다도 두 편의 시는 언어라는 벽돌로 얼마나 아름다운 집을 지을 수 있는지 잘 보여준다. 이 집은 언어로 쌓아올렸으되, 거꾸로 집이 그 단어들에 지속적인 견고함을, 영원한 구원의 힘을 베풀어주는 것처럼 보인다. 문학은 카타르시스이다. 카타르시스야말로 책이 주는 가장 오래된 위안이다.

중년이라는 어두운 숲을 지나갈 경로를 추적하기 시작하면서 문학의 첫 번째 기능이 모습을 드러낸다. 옷감을 풀어버리는 페넬로페로부터 자신의 목숨을 지키고자 매일 이야기 한 편씩 들려주는 셰에라자드에 이르기까지, 보카치오^{Boccaccio}의 『데카메론^{Decameron}』에서 초서^{Chaucer}의 『캔터베리 이야기 Canterbury Tales』에 이르기까지 문학은 언제나 시간을 '벌고' 시간을 보내는 일이었다. 우리가 쓰고 읽고 이야기하는 목적은 죽을 수밖에 없는 인간의 조건을 잊어버리기 위해서, 잠깐이나마 죽음을 잊기 위해서이다. 이런 노력이 덧없을지라도. 더 나아가 우리는 시간을 붙잡아두기 위해 이야기를 들려주기도 한다. 물론 시간을 붙잡아둔다는 표현에 사람들은 저마다 다른 의미로 공감하리라. 산에 오르는 중간 지점에 도달한 지금 나는 얼음처럼 차가운 명확함으로 깨달았다. 쓰는 것, 그리고 읽는 것은 늙어감의 불안과 씨름하는 일이다. 중년은 우리가 할당받은 시간이 유한하다는 것을 피할 수 없이 분명히 깨닫는 지점이지만, 이런 깨달음이 촉발하는 위기는 『신곡』과 같은 작품을 쓰는 데 꼭 필요한 창의적 번뜩임을 제공해줄 기회이기도 하다. 중년의 예술이 자신을 계속 발전시키며, 계속 창작 활동을 하는 것이라면, 문학(문학의 창작과 감상)은 이 예술이 실현될 개념의 구상이자 그 과정의 구체적 실천이다. 횔덜린은 자신이 쓴 다른 시에서 "궁핍한 시간 속에서 시인은 대체 무엇을 위한 존재인가?" 하고 물었다.[14] 이 물음을 중년에 적용해보자면 우리는 시인이 우리를 도와 죽을 수밖에 없는 인간의 조건을 곰곰이 따져 생각해볼 수 있게 해준다고 답할 수 있다. 그리고 실제로 우리가 이 유한함을 초월할 수 있음을 시인은 보여주기도 한다. 시간은 질병이다. 문학은, 비록 돈키호테처럼 좌충우돌할지라도, 이 병을 치유해줄 수 있기를 희망한다. 이런 희망은, 우리가 곧 보게 될 것이듯, 도박, 곧 시간이라는 판돈을 걸고 벌여야 하는 내기이다.

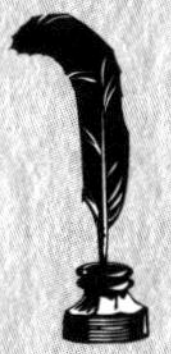

제4장

가게 뒤에 붙은 방

중년의 겸손

I

우리 가운데 단테처럼 늙어감과 대결할 수 없는 사람은 어찌해야 좋을까? 세계 문학의 위대한 걸작을 한 편 쓰는 일은 분명 대단한 위안을 주기는 하겠지만, 그런 재능은 누구나 누리는 게 아니다. 『신곡』과 같은 예외적인 업적은 분명 중년의 해결책으로 맞춤하지 않다. 우리 가운데 단테의 재능을 가지지 않은 사람에게는, 사실 우리 모두가 그렇겠지만, 더 낮춰 잡는 겸손한 목표가 적당하리라. 자기 자신을 있는 그대로 받아들이기, 그동안 살아온 경력의 재평가, 새로운 도전 찾기 등이 생각해볼 수 있는 목표다. 내면을 성찰하는 일은 외적인 활동 못지않게 생산적일 수 있다. 중요한 것은 우리가 (중년) 인생으로부터 무엇을 원하는지 알아내려는 사세이냐. 시금껏 추구에인 목표보다 더 많음 것을 워하느가, 아니면 조금 낮춰 잡을 것인가?

근대 유럽에서 이 물음의 답을 엄격한 태도로 찾은 첫 사상가는 프랑스 에세이스트 미셸 드 몽테뉴$^{Michel\ de\ Montaigne}$(1533~1592)이다. 공복(公僕)인 법관이자 휴머니스트인 몽테뉴는 자신의 매우 성공적인 출세의 정점에서 법복을 벗었다. 몽테뉴는 '인 메디아스 레스(in medias res)', 곧 '한복판에서' 더 높이 오르려 하지 않고 자신의 경력에 마침표를 찍었다. 자신의 서재 문 위에 그의 모국어인 라틴어로 써 붙인 글에서 몽테뉴는, 다른 누구보다도 자기 자신에게, 왜 여전히 비교적 젊은 나이임에도 공적 영역에서 은퇴했는지 그 이유를 이렇게 풀어준다.

> 그리스도의 해 1571년, 38세로, 2월의 마지막 날에 생일을 맞는 미셸 드 몽테뉴는 궁정과 공직에 오래 봉사한 탓에 지치기는 했지만, 여전히 온전한 상태로 고매한 동정녀들(뮤즈를 말함—옮긴이) 품으로 돌아와, 평온한 가운데 모든 근심으로부터 자유롭게 여생을 보내고자 한다. 운명이 허락한다면, 이 거처, 이 달콤한 조상의 은신처를 완성해, 자신의 자유와 평온과 취미활동에 바치리라.[1]

서재 문 위에 적어놓은 이 글로 몽테뉴는 자아 정체성의 출범, 아주 현대적이어서 오늘날 우리가 씨름하는 정체성에 견주어도 손색이 없을 자아 정체성의 출범을 선언한다. 몽테뉴의 이런 야망은 나르시시즘의 시대인 오늘날에야 워낙 널리 퍼져서 거의 주목받지 못하는 것이지만, 당시로 보면 정말이지 대단한 사건이 아닐 수 없었다. 자아 정체성을 키우겠다며 선망의 대상인 법관의 자리를 포기하다니, 이런 시도를 두고 대담하다고 평가하는 것은 과장된 게 전혀 아니다. 신을 섬기는 것이 최우선인 엄격한 종교 지배의 시대에 몽테뉴는 오로지 자신을 돌보며 자유와 평온과 한가로움에 헌신하며 정체성을 가꾸겠다니 이런 스캔들이 따로 없었다. 묵직한 문제는 물론이고 사소한 물음까지, 이를테면 비겁함, 고독처럼 무거운 주제를 다루다가도 엄지손가락이나 냄새 같은 사소한 것까지 몽테뉴는 어느 하나 소홀함이 없이 생각을 거듭하며 떠오르는 그대로 적어 내려가기 시작했다. 그의 수다스러운, 대화체의 글은 16세기 말엽 신흥 시장으로 부상한 르네상스의 일반 독자들을 염두에 둔 선택이었다. 15세기는 일련의 획기적인 사건들을 자랑한 시기이다. 요하네스 구텐베르크 Johannes Gutenberg의 인쇄술 발명, 필리포 브루넬레스키 Filippo Brunelleschi의 원근법 계산, 크리스토퍼 콜럼버스 Christopher Columbus의 아메리카 발견 주장 등이 그 대표적 사례이다. 16세기에 이르러 르네상스 독자들은 이런 발명의 성과를 바탕으로 자기 자신을 발견할 채비를 갖췄다. 레오나르도 다 빈치의 '비트루비우스적 인간'을 연상시킬 정도로 몽테뉴의 『에세』는 서구 문학의 역사에서 가장 찬란한 성공을 이루었다. 이 작품을 쓰려고 관직을 버리는 인생을 건 도박을 마다하지 않은 몽테뉴의 성공 비결은 한 사람의 경험을 인류 일반의 차원으로 끌어올린 것이다. 몽테뉴의 작은 한 걸음은 인류에게 위대한 도약이다.

일기를 쓰는 사람은 이 프랑스 남자에게 고마움을 느껴야 마땅하다. 20세기의 수학자이자 철학자 앨프리드 노스 화이트헤드^{Alfred North Whitehead}의 저 유명한 말처럼 모든 철학이 플라톤에게 다는 각주라고 한다면, 모든 자서전은 몽테뉴에게 다는 각주이다. 독자 여러분이 손에 쥐고 있는 바로 이 책 역시 몽테뉴가 드리운 긴 그늘 아래 서 있다. 자신의 성장 이야기를 기록한다는 것, 특히 문학과 문화와 관련한 성장의 기록은 근대적 자아의 출발점에 선 몽테뉴의 관점에 다시금 힘을 실어준다. 회고록, 신문 칼럼, 블로그 등 400년도 넘는 글쓰기의 전통에 몽테뉴는 이미 우리 고백 시대의 도구를 발명해 그 초석을 놓았다. 그러나 또한 몽테뉴는 좀 더 면밀하게 살펴보면 우리 중년을 다룰 방법도 고안해냈다. 『신곡』의 출발점에 선 단테와 마찬가지로 몽테뉴는 생애의 중년에 이르러서야 비로소 자아 성찰이라는 프로젝트를 수행하기로 의식적으로 결심했다.

몽테뉴가 서재 문 위에 써놓은 글은 '지옥' 편으로 들어가는 초입의 글과 완전히 다르다. 단테는 어두운 숲속에서 길을 '잃은' 반면, 몽테뉴는 그가 어린 시절 자란 고향 집으로 돌아가는 길을 '발견'한다. 서재 출입구의 이미지는 특별한 의미를 가진 상징성, 곧 지성을 연마하는 계몽으로 들어가는 동시에 인생의 후반부를 시작하는 대문이라는 상징성을 자랑한다. 서재 출입구 위에 걸린 몽테뉴의 선언은 단테와 베르길리우스가 지옥으로 들어가는 문 앞에서 발견한 글, "이곳으로 들어가는 너희는 모든 희망을 버릴지라" 하는 악명 높은 문구와 정반대 역할을 한다. 인생의 후반부로 들어서며 몽테뉴는 자신의 실존[*]에 희망을 아로새겼다.

그러나 문 뒤에도 문은 있는 법. 단테와 몽테뉴 두 사람이 넘어간 문턱 뒤에는 성경에 나오는 유대의 왕 히스기야의 선례가 잠복해 있었다. 구약 성경 「이사야」 38장에서 예언자 이사야는 인생의 절정기에 병에 걸린 히스기야 왕을 찾아와 얼마 못 가 죽게 되리라고 알려준다. 이런 운명을 도저히 받아들일 수 없었던 히스기야는 주님을 우러러 기도하며 평생 신실히 아버지를 섬겼으니 자비를 베풀어달라고 간구했다. 그의 간절한 기도에 감동한 신은 히스기야에게 앞으로 열다섯 해를 더 살게 해주겠다고 약속하며 이 약속의 표시로 태양을 인생의 계단 길에서 열 계단 뒤로 물려놓았다. 신이 몸소 나서서 중년 위기를 막아준 것처럼 보인다.

그러나 좀 더 자세히 살펴보면 신의 간섭은 오히려 중년 위기를 심화시켰다. 히스기야는 이제 자신이 살 수 있는 날이, 글자 그대로, 손꼽을 정도밖에 남지 않았음을 깨닫고 분명한 감사와는 거리가 먼 태도를 보였기 때문이다. "내 날들의 한복판에서 / 나는 떠나야만 하는구나. / 나는 지옥문에 떨어지겠구나 / 나의 남은 세월 동안." 히스기야에게 15년을 더 보장해줌으로써 주님은 또한 그가 죽을 날을 확정했다. 태양은 여전히 냉혹하

---

* 'existence'는 우리에게 소개되는 과정에서 일어 번역 '실존(實存)'을 그대로 받아들여 쓰인다. 이 단어의 본래 어원은 고대 그리스어 '엑시스테미(existemi)'로, 본질의 드러냄, 세움 또는 이끌어내어 부각함이라는 뜻을 가진다. 존재의 근원을 신이라고 보아온 전통적 세계관에 맞서 인생을 살아가는 의미는 어디까지나 개인이 책임지고 세워야 한다는 19~20세기를 주도한 실존주의 사상은 세계의 중심을 신(왕권의 근거로 내세워진 신)이 아닌 인간으로 보려는 계몽주의의 연장선상에서 나타난 것이다. 신에게 기대지 말고 네 인생을 스스로 개척하라는 요구를 담은 개념이 곧 'existence'이다. '실존'이라는 말에 담긴 이런 함의를 우리는 염두에 두고 읽어야 한다.

게 게단을 점점 더 높이 올라갈 것이기 때문이다. 중년 위기라는 개념은 물론 글자 그대로는 아니더라도 이미 구약 성경에 언급되었다. '넬 메조 델 캄민(nel mezzo del cammin)', 곧 '인생의 한복판에서' 히스기야는 돌연 인생의 허망함을 몸서리칠 정도로 뚜렷이 의식했다. 히스기야의 이야기는 우리에게 중년의 문제가 곧 죽음의 문제라는 점, 무엇보다도 우리가 죽을 수밖에 없는 유한한 존재라는 우리의 '의식'과 마주해야 한다는 점을 가르쳐준다.

단테의 도입부와 몽테뉴의 입구 뒤에는 히스기야의 지옥문이 어른거린다. 그러나 두 작가가 이 지옥문에 주는 답은 서로 다르다. 단테는 적당히 비관적 분위기로 길을 열어가는 반면, 몽테뉴는 약간 낙관적인 길을 따르며 피할 수 없는 죽음에 존중심을 보이면서('운명의 돌봄으로') '여생을 보내기로' 결심했다며 자못 운명론적인 어조로 이야기한다. 몽테뉴의 관점에서 겸양은 죽을 수밖에 없는 운명에 맞설 최선의 방어책이다. 몽테뉴는 서재 문 위에 써놓은 글에서도, 『에세』의 어떤 대목에서도 자신에게 주어진 수명을 넘어선 여분의 삶을 허락해달라고 애원하지 않는다. 히스기야가 매달렸던 '데우스 엑스 마키나'*를 피하고 몽테뉴는 자신의 늙어감을 받아들이며, 세속적 출세를 포기한다. 예전에 정치가이자 공복으

---

* '데우스 엑스 마키나(deus ex machina)'는 '기계 장치로 만든 신'이라는 뜻으로 고대 그리스 연극의 무대에 신이 등장하는 장면을 위해 썼던 무대 장치를 이른다. 이 표현은 문학에 적용되어 스토리의 갈등을 해결하거나 끝맺기 위해 뜬금없이 등장하는 사건을 의미한다.

로 바쁜 나날을 보냈던 몽테뉴(그는 마지못해 보르도 시장을 지냈으며, 앙리 드 나바르^{Henri de Navarre}, 나중에 왕으로 즉위한 앙리 4세^{Henri IV}의 핵심 자문관을 지내기도 했다)는 이제 차분한 자기 성찰에 헌신하기로 다짐했다. 몽테뉴는 궁정과 장터의 바쁜 생활인 '네고티움(negotium)', 곧 '분주한 공무'에서 벗어나 가정에서 여유롭게 사색을 즐기며 문화를 향유하는 '오티움(otium)', 곧 '오롯이 자신만을 위한 시간'을 택했다.

바로 그래서 『에세』는 '중년의 겸손'을 키우고자 하는 일련의 시도로 읽을 수 있다. 써놓은 에세이들을 선별해서 세 번 책으로 펴내면서(1580년과 1588년 그리고 1595년 이렇게 세 번 출판함) 몽테뉴는 인간의 조건을 두고 되도록 가차 없는 성찰을 벌이며 그 결과물인 자신의 감정을 토로한다. 전부 1,000쪽이 넘는 『에세』는 근대 초기 인간의 정신이 이룩한 최대의 업적이자, 르네상스 문화의 개설서이다. 하지만 『에세』를 정말 인상적으로 만드는 진면목은 지칠 줄 모르는 인내심을 가지고 인간의 조건을 캐물어가는 자세, 주어진 답에 만족하지 않고 계속 성찰을 밀어붙이는 집요함, 조금도 밉살스럽지 않고 오히려 사랑스러운 탐구 자세이다. 원고를 끊임없이 첨삭하는 태도가 보여주듯, 몽테뉴는 대다수 사람들과는 다르게 개방적인 정신으로, 심지어 중년에도 온전히 열린 마음으로 접근한다. '에세(essai)'라는 단어 자체(몽테뉴는 참으로 절묘한 단어 선택을 했다)는 실험적 접근이라는 의미를 가진다. 20세기 오스트리아 작가 로베르트 무질^{Robert Musil}은 '에세이즘(essayism)'이라는 단어를 새롭게 만들어 통상적인 것과 다른 수단으로 학문을 계속하는 작업이라고 풀어주었다. 몽테가는 '에세'라는 단어를 의미 탐색의 무수한 '시도'라며 자신의 지적 작업 전체를 정의하는 표현으로 삼았다. 부단한 의미 탐색은 간간이 일어나는 실패와 피할 수 없이 맞닥뜨린다. 중년의 겸손은 이런 실패를 열린 마음으로 받아들이는 자세이다. 나이를 먹어가며 우리가 품을 수 있는 유일한 현실적인 야망은 갈수록 더 잘 실패하는 일이다.

몽테뉴에게 그런 야망, 비록 몽테뉴는 정확히 야망을 '포기'했기 때문에 야망이라는 단어가 지나치게 강한 울림을 주기는 하지만, 아무튼 갈수록 더 잘 실패하고자 하는 야망, 실패를 거듭하면서 조금씩이라도 더 나아지려는 야망의 전제 조건은 고독이다. 고독은 자아를 포착할 수 있게 도와준다고 몽테뉴는 주장한다. '가게 뒤에 붙은 방', 곧 번잡한 거래가 이뤄지느라 바삐 돌아가는 장터의 가게에서 슬쩍 빠져나가 뒤에 붙은 방에 가서 홀로 머리를 식히며 고독한 시간을 가진다면, 우리는 무엇이 진정 잘 사는 인생인지 하는 물음에 집중할 수 있다.[2] 그러나 단순히 사회와 거리를 두는 것만으로는 충분하지 않다. 우리는 또한 '우리 자신 안에 있는 무뢰배의 속성'으로부터 거리를 두어야만 한다. 중년에 이르는 동안 우리는 자기 자신이 아닌 다른 것을 위해 살았다. 그만하면 충분하다. 우리는 적어도 '인생의 끝부분'만큼은 우리 자신을 위해 살아야 한다. 몽테뉴의 관점에서, 중년의 목표는 자신에게 충실한 자기만족의 삶이 되어야만 한다.

그러나 대다수 자아 계발의 스승과 마찬가지로 몽테뉴는 자아를 찾고 자기만족적인 삶을 영위하고자 하는 기획이 그 근본에 품은 역설에 시달렸다. 자아를 탐색하는 일에 매달릴수록 몽테뉴는 평온한 가운데 사색을 즐기고자 하는 자신의 목적으로부터 멀어질 수밖에 없었다. 깨달음을 얻고자 지나칠 정도로 매달리는 태도는 깨달음을 잃을 가장 확실한 길이다. "자아를 탐색했으나 찾을 수가 없네." 몽테뉴는 슬쩍 지나가듯 이렇게 인정하기는 한다. 오롯이 자아 성찰에 전력을 쏟은 사람에게 듣는 이런 고백은 묘한 느낌을 불러일으킨다. 그러나 이 고백은 몽테뉴가 직접 자신의 생각으로 이 문제를 탐구한 것이 아니라, 기존의 선례들을 찾아가며 간접적인 방식으로 추론했다는 점을 감안하면 이상할 게 전혀 없다. 전형적인 르네상스 사상가인 몽테뉴가 참조한 선례들은 주로 고전에 뿌리를 둔 것이기 때문이다.

그가 기회가 있을 때마다 강조하듯 몽테뉴의 모국어는 라틴어이다. 그의 아버지는 몽테뉴에게 오로지 라틴어로만 말하는 가정교사를 붙여주었으며, 어린 소년인 그가 보여준 언어 재능은 그를 가르친 모든 교사들을 움츠러들게 만들 정도로 뛰어났다. 그런데 놀랍게도 몽테뉴는 중년의 어른으로 에세이를 쓰면서 근대의 프랑스 방언, 그의 고향 가스코뉴의 말씨가 고스란히 드러나는 언어를 골랐다. 왜? 이 물음의 답은 몽테뉴가 기획한 글쓰기 그 자체 안에 숨어 있다. 몽테뉴는 교육을 받았으되 고급 교육을 받지는 않은 일반 독자를 상대로 이야기를 나누고 싶었다. 몽테뉴는 "천박한 정신도 (아니며) 독특하고 걸출한 정신의 소유자도 아닌"(1권 54번 에세이) 독자를 겨눠 에세이를 썼다. 라틴어가 아니라 프랑스어로 쓴 것은 "실존을 중간 지대로 보충하려는" 선택이다. 몽테뉴는 르네상스의 교양인

(Renaissance Man)이 아니라 르네상스의 평범한 모든 사람(Renaissance Everyman)의 관심을 끌 수 있기를 열망했다.

다만 몽테뉴의 고백은 보통의 취향을 가진 사람들에게 너무 멀리 나아 갔다. 『에세』는 고전에서 끌어온 인용이 수두룩하며, 거의 매 쪽마다 고 대의 사례를 언급한다. 『에세』는 실제로 고전에 거의 가까운 수준을 자랑 한다. 사정이 이렇게 된 연유 가운데 하나는 몽테뉴가 르네상스 휴머니즘 의 논의 방식, 꼭 근거를 밝히는 인용의 틀을 공유할 수밖에 없었기 때문 이다(몽테뉴는 당시 수준에 견주어 놀라울 정도로 드높은 교양을 자랑했다). 휴머니즘, 곧 인문주의는 기독교와 고전과 함께 몽테뉴 글의 핵심을 이루 는 부분이다. 그러나 또한 몽테뉴가 중년의 지혜를 이해하는 방식은 근 본적으로 고전적 성격을 가진다. 무엇보다도 몽테뉴는 스토아 철학자이 기 때문이다.

몽테뉴의 스토아 사상, 엄격한 금욕을 강조하며 자아 수련에 힘쓸 것 을 요구하는 사상과, 더 나아가 인간의 허영심을 보는 몽테뉴의 관점 에 결정적 영향을 준 사상가가 있다면, 그는 바로 로마 철학자 세네카 Seneca(기원전 4~서기 65)이다. 몽테뉴는 세네카의 이른바 『도덕 편지Moral Epistles』(라틴어 원제는 『루실리우스에게 보내는 도덕 편지 Epistulae Morales ad Lucilium』이다)를 그의 에세이 전편에 걸쳐 자그마치 298번 인용한다. 그리고 몽테뉴가 직접 세네카를 인용하지 않는 대목에서도 이 로마 사상가가 자살이나 고통 같은 문제를 바라보는 몽테뉴의 태도에 미 친 영향은 너무나 확연히 드러난다. 소크라테스의 인생이 "너 자신을 알라"라는 델피의 격언을 몸소 육화한 최고의 사례라고 한다면, 몽테뉴에게 자아 이해라는 요구는 언제나 세네카의 유지를 떠받드는 실천, 곧 소박함과 겸손함을 키우는 노력을 뜻한다. 이 요구의 심장부를 이루는 것은 스토아 사상이 바라본 시간이다.

세네카의 단일 작품으로 가장 유명한 것은 분명 『짧막한 인생에 관하여De brevitate vitae』라는 에세이로 대략 서기 49년에 쓰였다. 이 제목은 세네카가 충분한 숙고를 거쳐 짠 계획대로 이 책을 썼음을 잘 보여준다. 변덕스러운 폭군 네로의 가정교사를 지낸 세네카는 인간의 실존이라는 것이 얼마나 불안정한 것인지 밝히 꿰고 있었다(그리고 실제로 그가 강요받은 자살은 변화무쌍한 운명에 품었던 세네카의 더할 수 없는 두려움이 과장이 아니었음을 확인해준다). 인생 후반부에 세네카는 삶의 덧없음을 도덕적으로 다룬 글을 쓰는 일에 갈수록 더 매진했다. 인생이 덧없다는 도덕철학은 이런 두려움에서 생겨난 것으로, 호라티우스의 지혜 "오늘을 붙잡아라(카르페 디엠carpe diem)"의 변용이라는 점은 전혀 놀랍지 않다. 불확실한 미래를 두고 근심하기보다 현재에 충실하려는 태도는 더없이 절박한 요구가 되었다.

이런 요구가 중년을 바라보는 우리의 관점에 가지는 함의는 주목할 만하다. 현재에 충실하자는 요구는 끊임없는 혁신을 금과옥조처럼 떠받드는 근대의 관점과 정면으로 충돌하기 때문이다. 예를 들어 괴테와 같은 작가는 늙음을 막아줄 최선의 방어책으로 부단히 새롭게 다지는 초심을 옹호한 반면, 세네카는 늘 새롭게 출발하려 노력하기보다 정말 중요한 것으 현재란 순간의 경험을 최대한 밀도 높게 누리는 일이라고 주장한다. 인생은 이미 너무나도 짧은데, 왜 계속해서 새 출발을 도모하며 더 단축해야 하느냐고 세네카는 자신의 『도덕 편지』 가운데 한 편에서 강조한다. 인생의 흘러가는 각각의 단계들은 저마다 주의 깊게 다루어야 한다. "짧은 등산에 비하면 얼마나 많은 계단들인가!"[3] 오르는 계단 하나하나에 집중하지 않고, 계속해서 처음부터 다시 오르려고만 한다면 우리는 결코 정상에 도달할 수 없다.

하지만 그렇다고 해서 몽테뉴가 시간에 관한 세네카의 이런 관점을 무비판적으로 지지하기만 하는 것은 아니다. 두 사람의 목소리가 합치하는 경우가 많기는 하지만, 몽테뉴는 스토아 철학의 표준적인 충고, 곧 변함없는 일관됨을 강조하는 가르침을 아무 타협 없이 무조건적으로 받아들이지는 않는다. 1권의 「의연함에 관하여」라는 제목의 짧은 에세이가 그 좋은 예이다. 몽테뉴는 소크라테스의 결백함을 강조하며 도망가는 것이 실제로 꼼짝도 하지 않고 있는 것 못지않게 칭찬받을 일이라고 했으며, 후퇴함으로써 적인 페르시아 군대를 격파한 스파르타의 예를 인용했다. 2권의 첫 번째 에세이에서는 아예 드러내놓고 스토아 철학의 정설과 대립해, 나이를 먹으면서 '우리 행동은 변하는 것'이라고 주장한다. 다시 말해서 시간을 거스르면서 젊은 시절의 자아로만 남을 수 있는 사람은 아무도 없다.

이 에세이에 바로 앞선 에세이(1권의 마지막 에세이)에서는 중년과 관련한 입장을 분명히 밝힌다. 몽테뉴는 '인생의 길이'를 성찰하면서 우리 인간이 얼마나 깨어지기 쉬운 섬약한 존재인지 강조한다. "나는 우리가 인생의 수명을 정하는 방식을 받아들일 수 없다"며 에세이는 도전적으로 포문을 연다(1권 57번 에세이). 성경이 예정한 수명 '70세'에 도달하는 사람은 오히려 보기 드문 예외이다. 16세기 프랑스는 잔혹한 종교 전쟁에 휩싸인 나머지 노년에 도달하는 것은 극소수나 맛보는 사치였다. 몽테뉴는 지금껏 살아온 것만으로도 행운이라 여기라고 충고한다. 성숙함에 이를 정도로 살았다면, 우리는 어떤 경우든 인생의 최고 시절을 이미 즐긴 것이기 때문이다. 그런 의미에서 인생의 후반부는 덤이다. 47세에 쓴 글에서 몽테뉴는 우리가 30세에 인생의 정점에 도달한다고 주장한다. 몽테뉴는 그 좋은 사례라면서 한니발[Hannibal]과 스키피오[Scipio]는 "젊어서 이룩한 영광을 누리며 족히 인생의 남은 절반을 살았다"는 문장을 인용하면서, 자신의 경우 늙어가는 경험은 생기와 활력이 갈수록 줄어드는 탓에 권장하기 힘든 것이라고 토로한다. 종파가 나뉘어 잔혹한 폭력을 서슴지 않는 시대에서는 중년에 도달하는 것만 해도 대단한 공적이다.

몽테뉴는 이 짧은 에세이를 1권의 끝에 배치하면서 특별한 의미를 부여한다. 『에세』는 인생을 살아가는 우리의 폭넓은 이야기를 담고 있는데, 그 가운데 이 책의 중심축을 이루는 주제는 늙어감, 경험, 시간의 흐름이다. 「인생의 길이에 관하여」, 곧 제1권의 말미를 장식하는 단어는 '수습 기간'이다. 몽테뉴는 일을 배우고 익히는 이 수습 기간이 우리의 짧고 섬약한 인생에서 너무 많은 자리를 차지한다고 비판한다. 고된 수련을 이겨내고 성숙함에 도달하는 일은 말이 쉽지 실행은 어렵다. 더욱이 몽테뉴가 정확히 읽어냈듯, 성숙함을 이룬 단계는 인생에서 가장 까다로운 시기이

나. 성숙함을 이루었다는 것은 이제부터 피할 수 없이 서터가 시작됨을 받아들이는 마음가짐을 요구하기 때문이다. 이런 성찰에 맞춰 『에세』에 담긴 글 가운데 가장 유명한 에세이 하나는 "철학함이란 어떻게 죽어야 하는지 배우는 것"이라고 강조한다. 이 제목이 붙은 에세이(1권 20번 에세이)는 몽테뉴 자신의 인생 상황에서 자극을 받아 쓴 것이다(물론 서두에서 몽테뉴는 이런 제목을 붙일 영감을 준 키케로에게 감사하다고 언급하기는 한다). 조지 밀러 비어드가 '생산력이 최고조에 이르는 연령'이라고 한 39세 생일을 맞은 뒤 정확히 두 주가 지나 몽테뉴는 '최소한 지금껏 살아온 만큼은 더 살아야 한다'고 자신에게 다짐했다. 그러나 이내 몽테뉴는 자신이 왜 이런 다짐을 당연하다고 여기는지 의아하게 여기고, 어떤 대가를 치르고서라도 살아남고 싶다는 동물적 본능에 맞서 죽음을 맞이할 감각을 키우는 것이 한사코 죽음을 억누르는 것보다 훨씬 더 나은 전략이라는 논증을 펼친다. "죽음을 연습하는 것은 자유를 연습하는 것이다." 결국 이런 자세로 우리는 중년을 보아야 한다. 이렇게 본 중년은 그 본성상 "우리의 손을 잡아 이끌어 완만한 내리막길로 인도하며 (……) 우리 안의 젊음이 죽는다 할지라도 우리는 전혀 위축될 필요가 없다."(1권 20번 에세이)

죽음을 맞이할 감각을 키우는 일은 노화의 잔혹한 현실이 주는 고통을 덜기 위해 꼭 필요하다. "사실 늙어가며 차츰 생기를 잃어가다가 완전히 숨이 끊어지는 죽음은 상상조차 할 수 없는 가혹한 것이다." 몽테뉴는 젊음에서 중년으로 넘어가는 것이 노년에서 죽음으로 넘어가는 것보다 더 가혹하다고 본다. 젊음을 잃는 것이 훨씬 더 상실감이 크기 때문이다.

"비참한 존재에서 아예 존재하지 않음으로 이동하는 것보다 꽃이 만개한 달콤한 시절에서 고뇌와 고통으로 얼룩진 존재로 이동하는 것이 정말 아픈 일이다."(1권 20번 에세이) 이 말에 담긴 함의는 흔히 듣는 중년에 대한 충고를 뒤집는다. 죽음을 받아들일 수 있기 위해 중년과 타협하라는 것이 일반적인 충고인 반면, 이제 우리는 중년을 받아들일 수 있기 위해 죽음과 머리를 맞대고 협의해야만 한다. 그의 책 가운데 가장 스토아 철학의 색채가 짙은 이 장에서, 끝에 집중해야만 우리는 고통을 견뎌가며 중년으로 진입할 수 있다고 몽테뉴는 논증한다.

철학함이 어떻게 죽어야 하는지 배우는 것이라는 말은 곧 어떻게 살아야 하는지 배워야 한다는 뜻이기도 하다. 몽테뉴가 에세이들을 쓰는 작업을 중년에 시작한 이유는 그의 전체 기획이 인간 실존의 이런 양면성을 명시적으로든 암시적으로든 다뤄야 하기 때문이다. 죽음의 문제는 곧 삶의 문제이며, 정점은 바로 하강이 시작되는 지점이라는 이 양면성을 두루 살피고자 몽테뉴는 중년을 출발점으로 골랐다. 중년으로 살아간다는 것은 길고 완만한 내리막길, 죽음을 향해 가는 내리막길을 걷기 시작함을 뜻한다. 그러나 중년은 또한 인생의 정점이기도 하다. 몽테뉴는 어떻게 해야 기독교를 믿는 스토아 철학자로서 늙어갈 수 있는지 우리에게 가르친다. 그러나 몽테뉴는 또한 진정한 르네상스풍으로 자아에 충실한 휴머니스트는 어떻게 늙어가야 하는지도 가르쳐준다. 요컨대, 우리가 몽테뉴를 어떻게 읽어야 좋을까 하는 물음의 답은 우리가 우리 자신을 어떻게 읽느냐에 따라 달라진다.

II

나는 10대를 막 벗어났을 무렵 처음으로 몽테뉴와 조우했다. 20세기의 마지막 날에 레위니옹 섬에서 돌아온 나는 빈에서 생활했다. 이 도시는 19세기 말 찬란했던 영광의 시절 이후 거의 변함이 없는 것처럼 보인다. 1900년을 전후한 짧은 시기 동안 합스부르크 왕조의 수도로 빈은 문학과 의학, 음악과 시각 예술에 걸쳐 유럽 문화의 중심지로 부상했으며, 후고 폰 호프만슈탈Hugo von Hofmannsthal, 아르투어 슈니츨러Arthur Schnitzler, 구스타프 말러Gustav Mahler, 에곤 실레Egon Schiele와 같은 거목들은 빈이라는 도시를 예전에는 결코 볼 수 없던 광채로 빛나게 했다. 그로부터 100년이 넘는 세월이 흘렀음에도 도시는 여전히 병적 아름다움이라는 평판을 좋은 쪽으로든 나쁜 쪽으로든 누리면서, 방부 처리된 정신의 제국이라는 이미지를 가꾸고 있다. 이런 관점에서 볼 때 '아름다운 시신'이라는 빈의 전설이 우리 시대의 본질적 의미를 규정하는 학문, 곧 정신분석이라는 학문을 만들어낸 바탕이라는 확인은 전혀 놀랍지 않다.*

---

* 　빈은 17세기 말쯤에 페스트로 말미암아 거의 10만 명이 넘는 사망자를 낸 아픈 역사가 있다. 이런 아픈 기억으로 빈은 사망자를 위한 특별한 제례의 전통을 빚어냈다. 특히 합스부르크 왕조는 카이저와 왕비의 시신을 아름답게 보존하는 기술을 발전시켰다. 슈테판 대성당의 지하 납골묘에 왕족의 시신들을 보존한 것을 두고 '방부 처리된 정신의 제국'이라는 표현이 등장한다. '병적 아름다움'은 곧 아름다움과 죽음을 하나로 묶어 생각한 개념이다. 지금도 빈의 시립박물관은 왕족의 묘들을 돌아보는 투어에 '아름다운 시신'이라는 이름을 붙여 운영한다.

오늘날 프로이트가 남긴 유산이 정확히 어떤 성격의 것인지 논란은 그치지 않고 있지만, 그가 고안해낸 분과 학문이 환자의 진단에 그치지 않고 근대 사회를 자아 중심의 나르시시즘 사회로 규정하는 데 결정적으로 거들었다는 점은 의심의 여지가 없는 사실이다. 자아를 계발하고 자아의 과시를 즐기는 고백 문화의 시대인 오늘날에는 공개적으로 검증된 인생만이 살아갈 가치가 있는 유일한 것이다. 하지만 프로이트가 자아라는 개념을 만들어낸 것은 아니다. 자아 개념이 자신의 작품이 아니라는 점은 그가 먼저 인정하리라. 프로이트가 본 의식은 단순히 우리가 불편하게 여기는 자아의 측면(불편한 나머지 '억압'하는 측면)을 부각한 것일 따름이다. 자아를 구성하는 핵심 요소인 정체성의 탐구는 르네상스 후기, 그리고 무엇보다도 몽테뉴로 거슬러 올라간다.

몽테뉴는 300년 전에 이미 일종의 정신분석, 아직 그 용어가 만들어지지는 않았지만 그 본질에 있어 손색이 없는 정신분석을 만들어냈다. 몽테뉴의 언어는 프로이트의 언어와 달랐지만, 과학적 언어라기보다 휴머니즘의 색채가 짙은 게 몽테뉴의 언어였지만, 몽테뉴의 목표는 프로이트의 목표와 같았다. 그 목표는 우리 인간이 어떤 행동을 할 때 왜 그렇게 행동하는지 그 이유를 이해하려는 것이다. 16세기 후반에서 20세기 초에 이르기까지, 르네상스에서 현대까지, 인간의 본능과 야망은 거의 변하지 않았다. 욕망을 이루는 양자(量子)는 달라지는 게 아니라고 한 사뮈엘 베케트의 촌평은 깊은 울림을 준다.[4] 하지만 두 사상가 사이에는 한 가지 매우 명백한 차이가 있다. 그리고 이 차이는 두 사람이 벌인 자아 탐사

씨앗이 자기 다른 새싹를 자랑하게 만든다, 프로이트는 타인을 분석하는 반면, 몽테뉴는 자기 자신을 분석한다. 오로지 자기 자신에게만 관심을 가지는 태도가 오만하게 비칠지는 모르나, 실제에 있어 몽테뉴의 태도는 겸손하다. 몽테뉴는 누구도 그에게 필적할 수 없는 전문 지식을 가진 분야에만 한정해 이야기를 풀어간다. 창의적인 이야기로, 중년의 겸손함으로, 몽테뉴는 자신이 아는 것만 쓰자고 권고한다.

물론 이제 청소년기를 갓 벗어난 사람에게 이런 충고를 해주는 것의 문제는 이들이 아는 게 거의 없다는 점이다. 겨울의 빈에서 몽테뉴를 읽기 시작한 나는 어렴풋이 자아를 키워야 한다는 점을 본능적으로 감지하기는 했지만, 그 밖에 다른 것은 거의 느끼지 못했다. 『에세』는 마치 근대 초 자기 계발의 매뉴얼, 완벽한 가이드처럼 보였다. 하지만 인생의 다른 모든 문제와 마찬가지로, 우리가 독서를 통해 무언가를 배우는 데 중요한 역할을 하는 것은 타이밍이다. 예를 들어 10대가 끝나갈 즈음에 읽으면 가장 좋은 책은 제롬 데이비드 샐린저^{Jerome David Salinger}가 쓴 소설 『호밀밭의 파수꾼The Catcher in the Rye』이다. 이 작품은 청소년기에서 어른으로 올라서는 문턱의 특징인, 진실을 찾고자 하는 뜨거운 열망을 잘 그리고 있기 때문이다. 그러나 사람들을 '위선자'와 '진실한 인품'으로 나누는 주인공 홀든 콜필드^{Holden Caulfield}의 양자택일식 관점을 우리는 정말 중년까지 유지할 수 있을까? 청소년기의 흑백 논리 또는 전부 아니면 전무 하는 식의 순수함은, 인생이 순조롭게 중년에 안착한다면, 회색의 섬세한 차이를 인정하는 성숙함에 자리를 내주게 된다.

이런 성숙함을 가장 우선시하는 책도 존재한다. 늙어감, 허영 그리고 절제의 미덕을 다루는 몽테뉴의 성찰은 한창 젊음에 도취한 사람이 할 수 있는 것은 분명 아니다. 비견할 만한 경험을 충분히 쌓지 못한 사람은 몽테뉴의 성찰에 화답할 수 없다. 빈 출신의 또 다른 작가 슈테판 츠바이크^Stefan Zweig는 몽테뉴를 다룬 자신의 책 『몽테뉴』(1942)를 정확히 이런 견해를 담아 시작한다. 브라질에서 망명 생활을 하며 누를 길 없는 절망으로 괴로워하며 쓴 이 마지막 책(이 책을 쓴 해에 결국 그는 자살하고 말았다)에서, 츠바이크는 흘러간 과거를 바라보는 연민을 절절히 쏟아낸다. "오로지 자신을 시험대 위에 세우는 경험을 한 사람만이 몽테뉴의 진정한 가치를 알아볼 수 있다." 그가 쓴 글이다. "그리고 나는 그런 사람들 가운데 한 명이다. 스무 살의 나이로 이 『에세』, 그가 우리에게 남겨준 이 비할 데 없이 훌륭한 책의 판본을 손에 쥐었을 때, 나는 이 책으로 무엇을 어떻게 해야 좋을지 아무 생각이 떠오르지 않았음을 고백하지 않을 수 없다."[5] 빈의 거리를 배회하던 스무 살의 나 자신을 돌아보며 나 역시 무엇을 어떻게 해야 좋을지 아무 생각이 떠오르지 않았음을 깨닫는다. 죽음을 두고 철학할 정도로 나는 충분히 오래 살았던가? 몽테뉴의 성숙함이 나의 미숙함을 이끌어주리라는 희망을 품기는 했던가? 요컨대, 그 미숙한 나이에 몽테뉴를 읽은 것으로부터 무엇을 이끌어낼 수 있다고 나는 기대했을까? 그러나 이 물음은 '무타티스 무탄디스(mutatis mutandis)', 곧 '그때마다 필요한 부분만 약간 수정하면', 인생의 어떤 단계에도 똑같이 생생하다. 우리는 무엇을 언제 어떻게 하려고 책을 읽는가? 몽테뉴는, 늘 그렇듯, 팁을 내건했다. "젊었을 때 ㅓㅓ는 과시하기 위해 읽었다 좀 더 나이를 먹어서는 더 지혜로워지기 위해 읽었다. 지금 나는 즐기기 위해 읽을 뿐, 절대 무슨 이득을 바라지 않는다."(3권 3번 에세이)

몽테뉴의 독서 목적이 포물선을 그리듯 변화하는 궤적은 의심할 바 없이 우리 거의 모두의 모습이다. 이는 확실히 나에게도 적용되는 이야기이다. 나 자신의 '과시' 욕구는, 주여 감사합니다, 다른 사람에게 보여주려는 것이라기보다는 나 자신을 더 의식하기는 했다. 하지만 나 자신에게 우쭐대고 싶은 과시욕의 바탕에 깔린 목표 역시 분명한 포물선을 그리며 결국 다른 사람에게 내가 특별하다는 인상을 심어주려는 속물적인 의도를 고스란히 드러냈다. 몽테뉴는, 역설적이게도, 오랫동안 이런 식으로 이용되곤 했다. 프랑수아 미테랑^{François Mitterrand}을 찍은 한 장의 사진은 그가 『에세』한 권을 펼쳐 들고 대통령의 위세를 과시하는 연출을 숨기지 않는다. 몽테뉴 자신은 겸손한 반면, 미테랑은 자신의 문화 소비 취향을 의식적으로 꾸며, 우리가 성숙함과 지혜의 상징으로 받아들이는 몽테뉴의 책을 읽는 것처럼 과시하는 연출된 겸손을 선호한다. 이런 관점에서 볼 때 이 사진은 의도한 것 이상으로 많은 사실을 폭로한다. 사진은 우리에게 미테랑이 '성숙하며 지혜롭다'고 말해주기보다는, '이렇게 보이고 싶어 한다'고 밀고하기 때문이다. 조지 오웰^{George Orwell}의 명언을 각색하자면,

---

* 　조지 오웰의 명언은 다음과 같다. "50에 이른 사람은 누구나 자신이 그동안 살아온 흔적을 고스란히 담은 얼굴을 가지게 마련이다."

미테랑, 몽테뉴 그리고 중년의 자세: 기젤레 프로인트[*]가 촬영한 프랑수아 미테랑 대통령의
초상화, 1981.

*   기젤레 프로인트(Gisèle Freund: 1908~2000)는 독일 태생으로 프랑스에서 활동한 사
    진작가이다. 사진 역사학자로도 명성을 얻었다.

50에 이른 사람은 ㅏㅜㄱ니 ㅈ싀ㄴ이 ㄱ동안 살아온 흔적을 고스란히 담은 초상화를 가지게 마련이다.[6]

과시에서 더 지혜로워지기를 거쳐 즐기는 독서로의 변화, 낮은 곳에서 높이 날았다가 다시 내려오는 포물선을 그리는, 우리가 나이를 먹어가며 책을 읽는 방식의 변화는 우리가 인생을 살며 반드시 해야만 한다고 소중히 여기는 일의 가치 변화를 반영한다. 심지어 책을 다시 읽는 것의 의미를 생각하면 이런 변화는 더욱 두드러진다. 특정 연령에 읽어야 할 책이 있듯, 다시 읽어야만 정말 이해할 수 있는 책도 분명 존재한다. 마르셀 프루스트의 『잃어버린 시간을 찾아서』는, 전부 14권으로 이뤄진 작품이라는 점에서 당혹스럽게 들리겠지만, 두 번은 읽어야 비로소 그 의미가 온전히 드러나는 책이다. 마지막 권에서 화자가 작가로서 자신의 소명을 발견하는 대목이야말로 작품 전체의 아귀가 딱 맞아떨어지는 순간이기 때문이다. 앞과 뒤가 맞는 수미상관의 다른 작품들, 이를테면 리하르트 바그너*의 『니벨룽의 반지』나 존 던**의 『라 코로나』 소네트처럼 특정 표현을 반복하고 후렴구로 끝을 처음과 맞물리게 하는 작품을 두고도 비슷한 이야기를 할 수 있다. 물론 『에세』는 이런 기법을 쓰지는 않았지만

---

* 리하르트 바그너(Richard Wagner: 1813~1883)는 독일의 작곡가이자 오페라 작가이다. 『니벨룽의 반지Der Ring des Nibelungen』는 1854년부터 1874년에 걸쳐 만들어진 오페라 4부작이다.

** 존 던(John Donne: 1572~1631)은 잉글랜드 성공회 사제이자 시인이다. 『라 코로나La Corona』(왕관)는 그의 대표적인 성시(Divine Poems)로 전부 일곱 편의 소네트로 이루어져 있다.

(비록 순서를 주의 깊게 구성했으며, 「경험에 관하여」라는 제목의 마지막 에세이가 작품 전체의 매듭을 짓기는 한다), 그럼에도 중년에 다시 읽어야만 자신을 알고자 노력한 몽테뉴의 '시도' 밑바탕에 깔린 목적을 새길 수 있다. 그가 쓴 말 그대로 몽테뉴는 조금이라도 더 지혜로워지고자 읽었다. 젊을 때 우리는 영리해지기 위해 읽으며, 성숙해서는 진실하게 살고자 읽는다.

몽테뉴는 「책에 관하여」라는 제목의 에세이(2권 10번 에세이)에서 이런 대비를 두고 성찰한다. 소크라테스의 분위기를 고스란히 살려내는 문체로 몽테뉴는 어떤 주어진 주제에 무슨 말을 해야 좋을지 알지 못하는 (거의 피할 수 없는) 무지함은 전혀 문제될 게 없으며, 오히려 중요한 것은 자신의 무지함을 인정할 줄 아는 우리의 능력이라고 주장한다. 이런 진실한 무지함의 경지는, 역설적이게도, 오로지 앎을 통해서만, 주요 고전 사상가들이 우리에게 전해주는 앎을 통해서만 도달할 수 있다. 몽테뉴가 보기에 그런 지혜를 길어 올릴 최고의 원천은 플루타르코스와 세네카가 쓴 글이다. 두 사람은, 동시대의 키케로나 카이사르와는 다르게, 글을 아름답게 쓰는 것보다 지혜롭게 쓰는 일에 더욱 힘을 쏟았기 때문이다. 도덕주의자 몽테뉴는 언제나 아름다움의 미학보다 올바름의 윤리를 우선시했다.

아름답게 꾸밈과 솔직한 자세의 이런 구분은 몽테뉴가 이해한 나이 먹는 경험과 직접적으로 연관된 것이다. 몽테뉴는 르네상스 시학의 정설, 곧 진정한 시는 읽는 '기쁨'과 '가르침' 모두를 주어야만 한다는 정설을 고스란히 자신의 것으로 받아들였다. 그는 시학의 이런 기준을 문학뿐만 아니라 인생에도 그대로 적용했다. '기쁨'과 '가르침'이라는 용어는 '둘케 (dulce, 감미로움)'와 '유틸레(utile, 쓸모)'를 적절히 섞어야 한다는 호라티우스의 『아르스 포에티카Ars poetica』, 곧 시학에 나오는 획기적인 충고에서 비롯된 것이다. 이 충고는 몽테뉴의 손에서 쓸모를 강조하는 쪽으로 기운다. "잘 단장된 책보다는 가르침이라는 쓸모가 있는 책이 좋다." 나이를 먹는 우리에게 그 균형추는 더욱 기울어진다. 나이를 먹으면서 우리는 갈수록 과시의 필요를 느끼지 않으며, 가르침을 더욱더 필요로 한다. "오로지 더 지혜로워지기를 바랄 뿐 더 높은 학식이나 유려한 달변을 원하지 않는 나에게 아리스토텔레스 논리의 모든 형식적 통제는 중요하지 않다." 몽테뉴는 키케로의 글을 읽고 이렇게 촌평한다(심지어 그는 여인도 "30대에 이른 뒤에는 '아름다움' 대신 '좋음'을 추구해야 한다"고 말한다). 문학이든 인생이든 성숙함의 핵심 요건은 지혜이지 재기 넘치는 솜씨가 아니다.

그러나 몽테뉴의 글은 명백한 역설을 보여준다. 그는 다른 저자들의 글을 헤아릴 수 없을 정도로 마음껏 끌어오며 앞뒤가 맞는 정연한 논리를 자랑한다. 고전을 끊임없이 끌어오는 인용은 몽테뉴의 거의 전형적 특징이다. 선대의 권위에 빗대지 않고 넘어가는 페이지는 단 한 쪽도 찾아보기 힘들 정도이다. 심지어 인용을 피하라는 충고조차 몽테뉴는 자신이 좋아하는 세네카를 돌아보며 인용한다. "남자(비르vir)가 (……) 엄선한 문장을 따라다니며, 자신의 허약함을 잘 알려진 간결한 명구로 보완하고, 이런 명구의 기억에 의존하는 것은 부끄럽기 짝이 없는 일이다. 이제는 자기 자신에게 의존할 때가 아닐까."[7] '정력이 넘치는 성숙함(virile maturity)'이라는 세네카의 명시적인 언급은 핵심을 명확히 드러낸다(내가 참고한 세네카 책의 프랑스어 번역본은 'vir'를 '옴 뎅 아쥬 뮈homme d'un age mûr', 곧 '중년 남자'라고 옮겼다). 중년에 이르러 우리는 자신의 확신을 바탕으로 용기를 내야지, 다른 사람의 생각에 의존해서는 안 된다. 하지만 몽테뉴는 역설적이게도 정확히 타인의 생각에 의존해 자율성을 키운다.

이 역설이 독자 여러분이 지금 읽고 있는 이 책에도 고스란히 적용된다는 점은 굳이 말하지 않아도 분명하다. 자족할 줄 아는 중년을 부각하기 위해 나는 다른 저자들의 사례에 기대었으며, 교훈적인 선례를 찾기 위해 유럽 문학의 대표작들을 샅샅이 살펴보았다. 이 책의 전체 구조는 자율과 권위 사이의 균형을 맞추는 것, 1인칭 단수와 3인칭 복수의 밸런스를 잡아주는 것이다. 내가 경험하는 나이 먹음의 실체를 그리기 위해 나는 '그들'이 생각하고 쓴 것을 참조했다. 내가 읽고 기록해둔 것, 곧 나의 관점은 '그들'이 어떤 삶을 살았는지 재조명한다. 중년을 주제로 다룬 고전을 스케치한 이 책은 피할 수 없이 내가 고른 고전을 담았다. 독서 치료(bibliotherapy)는 무엇보다도 작품 목록(bibliography)을 요구한다.

다른 사람들의 경험을 참조하되 나의 관점으로 보는 것, 이것이야말로 중년의 본질이다. 중년의 성공적인 협상은 독립성과 남에게 진 부채 사이의 균형을 잡는 것을 뜻한다. 자신의 목소리를 내는 것이 중요하지만, 이 자기 목소리는 남의 말을 통해 걸러지고 다듬어진 것이어야 한다. 온전한 성숙함을 이룬다는 것은 칸트의 비유대로 자신의 발로 걷는 법을 배워야 함을 뜻하지만, 다른 사람의 가르침이 없이 스스로 걷는 법을 배울 수는 없나. 중년에 모틸린다는 것, 그리고 자신이 중년이 되었음을 의식한다는 것은 예전에 일어난 모든 일을 잊는 것이 아니라, 과거로 모든 책임을 떠넘기는 것을 멈춰야 함을 뜻한다. 요컨대, 중년이란 우리가 스승의 도움을 받아 배우되 스승을 뛰어넘는 경지로 성장해야 하는 인생의 시기이다.

이런 배움의 귀감이 될 만한 자세를 보여주는 인물이 바로 몽테뉴이다. 그의 글을 읽는 사람은 누구나 몽테뉴가 자신이 좋아하는 저자를 마음껏 인용하는 것에 놀라곤 한다. 하지만 몽테뉴는 깊은 성찰을 통해 자신의 관점을 다지고, 이렇게 해서 얻은 자신의 독창적인 생각과 경험을 제시할 수 있을 때에야 비로소 다른 사람의 말과 글을 인용한다. "나는 저자들이 결론을 내린 그 지점에서 시작하고 싶다."(2권 10번 에세이) 몽테뉴의 이런 진술은 그가 생각의 큰 줄기를 오로지 자신의 힘으로 잡아나간다는 것을 보여준다. 먼저 자신의 의견을 확실히 정하고 나서야 몽테뉴는 비로소 권위 있는 인물의 말을 그 근거로 제시할 따름이다. 몽테뉴의 이런 글쓰기는 내가 마흔이 된 직후 나의 동료, 나보다 더 나이가 많은 동료가 해준 조언을 떠올리게 만든다. "다른 비평가들의 말은 신경 쓰지 말게. 먼저 자네 생각부터 빨리 정리해. 그리고 배짱 두둑하게 나가." 사람들은 상대를 잠재력으로 평가하지 않는다고 그는 나에게 경고했다. 중요한 것은 무엇이 사안의 핵심인지 내가 정확히 말해주는 것(또는 그건 아니라고 말해주는 것)이지, 다른 사람들이 이러쿵저러쿵 떠드는 것은 아니라고도 말했다. 나보다 훨씬 더 달변으로 떠든다고 해서 기죽을 필요는 전혀 없다고도 동료는 말했다. 간단히 그 조언의 핵심은 이것이다. "보여줘,

말로 하지 말고."

내가 스무 살에 빈에서 몽테뉴를 처음 읽었을 때, 이런 충고는 대체 어떻게 받아들여야 좋을지 감이 잡히지 않는 것이었다. 또 이해할 수 없는 것이 당연한 일이기도 했다. 자신의 실제 나이보다 더 늙기를 원하는 사람이 누가 있을까? 20년 뒤 내가 『에세』의 지혜를 아 그렇구나 하고 깨닫는다면, 변한 사람은 몽테뉴가 아니라 바로 나 자신이다. 하지만 나이를 먹으면 반드시 더 현명해지리라는 생각은 어리석기 짝이 없는 것이다. 우리는 지그재그로 늙어가지, 직선으로 늙는 게 아니라는 점을 몽테뉴는 자신의 책 첫 번째 판본과 두 번째 판본을 비교하면서 인상 깊게 확인해준다.

> 내 첫 번째 판본은 1580년에 나왔다. 그동안 나는 늙기는 했지만, 단 1인치도 더 지혜로워지지 않았다. 지금의 '나'와 당시의 '나'는 분명 서로 다른 둘인데, 어떤 '나'가 더 나을까? 잘 모르겠다. 우리가 꾸준히 더 나아지는 길을 걷는다면, 늙는 것은 아름다운 일이다. 하지만 주정뱅이처럼 갈지자걸음을 하며 바람 부는 대로 흔들리는 갈대처럼 아무 계획도 없이 우리는 늙는다.(3권 9번 에세이)

몽테뉴는 세월의 흐름에 따라 달라지는 '나'를 바라보며 어떤 것이 진짜 자신인지 의혹의 눈길을 거두지 않는다. 이런 의심으로 그는 이른바 불변하는 자아라는 관념을 말이 되지 않는 것으로 무너뜨리고, 프로이트에 방식에 친화적 위장을 보이며 자아를 세월의 우여곡절에 따라 흔들리는 불안정한 것으로 바라본다. 사진에서 보는 마치 냉동해둔 것만 같은 얼굴이 보여주듯, 몽테뉴는 1580년과 1588년 그리고 1595년, 이렇게 세 번 자신의 책을 출간하면서 늙어가는 자신의 정체성을 그때그때 스냅사진처럼 포착해두었다. 우리 인생도 비슷하게 그때마다의 단면을 포착해둘 수 있다. 나로 말하자면 1998년의 빈에서 2018년의 캔터베리까지, 청년에서 비교적 성숙한 중년까지 갈지자걸음을 걸으며 방황하던 모습이 주마등처럼 스쳐 지나간다. 우리 인생의 그런 단면들은 물론 돌아보는 눈길에 포착된 것일 뿐, 실시간의 모습은 아니다.

그러나 중요한 것은 돌아보는 눈길로 그런 지그재그 행보를 인정할 줄 아는 자세이다. 다시 알아보는 '재인정(re-cognition)'이야말로 중년의 성숙함을 보여주는 지표이다. 자신의 참모습을 꾸밈없이 인정할 수 있는 그런 순간의 탐색을 아리스토텔레스는 '아나그노리시스(anagnorisis)'라고 했다. 이는 곧 자신의 참모습을 알지 못하던 무지함에서 깨달음으로의 변화를 뜻한다. 고대 전설에서 영웅은 자신에게 주어진 운명의 과제를 완수하기 위해 자신의 정체성을 깨닫는 순간을 돌파한다. 이런 '아나그노리시스'는 중년을 저 악명 높은 위기로 보기보다 자신의 정체성을 투명하게 깨닫게 해주는 긍정적인 모델로 바라볼 시각을 제공한다.[8] 우리의 인생 행보는 술 취한 사람처럼 갈지자걸음을 보일 수 있으나, 적어도 그런 행보를 되새겨보는 성찰은 취하지 않은 맑은 정신의 것이다. 몽테뉴는 이런 맑은 냉철함을 그의 반평생 역작인 『에세』에서 '경험'이라 불렀다.

III

몽테뉴는 자신의 마지막 에세이 「경험에 관하여」를 당시, 16세기에는 고령인 56세에 썼다. 그는 정말 원숙함의 경지를 보여준다.

인생의 후반부에 접어들며 우리는 무엇을 배우는가? 또는 배워야만 하는가? 한마디로 정리하면 우리가 배워야 할 것은 "너 자신을 알고 믿으라" 하는 경구이다. 몽테뉴는 저 델피 사원의 경구 "노스케 테 입숨 (nosce te ipsum)",[*] 곧 "너 자신을 알라"를 멀리한 적이 결코 없으며, 오히려 나이를 먹어갈수록 이 경구에 더욱 강한 힘을 실어주면서 도덕적 판단의 수행을 위한 전제 조건으로 삼았다. 그의 마지막 에세이는 이런 자기 이해의 중요성을 다시금 강조하지만, 이번에는 자신을 아는 이런 자기 이해가 형이상학적인 사변뿐만 아니라, 물리적 자연의 관찰을 통해서도 이룩될 수 있다고 설명한다. 단테의 『향연』 도입부와 마찬가지로 몽테뉴는 이 마지막 에세이의 서두에서 아리스토텔레스의 『형이상학』 첫 문장을 인용한다. "어떤 욕구도 지식 욕구보다 더 자연적이지 않다." 그러나 곧바로 몽테뉴는 개인적인 경험, 곧 늙어가는 자신의 몸을 아는 경험도 합리적 이성 못지않게 많은 가르침을 준다고 말한다. "나는 그 어떤 다른 주제보다도 더 열심히 나 자신을 연구했다." 몽테뉴는 에세이의 후반부

---

[*] "노스케 테 입숨(nosce te ipsum)"은 원래 그리스어 경구인 "그노티 세아우톤(gnōthi seauton)"의 라틴어 번역문이다.

에서 이렇게 썼다. "나 자신의 연구는 나의 형이상학이자 나의 물리학이다."(3권 13번 에세이) *

몽테뉴가 경험에 치중하는 이유는 늙어감의 추함을 매우 구체적으로 관찰하고 싶었기 때문이다. 그는 시간에 따른 몸과 마음의 변화를 하나도 놓치지 않고 추적한다. 프로이트가 유년 시절에 집중한 반면, 몽테뉴는 (늦은) 중년에 초점을 맞춘다. 늙어가는 몸의 생물적 변화와 이로 말미암아 생겨나는 불만을 피할 수 없이 맞닥뜨려야 하는 것이 무엇을 의미하는지 몽테뉴는 파고든다. 그는 담석 문제로 끔찍한 고통을 받았다. 그의 에세이 상당 부분은 이런 고통의 열거로 채워진다. 낮에는 도무지 잠을 이룰 수가 없으며, 식후에 곧바로 잠자리에 들어도 안 되고, 섹스를 하다가 잠들기 일쑤이며, 자신이 누운 자세가 아니면 그도 어렵다고 몽테뉴는 호소한다. 위장은 갈수록 까탈을 부려 속이 부글거리고 구토가 늘 따라다닌다. 호메로스는 선박 목록*을 가졌던 반면, 몽테뉴는 장황한 불평 목록을 내놓았다. 늙어가는 에세이스트는 인간, 너무나도 인간적인 인간이었다.

갈수록 나빠지는 몸 상태에 몽테뉴가 보이는 반응은 스토아 철학의 전형이다. "아픔을 두려워하는 사람은 이미 두려움으로 아프다." 그러면서도 그의 반응은 인간적 면모를 숨기지 않을 정도로 솔직하다. 노화는 정

---

* '선박 목록(neōn katálogos, catalogue of ships)'은 호메로스의 『일리아스Ilias』에 나오는 표현으로 트로이를 정복하기 위해 모인 그리스 연합군의 선박들을 이른다. 각 배마다 영웅과 전사들이 그 면면을 과시해 용맹함의 상징으로 쓰는 표현이다.

신과 몸을 갈라놓고 정신으로 하여금 수사적 속임수와 지능적 술책으로 쇠락하는 몸과 맞서 싸우게 만든다. 이런 관점에서 몽테뉴가 거듭 되풀이해서 구사하는 전술은 말하자면 '아킬레우스의 노화 접근법'이라 부를 수 있는 것이다. 그리스 철학자 제논은 자신의 유명한 역설을 설명하기 위해 호메로스의 영웅 아킬레우스를 동원했다. 말인즉, 아킬레우스가 제아무리 빨리 달린다 해도 절대 거북이를 따라잡을 수 없다고 제논은 회심의 미소를 지었다. 거북이가 앞선 구간을 절반으로 나누고, 다시 절반으로, 또 다시 절반으로 하는 식으로 '아드 인피니툼(ad infinitum)', 곧 '무한대로' 나눌 수 있어 아킬레우스는 절대 따라잡을 수 없기 때문이다. 몽테뉴는 비슷한 방식으로 끝없는 분할의 수식어를 동원하는 전술을 반복해서 구사한다. "마흔을 넘긴 지 오래인데 지금 노년에 접어드는구나. (……) 그럼 지금부터 나는 인생의 절반을 사는 거로구나." 몽테뉴가 「추정(推定)에 관하여」라는 제목의 에세이(2권 17번 에세이)에서 쓴 글이다. 약 10년 뒤 「경험에 관하여」를 쓰면서 몽테뉴는 수학을 끌어댄 비유를 더욱 다양하게 활용한다.

신은 살날을 차츰 거두어가는 대신 자비를 보여주신다. 이 자비는 늙어감이 누리는 유일한 혜택이다. 이처럼 조금씩 죽어가다가 마지막으로 맞이하는 죽음은 그래도 덜 아프고 모든 것을 한꺼번에 다 잃는 총체적인 것은 아닐 테니까. 마지막 죽음은 오로지 반만 남은 사람, 또는 1/4만 남은 사람을 죽이는 것이니까. 보라, 여기 별로 힘들이지

노 닳았거나 이끔이 없었는데도 치아가 하나 빠졌다. 이 치아는 시간의 자연적 종착점에 다다른 것이다. 이처럼 내 존재의 일부는 다른 여러 부분과 마찬가지로 이미 죽었다. 반쯤 죽은 것도 있는데, 그 가운데에는 생동하던 젊은 날 최고의 활기를 자랑하던 부분도 있다. 이런 식으로 나는 방울방울 떨어지는 물처럼 나 자신으로부터 빠져나가는구나. 내 지성이 이미 시작된 쇠퇴의 마지막 무너짐을 총체적인 몰락이라고 받아들인다면 이 무슨 동물 같은 어리석음인가. 내 지성은 그러지 않기를 바랄 뿐이다.(3권 13번 에세이)

이 글을 처음 읽을 때 '총체적'에서 절반으로, 다시 1/4로 줄어드는 과정은 직선을 이루며 진행되는 것처럼 보인다. 글을 쓴 사람이 나이 먹는 과정을 단면으로 잘라가며 보여준다고 할까. 그러나 좀 더 면밀히 살펴보면 뭔가 더 흥미로운 일이 진행형을 이룬다. 빠진 치아에서 축 처진 페니스('생동하던 젊은 날 최고의 활기를 자랑하던 부분')까지 두드러져 보이는 프로이트 식의 쇠퇴는 제쳐두고라도 몽테뉴는 갈수록 쇠락하는 몸의 부분을 보며 총체적 몰락은 아니라고 애써 싸우며 부정하지만, 헛헛한 마음은 피할 수 없다. 제논의 역설과는 다르게 몽테뉴가 주장하고자 하는 핵심은 죽음이 절대 그를 따라잡을 수 없다는 것이 아니다. 오히려 죽음이 찾아왔을 때 내어줄 것이 거의 없으리라는 것이 그가 말하는 핵심이다. 몽테뉴의 수학을 끌어댄 비유는 갈수록 전투적이 된다. 그의 지성은 무너져가는 몸이라는 제국을 이끄는 사령탑이다. 중년에 접어들고, 중년을 넘어서면서 몽테뉴는 갈수록 더 자신의 제국을 포기한다. 자신을 부분들로 나누는 몽테뉴의 전략적 자기 분할은 마침내 완전히 사라지는 경우를 대비해 지성의 증언을 남겨놓으려는 복선이다.

「경험에 관하여」가 늙어가는 자아에 수학적으로 접근하는 이유는 바로 이런 사전 대비라는 고육책이다. 그러나 이 에세이는 또한 늙어가는 자아를 시각적으로 살피기도 한다. 세월의 흐름에 따른 변화를 묘사한 에세이는 이따금 글자 그대로 자화상이, 또는 최소한 자화상을 그리려는 분명한 시도가 된다. "가장 먼저 게임을 포기하고 싶은 마음이 들게 만드는 것은 얼굴이다. 특히 눈이 그렇다. 내 안의 모든 변화는 눈에서 시작하며, 눈은 실제보다도 더 음울해 보인다." 「경험에 관하여」의 바로 앞 장, 곧 끝에서 두 번째인 장 「인상에 관하여」에 쓴 내용을 되뇌면서 몽테뉴는 젊은 시절 자신을 그린 그림을 우연히 발견했는데, 바깥에서 보는 자신이 정말 많이 변했다며 깜짝 놀란다. "나는 25세와 35세의 초상화를 보았다. 이 그림들을 지금의 내 초상화와 비교해보았다. 어이쿠, 정말 여러모로 나는 더는 내가 아니구나! 젊었을 때로부터 너무나 달라져버린 지금 내 모습은 죽은 나의 몰골이 아닐까."

즉석 이미지가 넘쳐나는 우리 시대에 사진에서 젊은 시절의 자신을 보고 충격을 받는 일은 너무도 흔한 것이라 사실 충격이라 하기에도 멋쩍다. 이런 관찰은 의심의 여지가 없이 진부하다. 그러나 16세기에는 어지럽게 흐르는 시간이 사람마다 다르게 경험되었다. 시간은 더할 수 없이 압축적이었거나(사람들은 오래 살지 못했다), 두 눈으로 확인할 수 있는 경우가 혼시 잃있기 때문이디(시람들은 지속저으로 자기 사진을 볼 수는 없었다). 몽테뉴가 자신의 책을 세 번에 걸쳐 출판하면서 책에 수록된 초상화의 변화를 지켜보는 일은 책의 내용을 반추하면서 새기는 지적 태도의 변화와 쌍벽을 이루었다. 얼굴 생김새의 변화라는 물리적 변화와 더불어 깊이를 더해가는 성찰의 형이상학적 변화는 모두 인간이 죽는 존재임을 새삼 주목하게 만들었다. 몽테뉴는 시간의 심연에 빠지지 않고 자신을 객관화함으로써, 곧 자신을 주체이자 대상으로, 관찰자이자 관찰 대상으로 객관화함으로써 흘러간 시간을 붙들어 맨다. 몽테뉴의 초상화는 사진이 죽음을 보여주는 지표라는 바르트의 주장, 표면상으로 매우 현대적으로 들리는 이 주장을 이미 근대 초에 증명해준다.

하지만 삶은? 초상화든 사진이든 인생의 살아 있음을 보여주는 지표이기도 하지 않을까? 몽테뉴는 단순히 음울하기만 하지 않았다. 그는 생생하기도 했다. "아프다고 해서 죽는 것은 아니다." 몽테뉴는 세네카와 더불어 이렇게 이야기한다. "네가 죽는 것은 살아 있기 때문이다."(3권 13번 에세이) 늙어감을 보여주는 초상화와 세 번에 걸친 판본의 변화는 결국 저자 몽테뉴가 나이를 먹으며 쇠퇴하는 그만큼 발전한다는 것을 보여주는 명확한 증거이다. 인생의 한복판에 자신을 가져다 놓는 몽테뉴의 위치 선정, 이 에세이뿐만 아니라 다른 글에서도 볼 수 있는 위치 선정은 궁극적으로 죽음의 조짐을 받아들일 뿐만 아니라 지속적인 생기를 강조하려는 전략의 일부이다. 그리고 실제로 그는 중년에도 생생함을 보여주었다. 몽테뉴는 계속 나빠지는 담석증에도, 자신의 탑에서 10여 년에 걸친 연구

30대의 몽테뉴.

50대의 몽테뉴.

와 십필을 끝낸 뒤인 1580년에 알프스를 넘어 로마와 바티칸까지 가는 여행을 했다. 그의 쉴 줄 모르는 생기의 원동력은 인간 조건의 폭넓은 이해, 경험은 물론이고 깊은 학식으로 다져진 이해이다. 이런 자기의식, 몽테뉴는 자기의식을 처음으로 보여준 인물 가운데 한 명인데, 이 자기의식이 우리를 휴머니스트로 만들 뿐만 아니라, 우리를 비로소 휴먼, 곧 인간으로 만들기도 한다. 중년의 몽테뉴는, 우리 모두와 마찬가지로, 반쯤 채워졌으며 반쯤 비었다.

인생의 한복판에서 『에세』를 읽는다는 것은 까다로운 문제이다. 세밀하게 기록해둔 감정과 그 다양한 울림은 인생의 한복판에 선 우리에게 도움을 베풀면서도 엄하게 질책한다. 물론 『에세』에서 몽테뉴는 단순히 중년이 가지는 양면성을 거울에 비추듯 보여줄 따름이다. 중년이라는 인생의 시기는 삶이라는 희극이 죽음이라는 비극과 처음으로 완전하게 조우하는 현장이다. "나의 타고난 취향은 희극이다." 몽테뉴는 이렇게 말한다. "하지만 나와 개인적으로 맞는 형식은 따로 있다." 이 형식은 몽테뉴가 나이를 먹어갈수록 비극의 애조를, 일종의 담석증 유머, 담석증으로 아파 찡그리면서도 웃음을 잃지 않으려는 분위기를 보여준다.(1권 40번 에세이) 물론 최신 의학의 혜택을 누리지 못하는 노화는 웃을 일이 아니다. 이런저런 형태의 금욕은 필수적이다. 몽테뉴를 괴롭힌 아픔은 피할 수 없이 그의 집필에 영향을 주었으며, 이런 영향의 결과는 무엇보다도 「경험에 관하여」에 잘 나타난다. 그러나 서재로 칩거한 그 순간부터 성숙한 그의 인품은 거의 영향을 받지 않았다. 마치 중년으로 곧장 다시 태어난 것처럼 그의 필력은 깊은 통찰력을 보여주었다.

21세기에 몽테뉴를 읽으면서 우리는 16세기 말엽에 중년으로 살아간다는 것이 무엇을 뜻하는지 헤아려보며 놀란 입을 다물 수가 없다. 그가 보여준 성숙함은 집에서 고전 문화 탐구에 보여준 뜨거운 열정뿐만 아니라, 내전을 치르느라 피할 수 없이 맞닥뜨려야만 했던 가혹한 현실에도 굴하지 않은 의지로 일궈낸 것이다. 문학비평은 글의 문체만 보아도 저자가 무엇을 말하려 하는지 그 내용을 알 수 있다고 이야기한다. 4세기도 넘는 세월이 흐른 지금 몽테뉴의 예의 바르고 평온한 문체는 글쓰기를 통해 세월의 흐름을 이겨내는 성공적인 사례를 제시해준다. 중년과 씨름하는 사람에게 『에세』가 주는 중요한 교훈은 시간의 다스림이 자아의 다스림이며, 겸손함을 키우는 것이 성숙함의 본질이라는 것이다. 요컨대 가게 뒤의 골방을 마련해두는 자세는 꼭 필요하다. 몽테뉴로부터 불과 몇십 년 뒤 나타난 더욱 뛰어난 작가는 어떤 문체로 무슨 글을 쓸 것이냐 하는 문제를 중년으로 살아가는 의미 탐구의 핵심으로 여겼다.

제5장

올라타기

중년의 희비극

I

인생의 많은 일들과 마찬가지로 중년을 생각하는 가장 간단하지만 최고로 유익한 방식은 우리가 중년을 묘사하기 위해 흔히 쓰는 말을 곱씹어보는 것이다. 완곡한 어구로 비유하는 표현은 넘쳐날 정도로 많다. '언덕을 넘듯' 우리의 '절정기'를 지나간다거나, '특정 연령'에 도달하면 "내가 젊었을 때는 말이야" 하는 따위가 그 대표적인 예이다. 아마도 이런 표현 가운데 가장 흥미로운 것은 '올라타기(getting on)'이리라. 이 애매하기만 한 표현은 놀랍게도 사회와 직업과 생물적 측면을 두루 포괄하는 일상 영어의 탄력성을 잘 보여주는 증거이다. 한동안 우리는 서로 '의지하며(get on)' 사회적 결속을 다지면서 직업적 성공을 꾀하며, 이내 나이가 들이 생旦저 노년에 접어들며 서로 의존해야 그럭저럭 생활을 '꾸려간다(get on)'. 이 숙어는 우리가 늙어가며 젊은 시절의 이상주의에서 중년의 현실주의로 갈아타는 모습을 보여주기도 한다. 사뮈엘 베케트의 스토리에 등장하는 인물의 말투를 빌리자면, 우리는 무릎 꿇을 수 없다, 인생의 등에 올라타야만 하며, 그래야 앞으로 나아간다(we can't get on, we must get on, we get on).

인생은 그런 다의성을 혐오할 수 있지만, 문학의 생명은 다의성이다. 1930년에 비평가 윌리엄 엠프슨*은 유명한 『애매성의 일곱 가지 형태』라는 제목의 책에서 문학 언어의 기초인 애매성의 역할을 정의한 바 있다. 언어가 담아내는 함의가 풍부할수록 그만큼 더 작가는 위대하다.[1] 이런 독법에서 문학은 최종적 의미를 되도록 유예하려는 의지의 산물이다. 결론을 미루고 동시에 두 가지 혹은 그 이상의 의미를 잡아둠으로써 시의 언어 사용은 쉽게 가늠할 수 없는 불확정성의 공간을 열어준다. 이런 작법은 인생의 어느 단계에 적용해도 유의미하지만, 특히 중년, 과거와 미래를 함께 아우르는 복합적 관점을 자랑하는 인생 단계인 중년에 가지는 의미는 특별하기만 하다. 선택의 폭이 좁아진다고 느끼기 시작하고 문이 닫히고 있다는 느낌이 들면서부터, 상상력을 동원해 대안이 될 현실의 문을 열고 싶다는 생각은 갈수록 더 강해지는 호소력을 발휘한다. 중년 위

---

*   윌리엄 엠프슨(William Empson: 1906~1984)은 영국의 시인이자 비평가로 이른바 '뉴크리티시즘(new criticism)'을 대표하는 인물이다. 『애매성의 일곱 가지 형태Seven Types of Ambiguity』는 영문학 최고의 비평 이론으로 평가받는 작품이다.

기는 우리가 (아직은) 최종 의미를 확정하고 싶지 않다는 바로 그 자각이다. 아직은 아니라는 불안함이 위기의 정체이다.

위대한 작품이란 이런 양면성을 능수능란하게 다룬 작가가 쓰는 것이며, 그 가운데 최고의 작가는 바로 양면성의 거장이다. 셰익스피어가 구사하는 언어의 힘은 대부분 촘촘하게 다져 넣은 의미들, 곧 다의성에서 비롯된다. 맥베스가 자신에게 이렇게 중얼거리는 대목을 보자. "와라, 그게 무엇이든 오거라, 세월과 시간은 거칠기 짝이 없는 날일지라도 꿰뚫고 지나가리니."* 동사 '꿰뚫고 지나가다(run through)'는 이 독백을 칼날처럼 꿰뚫으며 위로를 바라는 감상을 무너뜨린다. 맥베스는 거칠기 짝이 없는 날일지라도 다른 날처럼 지나가리라고 주장하며, 마음을 굳게 다진다. 그러나 이 독백에 깔린 살인의 저의, 특히 '꿰뚫고 지나가다'라는 동사에 담긴 살인의 저의는 맥베스 너도 우리 모두와 마찬가지로 시간에 꼼짝없이 사로잡혀 있구나 하고 일깨워준다. 맥베스는 왕이 되고 싶은 세속의 욕구, 인생이라는 시간의 욕구로부터 자유로울 수 없다. 거장 셰익스피어의 손에서 언어는 영원히 우리가 어떤 사람인지 우리 자신에게 폭로한다.

----

* 이 대사의 원문은 다음과 같다. "Come what come may, time and the hour runs through the roughest day." 제1막 3장에 나오는 이 대사는 국내 번역본마다 다르게 번역해놓았다. 가장 최근에 개정판을 낸 김종환 역자(태일사, 2020. 08. 20.)는 다음과 같이 옮겼다. "될 대로 되어라. 아무리 사나운 날씨라도 세월은 흘러가는 법이니." 반면 최종철 역자(민음사, 2004. 03. 15.)의 번역은 다음과 같다. "올 테면 오라지, 날이 암만 험악해도 세월은 흐른다." 하지만 두 버전 모두 이 책의 저자가 의도하는 바를 나타낼 수 없어, 내가 따로 옮겼음을 밝혀둔다. 저자의 의도를 살려주기 위한 선택일 뿐임을 독자 여러분은 헤아려주시기 바란다.

수 세기에 걸쳐 비평가와 문학 교사가 보여주었듯 셰익스피어의 문체는 대단히 주의 깊게 읽어야만 그 함의가 살아난다. 중요한 것은 '무엇'을 말하느냐 하는 물음뿐만 아니라, '어떻게' 말하느냐 하는 문제라는 게 문학비평이 주는 첫 가르침이다. 완벽하게 걸작의 경지에 오른 작품의 형식은 내용이 절로 풀려나가게 만든다는 것이 근대 문학비평의 정설이다. 20세기 말엽의 내 문학 학습은 정독을 강조하며 행간의 의미를, 겉으로 드러난 것이 아니라 그 배면에 숨은 의미를, 주어진 문장이나 진술이 표면적으로 드러낸 것의 심층을 읽어내는 감각을 키워야 한다고 독려해주었다. 하나의 텍스트 안에서 더 많은 의미를 찾아내면 낼수록, 그만큼 더 좋다. 해석학 탐정처럼 숨은 진실을 알아내려고 애쓰는 일은 어디까지나 비평의 몫이다.

그러나 가장 탁월한 비평가라 할지라도 '어떻게'라는 형식의 문제뿐만 아니라, 도대체 문학이 '무엇'을 말하는지 그 내용을 이야기할 필요가 있다. 셰익스피어 희곡의 경우 그 무엇은 단연코 힘이다. 그의 작품이 탐구하는 인간 조건은 누가 권력을 가지며, 누가 권력을 원하는지, 그리고 누가 권력을 얻을 수 있는지에 따라 정의된다. 셰익스피어 연극의 중심을 이루는 핵심 개념은 양면성으로 얼룩진 '올라타다(getting on)'이다. 인간이 서로 소통하느라 벌이는 소동(희극), 정치의 권력 투쟁(사극) 그리고 시간의 형이상학(비극), 이처럼 연극의 세 가지 주요 범주에 상응해 'getting on'은 그때마다 극을 이루는 주축이다. 그렇지만 그 근본 바탕은 '얻음(getting)'이라는 개념이다. 왜 그리고 어떻게 우리는 어떤 것을 열망하고 얻을까? 왜 그리고 어떻게 우리는 주변의 사람들을 갈망하고 정복할까?

단어가 암시하듯 얻고자 열망하는 추진력을 촉발하는 감정적 자극은 근본적으로 에로틱하다. 셰익스피어의 언어에서 '얻음'은 아이 만들기를 의미한다. 요컨대, 우리는 섹스 이야기를 나누어야 한다.

중년의 섹스는 노년의 섹스만큼 금기시되지 않는다. 우리는 중년에 섹스를 하며, 섹스를 원하고, 심지어 즐긴다는 사실에 마음 편안해진 기분을 느낀다. 하지만 물론 중년의 섹스라는 말이 청년의 섹스처럼 육감적인 생생한 느낌을 주지는 못한다. 청년의 섹스는 몸의 호사인 반면, 중년의 섹스는 정신의 영광이다. 젊음의 쾌락이 생리적이라면, 중년의 쾌락은 갈수록 더 심리적 색채를 띤다. 이런 이행은 섹스가, 그리고 섹스에 거는 우리의 변화하는 기대가 중년으로 살아가는 인생 의미의 핵심을 이룬다는 점을 암시한다. 다시 말해서 천천히 쇠락해가는 몸을 바라보며 우리는 피할 수 없이 갈수록 방어적 태도를 취한다. 중년에 새로운 파트너를 찾는 상투적 시나리오는 더 나은 섹스를 원하는 심리가 아니라, 자신을 더욱 돋보이게 하고 싶은 심리를 노릴 뿐이다. 나는 여전히 매력적이라고 자신에게 증명하고 싶은 마음이야 누구나 아는 비밀일 터. 자신의 매력을 확인하고 싶은 심리야말로 "모든 것의 핵심은 섹스를 제외한 섹스"[*]라는 오랜 명언이 회자되게 만든 원인이다. '섹스를 제외한 섹스'라는 표현은 섹

---

[*] "모든 것의 핵심은 섹스를 제외한 섹스(Everything is about sex except sex)"라는 말은 영국 작가 오스카 와일드가 했다고 알려진 것이다. 그러나 이 발언은 정확한 출전이 알려지지 않았으며 『오스카 와일드의 재치와 지혜 The Wit & Wisdom of Oscar Wilde』(랠프 키스Ralph Keyes 편집, HarperCollins Publishers, New York, 1996)에 수록된 것이다.

스가 아닌 다른 무잇이 문제의 핵심이라는 지적이다. 이 다른 무엇은 물론 권력이다.

주로 무대 뒤로 숨은 탓에 그 부재(不在)로 주목을 받는 몇 안 되는 예외(이를테면 『햄릿』의 포틴브라스*)가 있기는 하지만, 셰익스피어의 권력 묘사가 보여주는 두드러진 특징은 늘 권력을 둘러싸고 암투가 끊이지 않는다는 점이다. 셰익스피어의 관점에서 바라본 권력은 거의 언제나 투쟁의 대상이다. 헨리 4세의 저 유명한 대사처럼, "왕관을 쓴 머리는 편히 쉴 수가 없다." 인간 사이의 치열한 경쟁을 빼고 말하자면 왕이 느끼는 이런 불편함은 대부분 시간 탓에 빚어진다. 우리는 나이를 먹어가며 갈수록 나이와 씨름한다. 다시 말해서 갈수록 줄어드는 몸과 마음의 능력 탓에 생겨나는 불안함과 우리는 싸운다. 왕관은 이런 불안함을 증폭시킬 뿐, 고쳐주지 못한다. 신하들을 거느렸다 할지라도 왕은 시간의 신하일 따름이다.

16세기 말엽의 남자인 셰익스피어에게 늙어가는 불안함은 주로 남성적 색채를 띤다. 그가 나이 많은 남성 캐릭터를 주로 그릴 뿐만 아니라, 늘 거듭해서 정력, 세대, 승계 따위의 문제에 관심을 보인다는 점이 이런 남성적 색채를 잘 확인해준다. 요컨대, 권력은 발기력이다. 그리고 극작가

---

* 　포틴브라스(Fortinbras)는 『햄릿』에서 마지막 대사를 하는 인물이다. 햄릿은 죽어가며 그에게 왕위를 물려준다. 그렇지만 연극 전편에 걸쳐 포틴브라스는 두 번 잠깐 등장할 뿐이며 어두운 그림자로 처리된다. '부재'라는 표현은 포틴브라스가 연극의 주요 인물이면서 무대에 모습을 보이지 않는다는 뜻이다. 햄릿과는 정반대의 성격을 가진 포틴브라스는 행동을 통해 자신을 알리는 인물이다. 햄릿과 포틴브라스는 테제와 안티테제처럼 서로 보완하는 캐릭터, 곧 인간이 가진 두 측면으로 해석된다.

의 발기력은 글쓰기, 곧 작가가 자신의 권위를 주장하는 방식에서 나온다. 창작을 발기력에 빗대니 분명해지는 지점은 이렇다. 창의적으로 살아간다는 것은 생식력, 새 존재를 출산하게 만드는 '아버지 능력'과 맞아떨어진다. 오늘날의 작가는 자식을 가짐으로써 생겨나는 결과(유모차는 '예술의 적' 전당에 놓여 마땅한 기념물이다)를 두려워하는 반면, 르네상스 작가는 '자식(무엇보다도 적통을 이을 아들)을 가지지 못함'으로써 생기는 결과를 걱정했다. 자식은, 작품이든 섹스의 결과물이든, 르네상스 작가들에게 최고의 신분 상징이었다.

섹스와 텍스트와 권력은 피로 물들인 붉은 실처럼 셰익스피어의 작업을 꿰뚫고 지나가며 독특한 무늬를 이룬다. 언어의 이런 직조물 가운데 중년의 형이상학과 관련해 가장 큰 호소력을 자랑하는 것은 희곡이 아니라 소네트가 아닐까 싶다. 이른바 '생식을 위한 소네트'(1~17)로 알려진 연작 소네트가 바로 그 작품이다. 생식과 창조와 시간 사이의 결합은 이미 시가 시작되기도 전에, '유일한 아버지(onlie begetter)'라는 존칭과 함께 대체 누구인지 정체를 가늠할 수 없는 미스터 W. H.에게 '모든 행복과 (……) 영원함'을 빌어준다는 헌사에 함축되어 나타난다. 이 시간을 노래하는 '소네트 7'에서 결합은 비로소 명시적으로 드러난다.

보라, 저 찬란한 빛이 비치는 동쪽을
태양이 그 불타는 머리를 들면, 지상의 무리는
그 새로운 자태에 경의(homage)를 표하며

섬스러우 잠어함에 눈길이 머무는구나(look),

그리고 태양이 가파른 하늘 언덕을 올라

중년(middle age)에도 활기찬 젊음을 뽐내는데,

하지만 죽을 수밖에 없는 자의 눈길(looks)은 그 아름다움을 찬양하며

태양의 황금빛 순례(pilgrimage)에 동참하는구나.

그러나 정점을 지난 태양이 지친 수레를 끌며,

나약한 노인(feeble age)처럼 한낮을 지날 때,

예전의 충실하던 눈은, 이제 방향을 바꾸어

저무는 해를 외면하고, 다른 곳을 보는구나(look).

이처럼 그대도 한낮에 떠난다면,

아들을 얻기 전에는 아무도 지켜보지 않는(unlook) 가운데 사라지리라.[2]*

이 시에서 셰익스피어는, 오로지 그만이 보여줄 수 있는 솜씨로, 어휘들의 소소한 조합, 그러나 생생함이 살아 있는 조합을 구사한다. 그 가운

---

* 이 소네트의 국내 번역본은 무수하다. 저자의 의도를 충분히 살리기 위해 내가 따로 옮겼음을 밝혀둔다. '생식을 위한 소네트(Procreation sonnets)'는 셰익스피어가 쓴 1번에서 17번까지의 소네트에 붙여진 명칭이다. 시가 헌정된 Mr. W. H.가 누구인지 그 역사적 정체성을 둘러싼 논란은 여전히 풀리지 않았다. 가능한 후보로는 펨브로크 제3 백작 윌리엄 허버트(William Herbert, 3rd Earl of Pembroke) 또는 사우샘프턴 제3 백작 헨리 라이어세슬리(Henry Wriothesley, 3rd Earl of Southampton)가 꼽힌다.

데 핵심을 이루는 주된 이미지는 시의 흐름을 따라 꾸준히 상승하다가 마지막 행의 '아들'에서 정점에 오르는 태양이다. 이 소네트 전체는 마치 창조적 글쓰기란 이런 것이다 하고 보여주는 것처럼 읽힌다. 또는 심리상담사의 단어 연상 게임, 곧 '태양'이라는 화두로 시를 써보시오 하는 게임에 화답한 것처럼 읽히기도 한다. 창작(creation)의 중요성, 곧 생식(pro-creation)의 중요성을 의식하는 셰익스피어의 불안함, 더 폭 넓게 보자면 16세기 말엽의 남자들이 가졌던 불안함은 시가 진행되면서 갈수록 더 분명하게 모습을 드러낸다. 아들을 '얻음(getting)'(다시금 이 단어이다)만이 죽음의 불안을 미연에 막아준다. 또는 '소네트 2'에서 노래하듯 "마흔 번의 겨울이 그대의 이마를 에워싸는구나" 하는 불안도 방지해준다. 태양 (sun)은 저물지라도, 아들(son)은 부상한다.

더욱 면밀히 음미해보면 이 소네트에 담긴 의미는 엘리자베스 시대의 사람들이 노화를 어떻게 느끼는지 아주 많은 것을 알려준다. 시의 몸으로 말하는 것만 같이 생생한 언어는 헛되이 흐르는 시간에 저항하는 거부감으로 가득하다. '나이(age)'라는 단어는 이 시에서 네 번 등장한다. 'middle age'와 'feeble age'처럼 명확한 경우뿐만 아니라, 'homage'와 'pilgrimage'처럼 은연중에 이 단어는 모습을 드러낸다. 늙어가는 것에 느끼는 불안감을 억누르고자 하는 셰익스피어의 잠재의식이 고스란히 읽힌다(비록 대단히 성공적으로 보이지는 않는다 할지라도). 이런 잠재의식과는 반대로 두 눈으로 보는 것 같은 선명함의 강조가 이 시를 주도한다. 'age'와 마찬가지로 'look'도 네 번 등장하면서 그가 많은 소네트에서 찬미하는 '아름다운 젊음(fair youth)'에 보이는 셰익스피어의 집착을 숨김없이 반영한다. 그러나 시가 결론 부분에 이르면서 '바라본다'는 단어는 아들을 낳아야만 한다는 주장의 논리에 볼모로 사로잡힌다. '아무도 지켜보지 않는 가운데' 사라질 위험에 사로잡힌 인질은 생식이라는 대가를 치러야만 풀려날 수 있다. 결론 부분의 '아들을 얻기 전에는' 하는 조건은 반드시 실현해야 할 당위적 명령이 된다. 상속자를 가지라.

생식의 이런 묘사가 섹스의 여운을 불러일으킨다는 점, '정점'은 물론이고 마지막 행에 암시된 죽음이 오르가슴의 동의어 역할을 한다는 해석은 논리적이다. 이 시는 심지어 중년에 이르러서도 왕성한 정력을 자랑했으면 하는 속내를 숨기지 않기 때문이다. 소네트의 심장부인 중년의 '활기찬 젊음'은 마지막 부분의 '한낮에 떠난다면' 하는 두려움을 예견한다. 셰익스피어는 이 소네트에서 늙음의 공간적 비유로 언덕 또는 산이라는 고전적 이미지를 골랐다. '가파른 하늘 언덕'의 정상에서 중년은 여전히 '활기찬 젊음'을 꾸며 보인다. 그러나 뒤따르는 문장, 부사로 시작하는 문장은 중년의 진짜 속내를 토로한다. "하지만 죽을 수밖에 없는 자의 눈길은 그 아름다움을 찬양하며" 하는 표현은 이 아름다움이 언제라도 흔적도 없이 사라질 수 있음을 알면서도 어떻게든 늙음을 막았으면 하는 안타까움을 노래한다. '중년'은 이 지점에서 여전히 인생의 절정이기는 하지만, 이마저도 이내 사라질 순간에 지나지 않는다. 그런데 이 소네트 전편이 자랑하는 비유적인 힘에 어딘지 모르게 낯선 일이 벌어진다. 떠오르는 태양(sun)은 곧 늙어가는 남자이며, 늙어가는 남자는 떠오르는 아들

(son)이다. 꼬리에 꼬리를 무는 것처럼 순환하는 이런 비유는 일직선으로 빠르게 흘러가는 시간을 피하고자 선택한 전략으로 보인다.

이 시에 담긴 메시지를 이렇게 정리해볼 수 있지 않을까. 생명의 등에 올라타고자 한다면 아들을 얻으라. 시인이 마음속으로 태양이라는 이미지에 이런 메시지를 담았다는 사실은 조금도 놀랍지 않다. 태양은 셰익스피어가 가장 자주 쓰는 비유 가운데 하나다["너를 여름날에 비유해야 하겠지?(Shall I compare thee to a summer's day?)"]. 이처럼 태양을 즐겨 비유하는 주된 이유 가운데 하나는 아침에 떠서 한낮에 중천에 올랐다가 서쪽으로 지는 해의 여정이 늙어가는 과정을 의인화해서 보여주기에 안성맞춤이기 때문이다. 예를 들어 『한여름 밤의 꿈A Midsummer Night's Dream』은 인생의 절정, 이 작품에서는 테세우스^{Theseus}와 히폴리타^{Hippolyta}의 결혼식을 포착하려는 시도와 다르지 않다. 그리고 이 작품은 절정의 순간을 상상력의 왕국(요정의 땅에서 펼쳐지는 '꿈') 안에서 영원히 숨 쉬게 만든다. 심지어 이 작품과 계절적으로 쌍벽을 이루는 『겨울 이야기The Winter's Tale』는 한여름을 중년으로, 덧없음을 그 본성으로 가지는 중년으로 분명하게 연결시킨다. 페르디타[*]가 금잔화를 묘사하는 대목은 이렇다. "태양과 함께 잠자리에 들고, / 태양과 함께 일어나, 눈물 흘린

---

*   페르디타(Perdita)는 영어 발음으로는 '퍼디타'로 읽어야 하나, 셰익스피어가 작품을 쓰면서 그리스 신화를 참조한다는 배경에서 볼 때 그리스어 발음으로 읽어주는 것이 맞는다. 뒤에 나오는 이름들도 마찬가지이다. 타이몬이 아니라 티몬, 안토니가 아니라 안토니우스(이 경우는 로마식 발음)가 그 대표적인 예이다.

듯 이슬빙울을 달았네. 이 꽃은 / 한여름의 꽃이며, 나는 이 꽃이 / 중년의 남자에게 주어졌다고 믿네."[3] (4막 4장, 105~108행) 이 문장에서 보듯 셰익스피어는 중년을 언덕이나 산에 빗대는 표준적인 비유에 시간적 변형을 시도한다. 이는 곧 '소네트 7'의 전체 구조, 셰익스피어의 모든 소네트에서 반복되는 구조가 보여주듯, '이처럼'으로 시작하는 마지막 두 행이 작품의 중심축임을 의미한다. 노인을 겨눈 호소인 마지막 두 행은 늙어가는 것이 하늘을 가로지르는 태양의 궤적을 닮았다고 강조한다. 이처럼 태양이 중천에 달하는 정오는 인생의 절정을 뜻한다. 그러나 또한 이 절정은 중년, 다음에 무엇이 올지 불안에 떠는 중년이기도 하다.

16세기 말엽에 이런 불안함이 더할 수 없이 절박하게 느껴졌을 것이라는 점은 불 보듯 환한 일이다. 몽테뉴는 이미 30대 중반에 은퇴했다. 셰익스피어는 거의 같은 나이에, 곧 1600년을 전후해 절정기를 구가했다. 이 시점에 이르기까지 극작가로서 그의 경력은 성공의 연속이었다. 그러나 36세의 이 절정기를 지나, 많은 늙어가는 배우와 작가가 그랬듯, 셰익스피어의 해는 뉘엿뉘엿 저물기 시작했다. 이처럼 갈수록 어두워지는 빛은 마흔을 넘기면서부터 셰익스피어가 공동 집필을 하는 경우가 갈수록 늘어났다는 점에 고스란히 반영된다. 자신의 브랜드 가치가 떨어지면서, 셰익스피어는 제임스 1세 시대의 떠오르는 극작가 존 플레처와 토머스 미들턴*의

---

*   존 플레처(John Fletcher: 1579~1625)와 토머스 미들턴(Thomas Middleton: 1580~1627)은 이른바 '제임스 1세 시대의 극작'을 대표하는 작가들이다. '잉글랜드 르네상스 연극'이라고도 하는 이 시기는 1562~1642년 사이를 가리킨다.

명성에 기댔다. 젊은 신출내기들과 겨룰 수 없자 셰익스피어는 그들과 손을 잡는 쪽을 택했다. 그의 후기 작품들에 등장하는 분노하고 원통해하는 캐릭터들, 이를테면 티몬^{Timon}, 안토니우스^{Antonius}, 리어^{Lear}, 코리올라누스^{Coriolanus}, 프로스페로^{Prospero}와 같은 인물은 분명 이런 현실의 반영이다.

셰익스피어는 52세의 나이로 사망했다. 17세기 초의 기대 수명이 21세기 초의 기대 수명과 완전히 다르지 않다는 점을 유념한다면, 적어도 어린 시절을 무탈하게 이겨낸 사람은 60대까지 잘 살 수 있다고 믿은 교양 계층이 각 연령대에 거는 기대는 분명했다. 중년은 물론 훨씬 더 일찍 시작되었다. 당시 중년이 오늘날보다 훨씬 더 일찍 찾아온 원인은 생물적인 것은 물론이고 문화적인 것도 있다. 남자(그리고 때로는 여자도) 20대 중반이면 성숙한 군인과 정치가 노릇을 할 수 있다고 당시 사람들은 기대했다. 셰익스피어는 이처럼 인생을 조숙하게 보는 관점을 『겨울 이야기』에 등장하는 양치기 노인의 대사를 통해 묘사한다. "나는 열 살에서 스물세 살 사이는 아예 없으면 좋겠어. 아니면 그 연령대의 청소년이 아예 잠을 자거나. 그 연령대에는 여자에게 애를 배게 만들거나 노인에게 불손한 짓을 하거나 도둑질 또는 싸움질밖에 하지 않으니까."(3막 3장, 58~62행) 스물셋을 넘기면 소년은 남자 노릇을 해야 한다. 청소년기는 성숙함을 거부하는 반항의 시기로, 되도록 빨리 넘어서야만 한다.

그러나 이처럼 성숙함에 방점을 찍는 관점은 죽음의 의식을 고양한다는 문제를 가진다. 근대 초의 많은 작가들처럼, 특히 몽테뉴가 그러하듯, 셰익스피어는 우리 귀에 대고 끊임없이 "메멘토 모리(죽음을 기억하라)"라고 속닥인다. 햄릿이 불쌍한 요릭*을 '무한한 농담의 친구'라 부르며 보이는 연민은, 요릭의 두개골이 증명하듯, 그가 너무나도 유한한 존재라는 사실, 우리가 죽을 수밖에 없는 존재임을 새기라는 다짐이다. 우리는 무덤에 한 발 걸치고 태어난다. 웃음과 눈물은 하나의 음부가 보여주는 양면이다. 희극과 비극은 이처럼 어깨를 나란히 한다. 중년은 이런 양면성을 가장 분명하게 드러내는 인생의 시기로, 젊음의 희극(로맨스, 섹스, 우정)과 늙음의 비극(약화, 쇠퇴, 죽음)에 양발을 걸친다. 우리는 인생의 중천에서 쇠퇴하기 시작한다. 희극의 정점인 결혼은 중년의 시작이다. 어떤 장르가 중년을 묘사하기에 최적인지 하는 물음은 고민해봄 직한 문제이다.

노화 과정은 일종의 미리 정해진 장르의 포물선을 따른다. 20대의 청년이 되면서 우리는 자신이 저마다 최고의 남자와 여자라는 자부심을 자랑한다. 프랑스 사람들이 '쥔 프레미에(jeunes premiers)', 곧 '젊은 으뜸'이라 부르는 청년은 우리 가운데 최고의 외모와 카리스마를 자랑하는 낭만적 영웅이지만, 의심의 여지가 없이 우리 모두는 자신이 이런 영웅이라고 생각하고 싶어 한다. 중년에 이르면 낭만적 영웅이라는 역할은, 심지어 상상 속에서조차 우리의 몫이 아니다. 낭만적 청춘이 자랑하던 열기와 투지는 성숙한 현실주의자라는 경직된 완고함으로 바뀌어간다. 출세와 결혼이라는 부르주아적 이상은 그대로 받아들여지거나 회피되기는 할지

---

* 　요릭(Yorick)은 『햄릿』에 등장하는 캐릭터로 죽은 궁정 어릿광대이다. 극의 5막 1장에서 햄릿은 무덤에서 발굴한 요릭의 두개골을 두고 삶의 무상함을 한탄한다.

라도, 둘 다 사회가 표준으로 여기는 규범이다. 이렇게 볼 때 우리가 나이를 먹어가며 겪는 장르의 첫 번째 전환은 낭만주의에서 사실주의로의 바뀜이다.

두 번째 장르 전환은 서정시와 드라마와 서사시를 나누어본 아리스토텔레스의 고전적 구분을 염두에 두어야 드러난다. 서정성은 청춘의 전유물이다. 서정성은 에로틱한 열망, 곧 무엇보다도 채워지지 않은 욕망에서 비롯되기 때문이다. 반면, 중년은 '충족된' 욕망, 더 정확히 말하자면 그런 충족은 어떤 경우든 자신이 희망한 그대로 절대 만족스럽게 이루어지지 않는다는 깨달음으로 점철되는 시기이다. 길고 느리게 늘어지기만 하는 중년의 지루함은 감정을 서정적으로 표현하기보다는 드라마나 서사시를 쓰는 쪽에 더 알맞다. 중년의 시는 결국 술술 써지는 게 아니다.

그러나 중년에 갖추어야 할 정신 자세가 어떤 것인지는 희극과 비극의 성격을 면밀히 살피고 구분해보아야 그 답이 얻어진다. 그리고 바로 이 지점, 중년의 정신 자세를 추스르는 문제에서 셰익스피어는 아낌없이 도움을 베푼다. 언제든 원할 때마다 즉각 무제한의 오락거리를 찾을 수 있어 감각이 무뎌져버린 21세기에 셰익스피어 연극의 연출은 다소 억지스럽게 웃음을 유발하려 시도하곤 한다. 심지어 『실수 연발The Comedy of Errors』의 아주 뛰어난 공연마저도, 짐작건대, 미리 관객의 웃음을 유도할 장면을 일정량 심어주는 것을 우리는 심심찮게 찾아볼 수 있다. 다른 사람들도 그랬겠지만, 나는 학교 다닐 때 '스트랫퍼드어폰에이번 *으로 가는 희무극인 건화에 꼬바꼬바 참여했다. 다른 사람과 마찬가지로 나는 연극의 중간 휴식 시간이면 몰래 빠져나와 술집에서 시간을 때우곤 했다. 극에 나오는 배우들의 그 말도 안 되는 크로스 드레싱**과 끊임없이 빚어지는 밝은 낭만적 오해가 너무 지겨웠기 때문이다. 그렇게 본 희극은 다른 그 어떤 것보다도 유별난 장르, 무엇보다도 해피엔딩으로 정의되는 장르이다. 그러나 지금 생각해보니 이 해피엔딩은 새로운 시작을 알리는 신호이기도 하다. 비극에서는 끝이 새로운 시작인 경우는 거의 찾아볼 수 없다. 이 새로운 시작을, 주의 깊게 무대 뒤에 마련해둔 시기, 이때가 곧 중년이다.

반면 셰익스피어의 비극은 중년을 무대의 중심으로 가져다 놓는다. 1623년에 처음으로 나온 2절판 판본 작품집, 이른바 『퍼스트 폴리오』***에 수록된 열한 편의 비극 가운데 오로지 두 편(『로미오와 줄리엣』과 『햄릿』)만이 젊은 캐릭터에 초점을 맞춘다. 다른 아홉 편은 초기의 『티투스 안드로니쿠스Titus Andronicus』만 제외하고 모두 1600년을 전후한 10

---

* '스트랫퍼드어폰에이번(Stratford-upon-Avon)'은 셰익스피어가 출생한 도시로 그의 연극이 주기적으로 공연되는 곳이다.

** '크로스 드레싱(cross dressing)'은 남성이 여성의 옷을 입거나 여성이 남성의 옷을 입는 일을 말한다.

*** 『퍼스트 폴리오First folio』의 정식 제목은 『미스터 윌리엄 셰익스피어의 희극, 사극 그리고 비극Mr. William Shakespeare's Comedies, Histories, & Tragedies』이다. 셰익스피어가 1616년에 사망한 뒤 7년이 지나 출간된 이 전집 성격의 책은 지금껏 출간된 책 가운데 가장 큰 영향력을 자랑하는 것 가운데 하나이다. 스코틀랜드 에든버러의 국립도서관에 소장되어 있다.

년 동안 쓰였다. 이는 곧 셰익스피어 자신이 중년에 접어들던 시기에 집필이 이루어졌음을 시사한다(그는 1564년에 출생 세례를 받았으며, 1616년에 사망했다). 이 비극들은 인간을 늙어가는 동물로 다룬다. 오셀로, 맥베스, 율리우스 카이사르, 안토니우스와 클레오파트라, 코리올라누스, 아테네의 티몬 등 이 모든 캐릭터는, 최소한 극의 초반부에서 인생의 절정기를 구가한다. 이들은 바로 중년의 문제, 곧 권력과 특권이 경쟁과 회한을 불러온다는 사실로 괴로워한다. 이런 관점에서 본다면 "희극은 비극에 시간을 더한 것"*이라는 옛 속담은 뒤집어져야 한다. 비극은 희극에 시간을 더한 것이다.

모든 살아 있는 생명체가 겪는 보편적 경험인 시간의 흐름은 셰익스피어가 가장 중시하는 주제이다. 물론 흔히 시간은 이미 무대의 막이 오르기도 전에 흘렀거나, 극의 초반부에 흐른 채 모습을 드러낸다(늙은 리어왕은 그 가장 좋은 예이다). 그러나 마찬가지로 극이 공연되는 동안 등장인물이 시간의 흐름을 직접 거론하기도 한다. 시간 문제에 셰익스피어가 보이는 특징은 항상 시간을 무대와 비교한다는 점이다. 이런 비교는 희극은 물론이고 비극에서도 이루어진다. 의심할 바 없이 희극의 경우 가장 유명한 사례는 『뜻대로 하세요 As You Like It』 가운데 이른바 '남자의 일곱 연령'이라고 인용되는 대사이다("세계 전체가 하나의 무대이지요, 그리고

---

*   "희극은 비극에 시간을 더한 것(Comedy equals tragedy plus time)"이라는 말은 미국의 작가 마크 트웨인이 한 것으로 알려진 것이다. 만취, 비만, 돈 문제, 사고 등 모든 비극은 시간이 지나고 나면 농담의 소재가 된다는 뜻이다.

칼을 꽂다: 조지프 맹키위츠(Joseph L. Mankiewicz) 감독의 영화 〈율리우스 카이사르〉(1953)
에서 카이사르를 등 뒤에서 공격하는 브루투스.

모든 남자와 여자는 배우에 불과하고요."라는 문장으로 시작된다). 비극의 경
우에는 아내의 죽음을 마주하는 맥베스의 우주와도 같은 무심함보다 더
형이상학적 울림을 주는 구절은 없다.

> 내일로, 또 내일로, 그리고 내일로
>
> 매일매일 기어가듯 걸으며
>
> 기록된 시간의 마지막 한 마디까지 다가가고,
>
> 우리의 모든 지난날들은 어리석은 자들에게
>
> 티끌의 죽음으로 가는 길을 어렴풋이 밝히는구나, 꺼져라, 꺼져, 덧
> 없는 촛불아!
>
> 인생이란 기껏해야 걸어 다니는 그림자, 가엾은 배우는
>
> 그의 시간을 무대 위에서 뽐내려 안달하지만,
>
> 시간이 지나면 아무 소리도 들리지 않네. 그것은 그저
>
> 백치가 들려주는 이야기, 소음과 분노로 가득 찼지만,
>
> 아무 뜻이 없구나.(5막 5장, 18~27행)

우리가 중년의 지루함을 어떻게 경험하는지와 관련해 맥베스의 이 독
백이 가지는 의미는 분명하다. 시간 그 자체는 중년의 기어가는 듯한 걸
음으로 느리게 내리막길을 걷는다. 중년의 정신 자세 또한 이중의 관점,
곧 뒤와 앞을 번갈아가며 살피는 관점을 특징으로 가진다. '우리의 모든
지난날들'은 '기록된 시간의 마지막 한 마디'를 가리킨다. 그러나 인생을

배우 또는 이야기에 빗댄 비유는 우리에게 셰익스피어 자신이 중년에 품은 불안함을 아주 분명하게 일깨워준다. 우리는 누구나 늙어감을 자신의 안경으로, 심지어 갈수록 두꺼워지는 렌즈의 안경으로 바라본다. 희곡 작가인 셰익스피어가 늙어감을 각본이 정해진 연극의 역할 연기로 바라보는 것은 지극히 자연스러운 일이다. 우리는 모두 자신의 덧없는 시간을 무대 위에서 안달하며 연기하고 무대를 내려온다. 이 시간이 웃기면서도 슬프다는 점은 인생뿐만 아니라 예술의 본성이기도 하다. 예술은 웃고 우는 시간을 통해 뭔가 의미를 약속해주는 것 같지만, 결국 아무 의미도 남지 않는다. 요컨대, 셰익스피어에게 중년은, 더 크게 볼 때 인생의 축소판인 중년은 필연적으로 희비극이다.

II

한 가지 기묘한 사실은 셰익스피어의 주요 작품들에서 중년을 연기하는 대표적인 배우는 찾아보기 힘들다는 점이다. 젊은 남성 배우는 햄릿 연기를 열망한다. 늙은 배우는 리어 왕을 선호한다. 남성이든 여성이든 중년 역을 맡아 명성을 얻은 배우가 있던가? 아마도 역할이 너무 많아서 대표적인 배우를 찾아보는 것이 힘들 수는 있다. 오셀로와 이아고, 카이사르와 브루투스, 안토니우스와 클레오파트라 등에서 보듯 중년 역은 너무 많을 뿐만 아니라, 대개 쌍을 이룬다. 바로 그래서 야심이 많은 배우는 홀로 각광을 받을 수 있는 다른 작품을 찾는 모양이다. 하지만 그런 배우는, 우리 대다수와 마찬가지로, 셰익스피어야말로 중년의 노이로제를 그리는 대가라는 사실을 간과한다. 그저 앞만 보고 달리는 것을 멈추고, 거울을 보듯 내가 왜 달리는지 곱씹어보는 자세를 셰익스피어는 정말이지 탁월하게 묘사한다. 또 이런 성찰을 통해 우리가 유한한 존재라는 깨달음에 이르는 과정의 묘사는 셰익스피어의 손에서 더할 수 없는 설득력을 얻는다. 셰익스피어가 우리에게 일러주는 중요한 깨달음은, 우리 역시 죽는다는 점이다.

피할 수 없는 죽음에서 비롯되는 불안함을 다스릴 좋은 방법 가운데 하나는 예술을 통해 불안을 극복하는 것이다. 이는 독자뿐만 아니라 작가에게도 들어맞는 이야기이다. 고전, 이른바 '시간을 뛰어넘은' 문학 작품은 우리에게 유한함이라는 역사적 요소를 초월할 가능성을 제공한다. 비록 상상 속에서만 이뤄진다 할지라도 말이다. 이런 초월의 가능성은 창작된 캐릭터에 우리가 공감할 수 있는 원인이기도 하다. 아리스토텔레스에서 마사 누스바움*에 이르기까지 이론가들이 설명해주었듯, 감정은 예술을 다룸으로써 촉발되기도 하고 지워지기도 한다.[4] 이처럼 문학이 감정을 자극할 수 있는 주된 원인은 독자나 작가가 자신을 등장인물과 동일시한다는 점이다. 문학 작품 주인공의 아픔이나 기쁨 또는 욕망을 고스

---

*   마사 누스바움(Martha Nussbaum: 1947년생)은 미국 철학자이다. 고대 철학에 정통하며 페미니즘과 동물 보호와 관련한 주제로 활발한 활동을 벌이는 여성이다.

힌히 내 것으로 느낀 수 있는 이유는 우리가 그의 자리에 자신을 가져나 놓을 수 있기 때문이다. 우리가 해피엔딩을 보며 만족하는 까닭은, 마치 자기 자신이 해피엔딩을 맞은 것 같은 대리 기쁨을 경험하기 때문이다. 요컨대, 우리는 자아 투사의 달인이다.

셰익스피어의 작품만큼 자아 투사의 가능성을 풍부하게 제공하는 문학은 따로 없다. 이것이 바로 셰익스피어가 성공을 거둔 비결이다. 셰익스피어의 작품 세계는 심지어 실존적 정체성 게임으로 활용해도 좋을 정도로 넓은 폭을 자랑한다. 솔직하게 자신에게 이렇게 물어보자. 당신은 어떤 캐릭터가 자신과 가장 가깝다고 생각하는가? 이 물음의 답은 당신의 나이와 인생 단계에 따라 달라질 수 있다. 젊다면 우리는 자신을 기꺼이 불운하지만 매력적인 캐릭터인 로미오나 줄리엣으로 여기리라. 늙었다면 우리는 자신을 아마도 무뎌진 마술을 포기하는 프로스페로로 보거나, 리어 왕이 아버지로서 겪는 곤경에 안타까워하리라. 물론 현실은 우리가 낭만적인 로미오이기보다는 약간 정신 나간 닉 보텀^{Nick Bottom}(『한여름 밤의 꿈』)에, 엄한 리어보다는 끊임없이 장광설을 쏟아내는 폴로니우스^{Polonius}(『햄릿』)에 더 가까울 수 있다. 그래도 우리는 약간 정신이 나갔다거나 말이 많다는 따위의 평을 듣고 싶어 하지 않는다. 어쨌거나 우리는 자신의 나이와 맞는 캐릭터를 선택하게 마련이다. 우리는 분명 누구든 청소년기를 지나고 나서 처음으로 어떤 영화를 보고, 자신이 더는 반항적인 10대가 아니며, 참을성이 많은 어른이 되었구나 하고 느껴본 경험이 있으리라. 이런 의미에서 성숙함은 반항 더하기 시간이다.

어떤 캐릭터가 가장 마음에 드는지 하는 물음에 나의 답은 나이와 함께 달라졌다. 청년이었을 때 나는 드높은 자존감을 자랑하는 우쭐한 대학생이 으레 그렇듯 덴마크 왕자를 연기하고 싶었다. 세월이 흐르면서, T. S. 엘리엇의 프루프록*과 이야기를 나누며, 나는 햄릿 왕자가 아니며, 햄릿 왕자처럼 살고 싶지도 않다는 사실을, 그리 달갑지는 않았지만, 깨달았다. 그렇다면 나는 한낱 시종관일까?** 우리는 모두 인생을 살며 자신이 주인공이라고 여기지만(비록 주인공처럼 느껴지지 않을 때가 많을지라도), 대개 사건의 언저리에 서서 일이 어떻게 풀려가는지 그저 지켜볼 뿐이다. 이런 관찰자의 입장은 그 나름대로 좋은 점을 자랑한다. 무엇보다도 우리는 세월과 함께 변화하는 자신을 관찰할 수 있다.

고전 문학 작품은 이런 변화를 정확히 관찰할 유리한 고지를 제공한다. 고전은, 우리가 변한다 할지라도, 변함이 없기 때문이다. 헤라클레이토스의 비유에 빗대 말하자면 우리는 같은 강물에 발을 두 번 담글 수가

---

* 「앨프리드 프루프록의 사랑 노래The Love Song of J. Alfred Prufrock」는 엘리엇이 1915년에 처음으로 발표한 작품이다. 주인공 프루프록은 인생의 무의미함과 허무함에 괴로워하는 평범한 남자로 '의식의 흐름'이라는 문학의 주제를 가장 잘 표현한 캐릭터 가운데 하나이다.

** 프루프록은 이렇게 노래한다. "No! I am not Prince Hamlet, nor was meant to be;/Am an attendant lord, one that will do." 'an attendant lord'라는 표현은 주군을 따라다니며 시중을 드는 '시종관'으로 흔히 번역된다. 그러나 이 표현의 조합은 좀 더 곱씹을 필요가 있다. 나도 너 못지않게 내 인생의 주인(Lord)이지만, 나는 너를 따라다니는 시종일 수밖에 없는가 하는 자조가 이 표현에는 함축되어 있다. 'Lord'가 귀족을 부르는 존칭이라는 점을 고려한다면, 나도 너와 같은 귀족이거늘 어찌 나는 네 조수밖에 하지 못할까?

없다. 물은 끊임없이 흐를 뿐만 아니라, 발을 남그는 사람노 변하기 때문이다. 글쓰기라는 강은 평생 우리와 함께 더불어 흐르며 우리의 변화하는 관심사, 나이를 먹어가며 우리를 사로잡는 다양한 종류의 관심사를 포착해 늘 더불어 흐르게 만드는 힘을 자랑한다. 이렇게 포착된 관심사는 우리가 살아가는 세월과 함께 갈수록 더 선명해질 뿐만 아니라, 더욱더 농밀해진다. 우리가 더 많이 읽기 때문만이 아니라, 어려서 처음 만난 책들이 우리와 함께 성장하기 때문이다. 그런 책들은 우리의 손길을 자주 끌어당기는 탓에 먼지가 앉을 틈이 없으며, 우리를 지금의 우리로 만들어주며, 예전의 우리가 누구였는지 보여주고, 우리가 기꺼이 되고 싶은 사람으로 나아갈 길을 열어준다. 우리와 더불어 성장해온 책들과의 변화해온 관계를 반추하는 일은 속절없이 흘러버린 세월과, 중년이 젊음을 아쉬워하며 흘겨보는 눈길이 일으키는 일종의 현기증 같은 아픔을 안겨주게 마련이다. 예를 들어 내 두 아들과 『오디세이』를 읽으면서 나는 아이들이, 그 또래의 아이들이 대개 그렇지만, 키클롭스 또는 스킬라와 카리브디스*와 같은 괴물이 등장하는 흥미진진한 일화, 악당과 싸우는 긴장감 넘치는 일화에 더 끌린다는 사실에만 놀란 게 아니라, 나 자신의 관점이 확연히 변했다는 깨달음에 더 깊은 충격을 받았다. 아이들 나이 때는 나

---

* '키클롭스(Cyclops)'는 외눈박이 괴물이다. '스킬라(Scylla)'와 '카리브디스(Charybdis)'는 큰 바위에 사는 머리가 여섯, 발이 열두 개인 여자 괴물과 바다의 거대한 소용돌이를 의인화한 여자 괴물이다. 이는 모두 시칠리아 섬 인근 해협에서 항해를 어렵게 만드는 난관들을 의인화한 것이다.

도 괴물과 조우하는 모험을 갈망했다. 지금은 중년의 오디세우스, 싸움에 지쳐 19년 동안이나 떠도는 방랑 끝에 트라우마에 시달리며 집으로 돌아갈 수 있기를 간절히 바라는 오디세우스의 심정에 나는 절절히 공감한다. 셰익스피어의 생생한 캐릭터들은 마치 이런 어지럼증을 불러일으키려고 만들어진 것처럼 보인다. 이제 그들이 나타난다. 햄릿과 초라한 단검(bare bodkin)*, 클레오파트라와 만드라고라**, 제이퀴즈와 남자의 일곱 연령은 나의 반평생을 유령처럼 따라다녔다. 나이를 먹어가면서 이 유령들은 얼마나 달라 보이는가. 중년에는 어린 시절에 본 것과는 사뭇 다른 모습으로 다가오게 마련이다. 이처럼 나이를 먹어가며 달라진 관점은 영화 스타가 현실에서는 거의 예외 없이 더 작게 느껴지는 반면, 셰익스피어의 캐릭터는 중년의 우리에게 갈수록 더 크게 느껴진다고, 더욱 원숙해지고 인간적이 된다고 일깨워준다. 물론 그 이유는 우리 자신이 더욱 원숙해지고 인간적이 되었기 때문이다.

문학은 우리의 어린 시절 갓 여물기 시작한 정신의 흔적을 되새길 수 있게 해줄 뿐만 아니라, 어린 시절 우리의 풋풋했던 정신을 성숙하게 만들기도 한다. 특히 셰익스피어의 작품이 그렇다. 셰익스피어의 작품은

---

* '보드킨(bodkin)'은 오늘날 사전 정의는 '돗바늘'이나, 르네상스 시대에서는 '단검'을 의미했다.

** '만드라고라(mandragora)'는 마취 성분이 있는 약초로 『안토니우스와 클레오파트라』 1막 5장에서 클레오파트라가 멀리 떠난 안토니우스 때문에 잠을 이루지 못하며 달라고 한 것이다. 이 약초는 '맨드레이크(Mandrake)'라는 이름으로도 불린다.

영어라는 언어를 서의 물들이다시피 했기 때문이다(BBC 라디오 4이 프로그램 《데저트 아일랜드 디스크스》에서 셰익스피어 전집과 성경은 초대 손님의 선택 목록에서 제외된 이유가 달리 있는 게 아니다[*]). 내가 어려서 했던 경험이 셰익스피어의 언어를 당연하게 여기는 풍조의 핵심을 잘 짚어준다. 여덟 살에 처음으로 셰익스피어를 접했던 나는 도대체 'bodkin'이나 'mandragora'가 무슨 말인지 몰라 어리둥절했던 기억이 지금도 새삼스럽다. 그 시절 나를 가르쳤던 루이스 선생님은 친절하고 지적인 분위기를 자랑하는 분으로, 내 기억이 맞는다면 선생님 아들이 루이스 루이스[Lewis] [Lewis]라는 운을 맞춘 것만 같은 독특한 이름을 자랑했는데, 아무튼 선생님은 엘리자베스 1세 시대의 영어가 가지는 특성을 우리에게 세심하게 설명해주셨다. 정말 인상적이었던 것은 그 내용이 아니라, 억양이었다. 칼과 마취제는 분명 어린 소년이 솔깃해할 단어이기는 했지만, 그것보다도 이 단어를 발음할 때마다 그 묘한 울림이 나에게는 무척 인상적이었다. 모든 좋은 글과 마찬가지로 각운을 사용하지 않았음에도 기가 막힐 정도로 아름다운 리듬을 자랑하는 셰익스피어의 무운시는 나의 마음에 깊이

---

[*] BBC Radio 4의 프로그램 《데저트 아일랜드 디스크스Desert Island Discs》는 1942년 1월 27일에 첫 방송된 이래 오늘날까지 이어지는 세계 최장수 음악 방송이다. 매주 일요일 오전 11시 15분에서 12시까지 방송되는 이 프로그램은 초대 손님에게 난파당한 배에 탔다고 가정하고 무인도에 꼭 가져가고 싶은 음반 여덟 장을 골라달라고 부탁한다. 음악 외에 책도 한 권 가져갈 수 있다며 어떤 책을 가져갈 것인지 묻는다. 단 셰익스피어 전집과 성경은 선택에서 제외된다. 두 책은 읽지 않은 사람이 없으리라는 전제가 당연한 것으로 깔리기 때문이다. 이렇게 선택된 여덟 곡을 들으며, 가장 인상 깊게 읽은 책으로 고른 것을 두고 나누는 대화가 프로그램의 내용이다.

아로새겨졌다. 실제로 셰익스피어의 시들은 어느 정도 나의 의식을 형성했다. 어려서부터 많은 소네트를 정말 좋아서 배우고 익힌 나는 "진실한 마음들이 맺어지는 결혼에 그 어떤 장애물도 용납하지 않으리라(Let me not to the marriage of true minds/Admit impediments.)"(소네트 116번) 하는 구절을 암송하는 방법을 알게 된 것이 언제인지 기억조차 할 수 없다. 충분히 일찌감치 아로새겨진 덕에 마음의 방을 꾸민 가구는 이제 들어낼 수 없는 붙박이가 되었다.

하지만 나는 중년의 어른이니 이런 감정을 이해할 수 있지만, 사춘기를 경험하기 이전의 아동이 이런 감정을 이해할 수 있을까 하는 의문을 지울 수 없다. 초등학교 학생이 진실한 결혼인지, 거짓된 결혼인지 어찌 알까? 영리한 아이는 배운 대로 이해하기는 하겠지만, 이는 어디까지나 '관념'으로만 받아들이는 이해일 따름이다. 아이들은 이론을 배우지만, 이 이론은 현실과 거리가 먼 것이다. 이론과 현실의 이런 구분은 나이를 먹음, 몽테뉴가 경험이라 부른 것이 구체적으로 무엇을 의미하는가 하는 물음의 핵심을 건드리는 아주 중요한 구분이다. 도대체 정확히 무엇 때문에 인생의 현실은 이론을 거부할까?

물론 셰익스피어는 이미 이론과 현실 사이의 이런 격차가 왜 빚어지는지 알았다. 우리 대다수는 반평생에 걸쳐 배워야만 하는 이런 이치를 셰익스피어는 일찌감치 꿰뚫어 보았다. 그의 희극은 자존심을 누르는 사랑 이야기로 가득하다(『헛소동 Much Ado about Nothing』, 『끝이 좋으면 다 좋아 All's Well that Ends Well』). 반면, 그의 비극은 자존감이 사랑에 저

향하는 이야기로 가득하다(『오셀로』, 『리어 왕』). 경험은 우리가 인생행로를 걸어오며 어떤 실수를 저질렀는지 가르쳐줄 수도 있고 아닐 수도 있다. 이처럼 우리가 경험에서 뭔가를 배우느냐 아니냐의 문제는 당장 먹고 사는 일에 밀려, 일차적인 고려 대상이 되지 못하고 잊히기 일쑤다. 중년에 도달했다는 것이 일종의 중간 점검, 나는 희망했던 것을 얼마나 이루었는가, 또는 우리의 인생은 얼마나 행복한가 하는 물음의 점검을 요구한다면, 이 점검에서 문학은 모범을 보여주는 인물 또는 반면교사로 삼아야 할 인물을 보여주어 현재 우리의 인생 자산이 어떤 가치를 가지는지 가늠할 수 있게 도와준다.

하지만 중년에 자신이 이룩한 성취를 평가하겠다는 생각 자체에 숨은 위험은 만만치 않다. 평가가 너무 가혹한지, 아니면 지나치게 관대한지 우리는 어떻게 확인할 수 있을까? 지금까지의 인생에 충분한 거리를 두고 공정한 평가를 내릴 초월적 관점이 가능하기는 할까? 중년 위기라는 것은 오히려 이런 평가를 해야만 하겠다는 강박 관념에서 빚어지는 게 아니던가. 그러나 진짜 문제는 자아의 가치를 높이거나 떨어뜨리는 조건 역시 우리와 함께 늙어간다는 점이다. 멀리 떨어져서 보면 우리가 욕구했던 다양한 목표(직업, 승진, 관계, 여행 따위)는 아직 그 정도로는 충족되지 않은 것 같은데 하며 우리를 괴롭힌다. 운이 충분히 좋아서 목표를 이룩했다 할지라도, 이런 성취가 허망해 보이거나 원래 생각했던 가치에 미치지 못하는 경우는 많기만 하다. 어쨌거나 우리는 새롭게 유혹하는 목표에 더 마음을 빼앗긴다. 성공은 당연히 이룩했어야 하는 것인 반면, 실

패는 늘 계속해서 마음을 후벼 판다. 니체가 말했듯, 우리는 아픈 것만 기억한다.[5]

바로 그래서 중년에는 두 가지 종류의 비극이 있다는 오스카 와일드의 말은 솔깃하게만 들린다. 하나는 원한 것을 얻지 못한 비극이며, 다른 하나는 원한 것을 이미 얻은 탓에 생기는 비극이다. 다시금 우리는 '얻음(getting)'의 문제로 돌아왔다. 얻음은 중년의 인생을 가늠하는 주요한 척도로 한 번 이상 주목을 받는다. 하지만 성숙함의 다른 모델은 없을까? 이 물음의 답을 성찰할수록 나는 나이를 먹는다는 것은 더욱 많은 권력을 쌓는 것이 아니라, 우리가 이미 가진 힘으로 어떻게 해야 좀 더 잘 실패할 수 있을지 그 방법을 헤아릴 줄 아는 태도를 가져야 한다는 확신을 굳히게 된다. 자기 평가는 '자아'를 가진다는 것이 무엇을 의미하는지 하는 평가부터 요구한다. 다시 말해서 나는 외적인 어떤 목표를 이루었는지 아닌지 묻는 태도에서 한 걸음 더 나아가, 훨씬 더 절박한 마음가짐으로, 이 모든 것을 통해 나는 정말 '더 나은', 더욱 원숙한 인격체로 성장했는지 물어야만 한다. 물론 이 물음 역시 마찬가지로 대답하기 어려운 것이지만, 적어도 정확한 물음, 우리가 인생을 살며 꼭 물어야 하는 올바른 질문이다. 나이 50에 자신의 얼굴을 책임져야 한다는 말은 나이 40에 얼굴을 일그러뜨리지 않을 성품을 가꿔야 한다는 뜻이다.

그렇다면 성숙함은 도덕적으로 치러야 하는 세금을 부과하는 것처럼 보인다. 곧 너 자신의 경험으로 다른 사람들을 도우라 하는 시간의 명령을 따르는 것이 도덕적인 세금이다. 얻음이란 자신의 출세에 유리한 것만

넘하는 게 아니라, 다른 사람과 나눌 수 있는 것을 추구해야만 함을 의미한다. 요컨대, 중년은 생물적 나이와 인생의 깨달음을 궁구하는 시기일 뿐만 아니라 더 나아가 도덕적 자세를 갖추어야만 하는 인생 단계이다. 매사에 중용을 강조한 철학자 아리스토텔레스는 중년이 가지는 도덕적 의미를 이미 알고 있었으며, 극작가 셰익스피어는 (모든 훌륭한 작가가 그렇듯) 중용이 아닌 극단의 대립을 꾸며 보임으로써 우리에게 중용의 중요성을 일깨워준다. 셰익스피어가 보여주는 대단히 인상적인 캐릭터 가운데 몇몇은 극단적인 성격을 자랑한다. 리처드 3세 또는 이아고, 코리올라누스 또는 티투스 안드로니쿠스라는 캐릭터는 극단에 치우친 설정 탓에 선명한 대비를 이룸으로써 오히려 중용이라는 미덕을 강조한다. 아페만투스Apemantus는 인간 혐오가 극에 달한 티몬을 정확히 다음의 말로 꾸짖는다. "자네는 중도를 지키는 인간성이라는 걸 몰라, 오로지 양극단만 알 뿐이지."(『티몬』, 4막 3장, 302~303행) 셰익스피어는 대다수 사람은 거룩한 성인도, 그렇다고 최악의 악인도 아니라고 넌지시 암시한다. "대단히 착한 사람과 극도로 나쁜 사람은 어느 쪽이든 지극히 드물며, 대다수는 그 중간쯤에 있다"[6]고 소크라테스는 플라톤의 대화편 『파이돈』에서 말한다. 양극단이 아닌 그 중간쯤의 어디에선가 잡는 균형이 인생임을 기억하는 것, 그리고 다른 사람들에게도 이를 상기시켜주는 것이 바로 도덕이다. 그리고 이 도덕이야말로 셰익스피어의 비극들이 근본 바탕에 깔고 있는 메시지이다. 대다수의 사람들은, 신께 감사드릴 일인데, 중간 어디쯤에선가 열심히 살아간다.

인생행로의 중간에서 이러저러한 어려움에 시달릴 때마다 우리는 그 어느 극단에도 치우치지 않는 중용을 지켜야 한다는 점을 잊지 않는 것은 대단히 중요하다. 중년이 되었음을 실감하게 만드는 냉철한 지표 중 하나는 이제 책임을 지고 결정권을 행사해야 하는 사람은 다른 누구도 아닌 나 자신이라는 깨달음이다. 나이를 먹어가며 우리는 한동안 어려운 결정은 누군가 다른 사람의 몫이라고, 지금 우리가 있는 공간 안에서 나보다 더 어른은 반드시 있을 거라고 믿는다. 하지만 이제 어른은 분명 나 자신이며, 어려운 결정을 더는 회피할 수 없음이 반박할 수 없이 확실해지는 순간은 반드시 찾아온다. 유능한 사람이 언젠가 자신의 무능함이 밝혀지지 않을까 두려워하는 '가면 증후군(imposter syndrome)'은 한 사람의 어른으로 책임을 감당하지 못하는 '미숙함 증후군(immaturity syndrome)'과는 전혀 다른 문제이다. 권력이란, 좋든 싫든, 세대에서 세대로 대물림된다는 점을 셰익스피어는 늘 거듭해서 우리에게 보여준다. 중년은 이제부터 자신이 책임을 지겠다고 자임하고 나서야 하는 바로 그 순간이라는 점에서 윗세대가 진 권력 부담을 덜어주어야 하는 도덕적 시기이다.

하지만 이런 깨달음이 엄청난 힘을 북돋워준다는 점은 아주 명백한 사실이기도 하다. 무대의 막 뒤에 인형을 조종할 나이 많고 노련한 감독이 없다는 것을 발견하게 되면 처음에는 이를 어떻게 해야 하나 놀라고 당황하겠지만, 이 순간은 이제 인형의 줄을 조종할 사람은 바로 우리 자신임을 깨닫는 감격스러운 때이기도 하다. 셰익스피어의 비유대로 인생이 무대라면, 중년에 우리는 연기를 해야 하는 배우일 뿐만 아니라, 무대 전체를 관장하는 감독이기도 하다. 나이를 먹는다는 것은 곧 책임을 감당할 능력도 커짐을 의미한다. 심지어 지독히 어려운 시절일지라도, 이를테면 부모 어느 한쪽을 여의었다거나 직업의 중요한 계획이 수포로 돌아갔을 때조차 우리는 인생의 다른 어느 지점보다도 중년에 어려움을 더 잘 극복해낸다. 이런 사실 역시 문학은 우리에게 보여준다.

삶의 한복판에서 인생을 살아갈 나 자신의 감각을 터득하려 분투할 때, 실제 그런 터득이 가능하다는 점은 든든한 위로를 준다. 하지만 역설적이게도 모든 것을 내 뜻대로 장악하겠다는 '지배욕'의 충동을 포기하는 대가를 치를 때에만 우리는 자신의 인생을 다스릴 수 있다. 내 뜻대로 통제할 수 없는 것, 실제로 전혀 통제되지 않는 것이 있다는 점을 인정할 때에만 우리는 자신의 인생을 가장 잘 통제할 수 있다. 곧장 올라가기만 하면 노년의 지혜에 이를 수 있는 탄탄대로는 없다. 우리는 언제나 불완전하고, 부정확한 피조물일 따름이다. 가난하고, 헐벗었으며, 갈피를 잡지 못하고 헤매는 동물이 바로 나 자신이로구나 하고 받아들일 줄 아는 수용의 자세는 앞서 우리가 살펴본 바 있는 중년을 받아들이는 마지막 단계이다.

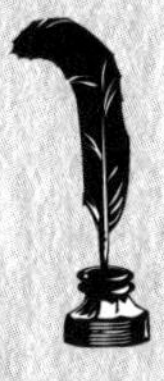

제6장

영원한 초심

중년에 맞이하는 안식년

I

1786년 9월 3일 새벽 3시 독일 남서부의 온천 도시 카를스바트 (Karlsbad)에서 37세의 남자는 조용히 침대에서 빠져나와 기다리던 마차에 올라탔다. 쿵쾅거리며 빠른 속도로 산악의 바위투성이 비탈길을 달리는 역마차에서 요한 필리프 묄러^{Johann Philipp Möller}는 여행을 시작하는 짜릿한 흥분을 맛보았다. 이 탈출을 그는 여름 내내 계획했으며, 이제 마침내 길이 열어주는 대로 되도록 빨리 알프스를 향해 돌진했다. 계획을 비밀에 붙여두었던 덕에 여행의 은밀한 즐거움은 더욱 크기만 했다. 친구든 적이든 그가 산맥을 넘어 반대편에 안전히 도착한 뒤에야 도대체 무슨 일이 일어난 것인지 알게 되리라. 그가 정말 원치 않았던 것은 1775년에 그랬던 것처럼 여행 도중에 불시에 빅신 좋지 않은 스위스로 고향으로 돈아오는 일이었다. 이번에 그는 절대 기회를 놓치고 싶지 않았다. 이번에는 무슨 일이 있더라도 이탈리아로 가고 싶었다.

묄러에게 지난 몇 년은 쉽지 않은 시간이었다. 중년에 가까워지는 남자가 대개 그러하듯, 그는 자신을 둘러싼 환경에 갈수록 더 커지는 불만을 느꼈다. 성공은 일찌감치, 그것도 너무 쉽게 맛보았다. 명성은 확고부동했지만, 그만큼 틀에 박히게 반복되는 일상으로 그는 숨이 막히는 것만 같았다. 꽉 막힌 글쓰기는 좀체 풀릴 줄 몰랐으며, 개인적으로는 모든 것이 따분하기만 했다. 마음을 다잡으려 애를 쓸수록, 뭔가 새로운 것을 바라는 갈망은 커지기만 했다. 묄러는 곤욕스럽기만 했다. 요컨대, 그는 우리가 중년 위기라 부르는 것에 사로잡히고 말았다.

묄러의 정신 상태가 그보다 앞서 그리고 이후로 중년에 도달했던 수백만의 사람들보다 더욱 우리의 관심을 끄는 이유는 그가 서구 문화의 역사에 나타난 가장 위대한 인물 가운데 한 명이기 때문이다. 요한 볼프강 폰 괴테가 요한 필리프 묄러라는 가명으로 여행을 떠난 이유는 어디를 가나 그를 바짝 따라다니는 명성의 숨 막히는 부담을 피하고 싶었던 것만이 아니다. 괴테는 무엇보다도 자기 자신으로부터 도피하고 싶었다. 공중전화 박스 안으로 들어가야만 하는 슈퍼맨처럼 괴테는 신과 같은 위엄을 자랑하는 '괴테'라는 중압감을 떨치고 다시금 클라크 켄트가 되기 위해 역마차에 올라타야만 했다.[*] 그 밖에도 여행 당시 자신의 나이를 실제보다 열 살 더 젊다고 꾸며낸 사실 역시 그의 이탈리아 기행의 동기가 무엇이었는지 충분히 짐작하게 한다. '넬 메조 델 캄민', 곧 '인생 한복판'에 선 자신을 발견하는 우리 대다수와 마찬가지로 괴테는 다시 시작하고 싶었다.

그런데 왜 괴테는 이탈리아로 가기를 그토록 열망했을까? 왜 하필 지금 가야 했을까? 예전에도 두 번 그는 알프스를 넘어가고 싶어 했다. 1775년 괴테는 하이델베르크를 넘어가기 전에 돌아오라는 부름을 받았다. 그리고 1779년에는 자신을 추밀 자문관으로 고용한 대공 카를 아우구스트Karl August가 부르면 언제든지 바이마르로 돌아갈 수 있기 위해 스위스에서 더 남쪽으로 내려가지 않기로 결정했었다. 남쪽을 향한 괴테의 갈망은 그런 좌절의 경험에 자극을 받아 더욱 뜨거워지다가 1786년의 따분한 여름이 새로운 기폭제가 되어 마침내 실행에 옮겨졌다. 『이탈리아 기행Italienische Reise』(그의 여행 기록은 나중에 이런 제목으로 출간되었다)의 서두에서 괴테는 그해 9월에 푸른 하늘과 따뜻한 공기가 절실히 필요했다고 몇 번이고 강조한다. 무엇보다도 그는 바이마르 궁정의 추밀 자문관 같은 공적인 의무를 수행하느라 빚어진 창작의 마비 상태에 고통을 받았다. 오늘날 흔히 쓰는 말로 하자면, 괴테는 작가로서 슬럼프에 빠진 것을 괴로워했다.

남쪽으로의 도피는 중년에 다가가는 자신에게 다시금 생동감을 불어넣

***

_* 슈퍼맨은 평소에는 '클라크 켄트(Clark Kent)'라는 이름의 기자로 활동하다가 사건이 터지면 슈퍼맨으로 변신한다. 이때 옷을 갈아입기 위해 공중전화 박스로 들어간다.

고지 희는 괴테에 노력이었다. 서둘러 알프스를 넘어 이탈리아 북부로 내려가면서 괴테는 휴가 여행을 떠나는 사람의 흥분된 어조로 다음과 같이 썼다. 남쪽에서 오다가 자신과 마주치는 사람은, 맞닥뜨리는 것마다 숨 가쁠 정도로 감탄하고 감격하는 자신을 보고 참 어린애 같구나 하고 생각할 거라고 말이다. 이런 자기의식의 순간은 여행의 본질을 이루는 두 가지 주된 감정 충동을 포착해준다. 하나는 남쪽으로 가고 싶다는 갈망이며, 다른 하나는 생물적 시계를 되돌려놓고 싶다는 욕구이다. 얼마 뒤 베네치아에 도착한 괴테는 곤돌라를 보며 어린 시절 장난감 배를 가지고 놀던 추억을 즉각 떠올리면서, '오랜 동안 잃었던 젊음의 감각'을 즐겼다.[1] 자신의 시계를 바이마르에 두고 왔다는 사실이 괴테에게 의미하는 바는 바로 이것이다. 이탈리아는 시간이 사라진 곳이어야 한다. 북쪽 사람이 남쪽에 느끼는 지리적 끌림은 중년이 느끼는 어린 시절로의 시간적 끌림이다.

괴테의 여행은 『이탈리아 기행』으로 역사에 기록되었다 할지라도, 그가 진짜 관심을 가졌던 곳은 로마였다. 베네치아에서 고작 두 주를 보내고(그 대부분의 시간도 극장에서 보냈다) 괴테는 서둘러 남쪽의 영원한 도시로 향했다. 중간 휴식 시간은 피렌체에서 보낸 세 시간뿐이다. 11월 1일에 로마에 도착해서야 괴테는 비로소 안도의 숨을 쉬었다. 로마에 도착해서야 비로소 괴테는 이번에는, 결국, 오랫동안 기대해온 목적지에 드디어 도착했다는 확인에 안도하며 바이마르의 대공에게 편지를 썼다. 로마라는 도시를 보고 싶다는 욕구는 "푹 익었다"고 그는 썼다. 베네치아에서와 마찬가지로 로마에서도 괴테는 즉각 회춘의 언어를 구사하기 시작했다. "나는 어린 시절의 내 모든 꿈이 살아 생동하는 것을 본다."[2]

생기 넘치는 흥분 상태에 휘말리지 않기가 어려울 정도로 꿈의 도시에 마침내 도착했다는 괴테의 열광은 생생하기만 했다. 로마에 도착하고 바로 썼던 편지들은 그야말로 흥분이 줄줄 흐르며, 이런 흥분을 단 하나의 형용사로 정의한다. 그것은 바로 '새로운'이라는 형용사이다. 도착한 바로 그날 쓴 편지에서 괴테는 한 단락에 이 형용사를 다섯 번 쓴다. '새로운 세상'에서 '새롭게 살아갈 인생'을 그리는 '새로운 생각'에 가슴이 벅차다. 단테가 중년의 위대한 꿈을 묘사한 『비타 누오바Vita Nuova』, 곧 '새로운 인생'이 괴테의 눈앞에 애를 태우듯 펼쳐졌다. 괴테가 서둘러 새로운 인생을 '부활'이라고 부르기 시작한 것은 충분히 수긍이 가는 말이다. 괴테는 자신이 로마에 도착한 날을 '두 번째 생일'이라 부르며, 자신이 실제로 예전과 같은 인격체인지 궁금했다. 철학자의 도끼가 다시금 고개를 들었다고 할까. 그만큼 그는 '뼛속까지 속속들이 변화'했기 때문이다.[3] 도착하고 거의 두 달이 되었을 무렵인 1786년 12월 20일 괴테는 이러한 변화의 본성을 두고 본격적인 성찰을 했다.

내면부터 바뀌는 변화인 부활은 계속된다. 이곳에서 뭔가 배울 수 있으리라 기대를 품기는 했지만, 나는 공부를 바닥부터 다시 시작해야 한다고, 지금껏 배운 것을 모두 털어버리고 완전히 새롭게 배워야 한다고는 절대 생각하지 않았다. 그러나 지금 나는 완전히 새롭게 배워야 함을 절감하고 받아들이면서, 낡은 생각 습관을 벗어던지면 던

길수록 그만큼 더 행복함을 느끼다 마치 탑을 짓겠다고 하면서 기초를 잘못 놓은 건축가가 내가 아닐까. 너무 늦기 전에 건축가는 기초가 잘못되었음을 깨닫고 그동안 세운 모든 것을 차분하게 허물어야 한다. 기초가 더 안정적이 되도록 설계를 보완하고 개선해 오래갈 수 있는 탑을 지으려는 기대를 건축가는 품어야 한다. 부디 하늘이 도와 귀향할 때 더 큰 세계에서 살아본 경험이 나의 도덕을 더욱 깊게 키워주기만 바란다. 나의 미적 감각만큼이나 도덕 감각 역시 중대한 변화를 겪고 있음을 나는 확신한다.[4]

이 구절(W. H. 오든과 엘리자베스 마이어*의 번역)은 당시 괴테가 느꼈던 다채로운 경험은 물론이고 왜 그가 인생의 중간 지점에서 모든 것을 허공에 던져버리기로 결심했는지 그 동기의 대강을 밝혀준다. 그는 새로운 것을 배웠을 뿐만 아니라, 낡은 앎을 털어버리고 다시 배웠다. 해묵은 자아를 무너뜨릴수록 그만큼 더 괴테는 새로운 자아를 찾았다. 탑의 기초를 새롭게 설계하는 건축가라는 이미지는 더 높이 오르려는 괴테 특유의 의지를 잘 보여준다. 자아를 더 높이 끌어올려야 한다는 깨달음은 바로 존재의 기초를 다시 다지는 노력으로 표현된다. 그런데 놀랍게도 위의 구절은 중년의 도덕과 미적 감각을 하나로 묶어 괴테 자신이 원하는 '변화'에 걸맞게 재

---

* 위스턴 휴 오든(Wystan Hugh Auden: 1907~1973)은 영국 출생의 시인으로 미국에서 활동하며 정치와 사회 문제를 다룬 시를 활발하게 쓴 인물이다. 엘리자베스 마이어(Elizabeth Mayer: 1884~1970)는 독일 태생으로 미국으로 망명해 활동한 번역가이다.

건하려는 의도를 드러낸다. 이는 곧 자신의 감각을 완전히 점검하겠다는 의지의 표현이다. '부활(rebirth)'과 '귀향(return)' 사이에서 괴테는 남쪽에 머무는 시간 동안 자신의 '도덕 감각'을 혁신(renew)하기로 결심한다.

닷새 뒤인 1786년 성탄절에 쓴 편지에서는 이런 부활의 좀 더 간결한 이미지를 보여준다. 괴테는 이 편지에 다음과 같이 썼다. 조각가가 새로운 거푸집으로 조각상을 빚어낼 때 완전히 새로운 형태의 팔과 다리가 만들어지는 모습을 지켜보는 것은 대단한 기쁨이라고 썼다. 그럼 괴테 자신의 새로운 형태는 어떤 모습일까? 괴테는 로마에서 상류층의 사교 모임에 얼굴을 내비치기는 했지만, 무엇보다도 서둘러 이탈리아라는 외국에서 활동하는 독일 예술가와 보헤미안과 생동감 넘치는 교류를 나누었다. 괴테는 화가 요한 하인리히 빌헬름 티슈바인*과 같은 집에서 기거했다. 덕분에 티슈바인은 고대 문화의 상징과도 같은 캄파냐, 곧 로마 평원을 배경으로 두 다리를 뻗은 자세를 취한 위대한 시인의 초상화를 그렸다. 이처럼 괴테는 로마 예술을 자신에게 안내해줄 젊은 예술가들과 함께 어울렸다. 자신보다 젊은 예술가와의 교류는 우연이 아니다. 괴테는 '글자 그대로' 1년의 공백기 동안 예술가의 모델들과 연애 행각을 벌이며, 대학생처럼 살았다. 이 시기를 들려주는 그의 이야기에서는 행복하고 근심 없는 '삶의 기쁨(joie de vivre)'이 말 그대로 줄줄 흐른다. 이런 분위기는 나

---

*   요한 하인리히 빌헬름 티슈바인(Johann Heinrich Wilhelm Tischbein: 1751~1829)은 독일의 화가이다. 티슈바인은 괴테가 로마에 머물던 시기에 같은 집에서 살면서 괴테의 초상화를 그렸다.

요한 하인리히 빌헬름 티슈바인, 「로마 캄파냐의 괴테」, 1787, 캔버스에 유채.

중에 『로마의 비가』*(바이마르로 돌아와서 썼다)에 묘사된 에로틱한 도취가 잘 보여준다. "사랑스러운 가슴을, 그 아름다운 엉덩이를 쓰다듬는 내 손길이 느끼는 / 형태를 그리는 법을 배워야 하지 않을까? / 그래야만 나는 대리석을 올바로 다루며, / 느낄 줄 아는 눈으로 보는 것과, 볼 줄 아는 손으로 느끼는 것을 비교하며 생각할 수 있지 않을까."⁵

노골적일 정도로 '에로스'를 드러내지만, 이 시에 활력을 불어넣는 것은 괴테가 새롭게 발견한 눈의 미학, 두 눈으로 보는 시각의 미학이다. 이탈리아에 머무는 내내 괴테는 화가와 조각가, 곧 시각예술가들과 주로 어울렸다. 이들 예술가들은 괴테가 로마 예술과 건축에 가지는 관심을 고양시켰을 뿐만 아니라, 단순히 단어만 가지고 유희를 일삼는 글쓰기로부터 멀어져야 한다고 일깨워주기도 했다. 무릇 그림을 많이 그리고 되도록 적게 써야 한다고 괴테는 자신을 타일렀지만, 버릇처럼 글을 쓰는 괴테는 이런 다짐을 이내 잊어버리기 일쑤였다. 그래도 이탈리아에서 괴테의 관심은 압도적일 정도로 언어가 아닌 시각 이미지에 쏠렸다. 오죽했으면 그는 1년 뒤 로마에 두 번째로 머무는 동안, 나폴리와 시칠리아로 왕복 여행을 다녀온 뒤 1787년 겨울을 이 고대의 수도에서 보내면서, 자신은 새롭게 태어났을 뿐만 아니라, "새로운 교육"을 받았다고 했을까.⁶

새로운 교육을 받았다니 이 재교육의 숨은 뜻은 무엇일까? 괴테

---

* 『로마의 비가Römische Elegien』는 괴테가 1795년에 발표한 시집으로 모두 24편의 시들을 수록한 책이다.

는 이탈리아를 님쁙의 神강요로 여겼다 『빌헬름 마이스터의 수업 시대Wilhelm Meisters Lehrjahre』(1764)에서 미뇽^{Mignon}은 레몬나무의 꽃이 만개한 땅을 노래하지 않았던가. 이처럼 이탈리아를 향한 동경은 물론 그 온화한 기후와 '돌체 비타(dolce vita)', 곧 '달콤한 인생'을 그리는 마음을 그 바탕에 깔았다. 그러나 이런 동경은 또한 괴테가 평생에 걸쳐 심취해온 그리스와 로마 예술, 그 신비한 조각상과 다양한 신들을 섬기는 신전, 그리고 무엇보다도 예술사의 아버지 요한 요아힘 빙켈만^{Johann Joachim Winckelmann}의 글을 읽고 키운 미적 감각에서 비롯되었다. 빙켈만이 자신의 중요한 책 『고대 예술사Geschichte der Kunst des Alterthums』(1764)에서 그리스 조각상을 두고 '고결한 단순함과 조용한 숭고함'이라고 풀어준 것은 18세기 말 독일 지성인들의 미적 취향을 키우는 데 엄청난 영향력을 발휘했다. 특히 빙켈만은 고대 조각상이 표현한 순전한 육체미를 강조했다. 여러 예술가와 차례로 함께 여행을 다니면서 괴테는 정신을 강조하던 예술로부터 벗어나 몸의 예술에 충실하고자 노력했다. 이런 시도는, 요컨대 자신을 인간적 측면뿐만 아니라, 예술가로서도 재정립하고자 한 노력이었다. 이탈리아에서 창작뿐만 아니라 비평에서도 자신을 재정립하고자 하는 그의 노력은 무엇보다도 자신의 생각을 지배하는 이상이 바뀌었음을 의미한다. 괴테를 사로잡은 이상은 바로 고전주의이다.

개인적 발달의 중요한 시기에 괴테가 고전 예술의 이론과 실제에 집중적으로 몰두한 동기는 생물적 현실을 미학적으로 성찰하려는, 또는 아마도 생물적 현실에 반항하려는 욕구이다. 또는 아마 이런 현실에 눈을 감고 싶은 심리가 작용했을 수도 있다. 인생의 중간 지점에서 시인은 '나를 거부할 수 없이 끌어당기는 중심점'이 어디인지 찾아야만 한다는 절박감을 느꼈다.[7] 고대 수도 로마에 도착해 보낸 첫 편지에서 언급한 초월적 '미텔풍크트(Mittelpunkt, 중심점)', 무엇의 중심점인지 하는 의문은 여전히 남지만, 아무튼 이 중심점이 30대 후반의 괴테에게 암시하는 바는 바로 이것이다. 모든 길은 로마로 통한다. 아름다움의 추구, 감정의 정화, 몸과 마음의 새로운 정립 등 원하는 것을 얻고자 한다면 로마로 가야 한다. 중심점이라는 단어는, 약간씩 변형되기는 하지만, 그가 로마에 머물던 시기에 쓴 글에 거듭해서 등장한다. 예를 들어 1786년의 마지막 일기에 괴테는 이렇게 썼다. 여기에서는 "역사를 안에서 밖으로 읽어 나가는 것 같다."[8] 괴테에게 로마는 역사의 중심이자 인생의 중심이었던 것이 분명하다.

새로운 고전주의, 괴테 인생의 후반부를 규정하면서 그가 바이마르로 귀환해 이후 프리드리히 실러[Friedrich Schiller]와 우정을 맺으며 함께 가꾼 '고전주의 양식'은 괴테의 시간 이해를 결정적으로 보여주는 것이다. 괴테가 이탈리아에서 구상한 고전주의 미학을 가장 분명하게 드러내는 진술은 아마도 1787년 12월에 쓴 글이리라. "고전주의의 토양 위에 세운 현대성이 고전주의 미학이다. 고전을 토대로 오늘을 살아가자는 이런 다짐을 나는 감각적이고 정신적인(sinnlich geistig) 숭고함, 곧 과거와 현재와 미래를 함께 묶는 확신이라 부르고자 한다."[9] 정신과 몸의 융합이라는 괴테의 전형적인 로마 문화 이해와는 별개로 이 문장에서 주목해야 하는 것은 그가 고전 예술을 과거와 현재와 미래를 중개해주는 것으로 본 과점, 말하자면 시간을 초월해 영원을 추구하는 관점이다. 하지만 정확히 괴테의 이런 예민한, 어찌 보면 지나친 시간 의식, 지금 우리가 '중년 위기'라는 말로 요약할 수 있는 감상이야말로 괴테가 '견고한 영원함'을 가려보는 새롭게 떠오르는 감각을 추구하게 만든 결정적 동기이리라. 괴테의 이런 속내는 1786년 11월에 쓴 다음 문장에서 드러난다. "나는 즐기려고 이곳에 온 게 아니다. 마흔 고개를 넘기기 전에 나는 위대한 것에 전념하기 위해 배우고 발전시키기 위해 왔다."[10] 괴테가 보여준 고전주의로의 전환은 그가 실존의 '균형추' 또는 '중력'이라 부른 것, 곧 중심점을 궁구하기 위함이다. 괴테는 시간을 초월한 영원함으로 시간에 맞서 싸웠다.

이 시기에 완성된 괴테의 작품들은 시간 흐름의 이런 의식을 반영한다. 로마에서 두 번째 체류할 무렵 괴테는 시간에 맞서 싸우는 생각에 몰두했다. "이제 늙음이 다가온다. 나는 이룰 수 있는 것을 이루며 행할 수 있는 것을 행동에 옮기고 싶다. 그만하면 충분히 오랫동안 나는, 내 탓도 있고 억울한 측면도 있지만, 시시포스와 탄탈로스의 운명에 시달려왔다."[11] 동사를 명사로 만드는 괴테 특유의 언어 구사, '이룰 수 있는 것(das Erreichbare)'과 '행할 수 있는 것(das Tunliche)'은 시시포스와 탄탈로스가 신화 속에서 겪는 운명을 긍정적으로 반전시킨다. 시시포스처럼 고통받거나 탄탈로스처럼 고문당하는 것에서 탈피하기 위해서 우리는 단 한 번뿐인 인생에서 무엇은 이룰 수 있으며, 어떤 것은 이룰 수 없는지 구분하고자 노력을 아끼지 않아야만 한다. 신화의 두 형상은 시간이 사라진,

또는 시간을 초월한 처벌(신화에 등장하는 처벌 가운데 가장 잔혹한 것), 영원히 바위를 밀어 올리거나 영원한 갈증에 시달리는 처벌을 받는다. 괴테는 우리 인간 모두와 마찬가지로 시간의 처벌을 받는다. "나는 늙을 만큼 늙었다. 여전히 뭔가 이뤄내고자 한다면 나는 더는 지체해서는 안 된다." 괴테는 불과 며칠 뒤에 이렇게 썼다. "이제는 생각할 때가 아니라 행동할 때다."[12] 할 것인가, 죽을 것인가 하고 되뇌던 엘리엇 자크의 중년 환자의 말이 떠오른다.

새롭게 거듭나고자 하는 괴테의 노력에서 행함 자체는 미완성의 계획을 완수하는 것으로 나타났다. 자신의 희곡 『에그몬트Egmont』, 벌써 몇 년 전에 집필을 시작했지만 바이마르로 가면서 진척시키지 못한 작업을 다시 시작하면서 괴테는 '작품을 쓸 수 있을 정도로 다시 젊어진 것을 느낀다'고 썼다.[13] 젊어졌다는 느낌은 이 작품뿐만 아니라, 괴테의 자서전 『나의 인생: 시와 진실Aus meinem Leben: Dichtung und Wahrheit』의 마지막 권에도 고스란히 녹아들었다. 괴테는 모두 네 권인 이 자서전의 마지막 책의 결론 부분을 『에그몬트』에 썼던 문장을 끌어다가 장식한다. "눈으로 볼 수 없는 정신의 채찍질을 받아가며 시간이라는 태양의 말은 우리 운명이라는 허약한 마차를 끌며 달리는데, 우리가 할 수 있는 것이라고는 조용히 그리고 의연하게 고삐를 쥐고 마차 바퀴가 오른쪽의 암벽에 부딪치지 않고, 왼쪽의 벼랑으로 떨어지지 않도록 조종하는 것일 뿐이다."[14] 중년은, 더 말할 것도 없이, 노년의 기초가 된다.

이 시기 동안 괴테는 일련의 다른 장기 프로젝트, 특히 이탈리아 시인

타소*를 다룬 희곡을 포함해 일년의 작품들을 완성했다. 10년 전에 시작했던 타소 희곡은 10년은 더 젊어 보이고 싶었던 괴테의 속내에 상징적여운을 실어주었다. 이때 완성한 네 권의 작품들 역시 괴테의 그런 속내를 여실히 증명해준다. 이 작품들의 완성이 인생의 중심점을 바라보는 괴테의 입장을 충실히 반영한다는 점은 놀라운 일이 아니다. 이로써 괴테는 작가로서 자신의 경력을 과거와 미래로 나누었다. "이 네 권의 섬세한책들이 반평생의 결과물이라는 기묘한 느낌은 로마 시절의 나를 돌아보게 만든다."[15] 이처럼 시간 간격을 두고 자신의 작품들을 바라보면서 괴테는 자신이 이 작품을 썼던 그 인물이 더는 아니라는 인상을 받았다. 이런 감상은 몽테뉴가 자신의 예전 초상화를 볼 때 느꼈던 것처럼, 오래전에 썼던 글을 다시 돌아볼 때 자연스레 생겨난다. 아무튼 시인의 예술을구성하는 요소는 세월과 함께 변화했다. 이런 변화에도 시인은 동일한인물일까? 다시금 철학자의 도끼가 떠오르는 대목이다.

자신이 변화했다는 이런 느낌은 이탈리아 여행이 괴테에게 선물한 것이다. 북쪽의 여행자는, 1787년 10월에 썼듯, '자신의 존재감을 보충해줄 것'을 찾으러 로마에 왔다고 믿었다. 그러나 괴테는 자신을 완전히 바꾸어 모든 것을 다시금 시작해야만 함을 천천히 깨달았다.[16] 괴테가 이해한 나이 먹음은 끊임없이 진화하는 것이다. 괴테에게 진화의 이런 필연성

---

* 토르콰토 타소(Torquato Tasso: 1544~1595)는 이탈리아의 시인이다. 평생 정신병을 앓으면서도 뛰어난 시들을 쓴 것으로 잘 알려진 인물이다. 괴테는 타소를 조명함으로써 시와 현실의 상극을 묘사하려 주력했다.

을 일깨워준 것은 그가 자신의 정체를 숨기고 '익명'으로 한 행동에 사람들이 보여준 다양한 반응이다. 시인 자신은 '반쯤 익명'이라는 표현을 즐겨 썼다. 괴테는 사람들이 그저 그가 누구인지 '모르는 것처럼' 자신을 대한다는 사실을 잘 알고 있었기 때문이다. 괴테는 이런 사실에 의심할 바 없이 어느 정도 만족감을 느꼈던 모양이다.[17] 아무튼 정체를 숨긴 괴테의 잠행이 가져다준 커다란 이점은 사람들이 먼저 자신의 속내를, 무슨 꿈과 희망을 가졌는지 스스럼없이 털어놓았다는 사실이다. 처음부터 내가 괴테요 하고 정체를 밝히면 사람들은 오로지 괴테 이야기만 하고 그의 말을 들으려 했지, 자신의 속내를 털어놓지는 않았다. 6개월 뒤 괴테는 우연히 몰타의 어떤 귀족을 만났는데, 귀족은 상대방이 괴테인 줄은 모르고, 그저 독일 사람이라고만 생각하고서는, 자신이 젊었을 때 좋아한 영웅은 『젊은 베르테르의 슬픔Die Leiden des jungen Werthers』을 쓴 작가라고 하더란다. 이 말을 듣고 괴테가 그 영웅은 다른 누구도 아닌 바로 나라고 대답하자, 이 몰타 귀족은 놀란 나머지 말을 더듬거리며 굉장히 많이 변하신 게 틀림없다고 난처해했다. 그렇죠 하고 괴테는 대답했다. "바이마르와 팔레르모 사이에서 저는 실제로 변화에 시달리고 있습니다."[18] 익명성은 속절없이 날아가버리고 괴테는 자신이 나이 먹었다는 사실을 정면으로 응시해야만 했다.

하지만 어떤 경우든 분명한 사실은 나이 먹는 것이 피할 수 없이 부정적이라고만 생각하는 것은 잘못이라는 점이다. 괴테의 이탈리아 여행이 주는 위대한 교훈은 시간의 흐름을 포용할 줄 알아야 한다는 것이다. 삶의 ~~흑무글 새빌건히먼서~~, ~~고건주이 미하이라는~~ 새로우 형식을 발견하면서, 시인 괴테는 인생과 예술의 중심점을 찾고자 하는 절박함으로 초심을 새롭게 발견하는 진정한 반전을 이루어냈다. 오랫동안 보지 못했던 사람에게 '변했다'고 말할 경우 우리는 보통 그 말을 칭찬의 의미로 하지는 않는다. 하지만 발전을 지속한다는 것은 작가든 예술가든 창의력을 키울 진정한 선결 조건이다. 괴테의 인생과 작품의 특징인 영원한 초심은 우리 대다수는 엄두도 내지 못할 이야기이다. 괴테와 동시대를 살았던 윌리엄 워즈워스William Wordsworth만 하더라도 35세라는 나이로 『서곡 The Prelude』의 첫 완성 버전을 끝내고는 이에 견줄 만한 후속작은 내놓지 못한 것을 볼 때에도 괴테의 영원한 초심은 대단하기만 하다. 아무튼 그대로 따라 하지는 못한다 하더라도 초심은 나이를 먹어가는 우리에게 유익한 교훈을 주는 것임에는 틀림없다. 다른 인물로 변화하면서도 같은 인물로 남는 것, 초심을 유지하면서 발전하는 것은 중년에 직면하는 일대 도전이다.

II

나는 학부생 시절에야 비로소 괴테를 본격적으로 읽기 시작했다. 강의 때 괴테라는 이름을 들으면서 나는 저 위대한 '고 에테르(Go-ether)'*가 도대체 왜 그리도 위대하냐고 골머리를 싸매는 동년배처럼 서툴게 굴지 않아도 된다는 생각에 적잖은 우쭐함을 느꼈다. 더욱이 시인이 프랑크푸르트 출신이라는 사실을 알고 나는 일말의 자부심, 거의 가진 자의 뿌듯함을 느꼈다. 내 할머니의 가족은 19세기 말에 양모 상인으로 프랑크푸르트에서 영국으로 건너왔기 때문이다. 제1차 세계대전의 발발과 더불어 가족은 성을 슈반(Schwan)에서 영어식 스완(Swan)으로 바꿨다. 이런 개명은 민족주의 시대의 악담으로부터 도피하면서 동시에 유대인 분위기는 보존하는 기분 좋은 방법, 이를테면 프루스트식(式)의 언어 선택이다. 어쨌거나 최소한 나의 상상력은 출신 지역이 같다는 이유만으로 지나치게 과열된 양상을 보여주었다.

대학교 신입생 시절 읽었던 괴테 작품들, 지금 내가 대학교 1~2학년 학생들을 상대로 가르치는 작품들을 돌이켜보면서 나는 이 작품들이 청소년기에서 청년기로 넘어가는 인생 시점의 관점을 고스란히 담아내고 있다는 확인에 새삼 놀라곤 한다. 1770년대에 괴테가 쓴 연시들, 그리고 특히 그의 초기 소설 『젊은 베르테르의 슬픔』(1774)이 보여주는 '슈투름 운트 드랑(Sturm und Drang)', 곧 '질풍노도'는 젊음의 전부 아니면 전무 하는 식의 격렬함이 펄떡펄떡 뛰는 모습을 묘사한다. 영광이 아니면 죽음을, 에로스가 아니면 타나토스를 하는 양자택일은 오로지 하나의 선택지만 그린다. 베르테르가 자신의 머리를 총으로 쏜 것은 로테를 향한 이룰

---

* 괴테의 이름에 빗댄 말장난. 영어에서 'go under the ether'라는 표현은 '마취되다'라는 뜻이다. 괴테(Goethe)라는 이름의 특이한 철자를 가지고 대학생들이 익살을 부린 일종의 은어이다.

수 없는 사랑 때문만이 아니라, 바로 이런 세계관을 드러내는, 어떤 의미에서는 이런 세계관을 스스로 정당화하는 멜로드라마의 선택이기도 하다. 베르테르에게 가장 중요한 것은 열정이다. '열정(passion)'은 어원적으로 감정과 고통이라는 의미를 동시에 가진다. 간단하게 말해서 감정을 중시하는 베르테르의 세계관에는 너무 많은 연민이 담겼다. 자연은 그가 투사한 것만 되비쳐 보여줄 뿐이다. 베르테르는 감정을 다스릴 줄 아는 생각의 힘으로 자신의 실존을 다지는 법을 배우지 못했다.

1780년대 말의 성숙한 괴테가 베르테르의 넘쳐나는 감정 탓에 곤혹스러워했다는 점은 괴테 자신의 인생 역정이 잘 말해준다. 이탈리아 여행이 이 소설로 얻은 명성, 질식할 것만 같은 명성으로부터 도피하려는 시도일 뿐만 아니라, 자신이 젊은 시절에 품었던 지나칠 정도의 감상으로부터도 탈피하고자 하는 동기를 가졌다고 말하는 것은 과장이 전혀 아니다. 로마 고전주의로 집약되는 객관성 미학으로의 이동은 바로 자신의 초기 작품을 물들인 극단적인 주관성에 보이는 거부 반응이다. 1787년 이 소설의 개정 판본을 내면서 괴테가 베르테르에게 거리감을 보이는 이유는 달리 있는 게 아니다. 베르테르 자신의 목소리(텍스트 전반을 형성하는 편지글의 1인칭 시점이 들려주는 목소리)는 더는 아무 문제가 없는 것으로 용인될 수 없다. 젊은 주인공 베르테르의 과잉 감정, 더 나아가 젊은 작가 괴테의 과잉 감정은 성숙함으로 길들여져야 한다.

감정을 절제할 줄 아는 성숙함이 반드시 좋은 것이냐는 물론 취향의 문제이다. 그러나 인생을 살아가며 인간의 기질이 변화하는 모습, 이를테면 열정에서 이성으로, 격렬한 감정에서 노련함으로 발전하는 모습을 묘사하는 것이 스토리텔링의 표준 구도를 이룬다는 점에는 이견의 여지가 없다. 혹자는 중년이 성질을 누그러뜨려 원만함을 가꾸어야 할 인생 시기라 말하기도 하리라. 그러나 이런 식의 스토리텔링의 표준 구도가 위대한 예술가가 보여주는 창의성의 꾸준한 발현을 담아내기에 알맞은지 하는 물음은 새겨봄 직하다. 예술가의 위대함이란 중년에 접어들어 격정을 잃어버리고 기존의 방식에 안주하려는 나태함에 저항하는 방법을 찾아냈기 때문에 성립하지 않을까. 괴테는 그가 이룩한 예술가로서의 확고한 경지 때문만이 아니라 이탈리아 여행으로 대표되는 극적인 인생 휴지기 때문에, 익숙함에 안주하지 않고 창의력을 불태울 방법을 찾아 고민한 호소력 있는 사례를 보여준다. 우리 대다수가 그러하듯 그저 해오던 대로 기존의 방식을 고집하면서도 뭔지 모를 막연한 불만을 느끼는 대신, 괴테는 익숙해서 편안한 방식을 버리고 내심 새로운 자극을 찾기로 결심했다. 물론 기존 방식을 버리는 것에 저항감이 적지는 않았으리라. 하지만 최소한의 저항감마저도 이겨낸 괴테는 알프스를 넘는 길을 택했다. 괴테의 경우 우리가 성숙함이라 부르는 특질의 발달은 그의 가장 유명한 두 편의 시를 대비해보면 잘 드러난다. 그 첫 번째는 1770년대 초반에 쓴 「프로메테우스」라는 제목의 시이다.

제우스여, 그대의 하늘을
구름의 안개로 덮어라,

그리고 싱싱한 꽃을 떠난
어린아이처럼,
떡갈나무와 산꼭대기와 까불며 놀렴;
하지만 나의 땅은
나에게 맡겨두렴.
그리고 그대가 짓지 않은 나의 오두막을,
그리고 나의 화덕과,
그 불길을
시샘하렴.

나는 태양 아래 너희보다
더 가련한 자들을 알지 못하느니, 신들이여!
너희는 한심하게도
바쳐진 제물과
한숨 어린 기도로
너희의 위엄을 키울 뿐,
어린아이와 걸인과
희망에 부푼 얼간이가 없다면
너희는 굶주렸으리라.

어렸을 적에

들고 날 곳을 몰라

나는 당황한 눈길로

태양을 우러렀네, 마치 저 위에

나의 탄식을 들어줄 귀가 있으며,

나의 심장처럼, 고통받는 이를

가엾이 여겨줄 심장이 있으리라는 기대로.

누가 나를 도와

티탄의 오만에 맞서게 했던가?

누가 나를 죽음과

노예 생활로부터 구해주었던가?

이 모든 도움과 구원은

뜨거운 심장, 네가 이룩하지 않았던가?

그럼에도 젊고 착한 심장은 뜨겁게 달아올라

속은 줄도 모르고, 천상에서

잠이나 자는 너에게 뜨거운 구원의 감사를 올렸는가?

나더러 너를 섬기라고? 무엇 때문에?

너는 한 번이라도 무거운 짐을 진 인간의

아픔을 덜어주었는가?

한 번이라도 두려움에 사로잡힌 인간의

눈물을 닐태구겠는기?

나를 남자로 단련시켜준 것은

나의 주인이며 너의 주인인

전능한 시간과

그리고 영원한 운명이 아니던가?

너는 나더러 설마,

모든 꿈이 꽃처럼 피어나 영글지 않는다고

인생을 증오하며

사막으로 피하라고

을러대기라도 하는 건가?

나는 여기 앉아, 내가 그린 그림대로

인간을 빚으리라,

나처럼 생긴 존재로 빚으리라,

아파하고, 눈물을 흘리며,

즐기고 기뻐하면서,

너를 섬기지 않는,

나처럼.[19]*

괴테가 20대 초반에 쓴 「프로메테우스」는 그의 젊은 시절 '슈투름 운트 드랑', 폭압적인 신에 맞서 불처럼 뜨겁게 외쳐대는 반항을 더없이 선명하게 담아낸 작품이다. 대담한 명령문과 감탄 부호를 활용하는 시의 표현, "제우스여, 그대의 하늘을 / 구름의 안개로 덮어라" 하는 표현은 군림하기만 하는 신에게 맞서려는 반항심을 고스란히 반영한다. 도전적인 자세로 시는 신들에게 맞서며 자부심 넘치는 티탄에게 눈높이를 맞추며 프로메테우스를 신의 창조에 대항하는 경쟁자로 자리매김하는 오만함을 서슴지 않는다. "나는 여기 앉아, 내가 그린 그림대로 / 인간을 빚으리라, / 나처

----

* 이 시의 원문은 다음과 같다. "Bedecke deinen Himmel, Zeus, / Mit Wolkendunst, / Und übe, dem Knaben gleich, / Der Disteln köpft, / An Eichen dich und Bergeshöhn; / Musst mir meine Erde / Doch lassen stehn / Und meine Hütte, die du nicht gebaut, / Und meinen Herd, / Um dessen Glut / Du mich beneidest. // Ich kenne nichts Ärmeres / Unter der Sonn' als euch, Götter! / Ihr nähret kümmerlich / Von Opfersteuern / Und Gebetshauch / Eure Majestat, / Und darbtet, wären / Nicht Kinder und Bettler / Hoffnungsvolle Toren. // Da ich ein Kind war, / Nicht wusste, wo aus noch ein, / Kehrt' ich mein verirrtes Auge / Zur Sonne, als wenn drüber wär / Ein Ohr, zu hören meine Klage, / Ein Herz, wie mein's, / Sich des Bedrängten zu erbarmen. // Wer half mir / Wider der Titanen übermut? / Wer rettete vom Tode mich, / Von Sklaverei? / Hast du nicht alles selbst vollendet, / Heilig glühend Herz? / Und glühtest jung und gut, / Betrogen, Rettungsdank / Dem Schlafenden da droben? // Ich dich ehren? Wofür? / Hast du die Schmerzen gelindert / Je des Beladenen? / Hast du die Tränen gestillet / Je des Geängsteten? / Hat nicht mich zum Manne geschmiedet / Die allmächtige Zeit / Und das ewige Schicksal, / Meine Herrn und deine? // Wähntest du etwa, / Ich sollte das Leben hassen, / In Wusten fliehen, / Weil nicht alle / Blütenträume reiften? // Hier sitz' ich, forme Menschen / Nach meinem Bilde, / Ein Geschlecht, das mir gleich sei, / Zu leiden, zu weinen, / Zu genießen und zu freuen sich, / Und dein nicht zu achten, / Wie ich!" 이 시도 국내에 많은 버전으로 번역되어 있다. 그러나 저자의 의도를 살리기 위해 위의 번역은 내가 한 것이다.

럼 생긴 존재로 빚으리라," 프로메테우스가 인간에게 '나처럼' 신을 경멸하라고 요구하는 시의 끝부분에 이르러 힘겨루기는 더없이 선명해진다. 끝부분의 대명사 '나'는 인간의 모든 자아를 대표한다. 반항하는 주체적 젊음이라는 모델은 이보다 더 자아 중심적일 수 없다.

이로부터 불과 10년 뒤 성숙한 괴테는 인간과 신들 사이의 관계를 매우 다르게 정리한다.

태초에,
거룩하신 아버지께서
자비로운 손길로
흘러가는 구름들에서
축복의 번개를
이 땅에 뿌리셨으니,
나는 그분 옷자락
끄트머리에 입 맞추었네,
어린아이처럼 전율이
가슴에 북받치네.

감히 신들에게
한낱 인간이 어찌
견줄 수 있으랴.

하늘을 향해

손을 뻗어도

별의 언저리에도 닿지 않으니

불안한 발바닥은

디디고 설 곳이 없어라,

구름과 바람이

그를 데리고 놀 뿐.

인간은 굳고

튼튼한 뼈로

잘 다져진

영원한 땅에 발을 디디고 섰지만;

턱없이 부족하구나,

그저 떡갈나무나

포도 넝쿨과

비교될 뿐이라.

신들과 인간의

차이는 무엇인가?

숱한 파도가

밀려왔다 사라지지만

영원한 흐름이니,

파도는 우리를 들었다가

집어삼키네,

그리고 우리는 가라앉네.

작은 원이

우리 인생을 갈라놓지만,

무수히 많은 사람들이

줄지어 나타나니

이들은 서로 이어져

존재의 무한한 사슬을 이루는구나.[20]*

---

* 「인간의 한계Grenzen der Menschheit」(1780)라는 제목의 이 시 원문은 다음과 같다. "Wenn der uralte, / Heilige Vater / Mit gelassener Hand / Aus rollenden Wolken / Segnende Blitze / Über die Erde sä't, / Küss' ich den letzten / Saum seines Kleides, / Kindliche Schauer / Tief in der Brust. // Denn mit Göttern / Soll sich nicht messen / Irgend ein Mensch. / Hebt er sich aufwärts / Und berührt / Mit dem Scheitel die Sterne, / Nirgends haften dann / Die unsichern Sohlen, / Und mit ihm spielen / Wolken und Winde. // Steht er mit festen, / Markigen Knochen / Auf der wohlgegründeten / Dauernden Erde; / Reicht er nicht auf, / Nur mit der Eiche / Oder der Rebe / Sich zu vergleichen. // Was unterscheidet / Gotter von Menschen? / Dass viele Wellen / Vor jenen wandeln, / Ein ewiger Strom; / Uns hebt die Welle, / Verschlingt die Welle, / Und wir versinken. // Ein kleiner Ring / Begränzt unser Leben, / Und viele Geschlechter / Reihen sich dauernd / An ihres Daseins / Unendliche Kette." 이 시의 번역도 내가 했음을 밝혀둔다.

1780년에 처음 쓴 이 시 「인간의 한계」는 초기 시에 담았던 프로메테우스의 오만함을 부드럽게 내려놓는다. 개인의 관점은 인간이라는 보편의 관점에 자리를 내어주며, 1인칭 단수는 우리라는 복수형의 차원으로 올라선다. 괴테는 이제 자신을 '존재의 무한한 사슬(Unendliche Kette an ihres Daseins)'*을 이루는 단순한 한 부분, '작은 원(little ring)'으로 이해한다. 참고로 '존재의 사슬'이라는 표현은 '이념 역사(history of ideas)'라는 말을 만들어낸 아서 러브조이**가 1936년에 발표한 책의 제목 『위대한 존재의 사슬The Great Chain of Being』에 사용되어 유명해졌다.[21] 개인은 저 광활한 바다에서 단지 하나의 작은 파도, '작은 원'을 그리는 파장을 만드는 반면, 신들은 무한하게 펼쳐지는 파도를 바라본다. 나이를 먹으며 늙어간다는 것은, 소크라테스의 진정한 가르침 그대로, 우리가 아는 게 얼마나 없는지 깨닫는 자세이어야 한다. 프로메테우스가 상징하는 젊음의 혈기는 인간이 가진 한계에 분노하며 반항한 반면, 성숙한 시인은 한계를 인정하고 존중한다. 1970년대의 더티 해리***와 마찬가지로 중년

---

* 이 독일어 원문을 영어로 번역한 표현은 'The great Chain of Beings'인데, 이는 독일어 'Dasein(현존재)'을 옮길 단어가 마땅치 않아 의역한 것이다. 독일어의 정확한 함의는 살아가는 인간이 서로 사슬을 이루어 무한히 이어진다는 것이다. '작은 원'은 이 사슬에 꿰어진 고리를 염두에 둔 표현이다. 영어에서는 '위대한 존재의 사슬(The Great Chain of Being)'이라는 표현이 개념으로 굳어졌다.

** 아서 러브조이(Arthur Lovejoy: 1873~1962)는 독일 태생으로 미국에서 활동한 철학자이자 문학비평가이다. 이른바 '이념 역사' 또는 '관념사'라는, 작품에 녹아든 핵심 사상의 역사를 짚어보는 학문 분과를 창시한 인물로 알려졌다.

*** 〈더티 해리Dirty Harry〉는 미국에서 1970년대에 만들어진 영화이다. 클린트 이스트

의 인간은 자신의 한계를 받아들여야만 한다.

반항적 젊음에서 성숙한 중년으로 나아가는 이런 과정으로 대표되는 필연의 수용은, 우리가 앞서 보았듯, 중년의 본질적 특징이다. 나이를 먹어가며 자신이 죽을 수밖에 없는 존재라는 깨달음은 괴테를 위해서만 울리는 종이 아니다. 누구나 죽을 수밖에 없다는 경험들을 끌어모은 귀납적 논리에 가지는 저항감은 나이가 들수록 반박할 수 없는 사실, 모든 사람이 나이를 먹으며 죽는데 나라고 다를까 하는 사실 앞에서 고개를 숙이게 마련이다. 중년 초기는 "메멘토 모리(죽음을 기억하라)"가 거울이 되는 지점이다. 이 거울 앞에 선 우리에게 문학은 어떤 깨달음을 줄까? 똑같은 거울을 두 번 들여다볼 수 없는 이치는 독자에게만 적용되는 게 아니다. 작가도, 우리가 몽테뉴에게서 보았듯, 끊임없이 변화하는 관점들로 자신의 작품이 새롭게 해석되어 더욱 진화한 의미를 얻는 것을 지켜보아야 할 운명을 겪는다. 문학을 거울에 빗대는 비유는 사실 적절하지 않다. 거울은 그 자체로 변하는 게 아니기 때문이다. 다만 거울을 들여다보는 우리 자신이 변한다. 그러나 다른 한편으로 변함없이 우리를 지켜봐주는 바로 그 역할로 문학은 우리의 이상적인 동반자이자 치료사이다. 위대한 작품은 우리를 심판하거나 나무라지 않으며, 그때그때 변화하는 관심으

우드(Clint Eastwood)가 주연한 이 액션 스릴러는 대중의 폭발적 반응에 힘입어 전부 다섯 편이 만들어졌다. 주인공 칼라한은 비정한 성격으로 '더티 해리'라 불리는 형사이다. 부패한 세상에 맞서 자신의 손으로 정의를 세우겠다던 칼라한은 늙어가는 자신의 모습에 자신의 한계를 깨닫는다.

로 인생의 자문을 구하는 우리의 이야기를 귀담아 들어주며 우리와 더불어 성장한다. 고전의 특성을 '시간으로부터 벗어남(timelessness)', 영원함에서 찾는 흔히 듣는 진부한 정의는 꼭 들어맞는다고 보기 힘들다. 오히려 '시간과 함께 흐르며(timeliness)' 우리의 끊임없이 변화하는 감정을 반영해주는 능력이 고전에 신선함을 불어넣어준다. 나 자신이 괴테와 만났던 경험, 열의에 찬 학부생에서 진지한 대학원생으로, 허청거리며 실수를 일삼던 강사에서 원숙한 교수에 이르기까지 내가 괴테를 읽었던 경험은 풋내기 시절과는 전혀 다른 면모를 보여줄 정도로 발전했다. 비평가 발터 베냐민^{Walter Benjamin}의 유명한 표현대로 예술 작품은 그 작가의 사상을 그 안에 담아낸 데스마스크일 수도 있지만, 그보다는 독자로 하여금 거듭나도록 도와주는 산파에 더 가깝다.

이런 거듭남의 결과는 무엇일까? 이 물음의 가장 명확한 답을 찾으려는 괴테의 노력은 그의 소설 『친화력Die Wahlverwandtschaften』(1809)에 고스란히 담겼다. 이 소설의 첫 문장은 우리로 하여금 중년에 이른 주인공을 주목하게 만든다. "에두아르트^{Eduard}, 세상이 인생의 정점에 이른 부유한 남작이라 우러러야 한다던데, 에두아르트는 자신의 수목원에서 4월 오후의 아주 아름다운 시간을 보냈다."[22] 이 문장으로 작가는 '인생의 정점'*이라는 상투적 표현이 진짜 맞는 말인지 곧장 이의를 제기한다. 우리가 흔

----

* '인생의 정점'에 해당하는 독일어 원문은 'im besten Mannesalter', 곧 '남자의 가장 좋은 나이'이다. 영어 번역은 'in the prime of life'이며, 저자는 이 번역어에 초점을 맞춰 논지를 전개하는 까닭에 나는 이를 '인생의 정점'이라고 옮겼다.

히 그렇게 부르기는 하는데 정말 이 시기가 인생의 정점이냐 하는 괴테의 반문이 쉼표 사이에 삽입된 구절에 담긴 진의이다. 이로써 괴테는 스토리가 빚어내는 캐릭터들이 사회의 통념과 부딪치며 좌충우돌할 것임을 처음부터 예고한다. 도대체 '가장 좋은 나이'에 도달한 남자로 살아간다는 것이 무엇을 의미할까? 우리는 그런 남자를 어떻게 불러야 좋을까? 전체 스토리는 바로 이 첫 번째 삽입구로부터 풀려나간다 해도 과언이 아니다. 부유한 유부남과 젊은 처녀라는 소설의 상투적 구도는 처녀 오틸리에Ottilie의 거부할 수 없는 매력과 이에 끌리는 에두아르트 사이에 무슨 일인가 벌어지고야 말리라는 짐작을 처음부터 독자에게 심어준다. 중년의 유부남과 젊은 처녀 사이의 불꽃 튀는 이른바 '케미', 곧 '화학적 매력'은 이 소설의 기둥을 이루는 주요 비유이다. 이로써 인생의 정점이라는 중년은 일종의 허구, 그 자체로 계속 생명력을 발휘하는 허구로 밝혀진다.

괴테 자신의 경우에 이 허구는 그를 60년 동안 따라다닌 집필 구상으로, 가장 생생한 생명력을 얻어 세계 문학의 위대한 걸작 가운데 한 편으로 마침내 결실을 맺는다. 이 작품은 다름 아닌 『파우스트Faust』 (1808/1832)이다. 1770년대 초에서 1830년대 초까지, 청년에서 고령의 노인에 이르기까지, 괴테는 다양한 주인공을 자신의 분신으로 내세우며 어른으로 살아간 세월을 대변하게 했다. 작가인 괴테의 관점에서 볼 때 '파우스트'는 나이를 먹어 늙어간다는 실존의 비극, 괘씸해서 속을 뒤집어놓는 늙어감이라는 스캔들에 맞서 싸우는 괴테의 분신이다. 분명, 다른 작품들은 흐르는 세월에 따라 변화하는 그때그때의 관심에 초점을 맞추었으며, 그 가운데 몇몇은 중년의 직접적인 결과물이다. 이를테면 새롭게 얻어낸 열광을 에로틱한 활력으로 그려낸 『로마의 비가』(1795)와 오랜 세월을 함께 산 부부가 보여주는 복잡한 감정을 그린 『친화력』은 직접적으로 중년을 주제로 다룬 작품이다. 그러나 다른 어떤 작품도 『파우스트』처럼 작가와 호흡을 같이하며 늙어가지는 않았다.

『파우스트』를 처음 읽었을 때 나는 다른 사람과 마찬가지로 이 소설이 악마와의 거래를 다룬 이야기라고 생각했다. 물론 소설 구성의 심장을 이루는 것은 파우스트와 메피스토펠레스의 관계이다(비록 원래 전설과는 다르게 괴테는 이 관계를 거래의 '계약'이 아니라, 의미심장하게도 일종의 '내기'로 그리기는 했다. 그리고 이 내기는 프롤로그에서 신과 메피스토펠레스 사이의 예비적 내기로 예견된 것이며, 이로써 신은 파우스트가 메피스토펠레스에게 영혼을 빼앗기는 것을 미연에 방지해주기는 했다). 하지만 중년에 접어들어 갈수록 불편해지는 마음으로 힘겨워하던 나는 문득 '악마와의 거래'라는 모티브는 『파우스트』 구성의 심장이 아니라 단순한 도구, 곧 이 희곡의 진짜 주제를 탐구하기 위한 장치임을 깨달았다. 이 진짜 주제는 늙어감이다.

파우스트는 무엇보다도 다시 젊어지기를 열망한다. 힘과 순수함과 열정, 극의 서두에서 세월에 메말라 비틀어진 늙은 학자는 이 가운데 어느 것도 가지지 못한 자신의 처지를 안타까워한다. 신학과 법학과 철학과 의학 등 모든 중요한 학문을 중년에 섭렵한 파우스트는 여전히 인간의 감정을 헤아릴 수 없는 자신이 지혜와 거리가 멀다고 느낀다. 바로 그래서 파우스트는 악마가 구사하는 암흑의 마법을 찾아 도움을 청한다. 파우스트는 글로 경험을 (?)었으며, 이제 그는 현실의 경험을 원한다. 파우스트는 중년 위기에 빠진 남자가 새 자동차를 찾듯 메피스토펠레스에게 모험을 찾을 수 있게 도와달라고 애걸한다. 극의 2부에서 고전 고대를 섭렵하는 파우스트의 순례, 트로이의 헬레네에게서 궁극적인 사랑의 짝을 찾아내는 것으로 완결되는 순례는 그가 젊었을 때 누리지 못했다고 느끼는 모든 것을 보상(어찌 보면 과잉 보상)하려는 시도이다. 바로 그래서 파우스트는 자신이 저 운명의 저주 "멈추어라, 너 참 아름답구나"를 절대 입 밖에 내지 않을 것으로 자신한다(이 말을 하는 순간 파우스트는 영원히 지옥에 떨어지기로 메피스토펠레스와 내기했다). 최고의 만족을 주는 찰나의 순간이라는 것은 있을 수 없다고 파우스트는 자신했기 때문이다. 그가 그토록 간절히 원한 것은 섹스가 아니라, 회춘이다. 메피스토펠레스를 포주에 빗댄다면, 그가 파는 것은 창녀가 아니라 시간이다.

나이를 먹어가는 것이 무엇을 의미하는지 반추하고자 하는 우리의 목적에 비추어 주목을 끄는 사실은 이런 시간 여행이야말로 문학이 우리에게 주는 선물이라는 점이다. 아니, 실제로 시간 여행이야말로 문학이 성립할 수 있는 전제 조건이다. 마법사 메피스토펠레스는 곧 작가 괴테이다. 작가는 늙어가는 과정을 되감아보면서 자신의 의도에 맞는 때를 찾아 과거와 미래를 자유롭게 주무른다. 시간이 불가능하게 만드는 것을 예술은 가능하게 한다. 과거와 현재와 미래 사이를 자유롭게 오가는 운동이 예술이다. 특히 영화는 특수 효과의 그야말로 무궁무진한 힘 덕분에 우리가 과거와 현재와 미래 사이를 오가고 있다는 것을 눈치채지 못하게 만든다. 하지만 메피스토펠레스의 특수 효과도 역시 파우스트에게 세기를 휘젓고 다니며 원하는 역사적 사건과 조우할 수 있게 해줄 정도로 강력하다. 1926년에 F. W. 무르나우*가 발표한 영화 〈파우스트〉가 당시에 가장 많은 제작비가 들어간 영화 가운데 한 편으로, 초기 표현주의 영화의 발달에 결정적인 영향력을 행사했다는 점은 우연의 일치가 아니다. 세월이 파우스트의 몸과 얼굴에 남긴 흔적이 떨어져나가고, 그가 신이 나서 하늘을 날아다니는 동안 우리는 메피스토펠레스의 힘뿐만 아니라 예술의 힘을 목격한다.

그러나 중년의 관점에서 볼 때 이 힘을 어떻게 쓰는 것이 최선인지 하는 물음의 답이 항상 분명하지는 않다. 우리는 흔히 인생의 중간 지점을 과도기로 여기곤 한다. 젊음은 미래 시제로 살아가며, 노년이 과거 속에서 사는 반면, 중년은 계속 이어지는 현재, 아리스토텔레스가 말하는 시간의 '중간 지점'에 머무른다. 그러나 이런 확인이 암시하는 중재적 역할은 사실 환상에 지나지 않는다. 중년의 사람은 젊었던 시절만 알며, 노년은 오로지 상상할 뿐이기 때문이다. 이런 차이는 별것 아닌 단순한 차이 같지만, 사실 매우 중요하다. 이 차이는 우리가 예술에서든 인생에서든 이미 경험한 것을 우선시함을 의미하기 때문이다. 이미 경험한 것, 이는 곧 과거이다. 분명 이런 이유로 중년의 예술은 잃어버린 것을 안타까워

---

* 프리드리히 빌헬름 무르나우(Friedrich Wilhelm Murnau: 1889~1931)는 독일의 영화 감독으로 카메라를 감정 해석의 도구로 사용하는 표현주의 영화에 중요한 공헌을 한 인물이다.

特수 효과: F. W. 무르나우의 〈파우스트: 독일 설화〉(1926)의 한 장면. 메피스토펠레스(에밀 야닝스Emil Jannings)와 새로운 젊음을 얻은 파우스트(괴스타 에크만Gösta Ekman).

하는 비가로 흐르는 경향이 있다. 토마스 만^{Thomas Mann}의 소설 『베네치아에서의 죽음Der Tod in Venedig』(1912)에서 늙어가는 예술가 아셴바흐^{Aschenbach}는 미소년 타지오^{Tadzio}를 보고 강한 욕망을 느낀다. 이로써 토마스 만은 독일 문학의 패러다임, 곧 앞으로 다가올 것을 예견하기보다는 지나간 젊음을 아쉬워하는 전형을 빚어냈다.

그러나 위대한 예술가와 사상가는 흘러가버린 과거를 아쉬워하는 이런 경향을 뒤집어 중년을 인생의 새로운 다짐을 위한 기초로 활용할 줄 안다. 단테의 형이상학, 몽테뉴의 자아 성찰 그리고 셰익스피어의 비극은 과거를 두고 한탄을 일삼기보다 미래를 열어갈 자신감을 다지는 것이야말로 중년의 인간 조건임을 새김으로써 죽을 수밖에 없는 유한한 존재라는 우리 인간의 숙명을 성숙함의 바탕으로 삼았다. 괴테는 정확히 말해서 파우스트가 '아니며', 그의 실수로부터 배울 줄 알았기 때문에 위대한 작가의 반열에 올랐다. 파우스트는 그레첸^{Gretchen}을 포기할 수 없었고 이런 집착으로 그녀를 운명의 제물로 만들었던 반면, 괴테는 자신의 후기 작품들에서 '체념(Entsagung)'의 덕목을 키운다. 체념이란 모든 것을 차지하고야 말겠다는 젊음의 무모한 욕망에 맞서 성숙함을 키우는 중년의 덕목이다. 어떤 일을 하지 않는 것이 오히려 그 일을 하는 더 좋은 방식이 된다. 자기 부정은 자아 혁신의 바탕이다.

욕망의 즉각적인 충족을 탐하는 우리의 시대에서 그런 길을 걷는다는 것은 누구나 할 수 있는 일이 아니다. 우리는 어떤 식으로든 앞으로 나아갈 길을 찾느라 안간힘을 쓴다. 어떤 이에게 이 길은 자신의 욕구에 충실힌 것인 반면, 다른 이에게는 가치를 키우는 노력을 뜻한다. 어쨌거나 우리는 모두 앞으로 나아가야만 한다. 인생을 더 낫게 만들어줄 무엇인가를 바라는 희망은 항상 우리를 따라다닌다. 그러나 인생을 견딜 만한 것으로 만드는 힘은 어디까지나 창의적인 일이 베푼다. 나 자신의 경우는 거의 병적일 정도로 움직이는 걸 좋아하는 탓에 뒤로 돌아가 기왕의 작업을 완성하기보다는 '앞으로 나아가' 새로운 일을 추구하기 좋아하는 쪽이다. 에드워드 사이드는 자서전(1999)*에서 자신은 성취의 누적을 누릴 줄 아는 감각이 부족하다고 썼다.[23] 나도 마찬가지이다. 나는 무엇이든 내가 성취한 것을 늘 재검토를 위해 열어두는 편이다. 친구들은 좋은 뜻으로 이미 이룩한 성공을 즐길 줄도 알아야 한다고 충고하곤 하지만, 이런 충고는 핵심을 잘못 짚었다. 예전 작품이 좋지 않다고 느껴서 그런 게 아니라, 나는 정말이지 예전 작품에 더는 흥미를 느끼지 않는다. 영원한 초심은 그에 상응하는 대가를 치른다. 모든 새 책과 더불어 나는 제로에서 출발하기 때문이다.

그러나 아마도 이것이 인생을 바라보는 건강한 관점이 아닐까. 시간은 쏜살처럼 흐른다. 『파우스트』가 주는 중대한 교훈은 시간을 붙들려 하지 말라는 것이다. 그러나 그때그때 과녁을 바꾸지 말아야 할 이유는 없다. 중년에 도달한 우리가 저지르는 실수는 우리 자신 또는 우리가 이루려

---

* 사이드 자서전의 원제는 『Out of Place』이며, 국내에 『에드워드 사이드 자서전』(2001)으로 번역되었다.

노력해온 일이 이제 '굳어졌다'고 생각하는 것이다. 성숙함이 죽음을 초월하지는 않는다 할지라도, 죽음을 부르는 치명적인 것은 아니다. 우리는 늘 새로운 방향으로 출발할 수 있다. 알프스를 넘거나 새 과업에 도전하는 길은 항상 우리 앞에 열려 있다. 과거는 이미 우리가 어쩔 수 없는 외국 땅이며, 미래 역시 가본 적이 없는 외국 땅이다. 나는 미래의 땅을 밟을 수 있기를 열망한다. 이런 감상은 분명 모든 생산적인, 창의적인 활동에 생기를 불어넣는다. 우리는 가장 흥미로운 프로젝트가 바로 지금 하는 작업이라고 생각할 필요가 있다. 미래가 과거보다 더 나을지 알 수는 없지만, 최소한 과거만큼 좋으리라고 여기는 자세가 우리를 일으켜 세우기 때문이다. 요컨대, 산을 절반 정도 오른 지금, 위를 향한 시야는 좁아졌을지라도, 아래쪽은 더 넓어졌다. 우리는 산을 절반이나 오른 것일 수 있지만, 이제 겨우 절반만 올랐을 뿐이다.

Ⅲ

괴테라는 이름의 산은 남은 절반이 앞서의 절반 못지않게 장관을 보여준다. 새롭게 시도한 '고전주의' 미학으로 괴테는 『친화력』, 『서동 시집 West-ostlicher Divan』(1819), 『빌헬름 마이스터의 편력 시대 Wilhelm Meisters Wanderjahre』(1821)를 포함해 많은 중요한 작품을 쓰는 일에 착수했다. 아니, 더욱 중요한 사실은 이런 걸작들을 완성했다는 점이다.

그리고 마침내 『파우스트』는 괴테라는 커다란 산의 정점을 찍었다. 괴테는 이탈리아에서 돌아온 뒤부터 숱한 새로운 인물과 교류를 맺었으며, 왕성한 창작열을 불태웠다. 괴테는 이 시기에 특히 크리스티아네 불피우스Christiane Vulpius와 결혼했으며(신분 차이가 확연한 이 결혼은 당시 독일 사회를 충격에 빠뜨렸다), 실러와 우정을 가꾸었다. 중년 위기는 이탈리아 여행으로 탈출구를 찾으면서 바이마르 고전주의가 활짝 꽃피울 길을 열어주었다. 중년은 이제 성숙한 열매를 맺었다.

이 시점에서 괴테는 신으로 우러름을 받는 경지에 올랐다. 이로써 시인의 성숙함은, 좀 더 폭넓게, 바로 독일 문화의 성숙함을 말해주는 상징이 되었다. 18세기 내내 독일인들은 프랑스 '문명'에 처지는 게 아닌가 하는 열등감으로 괴로워했다. 프랑스 문명을 독일인들은 사상의 자유와 계몽의 요람으로 부러워하고 시기한 탓이다. 이제 독일어권은 괴테를 간판으로 내세워 국제 수준의 문학을 자랑할 수 있게 되었다. 이를 상징적으로 보여주는 사건은 시인과 황제 나폴레옹이 1808년에 가졌던, 저 전설로 회자되곤 하는, 만남이다(괴테 자신은 매우 흥미롭게도 황제가 자신을 보고 60세의 나이라고 "전혀 보이지 않는다"는 말을 했다고 기록으로 남겨놓았다).[24] 당시 독일이 아직 통일 국가로 존재하지 않았다 할지라도, 독자적인 문화를 키우려는 열망은 크기만 했다. 아니, 아직 통일 국가로 존재하지 않았기 때문에 독자적인 문화를 향한 열망은 클 수밖에 없었다. 새로운 문화로 민족적 자부심을 키워 통일을 이루고 싶었기에 19세기 동안, 특히 라인강 동쪽 지역, 곧 프로이센을 중심으로 이런 노력은 뜨겁기만 했다.

 그러나 그를 이른바 '민족 문화'와 동일시하려는 강한 흐름에도 놀라운
사실은 인생의 후반부에 괴테는 민족의 차원에 머무르지 않는 국제적 주
제로 창작 활동에 주력했다는 점이다. 60대 중반에 그는 페르시아의 시
인 하피즈*에게 깊은 감명을 받아 그 작풍대로 사랑을 노래하는 연시를
썼다. 80줄에 들어선 괴테는 '벨트리터라투어(Weltliteratur)', 곧 근대성
의 모델인 '세계 문화'의 대표적 인물이 되었다. 괴테는 독일 문화로 만족
할 수 없었으며, 유럽도 좁다고 느꼈다. 괴테의 모범과도 같은 인생 역정
이 주는 중요한 교훈은 이런 세계성이든 다른 관점에서든 중년은 새로운
것을 배우고자 하는 노력을, 이로써 자아를 발전시키려는 노력을 두 배
이상으로 끌어올려야 하는 시점이라는 확인이다. 괴테는 실러에게 보낸
편지에서 이 두 배의 노력은 '안과 밖' 모두에 충실해야만 한다고 썼다.[25]
내면에 충실하면서 민족 사이의 경계를 뛰어넘는 외적 소통에도 소홀히
하지 않는 세계 문학의 가장 귀중한 화폐는 호기심이다.

 그러나 이 화폐의 환율은 우리가 나이를 먹어가며 등락을 거듭한다.
젊은 날의 진보적 성향에서 노년의 보수주의로 이어지는 이데올로기의
표준 아치는 중년을 인생 단계에서 가장 불확실한 것으로 가리킨다. 중년
의 인간은 안쪽, 곧 자신이 속한 집단의 문화를 성찰하는 일에 힘써야 할

---

* 하피즈(Hafiz 또는 Hafes나 Hafis: 1325~1389)는 페르시아의 시인으로, 신비주의적 성
 향의 시로 사랑과 술과 향토애를 그려낸 인물이다.

까, 아니면 바깥쪽, 곧 외국의 문화에 관심을 쏟아야 좋을까? 우리는 이미 아는 것을 더욱 깊이 천착해야 할까, 아니면 알지 못하는 것을 찾기 위해 새로운 모험을 감행해야 할까? 요컨대, 우리는 세월의 흐름에 맞서 싸워야 할까, 아니면 굽히고 순응해야 할까? 괴테는 이런 딜레마를 몸소 감당하면서도, 더없이 창의적이고 생산적으로 풀어낸다. 한편으로 그는 새로운 모험을 감행하려는 모든 사람의 수호성인의 면모를 보이며, 자신의 창의력에 새로운 기운을 불어넣어주기 위해 알프스를 넘는 길을 택했다. 그러나 다른 한편으로 그는, 역설적이게도, 자신의 새로운 미학이 안정적으로 닻을 내릴 수 있도록 고전 고대에서 '균형추'를 찾는 보수적 전환, 매우 심오한 의미를 가지는 전환을 택했다. 괴테는 유구한 세월의 무게 앞에서 허리를 숙였다, 세월과 맞서 싸우려고.

　노인이 된 괴테는 수용과 겨룸이라는 이런 양면적 운동을 그의 작풍을 말해주는 '포커텔'*로 삼는다. 양면성을 가장 포괄적으로 보여주는 예는 괴테가 만들어낸 저 유명한 개념 '벨트리터라투어'이다. 1827년 78세의 시인은 자신의 구술을 받아쓰던 조수 요한 페터 에커만**에게 이런 말

* '포커텔(poker tell)'은 포커를 할 때 때에 따라 바뀌는 사람들의 몸짓과 말투와 분위기를 말한다. 이를 통해 사람들은 자신이 가진 패가 무엇인지를 은연중에 드러내고, 상대방은 그가 가진 패를 읽어낼 수 있다.
** 요한 페터 에커만(Johann Peter Eckermann: 1792~1854)은 독일의 작가로 괴테의 말년을 동행해준 조수이기도 하다. 가난 때문에 독학으로 문학을 깨우친 에커만은 계속 괴테에게 편지를 보내 그의 원고를 정리하는 일을 맡았다. 헌신적 노력에 괴테는 그를 무척 신뢰했다고 한다.

을 했다. "민족 문학은 이제 오히려 무의미한 단어야. 세계 문학의 시대가 머지않아 열릴 테니, 누구나 이를 받아들일 준비를 서둘러야만 해."[26] 괴테가 이해한 세계 문학은 어떤 특정한 언어나 민족을 선호하지 않는다는 점에서 포용력과 함께 민주적인 특성을 전면에 내세우는 것처럼 보인다. 그러나 그가 말하는 진짜 세계 문학은 인간을 똑 빼닮은 신들을 가진 범신론이다.* 다시 말해서 괴테는 세계 문학의 신들을 무엇보다도 저 고대 그리스에서 찾아냈다. "우리는 이방인의 문화를 가치 있게 여기되, 그 가운데 특정한 것에 얽매이거나 그것을 일종의 모델로 간주해서는 안 된다. 우리는 중국이나 세르비아 또는 칼데론 또는 니벨룽족 같은 어떤 특수 민족의 것을 모델로 삼아서는 안 된다. 진정으로 보편적 양식을 원한다면 우리는 항상 고대 그리스로 되돌아가야만 한다. 고대 그리스 예술이 남긴 작품들은 인간의 아름다움을 영원히 대표한다." 괴테가 한 말이다. 시간을 초월한 영원함은 결국 어떤 시간을 뿌리로 가진다. 이런 관점에서 근대 세계는 고대 세계가 미리 정해준 기준으로 예술을 평가해야만 한다. 괴테에게 '세계 문학'은 특수를 뛰어넘은 보편이라기보다는 오히려 고전주의를 모범으로 삼는 특수 예술이다.

나이를 먹어가면서 괴테는 갈수록 더 너그러운 포용력과 더 열심히 고

---

* 당시 '팬시이즘(pantheism)', 곧 '범신론 논쟁'은 기득권 세력의 유일신과 인격신의 논리를 완전히 부정하고 자연 만물에서 신성을 찾으려 했다는 점에서 가히 혁명적이었다. 다시 말해서 위에서 군림하며 인간을 다스리는 신은 이제 더는 존재하지 않는다. 범신론은 이로써 혁명을 뒷받침해준 논리였다.

천 고대를 선사하는 매타픽 민묜성을, 갑수록 더 진뵤저이면서 동시에 부수적인 태도를 보여주었다. 사실 이런 이중의 면모는 우리 대다수의 진면목이 아닐까? 나는 그동안 내가 이해하는 세계 문학이 인정하고 싶은 것 이상으로 괴테가 바라본 세계 문학과 밀접함을 깨닫기에 이르렀다. 우리가 가진 모든 장점에는 약점도 숨어 있게 마련이다. 이를테면 다른 문화의 전통에서 뭔가 배우려 노력하면서도 나는 늘 유럽 문화가 본보기가 아닐까 하는 생각을 지울 수가 없다. 내가 젊었을 때 '유럽 문화'는 가장 세계적인 교육이 추구하는 이상형이었다. 그로부터 고작 20년이 흐른 지금 '유럽 문화'라는 이상은 엘리트주의에 물든, 퇴행적인 사고방식의 산물이라는 비판을 듣는다. 19세기의 유럽이 남긴 유물이 매독이나 충치 말고 또 무엇이 있느냐는 지적은 분명 뼈아프게 새겨야만 한다. 괴테가 살았던 시절의 유럽 대륙이 자신감의 정오였던 반면, 이제 유럽은 노년의 황혼기에 접어들었다.

유럽 문화를 떠받치는 기초를 겨눈 비판의 대부분이 정당하다는 점은 말할 필요도 없다. 유럽이 모든 것을 포용하기보다 배척하는 코드가 되어버린 이유는 간단하다. 유럽이 이룩한 근대화는 노예 제도와 착취라는 기초 위에 세워진 것이기 때문이다. 자본주의는 식민지로 그 추진력을 얻었다. 하지만 약탈과 착취를 자행한 덕에 19세기의 유럽은 더없이 편안한 풍족함을 누렸다. 유럽 대륙의 편안한 중년을 돌아보는 일은 우리 자신의 불안한 중년에서 길을 찾을 수 있도록 유럽 문화가 안내할 수 있다는 점에서 우리에게 적잖은 도움을 준다. 길을 묻는 질문에 "나라면 여기서 출발하지 않을 거요" 하고 대답했다는 오래된 농담이 떠오른다.[*] 하지만 좋든 나쁘든 우리는 오로지 '여기에서만' 출발할 수 있다. 마찬가지로 우리는 중년을 오로지 지금껏 쌓아온 경험에 비추어서만 이해할 수 있다. 우리가 가진 장점이 품은 약점은 우리의 확신에 숨은 선입견이다.

　문화가 선호하는 것이 어떻게 변화해왔는지 살피는 반성은 중년이 정확히 무엇을 의미하는지 깨달을 수 있게 해준다. 이렇게 본 중년은 축적된 선입견이다. 우리는 자신이 품은 선입견을 뛰어넘을 수 있으며, 또 극복해야만 한다. 하지만 우리는 언제나 어디에선가 출발할 수 있을 뿐이다. 문화사에서와 마찬가지로 인생의 중년에 티 하나 없이 깔끔한 새 출발은 불가능하다. 유럽의 관점에서 보면 세계는 필연적으로 '다른 것'이라는 선입견의 제물이 된다. 괴테는 이탈리아 여행을 하는 동안 발견한 고전 고대, 더욱 중요하게는 자신이 경험한 고전 고대를 이후 자신이 그려내고자 하는 아름다움의 모든 형식을 규정하는 황금률로 삼았다. 괴테에게 성숙함은 자신의 정신적 고향인 유럽 문화를 넘어서서 세계로 나아가는 것일 뿐만 아니라, 이 유럽 문화의 배후를 살피며 선입견에 물들지 않

---

[*]　"I wouldn't start from here." 영국의 오랜 속담이자 조크로 최초의 기록은 1924년의 《히버트 저널: 종교와 신학과 철학의 계간 리뷰The Hibbert Journal: A Quarterly Review of Religion, Theology, and Philosophy》(통권 22호)라고 한다. 어떤 영국 사람이 아일랜드에서 도보 여행을 하다가 길을 잃고 지역 주민에게 대도시로 가려면 어디로 가야 하느냐고 길을 물었다. 이에 아일랜드 남자는 길을 설명해주려 안간힘을 쓰다가 포기하고 이렇게 말했다고 한다. "내가 당신이라면, 여기서 출발하지 않을 거요." 성공을 이루려면 미천한 곳에서 시작해서는 안 된다는 자못 냉소적인 조크이다.

은 안목을 키워내는 것이기도 하나(바로 이런 도력이 『파우스트』제2부의 긴 면모으로, 주인공 파우스트는 일종의 가상 현실 타임머신을 타고 고대 문화를 종횡으로 누비며 여행한다). 고전주의의 '중심점'은 괴테 인생의 후반부를 떠받치는 정신적 지주로 봉사한다. 괴테의 성숙한 스타일이 중년이라는 시기를 거치며 다듬어졌을 뿐만 아니라, 어느 쪽으로도 쏠리지 않고 중심을 잡겠다는 발상 자체가 괴테의 성숙한 미학 모델의 바탕을 이루며 정신적 지주 역할을 했기 때문이다. 좋든 싫든 인생의 중간 지점에 도달했을 때 우리는 중심을 잡아야만 한다.

중년에 이른 인간은 자신이 무슨 선입견에 물들었는지 자문해야만 한다. 그 어떤 선입견도 가지지 않은 것처럼 꾸미기보다 자신의 선입견을 의식하는 태도가 확실히 더 낫다. 너 자신을 알라. 이런 자기 인식, 특히 이성과 감정이 적절히 조화를 이룬, 치열하게 논리를 따지면서도 따뜻한 애정이 녹아든 문학이 장려해주는 자기 인식은 자아를 사로잡은 아집으로부터 벗어나는 첫걸음이다. 인생의 중간 지점에 도달한 우리는 지금껏 당연하게 여겨온 것이 무엇인지 자문하면서, 이 땅에서 살아갈 인생의 후반부에서 그런 선입견을 어떻게 해야 이겨낼 수 있을지 방법을 찾아야 한다. 우리의 인생은 괴테의 인생처럼 모범적이지 않을 수는 있지만, 그럼에도 그가 품었던 물음들은 분명 우리의 것이다. 20여 년 전과 비교해 달라진 것이 있다면 그것은 무엇인가? 하고 싶던 일 가운데 미완으로 남은 것은 무엇이며, 세월의 흐름과 함께 이 일을 어떻게 달리 보게 되었는가? 요컨대, 우리 자신이 완성해야 할 아름다운 인생의 본질은 무엇인가? 우리가 이런 물음에 어떤 답을 하든, 중년과 씨름하는 사람에게 괴테의 인생과 작품이 주는 중요한 교훈은 선택지 가운데 아무것도 하지 않는다는 선택지는 없다는 점이다. 탄생이 출발점이라면, 거듭해서 새롭게 출발하는 것은 중년이다.

제7장

리얼리즘과 현실

'중년의 세월'

I

군인의 아들로 성장한다는 것은 매우 특별한 어린 시절을 누리게 해준다. 계급이 없어서 자발적 고백에 의존하지 않으면 좀체 속내를 알기 어려운 시대에 군대는 위계질서와 탄압의 마지막 보루로 남는다. 장교 그리고 그의 아내와 자식들은 서열 질서 안에서 자신의 위치를 늘 유념한다. 중간층을 희화한 그림이나 글에서 보듯, 중간 계급의 장교는 무엇보다도 더 높이 오르는 승진을 열망한다. 지위의 높낮이에 연연하는 속물근성은 삶의 모든 측면을 물들인다. 어렸을 때 나는 아버지로부터 뭔가 혹은 누군가 못마땅할 때마다 '장교답지 못하다'는 반쯤 농담 같은 말을 귀에 못이 박히도록 들었다. 그게 정확히 무슨 뜻인지 물어보면 아버지는 거의 예외 없이 태도, 말투, 교양 수준 그리고 무엇보다도, 눈치 없이 구는 경솔함 따위를 지적하곤 했다. 이게 무슨 말인지는 아버지의 누이들, 곧 나의 고모들, 불처럼 빨간 머리에 정말 너무하다 싶을 정도로 수다가 심했던 나의 고모들이 잘 보여준다. 소녀처럼 끝없이 재잘대는 고모들의 태도와 말투와 교양 수준 탓에 아버지는 농부의 과묵한 딸과 결혼했다. 물론 아버지는 불굴의 정신으로 오로지 감정에 충실하고자 결혼했을 뿐이라고 둘러대곤 했다. 그러나 내가 보기에 그 감정은 대단히 영국적인 감정이다. 내가 열두 살이 되자, 아버지는 나에게 포옹은 적절한 인사법이 아니라며, 앞으로는 남자답게 악수를 해야 한다고 말했다. "묻지도 말하지도 마!" 오랜 세월 동안 사실상 영국 군대에서 게이 병사들을 다루는 정책이었던 이 불문율처럼, 어떤 종류든 실없이 웃고 떠드는 대화는 품위 없고 교양 없는 것으로 치부되었다. 다른 많은 경우와 마찬가지로 이 사례에서도 죄는 게이로 '살아가는' 것이라기보다는, 게이로 살아가는 것을 두고 이러쿵저러쿵 '떠드는 것'이다. 웃고 떠들며 감정을 나누는 대화는 장교라면 하지 말아야 할 것이다.

우리는 누구나 부모를 어른의 모델로 삼아 성장한다. 부모는 우리가 어머니나 아버지를 닮은 배우자를 골라 부모의 관계를 고스란히 되살려주는 삶을 살기를 기대한다. 또한 부모는 중년의 모델이기도 하다. 다만 이런 사실을 분명히 의식하지 못한 채 우리는 어머니와 아버지의 성숙함을 어려서부터 보고 배운다. 어린 우리 눈에 조부모는 언제나 노인이듯, 부모는 언제나 중년이다(그들도 한때 어린아이나 젊은이였다는 건 상상조차 할 수 없다). 나는 아버지로부터 거리를 둘 줄 아는 신중함과 침착함과 자신감을, 어머니로부터는 사랑과 자기희생을 각각 배웠다. 그러나 또한 나는 직업상 독일과 오스트리아를 끊임없이 오가며 생활하는 바람에 마치 궁지에 내몰린 것만 같은 영국인으로 살아야만 했다. 주지하듯 영국인은 고향에서 멀리 떨어질수록 더욱 영국적이 된다. 고향과 거리를 두고 떨어졌음에도 영국인이라는 민족적 감정은 희석되기보다는 증류되어 더욱 짙어진다. 유럽인, 이른바 '대륙의 주민'은 전통적으로 가난하게 태어나거나 부모를 '잘못' 만난 것과 유사하게 불행한 운명을 타고난 것으로 여겼다. 그러나 그 진짜 속내는 유럽인을 부러워하면서도 혹시 가난한 운명에 전염되지 않도록 피하는 게 최선이라는 영국인의 자기 합리화일 뿐이다. 영국인으로 태어난 것은 로또 1등 당첨과 다르지 않다던 세실 로즈^{Cecil Rhodes}의 저 악명 높은 말을 생각해보라. 드러내놓고 말은 하지 않았지만 이런 자아상은 20세기 말의 군인 가족을 여전히 물들였다.

그런 태도가 빅토리아 시대의 유물이라는 이야기는 굳이 말하지 않아도 분명한 사실이다. 기운을 잃고 누렇게 떴음에도 허세만 가득한 제국주의는 내가 어린 시절을 보낸 환경이다. 기숙 학교에서 귀 따갑게 강조하던 신앙과 강건한 근육의 겸비라는 기독교 교육*은 19세기가 남긴 유산이다. 그러나 바로 이런 태도와 관점 때문에, 지금 어른으로서 생각해보

---

* 　'Muscular Christianity'는 19세기 중반 영국에서 일어난 철학적 운동으로 애국심과 규율과 희생정신 그리고 남성성을 강조하는 기독교 신앙생활을 뜻한다.

면, 나는 문학과 문화에 심취했던 것 같다. 그리고 중년은 살아가며 정신적 좌표를 찾기 위해 분투할 때 문학과 문화가 도움을 주는 이유는 옛것에 사로잡힌 태도에서 벗어날 수 있게 해주기 때문이다. 내가 정신적 삶을 발견할 수 있었던 것은 부분적으로 나의 부모가 그런 삶을 살지 않았던 덕이다. 나의 부모가 유럽에 한사코 거리를 두었기 때문에 나는 '유럽'을 포용할 수 있었다. 문학과 문화는 우리가 현주소에서 빠져나와, 지금과는 다른 모습을 찾아갈 수 있게 길을 열어준다.

그러나 나를 다른 사람으로 바꾸어가는 일은 우리가 부모에게 물려받은 정체성 감각과 충돌할 수밖에 없다. 이런 인지 부조화는 중년의 전형이다. 나이를 먹어가며 우리는 자신이 하는 일과 어울리는 사람으로 변모해가기는 하지만, 속담도 말하듯, 천천히 바로 우리 부모가 되어가기도 한다. 좋든 싫든 내 안의 어떤 부분은 항상 성숙함이란 '장교다움'을 뜻한다고 고집한다. 좋든 싫든 내 안의 일부는 여전히 '빅토리아 시대의 영국인'이기를 포기하지 않는다. 내 안에 지울 수 없이 남은 이런 흔적은 나의 중년 이해에 무엇을 뜻할까?

무엇보다도 나는 결코 나 자신이 충분히 '성숙할 수 없음'을 뜻하는 게 아닐까 두렵다. 나는 '성숙함'이라는 칭호에 걸맞은 모습을 절대 보일 수 없는 게 아닐까. 나의 어린 시절과 교육에 그 가치관의 흔적을 고스란히 남긴 빅토리아 시대는 냉철함을 자랑하는 위대한 시대를 표방했다. 이런 시대상은 여왕 자신과 더불어 시작된 것이다. 실제로 빅토리아 여왕의 인생은 깔끔하게 두 부분으로 나뉜다. 1862년 여왕은 고작 42세이던 해,

이 나이는 지금 이 글을 쓰는 나의 나이이기도 한데 어쨌거나, 사랑하는 남편 앨버트^{Albert}를 잃었다. 여왕은 1901년에 사망할 때까지 40년 동안을 이른바 '미망인'이라는 홀몸으로 살았다. 이른바 '대영제국'의 전성기는 바로 이런 이유로 분위기가 무거웠으며, 죽음의 그림자로 드리워졌다. 다시 말해서 대영제국의 전성기는 죽음을 의식하는 중년이었다.

19세기에 중년으로 살아간다는 것은 고결한 도덕적 영향력을 발휘해야 함을 뜻했다. 슈테판 츠바이크는 자신의 우수에 젖은 자서전 『어제의 세계 Die Welt von Gestern』(1942)에서 20세기에는 누구나 더 젊어 보이기를 원하는데, 19세기 사람들은 자신이 실제보다 더 나이 들어 보이기를 원했다고 썼다.

> 신문은 수염을 빨리 자라게 만들 방법을 추천했으며, 이제 막 국가고시를 치른 24세와 25세의 의사들은 무성한 수염을 기르고 필요하지도 않은 금테 안경을 썼는데, 그래야 첫 환자들에게 '노련하다'는 인상을 심어줄 수 있기 때문이었다.[1]

남성의 중년은 수천 장의 사진들이 영원히 포착해두었듯 마치 무슨 기본 세팅처럼 모든 남자가 원하는 바를 담은 그대로였다. 모두 빠짐없이 무성한 수염을 길렀으며, 눈빛은 진지하다 못해 어딘지 모르게 슬퍼 보일 지경이었다. 셔츠 깃은 빳빳했고, 남자의 허리는 그보다 더 빳빳했다. 어린 시절은 일찌감치 끝났다. 청소년기라는 단어는 아직 만들어지지도

1859년 40세의 앨버드 대공.

않았다. 통하는 화폐는 오로지 성숙함이었다. 빅토리아 시대의 사람들은 마치 중년에 태어난 것만 같았다.

물론 이런 묘사는 디킨슨이 그린 많은 거리 부랑아들이 보여주듯 일부 특징을 과장한 일종의 캐리커처에 가깝다. 하지만 근엄하고 단정한 자화상은 빅토리아 시대의 사람들이 기꺼이 원했던, 또는 최소한 그렇게 보이고 싶었던 모습이다. "남자는 길고 검은 프록코트를 입고 유유자적 걸었으며, 자신을 듬직하고 차분한 사람으로 꾸며 보이려 가능하다면 약간 '살찐 모습'을 선호했다."[2] 사진을 찍으며 짓는 미소는, 나의 할아버지가 말하곤 했듯, 어째 좀 얼빠진 것처럼 보여 기피의 대상이었다. 그리고 이 얼빠짐, 속 편한 마음가짐, 곧 젊게 구는 것은 그처럼 도덕을 중시한 세기에 절대 범해서는 안 된다고 강조한 대죄였다. 신이 영국인이라면, 분명 성숙한 중년의 영국 신사였으리라.

'중년'이라는 단어가 19세기 말에 처음으로 일반 대중의 입에 오르내리기 시작한 것은 우연이 아니다. 빅토리아 시대는 우리에게 인종적 편견과 성탄절 판박이 소품과 중년을 선물했다. 아무리 기독교가 좋기로서니 이런 것도 삼위일체에 맞춰 세 개인가 하고 혀를 차는 사람도 있으리라. 하지만 이 세 가지는 모두, 저마다 다른 방식으로 '발전'을, 19세기가 위대한 신(神)으로 떠받든 발전을 나타내는 구실을 했다. 이 세 가지는 모두 새로운 힘으로 무장한 중산층의 표시였기 때문이다. 중년이 인구 통계학의 범주로 당당히 인정을 받으면서, 특히 여성은 갱년기 이후에도 얼마든지 인생을 즐길 수 있음을 자각하기에 이르렀다. 여왕의 삶을 본보기 삼아 여성은 가임기 이후에도 필수록 디 큰 개 요이 독립성을 주장했다. 세기 전환기의 '신여성'은 곧 새롭게 자신을 자각한 '중년' 여성이다. 대서양의 반대편에서 '중년'이라는 개념은 정확히 빅토리아 여왕이 인생의 중간 지점에 도달했을 때 등장했다. 패트리샤 코헨이 보여주었듯, 1860년대부터 여성 잡지는, 1889년 《하퍼스 바자 Harper's Bazaar》에 실린 칼럼의 표현을 그대로 빌려오자면, '40대에서 60대 사이의 여성'을 찬미하기 시작했다. 1903년 《코즈모폴리턴 Cosmopolitan》에 게재된 에세이에서는 마찬가지로 '50대 여성'을 인생의 이치를 '터득'한 사람이라고 일컬었으며, 특히 19세기 초와는 다르게, "인생이라는 게임에서 더는 물러나지 않으려 한다"고 썼다. 20세기 초에 이르자 중년은 여성의 색채가 두드러졌고, 정치 활동이 활발해졌으며, 특히 경제에 민감해졌다.[3]

그러나 19세기 초 여성과 남성이라는 성에 따른 역할 구분은 달라질 조짐을 전혀 보이지 않았다. 여성은 (젊었을 때) 구애의 대상이거나 (나이를 좀 더 먹었을 때) 육아의 주체였을 뿐이다. 여성은 자신의 힘으로 원하는 중년의 삶을 살아갈 기회를 거의 잡을 수 없었다. 물론 예외적인 인물이 없지는 않았다. 메리 셸리는 1820년대 중반에 이런 글을 썼다. "나는 스물여섯의 나이에 늙은 사람으로 대접받았다." 그녀는 당시 지식인 계층에서 그만큼 특별한 위상을 누렸다. 하지만 이런 위상은, 그녀가 겪은, 쉽게 보기 힘든 비극적 상황도 마찬가지이지만, 당시 평균적 여성의 입장과는 거리가 멀기만 했다.[4] 이 낭만주의 시대 말기에 훨씬 더 평균과 가까운 모습을 보여주는 것은 어느 정도 부와 명성을 쌓은 중년 남자가 인생에 가지는 불만, 뭔가 새로운 자극을 찾았으면 하는 열망이다. 그 두드러진 사례는 윌리엄 해즐릿*이 쓴 『리베르 아모리스Liber Amoris』가 제시해준다. 1823년에 해즐릿이 필명으로 발표한 이 책은 해즐릿 자신의 중년 위기를 들려준다. 42세로 갓 이혼한 이 문학평론가는 런던 리전시 구역에서 자신이 세 들어 살던 하숙집 주인의 딸에게 푹 빠진다. 이 예쁜 젊은 아가씨는 그를 유혹하고도, 정작 해즐릿이 고백을 하자 회피한다. 얼마 가지 않아 그녀는 몇 명의 남자들을 상대로 같은 유혹을 하면서 즐겼다는 사실이 밝혀진다. 이 대목에서 이야기의 화자는 화들짝 놀라는데, 우리 독자는 이게 그리 놀랄 일일까 싶은 의구심을 지우지 못한다. 책의 부제목은 '새로운 피그말리온'이다. 해즐릿이 생명을 불어넣을 수 있기를 열망했던 조각상은 끝내 응답하지 않았다.

자신보다 훨씬 더 젊은 여성에게 빠지는 중년 남자의 이야기는 새롭다고 보기 힘들다. 해즐릿이 자신을 정당화하려고 끌어다 붙인 부제목, 분노와 회한이 서린 부제목도 마찬가지이다. 어느 모로 보나 더욱 놀라운 사실은 19세의 세라 워커Sarah Walker가 해즐릿의 구애를 거부했다는 점이다. 여성과 남성 사이의 불평등이 당연한 것으로 여겨지던 시대에 유명한 작가, 교양 있는 신사의 구애는 그가 스무 살이나 더 나이가 많은 남자라 할지라도, 쉽사리 떨칠 수 있는 게 아니었다. 어쨌거나 중년의 상위

---

* 윌리엄 해즐릿(William Hazlitt: 1778~1830)은 잉글랜드 출신의 수필가이자 작가이다. 꾸밈이 없는 진솔한 문체로 따뜻한 인간애를 담은 작품을 써서 인기를 누렸다. 본문에 언급된 책의 제목은 '사랑의 책'이라는 뜻의 라틴어이다.

중산층 남자가 10대의 하위 중산층 여자에게 구애를 한다는 이런 구도가 이 진부한 드라마의 핵심이다. 해즐릿의 이야기가 풍기는 회한은 통상적으로 이런 러브 스토리가 이렇게 끝나서는 안 된다는 그의 충격을 고스란히 반영한다. 유명하고 부유한 중년 남자가 하층민에 가까운 처녀에게 퇴짜를 맞다니, 세상이 자신을 얼간이로 여길 거라는 해즐릿의 창피함과 분노를 이 이야기는 물씬 풍긴다. 그때나 지금이나 중년 남자는 자신이 원하는 것을 얻어야만 직성이 풀리는 경향을 보여준다.

성별, 계급, 연령 사이의 이런 불균형을 보여주는 사례는 끝도 없이 이어진다. 19세기는 바로 '다수의 중년 남자들'이 지배한 시대라는 표현은 모든 소설 가운데 가장 빅토리아 시대적인 작품, 제목에서부터 그 의도를 분명히 드러내는 『미들마치』(1871)에 나온다.[5]* 하지만 우리는 이 소설이 여성이 쓴 것임을 유념해야 한다. 그리고 실제로 빅토리아 시대는 다수의 위대한 여성 작가를 배출한 시기이다. 제인 오스틴Jane Austen에서 브론테Brontë 자매에 이르기까지, 엘리자베스 개스켈Elizabeth Gaskell에서 조지 엘리엇까지 19세기의 주요 여성 작가들 목록은 결코 짧지 않다. 이 대단히 성공적이었던 작가들이 항상 남성의 관점에서 바라본 중년에 집중했다는 점은 정말 놀랍기만 하다.

---

* 조지 엘리엇(George Eliot: 1819~1880)은 영국의 소설가이자 시인이며 번역가로 빅토리아 시대를 대표하는 작가이다. 본명은 메리 앤 에번스(Mary Anne Evans)이다. 조지 엘리엇은 필명이며, 『미들마치 Middlemarch』는 비평가들이 꼽은 영문학 최고의 소설이다.

이런 관점이 펼치는 논리는 거의 삼단 논법에 가까운 힘을 발휘한다. 권력을 펼쳐 보이기 위한 기본 무대 설정은 중년이다. 남성이 여성보다 더 많은 권력을 누린다. 그러므로 오로지 남성만이 중년으로 살아갈 수 있다. 19세기의 모든 문학 가운데 이 논리를 아마도 가장 선명하게 탐구한 작품은 『미들마치』가 아닐까 싶다. 이 소설의 주요 뼈대를 이루는 것은 도러시아Dorothea와 커소본Casaubon의 관계이다. 주지하듯 버지니아 울프Virginia Woolf는 『미들마치』를 두고 '성장한 어른들을 위해 쓴 몇 안 되는 영국 소설'이라고 촌평했다. 소설은 시작부터 독자를 지적인 어른이 되고자 하는 도러시아의 갈망(그녀가 지적이라고 여기는 어른이 되고자 하는 갈망)으로 확 사로잡는다. 중년의 학자이자 목사인 커소본에게 그녀가 가지는 관심, '45세의 나이'로 족히 '26살'이나 차이가 나는 커소본에게 가지는 관심은 이제 막 청소년기를 벗어난 앳된 처녀가 성숙한 남성에게 품는 동경이다. 그와 결혼하는 것은 '파스칼과 결혼하는 것'이라고 도러시아는 말한다.[6] 위를 향해 오르고 싶다는 이런 열망이 열등감의 발로라고 경고하는 게 아니라 오히려 권장하는 작품의 분위기는 19세기 여인들을 상징하는 도러시아가 어떤 정신 세계를 가꾸는지 속속들이 드러낸다. 젊은 도러시아는 '남성의 전유물처럼 여겨지는 지식의 영역'으로 들어가고 싶은 의지를 불태운다.[7]

그러나 이런 의지는 실현 불가능하다는 것, 커소본은 좀체 속내를 드러내는 일이 없으며, 겉으로는 도덕군자처럼 굴지만 그저 이기적인 위선자, 터무니없이 어린 여자를 희롱하는 좀도둑에 지나지 않는다는 사실에 도러시아는 깊은 충격을 받는다. 우리 독자도서야 조금도 놀라운 일이 아니지만 당사자 도러시아의 충격은 크기만 했다. 엘리엇 자신은 이 무미 건조한 목사 커소본에게 짜증이 난 나머지 자신의 여주인공에게 이 살아 있는 유령의 종살이를 하는 것보다 더 나은 미래를 열어주고 싶어 한다. 어떻게 해야 그녀를 이 영악한 목사로부터 풀어줄 수 있을까? 독자들이여, 놀라지 말라. 엘리엇은 이 남자를 아예 묻어버린다. 엘리엇은 테이프를 앞으로 빨리 감듯 중년 남자인 커소본을 급속도로 노쇠하게 만듦으로써 죽여버린다. 하지만 그의 집요함은 무덤 속에서조차 영향력을 행사한다. 커소본은 유언장에 추가한 내용으로 도러시아가 생동감에 넘치는 젊은 야심가 레이디슬로^{Ladislaw}와 결혼하지 못하게 방해한다. 이렇게 해서 소설은 끝까지 긴장감을 잃지 않는다. 심지어 죽어서조차 규칙을 정하는 쪽은 중년 남자이다.

그러나 엘리엇이 오로지 커소본의 이런 겉모습만을 알려주었다면, 오늘날 그녀는 지금처럼 높은 평가를 받지 못할 것이다. 19세기 중반 위대한 리얼리즘 소설의 특징인 자유 간접 화법*의 구사가 더없이 화려했던 이 황금시대에 엘리엇은 이런 형식의 진정한 대가였다. 일단 독자로 하여금 도러시아의 눈으로 문제를 보도록 유도한 다음 엘리엇은 관점을 슬쩍

---

* '자유 간접 화법(free indirect speech)'은 문학 작품에서 직접 화법과 간접 화법을 자유롭게 뒤섞어 등장인물의 생각이나 말이 화자의 것과 겹쳐지도록 만드는 기법이다. 이로써 작가는 시제를 자유롭게 넘나드는 효과를 얻는다. 19세기 중엽 플로베르의 소설에서 본격적으로 쓰인 문체이다.

바꿔 커소본의 의식 세계를 들여다볼 수 있게 해준다. 심지어 엘리엇은 젊음에 보이는 우리의 관습적인 집착을 성찰하면서, 결혼을 보는 도러시아의 입장만이 유일한 것은 아님을 강조한다. 이로써 엘리엇은 "온갖 어려움과 문제에도 마치 피어오르는 꽃처럼 젊은 피부를 유지하고 싶어 하는 우리의 모든 관심과 노력"에 왜 그러느냐고 항변한다. "젊은 피부 역시 시들 것이며, 늙어가며 갈수록 더 많은 슬픔을 겪게 되면 우리는 탄력 잃은 피부와 그럭저럭 살아가는 법을 익히리라."[8] 이런 식으로 이야기를 전개하다가 엘리엇은 슬쩍, 이 소설뿐만 아니라 다른 작품에서도 마찬가지로, 성별과 연령 차이를 뛰어넘는 보편적인 참정권이 주어져야 한다는 논지를 펼친다.

엘리엇의 이런 기법이 중년의 문제를 성찰하고자 하는 우리의 목적에 주는 도움은 크기만 하다. 이로써 엘리엇은 우리 독자에게 그 어떤 선입견도 없이 판단할 수 있게 해준다. 덕분에 우리는 그녀의 소설을 읽으며 등장인물의 성격을 그 고유한 의식 세계에 비추어 심판한다. 엘리엇은 커소본에게 자신과 어울리는, 자신에게 매달려 사는 짝을 찾아낼 수 있다는 희망을 심어준다. "그는 우리 대다수와 마찬가지로 짝을 찾았으면 하는 정신적 궁핍함에 시달리기는 하지만", 신의 섭리가 "자신이 필요로 하는 아내를 허락해주어, [그 덕에] 아내, 겸손하고 젊은 처녀, 여성의 순전한 순종적 태도를, 야망을 키우지 않는 다소곳함을 갖춘 아내라면 분명 남편의 정신을 강하게 지켜줄 수 있을 것"이라는 희망을 품었다.[9] 놀랍게도 엘리엇은 자신의 욕망에 맞는 짝과 결혼하겠다는 커소본의 결심에 딱 맞는 틀을 찾아냈다. 이 틀은 곧 "작가의 강력한 욕구, 곧 16세기 소네트 시인이 자신을 꼭 닮은 자식을 남겨놓고 싶어 하는 욕구"를 폭로하려는 장치이다.[10] "아들을 얻으라!" 하는 셰익스피어의 절박한 명령(제5장에서 살펴본 명령)은 19세기에 들어서도, 적어도 커소본에게 생생함을 잃지 않았다. 엘리엇이 그에게 이런 만족을 맛보지 못하게 한 것이야말로 그녀가 우리에게 해주고 싶은 이야기이다.

소설의 이 대목에 이르러 도러시아가 커소본의 아내일 수 없다는 점은 너무나도 분명해진다. 도러시아는 커소본이 원하는 '인생의 지속적인, 네 개의 벽을 가진 안식처'를 제공할 정도로 굴종적인 숭배자가 전혀 아니다.[11] 엘리엇은 커소본에게 스스로 자신을 돌아볼 기회를 제공한다. 이로써 커소본이 대표하는 중년의 남성 지식인들 전체 계급이 열망하는 '신화를 이룰 열쇠'라는 것이 얼마나 말이 되지 않는 허튼 수작인지 속속들이 폭로한다. 커소본은 엘리엇이 경종을 울리기 위해 설정한 캐릭터이다. 중년 남성이 자신보다 훨씬 더 젊은 여성을 배우자로 취하는 막장 드라마는 헛된 허영으로 자신의 무덤만 더 깊게 파는 어리석음일 뿐이라고 엘리엇은 경고한다. 이런 깨달음은 우리 모두에게 은혜를 베푼다. 나로 말할 것 같으면 성숙한 어른으로 『미들마치』를 읽어 기쁨은 크기만 했다. 10대에 이 소설을 읽었다면 이처럼 분명하게 이해할 수 있었을지 나는 확신할 수 없다. 나는 엘리엇의 마지막 소설에서 다니엘 데론다Daniel Deronda가 궨덜린 할레스Gwendolen Harleth에게 말하듯, '나 자신의 중심을 즐길 수 있을지' 확신할 수가 없다.[12]* 행운과 본능의 적절한 조합으로 우리는 독창적으로 쓰인 책을 언제 어디서든 '필요한 때' 찾아낸다. 이런 관점에서 독서 치료는 역사를 자유롭게 앞뒤로 오갈 수 있어 시간에 얽매이지 않는 힘을 발휘한다. 16세기가 19세기에게 상담해줄 수 있다면, 분명 19세기는 21세기를 도와줄 수 있다.

『미들마치』를 빅토리아 시대 인간의 중심을 다룬 대작으로 만든 요인 가운데 하나는 이 소설이 보여주는 고도의 복합성이다. 스토리의 그물처럼 복잡하게 얽힌 구도와 엘리엇의 섬세하게 다듬은 산문, 군더더기 없는 깔끔한 산문은 중년으로 살아가는 일의 까다로움을 고스란히 반영한다. 겉보기에는 정지한 것처럼 안정되어 보이지만 중년의 표면 아래서는 숱한 소소한 떨림과 미세한 운동이 그야말로 거품처럼 들끓는다. 19세기 중반에 쏟아져 나온 블록버스터 소설은 중년의 늘어나는 뱃살을 보며 느끼는 감정을 전달해주는 완벽한 매체이다. 19세기의 리얼리즘 열풍은 거울에 비친 자신의 얼굴을 보며 성숙한 중년이 터뜨리는 분노의 외침이다. 이 시기에 불륜과 같은 주제가 거듭 다뤄진 이유도 아마 이 분노에서 찾아야 하지 않을까. 에밀리 브론테의 소설 『폭풍의 언덕Wuthering Heights』(1847)에서 귀스타브 플로베르Gustave Flaubert의 『마담 보바리Madame Bovary』(1857)에 이르기까지, 레프 톨스토이Lev Tolstoy의 『안나 카레니나Anna Karenina』(1878)에서 테오도어 폰타네Theodor Fontane의 『에

---

* 『다니엘 데론다Daniel Deronda』는 1876년에 발표된 작품으로 조지 엘리엇의 마지막 소설이다.

피 브리스트Effi Briest』(1895)에 이르기까지 지루함에 사로잡힌 여성 주인공들은 막힌 속을 풀어줄 일을 찾을 수 없다고 호소한다. 19세기에 들어 출현한, 여성의 색채가 뚜렷한 중년 개념은 이처럼 부르주아 결혼이라는 속박을 벗어나려는 여성의 자기주장으로 시작되었다. 이렇게 볼 때 불륜은 남성이 겪는 중년 위기의 여성 버전이다.

이런 대하소설 외에도 19세기 말쯤에는 인생의 중년을 살아가는 것이 어떤지 다룬 많은 소품 시와 중편소설이 쏟아져 나왔다. 예를 들어 토머스 하디는 1898년에 발표한 『웨섹스 시집』에서 「중년의 열정Middle-age Enthusiasms」이라는 제목의 짧은 시 한 편을 선보였다. 이 시는 전형적이게도 열정보다는 중년의 분위기에 더 충실하며, 네 개의 연으로 이루어진 이 시의 각 연은 저마다 시간은 되돌릴 수 없는 것이라는 진부한 깨달음으로 맺어진다. 마지막 네 번째 연은 있음과 없음, 열정과 덧없음의 조합으로 시인이 보는 중년의 정신에 생기를 불어넣는다.

"달콤한 곳이로군", 우리는 말했네,
"이곳이 말없이 들려주는 이야기가 소중하네,
우리의 생각들은, 숨이 멎었을 때에,
이곳에 모여 어울리겠네!"……
"말(言)들은!" 우리는 중얼거렸네. "죽음의 문턱을 넘었네,
우리의 생각들은 이곳을 더는 찾지 못하겠네."[13] *

특히 마지막 두 행은 죽음에 사로잡힌 존재를 보는 하디의 감각을 압축한 표현이다. 장소는 '달콤'하지만, 시간은 쓰라리다. 찾지 못할 거라는 부정 구문으로 끝나고, 단테와 몽테뉴가 사용한 문턱이라는 이미지로 다시금 되돌아가는, 이 시는 단조로 노래한 중년의 비가이다.

그러나 아마도 이 시기에 쓰인 글 가운데 헨리 제임스[**]의 단편 「중년의 세월The Middle Years」보다 중년의 정신세계를 더 잘 살피게 해주는 것은 없으리라. 제임스가 50대로 들어선 1893년에 쓰인 멜로드라마의 분위기를 약간 자아내는 이 작품은 섬약한 건강을 지키고자 영국의 남부 해변에 있는 어떤 호텔에서 칩거하는 52세의 작가 덴콤[Dencombe]의 이야기를 다룬다. 그곳에서 덴콤은 휴[Hugh]라는 이름의 젊은 의사와 조우하는데, 알고 보니 휴는 덴콤 작품의 열렬한 팬이었다. 의사는 덴콤의 글에 열광한 나머지 죽어가는 백작 부인이 자신에게 막대한 재산을 남겨주겠다는 뜻을 밝혔음에도 이를 무시하고 약속된 유산을 포기한다. 이런 식으로 스토리의 뼈대만 간추려보면 이 단편은 숱하게 쏟아져 나온 빅토리

---

[*]   토머스 하디(Thomas Hardy: 1840~1928)는 영국의 소설가이자 시인으로 조지 엘리엇의 전통을 잇는 빅토리아 시대 사실주의 작가이다. 모두 51편의 시들을 수록한 『웨섹스 시집』의 정확한 원제는 『웨섹스 시들과 다른 운문들Wessex Poems and Other Verses』이다. 인용된 구절의 원문은 다음과 같다. "So sweet the place," we said, / "Its tacit tales so dear, / Our thoughts, when breath has sped, / Will meet and mingle here!"... / "Words!" mused we. "Passed the mortal door, / Our thoughts will reach this nook no more." 번역은 내가 한 것이다.

[**]   헨리 제임스(Henry James: 1843~1916)는 미국의 작가로 말년에 영국으로 귀화했다. 근대 사실주의 문학을 선도했다는 평가를 듣는 인물이다.

아 시대의 연재소설이 판에 박은 듯 그리는 멜로드라마를 넘어선다고 보기 힘들다.

하지만 제임스는 싸구려 통속소설의 공급업자가 전혀 아니다. 늘 그렇듯 그의 글쓰기는 우리의 관심을 환기하는 각성의 품격을 갖추었다. 중년의 예술가를 그려낸 제임스의 초상화는 제임스 자신이 중년에 품었던 불안을 선명하게 담아냈을 뿐만 아니라, 좀 더 폭넓게 우리가 함께 고민해야만 하는 물음, 갈수록 무게 중심이 과거로 밀려나는 자아의식과 우리가 어떻게 해야 조화를 이룰까 하는 물음도 제기한다. 자신의 장편소설로 제임스는 지나칠 정도로 꼼꼼한 문장을 구사한다는 평을 흔히 들었다. 참으로 아름다운 균형을 이룬 그의 문장들은 전체적으로 조화를 이루며 앞뒤로 순환하면서 그 안에 담긴 사유 과정의 섬세한 면모를 고스란히 추적할 수 있게 해준다. 제임스의 이런 문체는 너무 성숙한 나머지 아주 뛰어난 주의력을 가진 독자라야 그 정확한 속뜻을 헤아릴 수 있다. 그럼에도 「중년의 세월」이 분명하게 보여주는 점은 이런 완성의 경지에 오르기 위해서는 작가가 온갖 의심과 불확실함으로 점철된 중간 단계를 거쳐야만 한다는 사실이다. 이런 중간 단계는, 필요한 부분만 약간 수정하면, 우리 모두가 치러야만 하는 수고이다.

제임스는 '더 나아지자'고 다짐하는 성찰로 요양을 시작한다. 그러나 무엇이 어떻게 더 나아지는가? 4월의 청명한 아침에 바닷바람을 쐬며 산책하면서 작가는 더 나아졌다고 '느끼기' 시작하지만, "다시는 과거의 이런저런 위대했던 순간을 맛볼 수 없으며, 자기 자신보다 더 나아질 수 없다"는 상념에 젖는다.[14] 제임스의 중년 위기는 자아 초월의 위기, 아니 더 정확히 말하자면, 내가 나를 초월해 나의 자아를 더 낮게 만들 가능성이 이제는 닫혀버렸다는, 성큼 찾아온 깨달음의 위기이다. 그는 그때까지 해오던 대로 계속 살아가기는 하겠지만, 진정한 의미에서 '더 나아지는 일'은 없으리라고 여겼다. 엘리엇 자크의 말투를 빌리자면, 제임스는 언덕의 꼭대기에 도달한 것에 그치지 않고, 꼭대기를 넘어 이미 내리막길에 접어들었다. 덴콤의 사례, 물론 바로 제임스의 사례는 이런 깨달음이 무엇보다도 창작 활동과 관련해 위기감을 불러일으킨다는 점을 확인해준다. 이 위기감의 산물이 「중년의 세월」이라는 제목의 단편으로 나타났다. 바로 그래서 이 단편은 중년 위기를 '들려주는' 이야기이자, 중년 위기를 '분석하는' 작품이다.

덴콤의 위기를 촉발한 원인은 무엇보다도 자신의 한계에 품은 불만이다. 그를 괴롭히는 이 불만은 자신이 할 수 있는 모든 것을 하지 않았다는 느낌이 아니라, 할 수 있는 모든 것을 했음에도 여전히 충분하지 않다는 깨달음에서 비롯된다. 이제야 비로소 제임스는 진정한 예술을 창작할 충분한 경험을 모았다고 느끼지만, 52세라는 나이는 너무 늦은 게 아닐까 두려워한다. 단 한 번뿐인 인생은 너무 짧다고 그는 탄식한다. "모아 놓은 경험으로 결실을 맺으려면 두 번째 인생, 일종의 연장전이 필요하지 않을까."[15] 작가의 위기는 중년에 도달했구나 하는 새삼스러운 확인 때문에 빚어지는 반응일 뿐만 아니라, 이미 중년을 넘어서서 내리막길을 걷고 있구나 하는 두려움 때문에 빚어지는 반응이다. 이런 관점에서 덴콤은,

제임스가 창작해낸 인물이 내게 그리하듯, 중년 위기의 표준 형태를 보여주한다. 다시 말해서 우리 대다수와는 다르게 덴콤은 인생의 중심에 머무르고 싶어 한다.

물론 아이러니한 사실은 제임스가 이런 두려움과는 정면으로 맞서는 행보를 보였다는 점이다. 그는 생산적인 두 번째 인생을 자신의 힘으로 일구어냈다. 제임스의 이 두 번째 인생은 이른바 '후기 문학' 가운데 가장 유명한 작품으로 정점을 찍었다. 『사절들The Ambassadors』, 『비둘기 날개The Wings of the Dove』, 『황금 주발The Golden Bowl』, 이 세 편의 장편소설만 하더라도 1902~1904년 사이에 쓰인 것으로, 당시 제임스는 60대였다. 작가 제임스를 캐릭터 덴콤과 대비하여 읽는 독서는 이런 관점에서 중년의 말기에도 빛은 있다는, 인생이 40대에 접어들며 시야가 좁아지는 것 같기는 하지만, 50대 말쯤에 얼마든지 다시 넓어질 수 있다는 깨달음을 선물한다. 제임스가 이런 선물을 누렸다는 사실은 통계도 확인해준다. 행복 지수 그래프는 중년에 들어 바닥을 쳤던 행복감이 이 시기를 지나며 다시 올라가기 시작하는 'U' 자 모양의 반전을 보여준다. 이런 반전을 가로막는 장애물을 없애는 가장 좋은 방법은 정신분석이 아니라, 어둠의 터널을 온몸으로 돌파해내는 경험으로 보인다.

제임스의 스토리는 중년이 'U' 자 모양일 뿐만 아니라, '유(You)' 형태이기도 하다는 점을 확인해준다. 중년은 계층과 성별과 세대의 차이를 뛰어넘어 인간의 공통 관심사라는 점에서 나와 당신이 함께 고민해야 할 맞춤형 문제이다. 인생행로의 한복판에 서서 어디로 가야 좋을지 몰라 느끼는 우리의 두려움, 또는 이미 정점을 지나 내리막길을 걷는 게 아닌 지 하는 두려움은 개인의 차원을 넘어선 보편의 문제이기 때문이다. 나의 문제일 뿐만 아니라 너의 문제이기도 하다는 점이야말로 문학이 주는 교훈이다. 허구로 지어낸 이야기이지만 이를 읽으며 느끼는 공감, 상상력이 선물해주는 공감 덕분에 우리는 나이를 먹어간다는 사실을 보는 다른 사람의 관점을 배운다. 이런 배움은 필연적으로 나의 관점을 더욱 깊고 넓게 만든다. 제임스의 「중년의 세월」보다 10년 뒤에 쓴 시에서 라이너 마리아 릴케^{Rainer Maria Rilke}는 신에게 '우리 모두가 저마다 자신의 고유한 죽음'을 맞을 수 있게 해달라고 간청했다.[16] 하지만 먼저 우리는 자신의 고유한 중년을 가꿔야만 한다. 제임스가 그려낸 중년의 세월은 아주 적절하게도 분명 작가의 고유한 중년이다.

더 나아가 제임스가 들려주는 이야기의 테두리 안에서 중년은 그의 고유한 것일 뿐만 아니라, 휴^{Hugh}의 형태를 취하기도 한다. 의사의 이름 휴는 덴콤의 젊은 시절 자아를 지칭하는 대명사 역할을 한다. 발음에 약간 변형을 주면 다음과 같은 문답이 오가는 상황이 그려진다. 똑똑. 누구시죠? 닥터 후(Doctor Who)? 닥터 유(Doctor You). 병든 작가 덴콤이 닥터 휴에게, 비록 자기 나이의 절반 정도밖에 되지 않은 젊은이임에도 이처럼 자신의 자아를 투영할 수 있는 이유는, 닥터 휴가 바로 그의 독자이기 때문이다. 덴콤이 닥터 휴와 처음 만났을 때 의사는 환자인 백작 부인을 돌보고 있었다. 덴콤은 부인을 수행한 젊은 여성이 의사가 물려받게 될 유산을 노리고 의사의 환심을 사려는 게 아닐까 하는 약간의 멜로드라마

를 상상했다. 그러나 또한 덴콤의 눈에는 의사가 무릎에 펼쳐든 책도 든
어왔다. 덴콤은 이 책이 자신의 작품 「중년의 세월」 신간임을 알아보았다.
작가의 입장에서 말하자면 자신의 젊은 분신 닥터 휴가 '늙은 나'를 읽는
셈이다.

존재를 서로 비춰보는 이런 '미장아빔'* 효과는 덴콤이 책의 표지를 보
며 '유혹적으로 빨갛다(alluringly red)'고 하는 묘사로 더욱 분명해진다.
'유혹적으로 빨갛다'는 표현은 분명 '유혹적으로 읽힌다(alluringly read)'
로 이해될 수 있기 때문이다. 의사가 덴콤의 이상적인 독자로서, 중년을
지나 이제 내리막길을 걷는 게 아닐까 하는 두려움에 시달리는 작가의
바스러진 자존감을 되살려준다. 덴콤의 작품을 보물로 여겨 금전적 행운
(유산 상속)을 얻을 기회를 거부함으로써 말이다. 특히 덴콤은 그의 최신
작이 지금껏 발표한 작품 가운데 최고의 것이며, 더 나은 작품을 기대하
게 만든다는 의사의 말에 감격한다. '더 나은 작품'이라는 짤막한 말이 '미
래의 탄탄대로'를 활짝 열어주기 때문이다. 정확히 이 대로는 덴콤이 막
힌 게 아닐까 두려워하던 바로 그것이다.[17] 물론 두 사람의 조우가 거의
초자연적 힘 덕에 이뤄진 게 아닐까 싶을 정도로 잘 맞는 대칭을 이룬다
는 점은 어째 좀 기묘하기만 하다. 이 조우는 자신의 '도펠갱어'**와 만났

---

* '미장아빔(mise-en-abime)'은 직역하면 '무한 반복 속에 놓임'이라는 뜻의 프랑스어이
다. 거울을 두 개 마주 보게 세워놓을 때 생기는 무한 반복의 이미지를 뜻한다. 영화와
문학 이론에서는 이야기 속에 이야기를 삽입하는 기법을 일컫는다.

** '도펠갱어(Doppelgänger)'는 마치 분신처럼 보일 정도로 똑같이 생긴 사람을 이르는

다는 말이 아닌가. 결국 자신의 분신과 만난다는 것은 전통적으로 죽음을 뜻한다. 의사를 보며 덴콤을 연상하는 것, 비록 다시 젊어진 모습이기는 할지라도, 역시 죽음의 냄새를 풍긴다. 하지만 이 스토리가 말하고자하는 진짜 속내는 이렇다. "나는 아직 늙지 않았어 하고 되뇌기 시작할 때 이미 우리는 늙은 게 아닐까."[18]

제임스의 작품에서 자주 보듯, 그의 글은 과거의 조건문, 곧 과거를 돌이켜보며 그때 할 수 있었는데 하는 회한을 실감나게 그려내며 연민을 불러일으킨다. 그러나 후기 작품과는 다르게 제임스는 「중년의 세월」에서는 너무 늙었구나가 아니라, 이제 더는 충분히 젊을 수 없구나 하고 한탄하면서 독자의 가슴을 아리게 만든다. 덴콤은 지난 시절 자신이 해온 것이 여전히 부족하구나 절망한다. 그러나 닥터 휴는 부드럽게 그의 생각을 바로잡는다. "사람들이 '할 수 있었는데' 하고 생각하는 것은 사실 이미 해온 일을 두고 더 잘했으면 좋았을 걸 하는 지극히 정상적인 심리죠."[19] 우리는 모두 사실과는 반대의 상황을 설정해두고 이 상황에 인질로 사로잡혀, 왜 과거에 더 많은 것을 이룩하지 못했을까 자책하며 쓰라림에 사로잡힌다. 자신이 실제로 했던 일을 생각하기에 앞서 왜 이러저러한 일을 하지 않았을까 하는 자책이 이런 마음가짐이다. 하지만 인생을 살며 느끼는 이런 '에스프리 드 레스칼리에'*, 곧 '한발 늦은 깨달음'은

독일어이다. 흔히 '도플갱어'라고 표기하나, 이는 독일어를 영어로 읽은 잘못이다.

* '에스프리 드 레스칼리에(esprit de l'escalier)'는 직역하면 '계단 위의 정신'이라는 말로

우리가 반약이라는 조신을 띤 가정법의 문 강이 시기 리, 조건은 용납하지 않는 현실의 직설법으로 살아갈 수밖에 없기 때문에 쓰라림만 안겨준다. 조건을 단 가정법은 허구의 세상과는 반대로 현실 세계에서는 별 쓸모가 없는 푼돈이다. 『미들마치』에 등장하는 메리 가스Mary Garth가 한 대사는 바로 그래서 현명하다. "아마도 ~일 수 있을 거야(might), ~할 수 있을 거야(could), ~할 거야(would) 따위의 말은 경멸받아 마땅한 조동사예요."[20]

중년은 이런 깨달음을 이뤄야 할 시기이다. 우리는 문이 닫히며, 대안으로 택할 길도 막히고 있다고 느끼지만, 그 문과 길을 택하지 않았던 이유는 아무래도 처음부터 그것이 우리에게 맞지 않기 때문이리라. 카프카의 우화 「법 앞에서」*는 이런 깨달음을 인상 깊게 포착해놓았다. 시골 출신의 남자는 평생 문 앞에서 기다린 끝에, 죽기 직전에, 이 특별한 문은 오로지 자신만을 위해 존재하는 것이었음을 깨닫는다.[21] 중년은 내가 열 수 없는 문이 있다는 것을 받아들이고, 내가 선택한 문과 조화롭게 지낼 시간이 아직 남아 있음을 깨닫는 것이 더 나은 시기이다. 최소한 이

프랑스의 계몽주의 사상가 디드로가 처음 썼다. 친구와 대화를 나누고 계단을 다 내려와서야 뒤늦게 적절하고 재치 넘치는 생각이 떠오른 것을 지칭한다. 독일어로 '트레펜비츠(Treppenwitz, 계단 위의 농담)'라고 옮겨지기도 하는 이 말은 '시간적으로 늦은 재치' 또는 '기지 부족 탓에 실패한 농담'을 뜻한다.

* 「법 앞에서Vor dem Gesetz」는 프란츠 카프카가 1915년에 발표한 글이다. 이른바 '문지기 전설' 또는 '문지기 우화'로도 유명한 이 텍스트는 시골 출신의 어떤 남자가 법의 세계로 들어가려 하지만, 문지기에게 가로막힌다는 내용이다.

것이 제임스의 단편 「중년의 세월」이 내리는 결론이다. "두 번째 기회, 그
것은 착각이다. 인생에는 오로지 한 번의 기회가 있을 뿐이다. 우리는 어
둠 속에서 자신이 할 수 있는 일을 하며, 우리가 가진 최선을 다해야 한
다."[22] 착각으로부터 벗어나 이 착각의 유혹을 거부하는 것이야말로 중년
이 감당해야만 하는 일대 도전이다. 요컨대, 문학의 리얼리즘은 중년의
리얼리즘이다.

II

이런 깨달음은 달리 표현하자면 중년이 이른바 '현실의 횡포'를 기꺼
운 마음으로 받아들이는 마음가짐이다. 젊은 시절의 낭만적 착각, 이를
테면 우리는 부모처럼 살지 않을래, 우리는 출세와 야심의 유혹에 굴복
하지 않고 세상을 바꿀 거야 하는 착각은 성숙함의 현실 정치 앞에서 비
켜선다. 조금씩 우리는 어른으로 살아가는 인생의 까다로움에 적응하면
서, 현실과의 협상으로 숱한 소소한 타협을 쌓는다. 먼저 덜어내야 할 거
대한 일상의 꿈, 현실적으로 거의 불가능에 가까운 꿈, 예를 들어 수상이
나 대통령이 되겠다, 또는 축구 국가 대표 팀에서 최전방 공격수로 뛰었
으면 하는 꿈이 먼저 사라진다. 이런 야망에 안녕 하고 작별을 고하는 것
은 쉬운 일이다. 어차피 우리는 이런 꿈에 그에 합당한 공을 들이지 않
기 때문이다. 포기하기 어려운 일은 '가능해 보이는 가능성(the possible

possibilities)' —— 럼즈펠드의 '알려진 미지의 것들(known unknowns)'을 응용한 표현—— 이를테면 개인적으로 매달리는 직업적 목표이다. 꿈의 직업을 얻는 일이라든가 반쯤 써둔 원고를 기필코 완성해 출간하는 일은 그래도 충분히 성취할 만하기 때문이다. 전혀 충족되지 않은 것보다 부분적으로 충족된 것이 좀 더 실현 가능성이 높기 때문에 우리로 하여금 좀 더 힘을 내게 한다.

현실의 이런 수용은 우리 자화상의 재조정을 요구한다. 내가 생각하는 나의 이미지에서 덜어낼 것은 덜어내고 채울 것은 채우는 재조정이야말로 중년의 본질이다. 어떻게 자신의 이미지를 재조정할지 그 구상을 짜는 일은 정말 쉽지 않은 문제이다. 우선, 나이는 해가 갈수록 늘어나는 본성을 가진 탓에 언제 우리가 '중년'인지 그 정확한 시점은 정하기 힘들다. 철학에서 말하는 '무더기 역설'*은 모래알이 어느 정도 모여야 무더기를 이루는지 그 지점을 정할 수 없다고 일깨워준다. 이 역설은 세월을 수용하는 우리의 문제에도 그대로 적용된다. 우리는 매일 자신의 얼굴을 보기 때문에 얼굴에 생기는 변화를 잘 알아보지 못한다. 젊은 시절의 초상화

---

* '무더기 역설(sorites paradox)'은 고대 그리스의 에우불리데스(Eubulides) 또는 제논(Zenon)이 최초로 제기했다고 추정되는 역설이다. 무더기를 뜻하는 그리스어 '소로스(soros)'가 그 어원으로 뜻을 정확히 특정하기 힘든 애매한 개념에 적용되는 역설이다. 어떤 같은 성질의 요소들을 쌓아 무더기를 만들었다고 가정할 때, 거기서 일부 빼버린다면 무더기는 성립할까, 아닐까? 이와 비슷한 역설은 이른바 '대머리 역설'이다. 대머리를 나누는 기준은 머리카락 몇 개일까? 소피스트들은 이 역설을 이용해 개념을 비틀어가며 궤변을 일삼았다.

와 지금의 초상화를 비교해본 몽테뉴처럼, 젊었을 때 찍은 사진을 보고서야 비로소 우리는 변화를 목격하며 흘러가버린 세월의 흔적에 충격을 받는다. 그럼에도 몸의 변화는 일어나며, 이런 변화는 나이를 먹으며 방향을 잡는 데 도움을 준다.

나이 먹어가는 과정은 심리적인 면에서 훨씬 더 까다롭다. 나이를 먹으며 우리는 새로운 방향을 잡아야 할까, 아니면 우리의 기질이 깔아놓은 궤도를 계속 따라가야 할까? '변화'할까, 아니면 '지속'할까? 이 물음에 비추어보면 인간의 성격은 근본적으로 두 가지 유형으로 나뉜다. 그 하나는 발전을 위해서라면 기꺼이 변화를 택하는 성격이다(늙어가면서 '유연한 태도'로 발전을 추구하는 사람이 있는가 하면, 거꾸로 발전을 위해서라면 과격할 정도로 방향을 바꾸어가며 분투하는 경우도 있다). 다른 하나는 지금껏 살아온 길을 고수하면서 좀 더 나은 성과를 이루어내려 노력하는 성격이다(해당 분야에서 그야말로 최고의 정점을 찍거나, 예전에 이룬 성과의 화석이 되거나). 의심할 바 없이 우리 모두는 그때그때 분위기와 환경에 따라 양쪽을 왔다 갔다 한다. 그리고 의심의 여지가 없이 우리는 어느 쪽이 최선인지 늘 정확히 판단하는 게 아니다. 나로 말할 것 같으면 그동안 유연해졌으며, 사람들이 대개 자신이 할 수 있는 일을 한다(제임스의 표현을 흉내내보았음)는 것을 깨달으면서 상대방을 성급하게 판단하지 않는 변화가 일어났다. 그러나 아마도 이런 생각 역시 단지 또 하나의 착각, 일종의 자기기만이리라.

변화하든 지속하든 문제의 핵심은 성숙함이다. 중요한 것은 다른 누구도 아닌 우리 자신을 위해 어떤 인생 스토리를 쓰느냐의 문제이냐. 우리의 자화상은 바로 이런 스토리이다. 우리 자신은 스토리이자 화자이며 동시에 독자이다. 이런 스토리의 가장 의미심장한 측면은 우리가 이제 '인 메디아스 레스(in medias res)', 곧 '사건의 한복판에' 있음을 발견하는 것이다. 이제 우리는 바깥에서 팔짱 끼고 바라보는 구경꾼이 아니라, 인생의 한복판에서 고군분투하는 주인공이다. 30대 중반까지만 해도 나는 권력과 지식의 원천은 나 자신이 아닌 다른 어떤 곳에 있으며, 의미와 그 충족은 어쨌거나 항상 미래에 있다는 매우 일반적인 견해를 가지고 있었다. 그러나 인생의 정점에 이르러서 보면, 곧 자신이 중년으로 인생의 정점에 올랐음을 의식하고 보면, 대부분의 경우 권력과 지식의 원천이 바로 자기 자신임을 깨닫는다. 이런 깨달음은 우리가 인생을 보는 관점을 필연적으로 바꿔놓는다.

인간의 본성은 알지 못하는 것을 신비로운 광채로 치장한다. 우리는 성장하면서 반박할 증거가 없다면 학교, 직장, 정부 등에서 권위를 자랑하는 위치에 있는 인물은 지식의 비밀 창고를 마음대로 드나드는 덕에 확실한 결정을 내린다고 믿는 경향이 있다. 그리고 물론 이렇게 내린 결정 가운데 이른바 '경험'에 기초한 것이 없지는 않다. 그러나 이런 경험을 쌓아가며 우리는 지식의 초월적인 저장고, 그 권위를 믿고 따르기만 하면 되는 저장고란 없으며, 우리 인생의 방향을 잡아줄 외부의 길라잡이는 없다는 것을 깨닫기 시작한다. 성숙함에 이를 즈음에 우리는 신은 죽었다는 니체의 말이 옳았음을 깨닫는다. 결정을 내려야 할 주체는 신이 아니라, 바로 우리 자신이다. 중년은 권력의 장막 배후를 들여다보고, 대개 사람들은 그저 자신이 따르고 싶은 것을 권력으로 꾸며낸다는 점을 발견한다.

나는 회의에 참석할 때마다 외적인 권위가 얼마나 터무니없는 허튼소리인지 곱씹곤 한다. 나는 10~15년 전, 회의에서 아직 본격적인 발언권을 가지지 못했을 때에는 일상의 의제를 두고 결정을 내리는 과정에 참여하는 것이 권력을 누리는 것 같아 벅찬 기분을 느끼곤 했다. 이제 자신의 결정권이 갈수록 커지면서 나는 회의를 하면서 그저 창밖의 잿빛 하늘만 바라보며 도대체 언제 회의가 끝나나 궁금해하며, 내가 직업상 좋아하는 약어 'AOB'*만 초조하게 기다린다. 그리고 회의를 하는 내내 동료든 학생이든 다른 사람과 관련한 문제를 놓고 판단할 권리를 가진다는 것이 정말 옳은 일인지 나는 의구심을 지울 수 없다. 위원회의 다른 위원들이 기대에 찬 얼굴로 나를 보며 의견을 구할 때, 내 입에서 나오는 말이 그저 지금껏 쌓아온 권위만 읊조리는 걸 들으면서, 나는 인생의 참 많은 것이 신용 사기에 지나지 않는구나 하는 탄식을 지울 수 없다.

그런 신용은 19세기에 막강한 권력을 자랑했다. "브리타니아가 파도를 지배했다"**는 말의 실제 의미는 "중년 남자가 파도를 지배했다"이다. 예

---

* 'AOB'는 보통 두 가지 표현, 'alcohol on breath(술 냄새)' 또는 'any other business (기타 의제)'를 나타내는 약어이다. 저자가 둘 가운데 어떤 것을 염두에 두었는지는 독자의 판단에 맡긴다.

** "브리타니아가 파도를 지배한다(Britannia ruled the waves)"는 "지배하라, 브리타니아

글 들이 조지프 콘래드기 인생이 중년에 도달한 이미지를 배의 선장이 되는 것으로 그린 묘사는 우연의 일치가 아니다. 1916년에 발표한 콘래드의 소설 『그림자 선』에서는 그가 1880년대에 선장으로 첫 명령을 내리던 때를 회상한다. "마법의 단어 '명령'은 젊음에서 성숙함으로 넘어가는 문턱의 상징이다."[23] 19세기 말을 지배한 휘그당 역사관*에서는 시간 자체가 세계를 아우르는 성숙함의 경지에 이르렀다고 보았다. 스테펀 콜리니**는 다음과 같이 썼다. "빅토리아 시대의 휘그당 역사학자들은 굳은 확신을 가지고 자유가 승승장구할 것이라고 썼다. 그들은 자신의 현재에 그만큼 만족했기 때문이다."[24] 21세기를 살아가는 우리의 관점에서 빅토리아 시대의 특징인 이런 자신감을 비웃는 것은 쉬운 일이다. 문명의 전파라는 미명 아래 다른 나라를 약탈하는 행위는, 좀 누그러뜨려 표현한다고 해도, 자부심의 납득할 만한 동기로 볼 수 없기 때문이다. 식민지로 누리는 만족감이 잘못된 것이기는 하지만, 막강한 힘을 누리게 해주는 것은 부정할 수 없는 사실이다. 이런 힘을 바탕으로 이룩된 19세기 문화

여!(Rule, Britannia!)"를 응용한 표현이다. 후자는 영국의 비공식 국가이자 영국군의 군가이다. 제임스 톰프슨(James Thompson) 시인이 쓴 가사에 오페라 작곡가 토머스 안(Thomas Arne)이 곡을 붙인 노래로, 제국주의 색채가 다분한 노래이다.

* '휘그당 역사관(Whig history 또는 Whig historiography)'은 역사를 좀 더 큰 자유와 계몽을 위해 꾸준히 발전하는 것으로 보는 사관이다. 17세기 상공업 계급을 기반으로 세워진 휘그당은 이런 진보 사관으로 자유 민주주의와 입헌 군주제를 역사 발전의 정점으로 꼽았다.

** 스테펀 콜리니(Stefan Collini: 1947년생)는 영국 문학 비평가이자 케임브리지 대학교의 영문학과 지성사 교수이다.

는, 우리 후손이 꺼림칙하게 느끼는 마음을 잠시 접어둘 수 있다면, 중년을 어찌 보아야 하는지 많은 것을 가르쳐준다. 그 가운데 하나는 중년이 부끄러움이나 창피함의 근원이 아니라는 점이다. 심각할 정도로 미숙한 우리 시대에 약간이라도 성숙함을 살피는 고찰은 해가 될 일이 아니다.

19세기의 문학은 이런 성숙한 감각을 차고도 넘칠 정도로 보여준다. 안정감이든 불안함이든 중년의 심리를 그리는 작품이 많을 뿐만 아니라, 특히 리얼리즘 산문 문학은 리얼리티를 그 생명처럼 여기기 때문이다. 예술 장르는 그것을 만든 문화를 반영한다. 당시 유럽에서는 유럽이 세계의 중심이라고 보았다. 제국주의 시대를 지배한 중심과 변방이라는 바로 이 비유는 빅토리아 시대 사람들이 자신을 인생의 중심에 두었음을 확실히 보여준다. 그들은 다른 문화를 발견해도 그것을 이해하고 배우기는커녕 이른바 '자신의 우월감'이라는 것을 키울 뿐이었다. 다른 문화를 많이 배울수록, 오히려 자신에게 품던 의심과 불안함은 줄어들었다. 적어도 겉보기에는 그랬다.

누구든 인생에서 길을 잃고 헤매는 사람에게 약간의 빅토리아 시대 자신감은 기적을 불러올 수 있다. 물론 신중할 필요는 있다. 그런 자신감을 약간이 아니라, 과잉 섭취하면 그 바탕에 깔린 잘못된 신념이 너무 커질 수 있다. 이런 관점에서 미학과 윤리는 두드러진 차이를 보여준다. 문학과 도덕은 명확히 맞물려 서로 보완해야만 함에도, 철 지난 진부한 도덕을 그린 문학은 얼마든지 현대적으로 보일 수 있다. 존재론의 말투를 빌리자면, 이런 차이는 우리가 허구로부터 배우는 것과 우리가 역사로부터 배우는 것의 차이이다. 리얼리즘은 현실을 묘사하고 설명하기는 하지만, 현실을 정의하지는 않는다. 예술은 어째서 그런 경험을 했냐고 꼬치꼬치 캐묻지 않으며, 니체 선생에게 죄송한 말씀이나, 경험의 논리적 정당성을 따지지도 않는다. 예술은 그저 경험의 산물일 뿐이다. 그러나 예술은 경험을 어떻게 정리하고 소화해야 좋을지 '적절한 틀에 담아' 보여줄 수는 있다. 우리는 『마담 보바리』를 읽은 덕에 불륜을 다르게 이해할 수 있다. 우리는 커소본처럼 되는 게 두려운 나머지 다른 중년을 생각할 수 있다. 인생행로의 한복판에서 문학은 우리에게 어떤 길을 가라고(또는 가지 말라고) 말해줄 수 있다.

문학은 아마도 여러 정체성을 겪어볼 기회를 열어주기 때문에 우리에게 인생의 길을 찾도록 안내하는 힘을 발휘하는 게 아닐까. 독자로 하여금 등장인물의 감정을 자기 것처럼 느끼게 해주는 능력이야말로 분명 소설의 성공 비결이다. 특히 이런 비결은 빅토리아 시대 리얼리즘 문학이 보여준 전형적 특징이다. 허구의 스토리가 지닌 많은 장점 가운데 하나는 인간의 심리를 유연하게 다룰 수 있게 해준다는 점이다. 자유 간접 화법을 사용하는 리얼리즘 소설은 독자로 하여금 주인공의 관점을 자기 것으로 받아들이고, 감정 이입으로 내가 그의 입장이라면 어땠을까 하는 상상의 나래를 펼치도록 초대한다. 그러나 또한, 이것이 더욱 중요한 지점인데, 문학은 주인공의 관점만을 유일한 것으로 보지 않고 시야를 바깥으로 더욱 넓힌다. 다시 말해서 문학은 직접 화법에만 의존하지 않는다. 이런 필치는 우리가 나이를 먹어가며 몇몇 단일 캐릭터뿐만 아니라, 동시에 다수의 캐릭터와 일체감을 느낄 수 있게 해준다. 중년의 우리는 하나의 인물 그 이상의 존재로 살아간다. 아니, 더 나아가 중년이라는 지점에 이르러 우리는 여러 인물로 살아야 한다는 사실을 깨닫는다. 내 경우 그 면면을 꼽아보자면, 나는 아들이자 형제로, 학생, 연인, 선생, 비평가, 남편 그리고 아버지로 인생을 살아왔고 앞으로 살아가리라. 나는 여러 나라들을 다니며 다양한 언어를 쓰면서 살았다. 나는 몇몇 모험에서는 성공을, 다른 모험들에서는 쓰라린 실패를 맛보았다. 경험의 이런 폭은 나로 하여금 이 모든 역할에, 그때그때 정도의 차이가 있기는 하지만, 맞출 수 있게 해주었다. 중요한 사실은 젊음에만 집착하는 편집광적 태도로는 이런 역할들을 감당할 수 없다는 점이다. 성숙함은 하나의 자아가 아니라 여러 자아들을 찾으려는 자세로 이룰 수 있다. 중년에 우리 모두는 다수의 자아를 겸비한다.

소설 문학은 이런 변화하는 정체성들을 탐구하는 데 꼭 맞는 예술이다. 제임스가 자신을 늙은 덴콤과 젊은 휴로 나누어 중년의 면면을 포착해놓았다면, 이런 분할의 배후에 숨은 심리를 가장 의미심장하게 묘사한 글은 「50대 남자의 일기 The Diary of a Man of Fifty」라는 콕 짚은 제목의 글이다. "모든 것은 나로 하여금 다른 어떤 것을 떠올리게 하면서도, 동시에 그 자체를 다시금 생각하게 한다. 나의 상상력은 멋진 순환을 하면서 나를 출발점으로 되돌려놓는다."[25] 이 연령대에 도달한 사람은 누구나 이 말에 담긴 깨달음이 무엇인지 안다. 경험은 더는 새롭지 않으며, 익숙한 후렴구에 약간의 변형을 주어 새것처럼 꾸민 인상을 주며 되풀이될 따름이다. 이제 모든 만남, 모든 생각에는 과거의 그늘이 드리워진다. 직접 겪는 현재의 순간에 예전의 울림이 퍼지면서 이 순간에 온전히 충실하지 못하게 걸리적거린다. 최근에 맺은 교분의 반짝거림은 예전 만남의 불꽃을 연상케 한다. 아마도 바로 그래서 우리는 나이를 먹을수록 새 친구를 덜 사귀게 되는 모양이다. 역사의 공유는 갈수록 더 중요해진다. 인생의 중년은 플라톤의 동굴과 같다. 우리가 보는 것은, 나이를 먹어갈수록, 현재에 투사된 우리 자신의 과거이다.

문학의 과제는 물론 '다시 현재화하는 것(to re-present)', 어떤 사건이나 감정을 대표할 만한 상징성을 찾아 현재 시점으로 구현하는 것이다. 바로 이런 상징성 탓에 주지하듯 플라톤은 문학을 신뢰하지 않았다. 그리고 플라톤의 불신을 정당화하는 몇몇 측면은 실제로 존재한다. 문학은 인간 조건을 꿰뚫어보는 중요한 통찰을 제공하기는 하지만, 세상과는 담을 쌓은 공간에서 공허한 메아리나 울려대는, 특히 너무 많은 학식을 쌓은 나머지 그 고매한 교양을 뽐내기에 바쁜 비평가와 학자들의 놀이터인 측면이 분명 있다. 이런 관점에서 문학은 진실의 산실인 동시에 함정이다. 많이 읽고 배울수록 좋기는 하지만, 그만큼 더 우리는 진실과는 거리가 먼 '대표성'에 사로잡힐 위험에 노출된다. 중년의 '멋진 순환'은 폐쇄된 순환이 될 위험, 끝없이 이런저런 텍스트나 문구를 다른 것과 비교하면서, 진정 '새로운' 의미를 찾는 일은 기약 없이 미루는 악순환에 빠질 위험이 다분하다. 버지니아 울프의 표현을 빌린다면, "'~처럼', '~처럼', '~처럼' 하는데, 사물의 외양 밑에 있는 것은 무엇일까?"[26] 의식의 '흐름'을 풀어주는 버지니아 울프의 설명은 중년에 모든 새로운 경험을 과거 추억의 분신으로 만드는 경향에 사로잡혀서는 안 된다는 경고의 역할을 한다. 우리는 뒤를 돌아보는 만큼이나 앞을 바라보아야만 한다.

19세기에 출현한 리얼리즘은 그때까지 만들어진 문학 모델 가운데 앞과 뒤를 두루 살피는 가장 유연한 관점을 제공했다. 되도록 주관적 사변이나 초자연적 요소를 배제하고 주어진 사실에 충실하고자 한 리얼리즘은 오늘날 우리가 즐기는 소설과 방송 드라마의 모태일 뿐만 아니라, 우리가 인생을 사는 방식도 고스란히 물들였다. 우리가 자신을 위해 지어낸 '사건들의 묘사', 우리가 우리 자신에게 들려주는 (그리고 실제로 남에게도 들려주는) 포부와 성취의 스토리는 소설 작법의 리얼리즘 모델이 없이는 성립할 수조차 없다. 그저 멋대로 지어낸 게 아니라 현실에 충실하려는 노력이 없는 스토리는 전혀 설득력이 없기 때문이다. 우리는 자신이 지어낸 허구의 주인공일 뿐만 아니라, 이렇게 그려지는 자신의 이미지는 (비록 현실과 거리가 있다 할지라도) 현실적으로 보여야만 설득력을 자랑한다. 헤이든 화이트*가 자신의 고전주의 연구 『메타역사Metahistory』(1973)에서 분명하게 보여주었듯, 우리가 역사를 이해하는 방식, 더 나아가 우리 자신의 스토리를 이해하는 방식은 19세기 서사문학의 유산이다.[27] 우리는 자신의 과거와 미래를 되도록 신빙성 있게, 곧 리얼하게 펼

---

*   헤이든 화이트(Hayden White: 1928~2018)는 미국의 역사학자로 문학평론의 역사를 전문적으로 연구했다. 역사 기술을 문학 이론에 비추어 분석해야 한다는 주장으로 유명한 인물이다.

처 보일 감각을 키우기 위해 늘 싸움을 벌인다. 중년에 우리의 자서전은 그 스토리의 줄기를 확실히 다듬는다. 우리는 자신의 인생을 써내려가는 저자인 동시에 독자이다. 지금껏 쌓은 경험을 반추하면서 우리는 자아실현의 그럴싸한 시나리오를 짜고 이에 맞춰 살려고 노력한다. 이 시나리오는 직업과 경제의 측면을 담아내는 동시에 문화와 예술의 측면도 고려한다. 인생행로의 한복판에서 살아간다는 것은 곧 인생 스토리의 중심을 잡는 일이다. 나이 먹음의 현실은 경제와 직업에서든, 문화와 예술에서든 리얼리즘을 요구한다.

중년을 리얼리즘에 충실하게 그려낸 스토리에 비추어볼 때 분명해지는 점은 중년이 오늘날의 세계를 매우 굳건하게 떠받치고 있다는 사실이다. 근대성 그 자체는, 적어도 서구 문화로 체현된 근대성 자체는 중년이다. 19세기 제국주의의 자신감은 오늘날 세상을 꾸려가는 모든 중년 남성과 여성에게서 계속 생명력을 얻고 있음이 고스란히 드러난다. 그러나 제국주의의 이런 유산에도 우리가 분명히 짚어야만 하는 점은 나이를 먹어갈수록 자신의 인생을 통제하는 주체는 다른 누구도 아닌 우리 자신이어야 한다고 리얼리즘 소설은 누누이 강조한다는 사실이다. 사실주의 작가의 소설은, 아무튼 '리얼리즘'에 충실한 스토리는, 비록 환상일지라도, 인생의 까다롭기만 한 혼란을 다스릴 힘을 우리에게 베푼다. 그리고 우리는 나이를 먹어갈수록 이런 힘을 필요로 한다. 인생은 문학과 다르게 절대 완결되거나 온전히 채워질 수 없기 때문이다. 소설 문학은 시작과 중간과 끝을 가지는 반면, 인생은 언제나 '인 메디아스 레스', 그 한복판에서

체험될 뿐이다. 우리는 현실의 시간 속에서 살며, 이 시간은 끊임없이 흘러간다. 좋든 나쁘든 중년은 역설, 인생에서 가장 큰 힘을 누리는 정확히 바로 그 시점에 우리는 이 힘을 잃는다는 두려움을 느끼기 시작한다는 역설의 중심축을 이룬다. 나의 아버지가 '장교답다'고 한 말의 뜻도 아마 이런 역설의 표현이리라. 중년답게 의연함을 잃지 않고 우리는 자신의 리얼리즘 스토리를 써나가야 한다.

제8장

'가운데 끼어 걷는 세월'

중년의 전향

I

나는 라디오헤드*가 다른 옥스퍼드 밴드와 마찬가지로 끔찍한 헤어스타일과 우수에 젖은 눈빛을 보여주던 1990년대 초반에 처음으로 그들의 음악을 우연히 접했다. 그들의 요란한 기타 연주에 맞춰 펄쩍펄쩍 뛰면서도 나는 이 특별한 그룹이 다른 헤아릴 수 없이 많은 젊은이들, '카울리 로드(Cowley Road)'라는 대학생 거리를 헤집고 다니며 자기표현을 열망하는 젊은이들과 뭐가 다른지 거의 알 수가 없었다. 아마도 나는 그들

---

* 라디오헤드(Radiohead)는 1991년 영국에서 결성된 록 밴드이다. 실험적인 음악으로 현대인의 소외를 노래해 큰 인기를 누렸다.

의 초기 히트곡 〈크리프Creep〉가 20세기 후반의 문화에 불만을 가진 사람들을 끌어모으는 감정적 호소력을 발휘한다고 믿었던 모양이다. 그리고 리드싱어 톰 요크Thom Yorke의 솟구치는 듯한 날카로운 목소리는 언제 들어도 특별했다. 그래도 초창기의 라디오헤드 음악은, 그들의 헤어스타일과 커튼처럼 드리운 기타의 배경 연주에 과산화수소가 들끓는 것 같은 가사가 주는 간헐적인 충격은, 당시 유행과 별반 다르지 않아 그들만의 독특한 개성을 찾아보기가 힘들었다.

그들의 두 번째 음반, 그야말로 뻥 뚫리듯 돌파구를 연 앨범《더 벤즈 The Bends》(1995)는 세상에 고문당하는 아픔을 진정성 있게 표현하며 새로운 극단으로 밀어붙였다. 앨범은 세상을 향해 젊음이 던지는 모든 물음과 탄식을, 이제 갓 청년이 된 젊은이가 중압감과 불확실함 탓에 느끼는 현기증을 섬뜩할 정도로 잘 포착해놓아 수백만 명의 애청자들을 사로잡았다. 말을 걸듯 이야기를 들려주는 가사가 발휘하는 감정적 호소력은 어른의 때라고는 묻지 않은 아주 농밀한 순수함을 자랑했다. 보기 드물 정도로 독특한 라디오헤드의 오랜 인기가 이 호소력을 증명해준다. 우리는 모두 너무 빨리 어른이 되는 것처럼 보인다.

그러나 라디오헤드가 실제로 어른으로서의 면모를 보여준 것은《오케이 컴퓨터OK Computer》(1997)라는 제목의 앨범 발표와 더불어 비로소 이뤄졌을 따름이다. 이 세 번째 획기적인 앨범의 발매로 라디오헤드는 새 천년의 불안을 노래하는 음유 시인, 세기 전환기의 '슬픔'을 노래해 전 세대를 아우르는 음유 시인으로 발돋움했다. 그들의 동년배들이 도시와 직장에서 출세를 좇는 동안, 라디오헤드 그리고 그 뒤를 따른 아티스트들은 끊임없이 런던으로 몰려드는 출세 지향의 여피족과 '구찌의 작은 돼지들'*에게 비판적인 거리를 두고 노래할 여유를 얻을 정도로 성공을 거두었다. 이로써 옥스퍼드 출신의 소년이 배운 교훈은 분명하다. 문화, 곧 음악과 문학과 미술은 얼마든지 출세의 대안이 될 수 있다. 비결은 자신의 꿈을 이루기 위해 충분히 진지하게 노력하는 자세이다.

중년이 되어 안전한 거리를 두고 20대(최소한 나 자신의 20대)의 서투름을 정확히 다시 포착하는 글을 쓰는 일은 어렵다. 지금의 눈으로 보면 별것 아닌 것들이 그 당시에는 매우 중요했다. 옷, 클럽, 생활 방식의 선택, 중산층이 어떻게든 자신의 차별성을 부각하기 위해 신경 쓰는 소소한 치장 그리고 이런 치장에 괜스레 취하는 나르시시즘 등. 음악, 무엇보다도 음악이 그랬다. 어떤 밴드를 좋아하느냐의 취향은 청소년기에 다른 무엇보다도 중요한 문제로 여겨졌다. 특정 음악을 좋아하는 취향이 곧 자신의 정체성을 대변해준다고 여겼기 때문이다. 나의 경우에 취향은 마치 내 감각이 '옳다'고 확인해주는 심판처럼 여겨졌다. 밴드는 진실성을 강조하려 세대 사이의 문화 충돌을 떠들썩하게 만드는 곡을 썼을 뿐, '음반 판매'를 노리지 않았다는 점에서 믿음을 심어주었다. 그때나 지금이나 한껏 멋을 부린 허무주의는 젊음의 특권이다.

---

* '구찌의 작은 돼지들(Gucci little piggies)'은 라디오헤드의 노래 〈파라노이드 안드로이드Paranoid Android〉에 나오는 가사의 일부이다.

이 모든 점으로 미루어 볼 때 라디오헤드가 그 세대의 꿰밀 많은 밴드들과는 다르게 계속 새로움에 도전하는 곡을 선보이면서 상업적으로도 성공을 거두었다는 사실은 놀랍기만 하다. 전 세계적인 음반 판매고와 전 세계적인 박수갈채가 맞물리는 일은 실제로 드물다. 대중은 보통 같은 종류의 음악을 더 많이 듣기 원하지만, 영원한 초심을 간직한 채 중년에 이른 라디오헤드는 아티스트이자 운동가로서 부단히 새로움을 선보이고 있다. 헤어스타일은 변했지만, 실험을 마다하지 않는 도전 정신은 그대로 남았다. 나도 그렇다고 말할 수 있는 사람은 과연 몇 명이나 될까?

나의 스무 살 자아는 40대의 나, 결혼했으며, 융자를 받아 빚이 있는 중년의 나를 보며 실망할 수도, 아닐 수도 있다. 40대의 나는 젊은 시절의 나를 돌이켜보며 분명 낯이 화끈거리는 부끄러움을 느끼는 일이 많다. 그러나 젊은 날의 실험 정신 자체는 변화한다. 스무 살 때 신경이 곤두서게 만들던 것을 두고 마흔 살의 내가 똑같이 느낄 일은 거의 없지 않을까. 만약 그렇게 느낀다면, 아마도 당신은 가죽 재킷을 입고 컨버스 운동화를 신으며 자신은 여전히 사춘기 천사의 편에 서 있다고 주장하는 늙은이처럼 안간힘을 쓰는 것이리라. 쿨(cool)함이라는 젊음의 중요한 통화는 시간에 따라 인플레이션을 겪을 수밖에 없다. 다시 말해서 나이를 먹을수록 쿨함의 가치는 떨어진다. 쿨함을 뒷받침하는 자아도취는 나이를 먹어 성숙한 어른이 되기까지 지속되기 힘들기 때문이다. 특히 아이를 키우는 부모는 그런 쿨함을 유지할 수 없다. 그러나 또한 성숙함은 규율과 집중력의 문제이기도 하다. 어른으로 성공적인 인생을 살기 위해 규율과 집중력은 반드시 필요하다. 그리고 이런 규율과 집중력은 젊은 시절에는 그냥 단순히 없는 것이다. 아마도 젊음은 규율과 집중력이 없어야 젊음답지 않을까. 자기 절제라는 규율과 오롯이 집중하는 능력이라는 두 가지 특징은 '작가를 찾는 두 명의 등장인물*'처럼 인생 스토리를 써줄 작가를 찾는다. 나는 이 특징들을 젊음을 지나서야 만날 수 있었다. 성숙함으로의 탈바꿈은 도덕을 다져가는 과정이다. 다시 말해서 인생사의 옳고 그름을 가려볼 지적 능력을 키워가는 과정이다. 이런 지적 능력이 수정처럼 걸러진 결정체는 내가 레위니옹 섬에 가지고 갔던 주요 작품들이다. 이런 변신의 도화선은, 좀 기묘하게 들릴지 모르지만, 《오케이 컴퓨터》 앨범의 리드 싱글 〈파라노이드 안드로이드〉이다.

〈파라노이드 안드로이드〉는 단연코 지난 30년 동안 발표된 곡들 가운데 가장 위대한 것 가운데 하나이다. 곡의 서사적 활기와 고결한 장엄함, 부드럽고 섬약한 분위기에서 돌연 잔혹할 정도로 고막을 찢는 분노로의 조바꿈은 들을 때마다 우리를 휘청거리게 만든다. 6분을 조금 넘기는 곡, 록으로는, 하물며 상업적으로 성공하고자 하는 싱글 곡으로는 특이할 정도로 긴 이 곡의 분위기는 서정적인가 싶으면 분노를 폭발시키면서, 신들린 듯 절박하게 호소한다. 노래는 그 궁극적인 클라이맥스에 이르기

---

* '작가를 찾는 두 명의 등장인물'이라는 표현은 이탈리아의 극작가 루이지 피란델로 (Luigi Pirandello)의 희곡 『작가를 찾는 여섯 명의 등장인물Sei personaggi in cerca d'autore』을 염두에 둔 것이다. 시칠리아 출신의 노벨 문학상 수상자인 피란델로는 이 작품으로 환상이 아닌 리얼리즘에 충실한 현대 드라마의 기초를 닦았다는 평을 듣는다.

까지 세 개의 주요 부분을 거친다. 상쾌하면서 유려한 도입부는 기타들의 격렬한 급류로 폭발하는 중간 부분을 지나, 다시 빗방울이 부드럽게 다음(多音, polyphonic)의 데스캔트(descant)를 적신다. 내 귀에 이 곡은, 그리고 자기네끼리만 어울리며 벽을 쌓는 것만 같은 여피족을 조롱하는 가사는 마치 인생과 죽음과 사후 세계를, 또는 지옥과 연옥과 천당을 빠르게 섭렵하는 것처럼 들린다. 아무래도 이 곡은 소비만 일삼으며 주의력 결핍이라는 특징을 보이는 젊은 세대를 조롱하고 나무라는 '악의적인 신곡'* 같다.

그러나 나에게 정말 오래도록 지속적인 영향을 끼친 것은 또 다른 문학적 비유였다. 이 앨범에 담긴 의미를 풀어보려 골똘히 생각하면서 나는 찾아볼 수 있는 모든 리뷰를 읽었다. 그 가운데 한 편에서는 〈파라노이드 안드로이드〉야말로 새천년의 전환기에 등장한 『황무지The Waste Land』라고 평했다. 나는 T. S. 엘리엇과 그의 위대한 시가 가진 불후의 의미를 어렴풋이 알고는 있었지만, 차분하게 앉아 그의 시를 주의 깊게 읽어본 적은 없었다. 이제 그의 시를 탐독하며 나는 라디오헤드의 노래와 엘리엇의 시가 정말 좋은 비교의 대상이라는 점을 깨달았다. 그 길이와 야망, 죽음에 보이는 편집증과 강박 그리고 무엇보다도 분위기와 관점의 불연

---

* '악의적인 신곡(A malign comedy)'은 단테의 『신곡La Divina Commedia』을 염두에 둔 표현이다. 우리나라에 일본 번역이 소개되는 바람에 '신곡'이라는 제목이 표준으로 통용되나, 원래 뜻은 '거룩한 코미디'이며, 이마저도 단테 자신이 붙인 게 아니라 출판업자 로도비코 돌체(Lodovico Dolce)가 선택한 것이다. 본래는 그저 간단하게 『Commedia』였다.

속적인 변화 등 노래와 시는 서로 견주어 음미해 볼 많은 요소를 보여준다. 요크는 자신의 머릿속에서 울리는 소리를 듣고 아직 엄마 배 속에 있는 아기의 목소리로 노래를 불렀다. 엘리엇은 원래 자신의 시 『황무지』에 '그는 여러 다른 목소리로 세상을 정탐했다'는 제목을 붙이려 했다.* 음악과 시를 비교할 당시 나는 팝 음악이 그 자체를 넘어 예술적 표현을 담아내는 더 심오한 형태를 지향할 수 있다는 점에 깊은 감동을 받았다. 실제로 나는 문학을 발견했다.

이런 깨달음 이후 내 인생이 완전히 달라졌다는 말은 과언이 아니다. 어른으로서 꾸려가는 내 인생이 단어의 이해와 해석을 주로 다루어서 그런 것만은 아니다. 물론 문장에 매달린다는 말이 맞기는 하지만, 더욱 근본적으로 어른으로 살아가는 자세가 어떤 것이어야 하는지 바라보는 나의 전체 관점은 예술 형식 가운데 가장 포괄적이며 자기 성찰의 성격이 강한 문학의 발견과 떼려야 뗄 수 없이 맞물린다. 내가 보기에, 성숙한 인간으로 살아간다는 것은 언제나 되도록 섬세한 마음가짐으로 나라는 자아가 누구인지 의식하는 자세를 뜻한다. 이는 곧 나 자신에게 기대할 수 있는 것보다 훨씬 더 섬세한 감각으로 자아를 의식할 줄 아는 사람을 찾아 그를 스승으로 삼아 배워야 함을 의미한다. "너는 네가 이해하는 정신과

---

* "He do the police in different voices"는 찰스 디킨스(Charles Dickens)의 소설 『우리 모두의 친구Our mutual Friend』에 등장하는 문장이다. 이 제목은 에즈라 파운드(Ezra Pound)의 만류로 『황무지』라는 제목으로 바뀌었다. 요크의 'unborn voice'와 엘리엇의 'different voices'는 자본주의의 권력에 맞서 인간의 순수함을 지키며, 민중을 최우선으로 떠받들자는 다짐이다.

살아실사라.[1] 밤의 성령이 파우스트에게 한 말이다. 이 말은 좀 격이 떨어지기는 하지만 이렇게 바꿔놓을 수 있다. "우리는 자신이 이해하는 바로 그 사람이다." 스무 살에 반박할 수 없는, 거부하기 어려운 문학의 힘을 발견한 것은 인생이 나아갈 바를 결정지은 경험, 거의 다마스쿠스의 기적[*]에 가까운 경험이다. 문학의 발견으로 나는 정신의 삶으로 전향했다.

이 하나의 순간을 가지고 내가 너무 호들갑을 떠는 걸까? 중년에 이르렀음을 알려주는 이정표 가운데 하나는 어떻게 지금까지 걸어온 길을 택하게 되었는지 돌이켜 보기 시작하는 지점이다. 젊었을 때는 터무니없는 자신감을 뽐내며 자신이 똑똑하다고 으스대던 철부지가 어떻게 해서 결국 안정감을 갖추고 책임감을 중시하는 어른이 되었을까? 우리는 저마다 철이 드는 과정을 들려주는 자신만의 스토리를 가지지만, 그다지 믿을 수 없는 화자이기도 하다. 과거를 낭만적으로 덧칠하기 때문이라기보다는 우연한 사건들로 이뤄지는 이야기에 한사코 의미를 부여하려 들기 때문이다. 기억이 믿을 수 없는 것은 아니다. 오히려 나는 기억의 특정 측면을 충분히 강조해주지 않는 나 자신을 믿지 못한다. 회상의 목적론이 믿으라고 우격다짐하는 측면, 나를 지금의 나로 만들어준 결정적 측면을 부각해주지 않는 자신이 나는 미덥지 않다. 이런 관점에서 나의

---

[*] '다마스쿠스의 기적'이란 성경에서 사도 바울이 기독교로 회심한 사건을 가리키는 표현이다(성경에는 '다메섹'이라는 히브리어 표기가 쓰인다). 기독교인을 박해하던 사울이 다마스쿠스로 가는 길에 번개를 맞고 눈이 멀었다가 신의 음성을 듣고 잘못을 뉘우치며 사도 바울로 거듭난다. 그 일이 일어난 1월 25일을 교회는 축일로 기념한다.

다마스쿠스의 기적: 카라바조[*], 「사도 바울의 개종」, 약 1600년, 목판에 유채.

---

* 미켈란젤로 메리시 다 카라조바조(Michelangelo Merisi da Caravaggio: 1571~1610)는 초기 바로크 시대의 이탈리아 화가이다.

자아 감각은 일종의 허구, 내가 지금 문학 교수, 남편, 아버지 등등의 역할을 맡고 있다는 사실을 바탕으로 지어낸 스토리에 집착해 자신이 좋아하는 의미를 부여하는, 인지 능력이 꾸며내는 허구이다. 내 인생의 어느 지점에선가, 나를 지금의 나로 만든 어떤 빅뱅이 일어났음에 틀림없다고 나의 자아 감각은 믿고 싶어 하는 듯하다. 아니면 그 모든 것이 점진적으로 이루어졌을까?

전향의 순간은, 말 그대로, 지극히 드물다. 인생에서 그저 한두 번 일어날까 말까 하는 것이 전향이다. 아주 넓은 의미에서 청소년기는 그런 전향의 시기 가운데 하나이다. 이 시기에 우리는 어린 시절에서 천천히 사춘기로 탈바꿈한다. 하지만 중년에도 역시 그 고유한 통과 의례가 있다. 그리고 이런 통과 의례는 중년에 그저 비유적인 의미가 아니라, 글자 그대로의 전향이라는 상징적 힘을 발휘한다. 고래로부터 중년에 그런 변화를 보인 선례는 물론 사울이 바울로 개종한 스토리이다.

기독교 전통 안에서 이 전례에 충실한 고전적 반응은 성 아우구스티누스가 보여준 것이다. 이슬람 역시 마호메트가 40세의 나이에 대천사 가브리엘로부터 계시를 받아 해방을 맛보았다는 저 유명한 전설 덕분에 중년 위기의 변화를 부르는 힘을 굳게 믿는다. 아무튼 아우구스티누스는 자신의 『고백록Confessions』(서기 약 400년경에 쓰임)에서 31세의 나이에 어떻게 신을 발견하게 되었는지 이야기해준다. 어떤 어린아이의 음성이 이르되 "톨레 레게!(tolle lege!)", 곧 "집어 들고 읽어라!" 하자 아우구스티누스는 성경을 집어 들고 그저 손에 잡히는 대로 펼쳤더니 사도 바울의

「로마서」, 좀 더 정확히는 모세의 율법보다 하나님의 은총을 더욱 믿으라는 '신도의 변화'를 묘사하는 부분이 나왔다고 한다.[2] 이를 자신이 걸어야 할 길을 바꾸라는 계시로 받아들인 아우구스티누스는 이듬해 세례를 받았다.

문학을 발견한 나의 스무 살 경험은 아우구스티누스가 들었다는 저 유명한 명령의 세속적 변형이 아닐까. 엘리엇을 읽기 시작하면서 나는 문학의 은총과 정신세계를 배웠다. 그러나 세인트루이스의 미시시피 강과 가까운 곳에서 휴머니즘의 전통에 푹 빠진 어린 시절을 보냈던 엘리엇 자신은 성년이 되어서야 중년의 전향이라는 아우구스티누스의 모델을 따랐다. 하버드와 옥스퍼드에서 철학을 공부한 뒤 제1차 세계대전이 발발하기까지의 세월 동안 엘리엇은 조지 왕조 시대*의 시인들이 남긴 흔적이 역력한 19세기 시풍을 거부하고 쥘 라포르그와 폴 베를렌** 같은 프랑스 상징주의 시로 전향하면서, "자력으로 자신을 현대화했다."[3] (1915년 에즈라 파운드가 《시 Poetry》의 발행인이자 편집장 해리엇 먼로Harriet Monroe에게 보낸 편지에 등장하는 문구를 인용했다.) 파운드는 엘리엇이 초기에 쓴 주요 시 「앨프리드 프루프록의 사랑 노래」가 출판되도록 추천했다. 이 시의 충격적일 정도로 현대적인 시풍으로 말미암아 엘리엇은 제1차 세계대전이

---

* 조지 왕조 시대는 1714~1837년을 아우르는 표현으로 신고전주의 문학이 주류를 이루었던 시기이다.

** 쥘 라포르그(Jules Laforgue: 1860~1887)와 폴 베를렌(Paul Verlaine: 1844~1896)은 모두 프랑스 상징주의를 대표하는 시인이다.

끝난 뒤의 런던 문학계에서 악명 높은 시인이 되었다. 이후 많은 젊은 시와 에세이로 시인이자 비평가로서 엘리엇의 명성은 하루가 다르게 높아지다가, 마침내 1922년 가을 20세기에 쓰인 시 가운데 단일 작품으로 가장 중요한 모더니즘 걸작 『황무지』로 정점을 찍었다. 이제 어느 모로 보나 엘리엇은 중요한 인물이 되었다.

그러나 엘리엇의 제국은 순탄하지 않았다. 무엇보다도 그는 가정교사로 일하던, 변덕이 심한 성격의 비비언 헤이그우드Vivienne Haigh-Wood와의 경솔한 결혼 탓에 힘겨운 시절을 보내야만 했다. 이 결혼 생활은 오래가지 못하고 깨져버려 엘리엇으로 하여금 끊임없이 자책과 비난에 시달리게 만들었다. 작품 활동도 순탄하지 않았다. 엘리엇은 갈수록 자신감을 잃었으며, 다음에 무엇을 해야 좋을지 하는 피할 수 없는 물음, 결코 간단하다고 할 수 없는 물음과 씨름했다. 엘리엇은 세계대전이 끝난 뒤 유럽이 흘린 피를 바라보는 절망감을 자신의 시 안에 담아내려 안간힘을 썼다. "죽음은 이처럼 많은 것을 망쳐놓았다." 런던 다리를 정처 없이 오가는 피난민 무리를 보며 엘리엇은 단테의 말투를 빌려 이렇게 표현했다. 이런 대학살이 빚어진 마당에 용서란 무엇인가? 생활비를 벌기 위해 하던 은행원 노릇에 지쳤으며("평생 이런 식으로 일을 해야만 한다는 생각은 하는 것만으로도 끔찍합니다" 하고 그는 1922년 파운드에게 말했다고 한다), 아내에게 거부당해 몸과 마음이 피폐해진 엘리엇은 1923년 한 편지에 이렇게 썼다. "치과의사에게 갈 시간도, 이발하러 갈 시간도 없습니다……지쳤어요. 이대로 버틸 수가 없습니다."[4] 엘리엇은 30대 중반에 '번아웃

(burnout)'에 직면했다.

엘리엇은 중년 위기를 풀어갈 방법으로 종교, 국적, 문체 등 모든 것을 바꿨다. 1927년, 놀랍게도 39세가 되던 바로 그 해, 조지 밀러 비어드의 말마따나 '생산력이 최고조에 이르는 연령'인 39세에 엘리엇은 영국인으로 살아가는 이중의 어려움을 끌어안았다. 그는 세례를 받고 성공회로 전향해 영국 시민이 되었다. 주지하듯, 엘리엇은 이제 자신이 "종교는 영국 성공회이며, 문학에서는 고전주의자이고, 정치에서는 왕정주의자"라고 선포했다.[5] 그러나 이후 엘리엇의 인생 단계를 지나칠 정도로 분명하게 갈라보는 일은 조심해야만 한다. 우선 엘리엇은 항상 중년이었다. 일찌감치 20대 중반에, '프루프록'은 나이를 먹어가면서 바지 밑단을 접어 입었다. 좀 더 넓은 의미에서 중년의 전향 모델은 지나친 단순화의 위험을 감수한다. 우리는 중년을 정확히 확인할 수 있는 시간과 장소로 특정해 생각하는 경향이 있기 때문이다. 인생의 한복판에서 행로를 바꾸는 전향의 순간은 갑작스럽게 찾아온 중간 휴지기처럼, 하나의 행로에서 다음 행로 사이의 틈새에서 불현듯 얻는 깨달음처럼 보일 수 있다. 계시의 전설, 이를테면 사울이 '네가 박해하는 예수'의 음성을 듣고 무릎을 꿇었다거나, 아우구스티누스가 어린아이의 음성을 듣고 성경을 읽고서 깨달음을 얻었다는 전설이 아무리 그럴싸할지라도, 마음을 통째로 바꾸는 그런 대변혁은 하룻밤 사이에 일어나는 게 아니다. 인생행로를 바꾸게 하는 깨달음은 오랫동안 땅속에서 이뤄진 운동, 환장하리만치 느리게 풀려가는 인생에 품는 불만, 명확하지는 않지만 절반쯤 의식된 불만을 '뿌리째 뒤흔

느는 운봉의 실과 룰이나.

엘리엇의 경우 이 뿌리는 오래전으로 거슬러 올라간다. 미국 동부 해안 지역에서 태어나 유니테리언* 교육을 받아 일찌감치 양심과 개인의 책임감을 키운 엘리엇의 성향은 의심할 바 없이 그의 시적 감성을 키운 가장 중요한 요소이다. 엘리엇은 무엇보다도 순교자의 부름에 끌리는 모습을 보여주었다. 그의 초기 시들에는 고문당하고 고행하며 자기희생을 불사하는 순교자 묘사가 넘쳐난다. 실제로 그의 중요한 두 편의 시 「프루프록」과 『황무지』는 순교 정신을 복화술로 노래한다. 「성 세바스찬**의 연가The Love Song of St. Sebastian」(1914)는 「프루프록」의 분위기를, 「성 나르키소스***의 죽음The Death of Saint Narcissus」(1912/1913)은 『황무지』의 분위기를 미리 보여준다. 엘리엇은 성 세바스찬을 두고 이렇게 노래한다. "나는 머리털로 짠 옷을 입고 가서" 그리고 "피가 흐를 때까지 나를 채찍으로 때리겠나이다." 반면, 성 나르키소스는 "신 앞에서 춤을 추는 무희가 되겠나이다, / 육신이 불타는 화살과 사랑에 빠졌기 때문입니다" 하고 노래한다.⁶ 엘리엇은 이처럼 항상 자기희생에서 시적 영감을 얻었다. 혹자는 세상이 대개 자기중심적으로 돌아가는 탓에 엘리엇이 자기희생

*   '유니테리언(Unitarian)'은 기독교의 삼위일체 교리를 인정하지 않고, 그리스도의 신성을 부정하며 오로지 하느님만 인정하는 기독교 교파이다.

**   성 세바스찬(St. Sebastian: 256~288)은 로마 시대에 황제의 친위 대원이었다가 기독교로 개종해 순교한 인물이다.

***   성 나르키소스(Saint Narcissus: 100~213)는 고대 그리스 출신의 예루살렘 주교로 물을 가지고 성유를 만들어내는 기적을 행한 인물이다.

을 중시했을 것이라고 해석한다.

마치 세상을 등진 은둔자처럼 살면서 엘리엇은 형이상학 드라마를 쓸 감각을, 그가 실제로 교회를 받아들이기 오래전부터 이런 감각을 키웠다. 그러나 이런 은둔자 생활은 형이상학이라는 추상적 동기뿐만 아니라, 매우 구체적인 동기, 곧 엘리엇이 간절히 사랑한 여인 에밀리 헤일 Emily Hale 로부터 멀리 떨어져 지내야만 하는 안타까움에서 비롯된 것이기도 했다. 두 사람은 1913년 하버드에서 만났다. 1914년 엘리엇은 유럽으로 떠나기 직전에 그녀에게 자신의 감정을 고백했다. 이후 엘리엇은 그녀에게 1,000여 통의 편지를 보냈다. 엘리엇과 헤일 사이에 오간 편지들은 프린스턴 대학교 도서관 기록보관소에 봉인되어 있었으며, 두 사람이 죽고 50년이 지난 다음에 대중에게 공개해달라는 헤일의 유지에 따라 2020년에 봉인이 풀렸다.[7] 이에 따라 우리는 이 감정이 얼마나 농밀한 것인지 확인할 수 있게 되었다. 닿을 수 없는 대서양의 반대편에서 에밀리는 평생 동안 엘리엇의 시가 그리는 얼어버린, 도달할 수 없는 여성상의 모델이었다. 에밀리는 엘리엇이 흠모하는 천상의 베아트리체, 그의 '영원한 여인'이 되었다. 1920년대 중반 피와 살의 고깃덩어리로 마주해야만 했던 비비언과 대비해서 에밀리의 부재는 더더욱 엘리엇의 가슴을 후벼 팠다. 엘리엇이 처음부터 떠올렸던 거룩한 사랑, 신이 베푸는 사랑은 잃어버린 사랑이라는 피안의 얼굴을 가졌으며, 바다 건너 있는 탓에 그 육신은 만져볼 수조차 없는 이상으로만 남았다. 나중에 엘리엇은 「번트 노튼」(1936)이라는 제목의 시에서 이렇게 썼다. "존재할 수 있는 것은 추상

뿐이런가 / 영원한 가능성으로만 남는가 / 오로지 생각의 세상에만 존재하는."8*

에밀리와 비비언의 대비, 신세계와 구세계 사이의 대립은 두 문화 사이의 '카이수라', 곧 '중간 휴지기'에 처한 엘리엇의 감각으로 더욱 날카로워졌다. 물론 엘리엇에게 이제 신세계는 구세계이다. 엘리엇은 미국을 등지고 영국(더 폭넓게는 유럽)을 자신이 어른으로 살아갈 환경으로 선택했다. 그의 친구들은 1920년대 중반에 엘리엇이 갈수록 도시의 신사로 차려입고 자신이 '영국인'임에 자부심을 가지면서 대서양 건너편의 느릿느릿한 말투를 잃어갔다고 촌평했다. 엘리엇이 평생 취했던 여러 마스크와 자세 가운데 영국인으로서의 면모와 풍모는 아마도 마지막이자 가장 오래간 것이리라. 미국이 그의 어린 시절을 대변한다면, 영국은 엘리엇의 중년을 대변한다. 영국 성공회로의 개종은, 그 자신이 천명했듯, 성숙함을 완성시킨 사건이다. 이런 전향은 이후 쓴 작품들, 『네 개의 사중주』와 그 뒤를 이은 작품들이 나아갈 궤도를 놓아주었다. 요컨대, 30대 후반에 엘리엇은 중년의, 교회 다니는 영국 신사였다.

원숙한 품위에 도달하기 위해 엘리엇이 걸은 길은 중년에 접어들면서 인간의 의식이 보수화하는 것을 들려주는 고전적 이야기이다. 우리는 어

---

* 「번트 노튼Burnt Norton」은 『네 개의 사중주』의 첫 번째 시로, 제목은 엘리엇이 에밀리 헤일과 함께 찾아갔던 영주의 집을 뜻한다. 이 시의 원문은 다음과 같다. "What might have been is an abstraction/Remaining a perpetual possibility/Only in a world of speculation." 번역은 내가 한 것이다.

중년의 점잖은 마스크: 1926년 30대 중반의 T. S. 엘리엇.

른으로 기존 질서에 안착하면서 갈수록 보수적이 되며, 역사와 그 안에서 우리가 차지하는 위치를 의식한다는 것이 사회의 통설이다. 개인의 재능보다 전통에 더 무게가 실리기 때문이다. 그러나 엘리엇의 경우는 이런 피상적인 독법이 암시하는 것보다 훨씬 더 복잡하고 흥미롭다. 엘리엇에게 중년은, 의심할 바 없이 우리 대다수와 마찬가지로, 젊음의 무정부주의와 불확실함을 신중하게 통제한 감정 뒤에 감추도록 강제하는 일종의 마스크이다. 성공이라는 마스크 뒤에는 실패의 두려움이 잠복한다. 시를 읽는 성숙한 어른이라는 마스크 뒤에는 라디오헤드의 음악을 듣는 분노한 청년이 숨어 있다. 겉으로 엘리엇은 자신이 구축한 문학 세계의 상징이 되었지만, 그의 내면은 경계를 늦출 수 없는 아웃사이더, 본능적으로 옛 잉글랜드(영국)보다 새 잉글랜드(미국)에 더 끌리는 아웃사이더로 남았다. 피상적으로 의젓한 중년으로 자리 잡을수록 그의 감정은 시의 심연을 파고들었다. "나는 그가 베일을 쓴 것처럼 느껴진다."[9] 1923년 버지니아 울프가 엘리엇을 보고 쓴 글이다. 이 촌평은 엘리엇의 임박한 전향과 관련해 모더니스트 시인인 그가 표방하는 종교적 신앙이 그저 다른 종류의 마스크에 지나지 않음을 강하게 암시한다. 이런 마스크의 영국적인 불안정함을 구체적으로 보여준 작품은 엘리엇의 주요한 과도기 시 『공허한 인간The Hollow Men』이다.

『황무지』를 출간하고 곧바로 집필에 착수해 몇 년 뒤 발표한 『공허한 인간』은 엘리엇이 "머릿속을 맴돌며 좀체 포착되지 않아 나를 괴롭히는 시상을 차분한 마음가짐으로 좀 더 낫게 잡아내려" 시도의 산물이다.[10]

1925년에야 비로소 그 전체가 발표된『공허한 인간』은 엘리엇이 자신의 창작 작업과 결혼 생활에서 느낀 상실감을, 그래서 종교에서 구원을 기대하는 감정을 담아낸 작품이다. 1936년에 이 시를 쓰던 시절을 회상하며 엘리엇은『공허한 인간』을 신성 모독이었다고 묘사한다. "그것은 절망의 표현이었기에 신성 모독입니다. 그 시는 나의 추악한 결혼 생활에서 내가 도달한 가장 낮은 지점을 의미합니다."[11] 신성 모독은 엘리엇이 쓴 마스크 뒤에 숨은 형이상학적 멜로드라마를 적절히 환기해주는 개념이다. 제목과 첫 몇 행에서부터『공허한 인간』은 엘리엇이 30대 중반에 경험한 공허함의 의미를 탐색한다.

> 우리는 텅 빈 인간들
> 우리는 꾸역꾸역 속을 채운 인간들
> 서로 기대었으되
> 머리통은 지푸라기로 채워졌구나, 아아![12]*

텅 비었으되 꾸역꾸역 속을 채운 인간이라는 이미지는 '가이(Guy)' 인

---

* 이 시의 원문은 다음과 같다. "We are the hollow men / We are the stuffed men / Leaning together / Headpiece filled with straw. Alas!" 이 시의 경우도 국내에는 다양한 번역문이 존재한다. 핵심은 공허함과 채움의 대비이다. 공허해서 채운 줄 알았더니 지푸라기뿐이라는 비유로 엘리엇은 인간의 텅 빈 본질을 꼬집는다. 항간에는 'stuffed'를 '박제된'이라고 옮긴 경우도 있다. 이런 사정을 감안해 번역은 내가 한 것이다.

형을 연상시킨다. 이런 이미지로 엘리엇은 1605년의 '화약 음모 사건'의 주범이었던 가이 포크스를 제물로 바치는 희생 의식이 새롭게 거듭남을 위해 필요함을 암시한다.* '죽음의 다른 왕국(Death's other kingdom)'은 이런 암시에 맞춰 시의 중심을 이루며, 첫 절은 물론이고 다섯 절 내내 반복해서 등장한다. 마치 엘리엇은 저 다른 왕국에서 다시 출현하기 위해 자신을 죽이기 '원하는' 것처럼 보인다. "죽음의 황혼이 깃든 왕국은/유일한 희망인가/공허한 인간의(Death's twilight kingdom/[is] The hope only/Of empty men)" 하고 끝에서 두 번째 절, 곧 네 번째 절에서 노래하며 엘리엇은 마스크 뒤의 공허함은 재탄생을 예고하는 번데기, 비상을 준비하는 애벌레를 키우는 것임을 암시한다.

속이 텅 빈 마스크가 중년의 공허함을 상징하는 이미지라고 한다면, 기계는 다른 것을 상징한다. 30대 중반에 엘리엇은 속속들이 회사원이 되어, 먼저 '로이즈(Lloyds)'의 은행원으로, 그런 다음 1925년 9월부터 '파버 & 그와이어(Faber & Gwyer)' 출판사의 문학 담당 고문으로 일했다. 사무실에서 매일 똑같은 일상을 반복하는 것이 정말 싫다고 하면서도 엘

---

* '화약 음모 사건(the gunpowder plot)'은 성공회 외에 다른 종교를 용납하지 않는 제임스 1세를 살해하려 가톨릭교도들이 꾸민, 실패로 돌아간 테러를 말한다. 그 주동자였던 가이 포크스(Guy Fawkes)는 참혹하게 처형되었다. 이 사건으로 영국 성공회는 오히려 세를 다지는 혁신을 맞보았다. 영국에서는 '본파이어 나이트(Bonfire Night: 11월 5일)'라는 기념일을 정해 '가이' 인형, 마스크를 씌우고 속을 헌 옷가지나 종이로 채운 인형을 불태우는 풍습이 있다. 남자를 상스럽게 이르는 표현인 'Guy'의 유래이기도 한 인물이 가이 포크스이다.

리엇은 이런 업무가 가져다주는 틀에 잡힌 생활을 필요로 했다. 이렇게라도 해야 그는 죄책감과 실패감에서 어느 정도 벗어날 수 있었기 때문이다. 엘리엇이 1925년에 쓴 편지의 구절을 읽어보자.

지난 10년 동안, 서서히, 그러나 의도적으로 나는 나 자신을 기계로 만들었다. 의도적으로, 참기 위해서, 느끼지 않으려고. 하지만 이런 생활 탓에 V[비비엔]가 죽었다……때때로 사람은 다른 사람이 죽어야만 살 수 있다는 말은 정말 맞을까?[13]

어른으로 살아가는 생활을 대변하는 두 이미지, 마스크와 기계라는 두 이미지의 공통점은 모든 감정을 억제하려는 엘리엇의 시도가 담겨 있다는 것이다. 이런 배경에서 볼 때 1920년대의 전향으로 나아가는 행보는 성공회의 교리를 받아들이겠다는 의지의 표현이라기보다는 '절제되지 않은 감정'을 다잡고자 하는 노력으로 읽힌다.[14] 그가 쓴 표현 그대로 엘리엇의 기독교 포용은 그가 초기 에세이에서 미학적으로 윤곽을 그렸듯, '개인의 차원을 벗어남'을 위한 노력의 일환으로 시를 쓰면서 기독교를 시의 '객관적 상관물'로 여겼음을 뜻한다.[15] 이런 관점에서 『공허한 인간』은 개인으로서의 자아를 이겨내려는 극기의 방법을 탐색하는 노력, 전향을 모색하는 초심을 극적으로 들려주는 작품이다. 시가 실린 책의 왼쪽 페이지에는 욕망의 멈칫거리는 분출이("욕망과 / 떨림 사이에 / 정력과 / 존재 사이에 / …… 어둠이 깃드나니(Between the desire / And the spasm/Between the potency/And the existence/... Falls the shadow)), 오른쪽 페이지에는 냉철한 금욕을 강조하는 반복되는 문장(왕국은 당신의 것입니다(For Thine is the Kingdom))이 선명한 대비를 이룬다.* 시는 마지막 행에 이르러 문학에서 점강법(漸降法), 곧 크고 높고 강한 것에서부터 점차 작고 낮고 약한 것으로 끌어내리는 표현으로 강조의 효과를 얻고자 하는 기법의 가장 유명한 사례 가운데 하나인 문구로 스스로 택한 금욕이 어떤 것인지 보여준다. "절정의 외침이 아니라 흐느낌으로(Not with a bang but a whimper)".

그러나 이 흐느낌은 (재)탄생의 소리일 수 있지 않을까? 『공허한 인간』의 결말 부분에서 분위기를 주도하는 '사이에(in between)' 끼인 존재라는 인상은 엘리엇이 전향 이후에 쓴 『재의 수요일』(1930)의 시작 부분에서 훨씬 더 긍정적인 울림을 준다. 머뭇거리며 반복하던 '사이에(between)'는 이제 '~ 때문에(because)' 하는 승리의 외침을 되풀이한다. "나는 다시 돌아서기를 희망하지 않기 때문에" 하고 서두를 뗀 엘리엇은 중세 이탈리아 시인 귀도 카발칸티**의 구절을 인용한다. "나는 사물을 있는 그대로 즐기

---

* "왕국은 당신의 것입니다(For Thine is the Kingdom)"는 성공회 주기도문에 나오는 표현이다. 기독교 종파마다 다르게 번역해 쓰는 표현으로 개역개정판 성경은 "나라와 권세와 영광이 아버지께 영원히 있사옵나이다"로 옮긴다. 영어 성경에서 마태복음의 해당 구절은 다음과 같다. "For thine is the kingdom, and the power, and the glory, for ever. Amen." 본문에 인용된 구절은 성욕과 금욕의 대비를 통해 극기의 중요성을 강조하는 대목이다.

** 귀도 카발칸티(Guido Cavalcanti: 1259~1300)는 이탈리아의 시인이자 철학자로 단테의 친구이다.

며/은총을 받은 얼굴을 포기하려네."[16] 포기라는 언어는 괴테가 즐겨 쓰던 체념의 분위기와 닮아 있지만, 좀 더 숭고한 것에 봉사한다. 분명 이런 표현은 엘리엇의 인생 역정을 반영한 것이기도 하다. 엘리엇은 1929년 자신의 형에게 보낸 편지에 이렇게 썼다. "나는 인생을 22세, 28세 그리고 40세, 이렇게 세 번 시작했습니다. 다시 시작하는 일은 없었으면 좋겠습니다. 갈수록 피곤하니까요."[17] 그처럼 잦은 재탄생은 상응하는 대가를 요구하게 마련이다.

하지만 엘리엇이 그처럼 많은 대화 상대자에게 털어놓았듯, 재탄생이라는 수사는 아주 분명하고 확실한 모범, 곧 단테의 『비타 누오바』 곧 '새로운 인생'을 염두에 둔 표현이다. 단테는 아마도 엘리엇이 유일하게 가장 중요한 선도자로 꼽은 인물이리라. 단테가 그에게 미친 영향은 실제로 지도를 그리듯 확인할 수 있다. 아주 폭넓게 이야기하자면, 엘리엇의 작품 세계를 이루는 주요한 세 단계는 단테의 그것과 딱 맞아떨어진다. 지옥은 『황무지』와, 연옥은 『공허한 인간』 및 『재의 수요일』과, 천국은 『네 개의 사중주』와 각각 맞아떨어진다. 중년이라는 연옥의 끝 무렵에 이르러 엘리엇은 온전히 세례를 받은 기독교인으로 새로운 인생을 탐색한다. 바로 그래서 『비타 누오바』가 찬양하는 기독교의 사랑은 아주 특별한 의미를 얻는다. 엘리엇은 『재의 수요일』을 설명하는 글에서 이 시는 '단지 『비타 누오바』의 구절을 영어로 옮겨 적으려는 시도'라면서, 단테의 책을 '감정을 다스리는 훈련에 대단히 중요한 작품'이라고 더없이 명확하게 강조했다.[18] 『재의 수요일』은 이런 절제의 규율을 현대 생활에 적용하려는 시도이다. 엘리엇이 단테를 나눈 에세이에서 썼듯, 『비타 누오바』는 사랑의 감정을 강조하고 있기는 하지만, 감정의 절제라는 측면에서 '반(反)낭만적' 이다. 우리는 "인생이 베풀 수 없는 것을 죽음에게 구해야만 한다."[19] 마흔이라는 나이에 엘리엇은 인생행로의 한복판에 섰을 뿐만 아니라, 죽음으로 나아가는 길의 한복판에 서기도 했다.

'반낭만적'은 엘리엇의 30대 후반과 40대 초반을 아주 잘 압축해서 보여주는 단어이다. 그는 결혼이라는 꾀죄죄한 불투명함을 거부하고 교회로 눈을 돌렸다. 미국에서 보낸 어린 시절의 당돌한 모험심을 내려놓고, 중년의 의젓한 영국 신사이기를 선택했다. 중년을 다루는 우리의 좀 더 폭넓은 이야기 틀에서 볼 때 엘리엇은 중년 위기를 종교적 전향으로 돌파했을 뿐만 아니라, 『재의 수요일』 4부에서 표현한 '가운데 끼어 걷는 세월'의 의미를 더욱 선명하게 의식했다. 요컨대 시간은 엘리엇의 핵심 주제이다. 『네 개의 사중주』를 쓸 무렵, 시간은 그의 예술에서 심장을 이루는 바로 그 본질이 되었다.

Ⅱ

엘리엇이 중년의 전향을 시도한 20세기 유일한 시인은 아니다. 영문학에서 중년의 전향과 관련해 가장 자주 거론되는 인물은 위스턴 휴 오든Wystan Hugh Auden이다. 오든은 1939년 미국의 뉴욕으로 이주하면서 교회를 다니기 시작했으며, 1940년에는 자신이 기독교인임을 공식적으로 선포했다. 좀 덜 알려지기는 했지만, 중년 문제와 관련해 더욱 적절한 비교 대상은 영어권 세계의 바깥에서 만나볼 수 있는 독일 시인이자 문필가 루돌프 알렉산더 슈뢰더^{Rudolf Alexander Schröder}(1878~1962)이다. 슈뢰더는 갈수록 보수적 색채를 띠는 엘리엇의 감성을 공유한 덕에 엘리엇의 작품을 독일어로 옮기기에 가장 적합한 번역자였다(예를 들어 슈뢰더는 엘리엇의 희곡『대성당의 살인Murder in the Cathedral』을 1939년에『모르트 임 돔Mord im Dom』으로 옮겼다). 또한 슈뢰더는 중년에 기독교로 개종하면서 엘리엇과 비슷한 행보를 보여주었다. 1930년 슈뢰더는 간명하게『삶의 한복판Mitte des Lebens』이라는 제목의 '영성시(靈性詩)' 모음집을 발표했다. 1940년대에 모더니스트 세대 전체는 중년에 이르렀다.

이런 사실이 중년 정신을 살피는 우리의 목적에 무슨 의미를 가지는지 생각해볼 가치는 충분하다. 우리는 모더니즘을 젊음과 혁신의 미학이라고 생각하는 데 익숙한 나머지, 늙음이라면 그저 퇴행적이고 반동적인 고전주의로의 고착화라고 꺼린다. 그러나 고전주의는 중년의 다른 이름이며, 중년은 곧 시간의 발견을 뜻하는 게 아닐까? 엘리엇의 사례는 우리에게 중년의 정신이 천착하는 중요한 주제는 곧 시간, 그 흐름은 물론이고 현재형의 시간임을 일깨워준다. 중년의 새삼스러운 시간 의식은 융이 말한, 30대 후반부에 자연스럽게 고개를 드는 '종교관'으로 물들여지는 전향의 시기뿐만 아니라, 그 이후에도 계속해서 길게 여운을 드리운다. '중년'은 위기로만 그치지 않으며, 이후 몇십 년에 걸쳐 이뤄지는 성숙의 시기를 포괄하기에 안다. 현재라는 시간과 과거라는 시간은 성숙한 시간 안에 현존한다.

엘리엇은 실제로 성숙함이라는 문제에 지속적인 관심을 키웠다. 엘리엇이 전향의 시기에 변화하고 발전한다는 게 무엇을 의미하는지 하는 물음에 특히 매달린 것은 놀라운 일이 아니다. 엘리엇은 윌리엄 포스 스테드[William Force Stead], 자신에게 세례를 준 성공회 성직자인 스테드에게 이런 편지를 썼다.

> 생각과 감상과 관점은 시간에 따라 바뀔 수 있겠죠. 그런 게 바뀌지 않는다면 정체되어 위축된 사람일 테니까요. 하지만 정신의 변화는 과거의 부정과는 전혀 다른 문제입니다. 분명 나는 그동안 내가 해온 모든 것에 '불만'을 가집니다. 그러나 불만도 부정과는 전혀 다른 것이죠. 나는 쓸 당시에는 진실한 표현이라고 믿었던 어떤 글을 왜 '부정'하고 자신과 단절하려는지 알 수가 없습니다. 물론 어린애와 같은 유치함은 부정될 수 있겠죠.[20]

'변화'와 '부정'을 갈라보는 엘리엇의 구분은 우리가 중년의 길라잡이를 설정함에 있어 중요한 함의를 가진다. 변화는 피할 수 없는 것, 오히려 바람직한 것인 반면, 부정은 잘못된 것을 끊어내는 절연의 의미를 가진다. 부정이 절연인 이유는 과거와 현재가 연속적이어야 한다는 우리의 통념을 부정이 끊어내기 때문이다. 우리는 나이를 먹어가며 자연스레 어린 시절을 돌아보는 일이 잦아진다. "나는 중년에 접어들면서 어린 시절을 연상하는 힘이 강해지며, 어린 시절 받았던 인상의 밀도가 더욱 촘촘해지는 것을 확인한다."[21] 엘리엇은 1930년 8월에 쓴 편지에 이렇게 술회했다. 그러나 이 글의 행간에 숨은 의미는 우리가 인생이라는 여행을 하면서 그만큼 어린 시절로부터 더 멀리 떨어졌다는 거리감을 의식한다는 것이기도 하다. 이 간극을 인정하는 방법은 변화를 수용하는 것이다. 엘리엇의 관점에서 창의성을 가늠하는 핵심 기준은 '진실함'이다. 그러나 진실함은 우리가 나이를 먹어가며 끊임없이 재측정되는 것이다. 우리는 글을 쓰고 생산한 결과물에 늘 불만을 가진다. 내가 특히 그런데, 모든 책은 더 나아질 수 있다고 여기기 때문이다. 이런 불만은 예전의 나를 지금의 나와 비교하는 태도 탓에 생겨난다. 시간을 거부하는 탓에 과거의 진실함이 현재의 진실함으로 재단된다고 할까.

'중년'은 갈수록 더 시간을 의식하며 '변화'와 '부정'의 구분에 매달릴 뿐만 아니라, 우리가 어떻게 변화해야 하는지 그 답을 알아내기 위한 인식의 도구를 찾아야 하는 인생 단계이기도 하다. 1930년대와 1940년대에 걸쳐 엘리엇은 자신의 글은 물론이고 다른 작가의 글을 살피면서 이 인식의 도구를 찾고자 노력했다. 1940년에 윌리엄 버틀러 예이츠^{William Butler Yeats}를 다룬 에세이에서 엘리엇은 늙어가는 예술가가 직면하는 선택에 어떤 것이 있는지 궁구한다.

집필 방식을 일반화하는 것은 어려울 뿐만 아니라, 지혜롭지 않은 발상이다. 사람마다 자신의 방식이 있으니까. 그러나 내 경험으로 미루어 보건대 중년에 접어들며 우리는 세 가지 선택지를 가진다. 글쓰기를 완전히 중단하기, 갈수록 기교를 부려가며 지금껏 하던 대로 되풀이하기, 중년에 맞춘 마음가짐으로 다른 방식을 찾기, 선택지는 이렇게 세 가지이다.[22]

엘리엇이 글쓰기를 가지고 정리한 성숙함의 이 세 가지 유형은, 폭넓게 말하자면, 우리가 나이를 먹어가며 직면하는 세 가지 선택지이다. 덜할까, 더 할까, 아니면 새롭게 할까? 엘리엇은 새로움을 선호하는 것이 분명하다. 그는 예이츠를 '중년의 아주 출중한 시인'이라 묘사하면서, 그 이유를 (엘리엇의 설명에 따르면 셰익스피어와 다르게) 예이츠는 나이를 먹어가며 전혀 다른 시인이 되었기 때문이라고 부연한다. 심지어 중년의 예이츠는 엘리엇으로 하여금 자신이 1919년에 처음으로 구상했으며, 이후 유명해진 이른바 '몰개성 이론'*을 다시금 고쳐 생각할 계기를 제공했다. 1940년에 엘리엇은 "몰개성에는 두 가지 형식이 있다"고 주장한다. "그 하나는 단순히 솜씨 좋은 장인이 보여주는 몰개성이며, 다른 하나는 성숙해가는 예술가가 계속해서 수준을 끌어올리는 몰개성이다."[23] 예이츠는

---

* '몰개성 이론(theory of impersonality)'란 엘리엇의 독창적 시 이론으로 시인은 가급적 개성을 드러내지 않고 오로지 진실을 전달해주는 중간자 역할에만 충실해야 한다는 이론이다. 장인과 예술가의 대비가 보여주듯, 가급적 기교를 억제하고 진실에 충실할 때 진정한 시가 완성되며, 이런 시는 개인의 차원을 뛰어넘는다고 엘리엇은 보았다.

나이 들어가면서 그의 경험이 가지는 특수함을 그대로 간직하면서도, 이 특수한 경험을 보편적인 상징으로 만들어낼 줄 알았다고 엘리엇은 촌평한다. 이로써 예이츠는 엘리엇이 '예술가의 특징'이라 부른 것의 좋은 본보기이다. "도덕은 물론이고 지적 능력에서도 탁월함을 보여주어야 하는 사람이 예술가이다." 요컨대, 시인으로 성숙해감은 인간으로 성숙해감을 뜻한다.

엘리엇의 관점에서는 과거를 부정하고 과거와 절연하는 것이 아니라, 과거와 현재와 미래를 연속선으로 보고 발전을 이루는 진화야말로 위대한 예술을 가름하는 본질적인 기준이다.

> 이론상으로 중년이거나, 노년을 앞둔 어떤 시점의 시인에게 시를 쓸 영감이나 소재가 부족해진다고 볼 근거는 없다. 경험의 능력을 갖춘 사람은 인생을 살며 10년마다 세계가 달라질지라도 그 안에서 자신을 발견할 수 있다. 그는 그때마다 다른 눈으로 세상을 보며, 자신의 예술을 혁신할 새로운 소재를 찾게 마련이다. 그러나 사실 세월에 적응하는 이런 능력을 보여준 시인은 매우 드물다. 이런 적응은 실제로 보기 드문 정직함 그리고 변화를 직시할 용기를 요구한다.[24]

1927년에 예술적 성취의 주요 조건이 진실함이었음에 반해, 1940년에 대두된 것은 '정직함'이다. 도대체 우리는 계속 진화하고 있는 걸까? 혹시 현재의 자아에 충실한 대신 우리는 과거의 업적을 단순히 되풀이하고 있는 것은 아닐까? 중년과 결부된 위험 가운데 하나는 '예전 작업을 그저 불성실하게 흉내 내는 것'이라고 엘리엇은 경고한다. 진정한 변화를 보이지 못하고 그저 과거를 재탕하는 이런 위험은 어떻게 해야 극복될 수 있을까? 엘리엇은 1949년 조이스를 다룬 글에서 중년의 천재를 알아볼 중요한 특징 가운데 하나를 이렇게 묘사한다. "가장 위대한 능력 가운데 하나는 발전을 이뤄내는 힘이다."[25] 발전을 지속하는 예술가, 이를테면 예이츠나 조이스와 같은 작가 또는 라디오헤드와 같은 음악가들은 이런 이유에서 경탄받아야 마땅하다. 우리가 그들이 나아가는 방향에 이의가 있을지라도 말이다.

지속적인 발전의 중요성을 잘 진단했다는 점을 감안할 때 더욱 놀라운 사실은 엘리엇이 자신의 '중년'을 상당히 부정적으로 보고 있다는 점이다. 예이츠를 다룬 논평을 썼던 바로 그해, 당시 엘리엇은 50대 초반이었는데, 친구인 편집자 존 헤이워드^{John Hayward}에게 보낸 편지에서 엘리엇은 '중년 스타일'이라는 표현을 썼다. "내 생각에 문제는 일종의 중년 스타일이라는 게 생겨나기 시작해, 거의 무제한적으로 쓰이는 통에, 습관처럼 굳어지는 개인적 표현이 발달한다는 점(그런 경향이 나타난다는 점)이다."[26] 중년 스타일이 흐릿하고 모호한 단계, 그럭저럭 쓸 만하기는 하지만, 탁월하다고 보기는 힘든 운명적 저주에 시달리는 단계라면, 엘리엇 자신도 이 시기를 두고 안타까운 심정을 토로하는 글을 썼다.

그래서 여기 나는 중년의 길[*]에서 20년을 보냈네.

20년이라는 세월을 대부분 허송했네, 두 번의 전쟁 사이에 낀 세월을,

단어를 쓰는 법을 배우려 하지만, 매번의 시도는

완전히 새로운 시작이며, 그때마다 다른 실패를 맛보는 까닭은

오로지 단어를 더 낫게 쓰는 법만 배우기 때문이지.

문제는 더는 말할 게 없다거나, 지금껏 말한 방식으로는

더는 말하고 싶지 않다는 거야.[27]

1940년에 쓴 이 글에서 엘리엇은 중년으로 살아가는 여러 의미들을 살핀다. 「이스트 코커」**(『네 개의 사중주』 가운데 두 번째 시)의 상당 부분을 물들인 어딘지 모르게 어색하며 지루한 분위기, 산문적인 문체는 당시 엘리엇이 주로 품었던 감상을 고스란히 반영한다. 오죽했으면 당시 많은 비평가들이 『네 개의 사중주』에 나오는 이런저런 구절을 두고 시라기보다는 산문에 가깝다고 꼬집었을까. 엘리엇은 자신의 부족한 능력(그 자신이 느낀 무능함)을 넘어설 수가 없었다. 전쟁의 암울하기만 했던 나날에 엘리엇은 실패를 두려워하는 중년을 무기로 삼아, 자신과 파운드를 시인들의 '중간 세대'(예이츠가 바로 윗세대이며, 오든과 스티븐 스펜더Stephen Spender가 다음 세대이다)에 속한다고 자리매김하는 자조적인 의식을 내비쳤다. 그는

---

*   이 책에서 'middle way'는 맥락에 따라 '중도, 중년의 길, 중심' 등 다양하게 해석했음을 밝혀둔다.

**   시의 제목인 '이스트 코커(East Coker)'는 엘리엇 가문의 혈통과 직접적인 연관을 가진 작은 마을의 이름이기도 하다. 나중에 엘리엇의 유해는 이 마을의 교회에 안장되었다.

완전히 발달한 것도 아니며, 그렇다고 철저히 새롭기도 않다는 뜻에서 '주간 세대'라는 표현을 썼다.[28] 이에 맞게 엘리엇은 '중년의 길'을 늘 다시 시작하지만 실패로 끝나는 일련의 시도로 묘사한다. 항상 좌절하는 초심이라는 표현은 엘리엇이 예이츠나 조이스를 상대로 했던 비판을 바로 자신에게도 겨누었다는 점에서 놀랍기만 하다. 다만 차이는 엘리엇이 말하는 정체된 발달이 예이츠와 조이스의 (아마도) 긍정적 진화를 찍어 놓은 사진 원판처럼 읽힌다는 점이다. 실패는 앞으로 나아갈 유일한 길처럼 보인다.

강연 원고를 책으로 엮은 『시에 관하여On Poetry』(1947)라는 제목의 책에서 엘리엇은 실패를 이렇게 받아들이는 감각을 중년을 위한 선언으로 격상시킨다.

중년에 이르러서도 계속 시를 쓰는 사람은 오로지 자신의 한계가 무엇인지 갈수록 더 분명하게 의식해야만 좋은 시를 쓸 수 있다. 잘할 수 있는 것은 무엇인지, 할 수 없는 것은 무엇인지 가려볼 줄 아는 태도는 꼭 필요하다. 가장 잘할 수 있는 것을 해내는 능력과 가장 취약한 것과 씨름하느라 진을 빼는 일을 피하는 능력을 우리는 배워야 한다. 그리고 내가 생각하기에, 시를 쓰는 일과 관련해 내가 한 말은 모든 전문직 가운데 가장 위대하고 가장 보편적인 것, 곧 결혼에도 그대로 적용할 수 있다. (……) 매 순간이 새로운 문제이며, 배우려는 자세를 갖추지 않는 한, 우리는 성공할 수 없다. (……) 우리는 정말 배울 게 많다는 자세로 새로운 시에, 또는 익숙한 나머지 속속들이 잘 안다

고 여기는 남편이나 아내에게 접근해야만 한다.[29]

바로 그래서 엘리엇은 좀 더 넓은 의미에서 문학이란 중년을 위해 일종의 본보기를 제공해주는 것이어야 한다고 여긴다. 겸손, 몽테뉴가 말하는 중년의 겸양은 엘리엇에게도 본질적인 미덕이다. 인간관계에서든 글쓰기에서든 우리는 할 수 없는 것은 받아들이고, 할 수 있는 것은 강조해야만 한다. 중년은 할 수 있는 것을 줄여 그것에 집중할 때이지, 더 많은 것을 탐할 때가 아니다. 이러한 정서는 베케트 문학의 진면목이다. 물론 베케트라면 겸양을 진지하게 받아들이기는 하겠지만, 엘리엇의 전형적인 꼼꼼함이 답답한 나머지 구속감을 느끼리라.

이런 신중함은 개인적 특성이자 정치적 특징이다. 예를 들어 앞에서 인용한 「이스트 코커」의 구절에서 엘리엇이 묘사하는 중년은 흡사 노년과 같은 울림을, 특히 "여기 나는 중년의 길에서" 하는 구절은 그의 초창기 시 「제론션」*(1920)의 서두, "여기 나는 메마른 한 달을 버티는 노인이라네"를 연상시킨다. "20년이라는 세월을 대부분 허송했네" 하는 표현에서 말하는 이 20년은 단테가 『향연Convivio』에서 성숙함의 시기로 정의했던 시간이며, 엘리엇이 예이츠를 다룬 에세이에서 모든 새롭게 나타나는 시의 유파가 생명력을 유지하는 표준 시간이라고 짚은 것이다. 다시 말해서 새로운 시의 스타일은 대략 20년을 주기로 나타난다. 이 20년이라는

---

*   '제론션(gerontion)'은 '작은 노인'을 뜻하는 말로 그리스어에서 비롯된 단어이다.

세월은 엘리엇의 초기 시와 후기 시 사이의 민격과 긴밀히 맞이떨어진다. 다만 시간의 순서가 뒤집힌 구성만이 차이점이다. 프랜시스 스콧 피츠제럴드*의 벤저민 버튼과 마찬가지로 엘리엇은 신경쇠약에 시달리는 젊음, 곧 너무 빨리 늙어버린 젊음에서 피곤한 중년을 거쳐 1957년 다시 젊어진 가벼운 기분으로 두 번째 결혼에 이르는 인생을 사는, 마치 시간을 거슬러 사는 모습을 보여준다.

그러나 이 20년은 물론 전쟁의 와중에서 보낸 세월이라는 좀 더 넓은 역사적 의미를 가진다. 단테가 자신의 시에서 반복적으로 쓴 표현 "인생 행로의 한복판에서"를 엘리엇이 무수히 변주한 것 역시 이런 역사를 반영한다. 전쟁의 한복판에서 살아간다는 것은 개인적으로 위협과 상실에 노출되었음을 뜻한다. "인생행로의 한복판뿐만 아니라 / 모든 길에——어두운 숲에, 블랙베리가 우거진 곳에, / 수렁의 가장자리에, 안전하게 발 디딜 곳이 없고, / 괴물의 위협을 받는구나.(not only in the middle of life's way / But all the way, in a dark wood, in a bramble, / On the edge of a grimpen, where there is no secure foothold, / And menaced by monsters.)" 이런 상황에서 정치적 해결책은 타협과 소통뿐이다. 엘리엇

---

*   프랜시스 스콧 피츠제럴드(Francis Scott Fitzgerald: 1896~1940)는 미국의 작가로 미국 문학 최고의 걸작이라는 평을 듣는 『위대한 개츠비 The Great Gatsby』(1925)를 쓴 인물이다. 벤저민 버튼은 그의 단편 「벤저민 버튼의 기묘한 사례 The Curious Case of Benjamin Button」(1922)의 주인공이다. 『재즈 시대의 이야기 Tales of the Jazz Age』(1922)라는 제목의 단편 모음집에 수록된 이 작품은 〈벤저민 버튼의 시간은 거꾸로 간다〉(2008, 국내 제목)라는 제목의 영화로도 만들어졌다.

이 1920년대 말쯤, 대략 종교적 전향을 할 시기에 쓴 글로 미루어 짐작하건대 그는 국내 정치는 물론이고 국제 관계에서도 '중도(the middle way)'를 난국의 해결책으로 제시하고 싶은 마음이 간절했던 모양이다.("우리처럼 허약한 사람들의 시대에 정부에는 중도를 따를 힘을 가진 남자가 거의 없다."[30])

> 브리튼은 라틴 문화와 게르만 문화를 이어주는 다리로 양쪽의 특성들을 두루 가진다. 하지만 브리튼은 다리일 뿐만 아니라, 서유럽의 두 부분 사이에서 중심을 잡아주는 중도이기도 하다. 브리튼은 유럽일 뿐만 아니라, 유럽과 나머지 세계 사이를 맺어주는 연결 고리이다, 아니 연결 고리여야만 한다.[31]

영국을 유럽의 서로 다른 부분을 이어주어야 하는 연결 고리로 보는, 좀 의문의 여지가 있는 관점은 논외로 하자. 예나 지금이나 이런 관점은 그저 희망 사항일 뿐이라는 게 더 정확한 이야기이리라. 아무튼 엘리엇의 이 글에서 주목해야 할 점은 중간에서 살아감을 이해하는 그의 생각이 바뀌었다는 사실이다. 개인의 사적인 영역에서 '중간 길(the middle way)'은 어두운 숲이거나 덤불이었던 반면, 이제 정치라는 공적 영역에서 '중도(the middle way)'는 서로 다른 세계를 이어주는 다리 또는 연결 고리이다. 결국 모든 것은 우리가 '중간에서 어떤 사람으로 서는지' 하는 물음에 달렸다.

엘리엇에게 중년은, 다른 작가들과 마찬가지로, 자신이 가진 불안을 그려내는 화폭이다. 그러나 문학이 중년의 불안을 담아내는 그릇인 것은 분명한 이야기이지만, 우리가 언제 무슨 글을 쓰고 읽을지 하는 선택과 결정에도 불안은 반영되기 마련이다. 오늘날 나는 분명 20년 전에 읽었던 것과는 다르게 엘리엇을 읽는다(그가 단테를 비교의 틀로 삼았듯, 나는 엘리엇과 나 자신을 견주어본다). 만약 내가 20년 전과 똑같이 엘리엇을 읽는다면, 나는 나 자신에게 '상당히 실망할 게' 틀림없다. 지적 발전을 열망했던 엘리엇이 「제론선」과 『네 개의 사중주』 사이의 20년 동안 노력한 것에 견주어 내가 20대 초반에 그를 발견한 것과, 중년 초반에 그를 읽는 것 사이에 나 자신이 걸어온 궤도를 가늠해볼 때 엘리엇은 나 자신의 발전을 확인해줄 시금석 노릇을 한다. 의심할 바 없이 우리 모두는 어떤 동기에서든 성인으로 살아가는 내내 우리를 동반해주는 수호자, 지적인 모범을 가진다. 작가든 음악가든, 사상가든 예술가든. 나는 40대에 엘리엇을 다시 읽으면서 나의 취향(단테와 프랑스 상징시에 가지던 초기 관심에서 간단히 말해서 시 자체를 무척 선호하기에 이르기까지)을 형성하는 데 그가 정말 많은 도움을 주었구나 하는 것뿐만 아니라 지금의 내 취향이 상당히 달라졌다는 확인에도 놀라곤 한다. 암시와 상호 텍스트성이라는 모더니즘의 중요한 기법은 정작 당사자가 그것을 이해하고 구사할 때에만 빛을 발하기 때문이다. 스무 살에 아직 이름을 들어본 일이 없는 저자의 글을 접하는 경험은 대단히 교육적이다. 마흔 살에 같은 저자의 글을 다시 읽는 일은 그동안 살아오며 쌓아온 지적 교류의 경험과 맞물리며 인생의 의미를 곱씹게 만든다. 간단히 말해서 성숙한 정신은 미숙한 정신보다 훨씬 더 '농밀하다'. 첫 조우의 충격은 가셨을지라도, 그것을 중심으로 중년의 의미가 켜켜이 쌓인다. 요컨대, 중년에 우리는 인생을 놓고 서로 암시를 주고받으며, 상호 텍스트성이라는 개념 그대로 서로의 인생을 반면교사의 텍스트로 삼아 우리의 고유한 전통을 만들어간다.

그러나 엘리엇은 또한 역으로 우리가 나이를 먹어가며 발전을 지속한다는 것이 얼마나 어려운 일인지 여실히 보여준다. 청소년기에서 성숙함에 이르는 길과, 이 성숙함을 넘어서서 더욱 발전하는 길은 전혀 성격이 다르다. 1920년대 후반에 엘리엇이 기독교로 전향한 사건은 중년 초의 그에게 성공의 후광을 제공했으며, 적극적 결정을 마다하지 않는 열정을 제공하여 전향자의 열의로 40대 초반을 포용할 수 있게 해주었다. 그러나 이 적극적 열정은 그가 50대에 접어들었을 때 체념이라는 수동적 색채가 짙은 감각에 위협을 받았다. 중년의 길은 저 『바스커빌 가문의 개』에 나오며, 「이스트 코커」에 인용된 '그림펜 마이어'처럼 변했다.* "저기 한 걸음만 잘못 디뎌도 인간이든 짐승이든 죽음을 맞을 거야."[32] 요컨대, 엘리엇의 사례가 우리에게 가르쳐주는 것은, 위기이든 전향이든 중년의 시작은 오로지 출발일 뿐이라는 사실이다. 정말 어려운 일은 이 초심과 열정을 어떻게 유지하느냐의 문제이다. 예술 가운데 가장 어려운 일인 초심

---

* 『바스커빌 가문의 개The Hound of the Baskervilles』는 아서 코난 도일(Sir Arthur Conan Doyle)이 1901년에서 1902년까지 잡지에 연재했던 소설의 제목이다. '그림펜 마이어(Grimpen Mire)'는 바스커빌 가문의 영지에 있는 수렁의 이름이다.

과 열정의 유지라는 문제에 대처할 지침을 얻기 위해 우리는 이제 전혀 다른 작가를 만나보기로 하자.

"저곳이 거대한 '그림펜 마이어'라네."

시드니 패짓(Sidney Paget)이 그린 충년의 '그림펜 마이어'. 잡지 《더 스트랜드 The Strand》에서 1901년 11월호부터 아서 코난 도일의 『바스커빌 가문의 개』를 연재했다.

제9장

겸손함의 교훈

중년의 미니멀리즘

I

일하고, 잠자고, 반복하고. 일하고, 잠자고, 반복하고. 중년이 시작될 즈음에 반복적으로 나타나는 압박 증후군은 일종의 실존적 조건이다. 40대에 도달한 사람은 다음과 같은 표현이 너무도 익숙하게 여겨지리라. "직업이 아무리 짜릿한 재미를 주고, 가족이 우리를 행복하게 해줄지라도, 나이를 먹어가며 어느 정도의 지루함은 피할 수 없다." 수학으로 말하자면, 오래 살수록 그만큼 되풀이의 빈도는 높아진다는 사실로부터 피할 방법은 없다. 자신의 프로젝트를 추구하거나, 다른 사람의 프로젝트를 경영하는 따위로 우리에게 동기를 심어주던 도전은 진부하고 공허하게 느껴지기 시작한다. 무의미하다는 생각이 천천히 불거지기 시작하면서 하는 일마다 맥이 빠진다. 40대에 우리는 입만 열었다 하면 민망 이야기를 하지만, 그럼 집중은 어떤가? 죽어라 앞만 보고 달리는 치열한 경쟁의 문제는, 도러시 파커Dorothy Parker가 넌지시 꼬집었듯, 이겨봤자 중년이라는 점이다.

심지어 사람들은 이 문제에 직면해 더욱 빨리 달린다. 하지만 정답은 더 느리게 달려야 하는 게 아닐까? '달리기'라는 비유는 실제 인생보다는 우리가 그렇게 보도록 길들여진 가상의 인생에나 맞지 않을까? 대안이 될 인생 모델도 얼마든지 있다. 차라리 차분하게 앉아 쉬는 것은 어떤가? 우리는 이런저런 일들을 하느라 바빠, 하던 일을 접고 쉬는 휴식은 거의 하지 않는다. 하지만 일을 줄이는 것, 아니 더 낫게는 하지 않는 일을 더 늘리는 것이야말로 엘리엇 자크의 환자가 묘사했던 정상에서 보는 관점과 타협하는 선택이리라. 그 환자가 품었던 물음, 곧 "할 것인가, 죽을 것인가(do or die)" 대신 우리는 "하지 말 것인가, 죽을 것인가(undo or die)" 물어야 한다. 인생을 되도록 줄이는 미니멀리즘은 중년 위기를 줄여줄 수 있다.

인생행로의 한복판을 둘러보는 우리의 여행에서 만나보는 모든 작가 가운데, 나이 먹음을 다룬 모든 예술가 가운데 사뮈엘 베케트만큼 '스스로 하지 않음(self-undoing)'을 철저하게 밀어붙인 인물은 따로 없다. 흔히 우리는 베케트를 혼란의 기록자로, 부랑자들의 계관시인*으로 여긴다. 심지어 그의 작품 세계를 어느 정도 아는 독자는 베케트 문학의 특징이야말로 1930년대의 초기 '맥시멀리즘(maximalism)'에서 1970년대와

1980년대의 후기 '미니멀리즘(minimalism)'으로 옮겨간 것이라고 생각하리라. 하지만 우리는 베케트의 미학 전체가 '넬 메조 델 캄민', 곧 '인생 한복판에서' 살아감과 매우 직접적으로 맞닿아 있음은 거의 주목하지 않는다. 베케트는 중년으로 살아가는 것이 무엇을 의미하는지 우리가 새롭게 깨닫도록 도와줄 수 있지 않을까?

거의 누구나 『고도를 기다리며En attendant Godot』를 통해 베케트 문학과 처음으로 접했으리라. 전쟁 이후의 시대를 상징처럼 보여주는 이 드라마는 아마도 20세기에 쓰인 단일 희곡 가운데 가장 강력한 영향력을 자랑하는 작품일 것이다. 학교의 정규 교과 과정에도 들어간 이 작품은 10대에게 실제로 직관적인 호소력을 자랑한다. 대화의 부조리함, 등장인물의 단순한 익살 그리고 기성의 지식과 권위에 품는 순전한 반감 등 이 모든 것이 젊음의 혈기와 잘 맞아떨어지기 때문이다. 그러나 가장 드라마틱하지 않은 이 드라마는 중년의 정체(停滯)를 다룬 '탁월한 연극'이다. 두 주인공은 애초부터 어디로도 이어지지 않을 여행의 한복판에 사로잡혀 있을 따름이다. 구원은 영원히 가 닿을 수 없는 곳에 남아 있다. 연극의 초연을 보고 쓴 평 가운데 가장 유명한 표현은 다음과 같다. "아무 일도

---

*   '부랑자들의 계관시인'에 해당하는 원어는 'the laureate of waifs and strays'이다. 이 표현은 베케트의 작품이 쓰레기통이나 뒤지며 사는 뜨내기나 절름발이 등 인간 존재의 추한 면을 집중적으로 다룬다는 세간의 평을 압축한 것이다. 이런 일반적 평가는 베케트를 오해한 관점일 따름이다. 베케트가 한계 상황에 처한 인간을 주로 다루는 이유는 삶의 더럽고 병적인 측면을 드러내기 위해서가 아니라, 인간 경험의 본질적 측면에 초점을 맞추기 위해서이다.

일어나지 않았다, 누 번이나.* 『고도를 기다리며』는 한 치의 오차도 없이 정확하게 중년의 희비극을 포착했다.

더 넓게 보면 이 희비극은 문학사에서 가장 중요한 중간 시기를 묘사한다. 제2차 세계대전이 일어나기 전인 1930년대에 베케트는 야망은 있지만 뭘 어찌했으면 좋을지 몰라 어정쩡한 세월을 보내는 청년, 초라한 현실에도 뭔가 되고 싶은 희망은 많기만 한 청년이었다. 1928년에 시작해 2년 동안 파리의 고등사범학교(École Normale Supérieure)에서 영어 강사로 일하면서 베케트는 제임스 조이스[James Joyce]에게 푹 빠졌다. 당시 제임스 조이스는 자신의 중요한 후기 작품 『피네간의 경야(經夜)Finnegans Wake』를 한창 집필 중이었다(이 작품은 1939년에 발표되었다). 이후 1년 동안 베케트는 더블린의 트리니티 칼리지(Trinity College), 1920년대에 다녔던 자신의 모교에서 프랑스 문학 강사로 학생들을 가르쳤다. 그러나 그는 단지 1년 만인 1931년에 학자로서의 생활을 포기하고 남은 1930년대 동안 런던과 파리를 오가며 지내다가, 1936년에서 이듬해 사이의 6개월 동안 나치 독일의 아트 갤러리를 순회하는 중요한 시간

---

* "아무 일도 일어나지 않았다, 두번이나(Nothing happens, twice)." 이 말은 아일랜드 출신으로 미국 캘리포니아 대학교 영문학 교수를 지낸 문학비평가 비비언 메르시에(Vivian Mercier: 1919~1989)가 『고도를 기다리며』의 연극 공연을 보고 한 것이다. "아무 일도 일어나지 않는, 이론적으로 불가능한 연극을 보았음에도 관객은 자리에서 일어설 줄을 몰랐다. 2막은 1막과 미묘한 차이만 있을 뿐, 그대로 되풀이된 것일 뿐임에도 그랬다. 아무 일도 일어나지 않았다, 두 번이나."(《The Irish Times》 1956년 2월 18일 자) 메르시에는 베케트 문학의 가장 정통한 전문가로 『고도를 기다리며』를 다룬 많은 연구 논문을 썼다.

—
"아무 일도 일어나지 않았다, 두 번이나." 『고도를 기다리며』의 초연(1953).

을 보냈다. 이 10년 동안 베케트는 그의 첫 텍스트, 평론과 단편소설, 이를테면 『프루스트Proust』(1931), 『차는 것보다 찌르는 게 낫다More Pricks than Kicks』(1934) 그리고 『머피 Murphy』(1938)를 발표했으나, 거의 팔리지 않았고, 평론가로부터도 무시당했다. 정신분석에 심취해 고향 아일랜드에 등을 돌린 이 가난한 작가는 1930년대라는 그의 '편력 시대(Wanderjahre)'*를 중간 시기로 삼아 이를 통과해내기 위해 고군분투했다.

그의 전체 세대에게 그랬듯 전쟁 기간이 베케트에게 자연스러운 휴지기였다면, 전쟁의 후유증은 비로소 그를 중년의 온전한 성숙함으로 이끌었다. 그가 전향을 이룬 위대한 순간은 세간에 전설로 회자되곤 한다. 특히 베케트 자신이 이 순간을 의미심장하게 묘사한 덕이다. 혹자는 이 전향을 두고 '자아 전향' 또는 심지어 '빛의 계시'**라 부른다. 베케트가 자책을 하며 결정적 깨달음을 얻은 순간에 빛을 보았기 때문이다. 전쟁 동안 프랑스 남부에서 은거하며 기회가 닿을 때마다 레지스탕스를 돕던 베케트는 1945년 여름 고향으로 돌아와 더블린 교외에서 지내는 자신의 노모를 찾아갔다. 어머니의 병상에 앉아 번쩍이는 번갯빛이 비춘 어머니

---

*   저자가 이 표현을, 그것도 굳이 독일어로 강조하는 이유는 괴테의 작품 『빌헬름 마이스터의 편력 시대Wilhelm Meisters Wanderjahre』를 염두에 둔 것으로 읽힌다.

**   '빛의 계시'에 해당하는 원어는 'Animadversion'이다. 이는 일반적으로 '비평'을 뜻하는 단어이나, 베케트의 경우는 번갯빛으로 자아 성찰에 이르게 되었다는 의미를 가진다. '아니마(anima)'는 라틴어로 빛을 뜻한다.

의 늙은 얼굴을 바라보면서 베케트는 불현듯 깨달음을 얻는다. 지금껏 완전히 잘못된 글을 써왔구나. 자신이 활용할 수 있는 자원, 어휘, 구문 혹은 인용구를 최대한 이끌어내기보다 이런 자원을 '최소화'해야만 하는구나. 베케트는 자신의 전기작가 제임스 놀슨*에게 이렇게 말했다. "조이스는 되도록 더 많이 아는 것을 지향했다. 나의 길은 빈곤함에, 지식의 부족에, 있는 지식도 덜어내는 것에, 더하기보다는 빼는 쪽에 있음을 깨달았다."[1] 이때부터는 덜어냄이 더 나은 선택이다.

중년의 이런 깨달음은 주지하듯 거듭 예술 작품으로 승화해 나타난다. 그 가운데 하나는 베케트 자신이 선호한 연극 『크라프의 마지막 테이프Krapp's Last Tape』(1958)이다. 중년에 썼지만(베케트는 이 작품을 50세 즈음에 썼다), 인생의 말년을 그린 이 작품은 젊은 시절에 녹음해둔 자기 목소리를 듣는 노인을 묘사한다. 깨달음의 묘사는 예술적 영감을 얻는 낭만적 순간의 원형으로 자리 잡았으며, 또한 숱한 패러디의 대상이기도 하다(예를 들어 릴케는 아드리아 해가 내려다보이는 절벽 위에서 바람의 소리를 듣고 『두이노의 비가Duineser Elegien』의 서두를 듣고 시를 쓰게 되었다고 회상한다).

정신적으로 깊은 어둠과 방종의 1년을 보낸 끝에 3월의 잊히지 않

---

*   제임스 놀슨(James Knowlson: 1933년생)은 문학비평가이자 전기작가로 영국의 레딩 대학교(University of Reading)에 베케트 기록보관소를 만든 인물이다. 대학교에서는 프랑스 문학을 가르친다.

을 맘해 방파세의 끝에서 울부짖는 바람 소디기 들리있을 때 불현듯 나는 전체를 보았다. 마침내 시야가 열렸다. 내가 이날 저녁에 새겨둔 이 상상은 나의 일을 다 마쳤을 무렵이면 아마도 내 기억 속에 차지할 자리가 없지 않을까, 이 기적을…… (망설임) …… 이 기적이 지펴준 불을, 따뜻하지도 차갑지도 않게 간직해줄 자리가.[2]

베케트의 인생과 창작 활동에서 중요한 함의를 가지는 이 순간은 그가 어머니와의 만남이라는 개인적 경험의 영역에서 보편적 예술이라는 공적 차원으로 올라서는 깨달음을 얻어냈다는 점뿐만 아니라, 중년의 전향을 이야기하는 우리 이야기의 틀에 산뜻하게 들어맞는다는 점에서도 흥미롭기만 하다. 1945년 여름에 베케트는 39세가 되었기 때문이다. 정확히 이 나이는 조지 밀러 비어드가 인생의 정점이라고 확인했던 그 나이이며, T. S. 엘리엇이 영국 성공회로 전향한 연령이다. 평생 위선과 상투성에 맞서 싸워왔음에도 베케트는 이런 관점에서만큼은 39세라는 상투성에 보조를 맞춘다. 베케트 자신이 인생의 중년에 이르렀음을 직감한다는 점은 그가 어머니를 찾아갔던 장면을 묘사하는 문구, 방파제의 끝에서 들끓는 폭풍우 한가운데 신적인 영감을 얻는다는 낭만적 감회를 조롱하는 투로 고쳐 쓴 문구에서 역력히 드러난다. "이 상상은 나의 일을 다 마쳤을 무렵이면 아마도 내 기억 속에 차지할 자리가 없지 않을까."

그러나 베케트가 보여준 중년의 '전향'과, 그에 앞선 많은 작가들이 보여준 그것의 차이는 그가 종교적 전향이 아니라 인식의 전향을 이루었다는 점이다. 베케트는 인생의 중년에 도달한다는 것이 지식의 축적만으로 이뤄지지 않는다는 점, 지식의 축적은 결코 완전히 충분할 수 없음을 깨달았다. 우리는 대개 인생이 직선 모양으로 발전하며 나이를 먹어갈수록 경험과 통찰을 쌓는 것으로 이해하지만, 이런 직선 모델은 현실과 맞지 않는다. 오히려 베케트는 노화의 '무더기 역설'을 뒤집는 데 착수하면서 모래알을 하나씩 들어내듯 지식의 축적된 더미를 허물어버린다. '무더기 역설'의 문제는 이제 무더기가 어느 지점에서 무더기가 '되느냐' 하는 것이 아니라, 어떤 지점에 이르러야 무더기임을 '멈추는가' 하는 것이다. 이 지점에서부터 베케트는 "내가 정말 아는 게 아무것도 없구나!" 하는 깨달음에 이른 사람으로 살아가는 문제에 초점을 맞추었다.[3]

1945년의 중년 위기로 빚어진 중요한 성과, 이 위기가 베케트의 원숙한 작품에 지속적으로 기여한 바는 이른바 '실패에 충실한 자세(fidelity to failure)'이다. 이 표현은 「조르주 뒤트위Georges Duthuit와 나눈 세 번의 대화」에 등장한다. 예술평론가이자 편집자인 뒤트위(특히 그는 화가 앙리 마티스Henri Matisse의 사위이다)는 베케트가 1940년대 후반에 파리에서 가깝게 지낸 친구이다.[4] 두 사람 사이에 오간 편지, 이 서신 교환이 이루어지는 가운데 침전된 간결한 '대화'는 베케트의 중년 미학을 보여주는 중요한 기록이다. 실제로 이 편지들 덕분에 베케트는 존 키츠John Keats와 하인리히 폰 클라이스트Heinrich von Kleist와 어깨를 나란히 하고 서간 문학을 기리는 후대의 명예 전당에 이름을 올릴 수 있었던 게 분명하다. 그가 뒤트위에게 초기에 보냈던 편지들 가운데 하나는 1948년 여름에 더블린에서 쓴 것으로 글쓰기, 어머니, 나이를 먹어가는 것을 바라보는 감정, 그리고 예술가를 슬픈 표정을 한 중년 남자로 그리는 초상화를 부정하고 싶다는 속내를 하나의 맥락에 담아 풀어낸다.

여기서 나는 그런 일이 나에게 일어났었다는 게, 다시 일어날 수도 있다는 게 믿기 어려워요, 글쓰기 말이에요. 예전에는 꾸며대는 글을 쓰곤 했어요, 좋아하는 글을 쓰는 게 즐거웠죠, 엄청나게 수다를 떨면서, 이 떠버리들의 도시에서. 요즘은 그렇지 않아요. (……) "Ange plein de beauté, connaissez-vous les rides, Et la peur de vieillir et ce hideux torment, De lire……?(아름다운 천사여, 얼굴의 주름살을 아나요, 나이 먹음과 죽음을 보는 두려움을, 글을 읽는 두려움을……?)" (……) 연옥에서 들려오는 울부짖음을 아나요? Io fui(나였어요). 지난 일요일에 어머니와 함께 교회에, 멀리 떨어진 교회에 갔는데, 어머니는 아버지가 저녁에 그 뒤에서 졸곤 하던 기둥을, 쉼 없이 떨리는 몸짓으로, 뚱뚱해서 무릎을 꿇는 것을 거부하는 몸으로 졸곤 하던 기둥을 찾아보았어요. (……) 나는 어머니의 눈을 지켜보았죠, 단 한 번도 본 적이 없는 파란 눈을, 그처럼 망연자실한 눈을, 가슴을 찢어놓는 것만 같은 사람의 눈을, 영원한 어린아이의 눈을, 늙은 눈을. 좀 더 일찍 그곳에 갔더라면, 거부라는 걸 할 수 있었겠죠. 나는 정말이지 그런 눈은 처음 보았어요. 다른 눈은 전혀 보고 싶지 않습니다, 이제 나는 사랑하고 울어주기에 필요한 모든 것을 가졌어요, 이제 그것은 닫히며, 내 안에서 열리리라는 걸 알아요, 하지만 아무것도 보지 못한다면, 더는 보는 일도 없겠죠.[5]

위의 문장에는 42세 작가의 개인적 면모와 문학, 물리적 환경과 형이상학적 고민이 하나의 가슴 아픈 스케치 안에 담겼다. 평생 단테를 읽은 독자, 대학교에서 단테를 전공했으며, 자신의 작품에 단테를 즐겨 인용한 베케트는 중년을 일종의 연옥으로 바라본다. 베케트가 보는 '넬 메조 델 캄민(인생 한복판에서)'은 "이오 푸이Io fui(나였어요I was)" 하는 과거형이 된다. 다시 말해서 베케트의 현재는 "더는 보는 일도 없겠죠" 하며 아예 차단해 버린 미래에 사로잡힌 과거의 연속선상일 따름이다. 베케트는 또 '라 푀르 드 비에이르(la peur de vieillir, 나이 먹음의 두려움)'라는 보들레르의 구절을 인용한다. 이 두려움은 편지의 배경에 깔려 내내 분위기를 주도하기는 하지만, 베케트가 자신의 중년을 어머니의 '늙은 눈'으로 바라보며 너그럽게 포용하는 것이기도 하다. 심지어 베케트는 실제로 우리로 하여금 앞당겨 중년을 끝까지 달려보게 한다. "좀 더 일찍 그곳에 갔더라면, 거부라는 걸 할 수 있었겠죠." 하지만 이제 늙음 그 자체는 '아무것도 하지 않음'이자 '어떤 것도 알려고 하지 않음'을 뜻한다.

'거부'라는 단어는 중년에도 도전하는 인생은 계속되어야 한다는 관점에 베케트가 전형적으로 보이는 반응이다. 다른 곳에서 주로 부정을 의미하는 단어로 쓰지만, 위의 문장에서 '거부'는 오래전에 돌아가신 아버지가 '무릎을 꿇는 것을 거부'하는 자세와 직접적으로 맞닿아 있다. 베케트의 이런 언어 주사는 우리를 단테에게고 되돌려 보낸다.[6] '지옥' 편이 세 번째 절에서 단테는 선도 악도 택하지 않으며 그저 중립적 태도로 잘못을 지켜보기만 하는 사람들을 묘사하는 표현으로 '일 그란 리퓨오토(il gran rifiuto, 위중한 거부)'라는 표현을 쓴다. 베케트는 1949년 3월 뒤트위에게 보낸 또 하나의 편지에서 친구인 화가 브람 판 펠더*의 그림 그리는 화법을 언급하며 이 표현을 쓴다.

우리는 직관이라는 거대한 소용돌이의 한복판에서도 차분하며 다음과 같은 것을 파악하기에 충분할 정도의 용기를 지닌 예술가를 오랫동안 기다려왔습니다. 외부와의 단절이 내면과의 단절을 부른다는 것을, 순진한 관계를 대체할 다른 어떤 관계도 없다는 것을, '외부'와 '내면'이라는 게 사실은 하나의 동일한 것을 헤아리게 되는 순간을 기다렸지요. 그가 안과 밖을 다시 연결하려는 시도를 하지 않았다는 말을 내가 하려는 것은 아닙니다. 중요한 점은 그의 그런 시도가 성공한 적이 없다는 거죠. 그의 그림은 재결합의 불가능함을 보여준다는 편이 오히려 적절한 표현이지 않을까요. 그림에는, 이렇게 말해도 좋다면, 거부 그리고 거부를 받아들이는 것의 거부가 묘사되어 있습니다. 아마도 이런 거부의 태도가 이 그림을 가능하게 만들어주지 않을까

----

* 브람 판 펠더(Bram van Velde: 1895~1981)는 네덜란드의 화가로 베케트와 가까운 친구였다.

요. 나로 말하자면, 관심을 끄는 것은 '일 그란 리퓨우토'(위중한 거부)일 뿐, 화려한 것을 차지하려 영웅적으로 발버둥치는 게 아닙니다.[7]

이 편지글에서 베케트가 자신의 창작 작업을 염두에 두고 있다는 점은 편지의 끝에 등장하는 다음 문장으로 분명해진다. "나 자신을 두고 할 말이 없는 것만큼이나, 다른 어떤 것을 두고도 이야기할 게 거의 없습니다." 문학이라는 매체로 번역해보면 순진한 관계를 받아들이기 거부하는 화가의 자세는 '어떤 것을 두고 글쓰기'를 거부하는 자세이다(이것이 곧 베케트 자신이 쓴 표현의 의미이다). 이 자세는 단어와 사물을, 내면과 외부의 '재결합의 불가능함'을 강조하는 주장이다. 우리 인간의 언어는 이처럼 불완전할 따름이다. 화가 판 펠더를 두고 베케트와 뒤트위가 나눈 이 간결하고도 압축적인 '대화'는 예술과 실패 사이의 관계를 거의 경구의 차원으로 끌어올린다. "예술가로 살아가는 자세는 실패를, 다른 누구도 감행할 엄두를 내지 못하는 실패를 감당하는 것을 뜻합니다."[8]

두 편지를 대비해볼 때 분명해지는 점은, 비슷한 내용의 다른 편지들도 많은데, 이 '위중한 거부'를 빚어낸 중요한 동기는 베케트가 겪은 중년의 불안이라는 사실이다. 자신의 편지에서 베케트는 늘 되풀이해서 자신을 '덜어내는' 생각을 시간의 흐름과 결부시킨다. 그가 계속해서 쓰는 표현인 '20년 전의 규제'는 바로 중년의 척도이다(우리는 엘리엇이 정확히 같은 시간, 곧 두 번의 전쟁 사이의 시기를 두고 자신의 중년을 정의했음을 되새기게 된다). 베케트의 창작력은, 역설적이게도, 창작력이 쇠약해지면서 더 강해진다. "나의 힘이 슬어드는 설까요? 좋아요, 힘이 슬어들면, 내 빌노 걸어야 할 비참한 길이 조금 줄어들겠죠. 무엇이 줄어들든, 줄어듦은, 나의 소중한 기억부터 시작해, 더 편안한 마음으로 접근하는 것이 좋겠다고 나에게 가르쳐줍니다."[9]

그러면 베케트의 작품은 어떤가? 글쓰기를 두고 쓴 평론보다 그의 창작 활동 자체는 어떻게 보아야 할까? 그가 40대 초기에, 정확히 그의 어머니가 파킨슨병에 걸려 천천히 죽어갈 무렵에, 그의 창작열이 전례 없이 왕성한 시기로 접어들었다는 것은 우연의 일치가 아니다. 위에서 인용한 편지글은 그가 어머니의 아들로서 가지는 감정과, 동시에 글을 써야만 한다는 강박과 쓸 수 없다는 무력함 사이에 성립하는 연관 관계를 더 없이 분명하게 보여준다. "표현할 것이 아무것도 없다는 표현, 무엇으로 표현해야 좋을지 그 수단이 없다는 표현, 무엇으로부터 글을 길어내야 좋을지 모르겠다는 막막함, 표현할 힘이 없다는 무력감, 표현하고 싶은 욕구의 부재, 이 모든 것은 표현해야 한다는 의무와 맞물린다." 어머니를 보는 안타까운 감정과 글을 쓰려는 욕구와 쓸 수 없다는 무력감은 베케트가 1947년 5월에서 1950년 1월 사이에 그야말로 '광분하듯 글을 쓴 창작'의 원동력이다. 이는 무엇보다도 베케트가 자신을 표현할 새로운 언어를 발견할 수 있었기 때문에 가능했다. 이 언어는 바로 프랑스어이다.[10] 베케트의 중년 전향은 자신이 아는 것이 없다는 인식론의 전향일 뿐만 아니라, 언어의 전향이기도 하다.

전쟁 이후의 시기에서 일어난 언어의 변화가 베케트의 미학에 대단히 중요한 영향을 미쳤다는 점은 아무리 강조해도 지나치지 않다. 1930년대에 베케트는 여러 가지 언어로, 특히 독일어로 글을 써보면 어떨까 하는 생각을 했다. 그리고 실제로 그가 독일어로 쓴 편지 한 장은 이런 속내를 강력히 증언한다. "나에게 언어는 그 뒤에 숨겨진 어떤 것(또는 아무것도 없는 공허함)을 보기 위해 찢어야만 하는 베일처럼 보인다."[11] 이런 감상 때문에 베케트는 전쟁 이후 프랑스어로 글을 썼다. 평론가들은 베케트의 이런 시도를 두고 늘 거듭해서 당시 조이스의 생동감 넘치는 영어의 위압적인 영향력으로부터 탈피하기 위한 방법이라고 평하곤 한다. 분명 이런 시도는 '문체 없는 글'을 쓰려는, 또는 적어도 꾸밈과 화려함으로부터 탈피한 새로운 간결한 문체를 쓰고자 하는 노력이다.

그러나 이는 좀 더 폭넓게 보면 베케트가 어머니의 침실에서 불현듯 깨달은 자신의 중년에 보인 반응이기도 하다. 프랑스어의 수용은 아일랜드의 포기를 뜻한다. 자신의 성숙함을 표현할 새로운 언어의 선택은 어린 시절 익힌 옛 언어로부터 빠져나오는 망명이다. 역설적이게도, 이러한 거리감이 어린 시절로 돌아가기 위한 전제 조건이다. 바로 이런 거리감이 베케트의 새로운 글쓰기에 힘을 실어주었다. 자력으로 자신에게서 빠져나오려는 이런 감각, 해묵은 자아의 울타리를 벗어나 자신을 새롭게 고양하려는 이런 감각은 이 시점에서 베케트 특유의 '표준 플롯', 곧 갈 길 잃은 여행이라는 구성으로 나타났다. 1947~1950년에 쓴 주요 작품들, 세 권으로 이뤄진 삼부작(『몰로이Molloy』, 『말론 죽다Malone meurt』 그리고 『이름 붙일 수 없는 자L'innommable』)와 『고도를 기다리며』는 모두 이런 기본 구소, 곧 무구노 어니논가 살 수 없나는 기본 구소를 등유안나.* 그러나 바로 이런 움직일 수 없음, 진정 베케트다운 특성인 부동성은 그 고유의 역동성을 얻는다. 『고도를 기다리며』를 여는 첫 문장 "할 게 아무것도 없네(Nothing to be done)"는 수동적으로 체념하는 숙명의 울림을 주기는 하지만, 적극적인 주장의 분위기도 풍긴다. 20세기 시학을 사로잡은 카프카의 말대로 우리의 과제는 아니라고 말하는 부정의 실행이다.¹²

소설 삼부작은 이른바 '귀류법'의 효과를 불러일으킨다. 어떤 주장이 옳음을 증명하기 위해 그 반대되는 주장의 불합리함을 드러내는 귀류법은 이렇게 전개된다. 어머니의 방에 어떻게 오게 되었는지 의아해하는 몰로이는 화병 안에서 들려오는 단순한 목소리, 무어라 이름 붙일 수 없는 화자의 목소리를 듣고 방에 왔던 기억을 떠올린다. 소설이 묘사하는 일련의 연속적 사건은 정신과 물질의 이원론인 데카르트 철학의 패러디이기도 하다. 소설의 주인공들은 나이를 먹어가며 빚어지는 몸과 마음의 분열이 도대체 왜 빚어지는지 알아낼 능력이 없다. 숲속에서 목발에 의지해 절뚝거리는 몰로이는 단테와 데카르트를 연상케 하는 첫 번째 사례를 제공한다. 몰로이는 숲의 한복판에 난 갈림길에 이르렀지만, 그저 한 방향으로만 곧장 나아가라는 데카르트의 충고(『방법 서설』에 등장하는 저 '잠정적 도덕률')를 따를 능력이 없다. 목발 탓에 그는 계속 원을 그리며 맴돌기

---

* 이 책에서는 기본적으로 국내에 출간된 책을 기준으로 제목을 옮겨두었음을 밝힌다. 베케트 작품의 제목들은 국내에 통일되어 있지 않다. 예를 들어 『L'innommable』은 '이름 붙이기 어려운 것'이라고 옮겨진 경우도 왕왕 보인다.

때문이다. 그럼에도 몰로이는 계속 나아가는 것이 자신의 의무라고 느낀다. 몰로이를 찾아내야 하는 탐정 모랑^{Moran}도 마찬가지로 자신이 어디로 가야 하는지 모르고 헤매다가 결국 자신의 출발점으로 되돌아온다. 그리고 모랑은 이번에만 부정한다("때는 자정이었죠. 비가 창문을 때리더군요. 그때는 자정이 아니었어요. 비는 오지 않았습니다."[13]). 이렇게 해서 전체 스토리는 화자가 자기 멋대로 취하는 제스처를 보며 단어를 알아맞히는 놀이가 된다.

이런 표현들로 미루어 볼 때 삼부작은 중년이라는 막다른 골목을 극복하고자 하는 시도로 이해될 수 있다. 일단 인생의 정점에 이르렀다면, 어떻게 해야 우리는 계속 걸을 수 있을까? 그저 계속 걸어야만 할까? "나는 모르겠다, 절대 알 수 없으리라, 알지 못하는 침묵 속에서 계속 걸어야만 한다면, 나는 갈 수 없지만, 계속 걷고야 말리라." 『이름 붙일 수 없는 자』의 이 유명한 맺음말은 이 시기에 쓰인 작품들에서 무수히 변주되면서, 중년의 교착 상태를 보는 베케트의 관점을 요약해준다.[14] 계속 가는 것만이 발전이든 늙어감이든 무엇인가 이룰 유일한 길이다. 언어와 문학을 다루는 원숙한 경지에 비추어 베케트의 진정한 천재성은 계속하겠다는 단호한 결심, 반복을 실존적 명령의 차원으로 끌어올리겠다는 굳은 의지에 있다.

이런 결심이 빚어낸 중요한 결과물은, 베케트의 문장 기법으로 옮겨보면, 거듭해서 강조되는 동사의 시제이다. 1940년대 말에서 1950년대 초 사이에 쓰인 베케트의 작품이 보여주는 특징은 연옥의 현재라고 말할 수

있다. 늘 거듭해서 베케트는 자신의 산문과 희곡을 인새형 시세로 이하

기한다. 그 좋은 예가 위에서 인용한 삼부작의 맺음말이다. 그의 산문과

희곡은 모두 현재가 미래가 되는 순간을 영속시키거나 미뤄놓는다. 이 시

기에 쓰인 작품들이 베케트 특유의 이런 표준 플롯을 반영하고 있다는

점은 물론 우연이 아니다. 어린 시절이라는 회상된 과거와 노년이라는 예

견된 미래 사이에 사로잡혀 중년은 영원한 연옥 속에서 신음한다. "내 인

생을, 나의 인생을 두고 나는 이제 끝난 것이라고 하면서, 여전히 계속된

다고 농담처럼 말하나, 동시에 내 인생은 끝난 것도 계속되는 것도 아니

라고 한다면, 이를 나타낼 시제는 무엇인가?"[15] 몰로이의 이런 어정쩡함

은 중년만의 특징이 아니다. 이런 어정쩡함은, 좀 더 구체적으로는, 중년

작가의 망설임이다.

『이름 붙일 수 없는 자』에서 몸이라는 요소를 최소한으로 줄여놓은 의

식(意識)으로 묘사되는 음성은 이런 관점에서 작가를 둘러싼 환경 안에서

자신이 할 수 있는 것이 무엇이고, 할 수 없는 것은 무엇인지 탐구하는

자세의 풍자적 비유이다. 베케트의 전형적인 작법에서 음성은 그 고유한

무의미함을 이야기하는 한에서만 존재하는 '영원한 부동성(perpetuum

immobile)'이다. 늙은 베케트가, 놀슨이 쓴 전기 제목 그대로 '유명하도록

저주받았다'고 한다면, 중년의 베케트는 앞으로 나아갈 길을 헛되이 탐색

하도록 현재의 저주를 받았다. 베케트가 이처럼 시제에 주목하는 것은

자기 자신의 의식 안에 고립되어 있다는 느낌을 강조하기 위함이다. 요점

만 간추리자면 음성은 우리에게 이런 이야기를 들려준다.

나는 지팡이나 막대기 같은 것과 그걸 다룰 수 있는 능력이 필요해. (……) 말이 나온 김에 미래와 조건절 분사 구문으로도 그럴 수 있지. 그걸 창처럼 내 앞을 향해 똑바로 던지면, 그때 울리는 소리를 가지고 나를 둘러싼 것, 그리고 내 세상을 뒤덮고 있는 것이 그저 해묵은 공허함인지, 아니면 플리넘*인지 알아낼 수 있을 거야.[16]

이 문장은 서기 1세기의 시인이자 철학자 루크레티우스^{Lucretius}가 쓴 책 『만유의 본성De rerum natura』 제1권에 나오는 유명한 증명, 우주의 무한함을 다룬 증명, 곧 우주가 한정되어 있다고 가정하고 우주의 가장자리라고 생각되는 곳에서 창을 던지면 그 결과 창이 되튀거나 계속 날아가거나 둘 중의 하나일 터인데, 어떤 경우든 우주에 무엇인가(물체든 공간이든) 존재한다는 증명을 유려하게 끌어대며 영원한 현재의 현기증을 환기한다. 영원한 현재는 칠흑처럼 어두운 미래와 조건부 가능성으로부터 서서히 모습을 드러낸다.[17] 인생행로의 한복판에서 작가는 이 길이 얼마나 멀리 나아갈지 탐색한다.

과연 얼마나 멀리 나아갈 수 있을까? 베케트의 중년을 이루는 바깥쪽 가장자리, 더듬는 탐색으로 가장 멀리 나아간 가장자리는 아마도 1961년에 처음 출간된 『그게 어떤지How it is』에서 찾아볼 수 있으리라. 어머니가 돌아가시고 물려받은 유산으로 베케트는 파리의 시끌벅적한 소음으

---

* '플리넘(plenum)'은 물질로 가득 찬 공간을 말한다.

로부터 약 1시간 정도 떨어진 거리의 '우시쉬르마른(Ussy-sur-Marne)'이라는 마을에 조촐한 집 한 채를 샀다. 1958년 12월(이때 베케트는 50대 초반에 접어들었다)에 그는 앞으로 『그게 어떤지』가 될 원고를 쓰기 시작했다. 그는 이 작품에 초창기 삼부작의 문체와 음성을 농밀하게 응축시키려는 구상을 했다. 플롯뿐만 아니라 이제는 구두점도 사라졌으며, 오로지 이름도 없는 캐릭터만이 정처 없이 진창 속을 헤매며 언어의 거품에서 언어의 거품으로 '헐떡거리고' 다녔다. 현재라는 시제(the present tense)는 긴장의 현재(a tense present)가 되었으며, 연옥은 극단적인 지옥으로 압축되었다. 남는 것은 '목소리만이 유일한 삶의 수단인 이 고독'일 뿐이다.[18]

소설의 원본인 프랑스어판에는 의미심장하게도 '코망 세(Comment c'est)'라는 제목을 달았는데, 무어라 옮길 말이 마땅치 않은 이 제목은 듣기에 따라서는 명령문 '코망세(Commencez, 시작하시죠)' 또는 그 동사 원형 '코망세(Commencer, 시작하다)' 같아 말장난을 하는 것 같기도 하다. 시작의 가능성, 그리고 다시 시작할 가능성이 비록 아련한 메아리 같을지라도 현재를 사로잡는다. 베케트의 음성은 '두 개의 가능성, 곧 현재의 가능성과 이 현재가 끝나는 곳에서 다른 시작의 가능성'을 스케치한다.[19] 하지만 이 가능성은 과거와 현재와 미래가 단 하나의 음성으로 융합하는 일종의 환청일 뿐이다. "아니면 그게 시작되는 거기서 그리고 그때 살게 될 삶 갖게 될 학대자 하게 될 여행 갖게 될 피해자 두 개의 삶 세 개의 삶 살아봤던 삶 살고 있는 삶 살게 될 삶."[20]*

예전의 삼부작 텍스트들과 비교해 베케트의 화자는 퇴행한 것처럼 보인다. 화자는 중년에 사로잡혀서 진창에 빠졌다. 베케트의 대부분 작품과 마찬가지로 알레고리, 곧 풍자를 담은 우화를 읽는 느낌은 거부할 수 없는 매력을 자랑한다. 어디에서 왔는지 그리고 어디로 가는지 알지 못하면서 맹목적으로 무작정 헤매는 것이야말로 인간 실존의 참모습이다. 그러나 심리를 읽어내는 독법도 마찬가지로 중요하다. 우리는 인생의 힘을 발휘하는 주체이자 그 힘에 휘둘리는 대상이다. '괴롭히는 사람'이자 '희생자'이다(원래의 프랑스어 단어는 '부로(bourreau)'와 '빅팀(victime)'이며, 이런 단어 선택은 19세기의 시인 보들레르의 유명한 시구 '라 플레 에 르 쿠토…에 라 빅팀 에 르 부로(la plaie et le couteau…et la victime et le bourreau, 상처와 칼……그리고 피해자와 집행자)'에서 끌어온 것으로 바로 보들레르의 유산이다[21]). 인생행로의 한복판에서 우리는 과거를 불러내며 미래를 희망함으로써 자신을 스스로 괴롭힌다.

베케트가 이런 글로 찾고자 하는 것은 중년 여행의 출발점이다. 지옥의 진창에서 발버둥 치면서 베케트의 화자는 영원한 정체라는 저주를 받은 것처럼 보인다. 자신이 통제할 수 없는 잔혹한 힘에 휘둘리는 느낌이 이런 것일까. 정체된 것으로 보는 중년은 냉혹하다. 그러나 이 중년은 또한 성찰을 하게 만든다. 냉혹한 중년에 맞서 계속 길을 추구할 용기를 가질 때만 우리는 자신이 누구인지 깨달을 수 있다. "나는 하루살이처럼 빠

* 『그게 어떤지/영상』, 전승화 옮김(워크룸프레스, 2020), p.136 참조

르게 늙는 것만 같다." 베케트가 『몰로이』에 쓴 문장이다. "그리고 내가 본 것은 지금껏 나에게 운명의 굴레를 씌웠던 많은 것으로부터 언제나 나를 지켜주던 모든 것이 광기와도 같은 굉음을 내고 충돌하면서 바스러지는 모습이다."[22] 우리가 중년이라는 진창에 더 깊게 가라앉을수록 베케트는 더욱 용기를 내어 우리가 인생의 전반부에 세운 벽을 무너뜨리는 데 박차를 가하라고 격려한다. 이런 벽은, 직감과는 반대로, 우리의 진정한 내면의 자아에 접근하지 못하게 가로막기 때문이다. 이런 자세는 용기를 필요로 한다. 물론 눈 한 번 깜빡하지 않을 단호한 용기는 우리 가운데 극소수만이 가진다. 하지만 주어진 상황을 받아들임으로써만 우리는 다시 출발할 수 있다. 'Comment c'est'는 'Commencer'이다('어떠세요?'에 주어지는 답은 '시작하다'이다). 세간에 베케트가 한 말이라고 회자되는 문장을 새겨보자. "똥구덩이에 빠져 얼굴만 간신히 내놓았다면 노래 부르는 것 외에 달리 할 게 없다."

II

나는 20대 후반에 성탄절을 보내고 가족과 함께 나폴리로 여행을 가면서 베케트의 삼부작을 처음 읽었다. 나의 장인어른은 여행을 한 일주일 내내 뭔가 불편한 기색을 숨기지 않았다(평소 자주 보던 모습이기는 했지만, 우리가 묵은 숙소가 작고 시끄러운 곳이라 장인의 저기압이 특히 불편했다). 도시의 여러 박물관을 도보로 둘러보는 내내 장인은 항상 불만에 찬 모습으로 콰르티에리 스파뇰리(Quartieri Spagnoli, 스페인 구역)의 좁은 골목길로 우리를 커피 한 잔 마실 틈도 주지 않고 몰고 다녔다. 카포디몬테(Capodimonte)에서 열린 찬란한 카라바조 전시회에서는 무엇보다도 입장을 기다리는 사람들의 긴 줄과 심지어 그보다 더 축 늘어진 얼굴 표정이 주로 기억에 남았다. 폼페이에서는 무엇보다도 그 고약한 날씨와 그보다 더 고약한 분위기가 기억에 남았다. 보트를 타고 카프리 섬에 가면서 분위기가 약간 밝아지기는 했지만, 출렁이는 바닷물은 우리를 사정없이 흔들어댔다. 마치 그동안 괜찮은 것처럼 꾸몄던 기분이 복수하듯 반격하는 것만 같았다. 이 여행은 성공적인 게 아니었다.

이따금씩 천둥처럼 터져 나오는 장인의 불평을 머금은 먹구름을 피할 수 있었던 것은 베케트의 문장이 나를 사로잡은 덕이다. 모든 진실에는 밸브가 있고 모든 독소에는 해독제가 있듯, 『이름 붙일 수 없는 자』의 불안하면서 불가사의한 리듬은 성탄절 이후의 카오스 속에서도 나를 각성시켜 또렷한 정신 상태를 유지할 수 있게 해주었다. 우리가 어떤 책을 읽는 시간과 장소 사이에 성립하는 관계 그리고 이 관계가 우리에게 가지는 의미심장함은 현대 문학이 아직 탐구하지 않은 중요한 주제 가운데 하나이다. 이 문제를 다루지 못하는 주요 원인은 개인적인 경험을 일반화하기가 어렵기 때문이다. 그렇지만 우리가 예술과 만나는 시간과 장소, 그리고 이 시간과 장소가 어우러져 빚어내는 관계는, 대개 무의식 속에 잠복해 있을지라도, 우리의 예술 이해를 떠받치는 바탕이다. 예를 들어 우리는 어떤 작품을 읽고 뭔가 이 쉽고 이랬으면 더 좋지 않았을까 하는 느낌을 품으면서도 좋은 기분을 느끼는 경우가 있고, 반대로 편안한 자기만족을 맛보게 하는 작품을 읽고도 기분이 안 좋은 경우도 분명 있다. 이런 차이는 언제 어디서 작품을 접했는지와 관련이 있다. 내가 나폴리의 기억이라는 프리즘을 통해 베케트의 삼부작을 보는 관점은 순전히 우발적이지만, 나폴리라는 장소와 그때 그 시간은 나의 베케트 이해에 핵심적이다. 사람들은 대개 전혀 다른 지리적 연상, 베케트를 읽으며 분명 더블린을 떠올리겠지만 나는 다르다. 우리가 예술을 보는 감상이 주관적이라고 말하는 것은, 이 감상이 전적으로 우리의 통제를 벗어나 환경의 지배를 받는다고 말하는 것이나 다름없다.

베케트가 비춰주었던 햇살, 다른 대안이 없이 내가 즐겨야만 했던 햇살이 나폴리에서 맞는 신년을 밝히던 장면은 지금 중년이 된 내가 거리를 두고 바라보니 그때와는 사뭇 다르게 와닿는다. 20대에 나는 항상 통찰의 순간을 갈망했으며, 덧없이 사라지는 아름다움의 조각이라도 잡아 의미를 찾는 나의 탐색이 어떤 식으로든 진전할 수 있기를 바랐다. 내가 가진 삼부작 판본의 여백에는 초점을 잘 맞춘 사진처럼 불현듯 의미가 선명하게 떠오른 순간의 의기양양한 메모가 가득하다. 놓칠세라 동그라미를 치고 두 번이나 밑줄을 그어놓은 것이 그런 순간을 생생히 증언한다. 그리고 베케트의 글은 의심할 바 없이 이렇게 읽어야 제맛이 난다. 길고 뿌옇기만 해서 대체 이게 무슨 소리일까 고민하며 읽던 문구 사이로 불현듯 찾아오는 명확함의 순간은 "비밀을 담은 오크통의 공기구멍"[23]이

빛을 투과하듯 나의 머릿속을 파고든다.

그러나 40대에 다시 읽는 삼부작은 베케트가 그런 의미 또는 진전의 가능성을 단호히 거부한다는 점, 앞으로 나아가기보다는 정체된 상태에 초점을 맞춘다는 확인에 나를 새삼 놀라게 한다. 몰로이는 계속 맴을 돌며, 모랑은 그를 절대 찾지 못하고, 말론은 죽으며, 이름 붙일 수 없는 자의 음성은 그의 화병 안에 남는다. 이들 모두는 어디로도 갈 수 없다는 인간의 무기력한 처지를 보여준다. 이런 무기력함을 서정적으로 담아낸 표현은 거의 부수적으로 주어질 뿐, 우연하게 얻어지는 것은 아니다. 다시 말해서 계속 길을 가려 노력하는 사람만이 이런 서정적 깨달음을 맛본다. 이 깨달음은 결코 우연하게 얻어지지 않는다. 깨달음은 인간의 실존이 처한 상황의 자연스러운 결과이다. 우리가 삶의 한복판에서 돌발적으로 맞닥뜨려야만(accidere) 하는 실존의 상황에서 문득 나타나는 은총의 순간은 전적으로 우리의 통제를 벗어난 것, 우리가 원한다고 가질 수 없는 것이다.[*] 어머니의 침실에서 경험한 중년의 계시를 통해 인생은 뜻대로 되는 게 아니라는 깨달음을 얻은 베케트는 인생에 맞서 싸우기보다 뜻대로 되었으면 하는 바람을 포기하는 자세를 가꾸자는 결론을 내린 것으로 보인다. 마음을 비워내는 평정의 은총은 우리가 품는 최선의 희망이다.

----

[*]   저자는 이 문장에서 'incident'와 'accident'를 대비시키는 효과를 노린다. 우연한 사건이 아니라 인간 존재의 본질 때문에 피할 수 없이 맞닥뜨려야 하는 게 'incident'이다. 그래서 저자는 라틴어 'accido'를 끌어와 '일어나다'는 뜻의 'accidere'를 강조한다.

이런 조촐한 중년, 자속할 술 아는 섬는한 ᄀᄓᄂᄋ ᄉᄒᄃᄒᄒ ᄌ과저 ᄒ수력을 가진다. 겸손함은 윤리의 문제이자 미학의 문제라는 측면을 가지기 때문이다. 베케트의 작품을 읽고서, 최소한 베케트의 작품 세계를 다룬 평론을 읽고서, 베케트가 보여주는 예술과 도덕이 함께 어우러진 경지에 깊은 인상을 받지 않는 것은 거의 불가능하다. 물론 베케트는 성자가 아니다. 그를 둘러싼 적지 않은 추문만 봐도 그가 성자라는 말은 거짓말이다. 하지만 베케트는 인간이라는 가난하고 헐벗었으며 이중적인 면모를 보이는 동물이 몸으로나 형이상학적으로나 받는 고통에 그 누구보다도 뛰어난 섬세한 감성을 보여준 인물이다. 그리고 그의 산문은 탄력적이며, 그의 문장은 아름다운 변주를 선보이기에 일체의 꾸밈을 덜어낸 그의 엄격한 미학에 중독되지 않기란 어려운 일이다. 비우고 덜어내는 절제는 더 즐기고픈 욕구를 자극한다.

그렇지만 문제는 인간 실존의 이런 무기력함이 너무나 강력한 힘을 자랑한다는 것이다. 실존의 무의미함에 취해 아무것도 하지 않음이 새로운 종류의 행동이 된다면, 기존 언어를 부정하는 글쓰기가 새로운 종류의 글쓰기가 된다면 어떤 일이 벌어질까? 베케트 자신도 이 문제의 심각성을 직감했다. "그래도 나는 쓰기 시작할 거다"라며 베케트는 '아니다(No)라는 언어'를 주제로 특히 지속적으로 성찰한 끝에 불쑥 결론을 내린다.[24] 삼부작을 끝낸 뒤 베케트는 단순한 부정 그 너머까지 밀어붙여야 할 필요성을 느끼기 시작했다. "가난함과 헐벗음이라는 생각으로부터 멀어진 나 자신을 나는 보았다. 가난함과 헐벗음은 여전히 나의 최고 관심사임에도."[25] 이런 관점에서 덜어냄의 논리는 꾸밈이 없는 글쓰기를 넘어 자신을 비워낼 줄 아는 겸허한 사람만이 구사할 수 있다.

그렇다면 베케트가 중년 모델로 제시하는 '비아 네가티바(via negativa)', 곧 '부정을 통해' 삶의 길을 찾는 모색은 미학적으로나 도덕적으로 주의해야만 할 한계를 가진다. 우선 미학의 측면에서 실패에도 무너지지 않고 작품을 써나가는 작가는 이 작품으로 성공을 거두지 않아야만 실패를 진정으로 설득력 있게 그려낼 수 있다. 또 '하지 않음'의 언어라고 해서 작가가 침묵하기만 한다면 무슨 작품이 나올까. 도덕의 측면도 마찬가지이다. 중년의 미니멀리즘이 맞닥뜨릴 수 있는 심각한 위험은 뒤집힌 자부심, 전도된 자부심에 사로잡히는 것이다. 자신은 인간 실존의 깊이를 들여다보는 특별한 통찰을 이루었다고 으스대는 감정이 이런 전도된 자부심이다. 다른 사람들은 갈수록 뚱뚱해지는데, 나는 갈수록 살이 빠지네. 다른 사람들은 갈수록 더 많은 것을 원하는데, 나는 욕심이 없네. 혹은 미셸 오바마의 말투를 흉내라도 내듯, 다른 사람들은 비열하게 구는데, 우리는 품위를 지키네 하고 으스대는 것도 마찬가지 위험일 수 있다.

자신을 예외적 존재로 여기는 이런 자부심이야말로 가장 음험한 형태의 오만함이 아닐까. 그리고 이런 오만함은 지성인이 가장 쉽게 사로잡히는 것이다. 나이를 먹어가며 우리는 근엄하며, 금욕적이고, '겸손'해 보이려 많은 신경을 쓴다. 그러는 내내 겸손함은 명예의 휘장처럼 반짝임에도. T. S. 엘리엇은 이런 오만함을 『대성당의 살인』에서 유혹하는 네 번째 악마로 인상 깊게 포착해놓았다. 대주교 베켓은 먼저 등장한 세 유혹은 별로 힘들이지 않고 물리쳤다. 이들이 단순히 물질적인 또는 세속적인 쾌락만 미끼로 제시했기 때문이다. 그러나 네 번째 유혹은 영악하게도 베켓의 약점인 자부심을 자극한다. 베켓은 자신이 옳았음을 보여주기 위해 '기꺼이' 순교자가 되고 싶어 한다. "마지막 유혹은 최악의 반역이다. / 잘못된 근거로 올바른 행동을 하라는 것이니."[26]

이와 비슷하게, 중년의 미니멀리즘(모든 것을 던져버리고, 기왕에 성취한 모든 것을 포기하고, 다시 출발하는 것)은 잘못된 근거로 늙어감에 올바로 접근한다고 믿게 만드는 위험 요소를 가진다. 오로지 자아에 집착하는 사람에게 내려놓음이라는 부정은 나르시시즘, 의식적으로 키운 열등감이라는 최악의 콤플렉스로 뒤집히고 만다. 나는 겸손하다고 동네방네 떠드는 태도는 자아를 완전히 잊는 진정한 겸손이 아니라, 아집이다. 나는 실패한 사람이로소이다 하는 가짜 겸손은 미학의 진부한 허식이며, 먼저 진정한 양식을 가꿀 필요가 있는 허세일 뿐이다. 덜어내고 낮추라고 말하는 것은 쉽지만 실제 아무것도 하지 않는 것은 어렵다.

요컨대, 자아에만 집착하는 사고방식은 중년의 정신을 줄기차게 따라다니며 괴롭히는 죄악이다. 자의식(self-consciousness), 자기 부정(self-negation), 자기 연민(self-pity), 이 모든 것에 붙는 접두사 '셀프(self)'가 이런 사정을 잘 말해준다. 심지어 이런 문제를 두고 글을 쓰는 일조차 퇴행적인 나르시시즘을 더 심하게 만들 위험이 다분하다. 아집이 고착되도록 나사를 조여대는 태도가 이런 위험이다. 중년의 지성인이 내심 자랑스러워하는 것, 이를테면 성공, 지위, 자녀를 두고 겉으로는 별것 아니라며,

차라리 없던 일로 되돌렸으면 좋겠다고 너스레를 떠는 것이야말로 이런 허튼소리의 전형이다. '아직 하지 않은 것'과 '했지만 없던 일로 되돌리는 것'은 의미상으로 확연히 다른 이야기이다. 젊음의 관점에서 본 '하지 않음'과 (베케트가 말하는) 중년의 '하지 않음'도 마찬가지로 다르다. 이 둘을 구분하지 못하는 것은 아직 뭔가 성취할 기회조차 잡아보지 못한 사람에게 해보지도 못한 일을 없던 것으로 돌리라는 모욕이다.

그럼 어떻게 해야 이런 자가당착에 빠지지 않고 중년의 미니멀리즘을 이룰 수 있을까? 네 번째 유혹에 저항할 방법은 무엇인가? 아마도 최선의 방어책은 우리가 홀로 늙어가는 게 아니라는 점을 유념하는 것이리라. 우리는 주변 사람들과 함께 늙어간다. 그리고 우리는 그들을 생각해서라도 함께 이루었던 모든 것을 없던 일로 되돌려서는 안 된다. 덜어냄에 주력하는 베케트 작법은 미학의 고상한 모델일 수는 있지만, 타인은 물론이고 자신도 폄하한다는 점에서 문제가 있는 윤리 모델이다. 문학은 인생이 아니다. 물론 다른 주장을 펴는 이론가가 없지는 않겠지만, 사람들은 문학 없이도 얼마든지 잘 지낼 수 있다. 그러므로 우리의 특별한 관심으로부터 너무 멀리 나아갈 정도로 일반화하는 추론의 실수는 피해야만 한다.

아마도 덜함의 논리는 덜함의 문학에만 적용하는 게 타당하리라. 모든 것을 절제하는 태도는 절제함 자체도 절제해야 한다. 미니멀리즘은 하는 일을 줄일 때 가장 잘 이뤄진다. 우리 가운데 베케트처럼 실패를 반추하며 즐길 수 있는 사람은 극소수이다. 우리 가운데 조이스가 이룬 성성을 아는 사람도 극소수이니까. 베케트는 조이스만큼이나 멀리 나아갔기에 자신의 부족함을 새기며 실패를 반추할 수 있었으니까. 베케트에게 가난함과 헐벗음이 최고 관심사였다면, 우리는 중년에 비교격을 가꾸어 가는 자세를 가지는 것이 더 낫다. 중년을 생각하면서 '최고로 늙었을 때'를 생각하지 말고, 조금 더 늙었을 때, 곧 조금씩 더 늙어가는 자신에 맞춰 앞으로 나아갈 진로를 모색하는 태도가 중요하다. 베케트라는 모범으로부터 배운다는 것이 베케트라는 모범을 고스란히 베끼는 것을 뜻하지는 않는다. 오히려 우리는 이 배움을 인생의 어떤 측면에는 강하게, 어떤 측면에는 약하게 적용할지 성찰하는 자세를 가져야 한다. 전쟁 이후 베케트가 살아낸 시기가 주는 중요한 교훈은 그가 모든 것, 문체, 구문 그리고 심지어 감정까지 지극히 최소한으로 줄이는 방법을 찾아냈다는 것이 아니라, 인생행로의 한복판을 뚫고 나아갈 자신의 고유한 통로를 개척했다는 점이다. 요컨대, 우리가 사뮈엘 베케트의 인생과 작품으로부터 배울 교훈은 중년에 이르러 다시 시작해보라는, 다시 실패해보라는, 더 낫지는 않을지라도 최소한 좀 더 원숙한 자세로 실패해보라는 마음가짐을 갖춰야 한다는 점이다.

제10장

인생의 정점에서 노년으로

갱년기에 살아남는 법

I

제2차 세계대전이 끝난 직후에 태어난 세대는 인생이라는 로또의 1등에 당첨된 거나 다름없다는 말을 심심찮게 듣는다. 이른바 '베이비붐' 세대는 모든 것, 안전, 번영, 기회 등을 누렸으며, 이 모든 것으로부터 최고의 성취를 얻어내는 데 거리낌이 없었다. 그 모든 특장점과 선입견으로 물든 21세기는 바로 이 세대가 빚어낸 작품이다. 그러나 이 전후 세대가 세상을 장악하기 전에 종전으로 가장 큰 혜택을 누린 사람들은 그 부모 세대였다. 이들은 전쟁에서 운 좋게 살아남은 생존자로서 적대 행위의 종식과 더불어 가능성이 만개한 신세계를 물려받았다. 죽음에 이르는 길 한복판에서 전전긍긍했던 이들은 이제 인생행로의 한복판에서 예전에

섞은 혹독함을 잊어버리고 자유롭게 새 삶을 다시 가질 수 있었다. 고통, 굶주림, 점령은 과거의 일, 이미 지나간 시대의 악몽이었다. 1940년대 말에 중년의 인생을 살았다는 것은 미래를 열어갈 주역이었음을 뜻했다.

그 주역은 간단히 말해서 남자였다. 두 번에 걸친 세계대전으로 여성과 남성의 관계에 많은 변화가 일어나기는 했지만, 중년에 누리는 성취, 개인적이든 직업적이든 창작과 관련해서든 중년에 맛보는 충족은 어디까지나 인류의 절반에게 국한된 것이었다. 물론 이 문제에서도 발전은 이뤄졌다. 제1차 세계대전이 여성의 참정권, 영국에서는 1918년에 30대 이상의 여성에게(완전한 평등은 1928년), 미국에서는 1919년에 여성에게 참정권이 법적으로 보장되는 결과를 이끌어온 반면, 제2차 세계대전은 여성에게 직업의 해방을 누리게 해주었다. 남자들이 전쟁터로 나가자, 여자들은 전례 없이 노동력으로 주목을 끌었다. 심지어 서구 국가 가운데 여성의 평등 문제에서 가장 저항이 심했던 프랑스조차 결국 포기하고 1945년 4월에 처음으로 여성이 투표를 할 수 있게 허락했다. 연합군의 완전한 승전과 더불어 평화가 1940~1970년대를 아우르는 이른바 '영광의 30년(trente glorieuses)'을 열면서 발전은 경제뿐만 아니라 사회적으로도 안정적인 궤도에 올랐다. 기회 평등의 시대가 시작되었다.

물론 인간의 고정 관념이 하룻밤 사이에 깨지지는 않는다. 남자들은 계속해서, 물론 지금도 꾸준히 직업과 정치와 학계를 지배한다. 이 한 가지 사실만으로도 정신의 역사가 압도적으로 남성 중심의 시각을 자랑한다는 점은 분명해진다. 이유야 간단하다. 남자들이 그렇게 원했으니까.

중년은 이런 역사의 축소판을 보여준다. 이 책에서 보여주었듯, 중년으로 살아감이 무엇을 의미하는지 탐구한 작가와 사상가 대다수는 좋든 나쁘든 남성이다. 그런 점에서 이제 우리가 지금껏 살펴본 모든 것을 여성의 관점으로 바라보면서 다시 음미해볼 이유는 충분하다. 중년 여성으로 살아가는 것뿐만 아니라, 중년 여성으로서 수 세기 동안 이어져온 남성 중심 세상과 대결한다는 것은 무엇을 의미할까? 여성이 자신에게 맞는 중년의 삶을 개척해간다는 것은 무엇을 의미할까?

이런 물음을 제기하는 한 가지 방식은 과거로 거슬러 올라가 같은 물음을 품었던 인물을 찾아보는 것이다. 버지니아 울프는 셰익스피어의 여동생 주디스*를 지어낸 다음, 그녀의 운명을 고찰해본 것으로 유명하다 (주디스는 자살로 생애를 마감했으며, 유령으로 귀환해 오늘날의 여성들에게 자기주장에 소홀함이 없는 삶을 살라고 촉구한다). 우리도 단테에게 여동생이 있었으리라 가정하고 '넬 메조 델 캄민(인생 한복판에서)' 그녀가 자아를 찾고자 분투했다면 어떤 일이 일어났을까 하는 의문을 가져봄 직하다.[1] 베르길리우스는 단테에게 해주었듯 중년이라는 어두운 숲에서 헤매는 그녀를 안전하게 이끌어주었을까? 그녀는 중년이라는 미로를 통과할 자기만의 길을 찾아냈을까? 현실은 냉혹하기만 하다. 단테의 여동생은 인

---

* 『자기만의 방A Room of One's Own』은 버지니아 울프가 1929년에 발표한 작품으로, '여성과 픽션'이라는 주제로 했던 강연 원고를 토대로 쓴 에세이집이다. 주디스 셰익스피어(Judith Shakespeare)는 울프가 자유롭게 지어낸 인물로, 셰익스피어 못지않은 재능을 타고났으나 여성이라는 이유로 재능을 펼칠 기회를 전혀 잡지 못하는 운명을 대변하는 캐릭터이다.

생행로의 한복판에서 자신의 길을 절대 찾아낼 수 없다. 이유는 간단하다. 그녀는 무엇보다도 자기만의 길을 가도록 단 한 번도 허락받지 못했기 때문이다. 구애라는 관습의 테두리 안에서 여성에게 열린 역할의 범위는 지극히 제한적이었다. 베아트리체가 천국의 문턱에서야 처음으로 모습을 드러내는 이유는 그녀가 애초부터 완전하게 존재한 적이 없기 때문이다. 그녀가 심리적으로 미숙하게만 보이는 까닭은, 단테가 그녀를 처음 보았을 때 미숙했기 때문이다. 그때 베아트리체는 고작 아홉 살이었다. 단테가 살아생전에 베아트리체를 단 한 번만 보았다는 사실은, 그녀가 현실 속에 실재한 인물이라기보다는 형이상학적인 관념, 실제 개인이라기보다는 추상적 관념이었음을 암시해준다. 중세의 여성은 중년을 누릴 수 없었다. 중년의 여성은 그저 거리를 두고 보아야 하는 객체일 뿐, 생동감을 육화한 주체가 아니었기 때문이다. 요컨대, 중년 여성은 어린애 취급을 받았으며, 신의 코미디든 인간의 코미디든 무대에서 내몰릴 따름이었다. 여성은 성장할 기회를 누리지 못했다. 그저 늙어갈 뿐이었다.

주체적인 인간으로 늙어갈 권리의 주장은 여성 해방으로 나아가는 중요한 행보이다. 해방의 과정은, 우리가 앞서 보았듯, 산업화가 양성 관계는 물론이고 중년에 접어든 여성(최소한 이런 기회를 활용할 수단을 가진 여성)이 활용할 수 있는 시간도 바꿔놓음으로써 추동력을 얻었다. 여성 인력을 활용하는 일자리의 증가, 그리고 간통의 증가는 이런 변화가 몰고 온 피할 수 없는 결과였다. '신여성'은 새롭게 등장한 중년 여성 계층을 부른 이름이다. 그러나 중년 여성의 발견은 여전히 남성이 주도하는 틀 안에서, 남성이 지배하는 가족과 결혼이라는 시민 제도의 틀 안에서 이루어졌다. 20세기에 이르러서야 서구 여성은 늙어가는 자신을 대변할 직절한 제도적 틀을 쟁취해야 한다는 생각에 눈뜨기 시작했다.

전후 시기의 낙관주의 속에서 이런 제도적 틀이 어떤 모습을 갖춰야 하는지 규정하는 데 결정적인 역할을 한 사람은 여성이다. 전쟁이 끝나갈 무렵 시몬 드 보부아르^{Simone de Beauvoir}(1908~1986)는 30대 후반이었다. 전쟁이 발발하기 전에 그녀는 프랑스 교육의 최고 과정, 고등사범학교 과정(normalienne)과 교수 자격 취득 과정(agrégée)을 밟았으며, 대학교에서는 줄곧 2등을 차지하는 우수함을 자랑했다. 보부아르는 딱 한 명, 곧 장폴 사르트르^{Jean-Paul Sartre}에게만 추월을 허용했을 뿐이다. 사르트르는 보부아르의 인생 동반자가 되었다. 교수 자격 취득 후 보부아르는 일련의 명문 고등학교에서 학생들을 가르쳤다. 1940년대 말 즈음에 그녀는 자신의 첫 소설을 발표했으며, 『애매함의 도덕에 관하여Pour une morale de l'ambiguïté』(1947)라는 제목의 에세이 모음집을 펴냈다. 이 책에 담긴 실존주의적 관점으로 보부아르와 사르트르는 실존주의를 대표하는 이름이 되었다. 또 보부아르는, 좀 더 정확하게 말해서, 여성으로 살아가는 것이 무엇을 의미하는지 성찰하기 시작했다.

보부아르를 유명하게 만든 글은 그녀가 30대 후반에 쓴 것이다. 이 연령대는 T. S. 엘리엇이 영국 성공회로, 베케트가 프랑스어 미니멀리즘으로 각각 전향한 시기와 거의 정확하게 맞아떨어진다. 조지 밀러 비어드가 말하는 저 전설적인 39세와! 인생 이력의 이런 일치는 우연한 것이 아니다. 보부아르가 '제2의 성'으로서의 여성의 통속적인 삶을 다룬 근이 대부분은 늙는다는 감각, '매력적'인 젊은 여인이라는 사회 통념적 위치로부터 밀려난다는 감각에서 비롯되었다. 『제2의 성』은 인생 중반전을 맞는 나이, 곧 중년의 관점에서 쓰였으며, 다른 거의 모든 것과 마찬가지로 이 연령을 결정하는 것은 남성의 인식이다. 보부아르의 가장 유명한 문장을 약간 바꾸어 표현하자면, 중년 여성은 태어나는 게 아니라 만들어진다.

보부아르가 『제2의 성 Le Deuxieme Sexe』(1949)을 쓸 당시 자신의 자아를 어떻게 보았는지 하는 감각은 그녀의 자서전을 통해 재구성될 수 있다. 전부 네 권인 자서전 중 제2권 『나이의 힘 La Force de l'âge』(1960, 영어 제목은 『인생의 정점 The Prime of Life』)은 독일이 프랑스를 점령했던 전쟁 시기를 다룬다. 보부아르는 이 책의 결론 부분에서 지속적으로 자신을 괴롭히는 죽음의 공포를 묘사한다. 이 묘사는 자서전 제3권 『사물의 힘 La Force des choses』(1963)에 그 여운을 드리우며 그녀가 중년으로 접어드는 시기와 맞물린다. 죽음이 그 그림자를 드리우기 시작한다. 서두에서 보부아르는 자전거 사고로 치아를 잃고서 의치를 하지 않기로 결심했던 기억을 소환한다. "그게 뭐가 중요해? (……) 나는 늙었어, 서른여섯이잖아."[2] 책의 내용, 보부아르가 기억하는 인생 이야기가 이어지면서, 늙음을 바라보는 이런 감각은 그녀가 하는 회상의 후렴을 이룬다. "마흔, 마흔하나. 늙는 나이가 내 안에서 자란다." "마흔다섯에 나는 이 어둠의 땅으로 밀려났다."[3] 에필로그에 이르러 보부아르는 "1944년 이후, 가장 중요한, 결코 돌이킬 수 없는 일이 이미 나에게 일어나고 있다. (……) 나는 늙어버렸다."[4] 뒤에 나온 책 『노년 La Vieillesse』(1970)은 수십 년에 걸친 이런 자기 관찰의 필연적인 정점이다.[*]

자신의 노화를 보는 인간의 기본적인 심리, 나이를 먹어가면서 갈수록 중심에서 밀려난다는 기본적인 심리, 보부아르가 30대 중반부터 나이를 헤아리는 심리의 배후에는 우리가 더욱 관심을 기울여야 할 물음이 숨어 있다. 인생의 중반으로 접어드는 것을 보는 보부아르의 감각은 그녀의 작품에 어떤 영향을 주었을까? 생물학(biology)이 전기(biography)에 어떤 영향을 미칠까? 자서전 제3권 『사물의 힘』의 서두에서 보부아르는 긍정적인, 자못 의기양양한 분위기로 "이제 핵심은 배우는 일이 아니라, 나 자신을 채우는 일"이라고 강조했다가, 조금 뒤에 "비록 잠깐의 환상이었지만, 젊음과 늙음의 서로 충돌하는 특권들이 화해한 것"처럼 느꼈다고 썼다.[5] 그러나 1946년 여름 보부아르는 엄습하는 두려움에 시달린다. 이 두려움은 지속되는 전쟁 탓으로만 돌릴 수는 없다고 그녀는 암시한다. 오히려, "이 위기는 나이 먹는 일과 그 뒤에 올 끝을 체념하고 받아들이기 전

....

[*]   네 권으로 이뤄진 보부아르의 자서전 제목은 원저와 영어 번역본이 서로 다르다. 원저의 제목은 『얌전한 처녀의 기억 Mémoires d'une jeune fille rangée』(1958), 『나이의 힘 La Force de l'âge』(1960), 『사물의 힘 La Force des choses』(1963) 그리고 『이래저래 Tout compte fait』(1972)이다. 영어 번역본의 제목은 『Memoirs of a Dutiful Daughter』, 『The Prime of Life』, 『Force of Circumstance』 그리고 『All Said and Done』이다. 저자는 영어 제목을 염두에 두고 자신의 논지를 펼치고 있다. 특히 제2권의 영어 제목이 『인생의 정점』임을 고려해야 저자가 무슨 이야기를 하는지 파악할 수 있어 제목의 이런 차이를 밝혀둔다. 또한, 이후 본문에서 제2권의 제목은 『인생의 정점』으로 표기했다.

에 벌이는 마지막 저항 탓에 빚어진다. 산난하게 밀해시 이 중년 위기는 글 쓰는 일의 두려움과 분명하게 맞물려 나타난다. 글 쓰는 일의 두려움이란 글이 막혀 좀체 나아가지 못하는 두려움이다. 보부아르는 이 시점에, "나로 하여금 그래도 써야 한다고 요구하는 것"을 만족시키려 분투했다. "위험을 무릅쓰면서 동시에 나 자신을 초월한다는 느낌은 거의 종교에 가까운 희열을 맛보게 해주었다."[6] 보부아르는 인생을 자신의 힘으로 결정할 권리, 곧 실존주의의 핵심인 자신의 인생을 스스로 써내려갈 능력이 늙음에 대한 두려움으로 위축되고 있음을 실토한다. 생물학이 전기를 가로막는다.

중년에 글이 좀체 써지지 않아 겪는 괴로움에 보부아르가 각별한 관심을 가진 이유는 글이 막히는 답답함이 그녀의 철학 체계 전체를 위협했기 때문이다. 보부아르 철학을 떠받드는 기초는 영원한 변화, 시간과 더불어 새로움을 추구하는 '되어감(becoming)'이다.* 실존주의는 변화하지 못하고 고정된 상태로 머무르는 정체를 극도로 혐오한다. "정체에 사로잡힌 사람들은 흔히 행복은 아무것도 하지 않는 쉼이라는 구실을 내세워 자신이 행복하다고 선포한다." 보부아르가 『제2의 성』 서문에 쓴 글이다. "우리는 실존주의 윤리의 관점에서 이런 발상을 거부한다."[7] 보부아르가

---

* 실존주의는 시간의 흐름 속에서 일어나는 변화, 곧 '~에서 ~으로 됨'이라는 생성 개념을 중시한다. 만물이 흐른다며 변화를 강조한 헤라클레이토스의 관점을 중시하며 역사를 개념의 자기실현으로 파악한 헤겔의 생성 개념, 곧 '베르덴(Werden)'의 전통을 이어받은 것이 실존주의의 관점이다. 보부아르와 사르트르는 이 개념을 '데브니르(Devenir)'로 표현했다.

바라보는 중년은 실존주의이자 페미니즘을 그 밑바탕에 깔고 있다는 점을 이해하는 일은 중요하다. 아니, 보부아르의 페미니즘은 그 자체로 일종의 실존주의라고 말하는 것이 더 정확하다. "실존이 본질에 선행한다"는 사르트르의 유명한 말에 비추어 볼 때 나이듦은 실존주의 철학의 핵심 주제이다. 『인생의 정점』에서 『노년』에 이르기까지 우리가 어떻게 나이를 먹어가야 하는지 궁구하는 철학이 실존주의이다. 존재한다는 것은 끊임없이 무엇인가 되어가고자 노력해야만 함을 뜻한다.

보부아르가 보기에 무엇인가 되어감으로써만 존재할 수 있다는 이야기는 특히 여성에게 맞는 말이다. "여성은 완성된 현실이 아니라, 오히려 무엇인가 되어가는 존재이며, 이런 되어감으로 남성과 비교당한다."[8] 보부아르가 『제2의 성』 초반부에서 펼친 주장이다. 여성은 남성이 누리는 것과 같은 성숙함을 완전히 이루도록 결코 허락받지 못한다고 보부아르는 적시한다. 보부아르의 이런 지적은 여성에게 자율성이 일정 정도 배제되도록 사회가 강제한다는 의미를 함축한다. 바로 그래서 보부아르는 남자처럼 살기로, 아니 더 정확히는 '숙녀'처럼 살지 않기로 결심한다. 시민계급 출신으로 받았던 가톨릭 교육을 거부하고 보부아르는 연구와 집필에 집중하기 위해 자녀를 갖지 않았으며, 사르트르와 일종의 열린 관계, 핵심만 짚으면 '결혼'이 아닌 관계를 꾸리면서, 원할 때마다 따로 애인을 만들었다. 전통적으로 남녀 사이의 역할 분담을 고집하는 경향이 강한 나라인 프랑스에서 전쟁 이후의 시절에 보부아르의 이런 행동(더 정확히 말하면 자신의 행동을 공개적으로 드러내놓고 거론함으로써 사회적 담론을 제기하는 태도)은 서구에서 자유롭게 생각하는 여성이 설어살 실을 개척해 주었다.

그러나 여성 해방을 강력히 주장했음에도 보부아르가 구상하는 중년은 무엇보다도 남자와의 관계를 중시한다. 보부아르라는 브랜드로 집약되는 페미니즘은 반대의 성별을 부정하는 종류의 페미니즘이 아니다. 오히려 보부아르는 남성처럼 행동함으로써 자신이 여성임을 주장하는 길을 모색했다. 중년 위기를 누그러뜨리는 방법 중 새로운 파트너를 찾는 것만큼 남성적인 방법은 없다. 평생 사르트르와 지적인 동반자 관계를 꾸리기는 했지만(말이 나온 김에 말하자면, 사르트르는 그녀에게 '카스토르*'라는 별명을 붙여주었다), 보부아르는 자신이 가졌던 두 개의 아주 중요한 섹스 관계 모두를 시간을 길들이는 방식으로 이해했다. 미국 소설가 넬슨 올그런**과의 관계가 끝났을 때 보부아르는 무심한 척 꾸몄지만, 이내 자기 연민에 사로잡히고 말았다.

"좋아, 이게 끝이라면 그런 거지." 나는 이렇게 중얼거렸다. 그리고 더는 올그런과의 행복했던 시간을 생각하지 않았다. (……) 나의 나이

---

*   '카스토르(castor)'는 비버를 뜻하는 프랑스어 단어이다. 편안하고 안정적인 공간을 구축하는 데 매우 열심이면서도 외부 활동도 적극적으로 하는 모습이 비버를 닮았다고 사르트르가 보부아르에게 붙인 별명이다.

**   넬슨 올그런(Nelson Algren: 1909~1981)은 미국의 작가이다. 『황금 팔을 가진 남자 The Man with the Golden Arm』(1949)라는 작품으로 미국의 '전미도서상(National Book Award)'을 수상했다. 보부아르와 거의 20년에 가깝게 사랑을 나눈 남자이다.

와 생활 환경은 새로운 사랑을 할 여지를 남겨놓지 않은 것으로 보인다. 내 몸은, 아마도 뿌리 깊은 자부심이 그렇게 시키는 것일 터인데, 편안하게 이런 사실에 적응한다. 몸은 아무런 욕구를 일으키지 않는다. 그러나 내 안의 무엇인가가 이런 무심함에 굴복하지 않으려 한다. "다시는 결코 다른 몸의 따뜻함을 느끼며 잠들 수 없겠구나." '결코'라니! 이 무슨 조종 울리는 소리인가! 이런 사실의 깨달음이 나를 관통하면서 죽음으로 빠져드는 느낌이 나를 사로잡았다. (……) 불현듯 선의 반대편으로 넘어간 자신을 발견한다, 단 한 순간도 내가 넘어가본 적이 없는 선을.[9]

보부아르는 이 글에서 늙어가는 몸에는 의연하게 맞서지만, 노화가 빚어내는 심리적 공허함에는 굴복한다. 데카르트의 이원론이 균열을 일으켜 빚어낸 공허함이 이런 감정이다. 애인과의 관계가 끝나버린 안타까움 탓에 보부아르의 정신은 몸보다 먼저 늙는다. 몸이 정신보다 먼저 늙는 데카르트의 표준적인 분열("마음은 아직 20대야!")이 뒤집어졌다고나 할까. 늙어가는 철학자 보부아르는 이제 더는 인생행로의 한복판에 서 있지 않다. 그녀는 정신과 몸을 가르는 심연의 선 '반대편'으로 이미 넘어갔다.

이런 중년 위기에 맞서 보부아르는 남자가 항상 하는 행동을 고스란히 따른다. 그녀는 새 애인, 자신보다 훨씬 더 어린 애인을 만들었다. 클로드 란즈만Claude Lanzmann은 20대 중반에 보부아르와 만나 사랑을 나눴다. 그는 보부아르보다 대략 17세 연하인 남자이다. 그러나 이런 나이 차이는 보부아르에게 매력을 느끼는 데 아무런 문제가 되지 않았다. "내 겉을 지켜주는 란즈만 덕에 나는 나이로부터 해방된다. 우선, 이따금씩 엄습하는 불안을 그가 지워준다. 그리고 그와 함께 있으면 모든 것에 가지는 나의 관심이 다시금 생기를 얻는다."[10] 중년 남자가 젊은 여자에게 욕정을 품는 흔한 진부함을 뒤집은 것 외에도 보부아르와 란즈만의 만남은 중년의 논의되지 않은 측면을 드러낸다. 이런 측면은 '호기심의 양 이론(quantity theory of curiosity)'이라고 부를 수 있으리라. 시몬 드 보부아르처럼 왕성한 호기심을 자랑하는 사람에게는 아무리 다양한 삶을 살아도 부족하며, 가보고 싶은 나라는 많기만 하고, 토론해야 할 정치 견해는 끝이 없는 법이다. 그러나 이미 40대 초반에 그녀는 자신이 더는 '새로운 경험'을 하지 못한다고 느꼈다. "새로운 경험보다는 나의 예전 경험을 반추하고 심화시키며 완성하는 일에 나는 더 매달릴 따름이다."[11] 하지만 젊은 란즈만에게는 자신이 경험하는 것이 새로웠으며, 바로 그래서 애인인 보부아르가 그녀 자신을 새롭게 만들려는 노력, 다시 출발했으면 하는 시도의 대리인 역할을 할 수 있었다. 그동안 '차분하게 가라앉았던' 보부아르의 호기심은 란즈만의 눈을 통해 다시금 뜨겁게 불타올랐다. "나는 아직 노년을 받아들일 만큼 성숙하지 않았다." 나중에 보부아르가 쓴 글이다. "그는 나에게 다가오는 노년을 숨겨주었다."[12] 왕성한 활동력을 자랑하던 '카스토르'는 젊은 애인을 탐하는 '쿠거'*가 되었다.

중년 여성이 자신보다 훨씬 더 젊은 남자와 관계를 맺는 것을 나타내는 '쿠거'라는 단어의 기원은 불분명하다. 일반적 통설은 1980년대 캐나

다에서 이 단어가 처음으로 등장했다고 한다. 중년을 여성의 새로운 범주로 받아들인 것이 19세기 말에 이뤄진 일이기는 하지만, '쿠거'는 최근에 들어와서야 대중문화의 확실한 부분으로 자리 잡았을 따름이다. 이런 추세는 달리 말하면 대중문화가 최근에 들어와서야 중년 여성의 성생활을 결혼에 묶여 무력해지지 않는 것으로 받아들이기 시작했음을 뜻한다. 자신보다 훨씬 더 어린 여성에게 빠지는 남자들을 가리키는 표현은 이미 항상 존재해왔다. "그저 사내들이란." 그러나 이런 논리는 아주 최근까지만 해도 여성에게도 그런 욕구가 생겨날 수 있다는 사실을 인정해주는 상호성이라고는 절대 몰랐다.

이처럼 중년 여성의 성생활을 오랫동안 금기시해온 이유는 의심할 바 없이 단 한 단어 '갱년기(폐경)'로 집약된다. 누천년을 지배해온 남성 위주의 관점은 중년에 도달한 여성은 모든 성적 매력을 잃는다고 고집해왔다. 임신할 수 있는 가임기를 넘어선 여성은 섹스에 별반 관심이 없다는 점을 남성 위주의 사회는 당연시해왔다. 보부아르가 갱년기에 특별한 관심을 가진 이유는, 갱년기가 여성으로서 피할 수 없이 겪어야만 하는 인생 경험일 뿐만 아니라, 주체적으로 인생을 살아가야만 하는 실존주의 윤리의 시험대이기 때문이다. 갱년기에 접어든 여성은 '여성'으로 존재하기를 멈춘다는 사회 통념을 그대로 받아들이면, 실존주의는 무너지고 만다.

---

* '쿠거(cougar)'는 퓨마를 뜻하는 영어 단어로 젊은 남자와 사랑을 나누는 중년 여성을 이르는 표현이기도 하다.

그렇다면 갱년기 여성은 사실상 제2의 성이 아니다, 제3의 성이 되고 만다. 갱년기 여성은 남성이 아니며, 더는 여성도 아니다."[13] 또한 중년 정신은 중년이라는 독특한 젠더이다.

역사적으로 말해서 제3의 성은 거의 존재하지 않았다. 근대 초에 일곱 연령은 오로지 남자에게만 해당했으며, 여성은 1540년대에 활동한 한스 발둥*의 알레고리 회화에서 보듯, 운이 좋아야 세 개의 연령을 가질 따름이다. 발둥의 그림에서 우리의 주목을 끄는 것은 어쨌거나 그림에 존재하지 않는 것, 다시 말해서 실존하지 않는 것으로 화가가 아예 묘사하지 않은 것이다. 20대의 젊은 여자와 60대의 늙은 여인 사이에는 인생의 중간 시기를 대표하는, 곧 대략 40대의 중년 여인을 나타내는 묘사가 없다. 여성성의 세 가지 가능한 모델은 유아기와 가임기 그리고 노년기일 뿐으로 보인다. 다시 말해서 단테가 중년의 성숙함을 부른 '조벤투테(gioventute)'가 들어설 공간이 여성에게는 없다. 중년 여성은, 진화론의 개념으로 표현하자면, '미싱 링크(missing link)', 곧 '중간에 빠져버린 연결 고리'이다.

그런 역사의 선례를 고려할 때 중년 여성으로 살아간다는 것이 무엇을 의미하는지 헤아리는 보부아르의 탐색(『제2의 성』, 제20장)이 "여성 개인의 인생 역사는 여전히 그 여성성의 기능에 매어 있는 탓에 남성의 인생 역사보다도 훨씬 더 몸의 생리적 운명에 휘둘린다"는 주장으로 포문을 여는

---

*   한스 발둥(Hans Baldung: 1484~1545)은 르네상스 시대를 대표하는 독일 화가이다.

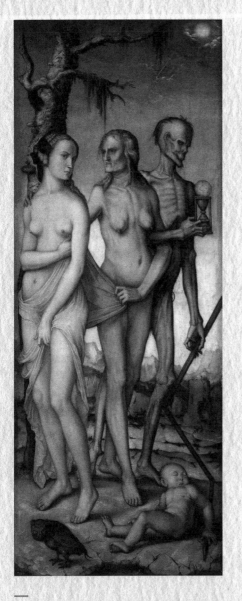

미싱 링크: 한스 발둥, 「여성의 나이와 죽음」, 1541~1544, 패널에 유채.

것은 놀라운 일이 아니다. 폼의 생리적 운명이 그리는 곡신은 남성과 여성의 그것이 철저히 다르다, 또는 어원에 따른 의미를 적용하면 히스테리에 가까울 정도로 다르다고 보부아르는 말한다.*

남자는 점차적으로 완만히 늙는 반면, 여자는 그 여성성을 갑자기 빼앗긴다. 여자는 비교적 젊은 나이에 그 성적인 매력과 임신 능력을 잃는다. 이런 매력과 임신 능력은 사회의 관점과 여성 자신의 관점에서 존재를 정당화해주며 행복할 기회를 제공하는 것이다. 이런 의미에서 여성은 성인으로 사는 인생의 절반 정도를 미래 전망이 불투명한 가운데 보내야만 한다.[14]

페미니즘 관점에서 이 구절은 논란의 여지가 있다. 특히 '사회의 관점과 여성 자신의 관점에서'라는 표현에서 일부가 생략되어야 하는 게 아니냐는 논란은 뜨겁기만 했다. 이 표현을 곧이곧대로 받아들인다면 여성은 실제로 오로지 남성의 시선을 통해서만 자신을 규정하는 존재가 되고 말기 때문이다. 그러나 이 구절이 강조하는 핵심은 분명하다. 남성에게 노화는 천천히 이뤄지는 과정인 반면, 여성에게 노화는 갑자기 일어나는 펑크이다.

---

* '히스테리(hysterie)'는 고대 그리스어 '우테루스(uterus)', 곧 자궁이라는 단어에서 유래한 것으로 본래 임산부가 보이는 불안정한 심리 상태를 이르는 말이다. 임신이라는 여성만의 고유한 기능 때문에 인생 역사(history)가 달라진다는 것이 저자의 논지이다.

'거울에 비친 늙은 여인': 시몬 드 보부아르, 1965.

생리적 변화 탓에 여성의 정신까지 무너지는 이런 상황은 언뜻 보기에는 말이 되지 않는 모순처럼 보인다. 그러나 갱년기 여성은 자신을 보는 사회의 관점을 미리부터 예감하고 자신의 내면에 새기는 바람에 '자신이라는 인격체가 무너지며 몰(沒)개인화하는 느낌'을 너무나도 진지하게 받아들인다. "이게 '나'일 수는 없어, 거울에 비친 늙은 여자는 내가 아니야."[15] 왜 이런 반응이 여성에게서만 나타나는지 그 이유는 분명하지 않다. 남자도 내면보다 앞질러 늙는 외모를 따라잡지 못해 자신의 나이에 시차 적응을 하지 못하는 인지 부조화를 경험한다. 아마도 차이는 나이를 인식하는 방식 탓에 빚어지지 않을까. 남성은 중년에 도달했다는 감각을 대개 안에서, 다시 말해서 자신이 인생의 특정 단계에 도달했다는 자신의 인상으로 얻는다. 반대로 여성은, 최소한 일부 여성은 이 감각을 바깥에서 주어지는 것으로 받아들인다. 주변 사람들이 여성에게 하는 말은 고스란히 그녀의 감정이 된다(이제는 안정된 가정을 꾸려야 할 때 아니야? 또는 옷차림이 그게 뭐야, 나이에 맞게 입어야지. 아이는 가졌어?). 이런 관점에서 여성에게 중년은 이미지의 이미지, 다시 말해서 주변 사람들이 그녀에게 '미리 꾸며준' 이미지를 그녀 자신이 '재구성'한 이미지로 이뤄진다. 스스로 정한 방식대로 중년을 살고자 한다면 여성은 사회라는 거울에 등을 돌려야 한다. 앞의 사진에서 거울에 등을 돌린 보부아르처럼.

그렇다면 여성이 중년에 도달했을 때 그 거울 이미지는 어떻게 바뀔까? 임신과 출산이 더는 목표가 아니기 때문에(최소한 잠재적 목표는 아니기 때문에), 중년 여성의 도구적 가치는 줄어드는 반면, 정신적 가치는 그 어느 때보다도 높아진다. "나는 거울 앞에 섰다"고 '팜 롱퓌'*, 곧 '파괴당한 여자'는 중얼거린다. "참 추하구나! 내 몸에 사랑스러운 구석이라고는 없구나!"[16] 물론 남자 역시 자신에게 비슷한 말을 할 수 있다. 보부아르의 친구인 민속학자 미셸 레리스**는 중년의 회고록 『남자의 나이』(1939)의 서두에서 '인생의 중간 지점인 서른넷이라는 나이'에 몸이 쇠락하는 경험을 장황하게 설명한다.[17] 그러나 남자의 이런 감흥이 사회적 정체성(또는 정체성의 인지)에 여자의 경우와 같은 영향을 미치지는 않는다. 아마도 바로 그래서 여성은 중년에 도달해 임신과 출산 대신에 생산에 더욱 힘쓰는 모양이다. "갱년기 여성은 존재의 상실감을 상쇄하고자 붓이나 펜을 손에 쥐는 경우가 자주 일어난다."[18]

중년에 창의적 활동을 하려는 시도를 보부아르는 그런 게 아마추어를 넘어서는 성과를 올릴 수는 없다며 노여운 투로 묵살한다. 보부아르가 왜 그런 반응을 보이는지 이유를 이해하기란 어려운 일이 아니다. 그녀 자신이 일궈낸 창의적 중년은 몇십 년의 세월 동안 일상적 여성 혐오와 제도적 성차별이라는 용광로의 시련을 겪으며 착실하게 다져진, 정말 힘든 사투를 벌이며 쟁취한, 결과물이기 때문이다. 『사물의 힘』에 달린 에필

---

* 『팜 롱퓌La Femme rompue』는 보부아르가 1967년에 발표한 소설로 국내에는 『위기의 여자』라고 번역되어 있다.

** 미셸 레리스(Michel Leiris: 1901~1990)는 프랑스의 민속학자이자 작가이다. 『남자의 나이L'Âge d'homme』는 국내에 『성년』이라는 제목으로 번역되어 있다. 이 글의 맥락에서는 원제를 그대로 옮기는 것이 저자의 의도를 잘 드러내 '남자의 나이'라고 옮겼다.

노트는 정확히 무엇이 문제인지 밝혀준다. 보부아르가 쓴 책들이 실제로는 사르트르가 썼다고 주장하는 악의적인 비평(남성 평론가의 비평)에 응답으로 단 이 에필로그는 분노로 이글거리며 '시간이라는 역병'*을 화두로 삼는 성찰이 된다. 보부아르가 보기에 여성 작가에게 이 병의 가장 견디기 힘든 부분은 중년이다.

> 프랑스에서 여성 작가로 살아간다는 것은 나를 때려주십쇼 하고 몽둥이를 주는 것이나 다름없다. 특히 첫 번째 책들을 출간했던 시기에 나는 그런 일을 겪었다. 저들은 아주 젊은 여성 작가에게는 희롱하듯 윙크하며 시시덕거리고, 늙은 여성 작가 앞에서는 허리 숙여 경의를 표한다. 하지만 젊음의 꽃이 지기 시작하고, 세월의 고색창연한 녹이 생겨나기 전이라면 여성 작가로 당신은 과감하게 이렇게 말하라. "모두 내 발아래 있어!"[19]

중년 여성은 젊음의 화려한 매력으로도, 노년의 기품으로도 심술궂은 타인의 불친절에 맞설 수 없다. 중년의 '여성' 작가는 자신을 드러내지 않고 되도록 겸손을 꾸미며 회한에 젖어 선망의 눈길로 적의를 속으로만 삭여야 하는 운명을 감당해야 한다고 보부아르는 썼다. 그렇지만 중년의

---

* '시간이라는 역병'에 해당하는 원어는 'Pox of time'이다. 이는 보부아르가 쓴 'la vérole du temps'를 영어로 옮긴 것으로 '시간의 저주'로도 해석될 수 있다.

여성 '작가'는 어떤가?

 방점을 여성에서 작가로 옮겨 찍는 이런 관점 변화는 교착 상태를 돌파할 길을 열어준다. 왜냐하면 인생이 미래와 과거에 일어난다면(보부아르는 『사물의 힘』의 끝부분에서 이렇게 썼다. "나는 미래를 향해 살아왔는데, 이제는 과거만 돌아보고 있다. 마치 현재는 어떤 식으로든 빠져버린 것만 같다."[20]), 글쓰기는 우리의 주의력을 정확히 생각과 타이핑에 몰두하는 바로 그 순간에 집중시켜 사라진 현재를 되돌려주기 때문이다. 창작 행위인 글쓰기는 정체된 본질을 이겨내고 생생한 실존을 확인해줌으로써 우리의 '되어감'이 지속적으로 이뤄지도록 보장해준다. 현재를 살 수 있게 해주는 글쓰기의 매력은 보부아르의 중요한 선배 가운데 한 사람으로 강력한 여성의 목소리를 자랑한 콜레트*가 우리에게 주는 메시지이기도 하다. 콜레트는 이혼을 하고 50대 중반에 다시 사랑에 빠지고 난 뒤에 쓴 중년의 소설 『여명』(1928)에 이런 메시지를 담았다. 콜레트와 보부아르가 공통으로 보여주는 중요한 사실은 이렇다. "작가는 나이를 먹어가며 돌처럼 굳어지는 경직으로부터 탈피할 그의(his) 행운을 누린다."[21]

 하지만 이런 행운은 여성은 쉽게 맛보기 힘든, 남성의 전유물이다(영어로 옮겨진 위 문장에서 '그의(his)'가 이를 암시해준다). 보부아르는 자신이 '내

---

* 시도니 가브리엘 콜레트(Sidonie-Gabrielle Colette: 1873~1954)는 프랑스의 소설가로 특유의 감성으로 다수의 우수한 심리소설을 선보인 인물이다. 그냥 간단하게 콜레트라는 이름만으로 세상에 널리 알려졌다. 『여명』의 원제는 『하루의 탄생 La Naissance du Jour』이다.

재성(immanence)이라 무른 것, 곧 여성으로 살아가야 하는 조건이 내면에 아로새겨진 것을 초월하고자 성별의 차이를 뛰어넘는 시간 소비의 보편성을 강조한다. 보부아르는 나이를 잊는 '되어감'으로 중년을 극복한다. 글쓰기를 끊임없이 계속되는 현재성으로 이해한 것이 이런 '되어감'을 함축한다. 이에 그치지 않고 보부아르는 더 나아가 자신이 여성이 아니라 작가라고 주장함으로써 남성과 여성이라는 성적 구분이 사라지는 '되어감'의 차원으로도 올라선다. 갱년기를 '제3의 성'이라 부른 표현은 인식론적 이점을 되찾게 해준다. 보부아르는 이제 남성도 여성도 아닌 창작자이다. 젊은 여성을 오로지 섹스 대상으로만 보는 관점에서 해방된 중년 여성은 중년의 인간이 된다.

보부아르가 바라보는 갱년기는 일종의 역설을 담았다. 여성을 몸으로만 바라보는 태도는 오히려 여성을 몸으로부터 해방시킨다. 이런 해결책이 가지는 문제는 중년 여성의 특별한 경험을 최소화함으로써 몸에서 풀려난 '작가'는 실제로 중립적인, 성별의 차원을 벗어난 범주 역할을 한다는 점이다. 아마도 이런 관점은 그 나름대로 바람직한 면이 있겠지만, 다시금 여성에게 불평등한 압력을 행사할 수 있다. 여성과 다르게 중년 남성은 자신의 특별한 남성적 중년 경험을 포기하지 않는다. 바로 그래서 남성은 실제로 여전히 '제1의 성'으로 남는다. 중립성을 판단하는 것은 관찰자, 곧 독자의 눈에 달려 있을 따름이다.

보부아르가 중년에 접근하는 태도에 긴장이 있다면, 그것은 그녀의 모든 작품에 공통으로 깔린 긴장, 곧 개인과 보편이 충돌하며 빚어내는 긴장이다. 작가로서 보부아르는 개인의 심오한 통찰을 담아내는 글을 쓰려 주력했고, 여성으로서 보부아르는 이런 통찰을 여성이라는 보편저 조건으로 승화시킬 방법을 찾았다. 실존주의자로서 보부아르는 개인적 경험을 최우선적으로 살피려 노력했고, 철학자로서 보부아르는 이 개인적 경험을 인간 일반의 보편 특징으로 이해하고자 했다. 보부아르는 평생에 걸쳐 자신을 주권을 가진 개인으로 부각하려는 작업에 매달렸다. 그러나 나이는, 우리 대다수와 마찬가지로, 이 주권의 한계를 인정하도록 강제한다. 중년이라는 중요한 시기에 처한 여인이라는 주제로 글을 쓰면서 보부아르는 그동안 자아에 집착해온 자신을 깨닫는다. "마흔이 넘어서 불현듯 그동안 놓치고 있던 세상의 측면을 발견하다니 참으로 기이하면서도 고무적인 일이다. 이 측면은 항상 나를 노려보고 있었음에도 어찌된 일인지 나는 전혀 이런 측면을 알아차리지 못했다."[22] 그러나 자아 집착의 각성은 여성으로서 늙어가는 자아를 직면하도록 강제하기도 한다. 무엇보다도 늙는다는 일은 보부아르로 하여금 그녀가 평생 안간힘을 쓰며 키우려 노력해온 것을 버리도록 강제한다. 그것은 곧 자신이 모든 일을 통제할 수 있어야 한다는 욕구이다.

50대가 되었을 때 보부아르는, 의심할 바 없이 우리 모두가 그렇듯, "뒤에 오는 사람들에게 묻혀버리는 게 아닐까" 두려워하기 시작했다.[23] 친구들과 동시대인의 죽음, 알베르 카뮈^Albert Camus는 1960년에, 모리스 메를로퐁티^Maurice Merleau-Ponty는 1961년에 차례로 떠나보내면서 보부아르의 이런 두려움은 갈수록 더 노골적으로 드러났다. "내가 살고 있는 이 인생은 더는 내 것이 아니며, 내 생각에 (……) 나는 아무것도 통제할 수가 없다. 나는 그저 알지 못하는 어떤 낯선 힘이 벌이는 연극을 무기력하게 지켜보는 구경꾼이다. 역사, 시간, 죽음, 이 모든 것은 내가 어찌할 수 없는 것이다."[24] 실존주의자에게 이런 수동적 감각은 정말이지 받아들이기 힘든 것이다. 실존주의는 개인의 주체적 능력을 그 핵심 본질로 여기는 사상이기 때문이다. 우리는 자력으로 자신을 만들어가는 존재이다. 물론 문제는 인생의 후반부에 접어들면서 우리가 예전에 힘들여 쌓아올린 모든 것이 외부의 힘으로 무너져 내리기 시작한다는 점이다. 주권은 타인의 손으로 넘어간다.

이런 관점으로 본 중년의 특수성은, 그녀가 말년의 책 『노년』에서 분석했던 노년과는 다르게, 망설임을 허락해준다는 점, 심지어 망설임을 장려한다는 점이다. 우리는 아직 통제할 수 있어. 더욱이 예전 그 어느 때보다도 더 통제할 수 있어. 하지만 이런 통제력이 우리에게서 빠져나가기 시작하는 것을 우리는 느껴. 우리는 아직 미래를 가졌어. 하지만 머지않아 끝이라는 사실을 우리는 느끼기 시작해. 이런 식으로 보부아르의 망설임은 그녀의 자서전에 투명하게 걸러져 기록된다. 자서전에서 보부아르는 자신의 인생을 어떤 거대한 테이프 리코더에 녹음해두었다가 언젠가 과거 전체를 재생해 듣는 순간을 은밀히 상상해왔다고 고백한다. 보부아르의 중년 테이프는 베케트의 '마지막 테이프'와는 확연히 다르다. "잘 모르겠네, 어른 흉내를 내며 노는 아이일까, 아니면 어린 시절을 추억하는 늙은 여인일까, 분간할 수가 없네."[25] 상상을 이루는 요소, 이를테면 상상 속의 테이프 리코더, 어른 흉내를 내는 '놀이'를 한다는 발상은 중년이라고 하는 것도 일종의 개념적 구조물임을 암시한다. 일종의 연속체(베케트의 용어를 빌리자면 '실타래')처럼 다른 시간과 다른 장소에서 원하는 위치를 골라 그때마다 새롭게 반추하는 것이 중년이다. 테이프 리코더라는 비유는, 더욱 특별하게는, 자서전에서 거울이 맡았던 통테이프 리코더라는 비유는, 더욱 특별하게도, 자서전에서 거울이 맡았던 것과 비슷한 통제 역할을 한다. '거의 오십이라는 나이에' 보부아르는 스스로 묻고 답한다. 더는 미래를 쓸 수가 없다면, 최소한 과거는 쓸 수 있다고.

그렇다면 중년은 우리가 중년으로 만들어가는 바로 그것이다. 이것이야말로 실존주의에 맞는 중년이다. 그러나 또한 중년은 우리가 중년을 어떻게 받아들이느냐 하는 문제이기도 하다. 이렇게 본 중년은 페미니즘과 맞는 중년이다. 늙어감을 두고 어떻게 느껴야 하는지 결정하는 쪽은 이제 타인, 곧 남자가 아니라고 페미니즘은 주장한다. 하지만 지금껏 '여성 자신보다는 타인의 행동으로 여성의 몸과 여성이 세상과 맺는 관계가 조정되는 방식으로' 여성이 결정되어왔다면, 이제 보부아르는 여성의 주체적 삶의 대안 모델을 제시한다. 그것은 곧 이제 더는 객체가 아니라, 주체로 늙어가는 경험을 하자는 제안이다.[26] 최고로 생산적인 여성 작가로 발돋움한 보부아르 자신의 발전은 중년(그리고 중년의 성찰)을 더욱 일반적인 차원으로 끌어올려 인생의 축소판으로 만든 최고의 사례이다. 시몬 드 보부아르에게, 역사를 통틀어 모든 여성에게, 결정적으로 중요한 점은 스스로 정한 방식대로 나이를 먹어갈 수 있는 능력이다. 인생 중반전을 맞는 나이에서 '제3의 성'은 최고의 원칙을 세워간다.

II

중년에 행복하다는 것은 무엇을 의미할까? 심지어 이런 행복을 측정할 방법이 있을까? 문제는 나이를 먹어가면서 우리가 이루고자 하는 목표와 우리의 자아의식이 변한다는 점이다. 그뿐만 아니라 행복감을 평가하는 방식 자체도 변화한다. 이를테면 한때 만족스럽기만 했던 성취가 이제는 시들하고, 행복을 느끼기에는 턱없이 부족해 보인다. 인생의 행복 그래프는 'U' 자 모양을 이룬다고 하는데, 이런 그래프는 어떻게 그려야 하는지조차 우리는 알지 못한다. 행복은 많은 변수, 예를 들어 건강, 가족, 친구, 목적의식에 따라 달라지기 때문에 모든 사람에게 정량적·일률적으로 적용할 수 있는 기준은 없다. 우리는 내면이 느끼는 행복을 가늠해볼 모델이 필요하다.

문학은 정확히 이런 측면에서 중요한 역할을 한다. 문학이라는 예술이 보여주는 역설은 그 등장인물이 허구, 지어낸 것이기는 하지만, 실제 인간, 피와 살을 가진 구체적 인간보다도 훨씬 더 잘 우리를 대변한다는 점이다. 피와 살은 구체적 개인보다 종이 위에서 훨씬 더 생생하게 느껴질 수 있다. 우리는 글을 읽으면서 두뇌로 그 묘사를 고스란히 반추하기 때문이다. 물론 이런 반추가 피할 수 없이 오해와 곡해를 부르기는 하지만,

허구는 무엇보다도 의식의 장막 뒤를 들여다볼 수 있게 돕는다. 이로써 허구는 우리에게 가상 현실이라는 독특한 경험을 제공한다. 이는 곧 더 나아가 가상의 성숙함도 경험할 수 있음을 뜻한다.

보부아르의 대표작 『레 망다랭Les Mandarins』만큼 상상 속의 이런 가상 현실을 온전하게 맛보게 해주는 작품은 드물다. 40대 초반에 썼으며, 1954년에 출간해 엄청난 호평을 받은 이 작품(그해의 공쿠르상을 받았다)은 일군의 파리 지성인들이 전후 시대의 정치, 이데올로기, 섹스관 등의 변화와 협상해가며 살아낸 인생과 사랑을 그린다. 실화에 가까운 이 소설, 물론 보부아르 자신은 그렇지 않다고 부정했지만, 그럼에도 그런 분위기를 짙게 풍기는 이 소설은 바로 그래서 상업적으로도 성공을 거두었다. 나이가 지긋한 지성인 로베르 뒤브뢰이Robert Dubreuilh는 어느 모로 보나 사르트르의 분신이다. 뒤브뢰이의 아내 안Anne은 소설에서 정신분석 학자로 나오는데, 바로 보부아르를 연상시킨다. 《레스푸아르L'Espoir》('희망'이라는 뜻으로 《콩바Combat》지를 모델로 함)의 편집자이자 호전적인 성격을 지닌 앙리 페롱Henri Perron은 피할 수 없이 카뮈를 떠올리게 만든다. 이들은 함께 머리를 맞대고 예술과 정치, 여행, 확 달아올랐다가 언제 그랬냐는 듯 식어버리는 사랑 따위의 주제를 놓고 열띤 토론을 벌이며, 각자 상대방의 애인과 자녀와 잠을 자는 제멋대로의 생활, 곧 파리라는 대도시가 주는 모든 특권을 누리는 생활을 한다. 요컨대, 이들이 보여주는 것은 중산층 중년의 삶이다.

『레 망다랭』이 중년의 좋은 모델로 호소력을 가지는지는 각자의 취향과 기실에 날린 문체이시만, 이 소설이 보부아르 자신의 기억보다도 훨씬 더 생동감을 자랑한다는 사실만큼은 부인할 수 없다. 이런 의미에서 소설이라는 예술은 자서전을 능가한다. 상상으로 그린 중년이 회상된 중년보다 훨씬 더 생생하다. 이런 생생함은 당연한 게 전혀 아니어서, 왜 이런 생생함이 생겨나는지 하는 물음은 충분히 따져봄 직하다. 독자 여러분이 지금 손에 쥐고 읽는 이 책은 인생과 문학을 함께 묶어 생각하고자 하는 의도로 쓰였다. 중년에 도달한 작가가 중년을 성찰하기 시작하며, 이런 성찰을 자신의 예술이 계속 발전할 토대로 삼는다는 것이 어떤 의미인지 이 책은 다룬다. 그러나 인생과 문학을 연속선상에서 보는 이런 관점이 당연하다 할지라도, 허구의 소설(또는 희곡이나 시도 마찬가지)은 우리가 전혀 예상하지 못했던 인식의 차원을 열어준다. 개인의 기억만으로는 이런 깨달음의 눈이 열리지 않는다. 다시 말해서 허구로 지어낸 상상의 시각은 세상을 보는 다른 사람의 관점이 어떤 것인지 헤아릴 수 있게 해준다. 우리는 소설을 통해 다른 사람의 눈으로 나를 본다. 우리가 대안적인 관점으로 우리 인생의 행로를 읽어낼 수 있다는 것은 이 책의 바탕에 깔린 전제이다. 하지만 물론 이런 대안적 관점이 얼마나 호소력을 가지는지는 허구를 빚어낸 상상이 얼마나 독창적인 자극을 주느냐 여부에 달려 있다.

『레 망다랭』의 경우 이 자극은 두 개의 서로 경쟁하는 목소리로 나뉜다. 소설은 장마다 앙리의 관점과 안의 관점을 차례로 바꾸어가며 이야기를 들려주기 때문이다. 보부아르의 이런 장치는 분열된 의식, 남성의 관점과 여성의 관점을 끊임없이 오가는 분열된 의식을 암시한다. 혹자는 이런 분열된 의식을 카를 융의 개념을 끌어다가 중년의 '아니마'와 '아니무스'라 부르기도 하리라.* 그러나 확실히 무게가 실리는 쪽은 여성의 경험, 곧 보부아르 자신의 관점이다. 이 소설에서 1인칭 화법으로 이야기할 수 있도록 허락받은 쪽은 오로지 안이기 때문이다. 앙리는 어디까지나 19세기 리얼리즘의 고전적인 '스틸 인디렉트 리브레(style indirect libre)', 곧 '자유 간접 화법'으로만 이야기할 뿐이다. 이런 화법의 구사는 마치 보부아르가 여성의 권위를 만회하려는 장치, 그녀 자신의 권위를 세우려는 장치, 또는 최소한 그녀의 여성 아바타인 안을 작가의 세심한 주체로 부각하려는 장치로 읽힌다. 남성이든 여성이든 중년을 보는 모든 관점은 평등하다, 그러나 어떤 관점은 다른 관점보다 더욱 평등하게 다뤄져야 하지 않을까, 하고 보부아르가 속삭이는 것만 같다.

이 소설의 근간을 이루는 문제의식은 바로 이런 경험의 상대성 이론이다. 작품의 말미에 이르러 안은 우리가 자신의 고유한 의식으로부터 벗어날 수 없음을 인정한다. "20년 동안 우리는 함께 살고 있다고 나는 믿었다. 그러나 아니다, 우리는 각자 홀로일 뿐이다, 저마다 자신의 몸 안에 갇혀있을 뿐이다."[27] 보부아르의 이런 묘사는 중년에 이르는 것, 곧 성인으로 보낸 20년의 단련을 거친 끝에 중년에 이르는 것이 이런 깨달음의

----

* 분석심리학에서 카를 융은 남성의 무의식에 숨은 여성적 측면을 '아니마(anima)', 여성의 무의식에 숨은 남성적 측면을 '아니무스(animus)'라 부른다. 의식의 이런 분열된 측면은 전인격적 차원을 열어주어 남성과 여성을 동등한 인간으로 보도록 유도한다.

전제 조건임을 분명히 한다. 보부아르가 화자를 이중으로 설정하고 이야기를 풀어가는 방식은 중년이 성별에 따라 어떤 차이를 보일 수밖에 없는지 탐구할 수 있게 해준다. 소설은 남성을 객관성으로, 여성을 주관성으로 대비시키는 대위법의 형식을 취한다. 소설이 담아내는 중년의 성숙함의 이해도 마찬가지로 대비를 이룬다.

제2장과 제3장의 서로 경쟁하는 서술은 차이점을 분명히 드러낸다. 1인칭 서술에서 안은 자신이 중년에 도달했다는 사실에 놀라며 위기감을 느낀다.

> 돌연 나는 왜 내 과거가 이따금 다른 사람의 과거처럼 보이는지 그 이유를 깨달았다. 내가 이제 다른 사람(une autre)이니까, 서른아홉의 여자, 자신의 나이를 의식하는 여자!
>
> "서른아홉!" 나는 큰 소리로 말했다. 전쟁이 터지기 전에 나는 세월의 무게를 감당하기에는 너무 어렸다. 그런 다음의 5년 동안 나는 나 자신을 완전히 잊었다. 그리고 지금 나는 나 자신을 다시 발견하며, 세월의 저주를 받았음을 깨닫는다. 노년이 나를 기다린다. 노년을 피할 길은 없다. 심지어 지금 나는 거울 속 깊이 도사린 노년의 시작을 본다. (……) "후회하기에는 너무 늦었다. 그냥 지금껏 해오던 대로 계속하는 수밖에(il n'y a qu'à continuer) 달리 도리가 없다."²⁸

안의 이러한 성찰(새삼스레 놀랄 일도 아니지만, 보부아르 자신의 경험을 고스란히 반영한 것이다)은 인생에 품었던 모든 불안을 저 마법의 숫자 39 탓으로 돌리며 자신을 규제하고자 하는 시도의 산물이다. 강조하건대 이러한 성찰은 갱년기와 결부된 단순한 생리적인 경험이 아니다. 물론 갱년기를 앞두고 갱년기를 의식해서 생기는 성찰인 것만큼은 분명하다. 그러나 그보다는 시간 감각의 변화와 맞물려 생겨나는 심리적 경험이 이런 성찰이다. 전쟁이라는 단절의 시간은 그녀의 인생을 깔끔하게, 아마도 지나칠 정도로 깔끔하게, 젊음의 시기와 성숙함의 시기로 갈라놓았다. 전쟁이 일시적인 블랙홀의 기능을 하며 거울을 들여다보는 나르시시스트의 불안을 차단해버렸다면, 전쟁 이후의 시기에는 안이 거울에 비친 늙어가는 자신을 지켜보는 일을 멈추게 할 것은 아무것도 없었다. 그녀가 할 수 있는 것이라고는 '지금껏 해오던 대로 계속하는 것(il n'y a qu'à continuer)'뿐이다(이는 놀랍게도 베케트의 표현을 고스란히 연상시키는 표현이다).

그러나 안의 이런 성찰을 똑같은 문제를 놓고 자신의 기억을 소환하는 앙리와 비교해보면 무슨 일이 일어나는지 주목해보자.

> 그러나 지금 그는 자신이 성숙한 남자(un homme fait)임을 스스로 인정해야만 한다. 젊은이들은 그를 연장자로, 성인들은 자신들 가운데 한 명으로, 심지어 몇몇은 존경심을 보이기까지 했다. 성숙하고, 절제할 줄 알며, 반듯한, 바로 그 자신이며 다른 누구도 아닌(pas un autre), 그 자신인 남자. 그러나 그는 누구인가?[29]

사이심은 특시 눈에 띈다. 안이 이제 나른 사람이라면, 앙리는 단언코 다른 사람이 '아니다'. 안이 다른 누군가가 된 반면, 앙리는 그 자신, '다른 누구도 아닌' 그 자신이다. 안이 보는 중년은 내면의 관점, 그녀가 자신의 자아를 보는 관점이라면, 앙리의 관점은 바깥에서 보는 것, 다른 사람들이 그를 보는 관점이다. 이렇게 볼 때 중년을 보는 여성 관점과 남성 관점은 서로 거울을 보는 이미지이다. 두 경우 모두 중년에 도달했다는 사실은 인생이 얼마 남지 않았다는 제한적 느낌을 주지만, 그 이유는 정반대이다.

분명 제3자의 입장에서 하는 촌평과 1인칭 시점의 주장을 구분하기란 어려운 일이다. 보부아르는 중년의 남성과 여성이 각기 자신을 이런 식으로 본다고 생각한 걸까, 아니면 남성과 여성이 서로 상대방을 이런 식으로 본다고 믿었을까? 그녀는 테이레시아스*가 아니기 때문에, 남자가 어떻게 중년을 경험하는지 궁극적으로 그 속내를, 어쨌거나 1인칭 시점으로는 알 수 없다. 하지만 그녀가 확실하게 아는 것은 (남성 중심) 사회에서 늙어가는 남자와 여자를 어떻게 다르게 보는가이다. 남자는 갈수록 더 많은 경험을 쌓아 노련해지는 반면, 여자는 갈수록 그 매력을 잃어갈 따름이다. 말하자면, 나이를 먹을수록 남자는 자신의 입지를 갈수록 더 다지는 반면, 여자는 덜해지는 입지로 만족해야만 한다. 이 '덜함'은, 베케트

---

* 테이레시아스(Teiresias)는 고대 그리스 신화에 등장하는 맹인 예언자이다. 신통한 예언 능력으로 신들의 노여움을 사서 여자가 되었다가 다시 남자가 되는 변화를 겪는다. 바로 그래서 남자와 여자에 두루 밝다. 한 쌍의 교미하는 뱀들을 떼어놓아 노여움을 샀다는 흥미로운 전설이 전해진다.

에게는 미안한 이야기지만, 어디까지나 모계 쪽 몫이다.

보부아르와 베케트가 친밀한 사이로 보기는 어려운데도(특히 보부아르가 베케트와 상의하지도 않고 그의 작품을 편집하기로 결정한 바람에 베케트는 보부아르에게 적대감을 품었다는 증언이 있다), 그럼에도 안이 늙어감을 보는 관점은 놀라울 정도로 이 아일랜드 출신의 작가를 연상시킨다.[30]

> 나는 서둘러 말해버린다. "끝났어, 나는 늙었어." 이런 식으로 나는 잃어버린 과거를 두고 한탄하면서, 앞으로 살면서 늙어가고 끝을 맞게 될 30 또는 40년의 세월을 지워버린다. 나는 아무것도 빼앗기지 않으리라, 이미 내가 모든 것을 포기해버렸으니까. (……) 노년과의 타협을 거부함으로써 나는 노년의 존재 자체를 부정했다.[31]

안의 이런 토로는 1948년 8월 베케트가 뒤트위에게 보낸 편지에서 더 빨리 노년에 이르렀으면 좋겠다고 한 표현을 연상시킨다. "좀 더 일찍 그곳에 갔더라면, 거부라는 걸 할 수 있었겠죠." 이 거부를 통해 남성과 여성 사이의 차별을 무너뜨리고, 중년을 살아가는 자세에 맞는, 성차별을 극복한 '제3의 성'을 만들 수 있지 않겠냐는 것이 이 표현에 담긴 희망이다. 중년을 노년의 전 단계로 바라보는 것은 요트의 돛이 축 처지지 않도록 바람을 불어넣으려는 시도이다. 남성도 여성도 이런 전술을 구사할 수 있으리라. 다만 안은 노년을 송두리째 거부하려는 자신의 입장 역시 '일종의 전술'로 이해한다는 점이 베케트와의 차이를 빚어낸다. "시드는 피부에노 나는 내 안의 젊은 니인, 니신히 온진한 욕구를 가진 젊은 의인이 살아남으리라고 단언한다. 늙음을 인정하라는 모든 요구에 반항하면서, 나는 마흔 살의 할머니가 느끼는 슬픔을 경멸한다." 보부아르는 성숙함이 그저 피부에 매달릴 정도로 얄팍하기만 하다는 점을 간파하기에 충분할 정도로 예리한 지성을 자랑한다.[32]

보부아르와 베케트가 노년을 위해 중년을 감내하려는 공통된 시도는 인생의 시간이 얼마 남지 않았다는 사실에 직면한 절박함을 암시한다. 이런 절박함은 남성과 여성을 가리지 않는다. 우리 인간은 성별의 차이는 있지만, 모두 똑같이 늙어간다. 우리가 남녀 가릴 것 없이 똑같이 늙어간다는 것이야말로 『레 망다랭』이 주는 메시지이다. 보부아르의 이중 관점이 지닌 장점은 중년을 여성과 남성의 시각으로 두루 살필 수 있게 해준다는 점이다. 허구라는 가상 현실 시스템은 우리로 하여금 소설을 읽는 동안 중년의 테이레시아스가 될 수 있게 해준다. 우리는 성인들이 자신을 동등한 성인으로 대접할지, 또는 젊은이들이 자신을 연장자로 여길지에 대한 앙리의 변화하는 감각을 느껴보기 위해 남자가 될 필요가 없으며, 자신이 늙어 다른 사람이 된 것은 아닌지 하는 안의 염려를 느껴보기 위해 여자가 될 필요가 없다. 우리는 모두 그런 심란한 경험을 했거나, 하게 될 테니까.

그런 심란한 경험은 어찌 감당해야 좋을까? 보부아르와 사르트르 그리고 다른 모든 실존주의자에게 행복한 중년은 무엇인가에 몰두하는 중년, 예술과 정치 같은 중요한 외적인 사안에 전념하는 중년이다. 이처럼 자신의 내면보다 외적 사안에 몰입하는 몰아(沒我)의 자세로 이해타산을 따지지 않는 인생, 요컨대 망다랭처럼 사는 인생은 늙어감에 최소한의 관심만 가지도록 자신을 다스린다. 좌파 지성인에게 살 만한 가치가 있는 인생은 진보 정치, 혁신 미학에 전념하는 자세이다. 그러나 또한『레 망다랭』은 우리가 예술과 정치와 맺는 관계도 나이를 먹어가며 변한다는 점을 보여주기도 한다. 일례로 소비에트에 강제 노동 수용소가 존재한다는 사실이 알려지면서 같은 중년이지만 젊은 축에 속하는 앙리는 반대의 뜻을 분명히 밝혀야 한다고 주장하는 반면, 나이가 더 많은 로베르는 그런 비판이 좌파의 명분에 손상을 입힐 수 있다며 비판하지 않기로 결심한다. 물론 앙리도 과연 단호한 반대가 최선인지 자신 없어 하면서 20대에는 절대 이렇게 주저하지 않았을 거라고 하기는 했다. 그러나 로베르의 결론은 신중하기만 하다. "정작 우리는 할 수 있는 것이 무엇이며, 오늘날 지성인이 맡아야 할 역할이 어떤 것인지 결정해야만 한다."[33] 세상을 기록할 것인가, 변혁할 것인가?*

이 물음에 우리가 줄 수 있는 답은 분명 먹어가는 나이와 함께 발전한다. 젊을 때는 진보적이고 '감정적'인 반면, 늙으면 퇴행적이며 '합리적'이라고 하는 오랜 속담은 오로지 절반만 이야기한 것에 지나지 않는다. 이를

---

* 이 문장은 마르크스의 말, "철학자들은 그저 세상을 서로 다르게 해석하기만 했으나, 정작 중요한 것은 세상을 변혁하는 일이다(Die Philosophen haben die Welt nur verschieden interpretiert, es kommt aber darauf an, sie zu verändern)"를 염두에 둔 표현이다.

테면 완벽한 반전이 일어나 섦어서 보누석니닌 사림이 늙어시 급찐긱 ⌒ 동가로 변신하는 일은 얼마든지 일어날 수 있다. 논의의 핵심은 진보나 보수 가운데 어느 한쪽이 옳다는 게 아니다. 우리가 정작 주목해야 할 핵심은, 오히려 성숙함은 자신의 의견과 입장이 어디까지나 불완전한 것임을 인정할 줄 아는 자세를 요구한다는 점이다. 실제로 성숙함은 자신의 부족함을 아는 자세를 의미한다. 성숙한 중년은 자기 자신으로부터 한 걸음 물러나 세상을 볼 줄 안다. 안과 앙리는 바로 그런 자세를 보여주었으며, 이들을 지어낸 보부아르는 더 말할 것도 없다. 우리가 인생을 살며 가지는 열정과 선입견은 훨씬 더 폭넓은 세상의 일부분일 따름이다. 문학은 그 숱한 화법으로 복잡하게 얽힌 의식 세계를 풀어주면서 남성이든 여성이든, 젊었든 늙었든 모두의 목소리에 귀를 기울이게 해준다. 그렇다, 문학은 항상 이미 성숙함을 알고 있다. 바로 그래서 문학은 우리가 성숙함을 이루도록 도와줄 수 있을 뿐만 아니라, 무엇보다도 성숙함이 대체 무엇인지 이해할 수 있게 해준다. 요컨대, 예술과 나이 먹음은 같은 깨달음에 이르는 서로 다른 경로일 따름이다. 그 깨달음은 바로 이것이다. "지혜는 누구도 독점할 수 없다."

보부아르는 인생행로의 한복판을 다룬 글만 쓴 게 아니다. 그녀는 중년을 '뚫고 나아갈' 자신의 길을 모색하는 데 주력했다. 개인적 관점(『사물의 힘』), 생물적 관점(『제2의 성』), 정치와 철학의 관점(『레 망다랭』) 등 다양한 관점에서 중년을 살펴보면서 보부아르는 각 관점이 우리에게 내리는 명령들의 의미를 찾고자 노력했다. 그 가운데 주된 명령은 행복해야 한다는 근원적 충동이다. 중년의 행복은 어딘지 모르게 자만과 무사안일한 안주의 냄새를 풍기기 때문에 토론에서 잘 다뤄지지 않는 주제이다. 중년이 되면 우리는 그저 '안주'할까? 그만하면 충분한 때가 언제인지 우리는 어떻게 알까? 안주해서 정체되는 생활을 피할 비결은 아마도 나이를 먹어가면서 인생에 더 많은 것을 원하는 자세를 지니는 것이리라. 하지만 이미 가진 것에 불만을 가지고 원하는 것이 아니라, 그것에 만족할 줄 아는 마음가짐으로 더 높은 가치를 위해 헌신하는 자세가 중요하다. 우리가 나이를 먹어가며 배우듯, 무엇인가 되어가는 변화(becoming)와 자신의 정체성을 지키는 존재(being)는 반드시 대립하지는 않는다.

전쟁이 빚어낸 실존주의는 바로 자신이 어떤 존재인지, 나는 어떤 사람이어야 하는지 그 '되어감', 곧 자신의 노력으로 인생의 의미를 만들어가야 한다는 점을 분명하게 부각한 사상이다. 다시 말해서 실존주의는 역사 속에서 자신의 위치, 곧 생존이라는 특권을 소홀히 하지 않고 지켜내려는 책임감을 가지는 것을 원칙으로 강조한다. '생존하다'라는 뜻의 프랑스어 동사 'survivre'의 원뜻은 'sur-vive', 곧 '무엇을 넘어서 살아남다'이다. 물론 전쟁을 넘어서 살아남지만, 그러나 또한 젊음을 넘어서도 우리는 살아남는다. 대체 우리는 어떻게 해야 살아남을까? 중년에 도달한 우리는 예전 실존의 난민이며, 끝없이 똑같은 욕구와 충동을 되풀이한다. "결국 생존이란 늘 다시금 살기 시작하는 것이다."[34] 『레 망다랭』의 정점을 이루는 대목은 안이 간단하게 스스로 목숨을 끊는 게 어떨까 본격적인 실존주의적 고민을 하는 지점이다. 결국 안이 자살하지 않기로 결심하는데, 그 이유는 "죽음의 저주만큼이나 살아야 한다는 운명 역시 피할 수 없기" 때문이다.[35] 실존주의의 이런 이중성이야말로 우리 모두가 새겨야 하는 교훈이다. 『인생의 정점』과 『노년』 사이에서, 페미니즘과 실존주의 운동 사이에서, 시몬 드 보부아르는 우리에게 중년을 이해한다는 것은 어떻게 해야 살아남을 수 있는지 그 방법을 이해하는 것임을 일러준다.

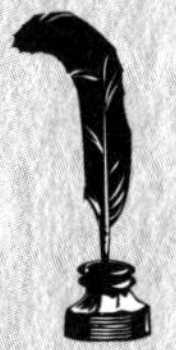

제11장

의식의 흐름

새천년의 중년

I

1966년 7월 29일 《타임》지에는 '침묵의 음모(a conspiracy of silence)'를 발견했다는 기사가 실렸다. 이 음모는 취향과 정치에서 건강과 경력에 이르기까지 우리 인생의 모든 측면을 통제한다는 것이 이 기사의 주장이다. 이 음모는 상상하기조차 어려운 강력한 영향력으로 우리의 생각을 사로잡아 다른 것은 '감히 이름도 입에 올리지 말라고, 좋아하는 척하지도 말라고' 윽박지른다. 속수무책으로 이 음모의 은혜에만 기대어 우리는 그 승인이 없이는 거의 아무것도 이룩할 수 없다. 이 음모의 이름은? 중년이다.[1]

1960년대를 젊음 과잉의 시대로 보는 일반적 견해에도, 20세기 내내 되도록 쉽게 모이고자 하는 끼의 장벽에 가까운 집착에도, 《타임》지의 커버스토리는 현대의 불편한 진실을 꼬집었다. 이른바 '명령하는 세대'는, 당시든 오늘날이든, 계속 명령만 해댄다. 그리고 이 세대는 물론 남성과 여성을 확실히 구분한다. 남성은 능력으로, 여성은 외모로 평가하는 것을 이 세대는 당연히 여긴다. 1960년대 '중년의 즐거움과 위험'을 상징하는 인물로는 아마도 존 F. 케네디가 걸맞았을 텐데도, 표지를 장식한 사진의 주인공은 로런 바콜Lauren Bacall이다. 회색이지만 고급스러운 분위기의 사진에서 바콜은 '진정성이 돋보이면서도 매혹적으로 사랑스러운' 성숙함을 보여준다. 사람들은 바콜을 '41세의 여인'으로 보지 않았다고 한다. '균형 잡힌 몸매에 밝아 보이는 성격 그리고 풍부한 여성성'을 자랑하는 바콜의 사진을 보며 41세라고 했다가는 무례한 모욕을 범하는 게 아닐까 사람들은 두려워했다고 한다. 중년 위기의 시대('중년 위기'라는 단어는 바로 그 전 해인 1965년에 엘리엇 자크가 만들어냈다)에, 중년이 이처럼 멋진 외모를 과시한 적은 전무하다시피 하다.

중년 여인의 사진이 오늘날에도 여전히 멋져 보일까? 명령하는 세대가 유례를 찾아보기 힘들 정도로 실패를 맛본 시대에, 중년이 정치적 책임뿐만 아니라 환경의 책임도 방기함으로써 물질적 풍요와 특권을 누린 시대에, 여전히 '침묵의 음모'라는 논리, 그저 군말 말고 명령에 따르라는 논리가 적용되기는 힘들어 보인다. 요즘은 성숙하지 않음이 새로운 성숙함이다. 지구를 구할 유일한 방법은 10대 소녀 그레타 툰베리Greta Thunberg가 우리에게 보여주었듯, 다르게 행동하는 것이다. 지금껏 해오던 대로 그대로 되풀이하는 것, 똑같은 중산층, 중년, 지난 50년 동안 반복해온 이도 저도 아닌 어정쩡한 중도적 합의는 환경 파괴의 흐름을 끊어낼 수 없다. 세상이 그나마 지금 모습을 그대로 유지하려면, 우리는 많은 것을 바꿔야만 한다.

아마도 중년 자체도 이처럼 변화해야만 하리라. 중년을 위기와 자만의 동의어로 받아들이지 않고, 이 책에서 다룬 작가들처럼 새로운 형태의 창의성을 발휘할 자극으로 받아들이면 어떨까? 상실과 쇠퇴의 시기가 아니라, 다시금 열정을 발견하는 시기로 회복시킨다면 어떨까? 우리는 과거의 중년을 탐구해보면서, 몇 세기에 걸쳐 중년을 두고 사람들이 어떤 생각을 해왔는지 그 윤곽을 그려보았다. 그러나 현재의 중년은 어떻고, 미래의 중년은 어떤 모습을 할까? 단테 이후 7세기가 흐른 지금 우리는 새천년을 맞아 인생행로의 한복판에 선다는 것이 무엇을 의미하는지 다시금 진지하게 생각해보아야만 한다.

어떤 의미에서는, 물론, 중년의 미래는 단순히 노년이다. 그러나 미래를 결정하는 것은 역설적이게도 오늘날 젊은 사람들이다. 관점을 달리 해보면 미래의 중년은 현재의 젊음이다. 예나 지금이나 문제는 오늘날의 젊음이 내일의 중년이 되었을 때 얼마나 바뀔까 하는 것이다. 중년의 정신은 10대의 정신이 아니다. 의심할 바 없이 중년의 정신이 더 낫기는 하다. 그러나 청소년기에서 성숙기로 넘어가면서 얻는 게 있는 만큼이나 잃는 것도 있다. 그 가운데 가장 중요한 것은 에너지이다.

늙으면 힘을 잃는다는 것이야 누구나 직관할 수 있다고 믿는 사실이다. 그러나 실제로 그렇지 않다는 점은 최근 연구가 밝혀낸 반(反)직관적 발견 가운데 하나이다. 우리는 신경과학의 황금기를 누린다. 신경과학은 어느 정도 그럴싸한 자극을 받아들일 때 두뇌 안에서 무슨 일이 일어나는지 연구하는 학문이다. 신경과학의 초창기에는 두뇌가 왕성히 발달하는 시기(어린 시절)나 쇠퇴하는 시기(노년)에 어떤 일이 일어나는지 하는 물음에 초점을 맞추었다. 당연히 왕성한 변화가 일어나는 시기가 안정적 상태를 보이는 정체기보다 더 많은 것을 알려주기 때문이다. 그러나 최근 연구가 분명히 밝혀낸 사실은 이런 변화가 '중년'에도 일어난다는 점이다. 하버드 메디컬 스쿨에서 진행한 연구는 두뇌가 중년에 2차로 비약적 성장을 하는 것을 보여주었다. 1차 성장은 물론 청소년기에 이뤄진다.[2] 두뇌는 40세부터 그 부피가 10년마다 2%씩 줄어드는 반면, 특정 부위, 특히 판단과 통제를 담당하는 부분은 더 잘 기능하기 시작한다. 두뇌가 외부 자극에 노출되는 정도에 따라 계속해서 변화하며 발달한다는 이른바 '신경 가소성(neuroplasticity)'은 두뇌 연구의 새로운 키워드가 되었다. 그러나 물론 이런 신축적인 탄력성은 양면적인 모습을 보여준다. 예를 들어 전두엽 전부 피질은 이런 역설을 선명하게 드러낸다. 전두엽 전부 피질은 30대에 완전히 성숙하는 반면, 중년에 취약해져 쇠퇴한다.[3] 완전히 성숙해서 이제는 쇠락의 길만 남은 것일까? 바로 그래서 신경과학은 전설이 빚어지도록 방조하는 모양이다. 《타임》지의 표지 사진의 실수는 바콜의 늙는 두뇌를 살피지 않고 그녀의 아름다운 외모에서 멈춘 것이다. 성숙함은 그저 피부로만 드러나는 피상적이기만 한 것은 아니다.

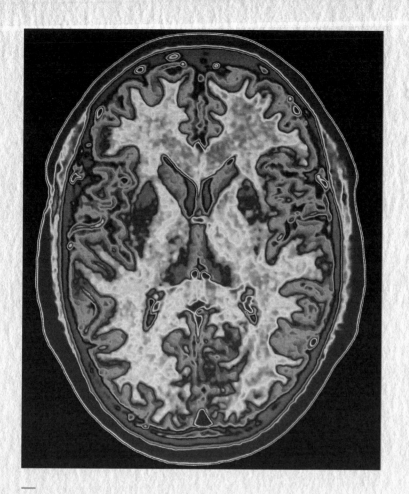

중년 두뇌를 보여주는 MRI 영상.

중년 정신은 더는 단순한 비유가 아니다. 이제 중년 정신은 감지 혹은 그고 경험할 수 있는 현실이다.[4] 하지만 무엇이 이런 감각 경험을 할 수 있게 해줄까? 그거야 당연히 신경과학이다. 이 과학은 나이를 먹어가며 우리 두뇌에 무슨 일이 일어나는지 말해준다. 그리고 신경과학은 우리가 지각하는 우리 자신이 어떤 존재인지 알려주는 피드백을 통해 우리의 자화상을 바꿔놓는다. 그러나 신경과학은 두뇌 안에서 일어나는 '느낌'을 데이터로 경험하게 해줄 수는 없다. 우리는 묘사와 진단, 감정과 이미지라는 전통적인 방법에 여전히 의존할 수밖에 없다. 요컨대, 우리는 여전히 언어에 의존한다.

두뇌 스캔은 바깥에서 우리 안의 주관성을 보여주는 '주관적 상관물'(T. S. 엘리엇의 '객관적 상관물'을 응용한 표현)처럼 여겨질 수 있다. 하지만 스캔은 두뇌가 느끼는 감정은 포착할 수 없다. 다르게 표현하자면, '의식'과 '의식의 흐름'은 서로 별개의 것이다. 두뇌 스캔 옆에 '의식의 흐름'을 대표하는 구절을 임의대로 골라 대비해본다면, 예를 들어 버지니아 울프가 쓴 문장을 대비해본다면, 무슨 일이 일어나는지 관찰해보자. 다음은 『파도 The Waves』(1931)의 끝부분에 나오는 버나드Bernard의 장광설에서 발췌한 부분이다.

그래도 인생은 즐거워, 인생은 견딜 만하지. 화요일이 월요일의 뒤를 따르고, 그런 다음 수요일이 오지. 정신은 원(圓)을 키우고; 정체성은 단단해지지; 아픔은 성장으로 흡수되고. 열고 닫고, 닫고 열고, 콧 노래를 부르며 불굴의 기상을 키우면서, 젊음의 조급함과 열정은 존재 전체가 시계의 태엽처럼 풀렸다 감겼다 되풀이하며 팽창하는 데 봉사하는구나.[5]*

이 구문은 마치 감각을 가진 것처럼 중년의 사유 과정을 바짝 추적한다. 중년의 단조로운 일상을 두고 마음에도 없는 칭찬을 늘어놓는 것을 보라. 중년을 두고 비슷한 시기에 쓰인 다른 탁월한 텍스트는 헤르만 헤세Hermann Hesse의 『황야의 늑대Der Steppenwolf』(1927)에 나오는 문장이다. "적당히 즐겁고, 그런대로 견딜 만하며 괜찮은, 미적지근한 나날은 불만에 가득 찬 중년 남자의 일상이다."[6] 인생은 분명 '즐겁다', 그러나 없는 것, 중년에 결여된 것, 황홀하며, 독창적이고, 새로운 것의 유혹적인 냄새는 억누를 수 없이 가장자리에 도사리고 있다. 마치 도무지 끝나지 않고 이어질 것만 같은 하루와 일주일의 반복은 '열고 닫고(opening and shutting)' 하는 울프의 끊임없는 현재분사 활용뿐만 아니라, 구두점 찍기, 특히 '세미콜론(;)'의 되풀이되는 사용으로 더없이 선명하게 암시된다. 세미콜론은 울프의 비밀병기, 그녀의 '트레이드마크'이다.[7] 서로 반대되는 의미의 동사, 이를테면 '열고 닫고' 하는 식의 대비를 드러내는 구문을 활

---

* 나는 『The Waves』의 우리말 번역본으로 '솔출판사'에서 간행한 판본(2004)을 참조했다. 역자인 박희진 교수는 버지니아 울프 전공자답게 깔끔하고 유려한 문장으로 울프 문학을 풀어준다. 다만 문제는 이 책의 저자가 해석하면서 쓴 어휘가 번역본과 다른 관계로 인용된 울프 문장은 저자의 의도에 맞추어 내가 옮겼음을 밝혀둔다.

용하면서, 세미콜론은 떼어놓는가 하면 섪합하고, 숨을 고르는가 하면 계속 나아가게 만든다. 세미콜론은 바로 울프가 구사하는 '의식의 흐름' 기법의 원동력으로, 그녀의 성숙한 생각을 멈칫거리면서도 단호하게 밀어붙이는 리듬을 빚어낸다. 세미콜론이 표현하도록 돕는 것, 더 포괄적으로 울프의 구문이 포착하는 것은, '젊음의 조급함과 열정'을 지난날 인생의 부분으로 받아들이고 반추하면서 중년이 쏟아내는 내면의 독백이다.

구문이 암시적인 만큼 비유도 암시적이다. 위의 인용문은 세 개의 직접적인 비유, 곧 직유를 명시적으로든 함축적으로든 구사한다. 정신이 키우는 '원(圓)'은 나무의 나이테와 같으며, '열고 닫고'라는 표현은 카메라의 셔터로, '풀렸다 감겼다 되풀이하며 팽창하는' 인생은 시계의 태엽으로 각각 비유된다. 울프가 고른 단어는 유기적 이미지와 무기적 이미지가 하나로 녹아든 '생체 시계'라는 비유로 앞뒤가 맞물리는 순환의 이미지를 형상화하면서 마치 중년 두뇌의 자기 공명 영상(MRI)과 같은 역할을 한다. 중년 두뇌의 나이(나무의 '나이테'와 같은 '원[*]')는 그 주인의 '정체성'을 형성한다. 이처럼 인용문은 작품의 제목 그대로 '파도'를 묘사할 뿐만 아니라, 실제 파도를 보여주기도 한다. 스캔으로, 곧 외부에서 촬영된 '뇌파'라는 신경과학의 무미건조한 팩트는 이제 두개골 내부에서 포착된 것, 곧 감정의 생생한 파도로 변모한다. 우리는 평소 일상적 대화에서 뇌파라는 단어를 예외적일 정도로 위대한 새로운 아이디어를 가리키는 데 쓰지만,[**] 울프

---

[*] 이 책의 저자는 이 '원(圓)'을 수면에 생겨나는 파문(波紋)으로도 해석한다.

는 우리를 도와 이 단어가 일상적인 생각을 반복하는 커다란 회백질, 곧 따분하기만 한 중년의 뇌파를 나타내는 데 더 알맞음을 이해할 수 있게 해준다. 요컨대, 울프는 반복되는 일상을 경험하는 중년의 단조로운 따분함이 존재 선체의 숭고함으로 올라서기 위한 과정임을 우리로 하여금 이해할 수 있게 해준다.

그렇다면 우리는 위의 인용문을 앞서 보여준 중년 두뇌의 스캔 사진에 붙인 울프의 해설로 읽을 수 있다. 울프의 문장 가운데에 이렇게 읽을 수 있는 것은 많기만 하다. 그러나 본래 울프의 문장은 중년 정신의 '현상학'에 훨씬 더 가깝다. 그녀는 우리에게 바깥에서 보는 것보다 안쪽에서 살필 때 두뇌가 느끼는 감정을 제대로 이해할 수 있음을 보여준다. 울프는 우리에게 성숙함의 묘사, 상당히 긍정적인 묘사를 제공한다. 망설이면서도 앞으로 나아가고, 아픔을 끌어안고 성장으로 진보하는 이 모든 것은 단단하고 강건한 정체성으로 빨려 든다. 중요한 점은, 이 정체성이, 최소한 겉보기에는, 무한히 반복되는 운동, 기름칠을 잘한 기계처럼 매일 그리고 매주 왕성한 피스톤 운동을 한다는 사실이다. 그러므로 이 인용문은 시간이 어떤 것인지 상징처럼 보여주면서, 또한 시간을 부드럽게 어루만져, 죽을 수밖에 없는 운명의 인간을 그런대로 즐거운 일상을 살아가는 현세의 인간으로 그려낸다. 문학은 이처럼, 최소한 우리가 아리스토텔레스 이후 알고 있듯, 일종의 충격 완화 장치 역할을 한다.

** 'brainwave(뇌파)'는 구어체에서 영감 또는 번뜩이는 창의성을 뜻하는 단어로 쓰인다.

반복을 받아들이고 이 반복을 우리 인생이라는 식물을 싸는 새료토 삼는 것은 분명 성공적인 중년을 살아갈 핵심 요소 가운데 하나이다. 인생은 드레스 리허설*일 수 없음에도, 우리는 똑같은 논리, 똑같은 감정, 늘 반복되는 수수께끼와 관계를 두고 리허설 하느라 많은 시간을 쓴다. 의식의 흐름은 일직선으로 이뤄지는 게 아니라, 순환한다. 이것이 반박할 수 없이 분명해지는 때는 오직 중년, 우리 인생의 곡선이 오름세가 멈추면서 정점에 이르는 때인 중년이다. 울프의 글쓰기는 우리에게 이런 깨달음을 강제한다. 제목으로 쓰인 파도는 반복의 리듬을 암시한다. "작지만 격한 비트(beat)가 똑딱똑딱 정신의 맥박처럼 들린다."[8] 그러나 또한 나이를 먹어가며 우리는 단조로움에 빠져 일할 의욕을 잃고 마는 위험을 초래할 수 있다. 혹자는 일을 하는 것 같은 '인상'만 준다고도 말하리라. 앞서 인용한 버나드의 장광설은 이렇게 계속된다. "1월에서 12월까지 참 빠르게도 흐르는구나! 우리는 익숙한 나머지 아무런 그림자를 남기지 않는 주변 것들의 격류에 휩쓸린다. 우리는 그저 둥둥 떠간다, 둥둥 떠간다."[9]

울프의 몇 가지 이미지를 혼합한 비유, 이를테면 빛살이 비친 물을 시간에 빗대는 비유는 그녀의 의식 흐름 표면 아래 숨은 불편함을 고스란히 드러낸다. "인생은 즐거워; 인생은 멋져" 하고 버나드는 계속 되뇌지만, 정말 그가 그렇게 믿는지 설득력은 전혀 없다. 주변의 지나칠 정도로 익

---

* '드레스 리허설(dress rehearsal)'은 연극 따위에서, 의상과 분장을 갖추고 마지막으로 하는 무대 연습을 뜻한다.

숙한 것들은 아무런 그림자를 만들지 않지만, 죽음만큼은 길게 그림자를 드리운다. "이제 나는 어린 시절 인생에 품었던 직감, 인생은 배부른 것이자 언젠가는 끝장을 맞는 것이라는 직감에 성숙함의 관점을 더한다; 그 것은 우리 운명으로부터 도망갈 수 없다는 감각이다; 한계의 깨달음이다; 인생은 생각했던 것보다 훨씬 더 완고하구나."[10] 우리가 그동안 이 책을 통해 만나본 성숙함을 연상케 하는 많은 표준적 특징을 넘어서서 울프가 보여주는 정신의 적응 능력, 나이를 먹어가며 환경에 적응하는 무한에 가까운 유연성은 그녀의 작품만이 보여주는 진정한 새로움이다. 울프는 중년 정신을 탐구하는 데 그치지 않고, 중년 정신이 어떤 망상을 품는지도 밝히려 노력한다. 이때 울프가 쓰는 방법은 마침내 우리가 사물의 진정한 본성을 파악했다고 믿게끔 우리 자신을 어떻게 속이는지를 묘사하는 것이다. 버나드는 어느 대목에서 자신에게 이렇게 말한다. "나는 무대 뒤를 살피도록 허락받은 사람이다: 효과라는 게 어떻게 만들어지는지 두 눈으로 보았다고나 할까."[11] 이 표현은 마치 모든 환상을 박탈당한 사람의 분위기를 자아낸다. 그러나 이내 그는 이것 역시 환상이었음을 인정한다.

시간은 다시금 질서를 흔들어놓는다. 우리는 까치밥나무 이파리들로 이뤄진 아치를 빠져나와 더 넓은 세상으로 나아간다. 사물들의 참된 질서는——이것은 우리의 영원한 환상인데——이제 명백하다. 이리하여 일순간에, 거실에서, 우리 인생은 하늘을 가로지르는 태양의 장

엄한 행진에 자신을 맞춘다.[12]

이 구절은 마치 이 책에 기록된 중년의 더욱 극적인 깨달음에 울프가 달아놓은 촌평처럼 읽힌다. 예를 들어 베케트가 어머니의 침실에서 맞이했던 깨달음의 순간은 정녕 착각일까? 글쓰기의 참된 질서를 불현듯 깨달았다고 느낀 베케트는 그저 착각에 빠지고 만 것일까? 요컨대, 성숙함은 시각적 환상일까?

환상에 지나지 않는 성숙함이라는 비판을 반박할 유일한 방법은, 성숙함을 가려볼 최후의 심판관이 우리 자신은 아니라는 점을 인정하는 것이다. 정신은 나이테를 키울지라도, 정체성은 원한 만큼 그리 견실하지 않다. 성숙함은 언제나 정신에 내재하는 관점을 어떻게 변화시키느냐에 달린 문제이다. 이런 문제의식이 『파도』에 등장하는 여섯 명의 캐릭터들로 펼쳐지는 울프의 인식론이다. "내가 돌이켜보는 것은 하나의 인생이 아니다." 버나드는 이렇게 결론짓는다. "나는 하나의 인격체가 아니라, 다수의 인물이다."[13] 울프가 관점의 다양함을 늘어가는 나이와 연관 짓고 있다는 점은 중년 정신이 단수가 아니라 복수로 이해되어야만 함을 강조하려는 의도를 드러낸다. "나는 늙고 있죠, 내년이면 50인걸요." 울프가 소설 『파도』를 발표하고 얼마 뒤 기자에게 했다는 말이다. "그리고 나는 갈수록 더 자아를 하나의 버지니아로 모으기가 어렵네요."[14] 49세라는 나이에 아리스토텔레스가 말한 '아크메(정점)'에 오른 울프는 중년이 하나의 흐름이 아니라, '의식의 흐름들'이라는 깨달음에 이르렀다.

다수의 관점이 공존할 수 있어야 한다는 깨달음으로 우리는 중년 정신을 더욱 깊이 알 수 있게 된다. 안에서 바깥을 살피는 관점이 있는가 하면, 바깥에서 안을 살피는 관점으로도 우리는 중년 정신이 걸어야 할 길을 성찰하고 검증하면서 꼭 필요한 자세를 가늠할 수 있기 때문이다. 바로 이런 것이 문학이 베푸는 가르침이다. 그러나 울프가 설정한 경쟁하는 관점들,『파도』에 목소리로 등장하는 여섯 명의 화자들은 더 많은 것, 곧 다양성이 성숙함에 반드시 필요한 요소라는 점을 환기한다. 우리는 중년을 통과할 우리 자신의 길을 느껴야만 할 뿐만 아니라, 중년을 통과하는 데 하나 이상의 많은 길이 있음을 느낄 수 있어야만 한다. 이런 다양성의 포용이야말로 본질적으로 중년의 진정한 자세이다. 나이 먹는 것은 정답이 있는 시험 문제가 아니다. 우리 가운데 누구도 나이는 이렇게 먹어야 하는 거야 말해주는 정답을 알지 못한다. 인생행로의 한복판을 통과하는 데 단 하나의 길만 있는 것은 아니다. 우리가 할 수 있는 최선은 다양한 관점들의 좌표를 찍어 삼각 측량을 시도하면서 그에 맞는 항로를 찾아내는 일이다. 하나의 길이 있다면, 그것은 깨달음이란 '안티-깨달음'이라는 것이다. '안티-깨달음'이란 우리가 결국 모든 것을 알아냈다고 의기양양하게 쾌재를 부를 순간이 중년에 존재하지 않는다는 점을, 아니 존재할 수 없다는 점을 깨닫는 것이다.『미들마치』에서 커소본이 실패한 이유를 우리는 새겨보아야 한다. 모든 중년에 맞는 만능 키는 없다. 시간 감각을 키우는 방편 가운데 하나로 이해된 문학은 결국 시간 감각을 만들어낼 '능력의 부재', 곧 무능함 덕에 성립하는 예술이다. "인생은 우리가 인생을 이야기하며 무릇 이러저러하게 살아야 한다고 내리는 처방을 (……) 빗겨갈 뿐이다."[15] 성숙함은 우리가 인생을 다스릴 단 하나의 처방은 없다는 점을 받아들이는 순간에 비로소 시작된다.

II

우리가 인생은 하나의 처방으로 다스려질 수 없다는 이치를 받아들인다면 무슨 일이 일어날까? 인생과 문학의 궁극적인 차이, 직선형의 인생과 순환형의 문학은 원칙적으로 서로 비교 불가능하다는 점이야말로 예술이라는 문학이 존재하는 이유이다. 순환하는 힘으로 영원함을 자랑하는 예술과 다르게, 우리의 직선형 인생은 언젠가 반드시 죽음으로 끝을 맞는다. 그러나 또한 우리의 중년 인생이 갖춰야 하는 핵심 본질은 이 끝남을 맞이할 감각을 키우는 자세이다. 비평가 프랭크 커모드*의 유명한 말마따나 우리는 문학을 시간 길들이기의 방법으로 사용한다. 문학은 시간을 잘게 쪼개 유한한 것으로, 결말을 가지는 스토리로 만드는 방법이기 때문이다.[16] 시작의 똑은 결말의 딱을 예견한다. 그리고 우리 두뇌는 이 똑딱거리는 시간에 맞춰 시작과 끝에 대처한다. 그러나 중간을 가늠

* 프랭크 커모드(Frank Kermode: 1919~2010)는 영문학 비평가로 케임브리지 대학교 석좌교수를 지낸 인물이다.

해볼 감각을 키우는 일은 훨씬 더 어렵다. 중간은 감각으로 포착하기 힘든 운동이기 때문이다. 어떻게 우리는 똑과 딱 '사이'의 순간을 들을까?

성숙함은 어떤 일로 심사숙고할 때 똑과 딱 사이의 이 침묵에 귀를 기울이는 것이다. 젊음의 멜로드라마는 시들해졌으며, 노년의 연민은 아직 멀리 떨어져 있다. 모든 목적과 계획에 충실하고자 우리는 끊임없이 되풀이되는 현재에, 끝없이 이어지는 나날의 연속처럼 보이는 현재에 사로잡혔을 따름이다. 이런 관점에서 중년은 시간과 기묘한 관계를 형성한다. 한편으로 중년에는 죽음의 그림자가 실제로 우리를 엄습한다. 다른 한편으로 중년이라는 시기에 시간은 멈춰 선 것처럼 보인다. "영원함을 끝없는 시간의 지속이 아니라 '시간의 사라짐(Zeitlosigkeit, timelessness)'으로 이해한다면, 현재를 사는 사람은 영원한 인생을 산다." 비트겐슈타인이 그의 책 『트락타투스』*에 쓴 글이다.[17] 이후 이어지는 문장에 약간 변형을 준다면, 시야를 막는 제한이 없다는 의미에서 중년은 끝이 없다고 말할 수 있다. 탄생과 죽음 양쪽에 똑같이 거리를 두고 있기 때문에 중년은 영원한 삶을 맛본다.

그래서 얻는 교훈은, 성숙하게 살아간다는 것, 단어가 가지는 가장 좋은 의미에서 중년으로 살아간다는 것은 실존적인 자족을 추구하는 것이라는 점이다. 영원한 중년은 현재를 살아가는 사람의 몫이다. 과거의 향

---

* 『Tractatus logico-philosophicus』는 루트비히 비트겐슈타인(Ludwig Wittgenstein: 1889~1951)이 생전에 출간한 유일한 책이다. 국내에 '논리철학 논고'라 알려져 있다.

수에 사로잡힌다거나, 미래를 앞낭서 선선숭눙하녀 사는 내노는 혼선히 충만한 중년보다는 시작의 그림자 또는 끝의 그림자에 물든 중년을 만든다. 인간 두뇌를 경험의 창고, 우리는 경험과 기억의 총합이라는 의미에서 일종의 실존 창고로 보는 모델은 삶의 한복판에서 현재에 주목하는 의식을 가지고 살아가는 것을 방해한다. 많은 종교와 철학이 현재 시제로 살라고 충고하는 이유가 달리 있는 게 아니다.

이런 방식으로 끊임없이 이어지는 의식의 흐름 속에서 살아가는 자세는 물론 매일 감당해야 하는 일상 속에서 쉽게 무너질 수 있다. 그러나 이런 자세는 중년 정신이 열망해야 마땅할 모델을 제공해준다. 우리는 글쓰기를 축적으로 보기보다 설익은 생각과 고정 관념을 지우는 방법으로 보아야 한다. 그동안 이룩한 성과를 헤아리고 과시하는 자세보다는 창조력을 발휘할 제로 지점을 찾아 자신을 비우는 방법을 우리는 고민해야 한다. 1970년대와 1980년대 중년 '정신(Geist)'의 상징과도 같은, 머리카락 가운데 흰머리가 난 헤어스타일, 마치 스컹크를 연상시키는 헤어스타일에도 우리의 뇌리에 잊히지 않을 매혹적인 이미지를 자랑한 수전 손태그는 정확히 이런 비움의 희망을 피력했다. "내가 글을 쓰는 목적 가운데 일부분은 나 자신을 변화시키고자 하는 것이라, 예전에 썼던 글을 두고 다시 생각하지는 않는다. 그리고 글을 쓸 때마다 나는 실제로 옛 생각을 비워낸다."[18] 고대에 아리스토텔레스가 말한 '카타르시스'는 손태그의 이런 관점으로 새로운 반전을 얻는다. 이제 감정을 비워내는 쪽은 관객이 아니라, 저자 자신이다. 중년은 끊임없이 되풀이되는 정화, 곧 옛것을 비워내

그레이의 그림자: 1980년대의 수전 손태그.

고 자신을 청결하게 만들고자 하는 노력이 된다.

　나쁜 생각을 몰아내고, 정죄하며, 연옥의 불로 단련받는 것, 이는 우리가 앞서 단테와 거닐어본 인생행로의 한복판이다. 단테의 사례가, 그리고 그의 전철을 따라간 모든 작가들의 사례가 궁극적으로 직관할 수 있게 해주는 것은 중년을 다룬 담론 자체가 압력을 빚어낸다는 점이다. 자신이 중년이라고 생각하는 나이에 도달했을 때(이를테면 마흔이 된다는 것은 중년의 상징적 문턱이다), 우리는 (적어도 명목상으로) 인생의 중간 지점에 도달했을 뿐만 아니라, 아 이제 내가 정말 '중년'이구나 하고 의식한다. 몇 세기 동안 문화가 꾸며온 상투성, 곧 중년은 으레 이래야 한다는 상투성이 돌연 엄습하면서 우리는 '위기'와 '전향'이라는 어두운 숲 한복판에 우두커니 선 자신을 발견한다. 이런 압박감에 어떻게 반응할지는 각자의 성향과 취향에 달린 문제이지만(다행히도 이 문제를 가지고 누구나 책을 써야 할 필요를 느끼는 건 아니다), 의심의 여지가 없는 사실은 중년이라는 관용구가 어떤 경험을 할지를 미리 결정한다는 점이다. '중년'이라는 단어는 상투적 비유를 만들어내, 우리가 그에 맞춰 늙어가도록 감시한다.

　물론 작가의 역할은 그런 닳아빠진 비유에 저항하거나, 적어도 비유에 다시 생기를 불어넣는 것이다. 그러나 나이 먹음을 나타내는 데 알맞은 이미지는 다양할지라도 한계를 가진다. 우리가 시간을 개념으로 포착하는 다양한 방식에도 한계가 있기 때문이다. 태양은 심판관 자리에 앉아, 대안이라고는 없이, 새로울 게 전혀 없는 것들을 굽어본다. 내 집 위로 떴다가 지는 태양을 보면서 내 정원에 계절이 오가는 것을 목도하면서, 나는 인간이 늘 해온 일, 다를 게 없는 일상에 의미를 부여하며, 내 생체 시계를 자연에 맞춘다. 그러나 나는 또한, 좀 더 적확하게 말해서, 내 생체 시계를 문화에, 예술가와 작가가 시간과 씨름해온 모든 방식에, 이를테면 셰익스피어의 태양 이미지나 T. S. 엘리엇의 장미 정원에도 맞춘다. 이처럼 중년을 나타내는 비유로 거듭 쓰이는 일련의 이미지는 사실상 놀라울 정도로 조촐하다. 심지어 21세기에, 아마도 '특히' 21세기라서, 우리는 계속해서 성숙함의 미리 정해진 모델에 의지하는 모양이다. 제이디 스미스[*]는 2016년에 쓴 글에서 이런 사정의 핵심을 짚은 흥미로운 사례를 제공한다.

내 소설들은 예전에는 햇볕이 잘 드는 곳이었으며 지금은 먹구름이 몰려왔다. 이 구름의 일부는 그저 간단히 중년 경험 탓에 생겨났다. 나는 『하얀 이빨』을 어렸을 때 썼으며, 이 소설과 더불어 성장했다. 중년의 예술은 분명 언제나 젊음의 예술보다 구름이 더 많다. 인생 자체가 갈수록 구름이 많아지는 것처럼. 그러나 구름으로 덮이는 것을 오로지 나이 먹는 탓으로만 돌리는 것은 솔직하지 않다. 나는 시민이자 개인적 영혼이며, 시민으로 살아가는 일이 장기적으로 우리에게 가르쳐주는 것 가운데 하나는 인간이 하는 일에는 완벽함이라는 게 없다

[*] 제이디 스미스(Zadie Smith: 1975년생)는 영국 작가이자 에세이스트로 2000년 데뷔작 『하얀 이빨White Teeth』('하얀 이빨'은 국내 번역본의 제목이다)로 일거에 문단의 총아로 떠오른 인물이다. 2010년부터 뉴욕 대학교 창의적 글쓰기의 종신교수로 활동한다.

른 셋이나. 이런 사실은, 21세의 나이에는 구름이 낀 것처럼 왜 그런 지 흐릿하기만 했는데, 41세의 여인이 되어보니 좀 더 분명하게 보인다.[19]

20대 초에 『하얀 이빨』(2000)을 발표해 뜨거운 반응과 함께 어엿한 작가로 자리를 잡은 스미스는 대부분의 성장을 공적 공간에서 유명 인사로 치러내야만 했다(그녀 자신이 거의 이런 투로, 그러나 확실히 강조하지는 않는 재치를 보이며 말했다). 거의 20년 뒤 그녀는 암울한 구름이 드리운 자신의 중년과 대비해 빛나기만 했던 젊은 시절을 돌아본다. 구름에 빗대는 비유는 우리가 중년을 어떤 관점으로 바라보는지 많은 것을 말해준다(구름은 어둡거나 흐리거나 얼룩덜룩함을 뜻하지 않는가?). 이런 관점은 젊음을 낭만화하는 것이기도 하다. 어쨌거나 거의 고정 관념에 가까운 이런 일련의 이미지를 우리는 그게 정확히 무엇을 의미하는지 온전히 탐구하는 일이 없이 쓴다. 더욱이 우리 눈을 사로잡는 점은 스미스가 나이 먹음을 보는 자신의 관점을 인간 일반의 관점과 나란히 놓고 있다는 것이다. 말하자면 그녀는 개인의 시간이라는 미시 역사를 역사적 시간이라는 거시 역사와 동일시한다. 그녀는 성숙함으로써 자신의 관점에서 한 걸음 물러나 '롱그 뒤레'*의 관점을 취해야 함을 깨달았다. 더 나아가 이런 자세는 우

---

* '롱그 뒤레(longue durée, 장기간)'라는 말은 프랑스 역사학자 페르낭 브로델(Fernand Braudel)이 만든 개념으로 역사를 보는 '장기적 안목'을 뜻한다. 브로델은 역사의 흐름을 사건의 차원, 중기적 차원 그리고 '롱그 뒤레'로 설명한다. 사건은 개인의 이해관계가

리 모두가 배워야만 하는 것이다.

제이디 스미스의 관찰은 인생과 문학이 서로 비교 불가능하다는 점을 함축적으로 강조한다. '시민'과 '개인적 영혼'은 엘리엇의 '전통'과 '개인적 재능'의 대비를 새천년을 맞아 되살려낸 것처럼 들리지만, 실제로는 공공의 경험과 사적인 경험이라는 양극을 가리키는 표현이다. 중년은, 우리가 확인했듯, 공공의 관점과 사적인 관점에 미묘한 차이를 불러일으킨다. 중년은 개인의 관점에서 보면 '흐릿한' 것인 반면, 인간 일반이라는 공공의 관점에서는 '분명한' 것이다. 개인적 영혼에게 중년은 '구름이 더 많은' 것인 반면, 시민에게는 '분명한' 것이 된다. 우리의 미적인 상상력은 심지어 나이를 먹어가며 더욱 신비한 방식으로 키워지는 반면, 우리의 정치적 이해력은 단호하고 선명한 해결책이 궁극적으로 왜 불가능한지 좀 더 폭넓은 공감을 키우는 쪽으로 발전한다. '완벽함이라는 것은 없다', 이를 받아들일 줄 아는 인정과 통합은 성숙함의 동의어가 된다.

이런 인정은 물론 말은 쉽지만 실천은 어렵다. 환장할 정도로 느린 발전, 일보 전진했는가 싶으면 이보 후퇴하는 발전을 두고 스미스는 '점진적 진보'라고 불렀다.[20] 이런 점진적 진보를 받아들인다는 것은 곧 세계를 바꾸겠다는 젊은 날의 꿈이 거의 확실하게, 아니 결코 현실이 될 수 없다는 점을 인정하는 자세이다. 점진적으로 늘어나는 뱃살이 우리가 가진 전부

첨예하게 대립하는 역사의 현장이며, 중기적 차원은 주기적으로 되풀이되는 위기와 구조 변화를 의미한다. '롱그 뒤레'는 장기간에 걸쳐 가치의 실현을 추구하는 역사 이성의 관점이다.

일 따름이다. 상상력의 힘을 성찰하는 작가는 이상과 늘어나는 뱃살이라는 현실 사이의 차이를 가려볼 수 있게 돕는다. 우리의 중년 경험은 대개 상상이 빚어놓은 이미지이기 때문이다. 성공적 중년의 비결은 점진적 진보를 수용하는 것, 많은 작은 발걸음이 결국 우리를 앞으로 나아가게 해줄 거라고 믿고 즐기는 것, 현실에 분개하지 않고 주어진 현실을 기꺼이 받아들이는 것이다. 우리의 의식을 살피는 것, 문학의 도움을 받아 의식의 흐름을 스트리밍하는 것은 똑 그리고 딱 사이의 침묵을 들을 수 있는 한 가지 방법이다.

III

신경과학이 제공하는 중년 정신의 모델이 아마도 가장 선명하고 대담할지라도, 이 모델은 여전히 보충되어야만 하는 부분, 서술로 설명해야 하는 부분이 있다. 우선, 중년의 '몸'은 무엇인가? 신경학은 심리학적 측면이 있으며, 또한 분명하게 생물학적 측면도 있는 학문이다. 중년을 개념으로 파악하고자 하는 학문은 이 세 영역, 신경학과 심리학과 생물학의 영역에서 얻어지는 정보들을 두루 살피고 삼각 측량을 해야만 호소력을 가진다. 그러나 우리의 학문 이해는 우리가 속해 있는 문화가 미리 정해 주는 테두리의 영향을 받는다는 점도 함께 고려되어야만 한다. 예를 들어 중년을 주제로 하는 토론에서 흔히 듣는 주장 가운데 중년이 생물학적 사실이기는 하지만, 문화의 영향을 고려하지 않고는 '중년'을 이해할 수 없다는 논리를 생각해보라. '현미경을 들이대고' 두뇌를 관찰하는 과학이 설명해주는 중년 정신이라고 해서 문화가 미리 정해준 테두리의 영향을 받지 않는 것은 아니다. 그러므로 우리는 더덕더덕 붙어 있는 선입견들을 관찰할 '현미경'도 가져야만 한다. 이제 신경과학 덕에 두뇌를 들여다볼 수 있다는 이유로 정신의 선입견으로부터 빠져나올 수 있다고 자만해서는 안 된다. 우리는 여전히 '중년'을 따옴표로 묶어놓고 주목해야만 한다.

'중년'이라고 따옴표로 처리한 가장 중요한 단 한 가지 측면, 최근 몇십 년 동안 끊임없이 재평가가 이뤄져온 양성 문제이다. 전쟁 이후 출현한 페미니즘은 문화의 변화를 요구하는 진지한 힘으로 작용하면서 나이 먹음의 문제를 특히 성별에 따른 현상으로 이해하도록 우리의 관점을 재정립하는 효과를 불러일으켰다. 여성과 남성이 나이 먹음을 서로 다르게 경험한다는 측면뿐만 아니라, (아마 무엇보다도) 사회가 성별에 따라 다르게 경험하도록 조장한다는 측면을 페미니즘은 부각했다. 독자들은 이 책을 읽으며 갈수록 논의가 여성 중심으로 전개되어온 것을 주목했으리라. 조지 엘리엇, 보부아르, 바콜, 손태그 그리고 스미스는 몇 세기에 걸친 남성 중심의 중년 관점을 올바르게 바로잡으려는 노력, 역사적으로 이야기하자면 벌써 행해졌어야 마땅한 노력을 기울여왔다. 나는 이들을 '여류 작가'로 부르지 않으려고 노력했다. 우리는 결국 '남류 작가'라는 말은 쓰지 않으니까. 하지만 의심할 바 없는 사실은 이들을 비롯해 다수의 작가

늘이 나이 먹음을 남성 중심의 관점과는 전혀 다른 시각에서 보여준다는 점이다(심지어 21세기의 남성 작가들은 남성성의 이른바 '여성화'를 배경으로 등장했는데, 특히 칼 오베 크나우스고르*처럼 자전적 소설을 쓴 작가들은 무기력해진 중년이라는 느낌에 맞서 싸운다). 이 여성 작가들은 "인생은 40부터"라는 상투적 표현이 가지는 의미를 그 본래의 맥락에서 되살려내고자, 곧 "'여성' 인생의 최고 시절은 40부터 시작된다"는 말을 그 본래 맥락으로 되돌리려 노력을 기울여왔다.

어떤 주장이 상투적 표현으로 자리를 잡는 과정은 역사적으로 중년 남성의 지배가 어느 정도였는지 고스란히 말해준다. 그러나 이 과정은 또한 중년을 보는 여성의 관점이, 비록 겉으로 드러나지 않고 은밀하게 이뤄지기는 했지만, 중년의 이해에 일정 정도 반영되었음을 보여주기도 한다. 인생은 40부터라는 말은 월터 피트킨**이 1932년에 해서 유명해지기는 했지만, 원래 이 말은 '시어도어 파슨스'***라는 이름의 부인이 1917년 4월에 《피츠버그 프레스Pittsburgh Press》와 행한 인터뷰에서 한 것이다.

평범한 여인은 어떻게 호흡을 하며, 앉고 서고 걸어야 하는지 잘 알

---

* 칼 오베 크나우스고르(Karl Ove Knausgård: 1968년생)는 노르웨이 작가로 세 번째 작품인 자전적 소설 『나의 투쟁Min Kamp』으로 국제적 명성을 얻었다.

** 월터 피트킨(Walter Pitkin: 1878~1953)은 미국의 작가로 서른 권이 넘는 작품을 썼으며, 1932년에 발표한 베스트셀러 『Life Begins at Forty』로 유명해진 인물이다.

*** 시어도어 파슨스(Mrs. Theodore Parsons)는 미국의 대중서 저자로 더 자세한 인물 정보는 알 길이 없다.

지 못한다. 이제 나는 전쟁이 벌어지는 시절에 여인들에게 위임된 특별한 의무에 대비하기 위해 여인들이 훈련받기를 원한다. 죽음은 서른에 시작된다. 다시 말해서 이때부터 근육 세포의 쇠퇴가 일어난다. 식습관과 운동에 주의를 기울이면 남자든 여자든 오늘날보다 훨씬 더 오래 살 수 있다. 여성 인생의 최고 시절은 40부터 시작된다.[21]

『과학적 보디빌딩을 통한 두뇌 단련Brain Culture through Scientific Body Building』(1912)이라는 제목의 책, 니체의 권력 의지를 찬양하는 분위기를 물씬 풍기는 책을 쓴 저자인 파슨스는 식습관과 운동의 교육을 통해 수명을 연장하고 삶의 질을 끌어올릴 수 있다고 여인들을 설득하려 들었다. 그러나 또한 분명한 점은 파슨스가 여성을 남자로, 또는 최소한 당시 사회가 남자 다음으로 좋다고 본 존재로 만들고 싶어 했다는 것이다. 당시 사회가 진짜 중요하게 여긴 것은 전쟁터에 나가 싸우는 일이었고, 그다음은 '전쟁이 벌어지는 시절에 여인들에게 위임된 특별한 의무'를 수행하는 것이었다. 인생은 40부터라는 생각이 특별히 여성에게 맞춤한 상투적 표현이 되기는 했지만, 그 밑바탕에 깔린 표준 설정은 어디까지나 남성적 의미의 성숙함이다.

그로부터 100년의 세월이 흐른 지금 이런 사정은 변했을까? 20세기 동안 물밀듯 몰려온 페미니즘의 연속적인 물결은 오로지 남자만 나이를 먹도록 허락받았다는 고정 관념을 확실하게 흔들었다. 1940년대에 보부아르가 보여준 선구적 활동의 뒤를 1960년대의 '제2세대 페미니즘'이 따랐으며, 1960년내 소에 노입된 피임약은 여성이 자신이 몸을 다루는 태도에 명백한 전환점을 이루었다. 1970년에 저메인 그리어*는 『여성 거세당하다The Female Eunuch』라는 제목의 책에서 서구 여성들이 어린애 취급당하며 억압받고 있다고 진단했다. 2년 뒤인 1972년 손태그는 「나이 먹음의 이중 잣대The Double Standard of Ageing」라는 제목의 에세이를 발표해 성차별을 맹렬히 질책했다. 남성과 여성이 나이를 먹는 방식의 명백한 차이뿐만 아니라, 우리가 더 넓은 의미에서 중년을 어떻게 이해하는지 이 에세이가 말해주는 것은 음미해볼 가치가 충분하다.

우선 주목을 끄는 사실은 그녀의 인생 이력이다. 1933년에 출생한 손태그는 이 에세이를 쓸 당시 정확히 39세였다. 다시금 조지 밀러 비어드가 옳았던 것처럼 보인다. 39는 마법의 숫자이다. 그러나 손태그는 이 숫자에 머물지 않고 중년을 맞이하는 인간의 심리를 읽어낸다. 40이 상징적 문턱이라면, 이 문턱이 이제 바로 눈앞에 있다는 피할 수 없는 '예견'은 본격적인 고통을 야기한다. "중년의 문턱에 가까웠다는 충격으로 1년 내내 침울한 고민이 이어진다." 이런 경계는 분명 임의적이기는 하지만, 그런 만큼 중년을 맞이하는 심사에 강력한 영향을 미친다. "비록 마흔 번째 생일을 맞은 여인이 서른아홉일 때와 크게 달라질 리는 만무하지만, 생일은 분명 전환점을 이루는 것처럼 보인다. 그러나 실제로 마흔 살이

---

* 저메인 그리어(Germaine Greer: 1939년생)는 호주 작가이자 영문학 교수로 제2세대 페미니즘을 대표하는 인물이다.

되기 오래전부터 여인은 자신이 느끼는 우울함에 맞서 마음을 독하게 먹어야만 한다."[22] 나이 먹음에 관한 한, 특정 연령에 도달하는 것보다 거기까지 가는 여정이 훨씬 더 고약하다.

나이 먹음의 이중 잣대를 다룬 손태그의 분석은 그런 우울함이 '상상력이 주는 시련, 곧 사회적 병리 현상이라는 도덕적 질병' 탓에 빚어진다는 논리를 기본 전제로 깐 것이다. 문화가 이런 식으로 나이 먹음을 보도록 강제한다는 손태그의 관점은, 그녀보다 앞선 보부아르와 마찬가지로, 이 질병이 남자보다 여자를 훨씬 더 괴롭히는 이유를 정확히 진단할 수 있게 해준다. 우리는 모두 '숫자의 포로'이다(최소한 매번 생일을 꼬박꼬박 챙기는 서구 사회에서는 그렇다). 그러나 나이 먹음의 유령이 특히 여인을 충격에 빠뜨리는 이유는, 남자와 다르게 여자는 '늘어나는 나이에도 이상적이고 변치 않는 외모를 유지해야 한다'고 사회가 요구하기 때문이다. 이상적인 외모는 물론 젊음의 외모, 더 정확히 말하자면 10대 후반에서 20대 초반 사이의 외모이다. 이런 이상적 외모는 사회가, 더 정확히 말해서 남자가 성적 욕구의 기준으로 강제한다. 바로 그래서 여자들은 지성보다는 외모에 매달리는 '도덕적 백치'가 되라는 부추김에 시달린다. 요컨대, 여성의 나이 먹음은 '생물적 개성이라기보다 사회의 심판에 더 가깝다'.

손태그는 시간과 공간에 따른 차이는 인정해주어야 한다고 주장한다. 물론 이런 차이가 문화적 상투성과 민족적 고정 관념보다 더 낫다고 보기는 힘들지만, 프랑스 여성은 마흔에 접어드는 것이 훨씬 더 쉽다고 손태그는 강조한다. '그녀의 역할은 경험이 없거나 수줍음을 타는 청년에게 첫 경험을 하게 해주는 것이기 때문이다. 리하르트 슈트라우스^{Richard Strauss}의 오페라 「장미의 기사Der Rosenkavalier」(1911)에 등장하는 원수(元帥) 부인 마르샬린^{Marschallin}은 돌연 서른넷의 나이에 자신의 젊음이 끝났다고 한탄한다. 오늘날 우리는 이런 생각을 '단순히 신경과민이거나, 심지어 웃기는 이야기'로 여기리라고 손태그는 꼬집는다. 어쨌거나 이런 사례들로 손태그는 나이 먹음이 몸의 문제라기보다는 상상이 초래하는 위기라고 강조한다. '나이 먹음은 늘 계속해서 되풀이되느라 습관처럼 굳어진' 위기이다. 서른은 마흔이, 마흔은 오십이 된다. 이제 좀 방향 감각을 잡을 만하다 싶으면, 다음 구간이 나타난다. 그러나 여성이 느끼는 이런 불안은 기묘한 긴장을, 최소한 1970년대에는 기묘한 긴장을 드러낸다. 한편으로 여성은 젊게 '머물러야 한다'는, 곧 젊게 보여야 한다는 엄청난 압력에 시달린다. '되도록 오래 처녀처럼 머무르다가, 돌연 중년 아줌마라는 굴욕적인 소리를 듣는 나이'가 되는 압박은 크기만 하다. 다른 한편으로 여성은 '중년 남자가 시시해 보이는 '업적' 탓에 받는 암담한 공포는 면제받는다.' 여성은 애당초 야망을 가지라는 말을 듣지 않기 때문이다. 남성의 중년은 '업적'으로 평가받는 반면, 여성의 중년은 외모로 측정된다.

이런 것이, 적어도 1970년대의 관점이다. 50년이 흐른 지금 여성은 자신이 이룩한 게 너무 조촐하다는 생각으로 '암담한 공포'를 경험하게 된 것이 페미니즘 성공의 징후이다. 그동안 남성이든 여성이든 중년이 평준화된 탓에 이제 여성도 직업적 실패 같은 것을 느낀다. 21세기에는 어느 분야든 중간 정도 경력을 쌓은 여인이 느끼는 실망이나 좌절을 보며 아무도 눈썹 하나 까딱하지 않는다. 여성 해방과 양성평등이 몰고 온 당연한 귀결이랄까. 축하하기에는 좀 기묘한 명분이지만, 그럼에도 발전의 확실한 징후인 것만큼은 의심할 수 없다.

물론 이제 여성이 남성과 똑같이 중년을 경험한다는 말은 아니다. 하물며 여성의 중년 경험을 남성의 중년 경험과 똑같이 취급하자는 이야기도 아니다. 다만 외모 문제만큼은 우리가 여전히 주목해야만 한다. 보부아르와 바콜, 또는 손태그와 스미스를 보며 대중이 가지는 이미지는 그 외모에 상당 부분 영향을 받는다. 이런 관점으로 비교할 만한 남성 이미지는 상상하기 어려울 정도로 찾을 수 없다. 여성의 중년 정신을 보는 이해의 폭이 많은 발전을 이룩하기는 했지만, 여전히 중년 여성은 그 몸으로 규정된다는 점, 노골적일 정도로 외모 중심으로 규정된다는 점은 예나 지금이나 여전하다. 언제 어디서나 남성은 이성적 존재로, 여성은 열정적 존재로 서로 대비된다.

신경과학을 넘어, 사회과학을 넘어, 중년을 다룬 담론이 최근 이룩한 가장 큰 발전 가운데 하나는 갱년기를 둘러싼 금기를 깬 것이다. 손태그는 흥미롭게도 나이 먹음의 성별에 따른 본성을 다룬, 거의 10만 단어로 이뤄진 에세이에서 단 한 차례만, 그것도 지나가듯이 슬쩍 갱년기를 언급할 뿐이다. "갱년기 동안 상실감으로 고통스러웠다(갱년기는 늘어나는 수명 탓에 갈수록 더 늦게 나타나는 경향을 보인다)."[23] 1960년대를 물들인 여성 해방의 분위기, 그리고 자신의 베스트셀러『남성과 여성의 인생 변화Change of Life in Men and Women』(1936)에서 갱년기의 실상을 진단해보겠다는 의도로 진행된 사회적 담론이 오히려 중년 위기를 부추겼다고 쓴 마리 스토프스*와 같은 선구자들의 노력에도, 1970년대는 여성이 나이를 먹어가며 겪는 생물학적 사실인 갱년기를 아직 인정할 준비가되어 있지 않았던 것으로 보인다. 갱년기는 여전히 입에 올리기 꺼리는주제였다.

이런 모든 상황은 1990년대 초 두 권의 베스트셀러 출간으로 바뀌었다. 저메인 그리어의 『변화: 여성, 나이 먹음 그리고 갱년기The Change : Women, Ageing, and Menopause』(1991)와 게일 시히**의 『침묵의 통로The Silent Passage』(1992)가 그것이다. 제목만으로도 무슨 이야기인지분명한 이 책에서 그리어는 중년 여성을 다루는 담론의 중심에 '월경'***을 끌어들였다. 여성을 불안에 빠뜨려 이런저런 종류의 임시방편과 플라세보****를 소비하도록 부추기는 제약 회사와 광고업계의 통제에 단호히 맞서 두 명의 저자는 영원한 젊음을 요구하는 사회의 명령을 거부하고 나이 먹음의 개성을 인정하자는 주장으로 '갱년기 산업'으로부터 갱년

---

*   마리 스토프스(Marie Stopes: 1880~1958)는 영국의 식물학자이자 화학자로 여성의 인권 운동에 앞장섰던 선구자이다.

**   게일 시히(Gail Sheehy: 1936~2020)는 미국의 저널리스트이자 저술가이다. 모두 17권의 책을 썼으며, 이른바 '뉴 저널리즘' 운동으로 창의적 논픽션을 개척한 인물이다.

***   '월경'에 해당하는 원어는 'climacteric'이다. 이 단어는 정확히 (45~60세의) 월경 폐지기를 뜻한다.

****   플라세보(placebo)는 실제로는 생리 작용이 없는 물질로 만든 약이다. 어떤 약물의 효과를 시험하거나 환자를 일시적으로 안심시키기 위하여 투여한다.

기를 되찾을 길을 찾았다. 이들의 책은 두말이 필요 없을 정도로 대중의 폭넓은 반향을 이끌어냈다.

그리어는 명시적으로든 암시적으로든 갱년기를 다룬 일련의 텍스트들을 찾아내 소개한다. 이를테면 아이리스 머독*의 소설 『브루노의 꿈Bruno's Dream』(1969)과 도리스 레싱**의 『어두워지기 전의 여름The Summer Before the Dark』(1973)이 그런 작품이다. 아무튼 그리어의 연구 이후 갱년기는 폭넓게 논의되어 각종 신문의 칼럼과 고민상담가가 즐겨 다루는 주제가 되었다. 이 주제를 다룬 책들 가운데 아마도 가장 예리한 시각을 자랑하는 것은 마리나 벤저민***이 쓴 『중년, 잠시 멈춤』(2016)이리라. 이 책은 '예리하다'는 형용사의 최고 경지가 어떤 것인지 보여준다. 회상과 "메멘토 모리(죽음을 기억하라)"의 중간쯤 어딘가에 터를 잡은 저자는 48세라는 나이에 자궁을 절제한 자신의 경험을 술회한다. 지독할 정도로 간단하게, 자궁 절제술은 그녀의 인생을 둘로 갈라놓았다. 오만하다 싶을 정도로 의연하게 수술에 대처하지만, 수술실을 나온 그녀는, 놀랍지 않은 이야기지만, 다른 여인이 되었다.

---

* 아이리스 머독(Iris Murdoch: 1919~1999)은 아일랜드 태생의 영국 소설가이다. 옥스퍼드 대학교에서 오랫동안 철학을 강의했으며, 이를 기반으로 소설 창작에 힘쓴 인물이다.

** 도리스 레싱(Doris Lessing: 1919년생)은 영국 소설가로 2007년에 최고령으로 노벨 문학상을 받은 인물이다.

*** 마리나 벤저민(Marina Benjamin: 1964년생)은 영국 저술가로 지금까지 다섯 권의 책을 썼다. 『중년, 잠시 멈춤』은 『Middlepause』의 번역본 제목이다.

벤저민의 책은 사고 필세술이 그녀의 정신 통성에 어떤 영향을 미쳤는지 보여주는 뭉클한 성찰을 보여준다. 문학과 심리학, 사회과학과 신경과학을 두루 살피며 벤저민은 갱년기를 조금도 타협하지 않고 고스란히 견뎌낸다는 것이 어떤 느낌인지 생생한 증언을 들려준다. 그러나 나는 그녀의 글을 이곳에 옮겨놓고 다시금 음미하기보다는 우리의 여정이 거의 막바지에 이른 지금 그녀의 회상이 중년을 나타내는 비유에 어떤 변화를 가져다주었는지 살펴보고 싶다. 우리의 어휘력은 우리의 세계관을 정한다. 비트겐슈타인의 명언을 각색하자면*, 우리의 언어의 한계는 우리의 나이 먹음의 한계이다. 벤저민이 묘사하는 나이 먹음의 언어는, 이해가 가고도 남는 이유에서, 예리함의 언어다. 그녀는 배 위를 가로지른 '칼자국', "마치 어색한 미소처럼 보이는 붉은빛의 흉터를 보며 거의 넋을 잃고 말았다."[24] 더 나아가 그녀가 경험한 중년은 일종의 '시주러(caesura, 중간 휴지)'이다. 『옥스퍼드 영어 사전』은 이 단어를 '행의 중간 가까이에 이르러 쉬는 것'이라고 정의하면서, 그 어원을 '카이수라(caesura)'라는 라틴어로 밝혀놓았다. 그 동사형 '카이데레(caedere)'의 뜻은 '칼로 베다'이다. 그녀는 흉터와 언쟁을 벌일 수야 없는 노릇이라며 씁쓸한 심사를 내비친다.

벤저민이 자신의 소회를 묘사하는 언어는 갱년기가 점차적이 아니라 갑자기 찾아온 것에 격한 감정을 담아낸다. 지성의 언어로 말하자면, 갱년

---

*   비트겐슈타인의 명언은 다음과 같다. "나의 언어의 한계는 나의 세계의 한계를 의미한다."

기의 도래라는 사건 자체는 생생하게 실재하는 동시에 기묘할 정도로 부재한다. 중년을 겪는 대다수 사람들의 경험과 다르게 벤저민의 '중년 멈춤(middlepause)'은 심리적이기보다는 거의 오로지 병리적이다. "실제로 갱년기가 진행되는 과정은 없었으며, 최소한 초기에는, 오로지 이전과 이후가 있었을 따름이다."[25] 벤저민의 중년은 파격적이고 예리하며 절단하는 변신의 경험이다. 어느 날 아침 고약한 수술에서 깨어난 그녀는 자신이 기괴한 중년 여인으로 변신했음을 발견한다. '변화'가 일어나고 말았다.

이런 예리함의 언어는 비유, 헤라클레이토스든 버지니아 울프든 인생을 '흐름'에 빗댄 비유와 대립한다. 중년의 칼날은 몸의 인생을 헤집고 들어와 둘로 갈라놓았다. 이전과 이후가 있을 뿐, '지속'은 없다. 그러나 흐르듯 지속하는 것이 인생의 본질이 아니라면, 대체 중년은 무엇인가? 중년을 변화로 보는 관점과 나란히, 지속으로 보는 관점도 있다. 우리는 점차적으로 늙어가는 것처럼, 점차적으로 나이 먹음에 익숙해진다. 변화와 지속이라는 두 모델이 성별에 따른 경계선도 나눌까? 간단하게 여성은 변화하고, 남성은 지속한다고 말할 수 있을까? 생물학은 이 물음에 나름대로 대답을 내놓으리라. 그러나 현실의 우리는 성별과 무관하게 성격 탓이든 순전히 환경의 영향이든 중년을 변화로 겪는 사람과 다소 정도의 차이는 있지만 지속적인 것으로 경험하는 사람으로 나뉠 뿐이다. 중년은 변신일 수 있지만, 의심할 바 없이 지속이기도 하다. 결국 중년을 어떻게 인식하느냐는 우리 자신에게 달린 문제이다.

중년의 끝

나는 따뜻한 향기를 머금은 숲속에서 나무가 만든 그늘 아래를, 햇살로 얼룽거리는 그늘 아래를 산책하며, 내 인생의 한복판에 있다는 생각을 했다. 나이로서의 인생이 아니라, 인생행로의 중간쯤이 아니라, '내 실존의 한복판'에 섰다는 생각을.

나의 심장이 전율했다.

칼 오베 크나우스고르[1]

언젠가 친구가 한 농담이 내게 긴 여운을 남겼다. 바람이 거세게 불던 날 함께 거리를 걷다가 그는 갑자기 허리를 숙이고는 폭삭 늙은, 등이 굽은 노인의 자세를 취했다. 뭐하는 거냐고 묻자 그는 딱 한 마디로 답했다. "연습."

우리는 중년을 연습할 수 있을까? 어떤 의미에서 중년의 연습은 그 실전과 떼어서 생각할 수 없다. 리허설을 하든 않든 우리는 늙는다. "옹 쥐 페르당(on joue perdant, 우리는 패배일 따름이다)." 하지만 피할 수 없는 나이 먹음을 있는 그대로 받아들일 의식을 키운다면, 적어도 우리는 시간의 흐름과 더불어 더 나아질 수 있으리라는 희망을 품을 수 있지 않을까. 다른 사람들의 경우를 연구하고, 우리 자신이 걸어온 발자취를 뒤돌아보면서, 다른 누구도 아닌 자기 자신에게 들려줄 인생 스토리를 스스로 써내려갈 능력을 우리는 키울 수 있다. 자기 자신이 누구인지 알아보는 깨달음으로 추진력을 얻고, 운명론에 자극을 받아, 우리는 약간의 행운만 따라준다면 노년에 행복하게 음미해볼 추억담을 얼마든지 써낼 수 있으리라.

그러나 단지 연습에만 그치는 더욱 암담한, 단조의 더 서글픈 분위기를 띠는 나이 먹음도 있다. 중년을 받아들이고자 하는 우리의 시도, 성숙함의 원숙한 경지에 이르고자 하는 우리의 시도가 그저 섀도복싱, 반투명처럼 흐릿한 거울을 보며 혼자 하는 공허한 스파링에 그친다면 어떻게 될까? 만약 연습이 단순히 그저 허세에 그치고 만다면 어찌해야 하나? 사르트르는 자신의 유명한 '모베즈 푸아'* 개념을 설명하기 위해 파리의 웨이터를 예로 든다. 자신은 잘난 사람이라는 자부심에 넘치는 웨이터는

---

*　'모베즈 푸아(mauvaise foi)'는 직역하면 '나쁜 믿음(bad faith)'을 뜻하는 말이지만, 사르트르는 일시적인 위안을 얻고자 자신을 속이는 자기기만을 이 개념으로 표현했다. 저자가 사르트르의 이 개념으로 의도하는 바는 아직 중년을 받아들일 마음의 준비가 안 되어 있음에도 자기기만을 일삼아 자신은 성숙한 중년이라고 생각하는 잘못된 믿음에 빠지지 말자는 것이다.

손님에게 주문한 음료를 가져다주는 일은 능한시하고 마치 자신이 연극에서 웨이터 역할이라도 연기하는 양 그렇게 차려입었을 뿐이라고 여기며 손님에게 무례한 짓을 서슴지 않는다.[2] 혹시 나도 웨이터와 비슷하게 중년의 '모베즈 푸아'에 빠졌다면, 어떻게 될까?

내가 보기에는 중년 초기가 특히 이런 자기기만에 빠질 위험이 크다. 나이를 먹는다고 느끼기 시작하면서부터, 어엿한 성인으로 누리는 인생의 정점으로부터 차츰 멀어진다고 느끼면서부터, 우리는 자신이 가꾸어야 할 새로운 성숙함을 찾는다. 40대와 50대에 우리가 되고 싶은 인물, 우리가 될 수 있는 인물은 20대와 30대의 그것과 같지 않다. 더는 무엇인가 '될 기회'가 남지 않았으며, 현재 그대로 머무를 수밖에 없다는 생각이 강하기 때문이다. 곰브로비치는 50대 초에 이런 글을 썼다. "나는 이미 될 수 있는 사람이 되었다는 의식에 사로잡힌다. 나는 이미 나 자신을 이루었다. 비톨트 곰브로비치, 내가 지고 다니던 이 두 단어는 이제 이룰 것을 이루었다. 나는 나이다. 나는 할 만큼 했다. (……) 나는 만들어졌다, 끝났다, 나라는 인물은 이미 설명되었다."[3] 우리는 누구나 이 두 단어에 자신의 이름을 대체해 넣을 수 있다. 우리 모두는, 빠르든 늦든 개인적 시간 차이는 있을지라도, 현재의 자신을 바라보며 품는 일말의 회한으로 아파한다. 미래 시제에서 현재 시제로의 시제 변화를 받아들이기까지, 뒤를 이어 나타나는 새로운 자아에 적응하기까지 어느 정도 시간이 걸리는 이유는, 우리는 항상 마음속으로 자신의 몸보다 몇 년 더 젊다고 느끼기 때문이다. 마치 이제 막 공항에 도착한 사람이 시차에 적응하지 못해 여전히 출발지의 시간대에 사로잡혀 있다고나 할까. 하지만 바로 이런 이유로 시간을 가로지르며 비행하는 동안 좌표를 찍어가며 정신은 우리의 인생이 방향을 잡을 수 있게 해준다. 인생행로의 한복판에서 문학은 우리보다 앞서 중년이라는 지대를 거쳐 간 곰브로비치와 같은 사례를 제공해준다.

문학이 좀 더 근본적으로 우리에게 베풀어주는 것은 중년을 연습하기를 멈추고, 중년을 살기 시작하라는 권유이다. 단테 이후 중년은 흔히 위기로 그려져왔다. 그러나 우리 대다수가 공통으로 안고 있는 문제는 위기라기보다는 분명 '정체(停滯)'이다. 늘 되풀이되는 일상에 느끼는 지루함은 어른으로 살아가는 인생을 위협하는 진짜 적이다. 이따금 엄습하는 성찰의 순간, 무엇이 좋았고 무엇이 나빴는지 가늠해보는 심판의 순간은 당연히 적이 아니라, 친구로 맞이해야 한다. 우리는 중년을 살아가며 대부분의 시간을 너무 바쁘게 '생활'한다. 직장으로 출퇴근을 해야 하고, 다음 휴가 계획을 짜야 하며, 언제 자녀가 독립할 수 있을지 걱정하느라 늘 시간에 쪼들리면서 우리는 이 모든 것이 실제로 무엇을 의미하는지 생각할 엄두를 내지 못한다. 정확히 이런 때 문학은 우리에게 많은 것을 베풀어준다. 문학은 어떻게 해야 다른 인생을 살 수 있는지 말해주는 위기관리의 자기 계발 매뉴얼이 아니라, 우리가 주체적으로 이끄는 인생을 더욱 깊이 있게 만들어주는 방편이다. 조금만 노력하면 중년의 정신은 정신의 중년을 향해 나아갈 수 있다.

결국 우리는 왜 읽을까? 우리는 왜 쓸까? 닥터 존슨*의 유명한 말 그대로 문학의 목적은 독자로 하여금 "더 잘 인생을 즐기거나, 더 잘 견디게 해주는 것"이다.⁴ 우리가 문학을 가까이하는 것은 좀 더 지혜롭고, 좀 더 기품이 있으며, 좀 더 나은 사람이 되기 위해서이다. 한마디로 우리는 발전하고자 문학을 가까이한다. 창의적인 인생은 우리가 계속해서 발전할 수 있음을 암묵적으로 보증한다. 창의적 중년은 우리가 계속해서 변화할 수 있음을 암묵적으로 보증한다. 중년의 악몽이 젊은 날의 섬약한 자아가 화석으로 굳어지는 것이라고 한다면, 중년의 꿈은 분명 새로운 자아를 받아들이는 것이다. 새로운 자아를 받아들이는 연습은 우리가 계속 읽어야 하는 또 다른 이유이다.

중년에 도달한 우리가 배우려 힘써야 하는 것은 의술을 연마하는 의사처럼 중년을 연습하는 것이다. 풍부한 경험과 노련함과 자신감을 가지고 우리는 성숙함을 최대화해야 한다. 성숙함을 최소화하는 일은 절대 피해야 한다. 우리는 나이 먹어가는 과정을 일종의 불규칙 동사처럼 떠올리기를 좋아한다. 나는 여전히 젊고, 너는 늙어가고 있고, 그/그녀/그것은 늙었어. 하지만 나이 먹어가는 다양한 방식을 좀 더 면밀하게 살핀다면, 역설적이게도 우리 자신에게 어떤 방식이 최선일지 재구성해볼 기회가 주어진다. 적절한 성찰을 통해 우리는 중년 정체(停滯)를 받아들임으로써

---

* 새뮤얼 존슨(Samuel Johnson: 1709~1784)은 흔히 '닥터 존슨'이라고 인용되는 인물로, 시, 극작, 에세이, 문학비평, 전기, 편집, 사전 편찬 등 다방면에 걸쳐 영국 문학에 크게 공헌했다.

중년 위기를 극복할 수 있다는 희망을 가져야 한다. 여기서 정체란 멈춰 버린 답습이 아니라, 실존의 '아크메(정점)'에 섰다는 차분한 자신감을 뜻한다. 이런 의미에서 중년을 연습한다는 것은 중년을 분석하고 받아들이며 중년에 몰두하는 것이다. 의술과 마찬가지로 최선의 배움은 더 풍부한 경험을 가진 스승의 어깨너머로 살피는 것이다. 이런 관점에서 문학은 내면으로부터 살핀 중년 역사의 기록, 나이 먹음의 현상학을 제공한다는 점에서 완벽한 스승이다. 문학은 심지어 숫자로 말하는 나이가 항상 우리의 통념과 맞아떨어지는 것은 아니라는 점에서 경이로운 교훈을 베푼다. 성경이 말하는 35세든 인생의 본격적인 출발이라는 40세든 숫자는 우리에게 이런 게 중년이다 하고 거의 알려주지 않는다. 오히려 작가들에게서 확인한 39나 아리스토텔레스가 말하는 49에 깔린 미묘한 심리를 가려 읽을 때 우리는 소중한 깨달음을 얻는다. 중년은 그저 어림잡아 몇 살이라고 숫자로 특정할 수 있는 게 아니다. 인생의 의미는, 더글러스 애덤스[Douglas Adams]가 『은하수를 여행하는 히치하이커를 위한 안내서The Hitchhiker's Guide to the Galaxy』에서 했던 유명한 농담처럼, 42이라고 해두자.*

---

* 더글러스 애덤스는 이 소설에서 삶과 우주와 모든 것의 궁극적인 비밀은 '42'라고, '깊은 생각(Deep Thought)'이라는 이름의 슈퍼컴퓨터가 750만 년에 걸쳐 계산한 끝에 밝혀냈다고 썼다. 그는 무슨 의도로 '42'를 언급했는지는 끝내 밝히지 않고 사망했다. 지금도 '42'를 두고 여러 해석만 분분할 따름이다. '42'는 이 소설의 인기 덕에 일종의 '인터넷 밈'처럼 퍼져나가며 잘 알 수 없는 것을 두고 쓰는 일종의 유행처럼 자리 잡았다. 인생의 신비? 그거 42야 하는 식이다. 일각에서는 18세를 성인 인생의 본격적 출

이 책에서 탐구한 중년 모델은 무엇보다도 다양성을 자랑한다. 우리 가운데 누구도 성숙함을 독점할 수는 없기 때문이다. '위기'(그리고 형이상학적으로 더 묵직한 무게를 가지는 '슬픔')는 중년에 나타나는 가장 분명한 반응이기는 하지만, 바로 이런 이유로 그게 진짜 무엇인지 알아보고 싶은 흥미, 최소한 자극을 주는 것이다. 중년은 단순한 위기관리 그 이상의 것이다. 중년은 (단테처럼) 다시 시작할 수 있음을, (몽테뉴처럼) 새롭게 발견한 겸손을 키울 수 있음을, 또는 (셰익스피어처럼) 우리의 실존이 가지는 희비극을 새롭게 인식할 수 있음을 느낀다. 그리고 중년은 (괴테처럼) 1년 정도 휴식을 가져볼 수 있음을, (빅토리아 시대의 작가들처럼) 나이 먹음을 좀 더 사실적으로 보는 관점을 얻을 수 있음을, (T. S. 엘리엇처럼) 완전히 새롭게 정비한 믿음으로 전향할 수 있음을 깨닫는다. 또한 (사뮈엘 베케트처럼) 비워내고 내려놓는 덜함이 사실은 더 풍부함일 수 있음을, (시몬 드 보부아르처럼) 갱년기가 사실은 해방일 수 있음을, 그리고 (이미 오래전에 실천되었어야 마땅한 페미니즘의 관점처럼) 중년이 사실은 새천년을 맞아 전혀 새로운 모습을 보여주어야 할 필요가 있음을 느낀다. 요컨대 내가 이 책을 쓰면서 얻은 깨달음은, 중년은 우리가 만들어가는 것이라는 점이다.

지금 나는 내가 만들어온 것이 내가 예측했던 것과는 다르다는 점을 깨닫는다. 나는 중년을 다룬 글을 쓴다고 생각했으나, 또한 성숙함도 다

발이라고 보고 18에 3을 8번 더하면 42가 된다는 점에서 3년마다 변화를 겪어가다가 정점에 이르는 지점이 42세라고 해석하기도 한다. 저자는 그저 중년이 언제인지 잘 알 수 없으니 '42'라 해두자고 애덤스 투로 농담을 한 것이다.

룬 글을 썼다. 나는 지적으로 미학을 탐구한다고 생각했으나, 또한 윤리학에 대한 도덕 탐구도 추구했다. 중년 정신을 성숙한 정신, 곧 젊음과 늙음을 냉철하게 관찰할 아르키메데스의 점* 노릇을 할 성숙한 정신으로 다시금 발견하면서 나는 가슴이 설렜다. 독자 여러분도 같은 경험을 할 수 있기를 희망한다. 잘 알려졌듯 칸트는 계몽이란 '스스로 초래한 미성숙함으로부터 벗어나는 것'이라고 풀어주었다.[5] 그러나 스스로 초래한 '성숙함'으로부터도 벗어날 수 있을까? 이것이 더 어려운 과제라면 무엇 때문에 그럴까?

이 책은 '포모(FOMO, fear of missing out)'가 반드시 '포마(FOMA, fear of middle age)'로 변형될 필요는 없다는 점을 보여주려 노력했다.** 그런 두려움은 중년을 상실의 시기로 규정하는 탓에 생겨난다. 하지만 중년은 여러모로 얻음의 시기이다. 자녀를, 창의성을, 자신감을 얻는 시기가 중년이다. 중년으로 살아가는 것이 무엇을 의미하는지 묻는 것은 궁극적으로 분석해볼 때 한 사람의 어엿한 남성 혹은 여성으로 살아간다는 것이 무엇인지 묻는 것이다. 중년이란 우리를 어른으로 정의하는 인생 시기이기 때문이다. 아리스토텔레스에서 더글러스 애덤스에 이르기까지 인생의 의

---

*   '아르키메데스의 점(Archimedean point)'은 아르키메데스가 절대적인 점과 길이가 충분한 지렛대만 있다면 지구라도 들어올릴 수 있다고 한 말에서 비롯된 표현이다. '절대적인 점'이란 외부에서 전체를 한눈에 조망할 수 있는 완전히 객관적인 기준을 뜻한다.

**   '포모(FOMO, fear of missing out)'는 좋은 기회를 놓치고 싶지 않은 마음을 뜻하는 두음 문자이다. '포마(FOMA, fear of middle age)'는 앞의 것에 빗대 저자가 만든 말로 중년을 두려워함을 뜻하는 두음 문자이다.

미는 40대에 있다고 여겨왔다. 40대는 무엇이 중요하고 무엇이 중요하지 않은지, 우리에게 주어진 시간을 어떤 일에는 쓰고 어떤 일에는 쓰지 말아야 하는지 가려보는 명확한 관점을 얻을 수 있는 시기이기 때문이다. 그러므로 '중년' 인생의 본질은 이런 관점을 연마하는 것이다. 더 나아가 우리는 중년에 미래와 과거를 더 잘 헤아려볼 수 있는 안목을 키워야 한다. 그럼에도 중년이 불투명한 개념으로 남는 이유는, 중년이 더 넓은 의미에서 우리의 시간 이해를 확실하게 해주면서도 혼란에 빠뜨리기 때문이다. 유한함이 그 전모를 우리에게 드러내면서, 미래가 무한하지 않다는 점을 우리가 깨닫기 시작하면서, 우리는 현재의 무한함으로 도피해 인생이라는 포물선의 중앙에 우리 자신을 놓음으로써 되도록 죽음을 언저리로 밀어내려 안간힘을 쓴다. 장 칼뱅^{Jean Calvin}은 이렇게 말했다. "세상은 양쪽으로 비탈길이 있는 곳이니, 중심을 잡아라."[6]

그렇다면 중년 정신의 마지막 교훈은 바로 노력하는 그만큼만 우리는 현명해진다는 것이다. 중년은 위기라는 모든 상투성을 넘어, 새롭게 거듭남의 모든 꿈에 막연히 매달리지 않고, 우리는 나이 먹음의 의미부터 새겨 우리 자신의 의미를 빚어내야만 한다. 중심을 잡는 것은 바로 우리 자신에게 달린 문제이다. 이 의미는 사람마다, 성별에 따라, 다양한 편차를 보일 수 있지만, 자신의 의미를 찾아내는 일은 무엇보다도 자신의 인생을 어떻게 꾸려가야 할지 그 개념을 정하는 것에 성패가 좌우된다. 온전히 중심을 잡기 위해 우리는 중심을 잡는다는 것이 무슨 뜻인지 알아야만 한다. 이는 곧 우리 자신을 자신의 눈이 아닌 바깥의 시선으로 보는 법을 배워야 함을 뜻한다. 이런 배움에는 물론 우리의 시간 감각을 바꿀 모델을 제공해주는 문학이 도움을 베푼다. 마르셀 에메^{Marcel Aymé}의 단편소설 「벽을 뚫고 다니는 남자Le Passe-muraille」(1941)의 43세 주인공, 장 마레[*]의 몽마르트르 조각상으로 불멸의 영생을 누리게 된 주인공처럼 우리는 매우 두꺼운 것들에 사로잡힌 채, 우리의 중년 정신의 벽을 뚫고 나아가려 분투한다. 예술은, 모든 양면성을 아우르며 이 벽을 볼 수 있게 우리를 돕는다.

그러나 예술은 또한 벽이 우리 자신이 만든 것임을 깨달을 수 있도록 돕는다. 우리는 중년이 일종의 비유임을 이해할 때에만 이 벽을 뚫고 나아갈 수 있다. 우리는 '중년'이라는 말로 우리가 이해하는 것이 몇 세기에 걸쳐, 다양한 문화를 겪으며 변화해온 것을 이해할 때에만 인생 한복판에서 중심을 잡을 수 있다. 세기와 문화에 따른 변화를 이해한 뒤에 우리 자신의 감각, 그런 변화들을 아우르는 자신의 감각으로 나이 먹음의 의미를 새기는 일은 전적으로 우리의 책임이다. 적어도 나에게 이 감각은 감정이 이성만큼이나 중요하다는 깨달음, 나이를 먹어가며 감정이 이성보다 앞선다는 깨달음이다. 중년 정신은 우리에게 궁극적으로 중년에 이성보다 더 많은 것이 있음을, 결국 중년은 이성과 감정을 두루 포용하는 것임을 가르쳐준다. 요컨대, 우리는 중년을 카뮈가 행복한 모습의 시시포스

* 장 마레(Jean Marais: 1913~1998)는 프랑스의 영화배우이자 조각가이며 사진작가로 다방면에 걸쳐 왕성한 활동을 한 인물이다. 사진의 조각 작품은 그의 유작으로 사후에 설치되었다.

장 마레, 〈벽을 뚫고 다니는 남자〉, 1999, 파리, 몽마르트 거리의 조각상.

를 떠올려보라고 말한 것처럼 느껴야 한다. "의기소침할 때도 있고 대담할 때도 있는 게 우리네 살아가는 모습이며, 앞으로도 이렇게 살아가는 것이 우리 인생이다."[7] 그것은 또한 우리의 중년이기도 하다. 중년의 끝이 노년은 아니다. 그 모든 양면적인 성숙함에도 정작 자신은 누구인지 하는 물음의 책임은 온전히 우리 자신이 져야 한다는 사실을 받아들이는 것은 해방의 후련함과 더불어 두려운 감정을 불러일으키기도 한다. 중년의 비결은, 좋은 인생의 비결과 마찬가지로, 우리 자신을 있는 그대로 받아들이는 것이다.

주 석

프롤로그: 늘어나는 뱃살

1. 안젤라 모나한Angela Monaghan, 「부총재 '폐경기 경제' 발언을 사과하다Deputy Bank Governor Apologises for "Menopausal Economy" Comment」, www. theguardian.com, 2018년 5월 16일 자.

2. Susan Sontag, 『The Complete Rolling Stone Interview』, 조너선 코트Jonathan Cott 편집(New Haven, CT, 2013), 4쪽. 이 인터뷰는 1978년에 한 것이다. 인칭 대명사는 내가 썼다.

3. 다음 작품을 참조할 것. Joseph Conrad, 『The Shadow-Line』, 제러미 호손Jeremy Hawthorn 편집(Oxford, 2003).

4. Sontag, 『The Complete Rolling Stone Interview』, 130쪽.

5. Jean Starobinski, 『단어는 그 말을 하는 사람의 절반이다: 제라르 마세와의 인터뷰La Parole est moitié à celui qui parle: Entretiens avec Gérard Macé』(Paris, 2009), 37쪽. "Or quels sont les objets qui appellent notre pesée? C'est la vie que nous sentons en nous, qui s'affirme, et qui en même temps s'écoule."

1. 위기와 슬픔: 만들어진 중년

1. Elliott Jaques, 「Death and the Midlife Crisis」, 《International Journal of Psychoanalysis》, XLVI(1965년 1월), 502~514쪽.

2. George Miller Beard, 『American Nervousness』(New York, 1881), 228~229쪽.

3. Walter Pitkin, 『Life Begins at Forty』(New York, 1932).

4. G. Stanley Hall, 『Senescence: The Last Half of Life』(New York, 1922), 12쪽.

5. 위의 책, 29~30쪽.

6. Carl Jung, 『영혼을 찾는 현대인Modern Man in Search of a Soul』, C. F. 베인즈Baynes와 W. S. 델Dell 공역(London, 1933), 125쪽.

7. 위의 책, 66~67쪽.

8. Cesare Pavese, 『인생이라는 비즈니스: 일기This Business of Living: Diaries 1935~50』, 존 테일러John Taylor 번역(New Brunswick, NJ, 2009), 265쪽. 일기를 쓴 날짜는 1945년 11월 22일.

9. 다음 자료에서 인용했다(약간 단순화했다). J. P. 그리핀Griffin, 「역사 전반에 걸친 기대수명 변화Changing Life Expectancy Throughout History」, 《왕립의학협회 저널Journal of the Royal Society of Medicine》, CI/12(2008년 12월 1일), 577쪽.

10. 주디스 로보섬Judith Rowbotham & 폴 클레이턴Paul Clayton, 「부적합하고 퇴화한 다이어트? 제3부: 빅토리아 시대의 소비 패턴과 건강상의 이점An Unsuitable and Degraded Diet? Part Three: Victorian Consumption Patterns and Their Health Benefits」, 《Journal of the Royal Society of Medicine》, CI/9 (2008년 9월 1일), 454~462쪽.

11. 다음 인터넷 주소를 참조할 것. www.japanesewithanime.com/2018/04/ossan-meaning.html.(2019년 11월 7일에 열어봄.) 수전 스쿠티Susan Scutti & 요코 와카츠키Yoko Wakatsuki, 「일본에서 사람들이 중년 남자를 대여하는 진짜 이유The Real Reason People Rent Middle-aged Men in Japan」, 《CNN Health》, 2018년 8월 3일 자.

12. Griffin, 「Changing Life Expectancy」.

13. Patricia Cohen, 『우리의 절정기: 중년의 환상적인 역사와 미래 약속In Our Prime: The Fascinating History and Promising Future of Middle Age』(New York, 2012).

14. Yehuda Halevi, 「When a Lone Silver Hair Appeared on My Head」, 피터 콜Peter Cole 번역, 『시의 꿈: 무슬림과 기독교 스페인에서 쓰인 히브리 시, 950~1492. The Dream of the Poem: Hebrew Poetry from Muslim and Christian Spain, 950~1492』(Princeton, NJ, 2007), 149쪽.

15. Elisabeth Kübler-Ross, 『On Death and Dying』(New York, 1969). [국내판 『죽음과 죽어감』, 청미출판사, 2018.]

16. Mary Shelley, 『The Last Man』(Oxford, 1994), 240쪽.

17. Ibn Khaldūn, 『The Muqaddimah』, 프란츠 로젠탈Franz Rosenthal 번역(Princeton, NJ, 2015), 285쪽.

18. Roland Barthes, 「샤토브리앙: 랑세의 인생Chateaubriand: Life of Rancé」, 『새로운 비판적 에세이New Critical Essays』, 리처드 하워드Richard Howard 번역(Evanston, IL, 2009), 41~54쪽.

19. 그래프는 다음 자료에서 인용했다. 캐리 롬Cari Romm, 「어느 연령이 행복과 맞아떨어질

까Where Age Equals Happiness」, 《The Atlantic》, 2014년 11월 6일 자. 이 기사가 보여주듯 데이터는 대륙에 따라 상당한 편차를 보인다.

20. Roland Barthes, 「오랫동안 나는 일찍 잠자리에 들었지Longtemps, je me suis couché de bonne heure」, 『롤랑 바르트: 언어의 바스락거림Roland Barthes: The Rustle of Language』, Richard Howard 번역(Berkeley, CA, 1989), 277~290쪽, 인용문은 284쪽.

21. Jean Améry, 『Über das Altern: Revolte und Resignation』(Stuttgart, 1968). [『늙어감에 관하여: 저항과 체념 사이에서』라는 제목으로 국내 번역판이 나와 있다. 김희상 번역, 돌베개, 2014—옮긴이].

22. William Shakespeare, 『As You Like It』, 2막 7장.

2. 인생 한복판의 돼지: 중년의 철학

1. 예를 들어 다음 자료를 참조할 것. 린 시걸Lynne Segal, 『시간으로: 늙음의 기쁨과 위험 Out of Time: The Pleasures and the Perils of Ageing』(London, 2013).

2. Aristotle, 『Ethics』, J. A. K. 톰슨Thomson 번역(London, 1976), 100쪽.

3. Aristotle, 『Eudemian Ethics』, 앤서니 케니Anthony Kenny 번역(Oxford, 2011), II.5, 21쪽.

4. Aristotle, 『Rhetoric』, 리처드 클래버하우스 예브Richard Claverhouse Jebb 번역 (Cambridge, 1909), II:XIV, 102쪽. 이 단락에서 인용한 문장은 모두 이 페이지에서 발췌했다.

5. Aristotle, 『Physics』, 로빈 워필드Robin Waterfield 번역(Oxford, 1996), IV/11, 106쪽.

6. 예를 들어 칸트는 그 유명한 '실천 명법'을 이렇게 정의한다. "너는 너 자신이든 타인이든 인격을 항상 목적으로 바라볼 뿐, 결코 수단으로 이용하지 않도록 행동하라." Immanuel Kant, 『Groundwork of the Metaphysics of Morals』, 메리 그레고어Mary Gregor 번역, 옌스 팀머만Jens Timmermann 편집(Cambridge, 2012), 41쪽.

7. René Descartes, 『Meditations on First Philosophy』, 존 코팅햄John Cottingham 번역(Cambridge, 1996), 특히 '제2 성찰'을 볼 것.

8. John Locke, 『An Essay Concerning Human Understanding』, 케네트 윙클러 Kenneth P. Winkler 편집(Indianapolis, IN, 1996), 142쪽.

9. Derek Parfit, 『Reasons and Persons』(Oxford, 1984), 특히 제10장 「우리는 자신이 무엇이라고 믿는가What we believe ourselves to be」를 참조할 것.

10. Henri Bergson, 『형이상학 입문An Introduction to Metaphysics』, T. E. 흄Hulme 번역(New York, 1912), 44~45쪽.

11. Hans Jonas, 『생명의 현상: 철학적 생물학The Phenomenon of Life: Toward a

Philosophical Biology』(New York, 1966), 22쪽.

12. 이 연구의 최신 정보를 확인하고 싶은 독자는 다음 인터넷 주소를 참조할 것. www. aging.wisc.edu.

13. 이 단락은 패트리샤 코헨의 책 제9장의 내용을 참조해서 썼다. Patricia Coh-en, 『In Our Prime: The Fascinating History and Promising Future of Middle Age』(New York, 2012), 140~159쪽.

14. Ludwig Wittgenstein, 『Philosophical Investigations』, G. E. M. 앤스콤Anscombe 번역(Oxford, 2001), 109, 40e쪽.

15. 로렌스 셰인버그Lawrence Shainberg, 「베케트의 아픈 기억 지우기Exorcizing Beckett」, 《파리 리뷰Paris Review》, 104(1987), 106쪽.

16. Witold Gombrowicz, 『일기Diary』, 릴리안 밸리Lillian Vallee 번역(New Haven, CT, 2012), 47쪽.

3. 산에 오르는 중간 지점: 중년을 어떻게 시작해야 할까

1. Dante Alighieri, 『단테 알리기에리의 작품들Le Opere di Dante Alighieri』, E. 무어 Moore & P. 토인비Toynbee 편집(Oxford, 1924), 1쪽. 이후의 모든 이탈리아어 원문 인 용은 이 판본에서 따왔다.

2. Dante Alighieri, 『The Divine Comedy』, 앨런 만델바움Allen Mandelbaum 번역 (New York, 1995). 모든 번역문은 이 판본에서 인용했다.

3. Dante, 『Il Convivio』, 리처드 H. 랜싱Richard H. Lansing 번역(New York & London, 1990), IV/24, 218~219쪽.

4. 아이네이아스와 성숙함을 다룬 논의는 다음을 볼 것. Dante, 『Il Convivio』, IV/26, 225~228쪽.

5. Joseph Conrad, 『The Shadow-Line』, 45쪽.

6. Giacomo Leopardi, 『지발도네Zibaldone』, 마이클 카이사르Michael Caesar & 프랑 코 딘티노Franco D'Intino 편집(New York, 2015), 1828년 11월 30일, 1991~1992쪽.

7. Charles Baudelaire, 『전작Oeuvres』, 클로드 피초아Claude Pichois 편집(Paris, 1975), 134쪽. 번역은 내가 한 것이다.

8. Chateaubriand, 『무덤 저편의 회고록Mémoires d'outre-tombe』(Paris, 1998), 제4권, 224쪽.

9. Friedrich Schlegel, 『Lectures on the History of Literature Ancient and Modern』 (New York, 1841), 160쪽. 이후 이어지는 내용과 함께 더욱 일반적인 논의는 제7번 강의 를 볼 것.

10. René Descartes, 『Discourse on Method and Related Writings』, 데스몬드 클라크

Desmond M. Clarke 번역(London, 1999), 20쪽.

11. Friedrich Hölderlin, 『시와 조각 글 선집Selected Poems and Fragments』, 마이클 함버거Michael Hamburger 번역(London, 1998), 171쪽.

12. Henry Wadsworth Longfellow, 『시와 다른 글들Poems and Other Writings』(New York, 2000), 671쪽.

13. Henry Wadsworth Longfellow, 『단테의 지옥Dante's Inferno』(New York, 2003), 3쪽.

14. Hölderlin, 「빵과 와인Bread and Wine」, 『Selected Poems and Fragments』, 157쪽. 함버거는 "궁핍한 시간 속에서 시인은 대체 무엇을 위한 존재인가?(Wozu Dichter in dürftiger Zeit?)" 하는 유명한 구절을 "궁핍한 세월에도 대체 누가 시인을 원할까?(Who wants poets at all in lean years?)"로 옮겼다.

4. 가게 뒤에 붙은 방: 중년의 겸손

1. 다음 책에서 인용했다. 필립 데상Philippe Desan, 『몽테뉴: 어떤 인생Montaigne: A Life』, 스티븐 렌달Steven Rendall & 리사 닐Lisa Neal 번역(Princeton, NJ, 2017), 197쪽.

2. Michel de Montaigne, 「고독에 관하여On Solitude」, 『전체 에세이The Complete Essays』, M. A. 스크리치Screech 편집·번역(London, 1991), 266~278쪽. 이후의 모든 인용은 이 판본에서 끌어왔다.

3. Seneca, 『Epistles 1~65』, 리처드 검머Richard M. Gummere 번역(Cambridge, MA, 1917), 325쪽.

4. Samuel Beckett, 『머피Murphy』(London, 1973), 36쪽.

5. Stefan Zweig, 『Montaigne』, 윌 스톤Will Stone 번역(London, 2015), 38쪽.

6. George Orwell, 『에세이와 저널리즘과 편지 모음집Collected Essays, Journal-ism and Letters』, 제4권, 1945~1950 (London, 1971), 515쪽.

7. Seneca, 『Epistles』, 237쪽.

8. Aristotle, 『시학Poetics』, 앤서니 케니Anthony Kenny 번역(Oxford, 2013), 29~30쪽.

5. 올라타기: 중년의 희비극

1. 다음 자료를 볼 것. William Empson, 『Seven Types of Ambiguity』(London, 1995).

2. William Shakespeare, 『옥스퍼드 셰익스피어: 전집The Oxford Shakespeare: The Complete Works』, 스탠리 웰스Stanley Wells & 개리 테일러Gary Taylor 편집(Oxford, 1988), 751쪽. 이어지는 인용은 모두 이 판본에서 따왔다.

3. 다른 많은 작가들도 중년을 태양으로 비유하는 셰익스피어의 표현을 따른다. 물론 이 비유는 남성 작가에만 국한되지 않는다. 예를 들어 에밀리 디킨슨(Emily Dickinson)의 짧은 시는 거의 참기 힘든 연민을 이렇게 담아낸다. "여름의 시계에 물어보니, / 시간은 절반밖에 남지 않았네. / 나는 충격으로 이를 확인하고 ─ / 다시는 보지 않으리. // 기쁨의 남은 절반은 / 첫 번째 것보다 짧으리니. / 감히 진실을 알고 싶지 않아 / 그저 농담으로 감싸려네."("Consulting summer's clock, / But half the hours remain. / I ascertain it with a shock ─ / I shall not look again. // The second half of joy / Is shorter than the first. / The truth I do not dare to know / I muffle with a jest.") Emily Dickinson, 『에밀리 디킨슨의 시들The Poems of Emily Dickinson』(Cambridge, MA, 1999), 625쪽.
4. 다음 자료를 볼 것. Aristotle, 『Poetics』, Anthony Kenny 번역(Oxford, 2013), 23쪽. Martha Nussbaum, 『사랑의 지식: 철학과 문학 에세이Love's Knowledge: Essays on Philosophy and Literature』(Oxford, 1990).
5. Friedrich Nietzsche, 「역사가 인생에 가지는 쓸모와 불리한 점에 관하여On the Uses and Disadvantages of History for Life」(1874), 『시대와 맞지 않는 관찰Untimely Meditations』, R. J. 홀링데일Hollingdale 번역(Cambridge, 1997), 57~124쪽.
6. Plato, 『Phaedo』, 데이비드 갤럽David Gallop 번역(Oxford, 1993), 89c쪽.

6. 영원한 초심: 중년에 맞이하는 안식년

1. Johann Wolfgang von Goethe, 『Italienische Reise』, 전집 제11권, 에리히 투룬츠 Erich Trunz 편집[함부르크 판](Munich, 1998), 64쪽. 이후 독일어로 된 괴테 작품의 인용은 이 판본에서 따왔다. 달리 명기하지 않는 한, 번역은 내가 했다.
2. 위의 책, 126쪽.
3. 위의 책, 146쪽.
4. J. W. Goethe, 『Italian Journey』, W. H. 오든Auden & 엘리자베스 마이어Elizabeth Mayer 공동 번역(London, 1970), 151쪽.
5. 이 글의 영어 번역문은 다음 자료에서 따왔다. 뤼디거 자프란스키Rüdiger Safranski, 『괴테: 예술 작품으로서의 인생Goethe: Life as a Work of Art』, 데이비드 돌렌마이어 David Dollenmayer 번역(New York, 2017).[이 책의 독일어판 원제는 『Goethe: Kunstwerk des Lebens』이며 국내에 『괴테: 예술 작품 같은 삶』(2017)으로 번역되어 있다.]
6. Goethe, 『Italienische Reise』, 446쪽.
7. 위의 책, 125쪽.
8. 위의 책, 154쪽.
9. 위의 책, 456쪽.
10. 위의 책, 135쪽.

11. 위의 책, 353쪽.

12. 위의 책, 366쪽.

13. 위의 책, 373쪽.

14. 다음 책에서 인용함. Safranski, 『Goethe: Life as a Work of Art』, Dollen-mayer 번역, 290쪽.

15. Goethe, 『Italienische Reise』, 399쪽.

16. 위의 책, 430쪽.

17. 위의 책, 133쪽.

18. 위의 책, 242쪽.

19. J. W. von Goethe, 『괴테 시집The Poems of Goethe』, 에드거 앨프리드 바우링 Edgar Alfred Bowring 번역(London, 1874), 181~182쪽.

20. J. W. von Goethe, 『소품 시 모음: 괴테와 실러의 독일어 작품을 번역함Select Minor Poems: Translated from the German of Goethe and Schiller』, 존 드와이트John S. Dwight 번역(Boston, MA, 1839), 111~112쪽.

21. Arthur Lovejoy, 『The Great Chain of Being』(Cambridge, MA, 1936).

22. J. W. von Goethe, 『Elective Affinities』, 빅토리아 우드헐Victoria C. Woodhull 번역(Boston, MA, 1872), 1쪽.

23. Edward Said, 『Out of Place』(New York, 2000), 8쪽.

24. Safranski, 『Goethe』, 제26장.

25. 위의 책, 제29장.

26. Johann Peter Eckermann, 『괴테와의 대화Conversations with Goethe』, 존 옥센 포드John Oxenford 번역(London, 1930), 165~166쪽.

7. 리얼리즘과 현실: '중년의 세월'

1. Stefan Zweig, 『The World of Yesterday: Memories of a European』, 벤저민 휘브슈 Benjamin W. Huebsch & 헬무트 리퍼거Helmut Ripperger 번역(London, 1943), 37쪽.

2. 위와 같은 곳.

3. Patricia Cohen, 『In Our Prime: The Fascinating History and Promising Future of Middle Age』(New York, 2012), 33~34쪽.

4. Mary Shelley, 『메리 셸리의 일기The Journals of Mary Shelley, 1814~1844』, 파울 라 펠드맨Paula R. Feldman & 다이애나 스코트킬버트Diana Scott-Kilvert 편집 (Oxford, 1987), 제2권, 478쪽.

5. George Eliot, 『Middlemarch』, 로즈마리 애시턴Rosemary Ashton 편집(London,

1994), 144쪽.

6. 위의 책, 40쪽과 29쪽.

7. 위의 책, 64쪽.

8. 위의 책, 278쪽.

9. 위의 책, 279쪽.

10. 위의 책, 278쪽.

11. 위의 책, 94쪽.

12. George Eliot, 『Daniel Deronda』, 바버라 하디Barbara Hardy 편집(London, 1967), 491쪽.

13. Thomas Hardy, 「Middle-age Enthusiasms」, 『Wessex Poems』(London, 1912), 80쪽.

14. Henry James, 「The Middle Years」, 『헨리 제임스의 이야기들Tales of Henry James』, 크리스토프 웨겔린Christof Wegelin & 헨리 원햄Henry B. Wonham 편집 (New York, 2003), 211~228쪽, 인용 문장은 211쪽.

15. 위의 책, 214쪽.

16. Rainer Maria Rilke, 『시간의 책The Book of Hours』, 수전 랜선Susan Ranson 번역(Rochester, NY, 2008), 163쪽.

17. James, 「The Middle Years」, 216쪽.

18. 위의 책, 221쪽.

19. 위의 책, 226쪽.

20. Eliot, 『Middlemarch』, 138쪽.

21. Franz Kafka, 「Before the Law」, 『배고픈 예술가와 다른 이야기들A Hunger Artist and Other Stories』, 조이스 크리크Joyce Crick 번역(Oxford, 2012), 20~22쪽.

22. James, 「The Middle Years」, 227쪽.

23. Joseph Conrad, 「The Shadow-Line」, Jeremy Hawthorn 편집(Oxford, 2003), 23쪽.

24. Stefan Collini, 『향수 어린 상상: 영국 비평의 역사The Nostalgic Imagination : History in English Criticism』(Oxford, 2019), 4쪽.

25. Henry James, 「The Diary of a Man of Fifty」, 『전집Complete Stories』, 제2권, 1874~1884(New York, 1999), 453~484쪽, 인용 문장은 454쪽.

26. Virginia Woolf, 『파도The Waves』, 케이트 플린트Kate Flint 편집(London, 1992), 123쪽.

27. Hayden White, 『메타역사: 19세기 유럽의 역사 상상력Metahistory: The Historical Imagination in Nineteenth-century Europe』(Baltimore, MD, 1973).

8. '가운데 끼어 걷는 세월': 중년의 전향

1. 『전집Werke』 3권, 에리히 투룬츠Erich Trunz, 편집[함부르크 판Hamburger Ausgabe] (Munich, 1998), 24쪽.

2. St Augustine, 『Confessions』, VIII:12(London, 1961), 177쪽.

3. 에즈라 파운드가 해리엇 먼로에게 1915년 9월 30일에 보낸 편지, 출전: 『에스라 파운드의 편지 선집The Selected Letters of Ezra Pound: 1907~1941』, D. D. 페이지Paige 편집(New York, 1971), 40쪽.

4. T. S. 엘리엇이 에즈라 파운드에게 1922년 11월 15일에 보낸 편지, 출전: 『T. S. 엘리엇의 편지The Letters of T. S. Eliot』, 발레리 엘리엇Valerie Eliot 편집(London, 1988), 597쪽. 엘리엇이 존 퀸에게 1923년 3월 12일에 보낸 편지, 출전: 『The Letters of T. S. Eliot』, 제2권, 1923~1925, Valerie Eliot & 휴 호턴Hugh Haughton 편집(London, 2011). 이후 이 책의 제목은 『Letters』, 제2권으로 표기한다.

5. T. S. Eliot, 『랜슬럿 앤드루스를 위하여: 스타일과 질서를 다룬 에세이For Lancelot Andrewes: Essays on Style and Order』(London, 1929), vii쪽.

6. T. S. Eliot, 『T. S. 엘리엇의 시들The Poems of T. S. Eliot』, 크리스토퍼 릭스Christopher Ricks & 짐 매큐Jim McCue 편집(London, 2015), 265~266, 270~271쪽.

7. 다음 인터넷 기사를 참조할 것. 에드워드 헬모어Edward Helmore, 「T. S. 엘리엇의 숨겨진 러브레터가 그 농밀함을 드러내다, 가슴 아픈 사랑T. S. Eliot's Hidden Love Letters Reveal Intense, Heartbreaking Affair」, 《더 가디언The Guardian》, 2020. 1. 2. www.theguardian.com.

8. 『The Poems of T. S. Eliot』, 179쪽.

9. 버지니아 울프가 바네사 벨Vanessa Bell에게 1923년 5월 18일에 보낸 편지, 다음 자료에서 인용했다. 린달 고든Lyndall Gordon, 『T. S. 엘리엇: 불완전한 인생T. S. Eliot: An Imperfect Life』(London, 1998), 208쪽.

10. T. S. 엘리엇이 앨프리드 크라임보그Alfred Kreymborg(미국의 문학 편집자)에게 1923년 2월 6일에 보낸 편지, 『The Poems of T. S. Eliot』, 712쪽.

11. T. S. 엘리엇이 헨리 엘리엇Henry Eliot에게 1936년 1월 1일에 보낸 편지, 『The Poems of T. S. Eliot』, 714쪽.

12. 『The Poems of T. S. Eliot』, 81쪽.

13. T. S. 엘리엇이 존 미들턴 머리John Middleton Murry에게 1925년 4월에 보낸 편지, 『Letters』, 제2권, 627쪽.

14. 『The Poems of T. S. Eliot』, 191쪽.

15. 다음 에세이를 참조할 것. 「햄릿과 그의 문제Hamlet and His Problems」 그리고 「전통과 개인적 재능Tradition and the Individual Talent」, T. S. Eliot, 『신성한 나무: 시

와 비평의 에세이『The Sacred Wood: Essays on Poetry and Criticism』(London, 1920).

16. 『The Poems of T. S. Eliot』, 87쪽.

17. T. S. 엘리엇이 헨리 엘리엇에게 1929년 10월 19일에 보낸 편지, 『The Poems of T. S. Eliot』, 735쪽.

18. T. S. 엘리엇이 로런스 비니언Laurence Binyon에게 1930년 5월 16일에 보낸 편지. T. S. 엘리엇이 폴 엘머 모어Paul Elmer More에게 1930년 6월 2일에 보낸 편지. 『The Poems of T. S. Eliot』, 730쪽.

19. T. S. Eliot, 「Dante」(1929), 『에세이 선집Selected Essays, 1917~1932』 (New York, 1932), 199~240쪽, 인용문은 235쪽.

20. T. S. 엘리엇이 윌리엄 포스 스테드에게 1927년 1월 7일에 보낸 편지, 『The Poems of T. S. Eliot』, 1221쪽.

21. T. S. 엘리엇이 마르퀴스 차일즈Marquis W. Childs에게 1930년 8월 3일에 보낸 편지, 『The Letters of T. S. Eliot』, 제5권, 1930~1931(London, 2014), 382쪽.

22. T. S. Eliot, 「Yeats」, 『산문 선집Selected Prose』, 프랭크 커모드Frank Kermode 편집(New York, 1975), 248~257쪽, 인용문은 249쪽.

23. 위의 책, 251쪽.

24. 『The Poems of T. S. Eliot』, 1222쪽.

25. T. S. 엘리엇이 존 헤이워드John Hayward에게 1940년 11월 25일에 보낸 편지. 『The Poems of T. S. Eliot』, 1225쪽.

26. 『The Poems of T. S. Eliot』, 191쪽.

27. T. S. 엘리엇이 파멜라 머레이Pamela Murray에게 1938년 2월 4일에 보낸 편지. 『The Poems of T. S. Eliot』, 951쪽.

28. 『The Poems of T. S. Eliot』, 952쪽.

29. 위의 책, 187~188쪽.

30. T. S. Eliot, 「존 브램홀John Bramhall」, 『에세이 선집Selected Essays』(London, 1932), 316쪽. 다음 책에서 인용함, 고든Gordon, 『T. S. Eliot』, 229쪽.

31. T. S. Eliot, 「논평Commentary」, 《크리테리온Criterion》(1928년 3월). 다음 자료도 볼 것. 『The Poems of T. S. Eliot』, 950쪽.

32. Sir Arthur Conan Doyle, 『The Hound of the Baskervilles』(New York, 2008), 68쪽.

9. 겸손함의 교훈: 중년의 미니멀리즘

1. James Knowlson, 『유명하도록 저주받다: 사뮈엘 베케트의 인생Damned to Fame: The Life of Samuel Beckett』(London, 1997), 352쪽.

2. Samuel Beckett, 『Krapp's Last Tape』, 『단편 회곡 모음집Collected Shorter Plays』 (London, 1984), 60쪽.

3. Knowlson, 『Damned to Fame』, 353쪽, 본래 이스라엘 셴커Israel Schenker와 베케트가 나눈 대담에서 인용한 것이다. 《뉴욕 타임스New York Times》, 1956년 5월 5일자.

4. Samuel Beckett, 「Three Dialogues: Samuel Beckett and Georges Duthuit」, 『프루스트 그리고 조르주 뒤트위와의 세 번의 대화Proust and Three Dialogues with Georges Duthuit』(London, 1965), 125쪽. 문예지 《트랜지션Transition》 제5권(1949)에 처음으로 발표되었다.

5. 사뮈엘 베케트가 조르주 뒤트위에게 1948년 8월 2일에 보낸 편지. 다음 자료에서 인용했다. 『The Letters of Samuel Beckett. 1941~1956』, 조지 크레이그George Craig, 마사 도 페젠펠드Martha Dow Fehsenfeld, 댄 건Dan Gunn & 루이 모어 오버베크Lois More Overbeck 공동 편집, (Cambridge, 2011), 92쪽. 프랑스어로 쓰인 편지의 영어 번역은 조지 크레이그가 했다.

6. 베케트는 물론이고 다른 모더니스트 작가들도 사용하는 이런 언어 구사를 다룬 토론은 다음 자료를 참조할 것. 셰인 웰러Shane Weller(영국 켄트 대학교 비교문학 교수이자 사뮈엘 베케트 전집 디지털화 작업 편집위원), 『유럽 모더니즘의 언어와 부정성Language and Negativity in European Modernism』(Cambridge, 2019).

7. 베케트가 뒤트위에게 1949년 3월 9일에 보낸 편지, 『Letters, 1941~1956』, 140쪽.

8. Samuel Beckett, 「Three Dialogues」, 125쪽.

9. 베케트가 뒤트위에게 1949년 3월 2일에 보낸 편지, 『Letters, 1941~1956』, 133쪽.

10. Samuel Beckett, 「Three Dialogues」, 103쪽.

11. 베케트가 악셀 카운Axel Kaun(독일의 번역가)에게 1937년 7월 7일에 보낸 편지, 『Letters, 1929~1940』, 518쪽은 영어, 513~514쪽은 독일어.

12. 다음 자료에서 인용했다. 테오도어 아도르노Theodor W. Adorno, 「카프카에 관한 노트Notes on Kafka」, 출전: 『프리즘Prisms』, 새뮤얼Samuel & 시어리 웨버Shierry Weber 번역(Cambridge, MA, 1983), 243~271쪽, 인용문은 271쪽.

13. Samuel Beckett, 『Trilogy: Molloy, Malone Dies, The Unnamable』(London, 1973), 176쪽.

14. Beckett, 『Trilogy』, 418쪽.

15. 위의 책, 36쪽.

16. 위의 책, 302쪽.

17. Lucretius, 『On the Nature of Things』, 마틴 퍼거슨 스미스Martin Ferguson Smith 번역(Indianapolis, IN, & Cambridge, 2001), 29쪽.

18. Samuel Beckett, 『How It Is』(London, 2009), 112쪽.

19. 위의 책, 115쪽.

20. 위의 책, 112쪽.

21. Charles Baudelaire, 「자신을 벌하는 사람L'héautontimorouménos」, 『악의 꽃Les Fleurs du mal』(Paris, 1857), 123~124쪽.

22. Beckett, 『Trilogy』, 149쪽.

23. 위의 책, 125쪽.

24. 베케트가 뒤트위에게 1948년 8월 11일에 보낸 편지, 『Letters, 1941~1956』, 98쪽.

25. 베케트가 뒤트위에게 1950년 4월 6일에 보낸 편지, 『Letters, 1941~1956』, 195쪽.

26. T. S. Eliot, 『Murder in the Cathedral』(New York, 1935), 44쪽.

10. 인생의 정점에서 노년으로: 갱년기에 살아남는 법

1. Virginia Woolf, 『A Room of One's Own』(London, 1929).

2. Simone de Beauvoir, 『Force of Circumstance』, Richard Howard 번역(London, 1965), 19쪽.

3. 위의 책, 177, 291쪽.

4. 위의 책, 669쪽.

5. 위의 책, 5, 17쪽.

6. 위의 책, 137쪽.

7. Simone de Beauvoir, 『The Second Sex』, H. M. 파슐리Parshley 번역(London, 1993), lix쪽.

8. 위의 책, 35쪽.

9. Beauvoir, 『Force of Circumstance』, 266쪽.

10. 위의 책, 297쪽.

11. 위와 같은 쪽.

12. 위의 책, 480쪽.

13. Beauvoir, 『The Second Sex』, 32쪽.

14. 위의 책, 605쪽.

15. 위의 책, 610쪽.

16. Simone de Beauvoir, 『The Woman Destroyed』, 패트릭 오브라이언Patrick O'Brian 번역(New York, 1969), 241쪽.

17. Michel Leiris, 『Manhood』, 리처드 하워드Richard Howard 번역(Chicago, IL, 1984), 3쪽.

18. Beauvoir, 『The Second Sex』, 739쪽.

19. Beauvoir, 『Force of Circumstance』, 661쪽.

20. 위의 책, 671쪽.

21. 위의 책, 671쪽.

22. 위의 책, 195쪽.

23. 위의 책, 448쪽.

24. 위의 책, 601~602쪽.

25. 위의 책, 384쪽.

26. Beauvoir, 『The Second Sex』, 760쪽.

27. Simone de Beauvoir, 『The Mandarins』, 레너드 프리드먼Leonard M. Friedman 번역(London, 1957), 700쪽.

28. 위의 책, 93쪽.

29. 위의 책, 169쪽.

30. 사뮈엘 베케트가 시몬 드 보부아르에게 1946년 9월 25일에 보낸 편지. 『The Letters of Samuel Beckett, 1941~1956』, 조지 크레이그George Craig, 마사 도 페젠펠드 Martha Dow Fehsenfeld, 댄 건Dan Gunn & 로이스 모어 오버베크Lois More Overbeck 공동 편집(Cambridge, 2011), 40~42쪽.

31. Beauvoir, 『The Mandarins』, 618쪽.

32. 피부(그리고 피부의 회춘)는 보부아르가 시간의 흐름을 나타내기 위해 즐겨 쓰는 이미지 가운데 하나이다. 예를 들어 보부아르는 안이 미국 작가 루이스 브로건Lewis Brogan(넬슨 올그런의 분신)과 갖는 관계를 다음과 같이 묘사한다. "Avec ma vie déjà usée, avec ma peau plus toute neuve, je fabriquais du bonheur pour l'homme que j'aimais: quel bonheur!... Moi aussi j'exultais. Quel dépaysement! Quand les étoiles fixes se mettent à valser dans le ciel, et que la terre fait peau neuve, c'est presque comme si on changeait de peau soi-même."(이미 지쳐버린 인생에도, 더는 아주 젊다고 말할 수 없는 내 피부로, 나는 내가 사랑하는 남자를 위해 행복을 창조해주었네. 참 행복했었지! (⋯⋯) 나 역시 환호했었어. 얼마나 멋진 변화인가! 밤하늘의 항성이 춤을 추기 시작할 때면, 땅이 새로운 피부로 갈아입을 때면, 마치 우리는 자신의 피부를 바꾸는가 봐.)*, 『Les Mandarins』, 423~424쪽.

33. 위의 책, 498쪽.

34. 위의 책, 266쪽.

---

* 이 문장 역시 국내 번역본과는 다르다. 예를 들어 "땅이 새로운 피부로 갈아입을 때면, 마치 우리는 자신의 피부를 바꾸는가 봐"를 현암사 판본에서는 "대지가 허물을 벗을 때 우리도 거의 완전히 다른 사람이 되는 것 같았다"고 옮겨놓았다. 저자가 피부를 강조하는 탓에 다르게 옮길 수밖에 없었다.

35. 위의 책, 703쪽.

11. 의식의 흐름: 새천년의 중년

1. 다음 자료를 참조할 것. 「중년의 즐거움과 위험The Pleasures and Perils of Middle Age」, 《Time》, 1966년 7월 29일 자. www.time.com/3105861.(2019년 5월 1일에 열어봄) 이 기사는 다음 책에서 영감을 얻었다. Patricia Cohen, 『In Our Prime: The Fascinating History and Promising Future of Middle Age』(New York, 2012). 109쪽.

2. F. 빈즈Benes, M. 터틀Turtle, Y. 칸Khan & P. 패럴Farol, 「유년기와 청소년기와 성인기에 인간의 두뇌 해마체의 핵심 전달 지역에서 일어나는 수초화Myelination of a Key Relay Zone in the Hippocampal Formation Occurs in the Human Brain During Childhood, Adolescence and Adulthood」, 《일반 정신의학 아카이브Archives of General Psychiatry》, LI/6 (1994년 6월), 477~484쪽. 다음 자료에서 재인용했다. 마리나 벤저민Marina Benjamin, 『중간 휴지기: 젊음 이후의 인생The Middlepause: On Life after Youth』(London, 2016), 114~115쪽.

3. Cohen, 『In Our Prime』, 140~159쪽, 특히 142쪽과 149쪽을 볼 것. 중년의 두뇌를 다룬 또 다른 자료는 다음과 같다. 바버라 스트로치Barbara Strauch, 『가장 뛰어난 중년의 뇌: 뇌과학이 밝혀낸 중년 뇌의 놀라운 능력The Secret Life of the Grown-up Brain: Discover the Surprising Talents of the Middle-aged Mind』(London, 2011).

4. 다음 자료를 볼 것. 「건강 문제: 치매 위험을 줄일 중년의 접근법Health Matters: Midlife Approaches to Reduce Dementia Risk」, 건강연구 국립연구소National Institute for Health Research, https://news.joindementia-research.nihr.ac.uk. (2020년 1월 29일에 열어봄)

5. Virginia Woolf, 『The Waves』, 케이트 플린트Kate Flint 편집(London, 1992), 198쪽.

6. Hermann Hesse, 『Steppenwolf』, 바실 크레이턴Basil Creighton 번역(New York, 2002), 26쪽.

7. 다음 자료를 볼 것. 제인 골드먼Jane Goldman, 「1925, 런던, 뉴욕, 파리: 대도시 모더니즘 — 시각 차이와 의미의 다층적 구조1925, London, New York, Paris: Metropolitan Modernisms — Parallax and Palimpsest」, 『20세기 영문학의 에든버러 동반자The Edinburgh Companion to Twentieth-century Literature in English』, 브라이언 맥헤일Brian McHale & 랜들 스티븐슨Randall Stevenson 공동 편집(Edinburgh, 2006), 71쪽.

8. Woolf, 『The Waves』, 199쪽.

9. 위의 책, 198쪽.

10. 위의 책, 206쪽.

11. 위의 책, 204쪽.

12. 위의 책, 209쪽.

13. 위의 책, 212쪽.

14. 버지니아 울프가 G. L. 디킨슨Dickinson에게 1931년 10월 27일에 보낸 편지, 『The Letters of Virginia Woolf』, 니겔 니콜슨Nigel Nicolson & 조안 트라우트만Joanne Trautmann 공동 편집(London, 1975~1980), IV, 397쪽.

15. Woolf, 『The Waves』, 205쪽.

16. Frank Kermode, 『끝남의 감각The Sense of an Ending』(Oxford, 1967).

17. Ludwig Wittgenstein, 『Tractatus Logico-Philosophicus』, 6.4311, C. K. 오젠Ogden 번역(New York, 1999), 106쪽.

18. Susan Sontag, 『롤링 스톤 인터뷰 완결판The Complete Rolling Stone Interview』, 조너선 콧Jonathan Cott 편집(New Haven, CT, 2013), 123쪽. [이 책은 국내에 『수전 손태그의 말』이라는 제목으로 번역되어 있다. — 옮긴이]

19. Zadie Smith, 「낙관주의와 절망에 관해On Optimism and Despair」, 출전: 『자유롭게 느끼자Feel Free』(London, 2018), 35~41쪽, 본문 인용문은 37~38쪽.

20. 위와 같은 쪽.

21. 이 구절을 주목할 수 있게 해준 마크 잭슨(Mark Jackson)에게 감사를 전한다.

22. Susan Sontag, 「The Double Standard of Ageing」, 《토요일 리뷰Saturday Review》, 1972년 9월 23일 자, 33쪽. 이후 인용문은 모두 이 자료에서 발췌했다.

23. 위의 책, 32쪽.

24. Marina Benjamin, 『The Middlepause: On Life after Youth』(London, 2016), 9쪽.

25. 위와 같은 쪽.

에필로그: 중년의 끝

1. Karl Ove Knausgård, 『사랑에 빠진 남자A Man in Love』(『My Struggle』, 제2권), 돈 바틀레트Don Bartlett 번역(London, 2013), 221쪽.

2. Jean-Paul Sartre, 『존재와 무Being and Nothingness』, 헤이즐 반스Hazel E. Barnes 번역(New York, 1956), 101~103쪽.

3. Witold Gombrowicz, 『Diary』, Lillian Vallee 번역(New Haven, CT, 2012), 211쪽.

4. Samuel Johnson, 「소암 제닌스의 『악의 본성과 기원에 관한 자유로운 탐구』 리뷰review of Soame Jenyns's A Free Enquiry into the Nature and Origin of Evil」, 『다양한 이야기들과 흩어진 조각들Miscellaneous and Fugitive Pieces』(London, 1774),

23쪽.

5. Immanuel Kant, 『물음에 주는 답변: 계몽이란 무엇인가An Answer to the Question: What Is Enlightenment』(1784), H. B. 니스베트Nisbet 번역(London, 2009).

6. 다음 책에 인용된 것을 재인용함. Susan Sontag, 『The Complete Rolling Stone Interview』, Jonathan Cott 편집(New Haven, CT, 2013), 126쪽.

7. Seamus Heaney*, 「비가Elegy」, 『필드 워크Field Work』(London, 1979), 31쪽.

---

* 셰이머스 히니(1939~2013)는 아일랜드의 시인이자 작가로 1995년에 노벨 문학상을, 2006년에 T. S. 엘리엇상을 받은 인물이다.

추천 도서(더 읽어볼 만한 책)

중년을 주제로 다룬 일반 도서

Améry, Jean, *Über das Altern: Revolte und Resignation* (Stuttgart, 1968)

Benjamin, Marina, *The Middlepause: On Life after Youth* (London, 2016)

Cohen, Patricia, *In Our Prime: The Fascinating History and Promising Future of Middle Age* (New York, 2012)

Greer, Germaine, *The Change: Women, Ageing, and Menopause* (New York, 1991)

Jaques, Elliott, 'Death and the Midlife Crisis', *International Journal of Psychoanalysis*, XLVI (January 1965), pp. 502-514

Jung, Carl, *Modern Man in Search of a Soul*, trans. C. F. Baynes with W. S. Dell (London, 1933)

Pitkin, Walter, *Life Begins at Forty* (New York, 1932)

Segal, Lynne, *Out of Time: The Pleasures and the Perils of Ageing* (London, 2013)

Setiya, Kieran, *Midlife: A Philosophical Guide* (Princeton, NJ, 2018)

Sontag, Susan, 'The Double Standard of Ageing', *Saturday Review*, 23 September 1972, pp. 29-38

Strauch, Barbara, *The Secret Life of the Grown-up Brain: Discover the Surprising Talents of the Middle-aged Mind* (London, 2011)

중년과 관련한 문학 작품

Aymé, Marcel, *Le passe-muraille* (Paris, 1941)

de Beauvoir, Simone, *The Mandarins*, trans. Leonard M. Friedman (London, 1957)

___, *Force of Circumstance*, trans. Richard Howard (London, 1965)

___, *The Woman Destroyed*, trans. Patrick O'Brian (New York, 1969)

___, *The Second Sex*, trans. H. M. Parshley (London, 1993)

Beckett, Samuel, *Trilogy: Molloy, Malone Dies, The Unnamable* (London, 1973)

Colette, *Break of Day*, trans. Enid McLeod (New York, 2022)

Conrad, Joseph, *The Shadow-Line*, ed. Jeremy Hawthorn (Oxford, 2003)

Dante Alighieri, *The Divine Comedy*, trans. Allen Mandelbaum (New York, 1995)

Eliot, George, *Middlemarch*, ed. Rosemary Ashton (London, 1994)

Eliot, T. S., *The Poems of T. S. Eliot*, ed. Christopher Ricks and Jim McCue (London, 2015), esp. 'Ash Wednesday' and 'Four Quartets'

Goethe, *Elective Affinities*, trans. Victoria C. Woodhull (Boston, MA, 1872)

___, *Italian Journey*, trans. W. H. Auden and Elizabeth Mayer (London, 1970)

Gombrowicz, Witold, *Diary*, trans. Lillian Vallee (New Haven, CT, 2012)

Hesse, Hermann, *Steppenwolf*, trans. Basil Creighton (New York, 2002)

Hölderlin, Friedrich, 'Half of Life', in *Selected Poems and Fragments*, trans. Michael Hamburger (London, 1998), p. 171

James, Henry, 'The Middle Years', in *Tales of Henry James*, ed. Christof Wegelin and Henry B. Wonham (New York, 2003), pp. 211-228

Kafka, Franz, *The Metamorphosis*, trans. Susan Bernofsky (New York, 2015)

Knausgård, Karl Ove, *A Man in Love* (*My Struggle*, II), trans. Don Bartlett (London, 2013)

Leiris, Michel, *L'âge d'homme* (Paris, 1939); published in English as *Manhood*, trans. Richard Howard (Chicago, IL, 1984)

Longfellow, Henry Wadsworth, 'Mezzo Cammin', in *Poems and Other Writings* (New York, 2000), p. 671

Mann, Thomas, *Death in Venice*, trans. David Luke (London, 1998)

Montaigne, Michel de, *The Complete Essays*, ed. and trans. M. A. Screech (London, 1991)

Pavese, Cesare, *This Business of Living: Diaries 1935-50*, trans. John Taylor (New Brunswick, NJ, 2009)

Shakespeare, William, *The Oxford Shakespeare: The Complete Works*, ed. Stanley Wells and Gary Taylor (Oxford, 1988), esp. Sonnets I-XVII

Woolf, Virginia, *The Waves*, ed. Kate Flint (London, 1992)

감사의 말

이 책은 캔터베리^{Canterbury}에서 구상되었으며, 생장드뤼즈^{Saint-Jean-de-}^{Luz}로 이어져 파리에서 마무리되었다. 책은 2020년의 대감금(the Great Confinement) 동안, 정말이지 글자 그대로 '라 크리즈 드 라 카랑텐^{crise de}^{la quarantaine}, 격리의 위기이자 중년 위기 동안에 완성되었다. '코로나'라는 전염병이 강요한 고독을 겪다 보니, 세 곳 모두에서 시간과 기묘한 씨름을 벌이는 나를 너그럽게 받아주고 지지해준 가족과 친구가 얼마나 감사한지 깨닫게 되었다. 책은 쓰는 사람뿐만 아니라, 함께 살며 지켜봐주는 사람들 덕분에 탄생하는 산물이다. 특히 중년에 이른 저자에게 이는 딱 맞는 말이다. 마리^{Marie}와 맥스^{Max} 그리고 휴고^{Hugo}는 내가 이런 이치를 깨닫도록 도와주었다.

나는 특히 각 장들의 초고를 읽어준 책의 첫 독자들, 셰인 웰러^{Shane}^{Weller}와 마틸드 레쟝^{Mathilde Régent}과 애나 카타리나 섀프너^{Anna Katharina}^{Schaffner}에게 감사한 마음이다. 이들은 '그림자 선'의 여러 지점에서 누군가의 중년 정신을 참을성 있게 지켜봐줄 정도로 친절했다. 물론 남은 일을 처리하며 겪은 노이로제는, 말할 필요도 없이, 나 자신이 감당해야 할 몫이다.

오르후스 대학교의 마스 로센달 톰센[Mads Rosendahl Thomsen]은 중년의 나를 관대한 친절함으로 돌봐주었다. 런던의 마이클 리먼[Michael Leaman]이 보여준 유머는 산뜻하기만 했다. 지노비 지니크[Zinovy Zinik]는 이 책을 구상하기 시작했을 때 영국 평론가 윌리엄 해즐릿[William Hazlitt]을 읽어보라고 추천해주었으며, 윌리엄 마크스[William Marx]는 구상을 마무리할 때 프랑스 철학자 베르그송을 환기시켜주었다. 에드워드 칸테리언[Edward Kanterian]은 멀리 떨어져 있음에도 책의 구상을 따라와주며 꼭 필요한 도입부를 쓸 수 있게 친절을 베풀었다. 이 책을 쓰느라 괴롭힌 다른 친구와 동료에게 깊은 사과의 마음을 전한다.

중년의 본질을 새기게 해주는 중요한 깨달음 가운데 하나는, 좋든 싫든, 이제 내가 살아가는 공간에서 어른은 다른 누구도 아닌 나 자신이구나 하는 것이다. 이런 관점에서 나는 멀리 떨어진 공간의 어른들, 곧 나보다 앞서 인생을 산 성인(成人)들에게 가장 큰 빚을 졌다. 이 책은, 여러모로 불완전하기는 하지만, 내가 성숙할 수 있도록 보살펴준 클레어[Claire]와 올윈 허친슨[Alwin Hutchinson]에게 바친다.

사진 출처

저자와 출판사는 아래 표기된 삽화 자료를 제공하고 복제를 허락해준, 또는 복제만 허용해준 소유자나 단체에 감사를 표한다. 관심 있는 독자가 편리하게 찾아볼 수 있도록 일부 작품이 현재 어디 있는지도 밝혀두었다.

from George M. Beard, *American Nervousness: Its Causes and Consequences* (New York, 1881): p. 19

CSU Archives/Everett Collection/Alamy Stock Photo: p. 216

Gallerie dell'Accademia, Venice: p. 13

INTERFOTO/Alamy Stock Photo: p. 238

from Arthur Thomas Malkin, *The Gallery of Portraits: With Memoirs*, vol. V (London, 1835): p. 96

Musée du Louvre, Paris: p. 58

Museo del Prado, Madrid: p. 215

Odescalchi Balbi Collection, Rome: p. 170

from [Conrad Reitter], *Mortilogus F. Conradi Reitterii Nordlingensis Prioris monasterii Caesariensis: Epigrammata ad eruditissimos uaticolas . . .* (Augsburg, 1508): p. 46

photo Sipa/Shutterstock: p. 88

Städel Museum, Frankfurt: p. 121

after Arthur A. Stone, Joseph E. Schwartz, Joan E. Broderick and Angus Deaton, 'A Snapshot of the Age Distribution of Psychological Well-being in the United States', in *Proceedings of the National Academy of Sciences*, VCVII/22 (June 2010): p. 31

from George Newnes, ed., *The Strand Magazine: An Illustrated Monthly*, vol. XXII (London, 1901): p. 186

TCD/Prod.DB/Alamy Stock Photo: p. 108

photo Guilhem Vellut/CC BY 2.0 [https://flic.kr/p/SgfWeZ]: p. 254

photo Roger Viollet/Lipnitzki via Getty Images: p. 190

"넬 메조 델 캄민." 길의 한복판에 섰다는 황망함은 이 책을 관통하는 키워드다. 길은 어딘가에서 출발해 어딘가에 도착하기 위한 과정으로 목적지가 있기에 의미를 얻는다. 한복판에 서서 바라보는 길은 늘 어수선한 탓에 심란하기만 하다. 지금 이게 맞는 방향일까? 대체 여기는 어디쯤일까? 아직 갈 길이 멀기만 한데, 왜 사람들은 저기서 난장판을 벌일까? 또 가야 할 방향은 분명한 것 같은데 어째서 사람들은 이리로 저리로 우르르 몰려다닐까?

길에 초점을 맞추고 보는 역사는 묘하게도 늘 판박이다. 어디서 왔는지 따지며, 어디로 갈 건지 멱살을 잡는 다툼은 그칠 줄 모른다. 몇 걸음 앞으로 나아갔나 싶더니 똑같은 문제의 벽이 어김없이 나타난다. 제자리 맴돌기는 그나마 나은 편이다. 외려 보조도 맞추지 못해 뒤처지거나, 아예 모두 뒷걸음칠 때가 더 많다. 어째서 그럴까? 그리고 어떻게 해야 우리는 앞으로 나아갈 수 있을까?

문제의 답을 찾아내기란 어려운 일이 아니다. 역사는 되풀이되고 있으니까. 늘 판박이 난장판의 반복이니까. 답은 간단하다. 놓아라, 그럼 평안해질지니. 인생을 살며 겪는 어려움과 아픔은 집착 탓에 생겨난다. 반드시—내가—가져야 한다! 가지고 말겠다는 집착은 시야를 좁혀 방향을 가늠할 수 없게 만든다. 이처럼 간단한 해결책에도 왜 우리는 늘 헤맬까?

나는 나만이 아니기 때문이다. 무수한 '나'가 우격다짐을 벌일 뿐, '우리'는 찾아보기 힘들기 때문이다. 그리고 인간 사회는, 이 역시 참 묘한 일인데, 좁디좁은 바늘귀를 통과하고 이후 정체(停滯)에 사로잡혀 썩은 내를 풀풀 풍기는 사람에게 권력을 쥐어준다. 권력은 마약보다 훨씬 더 강력한 독성을 자랑해 현실과 동떨어진 환각을 빚어낸다. 단 한 차례도 현실을 고민해본 적이 없는 사람이 한사코 나만 옳다고 우격다짐을 벌인다. 더 무서운 것은 그런 권력자에게 기꺼이 머리를 조아리는 인간 군상의 비굴함이다. 사실 권력의 진짜 힘은 자기 검열에서 나온다. 헛기침 한 번에 알아서 기는데 굳이 힘쓸 이유도 없다.

인간은 지독할 정도로 '나'에 집착하면서도 그 소중한 '나'를 함부로 굴리는 기묘한 존재다. 가지게 해주겠다는 감언이설, 얼치기에 씌워진 전설과 신비의 너울은 1백 개 형광등의 아우라로 혼을 쏙 빼놓는다. 그토록 소중한 '나'는 아부의 제물로 바쳐질 뿐이다. 다른 누구도 아닌 나의 선택과 결정으로.

스스로 초래한 이런 미성숙함에서 벗어나 성숙한 주체로 '나'를 세울 수 있어야 한다는 요구야말로 인류가 철학과 문학에 힘써온 원동력이다. "너 자신을 알라"는 소크라테스로부터 "너 자신이 보편적 진리의 기초가 되게끔 행동하라"는 칸트를 거쳐 "너의 정신이 곧 세계정신이 되도록 힘쓰라"는 헤겔에 이르기까지 철학은 항상 미숙한 나를 일깨워 "주체적 자아의 정립"에 매진하라고 속삭여왔다. 어렵게 말할 것 없이 어디서 와서 어디로 가는지 답을 알 수 없는 물음에 매달릴 게 아니라, 어떻게 사는 것이 올바른 인생인지, 지금 이 자리에서 내가 옮겨야 할 다음 행보는 무엇인지 너 스스로 답을 찾으라는 것이 철학의 조언이다.

그러나 이로써 문제는 더욱 복잡하게 꼬인다. 신을 찾지 말고 너 자신이 바로 신이 되어 살라는 칸트의 정언 명법은 이 세상에 무수히 많은 신들을 불러내고 말았다. 저마다 '나'라는 이름의 신들은 서로 눈을 흘기며 '나의 말'이 더 맞는다고 핏대를 세운다. 결국 인생은 '나'의 무수한 시선이 얽혀 빚어내는 미로가 되고 만다. 집착을 버리라니, 말이 그럴싸하지, 어떻게 '나'를 포기할까?

'나'의 관점을 고집하는 태도로 우리는 미로에서 빠져나올 수 없다. 미로를 벗어날 유일한 관점은 위로 올라가 굽어보는 것, 곧 '메타 인지'이다. 그럼 어떻게 해야 우리는 메타 인지를 이룰 수 있을까?

미로에서 벗어날 메타 인지의 길은 문학이 열어준다. 기득권층의 탄압에 굴하지 않고 자신이 생각하는 올바른 길을 찾으려 분투한 단테의 『신곡』에서부터, 세속의 출세를 마다하고 "가게 뒤에 붙은 방"의 글쓰기로 세상을 굽어본 몽테뉴의 『에세』, 셰익스피어의 살아 생동하는 캐릭터가 체현하는 삶의 가슴 아리게 만드는 헛헛함, 나를 바꾸어 쌓은 세계 문학의 금자탑 괴테, 엘리엇, 베케트, 보부아르, 수전 손태그에 이르기까지 문학은 나를 살며 남에게 들어가볼 소중한 기회를 제공한다.

우리는 소설을 통해 다른 사람의 눈으로 나를 본다. 우리가 대안적 관점으로 인생의 행로를 읽어낼 수 있다는 눈뜸은 문학이 우리에게 주는 선물이다. 하지만 물론 이런 대안적 관점이 얼마나 호소력을 가지는지는 작품을 빚어낸 상상력이 얼마나 독창적 자극을 주느냐 여부에 달렸으리라. 이 책을 읽는 독자 여러분은 이런 독창적 자극을 가려볼 확실한 안목을 얻으리라 나는 확신한다.

절대 진리? 세상은 말한다, 그런 게 어디 있냐고. 역사는 늘 작용과 반작용의 갈지자걸음이며, 이런 좌충우돌은 실제 절대 진리란 없다는 인상을 심어주기에 충분하다. 그러나 문제의 핵심은 좌냐 우냐 하는 물음이 아니다. 그 어느 쪽도 완전할 수 없다는 진실로 우리는 중심을 잡아야 한다. 우리가 주목해야 할 핵심은 '나'의 의견과 입장이 불완전할 수밖에 없다는 점, 이 부족함을 채워나갈 때 절대 진리의 '티핑 포인트'가 찾아진다는 사실이다. 새겨두자, 절대 진리에 등을 돌리는 순간 우리는 중심을 잃고 썩다가 무너진다.

어려운 시절 좋은 책만 골라 펴내는 노력을 아끼지 않는 청미출판사의 이종호 대표, 원고를 꼼꼼히 검토하며 귀한 조언을 베풀어준 김미숙 편집자에게 이 자리를 빌려 깊은 감사의 말을 전한다.

2023년 여름

김희상

색 인

미드라이프 마인드

1판 1쇄 발행   2023년 9월 1일
1판 2쇄 발행   2023년 10월 4일

지은이   벤 허친슨
옮긴이   김희상
펴낸이   이종호
편 집   김미숙
디자인   디자인유니드
발행처   청미출판사
출판등록   2015년 2월 2일 제2015- 000040호
주 소   서울시 마포구 토정로 158, 103-1403
전 화   02-379-0377
팩 스   0505-300-0377
전자우편   cheongmipub @daum.net
블로그   blog.naver.com/cheongmipub
페이스북   www.facebook.com/cheongmipub
인스타그램 www.instagram.com/cheongmipublishing

ISBN   979-11-89134-35-8 03800

• 책값은 뒤표지에 있습니다.